HEYNE <

Die Bücher

Ein Gesicht so schön und kalt

Ein Zufall weckt in Kerry McGrath alte Zweifel an einem elf Jahre zurückliegenden Mordfall. Sie beginnt erneute Untersuchungen. Unerwartet stößt sie damit bei ihrem Chef und ihrem Freund und Mentor auf Widerstand. Als der renommierte Schönheitschirurg Dr. Smith, der das makellose Gesicht seiner damals ermordeten Tochter Suzanne an seinen Patientinnen wieder zum Leben erweckt, ebenfalls ermordet aufgefunden wird, überschlagen sich die Ereignisse...

Das Haus auf den Klippen

Nach einer schweren Lebenskrise freuen sich Menley Nichols und ihr Mann auf einen erholsamen Sommerurlaub im „Remember House“, hoch auf den Klippen von Cape Cod. Doch statt dessen erwartet sie ein Albtraum. Das Haus war einst Schauplatz einer Familientragödie um Eifersucht und Mord. Nun scheinen sich die Ereignisse von damals zu wiederholen...

Die Autorin

Mary Higgins Clark wurde 1928 geboren und lebt heute in Saddle River, New Jersey. Mit ihren Spannungsromanen hat sie über die Jahre weltweit Millionen Leser gewonnen und erobert noch immer mit jeder Neuerscheinung die Bestsellerlisten. Bei Heyne erschienen von ihr *Schrei in der Nacht* (01/6826), *Das Haus am Potomac* (01/7602), *Wintersturm* (01/7649), *Die Gnadenfrist* (01/7734), *Schlangen im Paradies* (01/7969), *Doppelschatten* (01/8053), *Das Anastasia-Syndrom* (01/8141), *Wo waren Sie, Dr. Highley?* (01/9096), *Schlaf wohl, mein süßes Kind* (01/8434), *Tödliche Fesseln* (01/8622), *Träum süß, kleine Schwester* (01/8738), *Schwesterlein, komm tanz mit mir* (01/8869), *Dass du ewig denkst an mich* (01/9096), *Das fremde Gesicht* (01/9679), *Sechs Richtige* (01/10097), *Stille Nacht* (01/10471), *Mondlicht steht dir gut* (01/10580), *Sieh dich nicht um* (01/10743), *In einer Winternacht* (01/13275), *Wenn wir und wiedersehen* (01/13234), *Vergiss die Toten nicht* (01/13443), *Du entkommst mir nicht* (01/13699), *Denn vergeben wird dir nie* (43/219).

MARY HIGGINS CLARK

Ein Gesicht so schön und kalt

Das Haus auf den Klippen

Zwei Psychothriller

WILHELM HEYNE VERLAG
MÜNCHEN

HEYNE ALLGEMEINE REIHE
Band-Nr. 01/13864

Umwelthinweis:
Dieses Buch wurde auf
chlor- und säurefreiem Papier gedruckt.

2. Auflage

Taschenbuchausgabe 08/2003

Der Wilhelm Heyne Verlag ist ein Verlag der
Ullstein Heyne List GmbH & Co. KG
Printed in Germany 2003
Quellennachweis: s. Anhang
Umschlagillustration: Corbis/John Lund
Umschlaggestaltung: Eisele Grafik-Design
Druck und Bindung: Ebner & Spiegel, Ulm
http://www.heyne.de

ISBN: 3-453-87125-1

Ein Gesicht so schön und kalt

Für meine Studienfreunde
an der Villa Maria Academy
in diesem außergewöhnlichen Jahr,
mit einem besonders liebevollen Gruß an
Joan LaMotte Nye
June Langren Crabtree
Marjorie Lashley Quinlan
Joan Molloy Hoffman

und in frohem Gedenken an
Dorothea Bible Davis

Häuf nicht auf dies Grab
Rosen, die sie liebgewann;
Weshalb sie mit Rosen stören,
die sie nicht sehn noch riechen kann?

EDNA ST. VINCENT MILLAY
EPITAPH

So oft wie menschenmöglich versuchte er Suzanne aus seinem Bewußtsein zu verbannen. Manchmal gelang es ihm, für ein paar Stunden Frieden zu finden, oder er schaffte es sogar, eine ganze Nacht durchzuschlafen. Nur so war er in der Lage, zu funktionieren, nur so konnte er das Tagesgeschäft des Lebens bewältigen.

Liebte er sie noch, oder haßte er sie lediglich? Er konnte sich nie sicher sein. Sie war so schön gewesen, mit diesen leuchtenden, spöttischen Augen, dieser Fülle schwarzen Haares, diesen Lippen, die so einladend lächeln oder so leichthin schmollen konnten, wie ein Kind, dem man eine Süßigkeit verwehrt.

In seiner Vorstellung war sie ständig gegenwärtig, wie sie in jenem letzten Augenblick ihres Lebens ausgesehen hatte, dem Moment, als sie ihn verhöhnte und ihm dann den Rücken zukehrte.

Und jetzt, fast elf Jahre später, ließ Kerry McGrath Suzanne einfach nicht ruhen. Fragen und immer mehr Fragen! Das durfte nicht geduldet werden. Man mußte ihr Einhalt gebieten.

Laßt die Toten die Toten begraben. So heißt doch das alte Sprichwort, dachte er, und es trifft noch immer zu. Ihr würde Einhalt geboten werden, unter allen Umständen.

Mittwoch, 11. Oktober

I

Kerry strich den Rock ihres dunkelgrünen Kostüms glatt, arrangierte die schmale Goldkette an ihrem Hals und fuhr sich mit den Fingern durch ihr dunkelblondes halblanges Haar. Der ganze Nachmittag war eine einzige Hetze gewesen: Sie hatte das Gerichtsgebäude um halb drei verlassen und anschließend Robin von der Schule abgeholt, war von Hohokus durch den dichten Verkehr auf den Routen 17 und 4 gesteuert, dann über die George Washington Bridge nach Manhattan, um schließlich den Wagen zu parken und gerade noch rechtzeitig für Robins Termin um vier Uhr in der Arztpraxis einzutreffen.

Jetzt, nach all der Hektik, blieb Kerry nichts anderes übrig, als sich hinzusetzen und abzuwarten, bis sie ins Behandlungszimmer gerufen wurde, während sie doch so gerne dabeigewesen wäre, wenn Robin die Fäden gezogen bekam. Doch die Sprechstundenhilfe war unerbittlich geblieben. »Dr. Smith läßt absolut niemand außer der Schwester mit einem Patienten ins Behandlungszimmer.«

»Aber sie ist doch erst zehn!« hatte Kerry protestiert, um gleich darauf zu verstummen und sich ins Gedächtnis zurückzurufen, daß sie dankbar dafür sein sollte, daß man ausgerechnet Dr. Smith nach dem Unfall zu Rate gezogen hatte. Die Krankenschwestern im St. Luke's-Roosevelt hatten ihr versichert, er sei ein ganz hervorragender Schönheitschirurg. Der Arzt in der Notaufnahme hatte sogar behauptet, er könne wahre Wunder wirken.

Während sie jetzt wieder an jenen Tag vor einer Woche dachte, kam Kerry zu Bewußtsein, daß sie sich noch immer nicht von dem Schock jenes Anrufs erholt hatte. Robins Vater, ihr früherer Mann, Bob Kinellen, hatte Robin überraschend zum Big Apple Circus in New York und einem gemeinsamen Abendessen danach eingeladen, und so hatte Kerry die Chance ausgenützt und war noch spät in ihrem

Amtszimmer beim Gericht in Hackensack an der Arbeit gewesen, der Vorbereitung für einen Mordfall, in dem sie die Anklage vertreten würde.

Um halb sieben hatte das Telefon geläutet. Bob war am Apparat. Es habe einen Unfall gegeben. Ein Lieferwagen habe seinen Jaguar gerammt, während er gerade aus dem Parkhaus herausfuhr. Glassplitter hätten Robin im Gesicht verletzt. Man habe sie schleunigst ins St. Luke's-Roosevelt eingeliefert und einen Gesichtschirurgen geholt. Ansonsten gehe es ihr offenbar gut, nur werde sie noch nach möglichen inneren Verletzungen untersucht.

Bei der Erinnerung an diesen entsetzlichen Abend schüttelte Kerry den Kopf, als versuche sie damit auch den Gedanken an die qualvolle Fahrt nach New York zu vertreiben, bei der sie von trockenem Schluchzen geschüttelt wurde und ihre Lippen ein einziges Wort formten: »Bitte«, während ihr das übrige Gebet durch den Kopf raste: *Bitte, Gott, laß sie nicht sterben, sie ist alles, was ich habe. Bitte, sie ist doch noch so klein. Nimm sie mir nicht weg …*

Robin war bereits im Operationssaal, als Kerry dann das Krankenhaus erreichte, also setzte sie sich ins Wartezimmer, Bob zu ihrer Seite – mit ihm, und doch nicht gemeinsam mit ihm. Er hatte mittlerweile eine Frau und zwei weitere Kinder. Kerry konnte noch immer das immense Gefühl der Erleichterung nachempfinden, das sie in dem Moment verspürt hatte, als Dr. Smith endlich erschienen war und in einer förmlichen, zugleich seltsam herablassenden Manier erklärt hatte: »Die Schnitte sind glücklicherweise nicht tief in das Derma eingedrungen. Robin wird keine Narben davontragen. Ich möchte sie in einer Woche in meiner Praxis sehen.«

Die Schnittwunden stellten sich als die einzigen Verletzungen heraus, und Robin hatte sich nach dem Unfall rasch wieder gefangen und nur zwei Schultage versäumt. Sie schien sogar irgendwie stolz auf ihre Bandagen zu sein. Erst heute, auf der gemeinsamen Fahrt nach Manhattan zum Arzttermin, war ihr Furcht anzumerken, als sie fragte: »Ich werd' doch wieder ganz okay, oder, Mom? Ich meine, mein Gesicht ist doch dann nicht ganz verhunzt?«

Mit ihren großen blauen Augen, ihrem ovalen Gesicht, der hohen Stirn und den wohlgeformten Gesichtszügen war Robin ein schönes Kind und das Ebenbild ihres Vaters. Kerry hatte ihr von ganzem Herzen und hoffentlich überzeugend Zuversicht eingeflößt. Jetzt aber versuchte Kerry sich abzulenken und blickte sich im Wartezimmer um. Es war geschmackvoll eingerichtet, mit einer Reihe von Sofas und Sesseln, die in einem Muster kleiner gedruckter Blumen bezogen waren. Die Beleuchtung war sanft, der Teppichboden wunderbar flauschig.

Unter den Anwesenden, die darauf warteten, aufgerufen zu werden, war auch eine Frau von augenscheinlich Anfang Vierzig, die einen Verband auf der Nase hatte. Eine andere, die einen etwas verängstigten Eindruck machte, vertraute ihrer attraktiven Begleiterin an: »Jetzt, wo ich da bin, bin ich froh, daß du mich überredet hast, herzukommen. Du siehst einfach phantastisch aus.«

Das stimmt, dachte Kerry, während sie etwas befangen in ihrer Tasche nach dem Make-up suchte. Sie klappte die Puderdose auf, betrachtete sich in dem Spiegel und fand, daß man ihr zu diesem Zeitpunkt ihre sechsunddreißig Jahre wahrlich ansah. Obwohl sie wußte, daß viele Leute sie für attraktiv hielten, hatte sie in dieser Hinsicht nach wie vor ihre Zweifel.

Sie wischte sich mit der Puderquaste über den Nasenrücken, versuchte all die verhaßten Sommersprossen zu überdecken, betrachtete ihre Augen und stellte fest, daß ihr Haselnußfarbton stets von Grün zu einem trüben Braun wechselte, wenn sie so müde war wie heute.

Sie verstaute eine widerspenstige Haarsträhne hinter dem Ohr, schloß dann mit einem Seufzer die Puderdose und schob sich die Ponyfransen, die unbedingt geschnitten werden mußten, aus der Stirn.

Ungeduldig starrte sie auf die Tür, die zu den Behandlungsräumen führte. Weshalb dauerte es nur so lange, Robins Fäden zu ziehen? fragte sie sich. Gab es womöglich Komplikationen?

Kurz darauf ging die Tür auf. Kerry blickte erwartungsvoll hoch. Statt Robin kam jedoch eine junge Frau von vermutlich Mitte Zwanzig zum Vorschein, die ein wunderschönes, mutwilliges und von vollem dunklem Haar eingerahmtes Gesicht hatte.

Ob sie wohl schon immer so aussieht? fragte sich Kerry, während sie die hohen Wangenknochen, die gerade Nase, die ausnehmend wohlgeformten vollen Lippen, die strahlenden Augen und gewölbten Brauen musterte.

Vielleicht spürte sie Kerrys Interesse, denn im Vorbeigehen warf sie ihr jetzt einen herausfordernden Blick zu.

Kerrys Kehle zog sich zusammen. Ich kenne dich, dachte sie. Doch woher? Sie schluckte, und ihr Mund fühlte sich plötzlich trocken an. Dieses Gesicht – ich hab' sie schon mal gesehen.

Nachdem die Frau weg war, ging Kerry zum Empfang und erklärte der Sprechstundenhilfe, sie habe das Gefühl, die junge Dame zu kennen, die soeben aus dem Behandlungszimmer gekommen sei. Wer sie denn sei?

Der Name Barbara Tompkins sagte ihr jedoch nichts. Sie mußte sich getäuscht haben. Und doch überkam sie nun, da sie sich wieder hinsetzte, ein überwältigendes Gefühl von *déjà vu*. Die Wirkung war so beklemmend, daß ihr tatsächlich ein kalter Schauer den Rücken hinunterlief.

2

Kate Carpenter betrachtete die Patienten im Wartezimmer des Arztes mit einer gewissen Voreingenommenheit. Sie arbeitete jetzt seit vier Jahren mit Dr. Smith als Operationsschwester zusammen und ging ihm bei seinen chirurgischen Eingriffen in der Praxis zur Hand. Sie hielt ihn schlicht und einfach für ein Genie.

Sie selbst war nie in Versuchung geraten, sich von ihm operieren zu lassen. So um die Fünfzig, kräftig gebaut und mit einem freundlichen Gesicht und graumelierten Haaren, stellte sie sich ihren Freunden gegenüber als Konterrevolutionärin gegen die Schönheitschirurgie dar. »Was man sieht, das kriegt man auch.«

Obwohl sie volles Verständnis für Patienten mit ernsthaften Problemen hatte, empfand sie doch den Männern und Frauen gegenüber, die auf ihrer hartnäckigen Jagd nach einem perfekten Aussehen wieder und wieder zur Behandlung kamen, eine gewisse Verachtung. »Andererseits«, wie sie zu ihrem Mann sagte, »bezahlen sie schließlich mein Gehalt.«

Gelegentlich fragte sich Kate Carpenter, warum sie eigentlich bei Dr. Smith blieb. Er war allen gegenüber, Patienten wie Angestellten, so kurz angebunden, daß es häufig schon an Grobheit grenzte. Er lobte einen fast nie, versäumte jedoch keine Gelegenheit, einem auch nur den geringsten Fehler sarkastisch anzukreiden. Andererseits wiederum, überlegte sie, waren Gehalt und Zusatzleistungen ganz ausgezeichnet, und es war ein wahrhaft aufregendes Erlebnis, Dr. Smith bei der Arbeit zu beobachten.

Nur war ihr in letzter Zeit aufgefallen, daß seine schlechte Laune immer schlimmer wurde. Potentielle neue Klienten, die man seines herausragenden Rufes wegen an ihn verwiesen hatte, fühlten sich von seinem Auftreten vor den Kopf gestoßen und sagten immer häufiger bereits angesetzte Behandlungstermine ab. Die einzigen, die er mit seiner Fürsorge geradezu überschüttete, waren die Empfängerinnen des »besonderen Aussehens«, des *Looks*, und das war ein weiterer Umstand, der Mrs. Carpenter mit Besorgnis erfüllte.

Außer seiner erhöhten Reizbarkeit war ihr seit einigen Monaten auch noch aufgefallen, daß der Chirurg merkwürdig geistesabwesend, ja völlig in seiner eigenen Welt versunken zu sein schien. Manchmal, wenn sie mit ihm sprach, schaute er sie ausdruckslos an, so als sei er in Gedanken ganz woanders.

Sie warf einen Blick auf ihre Uhr. Wie zu erwarten, war Dr. Smith, nachdem er die Untersuchung von Barbara Tompkins, der neuesten Empfängerin des *Looks*, abgeschlossen hatte, in sein Privatbüro gegangen und hatte die Tür hinter sich geschlossen.

Was trieb er nur da drin? überlegte sie. Er mußte doch wissen, daß er mit seinen Terminen in Verzug war. Dieses kleine Mädchen, Robin, saß schon seit einer halben Stunde allein im Behandlungsraum 3, und im Wartezimmer waren noch weitere Patienten. Doch sie hatte schon bemerkt, daß der Arzt immer, nachdem ihn eine seiner besonderen Patientinnen aufgesucht hatte, eine Weile Zeit für sich allein brauchte.

»Mrs. Carpenter...«

Erschrocken blickte die Krankenschwester von ihrem Schreibtisch auf. Dr. Smith starrte auf sie herunter. »Ich finde, wir haben Robin Kinellen lange genug warten lassen«, sagte er vorwurfsvoll. Sein Blick war frostig hinter der randlosen Brille.

3

»Ich kann Dr. Smith nicht leiden«, sagte Robin trocken, als Kerry den Wagen aus dem Parkhaus an der Ninth Street Ecke Fifth Avenue herausfuhr.

Kerry schaute rasch zu ihr hinüber. »Wieso nicht?«

»Der ist gruselig. Zu Hause, wenn ich zu Dr. Wilson geh, dann erzählt er immer Witze. Aber Dr. Smith hat nicht mal gelächelt. Der hat so getan, als ob er sauer auf mich wär. Er hat so was gesagt, daß manche Leute Schönheit geschenkt kriegen und andre sie erst erlangen, aber in beiden Fällen dürfte man sie ja nie vergeuden.«

Robin hatte das auffallend gute Aussehen ihres Vaters geerbt und war in der Tat eine kleine Schönheit. Es stimmte, daß dies eines Tages zu einer Last werden könnte, doch weshalb sagte der Arzt so etwas Merkwürdiges zu einem Kind? fragte sich Kerry.

»Leider hab' ich ihm erzählt, daß ich den Gurt noch nicht

richtig drin hatte, als der Lieferwagen in Daddys Auto reingekracht ist«, fügte Robin hinzu. »Da hat Dr. Smith nämlich angefangen, mir die Moralpredigt zu halten.«

Kerry spähte zu ihrer Tochter hinüber. Robin machte immer ihren Sicherheitsgurt fest. Daß sie es diesmal nicht getan hatte, bedeutete schlicht, daß Bob den Wagen in Gang gebracht hatte, ohne ihr die Gelegenheit dazu zu geben. Kerry war bemüht, sich keinen Ärger anmerken zu lassen, als sie nun sagte: »Daddy ist wahrscheinlich ziemlich eilig aus dem Parkhaus rausgefahren.«

»Er hat halt nicht gemerkt, daß ich nicht genug Zeit hatte, den Gurt anzuschnallen«, erwiderte Robin abwehrend, da sie die leichte Gereiztheit in der Stimme ihrer Mutter sehr wohl spürte.

Kerry empfand einen tiefen Schmerz um ihre Tochter. Bob Kinellen hatte sie beide im Stich gelassen, als Robin noch ein Baby war. Inzwischen war er mit der Tochter seines Seniorpartners verheiratet und Vater eines fünfjährigen Mädchens und eines dreijährigen Jungen. Robin war völlig vernarrt in ihren Vater, und wenn er mit ihr zusammen war, überschüttete er sie mit Aufmerksamkeit. Aber er enttäuschte sie so oft dadurch, daß er im letzten Moment eine Verabredung wieder abblies. Da seine zweite Frau nicht gerne daran erinnert wurde, daß er noch ein weiteres Kind hatte, wurde Robin nie zu ihm nach Hause eingeladen. Daher kam es, daß sie ihre beiden Halbgeschwister praktisch kaum kannte.

Und kommt es mal zu der seltenen Gelegenheit, daß er sein Versprechen hält und endlich etwas mit ihr unternimmt, dann sieh an, was dabei herauskommt, dachte Kerry. Sie bemühte sich jedoch, ihren Zorn zu unterdrücken, da sie es für besser hielt, das Thema nicht weiter zu verfolgen. Statt dessen erklärte sie: »Warum versuchst du nicht eben ein Nickerchen zu machen, bis wir bei Onkel Jonathan und Tante Grace sind?«

»Okay.« Robin schloß die Augen. »Ich wette, die haben ein Geschenk für mich.«

4

Während sie darauf warteten, daß Kerry und Robin zum Abendessen eintrafen, tranken Jonathan und Grace Hoover wie gewohnt gemeinsam ihren Spätnachmittagsmartini im Wohnzimmer ihres Hauses in Old Tappan, das am Ufer des Lake Tappan lag. Die untergehende Sonne warf lange Schatten über das friedliche Wasser. Die Bäume, die sorgfältig zurechtgestutzt waren, um den Blick auf den See freizuhalten, erglühten in ihrem farbenprächtigen Laub, das sie bald preisgeben würden.

Jonathan hatte das erste Feuer dieses Herbstes im Kamin angefacht, und Grace hatte gerade erwähnt, der Wetterbericht habe den ersten Frost der Saison für die Nacht angekündigt.

Sie waren ein gutaussehendes Paar von Anfang Sechzig, seit fast vierzig Jahren miteinander verheiratet und durch Bande und Bedürfnisse miteinander verknüpft, die über Zuneigung und Gewohnheit hinausgingen. Im Laufe dieser Zeit schienen sie sich fast ähnlich geworden zu sein: Beide hatten edle, von reichem Haar gekrönte Gesichtszüge, wobei seines reinweiß und natürlich gewellt war, ihres dagegen kurzgelockt und noch mit Spuren von Braun gesprenkelt.

Es gab jedoch einen entscheidenden Unterschied hinsichtlich ihrer Körper. Jonathan saß groß und aufgerichtet in einem hohen Ohrensessel, während Grace auf einem Sofa ihm gegenüber ruhte, eine Wolldecke über ihre nutzlosen Beine gebreitet, die gekrümmten Finger regungslos auf dem Schoß, und mit einem Rollstuhl in Reichweite. Seit Jahren schon war sie ein Opfer des schweren Rheumaleidens Arthritis deformans, und ihre Bewegungsfreiheit wurde dadurch zunehmend eingeschränkt.

Jonathan war ihr während der ganzen schweren Zeit zur Seite gestanden. Als Seniorchef einer bedeutenden Kanzlei in New Jersey, die auf hochkarätige Zivilrechtsfälle spezialisiert war, hatte er auch seit etwa zwanzig Jahren einen Sitz im Senat des Staates inne, jedoch wiederholt die Gelegenheit ausgeschlagen, für das Gouverneursamt zu kandidieren. »Ich kann im Senat schon genug an Nutzen oder Schaden stiften«, war sein häufig zitierter Kommentar, »und außerdem glaube ich ohnehin nicht, daß ich gewinnen würde.«

Alle, die ihn gut kannten, nahmen ihm seine Beteuerungen nicht ab. Sie wußten, daß Grace der wahre Grund für seine Entscheidung war, die Anforderungen eines Gouverneurslebens zu vermeiden, und insgeheim fragte sich mancher, ob er nicht doch einen vagen Groll darüber verbarg, daß ihr Leiden ihn an einem weiteren Aufstieg behinderte. Falls es stimmte, ließ er es sich freilich nie anmerken.

Als Grace nun an ihrem Martini nippte, seufzte sie. »Ich glaube, daß dies meine liebste Jahreszeit ist«, sagte sie, »es ist so schön, findest du nicht? An so einem Tag muß ich immer daran denken, wie ich damals mit dem Zug von Bryn Mawr nach Princeton gefahren bin, um mit dir die Footballspiele anzuschauen, und wie wir zum Essen ins Nassau Inn gegangen sind ...«

»Und du bei deiner Tante übernachtet hast und sie extra aufgeblieben ist, um sich zu vergewissern, daß du in Sicherheit bist, bevor sie schlafen ging«, fuhr Jonathan mit einem Schmunzeln fort. »Ich hab' immer gebetet, daß der alte Drache wenigstens einmal früher einschlafen würde, aber sie blieb absolut auf Draht.«

Grace lächelte. »Sobald wir vor dem Haus vorfuhren, fing schon das Licht am Eingang an zu blinken.« Dann blickte sie besorgt auf die Uhr am Kaminsims. »Sind sie nicht spät dran? Ich denke nicht gern daran, daß Kerry und Robin mitten in dem schrecklichen Stoßverkehr unterwegs sind. Besonders nach dem, was letzte Woche passiert ist.«

»Kerry ist eine gute Fahrerin«, beruhigte sie Jonathan. »Mach dir keine Sorgen. Die beiden werden jede Minute hier sein.«

»Ich weiß. Es ist doch bloß ...« Der Satz brauchte nicht beendet zu werden; Jonathan verstand vollkommen. Schon seit die damals einundzwanzigjährige Kerry zu Beginn ihres Jurastudiums auf die Suchanzeige der Hoovers nach jemandem zum Haushüten geantwortet hatte, war sie praktisch zur Ersatztochter für sie geworden. Das war nun fünfzehn Jahre her, und in dieser Zeit hatte Jonathan Kerry häufig mit Rat und Tat für ihre Karriere beigestanden, zuletzt, indem er seinen Einfluß spielen ließ, damit der Gouverneur ihren Namen auf die Liste der Kandidaten für ein Richteramt setzte.

Zehn Minuten später kündete der willkommene Klang der Türklingel Kerrys und Robins Ankunft an. Ganz wie Robin es vorhergesagt hatte, wartete schon ein Geschenk auf sie, ein Buch und ein Quizspiel für ihren Computer. Nach dem Essen ging sie mit ihrem Buch ins Bibliothekszimmer und schmiegte sich in einen Sessel, während die Erwachsenen noch beim Kaffee sitzen blieben.

Als Robin nicht mehr in Hörweite war, fragte Grace ruhig: »Kerry, diese Narben auf Robins Gesicht gehen doch *bestimmt* noch weg, oder?«

»Ich habe Dr. Smith genau dasselbe gefragt, als ich bei ihm war. Er hat nicht nur praktisch dafür garantiert, daß sie verschwinden, er schien geradezu beleidigt darüber zu sein, daß ich überhaupt Bedenken geäußert hatte. Ich muß dir gestehen, ich hab' so ein Gefühl, daß der gute Herr Doktor ein ganz schön ausgeprägtes Ego hat. Immerhin hat mir der Arzt in der Notaufnahme letzte Woche versichert, daß Dr. Smith eine Koryphäe auf dem Gebiet der plastischen Chirurgie ist. Er hat sogar gesagt, er könne wahre Wunder vollbringen.«

Während sie ihren Kaffee austrank, dachte Kerry über die Frau nach, die sie nachmittags in der Praxis von Dr. Smith gesehen hatte. Sie blickte über den Tisch auf Jonathan und Grace. »Etwas Komisches ist passiert, als ich auf Robin gewartet habe. Da war eine Frau bei Dr. Smith zur Behandlung, die mir so vertraut vorkam«, sagte sie. »Ich hab' mich sogar bei der Anmeldung nach ihrem Namen erkundigt. Ich bin mir zwar sicher, daß ich sie nicht kenne, aber ich werd einfach nicht das Gefühl los, daß ich ihr schon mal begegnet bin. Sie war mir irgendwie unheimlich. Ist das nicht komisch?«

»Wie hat sie denn ausgesehen?« fragte Grace.

»Absolut umwerfend auf eine verführerische, sinnlich herausfordernde Art«, sagte Kerry nachdenklich. »Ich glaube, es lag an dem Mund, daß sie so wirkte. Sie hatte solche vollen, schmollenden Lippen. Ich weiß schon: Vielleicht war sie eine von Bobs früheren Freundinnen, und ich hab' sie einfach verdrängt.« Sie zuckte die Achseln. »Ach, was soll's, es wird mir keine Ruhe lassen, bis ich dahinterkomme.«

5

Sie haben mein Leben verändert, Dr. Smith ... Das war es, was Barbara Tompkins zu ihm gesagt hatte, als sie einige Zeit zuvor sein Sprechzimmer verließ. Und er wußte, daß es stimmte. Er hatte sie verändert und damit auch ihr ganzes Leben. Aus einer nichtssagenden grauen Maus von Frau, die älter als ihre sechsundzwanzig Jahre aussah, hatte er sie in eine junge Schönheit verwandelt. Ja, mehr noch als nur eine Schönheit. Jetzt hatte sie Feuer. Sie war nicht mehr jene unsichere Frau, die ein Jahr zuvor zu ihm gekommen war.

Damals hatte sie in einer kleinen Presseagentur in Albany gearbeitet. »Ich hab' gesehen, was Sie für eine unserer Kundinnen getan haben«, hatte sie gesagt, als sie an jenem ersten Tag zu ihm in die Praxis kam. »Ich hab' gerade etwas Geld von meiner Tante geerbt. Können Sie mich hübsch machen?«

Er hatte weit mehr getan – er hatte sie völlig verwandelt. Er hatte sie schön gemacht. Jetzt arbeitete Barbara in Manhattan bei einer großen, angesehenen PR-Firma. Sie war schon immer intelligent gewesen; ihre Intelligenz aber mit dieser besonderen Art von Schönheit zu kombinieren, hatte ihr Leben von Grund auf verändert.

Dr. Smith versorgte um halb sieben die letzte Patientin für den Tag. Dann ging er zu Fuß die drei Häuserblocks auf der Fifth Avenue hinunter zu seinem aus einer ehemaligen Remise umgewandelten Haus in Washington Mews.

Er hatte es sich zur Angewohnheit gemacht, jeden Tag zu Fuß nach Hause zu gehen, sich bei einem Bourbon mit Soda zu den Abendnachrichten zu entspannen und dann zu entscheiden, wohin er essen gehen wollte. Er lebte allein und aß fast nie zu Hause.

Heute abend überkam ihn eine ungewohnte Ruhelosigkeit. Von all den Frauen ähnelte Barbara Tompkins *ihr* am meisten. Sie einfach nur zu sehen war eine aufrührende, ja reinigende Erfahrung, fast eine Katharsis. Er hatte mitbekommen, wie Barbara sich mit Mrs. Carpenter unterhielt und ihr erzählte, sie werde abends einen Kunden in den Oak Room im Plaza Hotel ausführen.

Fast widerwillig erhob er sich. Was als nächstes geschehen würde, war unvermeidlich. Er würde zur Oak Bar gehen, einen Blick in das Restaurant des Oak Room werfen und herausfinden, ob es einen kleinen Tisch gab, von dem aus er beim Abendessen Barbara beobachten konnte. Mit ein bißchen Glück würde sie ihn nicht bemerken. Sollte sie jedoch etwas spüren, ja ihn sogar erkennen, dann würde er ihr einfach zuwinken. Sie hatte keinen Grund zu der Annahme, daß er ihr bewußt folgte.

6

Nach ihrer Rückkehr von dem Abendessen mit Jonathan und Grace saß Kerry noch lange, nachdem Robin eingeschlafen war, an ihrem Schreibtisch. Er stand in dem Arbeitszimmer des Hauses, in das sie gezogen war, nachdem Bob sie und Robin verlassen und sie das Haus verkauft hatte, das sie mit ihm gemeinsam erstanden hatte. Es war ihr gelungen, das neue Haus zu einem günstigen Preis zu bekommen, als der Immobilienmarkt im Keller war, und sie war froh darüber – sie mochte es ausgesprochen gern. Es war ein fünfzig Jahre altes geräumiges Gebäude im Stil von Cape Cod mit Flügelfenstern am Giebel und auf einem Grundstück von zwei Morgen gelegen, das dicht von Bäumen bestanden war. Die einzige Zeit, wo ihr das Haus nicht gefiel, war, wenn die Blätter zu fallen begangen, tonnenweise. Das war bald wieder fällig, dachte sie mit einem Seufzer.

Morgen würde sie den Angeklagten in einem Mordfall, für den sie zuständig war, ins Kreuzverhör nehmen. Er war ein guter Schauspieler. Im Zeugenstand war seine Version der Ereignisse, die zum Tod seiner Vorgesetzten geführt hatten, vollkommen plausibel erschienen. Er behauptete, seine Chefin habe ihn ständig heruntergemacht, und zwar so schlimm, daß er eines Tages durchgedreht sei und sie getötet habe. Sein Anwalt wollte auf Totschlag plädieren.

Kerrys Aufgabe war es, die Geschichte des Angeklagten auseinanderzunehmen und zu beweisen, daß es hier um einen sorgfältig geplanten und durchgeführten Racheakt gegen seine Chefin ging, die ihn aus guten Gründen nicht befördert hatte. Es hatte sie das Leben gekostet. Jetzt muß er dafür bezahlen, dachte Kerry.

Es war ein Uhr, als sie sich endlich mit der Vorbereitung aller Fragen, die sie stellen, aller Punkte, die sie vorbringen wollte, zufriedengab.

Erschöpft stieg sie die Treppe nach oben. Sie warf einen Blick zu der friedlich schlafenden Robin hinein, deckte sie besser zu und ging dann über den Flur in ihr eigenes Zimmer.

Fünf Minuten später, nachdem sie sich das Gesicht gewaschen, die Zähne geputzt und ihr Lieblingsnachthemd übergezogen hatte, kuschelte sie sich in ihr relativ schmales Messingbett, das sie nach der Trennung von Bob bei einem Ausverkauf erstanden hatte. Sie hatte sämtliche Möbel im großen Schlafzimmer ausgetauscht. Es war ihr unmöglich gewesen, mit den alten Sachen weiterzuleben, seine Kommode, seinen Nachttisch sehen zu müssen oder das leere Kissen auf seiner Seite des Bettes.

Der Vorhang war nur teilweise zugezogen, und im schwachen Licht der Laterne draußen an der Einfahrt konnte sie sehen, daß ein stetiger Regen eingesetzt hatte.

Nun, das herrliche Wetter konnte ja nicht ewig anhalten, dachte sie und war dankbar, daß es wenigstens nicht so kalt wie vorhergesagt war und der Regen nicht in Graupelschauer übergehen würde. Sie schloß die Augen und konzentrierte sich darauf, ihre aufgestörten Gedanken zur Ruhe zu bringen, verwundert darüber, warum sie sich so unbehaglich fühlte.

Um fünf wurde sie wach, vermochte bis sechs noch einmal einzudösen. In dieser Stunde wurde sie zum erstenmal von dem Traum heimgesucht.

Sie sah sich selbst im Wartezimmer einer Arztpraxis. Eine Frau lag dort auf dem Boden und starrte mit aufgerissenen leeren Augen ins Nichts. Eine Fülle dunklen Haares umrahmte die herausfordernde Schönheit ihres Gesichts. Eine geknüpfte Kordel war um ihren Hals geschlungen.

Und dann, vor Kerrys Augen, stand die Frau auf, entfernte den Strick von ihrem Hals und ging zur Sprechstundenhilfe hinüber, um einen Termin auszumachen.

7

Im Verlauf des Abends dachte Robert Kinellen kurz daran, anzurufen und sich danach zu erkundigen, wie es Robin beim Arzt ergangen war, aber der Gedanke verschwand wieder, wie er gekommen war, ohne in die Tat umgesetzt zu werden. Anthony Bartlett, Bobs Schwiegervater und Seniorpartner in der Kanzlei, hatte sich zu einem ungewöhnlichen Besuch bei den Kinellens nach dem Abendessen entschlossen, um die Strategie für das bevorstehende Strafverfahren gegen James Forrest Weeks wegen Steuerhinterziehung durchzusprechen, den wichtigsten – und am meisten umstrittenen – Klienten der Sozietät.

Weeks, millionenschwerer Immobilienmakler und Großunternehmer, war in den vergangenen drei Jahrzehnten zu einiger Prominenz in New York und New Jersey gelangt. Er war nicht nur ein wichtiger Sponsor politischer Kampagnen und bedeutender Spender für Wohltätigkeitszwecke, sondern auch ständig Anlaß für Gerüchte über Insider-Deals und Kungeleien, und ihm haftete der Ruf an, Beziehungen zu notorischen Figuren des organisierten Verbrechens zu pflegen.

Die Bundesstaatsanwaltschaft versuchte schon seit Jahren, Weeks etwas nachzuweisen, und Bartlett und Kinellen war die finanziell lukrative Aufgabe zugekommen, ihn bei diesen Ermittlungen zu vertreten. Bis jetzt hatten die Bundesbeamten es nie geschafft, handfeste Beweise aufzutreiben, die zum Anklagebeschluß ausgereicht hätten.

»Diesmal geht es Jimmy womöglich ernsthaft an den Kragen«, rief Anthony Bartlett seinem Schwiegersohn ins Gedächtnis, als sie sich im Arbeitszimmer im Haus der Kinellens in Englewood Cliffs gegenübersaßen. Er trank einen Schluck von seinem Brandy. »Was natürlich bedeutet, daß es auch uns an den Kragen gehen kann.«

In den zehn Jahren, seit Bob zu der Kanzlei gehörte, hatte er miterlebt, wie sie sich beinahe in eine Tochterfirma von Weeks Enterprises verwandelt hatte, so eng waren sie miteinander verknüpft. Genaugenommen würden ihnen ohne Jimmys riesiges Wirtschaftsimperium nur noch eine Handvoll unbedeutender Klienten bleiben und Erträge, die nicht mehr ausreichen würden, ihre Kanzlei über Wasser zu halten. Sie waren sich beide klar darüber, daß Bartlett und Kinellen als lebensfähiges Unternehmen im Falle der Verurteilung von Jimmy erledigt sein würde.

»Barney ist es, um den ich mir Sorgen mache«, sagte Bob ruhig. Barney Haskell war Jimmy Weeks' Chefbuchhalter und Mitangeklagter in dem laufenden Verfahren. Sie wußten beide, daß enormer Druck auf ihn ausgeübt wurde, sich als Kronzeuge im Austausch für eine Strafminderung zur Verfügung zu stellen.

Anthony Bartlett nickte. »Ganz deiner Meinung.«

»Und aus mehr als einem Grund«, fuhr Bob fort. »Ich hab' dir doch von dem Unfall in New York erzählt? Und daß Robin von einem Gesichtschirurgen behandelt wurde?«

»Ja. Wie geht's ihr denn?«

»Sie wird Gott sei Dank wieder ganz okay sein. Aber ich

hab' dir noch nicht gesagt, wie der Arzt heißt. Charles Smith ist sein Name.«

»Charles Smith.« Anthony Bartlett runzelte die Stirn, während er über den Namen nachdachte. Dann gingen seine Augenbrauen in die Höhe, und er setzte sich kerzengerade auf. »Doch nicht etwa der, der ...?«

»Genau«, antwortete Bob. »Und meine Exfrau, die für die Staatsanwaltschaft arbeitet, sucht regelmäßig mit unsrer Tochter seine Praxis auf. So wie ich Kerry kenne, ist es nur eine Frage der Zeit, bis sie den Zusammenhang herstellt.«

»O mein Gott«, sagte Bartlett niedergeschlagen.

Donnerstag, 12. Oktober

8

Die Staatsanwaltschaft von Bergen County hatte ihre Amtsräume im ersten Stock des Westflügels des Gerichtsgebäudes. Sie umfaßte fünfunddreißig Staatsanwälte, siebzig Ermittlungsbeamte und fünfundzwanzig Sachbearbeiter beziehungsweise Sekretärinnen, dazu Franklin Green, den Chef der Behörde.

Trotz der nie nachlassenden Flut an Arbeit und der ernsten, häufig makabren Natur der Materie herrschte ein kumpelhafter Umgangston im Amt. Kerry arbeitete ausgesprochen gerne hier. Sie erhielt immer wieder verheißungsvolle Angebote von Anwaltskanzleien, bei ihnen eine Stelle anzutreten, doch trotz der finanziellen Verlockungen hatte sie es vorgezogen dazubleiben und sich mittlerweile zu der Position einer leitenden Staatsanwältin vor Gericht hochgearbeitet. Dabei hatte sie sich gleichzeitig ein Renommee als gewitzte, hartnäckige und gewissenhafte Anklägerin erworben.

Zwei Richter hatten gerade mit siebzig Jahren das obligatorische Ruhestandsalter erreicht und ihren Richtersitz aufgegeben, und daher gab es jetzt zwei offene Stellen. In seiner Eigenschaft als Senator des Staates hatte Jonathan Hoover Kerrys Namen für eine der Positionen eingereicht. Sie gestand nicht einmal sich selbst ein, wie sehnlich sie sich das Richteramt wünschte. Die großen Kanzleien boten wesentlich mehr Geld, aber ein Richteramt stellte die Art von Errungenschaft dar, mit der Geld niemals konkurrieren konnte.

Kerry dachte gerade an die mögliche Ernennung, als sie am Morgen den Code für das Schloß der Außentür eingab und, sobald es klickte, die Tür aufstieß. Sie winkte der Telefonistin zu und ging rasch in das Büro, das dem Staatsanwalt mit Prozeßbefugnis zugeordnet war.

Gemessen an den fensterlosen Minibüros, die den neuen Anwälten bei der Staatsanwaltschaft zugeteilt wurden, war dieser Büroraum von angenehmer Größe. Die Platte des abgenutzten Holzschreibtischs war so vollständig mit Aktenstapeln bedeckt, daß sein Zustand kaum eine Rolle spielte. Die Stühle mit ihren geraden Lehnen paßten nicht zusammen, doch sie erfüllten ihren Zweck. An der obersten Schublade des Aktenschranks mußte man energisch zerren, um sie überhaupt aufzubekommen, doch das irritierte Kerry nicht sonderlich.

Der Raum hatte eine gute Lüftung, Fenster, die für Zufuhr von Licht und frischer Luft sorgten. Sie hatte dem Zimmer eine persönliche Note verliehen, mit üppigen Pflanzen, welche die Fenstersimse säumten, und mit gerahmten Fotos, die Robin gemacht hatte. Der Gesamteindruck war praktisch und wohnlich, und Kerry war vollauf zufrieden, diesen Raum als Büro zu haben.

Der Morgen hatte den ersten Frost dieses Herbstes mit sich gebracht, weshalb Kerry noch schnell nach ihrem wetterfesten Mantel gegriffen hatte, als sie von zu Hause wegging. Jetzt hängte sie den Mantel sorgfältig auf. Sie hatte den echten Burberry zu einem günstigen Preis erstanden und wollte, daß er noch lange hielt.

Sie befreite sich von den letzten Resten des beunruhigenden Traums der letzten Nacht, als sie sich an ihren Schreibtisch setzte. Jetzt mußte sie sich um das Verfahren kümmern, das in einer Stunde beginnen würde.

Das Mordopfer, die Frau in der leitenden Position, hatte zwei Söhne im Teenager-Alter, die sie allein großgezogen hatte. Wer würde sich jetzt um sie kümmern? Was wäre, wenn mir etwas zustoßen würde? dachte Kerry. Wohin würde Robin dann gehen? Bestimmt nicht zu ihrem Vater; in seinem neuen Haushalt würde sie sich weder wohl fühlen noch willkommen sein. Aber Kerry konnte sich auch nicht vorstellen, wie ihre Mutter und ihr Stiefvater, die beide über siebzig waren und in Colorado lebten, eine Zehnjährige aufziehen sollten. Hoffentlich bin ich wenigstens so lange unter den Lebenden, bis Robin erwachsen ist, dachte sie, während sie ihre Aufmerksamkeit auf die Akte richtete, die vor ihr lag.

Um zehn vor neun klingelte das Telefon. Frank Green, der Oberstaatsanwalt, war am Apparat. »Kerry, ich weiß, daß Sie auf dem Sprung zum Gericht sind, aber kommen Sie doch eine Minute bei mir vorbei.«

»Ja, natürlich.« Und es darf wirklich bloß eine Minute dauern, dachte sie. Frank weiß, daß Richter Kafka einen Anfall bekommt, wenn man ihn warten läßt.

Sie fand Staatsanwalt Frank Green hinter seinem Schreibtisch vor. Mit seinem zerfurchten Gesicht und den pfiffigen Augen hatte er mit zweiundfünfzig Jahren noch immer den gestählten Körper, der ihn auf dem College zu einem Footballstar gemacht hatte. Er lächelte warm, aber irgendwie verändert, dachte sie. Hatte er sich vielleicht seine Zähne machen lassen? Falls ja, so ist er schlau. Sie sehen gut aus, und sie werden sich auch gut auf Fotos machen, wenn er im Juni nominiert wird.

Es bestand kein Zweifel, daß Green sich bereits auf den Wahlkampf um den Gouverneursposten vorbereitete. Das Interesse der Medien für seinen Amtssitz machte sich immer mehr bemerkbar, und welche Sorgfalt er neuerdings seiner Garderobe widmete, blieb niemandem verborgen. In einem Leitartikel hatte es geheißen, da der gegenwärtige Gouverneur seit zwei Amtsperioden so guten Dienst tue und Green persönlich zum Nachfolger auserkoren habe, sei die Wahrscheinlichkeit ausgesprochen groß, daß man ihm die Führung des Staates anvertrauen werde.

Nach Erscheinen des Leitartikels bürgerte es sich ein, daß Green von seinen Mitarbeitern »Unser Anführer« genannt wurde.

Kerry bewunderte sein juristisches Können und seine Effizienz. Er hatte die Zügel fest in der Hand. Ihr Vorbehalt ihm gegenüber beruhte darauf, daß er mehrmals in den vergangenen zehn Jahren einen der jüngeren Anwälte, dem ein Lapsus unterlaufen war, im Regen hatte stehenlassen. In erster Linie war Green sich selbst gegenüber loyal.

Sie wußte, daß ihre Nominierung für ein Richteramt ihren Rang in seinen Augen gesteigert hatte. »Sieht ganz danach aus, daß wir beide noch zu Höherem bestimmt sind«, hatte er in einem seltenen Ausbruch von Enthusiasmus und Leutseligkeit ihr gegenüber erklärt.

Jetzt sagte er: »Kommen Sie herein, Kerry. Ich wollte nur von Ihnen selbst hören, wie es Robin geht. Als ich erfuhr, daß Sie gestern den Richter um eine Vertagung des Verfahrens gebeten haben, machte ich mir Sorgen.«

Sie informierte ihn kurz über das Untersuchungsergebnis und versicherte ihm, alles sei unter Kontrolle.

»Robin war doch mit ihrem Vater zusammen, als der Unfall passierte, stimmt's?«

»Ja, Bob war am Steuer.«

»Ihr Exmann hat womöglich eine Pechsträhne. Ich glaube nicht, daß er Weeks diesmal freibekommt. Es heißt, daß sie ihn festnageln werden, und ich hoffe, das tun sie auch. Er ist ein Gauner, und vielleicht noch was Schlimmeres.« Er machte eine wegwerfende Handbewegung. »Ich bin froh, daß Robin sich wieder erholt, und ich weiß, daß Sie die Dinge im Griff haben. Heute nehmen Sie doch den Angeklagten ins Kreuzverhör, nicht?«

»Ja.«

»Wie ich Sie kenne, tut er mir beinahe leid. Viel Glück.«

Montag, 23. Oktober

9

Fast zwei Wochen waren vergangen, und noch immer sonnte sich Kerry im Glanz ihrer Befriedigung über das mittlerweile abgeschlossene Verfahren. Sie hatte die Verurteilung wegen Mordes durchgesetzt. Wenigstens mußten die Söhne der getöteten Frau nicht in dem Bewußtsein aufwachsen, daß der Mörder ihrer Mutter in fünf oder sechs Jahren wieder frei herumlief. Genau das wäre geschehen, wenn die Geschworenen der Argumentation der Verteidigung auf Totschlag im Affekt Glauben geschenkt hätten. Mord bedeutete einc obligatorische Strafe von dreißig Jahren, ohne Chance auf Strafminderung wegen guter Führung.

Während sie jetzt erneut im Empfangsraum der Praxis von Dr. Smith saß, machte sie ihre Aktentasche auf, die sie überallhin mitnahm, und zog eine Zeitung heraus. Robin war zur zweiten Nachuntersuchung da, die sicher eher eine Routineangelegenheit war, also konnte Kerry sich entspannen. Außerdem brannte sie darauf, das Neueste über Jimmy Weeks' Prozeß zu erfahren.

Wie Frank Green vorhergesagt hatte, war man allgemein der Ansicht, daß es für den Angeklagten nicht gut aussah. Frühere Ermittlungen in Sachen Bestechung, Insider-Geschäften sowie Geldwäsche waren wegen Mangels an ausreichenden Beweisen fallengelassen worden. Dieses Mal jedoch galt es als sicher, daß der Fall hieb- und stichfest war. Das hieß, falls er überhaupt in die Gänge kam. Die Auswahl der Jury dauerte nun schon mehrere Wochen an, und es war kein Ende in Sicht. Das wird Bartlett und Kinellen sicher freuen, dachte sie, daß sich all diese honorarträchtigen Stunden anhäufen.

Bob hatte Jimmy Weeks einmal Kerry vorgestellt, als sie den beiden in einem Restaurant über den Weg lief. Nun betrachtete sie das Foto von ihm, auf dem er neben ihrem ehemaligen Mann auf der Anklagebank saß. Denk dir den maßgeschneiderten Anzug weg und dieses aufgesetzte weltmännische Gehabe, und du hast einen Schurken vor dir, überlegte sie.

Auf der Abbildung war Bobs Arm schützend um die Lehne von Weeks' Stuhl gelegt. Ihre Köpfe steckten nahe beieinander. Kerry mußte daran denken, wie Bob früher diese Geste einstudiert hatte.

Sie überflog den Artikel, ließ dann die Zeitung wieder in ihre Aktentasche plumpsen. Mit einem Kopfschütteln erinnerte sie sich an ihre Entrüstung, als Bob ihr kurz nach Robins Geburt mitgeteilt hatte, er habe eine Stelle bei Bartlett und Partner angenommen.

»All ihre Klienten stecken schon mit einem Fuß im Knast«, hatte sie protestiert. »Und der andere Fuß gehört ebenfalls dahin.«

»Und sie zahlen rechtzeitig ihre Rechnungen«, hatte Bob daraufhin erwidert. »Kerry, bleib du nur bei der Staatsanwaltschaft, wenn dir der Sinn danach steht. Ich hab' andere Pläne.«

Ein Jahr später verkündete er, diese Pläne schlössen auch die Ehe mit Alice Bartlett ein.

Graue Vorzeit, sagte sich Kerry jetzt und sah sich im Wartezimmer um. Heute saßen hier noch ein athletisch aussehender Halbwüchsiger mit einem Verband auf der Nase und eine ältere Frau, deren viele Falten den Grund für ihre Anwesenheit ahnen ließen.

Kerry warf einen Blick auf ihre Uhr. Robin hatte ihr erzählt, daß sie in der Woche zuvor eine halbe Stunde lang im Sprechzimmer hatte warten müssen. »Ich hätte besser ein Buch dabeigehabt«, hatte sie gesagt. Diesmal hatte sie für Lektüre vorgesorgt.

Ich wünschte bei Gott, Dr. Smith würde realistische Termine machen, dachte Kerry gereizt, während sie in Richtung der Sprechzimmer schaute, wo gerade eine Tür aufging.

Sofort erstarrte Kerry und riß die Augen auf. Die junge Frau, die erschien, hatte ein von einer dunklen Haarpracht eingerahmtes Gesicht, eine gerade Nase, schmollend aufgeworfene Lippen, weit auseinanderliegende Augen und schwungvolle Augenbrauen. Kerry spürte, wie sich ihr die

Kehle zusammenschnürte. Es war nicht dieselbe Frau, die sie letztes Mal gesehen hatte – aber sie sah genauso aus. Waren die beiden vielleicht miteinander verwandt? Falls sie Patientinnen waren, würde Dr. Smith doch gewiß nicht auf den Gedanken kommen, ihnen ein so ähnliches Aussehen zu verpassen, dachte sie.

Und weshalb erinnerte sie dieses Gesicht so stark an eine andere Frau, daß es einen Alptraum ausgelöst hatte? Sie schüttelte ratlos den Kopf.

Erneut warf sie einen Blick auf die anderen Anwesenden, die in dem winzigen Wartezimmer saßen. Der Junge hatte offenbar einen Unfall erlitten und sich wahrscheinlich die Nase gebrochen. Aber war die ältere Frau nur wegen eines ganz normalen Faceliftings hier, oder hoffte sie womöglich auf ein völlig neues Erscheinungsbild?

Wie fühlte man sich wohl, wenn man in den Spiegel schaute und feststellte, daß einem eine Fremde entgegenblickte? fragte sich Kerry. Kann man sich einfach sein neues Aussehen nach Belieben aussuchen? War die Sache so einfach?

»Ms. McGrath.«

Kerry wandte sich um und sah Mrs. Carpenter, die Schwester, gestikulieren, sie möge zu den Behandlungszimmern kommen.

Kerry beeilte sich, ihr zu folgen. Bei ihrem letzten Besuch hatte sie die Sprechstundenhilfe am Empfang über die Frau ausgefragt, die sie damals hier gesehen hatte, und zur Antwort erhalten, ihr Name sei Barbara Tompkins. Jetzt konnte sie die Krankenschwester nach dieser anderen Frau fragen. »Diese junge Frau, die soeben wegging, kam mir irgendwie vertraut vor«, fragte Kerry. »Wie heißt sie denn?«

»Pamela Worth«, antwortete Mrs. Carpenter knapp. »So, da wären wir.«

Sie entdeckte Robin, die dem Arzt gegenüber vor seinem Schreibtisch saß; sie saß ungewöhnlich gerade da und hatte die Hände auf dem Schoß gefaltet. Kerry bemerkte den Ausdruck von Erleichterung in der Miene ihrer Tochter, als Robin sich umdrehte und ihre Blicke sich begegneten.

Der Chirurg nickte Kerry zu und bedeutete ihr mit einer Geste, sie möge sich auf den Sessel neben Robin setzen. »Ich habe mit Robin die Nachbehandlung besprochen, die ich für sie haben möchte, um sicherzugehen, daß nichts den Heilprozeß beeinträchtigt. Sie möchte wieder Fußball spielen, aber sie muß mir versprechen, daß sie für den Rest der Saison eine Gesichtsmaske trägt. Wir dürfen nicht das geringste Risiko eingehen, daß diese Schnittwunden wieder aufgerissen werden. Ich gehe davon aus, daß die Narben in einem halben Jahr nicht mehr sichtbar sind.«

Sein Gesicht nahm einen entschiedenen Ausdruck an. »Ich habe Robin bereits erklärt, daß mich viele Menschen mit dem Wunsch nach der Art von Schönheit aufsuchen, wie Robin sie freizügig geschenkt bekommen hat. Es ist ihre Pflicht, sie zu hegen und zu pflegen. Ich entnehme den Unterlagen, daß Sie geschieden sind. Robin hat mir gesagt, daß ihr Vater zum Zeitpunkt des Unfalls am Steuer saß. Ich rate Ihnen dringend, ihm einzuschärfen, sich in Zukunft besser um seine Tochter zu kümmern. Sie ist unersetzlich.«

Auf dem Heimweg kehrten sie auf Robins Wunsch bei Valentino's in Park Ridge zum Abendessen ein. »Ich mag die Krabben hier«, verkündete Robin. Doch als sie sich gerade an einen Tisch gesetzt hatten, blickte Robin sich um und sagte: »Daddy ist einmal mit mir hierhergekommen. Er sagt, es ist das beste Lokal hier.« Ihre Stimme klang träumerisch.

Deshalb also wollte sie unbedingt in dieses Restaurant, dachte Kerry. Seit dem Unfall hatte Bob Robin nur einmal angerufen, und das war während der Schule. Seine Botschaft auf dem Anrufbeantworter lautete, er vermute, sie sei in der Schule, und das bedeute wohl, daß es ihr prima ginge. Es gab keine Bitte um Robins Rückruf. Jetzt sei fair, ermahnte Kerry sich. Immerhin hat er sich bei mir im Büro erkundigt, und er weiß, daß Dr. Smith gesagt hat, Robin werde wieder ganz in Ordnung kommen. Doch das war schon zwei Wochen her. Seither Schweigen.

Der Kellner erschien, um die Bestellung aufzunehmen. Als sie wieder allein waren, sagte Robin: »Mom, ich will nicht mehr zu Dr. Smith gehn. Er ist gruselig.«

Kerry war bestürzt. Das entsprach genau ihren eigenen Gedanken. Und als nächstes kam ihr in den Sinn, daß sie lediglich sein Wort dafür hatte, daß die schlimmen roten Striemen auf Robins Gesicht verschwinden würden. Ich muß sie unbedingt von einem anderen Arzt untersuchen lassen, nahm sie sich vor. Um einen sachlichen Ton bemüht, erklärte sie: »Oh, ich denke, Dr. Smith ist schon in Ordnung, auch wenn er soviel Charakter hat wie eine feuchte Nudel.« Sie wurde von Robins vergnügtem Grinsen belohnt.

»Wie auch immer«, fuhr sie fort, »er will dich erst wieder in einem Monat sehen, und danach vielleicht überhaupt nicht mehr. Also mach dir keine Sorgen. Er kann nichts dafür, daß er ohne Charme auf die Welt kam.«

»Vergiß den Charme. Er ist ein totaler Widerling.«

Als das Essen kam, probierten sie gegenseitig von ihren Gerichten und unterhielten sich angeregt dabei. Robin hatte ihre Leidenschaft fürs Fotografieren entdeckt und nahm an einem Anfangskurs in Fototechnik teil. Zur Zeit hatte sie die Aufgabe gestellt bekommen, Aufnahmen von Herbstblättern in den verschiedenen Stadien der Verfärbung zu machen. »Ich hab' dir doch die tollen Bilder gezeigt, Mom, die ich geknipst hab', als die Blätter grade anfingen, die Farbe zu ändern. Ich weiß, daß die Fotos, die ich diese Woche gemacht hab', mit den Farben am Höhepunkt, bestimmt toll sind.«

»Bevor du sie überhaupt gesehn hast?« murmelte Kerry.

»Mm-hmmm. Jetzt kann ich's gar nicht erwarten, bis die Blätter verwelken und dann ein anständiger Sturm alles durcheinanderfegt. Das wird doch bestimmt phantastisch, nicht?«

»Nichts geht über einen anständigen Sturm, der alles durcheinanderfegt«, stimmte Kerry zu.

Sie beschlossen, auf einen Nachtisch zu verzichten. Der Kellner hatte gerade Kerry ihre Kreditkarte zurückgegeben, als sie Robin nach Luft schnappen hörte. »Was ist denn, Rob?«

»Daddy ist da! Er sieht uns.« Robin sprang auf.

»Warte, Rob, laß ihn zu dir kommen«, sagte Kerry ruhig. Sie drehte sich um. In Begleitung eines weiteren Mannes folge Bob dem Empfangschef. Kerrys Augen weiteten sich erstaunt. Der andere Mann war Jimmy Weeks.

Bob sah wie immer phänomenal aus. Nicht einmal ein langer Tag vor Gericht hinterließ eine Spur von Müdigkeit auf seinem attraktiven Gesicht. Nie eine Falte oder eine Knautschstelle an dir, dachte Kerry und war sich gleichzeitig bewußt, daß sie in Bobs Gegenwart stets den Impuls empfand, ihr Make-up zu überprüfen, die Haare zu ordnen, ihre Jacke zu glätten.

Robin andererseits sah überglücklich aus. Voller Freude erwiderte sie Bobs Umarmung. »Schade, daß ich deinen Anruf verpaßt hab, Daddy.«

Ach, Robin, dachte Kerry. Dann merkte sie, daß Jimmy Weeks auf sie herunterblickte. »Ich habe Sie hier vor einem Jahr kennengelernt«, sagte er. »Sie haben damals mit zwei Richtern zu Abend gegessen. Schön, Sie wiederzusehen, Mrs. Kinellen.«

»Den Namen habe ich schon lange abgelegt. Ich heiße wieder McGrath. Aber Sie haben wirklich ein gutes Gedächtnis, Mr. Weeks.« Kerrys Stimme klang nüchtern. Sie würde bestimmt nicht behaupten, sie freue sich, den Mann wiederzusehen.

»Na klar habe ich ein gutes Gedächtnis.« Weeks' Lächeln ließ seine Bemerkung wie einen Witz erscheinen. »Es macht die Sache einfacher, wenn man sich an eine sehr attraktive Frau erinnert.«

Verschon mich, dachte Kerry mit einem schmalen Lächeln. Sie wandte sich von ihm ab, als Bob Robin losließ. Jetzt streckte er ihr die Hand hin.

»Kerry, was für eine nette Überraschung.«

»Es ist meistens eine Überraschung, wenn wir dich zu sehen kriegen, Bob.«

»Mom«, beschwor Robin sie flehentlich.

Kerry biß sich auf die Lippe. Sie konnte sich selbst nicht ausstehen, wenn sie vor ihrer Tochter Spitzen gegen Bob losließ. Sie zwang sich zu einem Lächeln. »Wir sind gerade dabei zu gehen.«

Als sie an ihrem Tisch Platz genommen hatten und die Drinks bestellt waren, stellte Jimmy Weeks fest: »Deine Exfrau kann dich wirklich nicht besonders gut leiden, Bobby.«

Kinellen zuckte die Achseln. »Kerry sollte mal lockerlassen. Sie nimmt alles viel zu ernst. Wir haben zu jung geheiratet. Wir haben uns getrennt. Passiert doch alle Tage. Ich wünschte, sie würde einen andern kennenlernen.«

»Was ist mit dem Gesicht von deiner Tochter passiert?«

»Glassplitter bei einem Auffahrunfall. Sie wird schon wieder okay.«

»Hast du dich auch drum gekümmert, daß sie einen guten plastischen Chirurgen kriegt?«

»Ja, er wurde bestens empfohlen. Was möchtest du denn essen, Jimmy?«

»Wie heißt der Arzt denn? Vielleicht ist es derselbe, bei dem meine Frau war.«

Bob Kinellen kochte innerlich. Er verfluchte das Pech, daß er Kerry und Robin über den Weg laufen mußte und Jimmy ihn jetzt über den Unfall ausfragte. »Charles Smith«, sagte er schließlich.

»Charles Smith?« Weeks' Stimme klang verblüfft. »Du machst Witze.«

»Leider nicht.«

»Nun ja, es heißt, daß er bald seine Praxis aufgibt. Er hat ernste Probleme mit seiner Gesundheit.«

Jetzt sah Kinellen verblüfft aus. »Woher weißt du das?«

Jimmy W. musterte ihn kalt. »Ich halte mich auf dem laufenden über ihn. Rat mal, warum. Sollte nicht mehr lange dauern.«

10

In der folgenden Nacht kam der Traum wieder. Erneut stand Kerry in der Arztpraxis. Eine junge Frau lag auf dem Boden, eine Kordel um den Hals geknüpft, und ihr dunkles Haar umrahmte ein Gesicht mit großen leeren Augen, der Mund stand offen, als ringe sie nach Luft, ihre rosafarbene Zungenspitze ragte heraus.

In ihrem Traum versuchte Kerry zu schreien, brachte aber nur ein Stöhnen zustande. Einen Augenblick später schüttelte Robin sie wach. »Mom! Mom, wach auf. Was ist denn los?«

Kerry schlug die Augen auf. »Was – ach du lieber Gott, Robin, was für ein grauenhafter Alptraum. Danke dir.«

Doch nachdem Robin in ihr Zimmer zurückgekehrt war, lag Kerry wach da und grübelte über den Traum nach. Was war nur der Auslöser dazu? überlegte sie. Warum war er diesmal anders als letztes Mal?

Dieses Mal waren Blumen über der Leiche der Frau verstreut gewesen. Rosen. *Sweetheart-Rosen.*

Sie setzte sich plötzlich auf. Das war's! *Das* war es, woran sie sich zu erinnern versucht hatte! Die Frau heute in Dr. Smiths Praxis und die andere vor ein paar Wochen, die beiden, die einander so ähnlich gesehen hatten. Sie wußte jetzt, weshalb sie ihr so bekannt vorkamen. Sie wußte, wem sie ähnlich sahen.

Suzanne Reardon, das Opfer in dem Sweetheart-Mordfall. Fast elf Jahre war es inzwischen her, daß sie von ihrem Mann ermordet worden war. Der Fall hatte großes Aufsehen in den Medien erregt, ein Verbrechen aus Leidenschaft, dazu Rosen, die über das schöne Opfer verstreut lagen.

Mein erster Arbeitstag bei der Staatsanwaltschaft war genau der Tag, an dem das Geschworenengericht den Ehemann für schuldig befunden hat, erinnerte sich Kerry. Die Zeitungen konnten sich nicht genugtun mit Bildern von Suzanne. Ich habe ganz bestimmt recht, sagte sie sich. Ich war damals bei der Urteilsverkündung dabei. Sie hat mich so tief beeindruckt. Doch weshalb in Gottes Namen sollten zwei von Dr. Smiths Patientinnen einem Mordopfer zum Verwechseln ähnlich sehen?

11

Pamela Worth war ein Fehler gewesen. Dieser Gedanke hielt Dr. Charles Smith praktisch die ganze Montagnacht hindurch wach. Selbst die Schönheit ihres neugeformten Gesichts konnte ihre plumpe Körperhaltung und ihre grobe, laute Stimme nicht kompensieren.

Ich hätte es von vornherein wissen müssen, dachte er. Und wenn er ehrlich war, hatte er es auch gewußt. Aber er hatte einfach nicht anders gekonnt. Ihr Knochenbau machte sie zu einer lächerlich einfachen Kandidatin für solch eine Verwandlung. Und zu fühlen, wie diese Verwandlung sich unter seinen Händen vollzog, hatte es ihm ermöglicht, wieder etwas von der freudigen Erregung zu empfinden, die er damals beim allererstenmal empfunden hatte.

Was würde er nur tun, wenn es ihm unmöglich wurde, weiterhin zu operieren? fragte er sich. Dieser Zeitpunkt kam rasch näher. Das leichte Zittern seiner rechten Hand, das bisher nur ein Ärgernis war, würde sich verstärken. Das Ärgernis würde völliger Untauglichkeit weichen.

Er knipste das Licht an, nicht das neben seinem Bett, sondern die Leuchte, die auf das Bild gegenüber von ihm an der Wand gerichtet war. Er betrachtete es jede Nacht, bevor er einschlief. Sie war so wunderschön. Jetzt dagegen, ohne seine Brille, kam ihm die Frau auf dem Bild ganz verzerrt und entstellt vor, so wie sie als Tote ausgesehen hatte.

»Suzanne«, murmelte er. Dann, als ihn der Schmerz der Erinnerung überwältigte, warf er sich einen Arm vor die Augen, um den Anblick auszublenden. Er konnte die Vorstellung einfach nicht ertragen, wie sie damals ausgesehen hatte: ihrer Schönheit beraubt, mit hervorquellenden Augen und einer Zungenspitze, die über eine schlaffe Unterlippe und einen hängenden Kiefer herausragte ...

Dienstag, 24. Oktober

12

Das erste, was Kerry am Dienstag morgen nach Ankunft in ihrem Büro tat, war Jonathan Hoover anzurufen.

Wie immer war es tröstlich, seine Stimme zu hören. Sie kam sofort zur Sache. »Jonathan, Robin war gestern zum Nachsehen bei dem Arzt in New York, und es scheint alles in Ordnung zu sein, aber ich würde mich mit einer zweiten Diagnose wesentlich wohler fühlen, wenn noch ein anderer Gesichtschirurg mit Dr. Smith derselben Meinung wäre, daß keine Narben zurückbleiben. Kennst du einen, der gut ist?«

In Jonathans Antwort schwang ein Lächeln mit. »Nicht aus eigener Erfahrung.«

»Das hast du auch gewiß nie nötig gehabt.«

»Danke, Kerry. Ich werde mich mal umhören, wenn du willst. Grace und ich fanden beide, du solltest einen zweiten Arzt konsultieren, aber wir wollten uns nicht einmischen. Ist gestern irgend etwas vorgefallen, weshalb du dich dazu entschlossen hast?«

»Ja und nein. Jetzt kommt gleich jemand zu einer Besprechung. Ich erzähl es dir dann später, wenn wir uns das nächste Mal sehen.«

»Ich ruf dich noch heute nachmittag zurück und gebe dir einen Namen durch.«

»Dank dir, Jonathan.«

»Aber gern, Euer Ehren.«

»Jonathan, sag so was nicht. Du bringst mir noch Unglück.«

Als die Verbindung unterbrochen wurde, hörte sie ihn noch lachen.

Ihre erste Verabredung an diesem Vormittag galt Corinne Banks, der jungen Anwältin, der sie als Prozeßbefugte ein Verfahren wegen eines Verkehrsunfalls mit Todesfolge übertragen hatte. Es war für den kommenden Montag im Gerichtskalender eingetragen, und Corinne wollte einige Aspekte der Anklage durchgehen, die sie vorzubringen beabsichtigte.

Corinne, eine junge Schwarze von siebenundzwanzig Jahren, hatte alle Voraussetzungen zu einer Staranwältin vor Gericht, dachte Kerry. Da klopfte es an die Tür, und Corinne trat mit einem dicken Aktenordner unter dem Arm ein. Sie grinste über das ganze Gesicht. »Raten Sie mal, was Joe ausgegraben hat«, sagte sie glücklich.

Joe Palumbo war einer ihrer besten Ermittlungsbeamten.

Kerry lächelte. »Na, da bin ich aber gespannt.«

»Unser ach-so-unschuldiger Angeklagter, der behauptet hat, er hätte noch nie zuvor einen Unfall gehabt, sitzt ganz schön in der Tinte. Unter einem gefälschten Führerschein geht eine ganze Serie von ernsten Verkehrsdelikten auf sein Konto, darunter eine weitere fahrlässige Tötung vor fünfzehn Jahren. Ich bin wirklich scharf drauf, den Kerl zur Strecke zu bringen, und jetzt bin ich überzeugt, daß wir's auch schaffen.« Sie legte die Akte hin und schlug sie auf. »Sei's drum – jetzt zu dem, worüber ich mit Ihnen reden wollte ...«

Zwanzig Minuten später, nachdem Corinne gegangen war, griff Kerry nach dem Telefon. Corinnes Hinweis auf den Ermittler hatte sie auf eine Idee gebracht.

Als Joe Palumbo mit seinem gewohnten »Japp« antwortete, fragte Kerry: »Joe, hast du über Mittag schon was vor?«

»Rein gar nichts, Kerry. Willst du mich vielleicht zum Lunch im Solari's einladen?«

Kerry lachte. »Würde ich ja liebend gern, aber ich hab'an etwas anderes gedacht. Wie lange arbeitest du jetzt schon hier?«

»Zwanzig Jahre.«

»Hast du irgend etwas mit dem Reardon-Mordfall vor ungefähr zehn Jahren zu tun gehabt, der Sache, die man in den Medien den Sweetheart-Mord nannte?«

»Das war eine Riesensache. Nein, ich war da nicht beteiligt, aber soweit ich mich erinnere, ging die Sache ziemlich rasch über die Bühne. Unser Anführer hat sich damit einen Namen gemacht.«

Kerry wußte, daß Palumbo nicht gerade begeistert von Frank Green war. »Wurde da nicht mehrmals Berufung eingelegt?« fragte sie.

»Sicher doch. Sie kamen ständig mit neuen Theorien daher. Es schien überhaupt nicht mehr aufzuhören«, antwortete Palumbo.

»Ich glaube, die letzte Eingabe für eine Wiederaufnahme des Falls wurde erst vor ein paar Jahren abgelehnt«, sagte Kerry, »aber jetzt ist was aufgetaucht, was mir den Fall interessant erscheinen läßt. Wie auch immer, mir geht's um folgendes: Ich möchte, daß du ins Archiv gehst und alles ausgräbst, was im *Record* über den Fall gedruckt worden ist.«

Sie malte sich aus, wie Joe jetzt gutmütig die Augen verdrehte. »Für dich immer, Kerry. Alles was du willst. Aber wieso? Der Fall ist doch längst gegessen.«

»Frag mich später danach.«

Kerrys Lunch bestand aus einem Sandwich und Kaffee an ihrem Schreibtisch. Um halb zwei kam Joe mit einem prall gefüllten Umschlag herein. »Die gewünschten Unterlagen.«

Kerry schaute ihn voll Zuneigung an. Joe war nicht sehr groß, wurde allmählich grau, hatte an die zehn Kilo Übergewicht und ein spontanes Lächeln und war von einer entwaffnenden Freundlichkeit, hinter der man seine Fähigkeit, sich in scheinbar unwichtige Details zu verbeißen, nicht vermutete. Kerry hatte an einigen ihrer wichtigsten Fälle mit ihm zusammengearbeitet. »Du hast was gut bei mir«, sagte sie.

»Vergiß es, aber ich muß zugeben, daß ich neugierig bin. Was interessiert dich denn so an dem Reardon-Fall, Kerry?«

Sie zögerte. Irgendwie schien es zu diesem Zeitpunkt nicht richtig zu sein, über das zu sprechen, was Dr. Smith trieb.

Palumbo sah, daß sie mit der Antwort zögerte. »Laß nur. Du erzählst es mir schon, wenn's soweit ist. Bis später dann.«

Kerry hatte vor, die Unterlagen mit nach Hause zu nehmen und nach dem Abendessen mit der Lektüre zu beginnen. Aber sie konnte es sich nicht verkneifen, den Ausschnitt, der obenauf lag, herauszuziehen. Ich hatte recht, dachte sie. Es ist erst zwei Jahre her.

Es war eine kleine Notiz von Seite 32 in *The Record*, die festhielt, daß Skip Reardons fünfte Eingabe um Revision des Falls vom Obersten Gericht von New Jersey abgelehnt worden sei und daß sein Anwalt Geoffrey Dorso geschworen habe, er werde schon Beweisgründe für einen weiteren Anlauf auftreiben.

Dorso wurde mit den Worten zitiert: »Ich bleibe am Ball, bis Skip Reardon aus diesem Gefängnis freikommt und vollauf entlastet wird. Er ist unschuldig.«

Natürlich, dachte sie, alle Verteidiger sagen das.

13

Schon zum zweitenmal hintereinander aß Bob Kinellen mit seinem Klienten Jimmy Weeks zusammen zu Abend. Der Tag im Gericht war nicht gut verlaufen. Die Auswahl der Geschworenen zog sich noch immer hin. Sie hatten bereits achtmal ihr Einspruchsrecht geltend gemacht. Aber so sorgfältig sie auch bei der Auswahl dieser Jury waren, es war offensichtlich, daß die Bundesanwaltschaft diesmal die Trümpfe in der Hand hatte. Es war fast sicher, daß Haskell sich auf einen Kuhhandel einlassen würde.

Beide Männer waren beim Essen düster gestimmt.

»Selbst wenn Haskell einknickt, kann ich ihn, glaub ich, auf dem Zeugenstand fertigmachen«, versicherte Kinellen Jimmy.

»Du *glaubst*, daß du ihn fertigmachen kannst. Das genügt nicht.«

»Wir werden sehen, wie's läuft.«

Weeks lächelte erbarmungslos. »Ich mache mir allmählich Sorgen um dich, Bob. Es wird langsam Zeit, daß du mit einem Alternativplan rüberkommst.«

Bob Kinellen ließ die Bemerkung lieber auf sich beruhen. Er schlug die Speisekarte auf. »Ich treff' mich später mit Alice bei Arnott. Wolltest du auch hingehn?«

»Zum Teufel, nein. Das fehlt mir gerade noch, daß er mich wieder irgendwem vorstellt. Du solltest das wissen. Er hat mir schon genug damit geschadet.«

14

Kerry und Robin saßen in gemütlichem Schweigen im Wohnzimmer beisammen. Da der Abend kühl war, hatten sie beschlossen, zum erstenmal in diesem Herbst ein Feuer zu machen, was in ihrem Fall hieß, daß sie das Gas andrehten und dann den Knopf drückten, der die Flammen durch die Pseudoholzscheite schießen ließ.

Wie Kerry es Besuchern zu erklären pflegte: »Ich reagiere allergisch auf Rauch. Dieses Feuer sieht echt aus und gibt Wärme von sich. Es sieht sogar so echt aus, daß meine Putzfrau die Pseudoasche aufgesaugt hat und ich losziehen mußte, um neue zu besorgen.«

Robin breitete ihre Bilder über den Farbenreichtum der Herbstblätter auf dem Couchtisch aus. »Was für ein toller Abend«, erklärte sie zufrieden, »kalt und windig. Ich krieg' bestimmt bald meine letzten Fotos zusammen. Kahle Bäume und einen Haufen Blätter auf der Erde.«

Kerry saß in ihrem geräumigen Lieblingssessel mit den Füßen auf einem Polsterkissen. Sie blickte auf. »Erinner mich bloß nicht an das Laub. Ich bin's leid.«

»Warum besorgst du dir nicht so eine Blätterblasmaschine?«

»Ich schenk' dir eine zu Weihnachten.«

»Sehr komisch. Was liest du da, Mom?«

»Komm her, Rob.« Kerry hielt einen Zeitungsausschnitt mit einer Abbildung von Suzanne Reardon hoch. »Erkennst du diese junge Dame?«

»Sie war gestern bei Dr. Smith in der Praxis.«

»Du hast ein gutes Auge, aber es ist nicht dieselbe Person.« Kerry hatte gerade angefangen, den Bericht über den Mord an Suzanne Reardon zu lesen. Ihre Leiche war um Mitternacht von ihrem Mann, Skip Reardon, entdeckt worden, einem erfolgreichen Bauunternehmer und Selfmade-Millionär. Er hatte sie auf dem Boden im Foyer ihrer gemeinsamen Luxusvilla in Alpine aufgefunden. Sie war erwürgt worden. Sweetheart-Rosen lagen über ihren Körper verstreut.

Das muß ich damals wohl gelesen haben, dachte Kerry. Zweifellos muß es mich beeindruckt haben, wenn es zu diesen Träumen führen konnte.

Zwanzig Minuten später stieß sie auf einen Ausschnitt, der sie regelrecht nach Luft schnappen ließ. Skip Reardon war des Mordes angeklagt worden, nachdem sein Schwiegervater, *Dr. Charles Smith*, der Polizei berichtet hatte, seine Tochter habe in ständiger Angst vor den wahnsinnigen Eifersuchtsanfällen ihres Mannes gelebt.

Dr. Smith war Suzanne Reardons Vater! Mein Gott, dachte Kerry. Ist das der Grund, weshalb er ihr Gesicht anderen Frauen aufpfropft? Wie bizarr. Mit wie vielen hat er das schon gemacht? Hat er deshalb mir und Robin diesen Vortrag gehalten, von wegen der Pflicht, Schönheit zu bewahren?

»Was ist denn los, Mom? Du siehst so komisch aus«, sagte Robin.

»Nichts. Hab' da einfach einen interessanten Fall.« Kerry musterte die Uhr auf dem Kaminsims. »Neun Uhr, Rob. Pack mal deine Sachen zusammen. Ich komm' in einer Minute rauf und sag' dir gute Nacht.«

Während Robin ihre Fotos einsammelte, ließ Kerry die Unterlagen, die sie in der Hand hielt, auf ihren Schoß gleiten. Sie hatte schon von Fällen gehört, bei denen Eltern über den Tod eines Kindes einfach nicht hinwegkamen, etwa das Zimmer ihrer Tochter oder ihres Sohnes völlig unverändert ließen, die Kleider noch im Schrank, ganz so, wie ihr Kind sie zurückgelassen hatte. Aber eine Tochter neu zu »erschaffen« und das wieder und wieder zu tun? Das ging sicher über reine Trauer hinaus.

Sie stand langsam auf und folgte Robin die Treppe hinauf. Nachdem sie ihrer Tochter einen Gutenachtkuß gegeben hatte, ging sie in ihr eigenes Zimmer, zog sich um und kehrte dann in Pyjama und Morgenmantel nach unten zurück, machte sich eine Tasse Kakao und nahm ihre Lektüre wieder auf.

Das Verfahren gegen Skip Reardon schien wirklich rasch über die Bühne gegangen zu sein. Er hatte offenbar zugegeben, sich am Morgen ihres Todestages beim Frühstück mit Suzanne gestritten zu haben. Ja, er räumte sogar ein, daß sie sich in den Tagen davor fast ständig gezankt hatten. Er gab zu, er sei um sechs Uhr abends heimgekommen und habe sie angetroffen, wie sie Rosen in einer Vase arrangierte. Als er sie fragte, woher sie stammten, habe sie erwidert, das ginge ihn überhaupt nichts an, von wem die seien. Er sagte, daraufhin habe er ihr erklärt, wer immer sie geschickt habe, könne Suzanne gern haben, er sei fertig mit ihr. Dann, behauptete er, sei er zurück in sein Büro gegangen, nach ein paar Drinks auf dem Sofa dort eingeschlafen und um Mitternacht nach Hause zurückgekehrt, wo er dann ihre Leiche vorgefunden habe.

Es war jedoch niemand in Erscheinung getreten, um seine Aussage zu erhärten. Die Akte enthielt einen Teil der Gerichtsprotokolle inklusive Skips Zeugenaussage. Der Staatsanwalt hatte mit Fragen auf ihn eingehämmert, bis er ganz konfus wurde und sich in Widersprüche zu verwickeln schien. Er hatte im Zeugenstand nicht gerade überzeugend gewirkt, milde ausgedrückt.

Wie miserabel ihn doch sein Verteidiger auf seine Zeugenaussage vorbereitet hatte, dachte Kerry. Sie bezweifelte nicht, daß es bei den starken, von der Staatsanwaltschaft vorgebrachten Indizien unabdingbar für Reardon war, selbst in den Zeugenstand zu treten und seine Unschuld zu beteuern. Aber es war offensichtlich, daß Frank Greens scharfes Kreuzverhör Reardon völlig aus der Fassung gebracht hatte. Keine Frage, dachte sie, Skip Reardon hat dazu beigetragen, sein eigenes Grab zu schaufeln.

Die Urteilsverkündung hatte sechs Wochen nach Beendigung des Verfahrens stattgefunden. Kerry war selbst hingegangen, um den Vorgang mitzuerleben. Jetzt mußte sie wieder an jenen Tag denken. Sie hatte Reardon als einen kräftigen, gutaussehenden Mann mit roten Haaren in Erinnerung, der sich in seinem Nadelstreifenanzug nicht wohl zu fühlen schien. Als der Richter ihn fragte, ob er vor der Urteilsverkündung noch etwas sagen wolle, hatte er erneut seine Unschuld beteuert.

Geoff Dorso hatte Reardon damals zur Seite gestanden, in seiner Funktion als dem Verteidiger Reardons beigeordneter Anwalt. Kerry kannte ihn oberflächlich. In den zehn seither vergangenen Jahren hatte Geoff sich einen guten Ruf als Strafverteidiger erworben, doch sie kannte ihn nicht aus eigener Erfahrung. Sie war noch nie vor Gericht gegen ihn angetreten.

Sie kam jetzt zu dem Zeitungsausschnitt über die Urteilsverkündung. Er enthielt auch ein direktes Zitat von Skip Reardon: »Ich bin unschuldig am Tod meiner Frau. Ich habe ihr nie etwas angetan. Ich habe sie nie bedroht. Ihr Vater, Dr. Charles Smith, ist ein Lügner. Vor Gott und diesem Gericht *schwöre* ich, daß er lügt.«

Trotz der Wärme vom Feuer her fröstelte sie.

15

Alle wußten, oder glaubten zumindest zu wissen, daß Jason Arnott von Haus aus reich war. Er lebte seit fünfzehn Jahren in Alpine, schon seit er damals das alte Halliday-Haus gekauft hatte, einen Herrensitz mit zwanzig Zimmern, auf einem Bergkamm gelegen, der einen großartigen Blick auf den Palisades Interstate Park bot.

Jason war Anfang Fünfzig, von durchschnittlicher Größe, und hatte dünnes braunes Haar, lebenserfahrene Augen und eine guterhaltene Figur. Er reiste ausgiebig, machte vage Andeutungen von Investitionen im Orient und liebte schöne Dinge. Sein Heim mit seinen exquisiten Perserteppichen, antiken Möbeln, glänzenden Gemälden und Kunstobjekten aller Art war eine Augenweide. Als ausgezeichneter Gastgeber veranstaltete er üppige Partys, und im Gegenzug konnte er sich vor Einladungen von den ganz Großen, den beinahe Großen und den einfach nur Reichen kaum retten.

Umfassend gebildet und voller Witz, berief sich Jason auf eine entfernte Verwandtschaft zu den Astors aus England, obwohl man allgemein annahm, daß diese Verbindungslinie nur seiner Einbildung entsprang. Man wußte, daß er interessant war, ein bißchen geheimnisvoll und von absolut gewinnendem Wesen.

Was man nicht wußte, war, daß Jason ein Dieb war. Worauf niemand kam, war die Tatsache, daß praktisch alle Häuser, in denen er zu Besuch war, nach Verstreichen eines angemessenen Zeitraums einem Räuber zum Opfer fielen, der eine anscheinend unfehlbare Methode hatte, Alarmsysteme zu überlisten. Jasons einzige Vorbedingung bestand darin, daß er in der Lage sein mußte, die Beute seiner jeweiligen Eskapaden forttragen zu können. Kunstgegenstände, Skulpturen, Schmuck und Wandteppiche hatten es ihm am meisten angetan. Lediglich bei ein paar Gelegenheiten in seiner langen Karriere hatte er den gesamten Inhalt eines Anwesens mitgehen lassen. Jene Episoden hatten ein ausgeklügeltes System von Verkleidungen und den Einsatz von Umzugsleuten von außerhalb zum Beladen des Möbelwagens vorausgesetzt, der jetzt in der Garage seines geheimen Wohnsitzes in einer abgelegenen Berggegend der Catskills stand.

Dort hatte er wiederum eine andere Identität und galt bei seinen weit verstreuten Nachbarn als eine Art Einsiedler ohne Interesse an Bekanntschaften und Besuchen. Niemand außer der Putzfrau und dann und wann einem Handwerker erhielt je Zutritt zum Inneren seines Landrefugiums, und weder Putzfrau noch Handwerker hatten die geringste Ahnung vom Wert seines Inhalts.

War sein Haus in Alpine auserlesen, so war das in den Catskills atemberaubend, denn dort hatte Jason die Stücke aus seiner Beute untergebracht, von denen er sich nicht trennen konnte. Jeder einzelne Gegenstand war eine wahre Kostbarkeit. Ein Bild von Frederic Remington nahm die Wand im Speisesaal ein, direkt über einer Sheraton-Anrichte, auf der eine chinesische Vase mit ihrer purpurrosa Glasur schimmerte.

Alles, was in Alpine stand oder hing, hatte Jason von dem Erlös seines Diebesguts gekauft. Dort war nichts vorhanden, was je die Aufmerksamkeit von jemandem auf sich ziehen könnte, der ein fotografisches Gedächtnis für gestohlene Objekte hatte. Jason konnte gelassen und selbstsicher verkünden: »Das ist doch ein schönes Stück, nicht? Ich habe es letztes Jahr bei Sotheby's ersteigert.« Oder: »Ich bin nach Bucks County gefahren, als das Anwesen der Parkers unter den Hammer kam.«

Der einzige Fehler, den Jason je gemacht hatte, war zehn Jahre her, als seine Putzfrau in Alpine, die immer freitags kam, versehentlich den Inhalt ihrer Handtasche ausgekippt hatte. Als sie alles wieder einsammelte, übersah sie den Zettel mit den Zugangscodenummern für vier Häuser in Alpine. Jason hatte sie sich daraufhin notiert, den Zettel an seinen rechten Platz zurückgesteckt, bevor die Frau es bemerken konnte, und war dann, da er der Versuchung einfach nicht widerstehen konnte, in die vier Häuser eingebrochen: bei den Ellots, den Ashtons, den Donnatellis. Und bei den Reardons. Jason lief es noch immer kalt den Rücken herunter, wenn er an seine knappe Flucht in jener grauenhaften Nacht zurückdachte.

Doch Jahre waren seither vergangen, und Skip Reardon saß sicher hinter Gittern, seine Revisionsmöglichkeiten waren erschöpft. Heute abend war das Fest in vollem Gange.

Jason nahm mit einem Lächeln die Komplimente von Alice Bartlett Kinellen entgegen.

»Ich hoffe, Bob schafft es noch zu kommen«, sagte Jason zu ihr.

»Oh, der taucht schon noch auf. Er weiß, daß er mich lieber nicht enttäuschen sollte.«

Alice war eine schöne blonde Frau vom Typ Grace Kelly. Bedauerlicherweise hatte sie nichts von der Ausstrahlung und Wärme der verstorbenen Prinzessin. Alice Kinellen war eiskalt. Obendrein langweilig und besitzergreifend, dachte Jason. Wie hält Kinellen es nur mit ihr aus?

»Er ißt mit Jimmy Weeks zu Abend«, vertraute ihm Alice an, während sie an ihrem Champagner nippte. »Der Fall steht ihm schon bis hier.« Sie fuhr sich wie mit einem Messer über die Kehle.

»Nun, ich hoffe, Jimmy kommt auch mit«, sagte Jason aufrichtig. »Ich mag ihn.« Aber er wußte, daß Jimmy nicht erscheinen würde. Weeks blieb schon seit Jahren Jasons Einladungen fern. Ja, er hatte seit Suzanne Reardons Ermordung stets einen weiten Bogen um Alpine gemacht. Elf Jahre war es her, daß Jimmy Weeks Suzanne bei einer Party in Jason Arnotts Villa kennengelernt hatte.

Mittwoch, 25. Oktober

16

Es war unübersehbar, daß Frank Green verärgert war. Das Lächeln, das er sonst so gerne aufleuchten ließ, um seine in frischem Weiß strahlenden Zähne herzuzeigen, glänzte durch Abwesenheit, als er Kerry über seinen Schreibtisch hinweg musterte.

Auf diese Reaktion war ich ja wohl gefaßt, dachte sie. Mir mußte doch klar sein, daß ausgerechnet Frank nichts davon würde hören wollen, daß jemand den Fall in Zweifel zieht, der ihn prominent gemacht hat, und schon gar nicht jetzt, da man allgemein von seiner bevorstehenden Kandidatur für den Gouverneursposten redet.

Nachdem sie die Presseakte über den Sweetheart-Mordfall gelesen hatte, war Kerry mit der Überlegung zu Bett gegangen, was sie denn in puncto Dr. Smith am besten unternehmen sollte. War es ratsam, ihn direkt zur Rede zu stellen, ihn klipp und klar nach seiner Tochter zu fragen, danach, weshalb er sie in den Gesichtern anderer Frauen quasi wieder zum Leben erweckte?

Die Wahrscheinlichkeit war groß, daß er Kerry aus seiner Praxis werfen und alles abstreiten würde. Skip Reardon hatte den Arzt beschuldigt, bei seiner Zeugenaussage über seine Tochter gelogen zu haben. Sollte das stimmen, würde er die Sache jetzt nach so vielen Jahren Kerry gegenüber erst recht nicht zugeben. Und selbst wenn er gelogen hatte, dann blieb immer noch die allerwichtigste Frage: Warum?

Bevor Kerry endlich eingeschlafen war, war sie zu dem Schluß gelangt, daß der beste Adressat für ihre Fragen Frank Green war, da er damals die Anklage vertreten hatte. Nachdem sie ihn nun unterrichtet hatte, weshalb sie zu dem Reardon-Fall Erkundigungen einzog, war es offensichtlich, daß ihre Frage: »Glauben Sie, daß die Möglichkeit besteht, daß Dr. Smith gelogen hat, als er gegen Skip Reardon aussagte?« keine hilfreiche oder auch nur freundliche Resonanz finden würde.

»Kerry«, sagte Green, »Skip Reardon hat seine Frau ermordet. Er wußte, daß sie mit anderen Männern rummachte. Am selben Tag, als er sie tötete, hatte er seinen Finanzberater herbeizitiert, um herauszufinden, wieviel ihn eine Scheidung kosten würde, und er ist völlig ausgeflippt, als er erfuhr, daß es um eine Menge Geld ging. Er war ein reicher Mann, und Suzanne hatte eine lukrative Karriere als Model aufgegeben, um sich ausschließlich ihrer Ehe zu widmen. Er hätte sich dumm und dämlich zahlen müssen. Jetzt Dr. Smiths Glaubwürdigkeit anzuzweifeln erscheint mir eine Vergeudung von Zeit und Steuergeldern.«

»Aber mit Dr. Smith stimmt etwas nicht«, sagte Kerry langsam. »Frank, ich möchte keinen Ärger machen, und niemand will einen Mörder so sehr hinter Gittern wissen wie ich, aber ich schwöre Ihnen, daß Smith nicht bloß ein von Trauer überwältigter Vater ist. Er kommt mir fast geistesgestört vor. Sie hätten seinen Gesichtsausdruck sehen sollen, als er Robin und mir die Leviten gelesen hat, wie notwendig es doch sei, Schönheit zu erhalten, und wie manche Leute sie gratis bekommen und andere sie erst erwerben müssen.«

Green blickte auf seine Uhr. »Kerry, Sie haben gerade einen großen Prozeß hinter sich. Sie sind dabei, einen neuen Fall aufzugreifen. Sie haben Chancen auf einen Richterstuhl. Es ist wirklich dumm, daß Robin von Suzanne Reardons Vater behandelt wurde. Ich kann nur sagen, daß er nicht gerade ein idealer Kandidat auf dem Zeugenstand war. Er zeigte keinerlei Emotionen, als er über seine Tochter sprach. Er war in der Tat so kalt, so spröde und abweisend, daß ich dankbar dafür war, daß die Geschworenen ihm überhaupt seine Aussage abgenommen haben. Tun Sie sich einen Gefallen und vergessen Sie das Ganze.«

Zweifellos war die Besprechung beendet. Als Kerry sich erhob, sagte sie: »Nun, jedenfalls werde ich Dr. Smiths Werk an Robin von einem anderen plastischen Chirurgen überprüfen lassen, einem Arzt, den Jonathan mir empfohlen hat.«

Als sie wieder in ihrem Büro war, bat Kerry ihre Sekretärin, keine Anrufe durchzustellen, und saß dann lange Zeit da und starrte vor sich hin. Sie konnte Frank Greens Beunruhigung bei dem Gedanken verstehen, daß sie anfing, Zweifel an seinem Hauptbelastungszeugen in dem Sweetheart-Mordfall zu äußern. Die leiseste Vermutung, es habe womöglich ein Fehlurteil gegeben, würde eine negative Medienresonanz nach sich ziehen und zweifellos Franks Image als potentieller Gouverneur beeinträchtigen.

Dr. Smith ist wahrscheinlich ein im Übermaß trauernder Vater, der sein großartiges Geschick dazu verwenden kann, seine Tochter wieder ins Leben zurückzurufen, sagte sie sich, und Skip Reardon ist vermutlich einer der zahllosen Mörder, die behaupten: »Ich war's nicht.«

Und trotzdem – sie wußte, daß sie die Sache nicht auf sich beruhen lassen konnte. Am Samstag, wenn sie mit Robin zu dem von Jonathan empfohlenen plastischen Chirurgen ging, würde sie ihn fragen, wie viele seiner Fachkollegen es wohl überhaupt in Erwägung ziehen würden, mehreren Frauen zu dem gleichen Gesicht zu verhelfen.

17

Um halb sieben am Abend desselben Tages warf Geoff Dorso einen widerwilligen Blick auf den Stapel Mitteilungen, der sich angesammelt hatte, während er im Gericht war. Dann wandte er sich davon ab. Von seinen Bürofenstern in Newark aus hatte er einen herrlichen Blick auf die Skyline von New York City, einen Anblick, den er noch immer nach einem langen Prozeßtag als wohltuend empfand.

Geoff war ein Stadtkind. Er war in Manhattan geboren und aufgewachsen, bis seine Familie nach New Jersey zog, als er elf war, und hatte das Gefühl, auf beiden Ufern des Hudson zu wurzeln, und das gefiel ihm.

Geoff war achtunddreißig Jahre alt, groß und schlank und hatte eine Figur, die seine Schwäche für süße Dinge nicht vermuten ließ. Sein pechschwarzes Haar und seine olivfarbene Haut verrieten seine italienischen Vorfahren. Seine leuchtend blauen Augen dagegen stammten von seiner irisch-englischen Großmutter.

Geoff war noch immer Junggeselle und sah auch so aus. Die Auswahl seiner Krawatten schien dem Zufall überlassen, und seine Kleidung wirkte gewöhnlich leicht verknautscht. Die vielen Mitteilungen waren jedoch ein Hinweis auf sein erstklassiges Renommee als Strafverteidiger und den Respekt, den er unter seinen Kollegen genoß.

Während er jetzt die Notizen durchging, zog er die wichtigen heraus und warf die übrigen weg. Mit einemmal hob er die Augenbrauen. Da war eine Bitte um Rückruf von Kerry McGrath. Sie hatte zwei Telefonnummern angegeben, die Büro- und die Privatnummer. Worum's da wohl geht? fragte er sich. In Bergen County, ihrem Zuständigkeitsbereich, hatte er zur Zeit keine schwebenden Verfahren.

Im Lauf der Jahre war er Kerry bei Empfängen des Anwaltsverbands begegnet, und er wußte, daß sie für einen Richterposten im Gespräch war, aber er kannte sie nicht näher. Der Anruf weckte seine Neugier. Es war zu spät, als daß er sie noch im Büro hätte erreichen können. Er beschloß, sie jetzt gleich zu Hause anzurufen.

»Ich geh' dran«, rief Robin, als das Telefon klingelte.

Ist wahrscheinlich ohnehin für dich, dachte Kerry, während sie die Spaghetti probierte. Ich war der Meinung, daß die Telefonitis erst in den Teenager-Jahren um sich greift, überlegte sie. Dann hörte sie Robin schreien, sie solle den Hörer abnehmen.

Sie eilte durch die Küche zu dem Apparat an der Wand. Eine unbekannte Stimme sagte: »Kerry.«

»Ja.«

»Hier ist Geoff Dorso.«

Es war eine spontane Eingebung gewesen, die Nachricht für ihn zu hinterlassen. Danach hatte Kerry ein ungutes Gefühl, daß sie sich dazu hatte hinreißen lassen. Falls es Frank Green zu Ohren kam, daß sie mit Skip Reardons Anwalt Kontakt aufgenommen hatte, dann würde seine Reaktion gewiß nicht mehr so glimpflich ausfallen wie zuvor. Aber die Würfel waren gefallen.

»Geoff, es ist zwar vermutlich nicht relevant, aber ...« Ihre Stimme verstummte. Spuck's aus, ermahnte sie sich. »Geoff, meine Tochter hatte neulich einen Unfall und wurde von Dr. Charles Smith behandelt –«

»Charles Smith«, fiel Dorso ihr ins Wort, »Suzanne Reardons Vater!«

»Ja. Darum geht es. Irgend etwas Bizarres ist mit ihm los.« Jetzt war es schon einfacher, offen mit der Sprache herauszurücken. Sie berichtete ihm von den beiden Frauen, die so aussahen wie Suzanne.

»Sie meinen, Smith gibt ihnen tatsächlich das Gesicht seiner Tochter?« rief Dorso aus. »Was zum Teufel soll das bedeuten?«

»Genau das beschäftigt mich ja. Ich gehe am Samstag mit Robin zu einem anderen plastischen Chirurgen. Ich habe vor, ihn nach den chirurgischen Implikationen der Reproduktion eines Gesichts zu fragen. Ich will auch versuchen, mit Dr. Smith zu reden, aber mir kam der Gedanke, daß ich besser an ihn ran käme, wenn ich das gesamte Protokoll des Verfahrens vorher lesen könnte. Ich weiß, daß ich auch eine Kopie durch mein Büro auftreiben kann – sie steckt irgendwo im Archiv –, aber das würde eine Weile dauern, und ich will nicht, daß es sich herumspricht, daß ich daran interessiert bin.«

»Ich sorge dafür, daß Sie morgen ein Exemplar in der Hand haben«, versprach Dorso. »Ich lasse es an Ihr Büro gehen.«

»Nein, schicken Sie es mir lieber hierher. Ich gebe Ihnen die Adresse.«

»Ich würd's Ihnen gerne selbst vorbeibringen und mit Ihnen reden. Wäre es Ihnen morgen abend gegen sechs oder halb sieben recht? Ich bleib bestimmt nur eine halbe Stunde, versprochen.«

»Ich glaub', das läßt sich machen.«

»Bis dann also. Und danke, Kerry.« Es klickte in der Leitung.

Kerry betrachtete den Telefonhörer. In was bin ich da nur reingeraten? dachte sie. Die freudige Erregung in Dorsos Stimme war ihr nicht entgangen. Ich hätte nicht den Ausdruck »bizarr« verwenden sollen, überlegte sie. Ich hab' mich da auf etwas eingelassen, was ich vielleicht gar nicht durchziehen kann.

Ein Geräusch vom Herd her ließ sie herumwirbeln. Kochendes Wasser war aus dem Spaghettitopf übergelaufen und zischte jetzt in die Gasflamme. Ohne nachzusehen, wußte sie, daß die Pasta al dente sich in eine klebrige Masse verwandelt hatte.

18

Mittwoch nachmittags hatte Dr. Charles Smith keine Sprechstunde. Dieser Zeitraum blieb gewöhnlich anstehenden Operationen oder aber der Visite im Krankenhaus vorbehalten. Heute jedoch hatte Dr. Smith seinen Terminkalender völlig freigehalten. Als er die East Sixty-eighth Street entlang auf das Gebäude aus braunem Sandstein zufuhr, in dem die Presseagentur lag, bei der Barbara Tompkins arbeitete, machte er erstaunte Augen über sein Glück. Gegenüber von dem Gebäude war ein freier Parkplatz; so konnte er hier im Wagen sitzen bleiben und darauf warten, bis sie herauskam.

Als sie dann endlich im Eingang erschien, lächelte er unwillkürlich. Sie sah entzückend aus, fand er. Wie er ihr vorgeschlagen hatte, trug sie ihre Haare offen; so bildeten sie den besten Rahmen für ihr neues Gesicht. Sie hatte eine gutsitzende rote Jacke an, einen schwarzen Rock, der bis zu den Knöcheln reichte, und zierliche Schnürstiefel. Aus der Ferne wirkte sie smart und erfolgreich. Wie sie von nahem aussah, wußte er bis ins kleinste Detail.

Als sie ein Taxi heranwinkte, ließ er den Motor seines zwölf Jahre alten schwarzen Mercedes an und fuhr los. Obwohl sich auf der Park Avenue wie stets während des Berufsverkehrs Stoßstange an Stoßstange reihte, war es kein Problem, dem Taxi zu folgen.

Sie fuhren südwärts, und schließlich blieb das Taxi vor der Bar The Four Seasons an der East Fifty-second stehen. Barbara trifft sich offenbar dort mit irgendwem auf einen Drink. Das Lokal war zu dieser Stunde bestimmt voller Leute. Es würde nicht schwierig für ihn sein, sich hineinzuschmuggeln, ohne bemerkt zu werden.

Dann schüttelte er den Kopf und beschloß, lieber nach Hause zu fahren. Der kurze Blick auf sie reichte vollauf. War sogar eigentlich schon zuviel, wenn er es sich recht überlegte. Einen Moment lang hatte er wirklich geglaubt, Suzanne vor Augen zu haben. Jetzt wollte er einfach nur allein sein. Ein Schluchzen stieg in seiner Kehle hoch. Während der Verkehr zentimeterweise vorrückte, sagte er wieder und wieder vor sich hin: »Es tut mir leid, Suzanne. Es tut mir leid, Suzanne.«

Donnerstag, 26. Oktober

19

Wenn Jonathan Hoover zufällig in Hackensack war, versuchte er normalerweise, Kerry zu einem raschen gemeinsamen Lunch zu überreden. »Wie viele Teller Kantinensuppe kann ein Mensch denn essen?« zog er sie dann auf.

Heute saßen sie bei einem Hamburger im Restaurant Solari's um die Ecke vom Gerichtshof, und Kerry erzählte ihm alles über die Doppelgängerinnen von Suzanne Reardon und über ihre Unterredung mit Geoff Dorso. Sie berichtete ihm auch von der nicht gerade wohlwollenden Reaktion ihres Chefs auf ihren Vorschlag, daß sie sich den alten Mordfall genauer anschauen wollte.

Jonathan war zutiefst besorgt. »Kerry, ich kann mich kaum im einzelnen an den Fall erinnern, außer daß an der Schuld des Ehemanns meiner Meinung nach gar kein Zweifel bestand. Wie auch immer, ich finde, du solltest dich da raushalten, besonders wenn man an Frank Greens Beteiligung am Zustandekommen der Verurteilung denkt. Halte dir mal die konkrete Sachlage vor Augen. Gouverneur Marshall ist noch ziemlich jung. Er ist schon in seiner zweiten Amtszeit und kann sich nicht zum drittenmal hintereinander bewerben, aber er liebt seinen Posten. Er will, daß Frank Green ihn ablöst. Unter uns gesagt, sie haben eine Abmachung getroffen. Green soll vier Jahre lang Gouverneur sein und dann mit Marshalls Unterstützung für den Senat kandidieren.«

»Und Marshall zieht wieder ins Drumthwacket zurück.«

»Genau. Er wohnt wirklich gern im Gouverneurshaus. So wie die Dinge stehen, kann man davon ausgehen, daß Green für den Posten nominiert wird. Er sieht gut aus, er hört sich gut an. Er hat eine erfolgreiche Laufbahn vorzuweisen, und der Reardon-Fall hat einen großen Anteil daran. Und durch einen bemerkenswerten Zufall ist er sogar wirklich gescheit. Er hat die Absicht, den Staat in Marshalls Stil weiterzuregieren. Wenn aber irgend etwas dazwischenkommt, dann kann er in der Vorwahl geschlagen werden. Es gibt eine Reihe weiterer Möchtegern-Kandidaten, die auf die Nominierung scharf sind.«

»Jonathan, ich hab'doch nur davon geredet, daß ich mir ein genaueres Bild von der Sache machen will, um rauszufinden, ob der Hauptbelastungszeuge in einem Mordfall ein schwerwiegendes Problem hatte, das vielleicht seine Aussage negativ beeinflußt hat. Ich meine, natürlich trauern Väter, wenn ihre Töchter sterben, aber bei Dr. Smith kann man schon nicht mehr von Trauer reden.«

»Kerry, Frank Green ist als Staatsanwalt in diesem Verfahren zu Prominenz gekommen. Gerade dieser Fall hat ihm die Aufmerksamkeit der Medien eingebracht, die er brauchte. Als Dukakis sich um das Präsidentenamt bewarb, spielte dieser Werbespot, in dem es hieß, er hätte einen Killer freigelassen, der daraufhin die Gegend unsicher machte, eine entscheidende Rolle bei seiner Niederlage. Kannst du dir vorstellen, was die Medien tun würden, wenn jemand ausstreut, Green hätte einen Unschuldigen für den Rest seines Lebens ins Gefängnis geschickt?«

»Jonathan, du ziehst voreilige Schlüsse. So weit bin ich noch gar nicht. Ich habe schlicht das Gefühl, daß Dr. Smith ein großes Problem hat und daß es womöglich seine Zeugenaussage beeinflußt hat. Er war der Hauptbelastungszeuge der Anklage, und wenn er gelogen hat, muß ich wirklich daran zweifeln, ob Reardon tatsächlich schuldig ist.«

Der Kellner ragte über ihnen mit einer Kaffeekanne empor. »Noch etwas Kaffee, Herr Senator?« fragte er.

Jonathan nickte. Kerry winkte mit ihrer Hand über der Tasse ab. »Danke, ich hab'genug.«

Jonathan lächelte plötzlich. »Kerry, weißt du noch, wie du damals das Haus für uns gehütet hast und den Eindruck hattest, der Gartenarchitekt hätte nicht so viele Sträucher und Büsche eingesetzt, wie er in seinem Kostenvoranschlag angegeben hatte?«

Kerry sah verlegen aus. »Ja, weiß ich noch.«

»Wie du am letzten Tag herumgegangen bist, alle gezählt hast und der Meinung warst, damit hättest du's bewiesen, und ihn vor seiner Mannschaft abgekanzelt hast. Stimmt's?«

Kerry blickte auf ihre Kaffeetasse hinunter. »Hmm-ja.«

»Sag du mir, was dann passiert ist.«

»Er war nicht zufrieden damit, wie einige der Büsche aussahen, hat dich und Grace in Florida angerufen und sie dann wieder ausgegraben, um sie später zu ersetzen.«

»Was noch?«

»Er war der Mann von Grace' Kusine.«

»Verstehst du, was ich meine?« In seinen Augen funkelte es. Dann wurde seine Miene wieder ernst. »Kerry, wenn du Frank Green in Verlegenheit bringst und seine Nominierung gefährdest, sieht es ganz danach aus, daß du dein Richteramt in den Wind schreiben kannst. Dein Name wird in einem dicken Stapel auf Gouverneur Marshalls Schreibtisch verschwinden, und ich werde die unauffällige Aufforderung erhalten, einen anderen Kandidaten für den freien Posten einzureichen.« Er schwieg eine Weile, griff dann nach Kerrys Hand. »Laß dir die Sache gründlich durch den Kopf gehen, bevor du irgend etwas unternimmst. Ich bin mir sicher, daß du die richtige Entscheidung fällst.«

20

Pünktlich um halb sieben abends klingelte es an der Haustür, und Robin rannte sofort hin, Geoff Dorso zu begrüßen. Kerry hatte sie auf seine Ankunft vorbereitet und ihr gesagt, daß sie beide vorhätten, etwa eine halbe Stunde lang über einen Rechtsfall zu sprechen. Robin hatte beschlossen, früher als sonst zu essen, und versprach, in ihrem Zimmer ihre Hausaufgaben zu machen, solange Kerry beschäftigt war. Als Gegenleistung durfte sie dann eine Stunde lang fernsehen, obwohl es ein Werktag war.

Sie musterte Dorso wohlwollend und führte ihn ins Wohnzimmer. »Meine Mutter kommt gleich runter«, ließ sie ihn wissen. »Ich heiße Robin.«

»Und ich bin Geoff Dorso. Wie sieht denn der andere Typ aus?« fragte Geoff. Er wies dabei mit einem Lächeln auf die noch deutlich sichtbaren Narben auf ihrem Gesicht.

Robin grinste. »Ich hab' ihn k. o. geschlagen. Nein, eigentlich war's ein Auffahrunfall, bei dem Glassplitter rumgeflogen sind.«

»Sieht so aus, als ob es gut heilt.«

»Dr. Smith, der Schönheitschirurg, behauptet das jedenfalls. Mom hat gesagt, daß Sie ihn kennen. Ich finde ihn gruselig.«

»Robin!« Kerry war gerade nach unten gekommen.

»Wahrheit aus Kindermund«, sagte Dorso und lächelte. »Kerry, es ist schön, Sie zu sehen.«

»Ganz meinerseits.« Hoffentlich meine ich das auch ehrlich, dachte Kerry, während ihr Blick auf die prall gefüllte Aktentasche unter Geoffs Arm fiel. »Robin ...«

»Ich weiß schon. Hausaufgaben«, fiel Robin ihr fröhlich ins Wort. »Ich bin nicht grade superordentlich«, erklärte sie Dorso. »Auf meinem letzten Zeugnis war bei ›Hausaufgaben‹ die Bemerkung ›muß besser werden‹ angekreuzt.«

»Aber ›nützt Zeit gut aus‹ war auch angekreuzt«, rief ihr Kerry in Erinnerung.

»Das kommt daher, daß ich in der Schule manchmal aus Versehen mit meinen Freundinnen zu reden anfange, wenn ich mit einer Aufgabe fertig bin. Also gut.« Robin winkte ihm zu und marschierte zur Treppe.

Geoff Dorso schaute ihr lächelnd nach. »Nettes Mädchen, Kerry, und sie sieht toll aus. In fünf oder sechs Jahren müssen Sie bestimmt Ihre Haustür verrammeln.«

»Grauenhafte Aussichten. Geoff, Kaffee, einen Drink, ein Glas Wein?«

»Nein, danke. Ich hab' doch versprochen, Sie nicht lange aufzuhalten.« Er legte seine Aktentasche auf den niedrigen Tisch. »Wollen Sie es sich hier anschauen?«

»Ja, klar.« Sie setzte sich neben ihn auf das Sofa, während er zwei schwere Bände gebundener Unterlagen herausholte. »Das Prozeßprotokoll«, erklärte er, »tausend Seiten alles in allem. Wenn Sie wirklich verstehen wollen, was da vor sich ging, schlage ich vor, daß Sie die Sache gründlich lesen. Ehrlich gesagt, schäme ich mich von Anfang bis Ende wegen der Verteidigung, die wir vorgebracht haben. Mir ist klar, daß Skip in den Zeugenstand mußte, aber er war nicht angemessen vorbereitet. Die Zeugen der Staatsanwaltschaft sind nicht hart ins Kreuzverhör genommen worden. Und wir haben bloß zwei Leumundszeugen für Skip aufgeboten, obwohl wir zwanzig hätten aufrufen sollen.«

»Weshalb wurde es so gehandhabt?« fragte Kerry.

»Ich war noch völlig unerfahren als Anwalt, weil ich damals gerade erst bei Farrell und Strauss angefangen hatte. Farrell war früher einmal ein guter Verteidiger gewesen, da kann es keinen Zweifel geben. Aber als Skip Reardon ihn anheuerte, hatte er seine beste Zeit längst hinter sich und war ziemlich ausgebrannt. Er war einfach nicht mehr an einem weiteren Mordfall interessiert. Ich glaube wirklich, daß es Skip mit einem wesentlich weniger erfahrenen Anwalt, der aber noch echten Pep gehabt hätte, besser ergangen wäre.«

»Hätten Sie diese Lücke nicht ausfüllen können?«

»Nein, eigentlich nicht. Ich kam frisch vom Studium und hatte generell kaum was zu sagen. Ich hatte mit dem ganzen

Verfahren praktisch so gut wie nichts zu tun. Ich war im Grunde genommen nur ein Laufbursche für Farrell. Bei allem Mangel an Erfahrung habe ich aber sehr wohl mitbekommen, daß der Prozeß schlecht geführt wurde.«

»Und Frank Green hat Reardon im Kreuzverhör völlig auseinandergenommen.«

»Wie Sie lesen können, hat er Skip dazu gebracht, zuzugeben, daß er sich an jenem Morgen mit Suzanne gestritten hatte, daß er sich dann mit seinem Buchhalter traf, um herauszufinden, wieviel ihn eine Scheidung kosten würde, und daß er schließlich um sechs Uhr heimkam und wiederum mit Suzanne in Streit geriet. Der Leichenbeschauer ging davon aus, daß der Tod zwischen sechs und acht Uhr eingetreten war, also konnte Skip auf Grund seiner eigenen Aussage zum möglichen Zeitpunkt des Mordes am Tatort gewesen sein.«

»Nach dem, was ich bisher gelesen hab, machte Skip Reardon geltend, er sei ins Büro zurückgegangen, hätte ein paar Drinks zu sich genommen und sei dann eingedöst. Das ist ziemlich mager«, bemerkte Kerry.

»Das klingt zwar mager, stimmt aber. Skip hatte ein sehr erfolgreiches Unternehmen aufgebaut, hauptsächlich mit dem Bau von erstklassigen Einfamilienhäusern, später aber auch mit dem von Einkaufszentren. Den größten Teil seiner Zeit hat er im Büro verbracht und sich um die kaufmännische Seite des Geschäfts gekümmert, aber er hat sich liebend gern eine Arbeitsmontur übergezogen und mit seinen Arbeitern zusammen den Tag verbracht. Das hatte er auch an dem Tag damals getan, bevor er ins Büro zurückkehrte. Der Mann war müde.«

Er schlug den ersten Band auf. »Ich habe die Aussage von Smith ebenso wie die von Skip markiert. Der entscheidende Punkt ist: Wir sind uns ganz sicher, daß noch jemand anders im Spiel war, und wir haben gute Gründe zu der Annahme, daß es ein anderer Mann war. Skip war in der Tat überzeugt davon, daß Suzanne eine Affäre mit einem anderen Mann hatte, vielleicht sogar mit mehreren. Der Auslöser für den zweiten Streit – den, der sich abspielte, als er um sechs Uhr nach Hause kam – war die Tatsache, daß er sie dabei vorfand, wie sie einen Strauß roter Rosen arrangierte – Sweetheart-Rosen hat man sie, glaub ich, in der Presse genannt –, Rosen, die nicht von ihm selbst stammten. Die Anklage hat behauptet, er sei in Rage geraten, habe sie erdrosselt und dann die Rosen auf sie geworfen. Er schwört natürlich, daß er's nicht getan hat, sondern daß Suzanne noch fröhlich an ihren Blumen rumgepusselt hat, als er das Haus verließ.«

»Hat denn jemand die Blumengeschäfte in der Gegend überprüft, um zu sehen, ob die Rosen in einem davon in Auftrag gegeben wurden? Wenn Skip sie nicht nach Hause gebracht hat, dann muß sie jemand abgegeben haben.«

»Das wenigstens hat Farrell gemacht. Da war kein Blumenladen in Bergen County, der nicht überprüft worden wäre. Es kam nichts dabei heraus.«

»Ah ja.«

Geoff erhob sich. »Kerry, ich weiß, das ist ziemlich viel verlangt, aber ich möchte gern, daß Sie dieses Protokoll gründlich lesen. Schenken Sie dabei der Aussage von Dr. Smith besondere Aufmerksamkeit. Und dann wär's mir lieb, wenn Sie in Erwägung ziehen, ob ich nicht dabeisein kann, wenn Sie mit Dr. Smith darüber reden, warum er anderen Frauen das Gesicht seiner Tochter gibt.«

Sie begleitete Geoff zur Tür. »Ich rufe Sie innerhalb der nächsten Tage an«, versprach sie.

An der Tür blieb er stehen und drehte sich nach Kerry um. »Noch eins würde ich mir von Ihnen wünschen. Kommen Sie doch mit mir ins Staatsgefängnis Trenton. Reden Sie selber mit Skip. Beim Grab meiner Großmutter schwöre ich Ihnen, wenn der arme Kerl Ihnen seine Geschichte erzählt, werden Sie merken, daß er die Wahrheit sagt.«

21

Im Trenton State Prison lag Skip Reardon auf dem Schlaflager in seiner Zelle und schaute sich die Nachrichten um halb sieben an. Die Abendbrotzeit mit ihrem trostlosen Essen war bereits gekommen und wieder vergangen. Schon seit einer geraumen Weile war er immer häufiger ruhelos und gereizt. Nach zehn Jahren an diesem Ort war es ihm zumeist gelungen, an einem mittleren Kurs festzuhalten. Zu Anfang hatte seine Stimmung noch zwischen verrückter Hoffnung, wenn eine Revision anstand, und vernichtender Verzweiflung, wenn sie dann abgelehnt wurde, hin und her gependelt.

Mittlerweile befand er sich gewöhnlich in einem Zustand von Erschöpfung und Resignation. Er wußte, daß Geoff nie davon ablassen würde, neue Argumente für ein Wiederaufnahmeverfahren zu finden, aber die Atmosphäre im Land war im Begriff, sich zu ändern. In den Nachrichten häuften sich neuerdings die kritischen Berichte darüber, daß verurteilte Verbrecher mit ständig neuen Revisionsanträgen die Gerichte in Beschlag nähmen – Berichte, die unweigerlich zu dem Schluß führten, dem müsse ein Riegel vorgeschoben werden. Falls Geoff nicht mit handfesten Gründen für eine Revision rüberkam, die Skip dann tatsächlich zur Freiheit verhalf, dann bedeutete das noch weitere zwanzig Jahre in diesem Loch.

In seinen schlimmsten Momenten der Niedergeschlagenheit erlaubte sich Skip, an die Jahre vor dem Mord zurückzudenken und die Erkenntnis zuzulassen, wie verrückt er doch gewesen war. Er und Beth waren damals schon so gut wie verlobt. Doch dann hatte er Beths Drängen nachgegeben und war allein zu einer Party gegangen, die Beths Schwester mit ihrem Mann, einem Chirurgen, zusammen veranstaltete. Beth war im letzten Moment an einem Infekt erkrankt, wollte aber nicht, daß er um das Vergnügen gebracht wurde.

O ja, *Vergnügen*, dachte Skip voller Ironie bei der Erinnerung an jenen Abend. Suzanne und ihr Vater waren auch gekommen. Selbst jetzt noch stand ihm vor Augen, wie sie damals aussah, als er ihr zum erstenmal begegnete. Ihm war sofort klargeworden, daß sie Unheil bedeutete, aber wie ein Narr verknallte er sich trotzdem in sie.

Ungeduldig stand Skip jetzt von seinem Lager auf, stellte den Fernsehapparat aus und blickte auf das Prozeßprotokoll auf dem Bord über der Toilette. Er hatte das Gefühl, den ganzen Text auswendig zu können. Genau da gehört das Ding auch hin, dachte er mit Bitterkeit: übers Klo. Bei all dem Nutzen, den es mir je bringen wird, sollte ich's zerfetzen und runterspülen.

Er streckte sich. Früher war er es gewohnt gewesen, mittels einer Kombination von harter Anstrengung auf den Baustellen und regelmäßigem Training in der Sporthalle fit zu bleiben. Jetzt aber vollführte er rigoros jeden Abend eine Serie von Liegestützen und Sit-ups. Der kleine Plastikspiegel an der Wand offenbarte graue Strähnen in seinem roten Haar und eine teigige Gefängnisblässe in seinem Gesicht, das einst von der Arbeit im Freien gut durchblutet gewesen war.

Der Tagtraum, den er sich zubilligte, handelte davon, daß er eines Tages durch irgendein Wunder wieder die Freiheit haben würde, Häuser zu bauen. Die bedrückende Beengtheit und der nicht ablassende Lärm hier hatten ihm Visionen von behaglichen Einfamilienhäusern eingegeben, die mittels guter Isolierung eine Privatsphäre garantierten und durch eine Menge Fenster den Blick in die Umgebung freigaben. Er hatte ganze Ringbücher voller Entwürfe.

Wann immer Beth ihn besuchen kam – wovon er sie neuerdings abzubringen suchte –, zeigte er ihr gewöhnlich seine neuesten Zeichnungen, und dann sprachen sie darüber, als werde er tatsächlich eines Tages wieder zu seinem geliebten Beruf, dem Bau von Häusern, zurückkehren können.

Jetzt allerdings mußte er sich den Kopf darüber zerbrechen, wie die Welt überhaupt aussehen und worin die Menschen dann wohnen würden, wenn er endlich diesen schrecklichen Ort verlassen konnte.

22

Kerry war sich bewußt, daß es wieder einmal spät werden würde. Sie hatte sofort, nachdem Geoff gegangen war, das Protokoll zu lesen begonnen und, sobald Robin im Bett war, die Lektüre wieder aufgenommen.

Um halb zehn rief Grace Hoover an. »Jonathan ist weg zu irgendeiner Verabredung. Ich sitze bequem im Bett und bekam Lust, ein bißchen zu plaudern. Paßt es dir denn gerade?«

»Es paßt mir immer, wenn du's bist, Grace.« Kerry meinte es ehrlich. In den fünfzehn Jahren, seit sie Grace und Jonathan kannte, hatte sie die Verschlechterung von Grace' körperlichem Zustand miterlebt. Von einem Spazierstock war sie zu Krücken übergegangen, schließlich zu einem Rollstuhl, und von einer gesellschaftlich äußerst aktiven zu einer fast völlig ans Haus gebundenen Frau geworden. Sie hielt zwar den Kontakt mit Freunden aufrecht und hatte häufig Gäste zum Abendessen, das sie sich fertig liefern ließ, aber, wie sie es Kerry gegenüber formulierte: »Es ist einfach zu anstrengend geworden, aus dem Haus zu kommen.«

Kerry hatte Grace noch nie klagen gehört. »Man tut halt seine Pflicht«, hatte sie mit einem schiefen Lächeln erklärt, als Kerry ihr geradeheraus gesagt hatte, wie sehr sie ihre Tapferkeit bewundere. Jetzt aber stellte sich nach einigen Minuten vertraulicher Plauderei heraus, daß Grace diesmal etwas auf dem Herzen hatte. »Kerry, du hast doch heute mit Jonathan zusammen zu Mittag gegessen, und ich will ganz offen sein. Er macht sich Sorgen.«

Kerry hörte zu, während Grace Jonathans Bedenken wiedergab und zu dem Schluß kam: »Kerry, nach zwanzig Jahren im Senat des Staates hat Jonathan eine Menge Einfluß, aber doch nicht so viel, daß er den Gouverneur dazu bringen könnte, dich zur Richterin zu ernennen, wenn du seinen von ihm gewünschten Nachfolger in Verlegenheit bringst. Übrigens«, fügte sie noch hinzu, »Jonathan hat keine Ahnung, daß ich dich anrufe.«

Er muß sich ja wirklich Grace gegenüber Luft gemacht

haben, dachte Kerry. Was sie wohl denken würde, wenn sie sehen könnte, was ich jetzt gerade mache? Mit dem Gefühl, daß sie die ganze Zeit auswich, versicherte Kerry Grace so gut sie konnte, daß sie weder die Absicht noch den Wunsch habe, Staub aufzuwirbeln. »Aber, Grace, sollte es sich herausstellen, daß die Zeugenaussage von Dr. Smith nicht der Wahrheit entsprach, dann würde Frank Green doch nur Bewunderung und Achtung ernten, wenn er dem Gericht nahelegen würde, Reardon ein neues Verfahren zu gewähren. Ich bin überzeugt, die Öffentlichkeit würde es ihm nicht negativ auslegen, daß er sich damals in gutem Glauben auf die Aussage des Chirurgen verlassen hat. Er hatte keinen Grund, ihm zu mißtrauen.«

»Und vergiß nicht«, sagte sie dann noch, »ich bin weit davon entfernt, tatsächlich zu glauben, in dem Fall Reardon sei der Gerechtigkeit nicht Genüge getan worden. Ich bin einfach nur durch puren Zufall auf diese eine Sache gestoßen, und ich kann nicht damit leben, wenn ich ihr nicht auf den Grund gehe.«

Nach Beendigung des Gesprächs kehrte Kerry zu dem Protokoll zurück. Als sie den Band endlich niederlegte, hatte sie sich seitenweise Bemerkungen und Fragen notiert.

Die Sweetheart-Rosen: Hatte Skip Reardon gelogen, als er sagte, er habe sie nicht mitgebracht oder schicken lassen? Falls er die Wahrheit sprach und sie nicht geschickt hatte, wer hatte es *dann* getan?

Dolly Bowles, die Frau, die damals am Mordabend in dem Haus gegenüber von dem der Reardons die Kinder gehütet hatte: Sie sagte aus, sie habe um neun Uhr abends vor dem Haus der Reardons einen Wagen stehen sehen. Doch um diese Zeit hatten Nachbarn ein Fest, und einige ihrer Gäste hatten ihre Wagen dort in der Straße geparkt. Dolly machte damals einen besonders kümmerlichen Eindruck als Zeugin vor Gericht. Frank Green brachte die Tatsache ins Spiel, daß sie bei sechs verschiedenen Gelegenheiten innerhalb desselben Jahres »verdächtig aussehende« Leute in der Nachbarschaft der Polizei gemeldet hatte. In jedem einzelnen Fall stellte es sich heraus, daß der »Verdächtige« ein völlig legitimer Bote irgendeiner Firma war. Das führte dazu, daß Dolly nun als Zeugin völlig unglaubwürdig wirkte. Kerry war sich sicher, daß die Geschworenen Dollys Aussage außer acht gelassen hatten.

Skip Reardon war nie zuvor mit dem Gesetz in Konflikt geraten und galt als durch und durch solider Bürger, und doch hatte die Verteidigung nur zwei Leumundszeugen aufgerufen: Warum?

Zur Zeit von Suzannes Tod war es zu einer Serie von Einbrüchen in Alpine gekommen. Skip Reardon behauptete, daß ein Teil des Schmucks, den Suzanne getragen hatte, fehlte und daß jemand ihr gemeinsames Schlafzimmer durchstöbert habe. Aber auf dem Toilettentisch fand sich ein Tablett voller wertvoller Juwelen, und die Anklagevertretung rief eine Teilzeithausangestellte der Reardons in den Zeugenstand, die kategorisch erklärte, Suzanne Reardon habe das Schlafzimmer stets in einem Chaos zurückgelassen. »Sie hat immer drei oder vier verschiedene Sachen anprobiert und dann auf den Boden fallen lassen, wenn sie sich dagegen entschied. Der Toilettentisch voller Puder, feuchte Handtücher auf dem Fußboden. Ich hatte oft Lust zu kündigen.«

Während sie sich nun fürs Bett zurechtmachte, ging Kerry in Gedanken nochmals durch, was sie gelesen hatte, und stellte fest, daß es zwei Dinge gab, die sie tun mußte: einen Termin für die Unterredung mit Dr. Smith vereinbaren und Skip Reardon im Staatsgefängnis von Trenton besuchen.

Freitag, 27. Oktober

23

In den neun Jahren seit ihrer Scheidung war Kerry von Zeit zu Zeit mit einem Mann ausgegangen, aber es hatte nie jemanden besonderen gegeben. Ihre engste Freundin war

Margaret Mann, mit der sie als Studentin im Boston College zusammengewohnt hatte. Marg war blond und zierlich, und im College hatte man die beiden das lange und das kurze Ende genannt. Inzwischen war Margaret eine Bankexpertin für Geldanlagen mit einem Apartment an der West Eighty-sixth Street, und sie war Kerrys Vertraute, ihr spezieller Kumpel und Kamerad. Freitag abends besorgte sich Kerry des öfteren jemanden, der bei Robin blieb, und fuhr nach Manhattan hinein. Dann aß sie mit Margaret zusammen, und die beiden schauten sich eine Show am Broadway oder einen Film an oder blieben einfach stundenlang beim Nachtisch sitzen und unterhielten sich.

An dem Freitag abend, nachdem Geoff Dorso ihr das Prozeßprotokoll gebracht hatte, traf Kerry in Margarets Wohnung ein und ließ sich erleichtert auf das Sofa fallen, bei dem schon eine Platte mit Käse und Trauben bereitstand.

Margaret reichte ihr ein Glas Wein. »Trink erst mal einen ordentlichen Schluck. Du siehst phantastisch aus.«

Kerry trug ein neues jägergrünes Kostüm mit einer langen Jacke und einem halblangen Rock. Sie schaute an sich herunter und zuckte die Achseln. »Danke. Ich bin endlich dazu gekommen, mir ein paar neue Sachen zu kaufen, und gebe schon die ganze Woche damit an.«

Margaret lachte. »Weißt du noch, wie deine Mutter sich immer die Lippen schminkte und sagte: ›Man kann nie wissen, wo die große Liebe auf einen wartet‹? Sie hatte recht, findest du nicht?«

»Vermutlich. Sie und Sam sind jetzt seit fünfzehn Jahren verheiratet, und immer wenn sie zu Ostern kommen oder Robin und ich sie in Colorado besuchen, halten sie Händchen.«

Margaret grinste vergnügt. »Wir sollten auch mal so ein Glück haben.« Dann wurde ihr Gesichtsausdruck ernst. »Wie geht's Robin? Ich hoffe doch, daß ihr Gesicht gut heilt.«

»Scheint gute Fortschritte zu machen. Ich geh' morgen mit ihr zu einem anderen plastischen Chirurgen. Nur zur Beratung.«

Margaret zögerte, bevor sie sagte: »Ich hatte schon überlegt, wie ich dir das vorschlagen kann. Im Büro hatte ich von dem Unfall erzählt und Dr. Smiths Namen erwähnt. Einer der Wertpapierhändler, Stuart Grant, schaltete sich gleich ins Gespräch ein. Er sagte, seine Frau hätte Smith aufgesucht. Sie wollte was gegen die Tränensäcke unter ihren Augen unternehmen, aber sie ist nach dem ersten Besuch nie wieder hin. Sie fand, daß irgend etwas nicht stimmt mit ihm.«

Kerry richtete sich auf. »Was meinte sie damit?«

»Sie heißt Susan, aber der Arzt hat sich ständig vertan und sie Suzanne genannt. Dann erzählte er ihr, er könnte ihre Augenpartie in Ordnung bringen, aber viel lieber würde er ihr ganzes Gesicht überholen, sie hätte das Zeug zu einer großen Schönheit und würde ihr Leben vergeuden, wenn sie das nicht ausnützt.«

»Wie lange ist das her?«

»Drei oder vier Jahre, nehm ich an. Ach ja, da war noch was. Smith hat Susan offenbar auch so was vorgelabert, daß Schönheit Verantwortung mit sich bringt und daß manche Menschen sie mißbrauchen und zu Eifersucht und Gewalttätigkeit Anlaß geben.« Sie brach ab und fragte dann: »Kerry, was ist denn los? Du machst so ein komisches Gesicht.«

»Marg, das ist wichtig. Bist du dir sicher, daß Smith davon geredet hat, daß Frauen zu Eifersucht und Gewalttätigkeit Anlaß geben?«

»Ich weiß sicher, daß es das ist, was Stuart mir erzählt hat.«

»Hast du die Telefonnummer von Stuart? Ich möchte mit seiner Frau reden.«

»Im Büro. Sie wohnen in Greenwich, aber ich weiß zufällig, daß sie eine Geheimnummer haben, also muß es bis Montag warten. Worum geht's denn dabei überhaupt?«

»Das erzähl' ich dir dann beim Abendessen«, antwortete sie geistesabwesend. Es kam Kerry so vor, als habe sie das Prozeßprotokoll auf Knopfdruck in ihrem Gedächtnis parat. Dr. Smith beschwor, seine Tochter habe aus Angst vor

Skip Reardons *unbegründeter* Eifersucht um ihr Leben gebangt. Hatte er gelogen? Hatte Suzanne Skip sehr wohl Anlaß zu Eifersucht gegeben? Und falls ja, dann auf wen?

Samstag, 28. Oktober

24

Um acht Uhr am Samstag morgen erhielt Kerry einen Anruf von Geoff Dorso. »Ich hab' meinen Anrufbeantworter im Büro abgehört und Ihre Botschaft erhalten«, sagte er. »Ich fahre heute nachmittag nach Trenton, um Skip zu besuchen. Können Sie es einrichten, mitzukommen?« Er erklärte, sie müßten bis um Viertel vor zwei im Gefängnis sein, um sich für die Besuchszeit um drei Uhr einzutragen.

Bevor sie sich versah, hörte Kerry sich sagen: »Das kann ich mir bestimmt einrichten. Ich muß noch was für Robin arrangieren, aber ich werde Sie dann dort treffen.«

Zwei Stunden später waren Kerry und eine ungeduldige Robin in Livingston, New Jersey, in der Praxis von Dr. Ben Roth, einem bekannten Facharzt für plastische Chirurgie, angelangt.

»Ich verpasse noch das Fußballspiel«, jammerte Robin.

»Du kommst nur ein bißchen später hin, das ist alles«, beruhigte sie Kerry. »Mach dir keine Sorgen.«

»Sehr viel später«, protestierte Robin. »Warum kann er mich denn nicht heut nachmittag nach dem Spiel untersuchen?«

»Vielleicht hätte der Arzt sich danach richten können, wenn du ihm deinen Terminkalender geschickt hättest«, frotzelte Kerry.

»Ach, Mom.«

»Sie können Robin jetzt reinbringen, Ms. McGrath«, verkündete die Sprechstundenhilfe.

Dr. Roth, ein warmherziger, umgänglicher Mann von

Mitte Dreißig, war eine angenehme Abwechslung gegenüber Dr. Smith. Er untersuchte Robins Gesicht sorgfältig. »Die Schnittwunden sahen wahrscheinlich direkt nach dem Unfall ziemlich schlimm aus, aber sie waren nur oberflächlich. Die Risse sind nicht tief in die Hautschichten eingedrungen. Sie haben mit keinerlei Schwierigkeiten zu rechnen.«

Robin sah erleichtert aus. »Toll. Danke, Herr Doktor. Komm, gehn wir, Mom.«

»Warte vorne beim Empfang, Robin. Ich komme gleich raus. Ich möchte eben mit Dr. Roth reden.« In Kerrys Stimme schwang das, was Robin »den Ton« nannte, mit, was soviel bedeutete wie: »und ich will kein Widerwort hören«.

»Na gut«, erwiderte Robin mit einem übertriebenen Seufzer, während sie abschob.

»Ich weiß, daß Patienten auf Sie warten, also fasse ich mich kurz, Dr. Roth, aber ich habe eine Frage auf dem Herzen«, erklärte Kerry.

»Ich habe Zeit. Worum geht's, Ms. McGrath?«

Kerry faßte eine Beschreibung dessen, was sie in Dr. Smiths Praxis gesehen hatte, in ein paar kurzen Sätzen zusammen. »Also, ich habe wohl zwei Fragen dazu«, sagte sie abschließend. »Kann man einfach jedes beliebige Gesicht so verändern, daß es wie jemand anders aussieht, oder muß irgendeine grundsätzliche Vorbedingung erfüllt sein, etwa ein ähnlicher Knochenbau? Und angenommen, es ist möglich, einige Gesichter so zu verändern, daß sie sich ähneln, ist das etwas, was plastische Chirurgen tun, ich meine, absichtlich das Aussehen einer Person so zu ändern, daß sie einer anderen gleicht?«

Zwanzig Minuten später saß Kerry mit Robin im Wagen und fuhr rasch mit ihr zum Fußballfeld. Im Gegensatz zu Kerry war Robin nicht sportlich veranlagt, und Kerry hatte viele Stunden damit verbracht, mit ihr zu trainieren, weil Robin unbedingt eine gute Spielerin werden wollte. Während sie nun zuschaute, wie Robin voller Selbstvertrauen den Torwart austrickste, mußte Kerry noch über Dr. Roths eindeutige Feststellung nachdenken: »Es stimmt, daß manche Chirurgen allen die gleiche Art Nase, Augen oder das gleiche Kinn geben, aber ich halte es für extrem ungewöhnlich, wenn irgendein Chirurg die Gesichter seiner Patienten praktisch klonen würde.«

Um halb zwölf winkte sie Robin, die gerade zu ihr hinschaute, zum Abschied zu. Robin würde nach dem Spiel mit ihrer besten Freundin Cassie nach Hause gehen und bei ihr den Nachmittag verbringen.

Wenige Minuten später war Kerry auf der Straße nach Trenton unterwegs.

Sie hatte dem Staatsgefängnis schon mehrmals einen Besuch abgestattet und empfand den düsteren Anblick von Stacheldraht und Wachtürmen jedesmal als ziemlich ernüchternd. Diese Anlage war kein Ort, den sie gerne wiedersah.

25

Als Kerry kam, wartete Geoff schon in dem Anmelderaum für Besucher auf sie. »Ich freue mich wirklich, daß Sie es geschafft haben, zu kommen«, sagte er. Sie sprachen nur wenig, während sie auf ihr vereinbartes Treffen warteten. Geoff schien zu verstehen, daß sie zu diesem Zeitpunkt lieber unbeeinflußt blieb.

Pünktlich um drei Uhr näherte sich ihnen ein Aufseher und forderte sie auf, ihm zu folgen.

Kerry wußte nicht, wie sie sich Skip Reardon jetzt vorstellen sollte. Zehn Jahre waren seit der Urteilsverkündung vergangen. Der Eindruck, den sie von damals hatte, war der eines großen, gutaussehenden, breitschultrigen jungen Mannes mit feuerrotem Haar. Doch mehr noch als seine Erscheinung hatten sich seine Worte ihrem Gedächtnis eingegraben: *Dr. Charles Smith ist ein Lügner. Vor Gott und diesem Gericht* schwöre *ich, daß er lügt!*

»Was haben Sie Skip Reardon über mich erzählt?« fragte

sie Geoff, während sie darauf warteten, daß man den Häftling in den Besuchsraum führte.

»Nur, daß Sie sich inoffiziell für den Fall interessieren und sich mit ihm treffen möchten. Ich versichere Ihnen, Kerry, ich habe ›inoffiziell‹ gesagt.«

»Das ist in Ordnung. Ich vertraue Ihnen.«

»Da ist er.«

Skip Reardon erschien in Häftlingshosen aus grobem Drillich und einem Gefängnishemd mit offenem Kragen. Graue Strähnen waren in seinem roten Haar zu sehen, doch ansonsten sah er bis auf die Falten um seine Augen herum noch ganz genauso aus, wie sie ihn in Erinnerung hatte. Ein Lächeln erhellte seine Miene, als Geoff ihn vorstellte.

Ein hoffnungsvolles Lächeln, wurde Kerry bewußt, und bedrückt fragte sie sich, ob sie nicht hätte vorsichtiger sein, vielleicht darauf warten sollen, bis sie besser über den Fall informiert war, anstatt diesem Besuch so bereitwillig zuzustimmen.

Geoff kam sofort zur Sache. »Skip, wie ich Ihnen schon sagte, möchte Ms. McGrath Ihnen ein paar Fragen stellen.«

»Ich verstehe. Und hören Sie, ich beantworte alles, egal, was es ist.« Er sprach mit Überzeugung, wenn auch mit einem Anflug von Resignation. »Sie kennen ja den alten Spruch: ›Ich hab'nichts zu verbergen.‹«

Kerry lächelte und stellte ihm dann die Frage, die für sie entscheidend war. »Dr. Smith hat unter Eid ausgesagt, seine Tochter, Ihre Frau, hätte Angst vor Ihnen gehabt und Sie hätten sie bedroht. Sie haben dagegen behauptet, er hätte gelogen – doch welchen Grund sollte er haben, in dieser Sache zu lügen?«

Reardons Hände lagen gefaltet auf dem Tisch vor ihm. »Ms. McGrath, wenn ich irgendeine Erklärung für Dr. Smiths Verhalten hätte, dann wäre ich jetzt vielleicht nicht hier. Suzanne und ich waren vier Jahre miteinander verheiratet, und während dieser Zeit habe ich nicht viel von Smith gesehen. Sie fuhr gelegentlich nach New York rein und traf sich mit ihm zum Essen, oder er kam auch in unser Haus, doch normalerweise nur, wenn ich geschäftlich unterwegs war. Damals florierte mein Bauunternehmen. Ich hab'überall im Staat gebaut und in Pennsylvania in Bauland für zukünftige Objekte investiert. Ich war ziemlich regelmäßig für mehrere Tage hintereinander weg. Und wenn ich mal mit Dr. Smith zusammen war, schien er nicht viel zu sagen zu haben, aber er hat sich nie so verhalten, als könnte er mich nicht leiden. Und schon gar nicht hat er sich so verhalten, als dächte er, seine Tochter sei in Lebensgefahr.«

»Wenn Sie mit ihm und Suzanne zusammen waren, was ist Ihnen dann an seinem Verhalten ihr gegenüber aufgefallen?«

Reardon schaute Dorso an. »Sie sind doch der Mann mit den ausgefallenen Wörtern. Wie kann man das am besten ausdrücken? Warten Sie, ich kann's Ihnen sagen. Als ich in der Gemeindeschule war, waren die Nonnen sauer über uns, weil wir in der Kirche gequatscht hatten, und hielten uns vor, wir sollten Ehrfurcht vor einem heiligen Ort und heiligen Gegenständen empfinden. Also genauso hat er sie behandelt. Smith hat ›Ehrfurcht‹ gegenüber Suzanne gezeigt.«

Welch ein seltsamer Ausdruck, um damit die Haltung eines Vaters seiner Tochter gegenüber zu bezeichnen, dachte Kerry.

»Und er hatte auch diese Beschützerhaltung ihr gegenüber«, fuhr Reardon fort. »Wir sind einmal abends zu dritt irgendwohin zum Abendessen gefahren, und er merkte, daß Suzanne den Sicherheitsgurt nicht angelegt hatte. Da fing er an, ihr eine Moralpredigt zu halten, daß es ihre Pflicht wäre, auf sich aufzupassen. Er wurde ganz schön aufgeregt dabei, vielleicht sogar etwas zornig.«

Das klingt ganz so, wie er Robin und mich belehrt hat, dachte Kerry. Fast widerwillig gestand sie sich ein, daß Skip Reardon zweifellos einen ehrlichen, aufrichtigen Eindruck machte.

»Wie hat sie sich denn ihm gegenüber verhalten?«

»Meistens respektvoll. Obwohl gegen Ende – bevor sie umgebracht wurde – schien sie die paar letzten Male, als ich mit beiden zusammen war, irgendwie verärgert über ihn zu sein.«

Kerry verfolgte dann andere Aspekte des Falls und befragte ihn zu seiner Aussage unter Eid, daß ihm kurz vor dem Mord teure Schmuckstücke an Suzanne aufgefallen seien, die er ihr nicht geschenkt hatte.

»Ms. McGrath, ich wünschte, Sie würden mit meiner Mutter reden. Sie könnte es Ihnen sagen. Sie hat ein Foto von Suzanne, das in einem der Lokalblätter abgedruckt wurde und sie auf einer Wohltätigkeitsveranstaltung zeigt. Darauf ist sie mit einer altmodischen Anstecknadel am Revers ihres Kostüms zu sehen. Das Bild entstand erst ein paar Wochen, bevor sie ermordet wurde. Ich schwöre Ihnen, daß diese Brosche und ein paar andere teure Schmuckstücke, von denen ich ihr keins gekauft habe, an dem Morgen damals in ihrem Schmuckkästchen waren. Ich weiß das noch so genau, weil es eins der Dinge war, über die wir gestritten haben. Diese Stücke waren an dem Morgen da, und sie fehlten am nächsten Tag.«

»Sie meinen, daß sie jemand gestohlen hat?«

Reardon wirkte verlegen. »Ich weiß nicht, ob jemand sie gestohlen hat oder ob sie den Schmuck irgendwem zurückgegeben hat, aber ich versichere Ihnen, daß am nächsten Morgen Schmuckstücke gefehlt haben. Ich hab' versucht, der Polizei das alles zu sagen, die Männer zu überzeugen, daß sie die Sache untersuchen, aber es war von Anfang an klar, daß sie mir nicht geglaubt haben. Sie haben gedacht, ich wollte es so hinstellen, als wäre sie von einem Eindringling beraubt und ermordet worden.«

»Noch etwas«, fuhr er fort. »Mein Dad war im Zweiten Weltkrieg und hielt sich zwei Jahre lang nach dem Krieg in Deutschland auf. Er brachte von dort so einen Miniaturbilderrahmen mit und schenkte ihn meiner Mutter zur Verlobung. Meine Mutter hat diesen Rahmen Suzanne und mir dann zur Hochzeit geschenkt. Suzanne hat mein Lieblingsbild von ihr hineingesteckt und es dann auf dem Nachttisch in unserem Zimmer aufgestellt. Als meine Mutter Suzannes

Sachen mit mir aussortiert hat, bevor ich verhaftet wurde, fiel ihr auf, daß der kleine Rahmen fehlte. Aber ich weiß, daß er an dem letzten Morgen noch da war.«

»Wollen Sie damit sagen, daß an dem Abend von Suzannes Tod jemand reinkam und verschiedene Schmuckstücke und einen Bilderrahmen gestohlen hat?« fragte Kerry.

»Ich erzähle Ihnen nur, was meines Wissens gefehlt hat. Ich weiß nicht, wohin die Sachen geraten sind, und natürlich bin ich mir nicht sicher, ob es irgend etwas mit Suzannes Ermordung zu tun hatte. Ich weiß bloß, daß die Sachen auf einmal nicht mehr da waren und daß die Polizei die Angelegenheit einfach nicht aufgreifen wollte.«

Kerry blickte von ihren Notizen auf und schaute dem Mann ihr gegenüber direkt in die Augen.

»Skip, wie war Ihre Beziehung zu Ihrer Frau?«

Reardon seufzte. »Als ich ihr begegnet bin, hab' ich mich Hals über Kopf verknallt. Sie sah umwerfend aus. Sie war gescheit. Sie war lustig. Sie war die Art von Frau, die einem Kerl das Gefühl gibt, er würde alle überragen. Als wir dann verheiratet waren ...« Er verstummte eine Weile. »Es war lauter Hitze und keine Wärme, Ms. McGrath. Ich wurde in dem Glauben erzogen, daß man voll hinter einer Ehe steht, daß eine Scheidung nur der allerletzte Ausweg ist. Und natürlich gab es auch gute Zeiten. Aber war ich je glücklich oder zufrieden? Nein, wirklich nicht. Doch andererseits war ich so damit beschäftigt, meine Firma aufzubauen, daß ich einfach immer mehr Zeit bei der Arbeit verbrachte und auf diese Weise drum herum kam, mich damit auseinanderzusetzen.«

»Was Suzanne angeht«, fuhr er fort, »so schien sie alles zu haben, was sie sich wünschte. Das Geld kam haufenweise rein. Ich hab'ihr das Haus gebaut, wie sie es sich nach ihren Worten erträumt hatte. Sie war jeden Tag im Klub drüben, wo sie Golf und Tennis spielte. Zwei Jahre hat sie mit einem Innenarchitekten darauf verwendet, das Haus so einzurichten, wie sie es haben wollte. Da gibt es so einen Burschen, Jason Arnott, der in Alpine wohnt und sich wirklich mit Antiquitäten auskennt. Er nahm Suzanne auf Versteigerungen mit und sagte ihr, was sie kaufen sollte. Sie fand Geschmack an Modellkleidern. Sie war wie ein Kind, das es am liebsten gehabt hätte, wenn jeden Tag Weihnachten wär. So wie ich gearbeitet hab, blieb ihr jede Menge freie Zeit, nach Belieben zu kommen und zu gehen. Sie ging schrecklich gern zu Veranstaltungen, bei denen die Presse da war, damit ihr Bild in die Zeitung kam. Lange Zeit dachte ich, sie wäre glücklich, aber wenn ich jetzt daran zurückdenke, bin ich überzeugt, daß sie nur bei mir blieb, weil sie noch kein besseres Arrangement gefunden hatte.«

»Bis ...«, warf Geoff ihm als Stichwort zu.

»Bis sie jemand kennengelernt hat, der wichtig für sie wurde«, berichtete Reardon weiter. »Das war der Zeitpunkt, als mir auffiel, daß sie Schmuck trug, den ich nicht kannte. Einige Stücke waren alte Kostbarkeiten, andere ganz modern. Sie hat behauptet, ihr Vater hätte sie ihr geschenkt, aber ich hab'gemerkt, daß sie log. Ihr Vater hat jetzt ihren ganzen Schmuck, auch alles, was ich ihr geschenkt hatte.«

Als der Wachposten sie darauf hinwies, daß die Besuchszeit vorüber sei, stand Reardon auf und blickte Kerry direkt ins Gesicht. »Ms. McGrath, ich gehöre nicht hierher. Irgendwo da draußen läuft der Kerl rum, der Suzanne umgebracht hat. Und irgendwo muß es einfach etwas geben, das es beweisen wird.«

Geoff und Kerry gingen zusammen zum Parkplatz. »Sie hatten doch bestimmt keine Zeit zum Mittagessen«, sagte er. »Warum essen wir nicht schnell einen Bissen?«

»Ich kann nicht, ich muß wieder zurück. Geoff, ich muß Ihnen sagen, daß ich nach dem, was ich heute gehört habe, keinen einzigen Grund sehen kann, weshalb Dr. Smith gelogen haben soll. Reardon sagt doch, daß sie einen einigermaßen freundlichen Umgang miteinander hatten. Sie haben gehört, wie er sagte, er hätte Suzanne nicht geglaubt, als sie ihm erzählte, ihr Vater hätte ihr ein paar Schmuckstücke geschenkt. Falls er anfing, wegen dieser Stücke eifersüchtig zu werden, nun, dann ...« Sie sprach den Satz nicht zu Ende.

26

Am Sonntag morgen diente Robin bei der Zehn-Uhr-Messe als Ministrantin. Wenn Kerrys Blicke der Prozession von der Sakristei durchs Kirchenschiff folgten, mußte sie immer daran denken, wie gerne sie als Kind ministriert hätte und wie sie dann darüber aufgeklärt wurde, das sei nicht möglich, nur Jungen seien zugelassen.

Die Zeiten ändern sich, überlegte sie nachdenklich. Ich hätte nie für möglich gehalten, meine Tochter am Altar zu sehen, ich dachte nie, ich würde eines Tages geschieden sein, ich glaubte nie, eines Tages Richterin zu werden. *Vielleicht* Richterin zu werden, verbesserte sie sich. Sie wußte, daß Jonathan recht hatte. Frank Green jetzt in Verlegenheit zu bringen hieß nichts anderes, als den Gouverneur in Verlegenheit zu bringen. Es konnte ihre Ernennung zunichte machen. Der gestrige Besuch bei Skip Reardon war womöglich ein entscheidender Fehler gewesen. Weshalb wieder ihr Leben verpatzen? Sie hatte es schon einmal getan.

Ihr war klar, daß sie sich durch die ganze Skala der Gefühle Bob Kinellen gegenüber durchgearbeitet hatte: Erst liebte sie ihn, dann war sie am Boden zerstört, als er sie verließ, schließlich wurde sie zornig auf ihn und nahm es sich selbst übel, daß sie ihn nicht als den Opportunisten erkannt hatte, der er war. Jetzt reagierte sie hauptsächlich mit Gleichgültigkeit auf ihn, außer wenn es um Robin ging. Nichtsdestotrotz versetzte es ihr jedesmal einen Stich, wenn sie Paare in der Kirche sah, ob sie in ihrem eigenen Alter waren, ob jünger oder älter – es tat einfach weh. Wenn Bob nur der Mensch gewesen wäre, den ich in ihm gesehen habe, dachte sie. Wenn er nur der Mensch wäre, für den er sich *selbst* hält. Mittlerweile wären sie elf Jahre verheiratet. Mittlerweile hätte sie auch sicher noch mehr Kinder. Sie wollte immer drei haben.

Während sie Robin dabei beobachtete, wie sie den Wasserkrug und das Becken zur Handwaschung in Vorbereitung für die Segnung durch den Priester zum Altar trug, blickte ihre Tochter hoch und wechselte einen Blick mit Kerry. Ihr kurzes Lächeln rührte Kerry. Worüber beklage ich mich eigentlich? hielt sie sich vor. Was immer geschieht, ich habe doch sie. Und wie es Liebesverbindungen nun einmal an sich haben, war unsere alles andere als perfekt, aber wenigstens ist etwas Gutes daraus hervorgegangen. Kein anderes Paar außer Bob Kinellen und mir hätte genau dieses wundervolle Kind bekommen können, überlegte sie.

Während sie weiterhin zuschaute, fiel ihr plötzlich ein anderes Eltern-Kind-Verhältnis ein: Dr. Smith und Suzanne. Sie war das einzigartige Ergebnis der Gene von ihm und seiner früheren Frau gewesen. Im Zeugenstand hatte Dr. Smith ausgesagt, nach seiner Scheidung sei seine Frau nach Kalifornien gezogen und habe wieder geheiratet und er habe der Adoption von Suzanne durch den Stiefvater zugestimmt, weil er der Meinung war, das sei am besten so für sie.

»Doch nach dem Tod ihrer Mutter kam sie zu mir«, hatte er berichtet. »Sie brauchte mich.«

Skip Reardon hatte erzählt, Dr. Smiths Haltung gegenüber seiner Tochter habe an Ehrfurcht gegrenzt. In dem Moment, als sie das vernahm, stürmte Kerry eine Frage durch den Kopf, die sie völlig aus der Fassung brachte. Dr. Smith hatte andere Frauen so verwandelt, daß sie seiner Tochter glichen. Aber niemand hatte bisher die Frage aufgeworfen, ob er womöglich Suzanne selbst operiert hatte.

Kerry und Robin waren gerade mit dem Mittagessen fertig, als Bob anrief und vorschlug, Robin am Abend zum Essen auszuführen. Er erklärte, Alice sei mit den Kindern eine Woche nach Florida gereist und er selbst wolle in die Catskills fahren, um sich eine Skihütte anzuschauen, die sie möglicherweise kaufen wollten. Ob Robin nicht mitkommen wolle? fragte er. »Ich schulde ihr noch ein Abendessen, und ich bring sie ganz bestimmt bis neun wieder zurück.«

Robins begeisterte Zusage führte dazu, daß Bob sie eine Stunde später abholte.

Der unerwartete freie Nachmittag gab Kerry die Gelegenheit, sich wieder eine Weile mit dem Prozeßprotokoll zum Fall Reardon zu befassen. Die Lektüre als solche vermittelte ihr zwar ein gewisses Maß an Erkenntnissen, aber ihr war klar, daß ein großer Unterschied zwischen dem Lesen einer nüchternen Aufzeichnung und dem Beobachten der Zeugen bei ihrer Aussage bestand. Sie hatte weder ihre Gesichter gesehen, noch die Stimmen gehört oder die Körpersprache ihrer Reaktionen auf die Fragen mitbekommen. Sie wußte, daß die Bewertung des Verhaltens der Zeugen durch die Geschworenen zweifellos einen großen Anteil am Ausgang ihrer Entscheidungsfindung hatte. Diese Jury hatte Dr. Smith beobachtet und eingeschätzt. Es lag auf der Hand, daß sie ihm geglaubt hatten.

27

Geoff Dorso liebte Football und war ein glühender Verehrer der Giants. Das war zwar nicht der Grund, weshalb er sich eine Eigentumswohnung in den Meadowlands gekauft hatte, aber er gab zu, daß es gewiß praktisch war. Und doch beschäftigte ihn, während er an diesem Sonntag nachmittag im Stadion der Giants saß, weniger das laufende und sehr ausgeglichene Spiel gegen die Dallas Cowboys als das Treffen mit Skip Reardon am Tag zuvor und Kerry McGraths Reaktion auf Skip selbst und auf die Prozeßakte.

Er hatte ihr die Unterlagen am Donnerstag gebracht. Ob sie das Protokoll wohl schon gelesen hatte? fragte er sich. Er hatte gehofft, sie werde darüber reden, als sie auf den Termin mit Skip warteten, aber sie hatte es nicht erwähnt. Er versuchte sich vor Augen zu halten, daß sie schließlich darauf trainiert war, skeptisch zu sein, und daß ihre anscheinend negative Resonanz auf die Unterredung mit Skip noch nicht bedeutete, daß sie mit dem Fall nichts weiter zu tun haben wollte.

Als die Giants am Ende des letzten Spielviertels in letzter Sekunde ein *field goal* erzielten, nahm Geoff an dem vehementen Siegesjubel teil, lehnte aber dankend ab, als Freunde ihn dazu einluden, mit ihnen ein paar Bier trinken zu gehen. Er fuhr statt dessen nach Hause und rief Kerry an.

Er war überglücklich, als sie einräumte, das Protokoll gelesen zu haben und daß sie noch einige Fragen dazu habe. »Ich würde mich gern wieder mit Ihnen treffen«, sagte er. Dann hatte er einen Einfall. Sie kann ja bloß ablehnen, überlegte er, während er fragte: »Hätten Sie vielleicht heute abend Zeit, mit mir essen zu gehen?«

28

Dolly Bowles war sechzig Jahre alt zu dem Zeitpunkt, als sie zu ihrer Tochter nach Alpine zog. Das war nun zwölf Jahre her und direkt, nachdem sie ihren Mann verloren hatte. Sie wollte sich damals ja nicht aufdrängen, aber wenn sie ehrlich war, hatte sie immer Angst davor gehabt, alleine zu sein, und glaubte wirklich nicht, daß sie es aushalten würde, in dem großen Haus weiterzuleben, das sie gemeinsam mit ihrem Mann bewohnt hatte.

Und es gab in der Tat auch einen Grund, zumindest einen psychologischen, für ihre Verunsicherung. Lange Jahre zuvor, als sie noch ein Kind war, hatte sie eines Tages einem Lieferanten die Tür aufgemacht, der sich jedoch als Verbrecher herausstellte. Sie hatte noch immer Alpträume davon, wie er damals sie und ihre Mutter gefesselt und das ganze Haus auf den Kopf gestellt hatte. Aus diesem Grund war sie jetzt mißtrauisch gegenüber Fremden aller Art, und sie hatte ihren Schwiegersohn mehrfach dadurch verärgert, daß sie den Notknopf des Alarmsystems drückte, als sie allein zu Hause war und seltsame Geräusche hörte oder einen ihr unbekannten Mann auf der Straße bemerkte.

Ihre Tochter Dorothy und ihr Schwiegersohn Lou verreisten häufig. Ihre Kinder hatten damals, als Dolly zu ihnen zog, noch bei den Eltern gewohnt, und sie hatte dabei geholfen, sie zu versorgen. Seit einer Reihe von Jahren jedoch waren sie ausgezogen, und Dolly hatte fast nichts mehr zu tun. Sie hatte versucht, im Haus mitzuarbeiten, aber die Haushälterin wollte nichts von ihrer Hilfe wissen.

Da ihr nun soviel freie Zeit blieb, hatte sich Dolly mittlerweile als Babysitterin in der Nachbarschaft etabliert, und dieses Arrangement bewährte sich bestens. Sie hatte wirklich Freude an kleinen Kindern und las ihnen gerne vor oder spielte jederzeit irgendein Spiel mit ihnen. Praktisch alle hatten sie ins Herz geschlossen. Anlaß zur Verärgerung gab es einzig und allein, wenn sie wieder einmal bei der Polizei anrief, um verdächtig aussehende Gestalten zu melden. Doch das hatte sie nun schon seit zehn Jahren nicht mehr getan – nicht mehr, seit sie als Zeugin im Reardon-Mordprozeß geladen wurde. Ihr lief jedesmal ein Schauder über den Rücken, wenn sie daran denken mußte. Der Staatsanwalt hatte sie so schrecklich bloßgestellt. Dorothy und Lou hatten sich furchtbar gedemütigt gefühlt. »Mutter, ich hab'dich doch angefleht, nicht mit der Polizei zu reden«, hatte Dorothy sie damals angefahren.

Aber Dolly hatte es einfach tun *müssen*. Sie kannte doch Skip Reardon und mochte ihn und kam von dem Gefühl nicht los, sie müsse versuchen, ihm zu helfen. Außerdem hatte sie den Wagen tatsächlich gesehen, genau wie Michael, der fünfjährige Junge mit all den Lernschwächen, um den sie sich an jenem Abend gekümmert hatte. Er hatte den Wagen auch gesehen, aber Skips Anwalt hatte sie aufgefordert, dies nicht zu erwähnen.

»Das würde unserm Fall nur schaden«, hatte Mr. Farrell gesagt. »Alles, was wir von Ihnen wollen, ist, daß Sie berichten, was Sie gesehen haben: daß um neun Uhr eine dunkle Limousine vor dem Haus der Reardons geparkt war und einige Minuten später wieder wegfuhr.«

Sie war sich sicher, daß sie eine der Ziffern und einen der Buchstaben erkannt hatte, eine 3 und ein L. Aber dann hielt der Staatsanwalt hinten im Gerichtssaal ein Nummernschild hoch, und sie konnte es nicht ablesen. Und er brachte sie zu dem Eingeständnis, daß sie Skip Reardon ausgesprochen gern hatte, weil er eines Abends geholfen hatte, ihr Auto freizuschaufeln, als es in einer Schneewehe steckengeblieben war.

Dolly wußte, daß Skips Hilfsbereitschaft noch lange nicht bedeutete, daß er kein Mörder sein konnte, aber sie fühlte tief in ihrem Herzen, daß er unschuldig war, und sie betete jeden Abend für ihn. Selbst jetzt noch, wenn sie gegenüber vom Reardonschen Haus Kinder hütete, schaute sie manchmal zum Fenster hinaus und dachte an den Abend, als Suzanne ermordet wurde. Und sie dachte an den kleinen Michael – seine Familie war vor einigen Jahren weggezogen –, der nun fünfzehn Jahre alt sein mußte, und daran, wie er auf das komische fremde Auto gedeutet und gesagt hatte: »Papas Auto.«

Dolly konnte nicht wissen, daß zur selben Zeit an diesem Sonntag abend, während sie vom Fenster auf das frühere Haus der Reardons blickte, etwa fünfzehn Kilometer weiter weg Geoff Dorso und Kerry McGrath im Restaurant Villa Cesare in Hillsdale gerade über sie sprachen.

29

In stillschweigender Übereinkunft enthielten sich Kerry und Geoff irgendeiner Erwähnung des Reardon-Falles, bis der Kaffee serviert wurde. Zuvor erzählte Geoff beim Essen von seinen frühen Jahren in New York. »Ich dachte damals von meinen Verwandten in New Jersey, daß sie hinterm Mond leben«, erklärte er. »Und dann, als wir selbst dorthin umzogen und ich dort aufwuchs, hab' ich beschlossen, zu bleiben.«

Er erzählte Kerry, er habe vier jüngere Schwestern.

»Ich beneide Sie«, erwiderte sie. »Ich bin Einzelkind, und ich bin immer schrecklich gern zu meinen Freunden nach

Hause gegangen, wo es eine große Familie gab. Ich habe es mir immer schön vorgestellt, wenn da ein paar Geschwister um einen rum wären. Mein Vater starb, als ich neunzehn war, und meine Mutter hat wieder geheiratet, als ich einundzwanzig war, und ist nach Colorado gezogen. Ich seh sie zweimal im Jahr.«

Geoffs Augen nahmen einen sanften Ausdruck an. »Da haben Sie nicht gerade viel Familienzusammenhalt«, sagte er.

»Nein, wahrscheinlich nicht, aber Jonathan und Grace Hoover haben geholfen, die Lücke auszufüllen. Sie sind wunderbar zu mir, fast wie Eltern.«

Sie unterhielten sich über das Jurastudium und stimmten darin überein, daß das erste Jahr so grauenhaft war, daß sie es schlimm fänden, das nochmals durchstehen zu müssen.

»Was brachte Sie zu dem Entschluß, Verteidiger zu werden?« fragte Kerry.

»Ich glaube, das geht auf ein Erlebnis aus meiner Kindheit zurück. Eine Frau in dem Haus, wo wir wohnten, Anna Owens, war einer der nettesten Menschen, die mir je begegnet sind. Ich weiß noch, wie ich einmal, als ich etwa acht war, durch die Eingangshalle rannte, um den Lift noch zu erwischen, und mit ihr zusammenstieß und sie umwarf. Jeder andere Mensch hätte einen Tobsuchtsanfall gekriegt, aber sie hat sich wieder aufgerappelt und gesagt: ›Geoff, der Lift kommt doch wieder.‹ Dann lachte sie. Sie hat gemerkt, wie verstört ich war.«

»Aber deshalb sind Sie doch nicht Verteidiger geworden.« Kerry lächelte.

»Nein. Aber drei Monate später, als ihr Mann sie im Stich ließ, folgte sie ihm zur Wohnung seiner neuen Freundin und erschoß ihn. Ich bin ehrlich davon überzeugt, daß sie vorübergehend unzurechnungsfähig war, was ihr Anwalt auch geltend machte, aber sie mußte trotzdem für zwanzig Jahre ins Gefängnis. ›Mildernde Umstände‹ ist dabei das Schlüsselwort, finde ich. Wenn ich glaube, daß sie gegeben sind, oder wenn ich den Angeklagten für unschuldig halte, wie bei Skip Reardon, dann übernehme ich den Fall.« Er machte eine Pause. »Und was hat Sie dazu gebracht, Staatsanwältin zu werden?«

»Das Opfer und die Familie des Opfers«, stellte sie schlicht fest. »Nach Ihrer These hätte ich Bob Kinellen erschießen und dann mildernde Umstände beanspruchen können.«

Ein Blitzen in Dorsos Augen verriet eine leichte Verstimmung, doch dann spiegelten sie eher Belustigung. »Irgendwie kann ich mir nicht vorstellen, wie Sie jemanden erschießen, Kerry.«

»Ich auch nicht, außer ...« Kerry zögerte und fuhr dann fort: »Außer Robin käme in Gefahr. Dann würde ich alles und jedes tun, um sie zu retten. Da bin ich mir sicher.«

Im Verlauf des Abendessens fing Kerry unwillkürlich an, vom Tod ihres Vaters zu erzählen. »Ich war in meinem zweiten Jahr am Boston College. Er war Pilot bei PanAm gewesen und wechselte später in die Verwaltung der Gesellschaft und wurde zum amtierenden Vizepräsidenten befördert. Schon seit ich drei Jahre alt war, nahm er meine Mutter und mich überall mit hin. Für mich war er der großartigste Mensch auf der ganzen Welt.« Sie schluckte schwer. »Und dann, als ich einmal zum Wochenende zu Hause war, sagte er, er fühle sich irgendwie nicht wohl. Aber er machte sich nicht die Mühe, zum Arzt zu gehen, weil er gerade seine jährliche Vorsorgeuntersuchung gehabt hatte. Er hat behauptet, am nächsten Tag sei er bestimmt wieder in Ordnung. Aber am nächsten Morgen ist er nicht mehr aufgewacht.«

»Und Ihre Mutter hat zwei Jahre später wieder geheiratet?« fragte Geoff leise.

»Ja, direkt bevor ich mit dem College fertig war. Sam war ein Witwer und ein Freund von Dad. Er wollte sich gerade in Vail zur Ruhe setzen, als Dad starb. Er hat ein wunderhübsches Haus dort. Es hat ihnen beiden gutgetan.«

»Was hätte Ihr Vater von Bob Kinellen gehalten?«

Kerry lachte. »Sie haben ein feines Gespür, Geoff Dorso. Ich glaube, er wäre alles andere als begeistert gewesen.«

Beim Kaffee besprachen sie schließlich den Reardon-Fall.

Kerry machte den Auftakt mit dem freimütigen Bekenntnis: »Ich war damals bei der Urteilsverkündung dabei, und sein Gesichtsausdruck und das, was er sagte, haben sich mir unauslöschlich eingeprägt. Ich hab'schon eine Menge schuldiger Leute schwören hören, daß sie unschuldig sind – was hätten sie schließlich auch zu verlieren? –, aber seine Worte hatten etwas an sich, was mich berührt hat.«

»Weil er die Wahrheit gesagt hat.«

Kerry blickte ihm direkt ins Gesicht. »Ich warne Sie, Geoff, ich habe die Absicht, den Advocatus Diaboli zu spielen, und wenn mir auch beim Lesen der Prozeßakte eine Menge Fragen kommen, so überzeugt mich das noch lange nicht, daß Reardon unschuldig ist. Genausowenig hat es der Besuch gestern getan. Entweder Skip Reardon lügt, oder aber Dr. Smith lügt. Reardon hat einen ausgesprochen triftigen Grund zu lügen. Smith dagegen nicht. Ich finde es nach wie vor äußerst dekuvrierend, daß Reardon ausgerechnet am Tag von Suzannes Tod über eine Scheidung geredet hat und offenbar ausgeflippt ist, als er erfuhr, was sie ihn kosten könnte.«

»Kerry, Skip Reardon war ein Selfmademan. Er hat sich aus eigener Kraft emporgearbeitet und ist sehr erfolgreich geworden. Suzanne hatte ihn bereits ein Vermögen gekostet. Sie haben doch gehört, was er sagte. Sie war einem Kaufrausch verfallen und kaufte alles, was ihr in den Sinn kam.« Er hielt inne. »Nein, zornig zu sein und das in Worten auszudrücken ist eine Sache. Aber es besteht ein himmelweiter Unterschied zwischen einem Wutausbruch und Mord. Auch wenn ihn eine Scheidung teuer zu stehen gekommen wäre, so war er doch im Grunde genommen erleichtert über die Perspektive, daß seine verlogene Ehe vorbei sein würde und er wieder ein normales Leben führen konnte.«

Sie sprachen über die Sweetheart-Rosen. »Ich bin felsenfest davon überzeugt, daß Skip sie weder gebracht noch geschickt hat«, stellte Geoff fest, während er an seinem Espresso nippte. »Wenn wir das als gegeben annehmen, dann ist eine andere Person im Spiel.«

Während Geoff die Rechnung bezahlte, stimmten sie

beide darin überein, daß Dr. Smiths Aussage den Ausschlag für Reardons Verurteilung gegeben hatte. »Halten Sie sich doch folgendes vor Augen«, sagte Geoff eindringlich. »Dr. Smith behauptete, Suzanne hätte Angst vor Skip und seinen Eifersuchtsanfällen gehabt. Aber wenn sie wirklich solche Angst vor ihm hatte, wie brachte sie es dann fertig, ruhig dazustehen und Blumen zu ordnen, die ihr ein anderer Mann geschickt hatte, und sie nicht nur zu ordnen, sondern stolz zur Schau zu stellen, jedenfalls laut Skip? Ergibt das etwa einen Sinn?«

»*Falls* Skip die Wahrheit gesagt hat – aber wir können das nicht als Tatsache voraussetzen, oder?« erwiderte Kerry.

»Also, ich für meinen Teil *glaube* ihm nun mal«, sagte Geoff mit Nachdruck. »Außerdem hat niemand im Zeugenstand Dr. Smiths Aussage erhärtet. Die Reardons waren ein beliebtes Ehepaar. Hätte er sie mißhandelt, so hätte sich gewiß jemand gemeldet, um das zu bestätigen.«

»Mag sein«, räumte Kerry ein, »aber warum gab es dann keine Zeugen der Verteidigung dafür, daß er eben nicht wahnsinnig eifersüchtig war? Warum hat man nur zwei Leumundszeugen aufgerufen, um damit Dr. Smiths Aussage zu konterkarieren? Nein, Geoff, die Geschworenen hatten leider auf Grund der Information, die ihnen vorlag, keinen Anlaß, Dr. Smith nicht zu vertrauen und zu glauben. Im übrigen, sind wir nicht generell darauf gedrillt, einem Arzt zu trauen?«

Auf der Heimfahrt waren sie schweigsam. Als Geoff Kerry an die Tür brachte, griff er nach ihrem Schlüssel. »Meine Mutter hat gesagt, man sollte einer Dame immer die Tür aufmachen. Ich hoffe, das ist nicht zu sexistisch.«

»Nein, gar nicht. Jedenfalls nicht für mich. Aber vielleicht bin ich einfach altmodisch.« Der Himmel über ihnen war nachtblau und von Sternen übersät. Ein schneidender Wind blies, und Kerry zitterte in der Kühle.

Geoff bemerkte es, schloß daher rasch die Tür auf. »Sie sind für die kühle Abendluft nicht warm genug angezogen. Gehn Sie lieber rein.«

Als sie eintrat, blieb er auf der überdachten Veranda stehen, ohne irgendwie anzudeuten, daß er erwarte, hereingebeten zu werden. Statt dessen sagte er: »Bevor ich gehe, muß ich Sie noch fragen, wie wir weiter vorgehen.«

»Ich habe vor, Dr. Smith aufzusuchen, sobald er mir einen Termin gibt. Aber es ist besser, wenn ich allein hingehe.«

»Dann hören wir in ein paar Tagen wieder voneinander«, sagte Geoff. Er lächelte flüchtig und begann die Verandastufen hinunterzugehen. Kerry schloß die Haustür und ging ins Wohnzimmer, machte jedoch nicht sofort das Licht an. Sie begriff, daß sie noch das Gefühl des Augenblicks genoß, als Geoff ihr die Schlüssel aus der Hand genommen und die Tür für sie geöffnet hatte. Dann trat sie ans Fenster und beobachtete, wie er seinen Wagen rückwärts aus der Auffahrt heraussteuerte und die Straße hinunter verschwand.

Mit Daddy macht es immer soviel Spaß, dachte Robin, als sie zufrieden neben ihm im Jaguar saß. Sie hatten die Skihütte besichtigt, deren Kauf Bob Kinellen in Erwägung zog. Robin fand sie cool, aber er war enttäuscht davon. »Ich möchte eine, wo wir mit den Skiern bis zur Tür fahren können«, hatte er gesagt und dann gelacht. »Wir suchen halt einfach weiter.«

Robin hatte ihre Kamera mitgenommen, und ihr Vater wartete ab, während sie zwei Filme verknipste. Obwohl es nur wenig Schnee auf den Gipfeln gab, fand sie das Licht auf den Bergen phantastisch. Sie fing noch die letzten Strahlen der untergehenden Sonne ein, und dann machten sie sich auf den Heimweg. Ihr Vater erzählte von einem tollen Lokal, wo es wunderbare Shrimps gab.

Robin war klar, daß Mom sauer auf Dad war, weil er nach dem Unfall nicht mit ihr geredet hatte, aber er *hatte* schließlich eine Nachricht hinterlassen. Und es stimmte schon, daß sie ihn nicht oft zu sehen bekam, aber wenn sie zusammen waren, war er großartig.

Um halb sieben hielten sie bei einem Restaurant an. Während sie Shrimps und Muscheln aßen, unterhielten sie sich. Er versprach ihr, daß sie dieses Jahr ganz bestimmt zusammen skifahren würden, nur sie beide. »Irgendwann, wenn Mom verabredet ist.« Er zwinkerte ihr zu.

»Ach, Mom geht nicht oft mit jemand aus«, erzählte sie ihm. »Einer hat mir eigentlich ganz gut gefallen, der im Sommer ein paarmal was mit ihr unternommen hat, aber sie fand ihn langweilig.«

»Was hat der gemacht?«

»Er war, glaub ich, ein Ingenieur.«

»Nun, wenn Mommy dann Richterin ist, dann geht sie vermutlich am Ende mit einem anderen Richter aus. Sie wird sich nicht vor denen retten können.«

»Neulich ist ein Anwalt bei uns vorbeigekommen«, sagte Robin. »Er war nett. Aber soweit ich weiß, ging's nur um Geschäftliches.«

Bob Kinellen hatte bei der Unterhaltung nur halb hingehört. Jetzt erwachte seine Aufmerksamkeit. »Wie hieß er denn?«

»Geoff Dorso. Er hat Mommy einen dicken Aktenordner zum Lesen vorbeigebracht.«

Als ihr Vater auf einmal sehr schweigsam wurde, beschlich Robin das ungute Gefühl, daß sie vielleicht zuviel erzählt hatte und er womöglich sauer auf sie war.

Nachdem sie wieder im Auto saßen, schlief sie für den Rest der Fahrt, und als ihr Vater sie um halb zehn absetzte, war sie froh, wieder zu Hause zu sein.

Montag, 30. Oktober

30

Senat und Repräsentantenhaus des Staates New Jersey hatten einen geschäftigen Herbst. Die Anwesenheitsrate bei den zweimal in der Woche stattfindenden Sitzungen lag bei fast hundert Prozent, und das aus gutem Grund: Die bevorstehende Gouverneurswahl erzeugte, obwohl sie erst in einem Jahr stattfinden würde, bereits jetzt eine latent geladene Atmosphäre, die sich auch in beiden Kammern des Parlaments breitmachte.

Die Tatsache, daß Gouverneur Marshall offensichtlich entschlossen war, als seinen Nachfolger Frank Green zu unterstützen, kam einer Reihe anderer Möchtegern-Kandidaten seiner Partei gar nicht zupaß. Jonathan Hoover war sich völlig klar darüber, daß jede nur mögliche Einbuße bei Greens Wahlchancen anderen Bewerbern in der politischen Arena nur lieb sein konnte. Sie würden sich darauf stürzen und möglichst viel Wirbel machen. Falls genügend Lärm dabei entstand, konnte Greens Nominierung leicht gefährdet werden. Zu diesem Zeitpunkt war sie längst noch nicht abgesichert.

Als Senatspräsident hatte Hoover enormen Einfluß auf die Parteipolitik. Einer der Gründe für seine fünffache Wahl zu je vier Jahren Amtszeit war seine Fähigkeit, bei anstehenden Entscheidungen oder Stimmabgaben weit vorauszuschauen. Seine Wähler wußten das zu würdigen.

An den Tagen der Plenarsitzungen blieb er manchmal in Trenton und traf sich mit Freunden zum Abendessen. Heute abend war er mit dem Gouverneur verabredet.

Anschließend an die Nachmittagssitzung kehrte Jonathan in sein eigenes Büro zurück, forderte die Sekretärin auf, Anrufe abzufangen, und schloß die Tür. Eine Stunde lang saß er mit unter dem Kinn gefalteten Händen an seinem Schreibtisch. Es war die Pose, die Grace »Jonathan im Gebet« nannte.

Als er endlich aufstand, ging er zum Fenster hinüber und starrte in die Dämmerung. Er hatte eine wichtige Entscheidung getroffen. Kerry McGraths Nachbohren im Reardon-Mordfall hatte ein echtes Problem geschaffen. Es war genau die Art von Anlaß, wie ihn die Medien nur zu gern aufgreifen und möglichst zu einer sensationellen Geschichte aufblasen würden. Selbst wenn letzten Endes nichts dabei herauskam – und davon war Jonathan überzeugt –, so würde es doch Frank Green in ein schiefes Licht rücken und seine Kandidatur effektiv zum Scheitern bringen.

Freilich gab Kerry die ganze Sache vielleicht auf, bevor es dazu kam – was er um aller Beteiligten willen absolut hoffte. Dennoch sah Jonathan es als seine Pflicht an, den Gouverneur von den bisherigen Ermittlungen in Kenntnis zu setzen und ihm zu raten, ihren Namen bis auf weiteres nicht dem Senat zur Bestätigung ihrer Ernennung zum Richteramt vorzulegen. In Jonathans Augen war es eine Zumutung für den Gouverneur, wenn eine Kandidatin seiner Wahl praktisch gegen ihn arbeiten würde.

31

Am Montag morgen fand Kerry ein Päckchen in ihrem Büro, das eine Porzellanfigur der Manufaktur Royal Doulton enthielt; es war die Figurine, die man »Herbstbrise« nannte. Ein Schreiben lag beigefügt:

> Liebe Ms. McGrath,
> Moms Haus ist jetzt verkauft, und wir haben unsere ganzen Sachen rausgeräumt. Wir ziehen zu unserer Tante und unserem Onkel nach Pennsylvania.
> Mom hatte dies immer auf ihrem Frisiertisch stehen. Es stammte von ihrer Mutter. Sie sagte, daß es sie froh machte, es zu sehen.
> Sie haben uns so glücklich gemacht, weil Sie dafür gesorgt haben, daß der Kerl, der Mom umgebracht hat, für sein Verbrechen büßen muß, und deshalb möchten wir gerne, daß Sie es bekommen. Es ist unsere Art, danke zu sagen.

Der Brief trug die Unterschrift von Chris und Ken, den beiden Söhnen der Frau, die von ihrem Assistenten getötet worden war.

Kerry blinzelte die Tränen weg, während sie das wundervolle Stück in der Hand hielt. Sie rief ihre Sekretärin herbei und diktierte einen kurzen Brief:

> Es ist gesetzlich nicht erlaubt, daß ich irgendwelche Geschenke annehme, aber ich versichere Ihnen, Chris und Ken, wäre es anders, würde ich dies zu schätzen wissen. Bitte behalten Sie es für mich und für Ihre Mom.

Während sie den Brief unterschrieb, dachte sie über die offensichtliche Verbundenheit zwischen diesen Brüdern und zwischen ihnen und ihrer Mutter nach. Was würde nur aus Robin werden, wenn mir etwas zustoßen würde? fragte sie sich erneut. Dann schüttelte sie den Kopf. Es bringt doch nichts, trüben Gedanken nachzuhängen, überlegte sie. Außerdem stand eine andere, dringendere Sache an, bei der es ebenfalls um das Verhältnis zwischen Eltern und Kind ging, um die sie sich kümmern mußte.

Es war an der Zeit, Dr. Charles Smith einen Besuch abzustatten. Als sie in seiner Praxis anrief, meldete sich der Telefondienst. »Sie machen heute erst um elf die Praxis auf. Kann ich etwas ausrichten?«

Kurz vor zwölf Uhr mittags rief Mrs. Carpenter Kerry zurück.

»Ich hätte gern so bald wie möglich einen Termin, um mit Dr. Smith zu sprechen«, erklärte Kerry. »Es ist wichtig.«

»Worum geht es denn, Ms. McGrath?«

Kerry entschied sich, ein Risiko einzugehen. »Sagen Sie Dr. Smith, es geht um Suzanne.«

Sie mußte fast fünf Minuten warten, bis sie die kalte, präzise Stimme des Arztes vernahm. »Was wünschen Sie, Ms. McGrath?« fragte er.

»Ich möchte mit Ihnen über Ihre Zeugenaussage bei dem Prozeß gegen Skip Reardon reden, Dr. Smith, und ich wäre Ihnen dankbar, wenn es so bald wie möglich ginge.«

Als sie den Hörer auflegte, hatte er einem Treffen mit ihr in seiner Praxis am nächsten Morgen um halb acht zugestimmt. Das hieß, überlegte sie, daß sie spätestens um halb sieben von zu Hause wegfahren mußte. Und das bedeutete wiederum, daß sie eine Nachbarin bitten mußte, Robin sicherheitshalber anzurufen, damit sie nicht wieder einschlief, nachdem Kerry gegangen war.

Ansonsten brauchte sie sich um Robin nicht zu sorgen. Sie ging immer mit zwei ihrer Freundinnen zu Fuß zur Schule, und Kerry war überzeugt, daß sie alt genug war, sich selbst ihr Frückstück zu machen.

Als nächstes rief sie ihre Freundin Margaret im Büro an und bat sie um Stuart Grants private Telefonnummer. »Ich hab'mit Stuart über dich und deine Fragen zu diesem Schönheitschirurgen geredet, und er hat mir gesagt, daß seine Frau den ganzen Vormittag über zu Hause ist«, informierte Margaret sie.

Susan Grant nahm schon beim ersten Klingelzeichen den Hörer ab. Sie wiederholte genau das, war Margaret berichtet hatte. »Ich schwöre Ihnen, Kerry, es war zum Fürchten. Ich wollte doch bloß ein bißchen Lifting um die Augen herum. Aber Dr. Smith war so penetrant. Er hat mich ständig Suzanne genannt, und wenn ich mich von ihm hätte rumkriegen lassen, dann hätte ich ganz bestimmt nicht mehr wie ich selber ausgesehen.«

Direkt vor der Mittagspause bat Kerry Joe Palumbo, doch eben in ihrem Büro vorbeizuschauen. »Ich hab' da so eine Kleinigkeit nebenbei laufen, bei der ich deine Hilfe brauche«, erklärte sie ihm, während er sich in einen Sessel gegenüber von ihrem Schreibtisch fallen ließ. »Den Fall Reardon.«

Joes fragender Gesichtsausdruck verlangte eine Antwort. Sie berichtete ihm von den Doppelgängerinnen Suzanne Reardons und über Dr. Charles Smith. Zögernd gestand sie auch, daß sie Reardon im Gefängnis besucht hatte und allmählich ihre Zweifel über die Art der Prozeßführung von damals habe, wobei allerdings alles, was sie unternehme, durchaus inoffiziell sei.

Palumbo stieß einen Pfiff aus.

»Und, Joe, es wäre mir lieb, wenn das unter uns bleiben könnte. Frank Green ist nicht gerade glücklich über mein Interesse an dem Fall.«

»Na, warum wohl«, murmelte Palumbo.

»Dabei hat Green mir neulich selbst gesagt, daß Dr. Smith ein völlig emotionsloser Zeuge war. Ist doch seltsam bei dem Vater eines Mordopfers, findest du nicht? Er sagte unter Eid aus, daß er und seine Frau sich getrennt hatten, als Suzanne noch ein Baby war, und er einige Jahre später ihrer Adoption durch ihren Stiefvater, einen Mann namens Wayne Stevens, zugestimmt hat, und daß sie in Oakland, Kalifornien, aufgewachsen ist. Ich möchte, daß du Stevens ausfindig machst. Ich würde allzugern von ihm erfahren, was für ein Kind eigentlich Suzanne früher war, und insbesondere möchte ich ein Foto von ihr als Teenager sehen.«

Sie hatte eine Reihe von Seiten aus dem Reardon-Prozeßprotokoll herausgenommen. Jetzt schob sie die Blätter Palumbo über den Schreibtisch zu. »Da ist die Aussage der Frau, die am Mordabend bei Nachbarn auf der anderen Straßenseite auf die Kinder aufgepaßt hat und die behauptet, sie hätte damals gegen neun Uhr abends einen fremden Wagen vor dem Haus der Reardons gesehen. Sie lebt – oder lebte – mit ihrer Tochter und ihrem Schwiegersohn zusammen in Alpine. Überprüf sie für mich, okay?«

Palumbos Augen spiegelten ein starkes Interesse wider. »Ist mir ein Vergnügen, Kerry. Du tust mir einen Gefallen damit. Würde mir höllische Freude machen, wenn zur Abwechslung mal unser Anführer ins Visier gerät.«

»Hör mal, Joe, Frank Green ist ein anständiger Kerl«, hielt Kerry ihm entgegen. »Ich bin nicht drauf aus, ihm Sand ins Getriebe zu streuen. Ich hab' einfach das Gefühl, daß bei dem Fall noch Fragen offen sind, und, ehrlich gesagt, ich fand Dr. Smith und die Begegnung mit seinen Doppelgänger-Patientinnen ziemlich gespenstisch. Wenn die Möglichkeit besteht, daß der falsche Mann im Gefängnis sitzt, dann fühle ich mich verpflichtet, der Sache nachzugehen. Aber ich tu's nur, wenn ich davon überzeugt bin.«

»Ist mir vollkommen klar«, erwiderte Palumbo. »Und versteh' mich nicht falsch. Ich bin weitgehend deiner Meinung, daß Green schon in Ordnung ist. Mir ist einfach jemand lieber, der nicht jedesmal in Deckung geht, sobald irgendwer in seiner Abteilung unter Beschuß gerät.«

32

Als Dr. Charles Smith nach dem Gespräch mit Kerry McGrath den Hörer auflegte, merkte er, daß das kaum merkliche Zittern, das von Zeit zu Zeit in seiner rechten Hand auftrat, soeben wieder einsetzte. Er schloß seine linke Hand darüber, konnte aber trotzdem noch fühlen, wie es in seinen Fingerspitzen vibrierte.

Er hatte mitbekommen, daß Mrs. Carpenter ihn seltsam angesehen hatte, als sie ihn von dem Anruf dieser McGrath in Kenntnis setzte. Die Erwähnung von Suzanne hatte für die Carpenter keinen Sinn ergeben, weshalb sie sicher neugierig war, worum es bei diesem geheimnisvollen Anruf eigentlich ging.

Nun schlug er Robin Kinellens Ordner auf und sah sich ihre Unterlagen an. Er wußte noch, daß ihre Eltern geschieden waren, aber er hatte sich noch nicht die persönlichen Daten angeschaut, die Kerry McGrath zusammen mit Robins medizinischen Fakten eingereicht hatte. Da stand, daß sie Beamtin bei der Staatsanwaltschaft von Bergen County war. Er dachte einen Moment nach. Er konnte sich nicht erinnern, sie je bei dem Prozeß gesehen zu haben …

Es klopfte an die Tür. Mrs. Carpenter steckte den Kopf herein, um ihm ins Gedächtnis zu rufen, im Behandlungszimmer 1 warte eine Patientin.

»Das weiß ich«, erklärte er brüsk und winkte sie hinaus. Er wandte sich erneut Robins Akte zu. Sie war am elften und am dreiundzwanzigsten zur Nachuntersuchung erschienen. Barbara Tompkins war am elften zur Untersuchung dagewesen, und Pamela Worth am dreiundzwanzigsten. Unglückliches Timing, überlegte er. Kerry McGrath hatte sie vermutlich beide gesehen, und das hatte irgendeine Erinnerung an Suzanne in ihr ausgelöst.

Minutenlang saß er an seinem Schreibtisch. Was eigentlich bedeutete ihr Anruf genau? Welcher Art war ihr Interesse an dem Fall? Es konnte sich doch nichts geändert haben. Die Fakten waren noch immer dieselben. Skip Reardon war noch immer im Gefängnis, und dort würde er auch bleiben. Smith wußte, daß seine Aussage dazu beigetragen hatte, ihn dorthin zu bringen. Und kein Wort werde ich daran ändern, dachte er bitter. Kein einziges Wort.

33

Eingepfercht zwischen seinen beiden Anwälten Robert Kinellen und Anthony Bartlett saß Jimmy Weeks im Bezirksgericht des Bundesgerichtshofs, während sich die Zusammenstellung der Jury für seinen Prozeß wegen Steuerhinterziehung endlos hinzuziehen schien.

Nach drei Wochen gab es erst sechs Geschworene, die sowohl von der Anklagevertretung wie von der Verteidigung akzeptiert wurden. Die Frau, die man gegenwärtig befragte, war von der Art, wie er sie am meisten verabscheute. Prüde und selbstgefällig, so ein Typ »wahre Säule der Gemeinde«. Als Vorsitzende des Frauenklubs von Westdale hatte sie sich vorgestellt; ihr Mann war Geschäftsführer einer Ingenieurfirma; zwei Söhne an der Yale-Universität.

Jimmy beobachtete sie, während die Befragung weiterging und sie sich immer herablassender gab. Natürlich war die Staatsanwaltschaft mit ihr zufrieden, da gab es gar keinen Zweifel. Aber er wußte von dem geringschätzigen Blick, den sie in seine Richtung warf, daß sie ihn für Abschaum hielt.

Als der Richter die Vernehmung der Frau beendet hatte,

beugte sich Jimmy Weeks zu Kinellen hinüber und sagte: »Nimm sie.«

»Bist du übergeschnappt?« protestierte Bob ungläubig.

»Vertrau mir, Bobby.« Jimmy senkte die Stimme. »Die kriegen wir umsonst.« Dann warf Jimmy einen zornigen Blick zum anderen Ende der Anklagebank, wo ein teilnahmsloser Barney Haskell mit seinem Anwalt dem Verfahren beiwohnte. Sollte Haskell sich auf einen Handel mit der Staatsanwaltschaft einlassen und als Zeuge für sie aussagen, dann könne er Barney im Kreuzverhör fertigmachen, behauptete Kinellen.

Mag sein. Oder auch nicht. Jimmy Weeks war sich nicht so sicher, und er war ein Mann, der eine sichere Sache immer bevorzugte. Mindestens eine Person unter den Geschworenen hatte er bereits in der Tasche. Jetzt waren es vermutlich zwei.

Bisher gab es nur den Hinweis darauf, daß Bob Kinellens Exfrau sich mit dem Reardon-Mordfall befaßte, überlegte Weeks, falls aber tatsächlich etwas in Gang kommen sollte, dann konnte es noch unangenehm für ihn werden. Besonders, falls Haskell Wind davon bekam. Er verfiel dann vielleicht auf die Idee, daß es noch eine andere Möglichkeit gab, die Abmachung zu versüßen, die er mit der Staatsanwaltschaft treffen wollte.

34

Spät am Nachmittag meldete sich Geoff Dorsos Sekretärin über die Sprechanlage. »Miss Taylor ist da«, sagte sie. »Ich hab' ihr schon gesagt, sie könnte Sie bestimmt nicht ohne vorherigen Termin sprechen. Aber angeblich dauert es nur ein paar Minuten und ist wichtig.«

Wenn Beth Taylor schon ohne Vorankündigung hereinschneite, dann mußte es wirklich wichtig sein. »Ist schon gut«, erwiderte Geoff. »Schicken Sie sie rein.«

Sein Puls beschleunigte sich, während er wartete. Er hoffte zu Gott, daß sie nicht gekommen war, um ihm mitzuteilen, daß Skips Mutter etwas zugestoßen sei. Mrs. Reardon hatte kurz nach Skips Verurteilung einen Herzinfarkt erlitten, und dann vor fünf Jahren einen weiteren. Beide Male war es ihr gelungen, wieder zu Kräften zu kommen, weil sie, wie sie erklärte, um nichts auf der Welt sterben würde, solange ihr Sohn noch wegen eines Verbrechens in Haft saß, das er nicht begangen hatte.

Sie schrieb Skip jeden Tag – heitere, fröhliche Briefe voller Pläne für seine Zukunft. Vor kurzem hatte Skip Geoff bei einem Besuch im Gefängnis aus einem Schreiben vorgelesen, das er am selben Tag erhalten hatte. »Heute früh in der Kirche habe ich Gott daran erinnert, daß zwar gut Ding Weile haben will, wir jetzt aber lange genug gewartet haben. Und weißt du, Skip, da überkam mich ein ganz herrliches Gefühl. Es war fast so, als hörte ich im Innern eine Stimme sagen: ›Nicht mehr lang.‹«

Skip hatte wehmütig gelächelt. »Wissen Sie, Geoff, als ich das las, hab' ich es fast geglaubt.«

Als seine Sekretärin Beth ins Büro führte, kam Geoff um den Schreibtisch herum nach vorne und gab ihr einen freundschaftlichen Kuß. Immer wenn er sie sah, fiel ihm sofort der gleiche Gedanke ein: Wie anders doch Skips Leben verlaufen wäre, wenn er Beth Taylor geheiratet hätte und Suzanne nie begegnet wäre.

Beth war so alt wie Skip, beinahe vierzig inzwischen, etwa einen Meter fünfundsechzig groß, mit einer eher fülligen Figur; sie hatte kurze, leicht gewellte braune Haare, lebhafte braune Augen und ein Gesicht, das Intelligenz und Wärme ausstrahlte.

Früher, vor fünfzehn Jahren, als sie noch mit Skip ausging, war sie Lehrerin gewesen. Inzwischen hatte sie die Magisterprüfung abgelegt und arbeitete als Therapeutin in einer benachbarten Schule.

Ihre Miene bei ihrem heutigen Besuch verriet, daß sie von großer Sorge erfüllt war. Geoff wies auf eine bequeme Sitzecke hinten im Raum und erklärte: »Ich weiß, daß vor einer halben Stunde frischer Kaffee gemacht worden ist. Wie wär's damit?«

Ein flüchtiges Lächeln zeigte sich in ihrem Gesicht. »Das wäre mir lieb.«

Er beobachtete ihren Gesichtsausdruck, während sie über dies und das sprachen und er für sie beide Kaffee einschenkte. Sie sah eher beunruhigt als niedergeschlagen aus. Er war nun überzeugt, daß Mrs. Reardon nichts zugestoßen war. Dann fiel ihm eine andere Möglichkeit ein. Herr im Himmel, hat Beth womöglich jemanden kennengelernt, der ihr gefällt, und sie weiß nicht, wie sie das Skip beibringen soll? Natürlich konnte so etwas passieren – *sollte* vielleicht sogar passieren –, aber für Skip wäre das ein harter Schlag, darüber war sich Geoff im klaren.

Sobald sie es sich bequem gemacht hatten, kam Beth sofort zur Sache. »Geoff, ich hab' gestern abend mit Skip telefoniert. Ich mache mir wirklich Sorgen. Sie wissen doch, wieviel darüber geredet wird, daß man verurteilten Mördern verwehren sollte, ständig neue Revisionsanträge zu stellen. Skip hat sich praktisch mit der Hoffnung am Leben erhalten, daß eines Tages ein Wiederaufnahmeverfahren in Gang kommt. Sollte er die Hoffnung je völlig aufgeben – ich kenne ihn –, dann wird er sterben wollen. Er hat mir von dieser Staatsanwältin erzählt, die bei ihm war. Er ist überzeugt, daß sie ihm nicht glaubt.«

»Glauben Sie denn, er könnte an Selbstmord denken?« fragte Geoff schnell. »Falls ja, dann müssen wir etwas unternehmen. Als vorbildlicher Häftling hat er etwas mehr Privilegien. Ich sollte den Gefängnisdirektor warnen.«

»Nein, nein! Melden Sie das nur ja nicht weiter!« rief Beth aus. »Ich meine doch nicht, daß er sich jetzt etwas antun könnte. Er weiß, daß er damit auch seine Mutter töten würde. Ich denke nur ...« Sie warf in einer hilflosen Geste die Hände hoch. »Geoff«, brach es aus ihr heraus, »gibt es irgendeine Hoffnung, die ich ihm vermitteln kann? Oder was ich vielleicht fragen will: Sehen Sie eine realistische

Chance, daß Sie Gründe für einen neuen Revisionsantrag finden?«

Noch vor einer Woche, dachte Geoff, hätte ich ihr sagen müssen, daß ich diesen Fall bis ins letzte Detail überprüft habe und nicht mal den leisesten Hinweis auf eine neue Begründung finden kann. Kerry McGraths Anruf allerdings hat die Lage entscheidend geändert.

Er bemühte sich, nicht zu ermutigend zu wirken, während er nun Beth von den beiden Frauen berichtete, die Kerry McGrath in der Praxis von Dr. Smith gesehen hatte, und von Kerrys wachsendem Interesse an dem Fall. Als er sah, wie Beths Gesicht immer zuversichtlicher aufleuchtete, hoffte er inständig, er werde sie und Skip nicht auf einen Weg führen, der sich letzten Endes doch nur als eine neue Sackgasse entpuppte.

Beths Augen füllten sich mit Tränen. »Dann befaßt sich Kerry McGrath also noch mit dem Fall?«

»Absolut. Sie ist wirklich was Besonderes, Beth.« Als Geoff sich selbst diese Worte sagen hörte, stellte er sich Kerry vor: die Art, wie sie sich eine blonde Locke hinter das Ohr steckte, während sie sich konzentrierte, der sehnsüchtige Ausdruck in ihren Augen, als sie ihm von ihrem Vater erzählte, ihr trainierter, schlanker Körper, ihr bedauerndes, selbstkritisches Lächeln, wenn Bob Kinellens Name ins Spiel kam, der freudige Stolz, der sie erfüllte, wenn sie von ihrer Tochter sprach.

»Geoff, wenn es eine Basis für eine Revision gibt, haben wir dann letztesmal einen Fehler gemacht, als wir nichts von mir erwähnt haben?«

Die Frage riß ihn in die Gegenwart zurück. Beth bezog sich auf einen Aspekt des Falls, der nie vor Gericht angesprochen worden war. Kurz vor Suzannes Tod hatten Skip und Beth wieder begonnen, sich zu treffen. Sie waren einander einige Wochen zuvor zufällig über den Weg gelaufen, und Skip hatte darauf bestanden, sie zum Lunch einzuladen. Daraus war ein stundenlanges Gespräch entstanden, und er hatte ihr gestanden, wie unglücklich er sei und wie sehr er die Trennung von Beth bereue. »Ich habe einen idiotischen Fehler gemacht«, hatte er gesagt, »aber was auch immer das bringt, lange geht es nicht mehr so weiter. Ich bin jetzt vier Jahre mit Suzanne verheiratet, und mindestens drei davon habe ich mich gefragt, wie ich dich nur je ziehen lassen konnte.«

Am Abend von Suzannes Tod waren Beth und Skip eigentlich zum Abendessen miteinander verabredet. Sie hatte dann jedoch in letzter Minute absagen müssen, und so war es dazu gekommen, daß Skip damals nach Hause ging und Suzanne dabei antraf, wie sie die Rosen arrangierte.

Zur Zeit des Prozesses war sich Geoff mit Skips Hauptverteidiger Tim Farrell darin einig gewesen, Beth als Zeugin auftreten zu lassen könnte sich als zweischneidiges Schwert erweisen. Die Staatsanwaltschaft hätte dann zweifelsohne den Anschein zu erwecken versucht, Skip Reardon habe neben der Absicht, die hohen Kosten einer Scheidung zu vermeiden, noch einen weiteren triftigen Grund für den Mord an seiner Frau gehabt.

Andererseits aber hätte Beths Zeugenaussage womöglich Dr. Smiths Behauptung, Skip sei krankhaft eifersüchtig gewesen, wirkungsvoll entkräftet.

Bis zu dem Zeitpunkt, als Kerry ihm von Dr. Smith und den Doppelgängerinnen erzählt hatte, war Geoff davon überzeugt, daß die Entscheidung damals richtig war. Inzwischen war er sich nicht mehr so sicher. Er schaute Beth direkt ins Gesicht. »Ich hab' Kerry noch nichts von Ihnen erzählt. Aber jetzt möchte ich, daß sie Sie kennenlernt und Ihre Geschichte erfährt. Wenn wir überhaupt eine Chance für einen neuen und erfolgreichen Revisionsantrag haben, dann müssen alle Karten auf den Tisch.«

35

Als Kerry soweit war, sich für ihren frühen Termin mit Dr. Smith auf den Weg zu machen, rüttelte sie eine protestierende Robin wach. »Komm schon, Rob«, drängte sie. »Du sagst doch immer, daß ich dich wie ein Baby behandle.«

»Stimmt ja auch«, nuschelte Robin.

»Also schön. Dann geb ich dir eine Chance, deine Unabhängigkeit zu beweisen. Ich möchte, daß du jetzt aufstehst und dich anziehst. Sonst schläfst du nur wieder ein. Mrs. Weiser ruft um sieben an, um sich zu vergewissern, daß du nicht doch wieder eindöst. Ich hab' die Cornflakes und den Saft auf dem Tisch stehenlassen.«

Robin gähnte und schloß wieder die Augen.

»Rob, bitte.«

»Okay.« Mit einem Seufzer schwang sie ihre Beine über die Bettkante. Die Haare fielen ihr ins Gesicht, als sie sich die Augen rieb.

Kerry strich sie ihr wieder nach hinten. »Kann ich mich auf dich verlassen?«

Robin schaute mit einem trägen, verschlafenen Lächeln hoch. »Mm-hmmm.«

»Na gut.« Kerry küßte sie auf den Kopf. »Also, denk dran, dieselben Regeln wie sonst auch immer. Mach niemandem die Tür auf. Ich stell' die Alarmanlage an. Du stellst sie erst ab, wenn du fertig zum Weggehen bist, dann mach sie wieder an. Laß dich von keinem im Auto mitnehmen, außer wenn du mit Cassie und Courtney zusammen bist und es einer von ihren Eltern ist.«

»Ich weiß, ich weiß.« Robin stieß einen dramatischen Seufzer aus.

Kerry grinste. »Ich weiß, ich hab' dir diese Litanei schon tausendmal vorgesungen. Also bis heute abend. Alison kommt dann um drei.«

Alison war die Oberschülerin, die nach der Schule bei

Robin blieb, bis Kerry nach Hause kam. Kerry hatte erwogen, ob sie nicht diesmal auch morgens hätte kommen können, damit Robin gut wegkam, dann jedoch dem vehementen Protest ihrer Tochter nachgegeben, sie sei schließlich kein Baby mehr und könne selbst dafür sorgen, daß sie rechtzeitig zur Schule kam.

»Bis dann, Mom.«

Robin lauschte Kerrys Schritten die Treppe hinunter und trat dann ans Fenster, um zuzuschauen, wie der Wagen aus der Einfahrt herausfuhr.

Es war kalt im Zimmer. Um sieben Uhr, wenn sie normalerweise aufstand, war das Haus schon bullig warm. Nur noch eine Minute, dachte Robin, als sie ins Bett zurückschlüpfte. Ich leg' mich nur noch ein kleines Weilchen hin.

Um sieben Uhr setzte sie sich auf, nachdem das Telefon schon zum sechstenmal geklingelt hatte, und nahm den Hörer ab. »Oh, danke, Mrs. Weiser. Ja, ich bin ganz bestimmt auf.«

Bin ich jetzt auch, dachte sie, während sie aus dem Bett sprang.

36

Trotz der frühen Stunde herrschte schon starker Verkehr nach Manhattan hinein. Aber es ging wenigstens in einem erträglichen Tempo voran, dachte Kerry. Nichtsdestoweniger benötigte sie eine ganze Stunde, um von New Jersey über das, was vom West Side Highway noch übrig war, und durch die Innenstadt bis zu Dr. Smiths Praxis an der Fifth Avenue zu fahren. Sie war drei Minuten zu spät dran.

Der Arzt öffnete ihr selbst die Tür. Sogar das Minimum an Höflichkeit, das er bei Robins zwei Terminen an den Tag gelegt hatte, fehlte heute. Er begrüßte sie nicht, sondern erklärte nur: »Ich kann Ihnen zwanzig Minuten einräumen, Ms. McGrath, und keine Sekunde länger.« Er führte sie in sein Privatbüro.

Wenn das Spiel so laufen soll, dachte Kerry, bitte sehr. Als sie ihm an seinem Schreibtisch gegenübersaß, sagte sie: »Dr. Smith, nachdem ich zwei Frauen aus diesem Sprechzimmer herauskommen sah, die auf verblüffende Weise Ihrer ermordeten Tochter Suzanne glichen, haben mich die Umstände ihres Todes so zu interessieren begonnen, daß ich mir letzte Woche die Zeit genommen habe, das Protokoll von Skip Reardons Prozeß zu lesen.«

Ihr entging der haßerfüllte Ausdruck nicht, der aus Dr. Smiths Gesicht sprach, als sie Reardons Namen erwähnte. Seine Augen wurden schmal, sein Mund bildete eine strenge Linie, tiefe Furchen erschienen auf seiner Stirn und in Form von senkrechten Strichen auf seinen Wangen.

Sie schaute ihm direkt in die Augen. »Dr. Smith, ich möchte, daß Sie wissen, wie schrecklich leid es mir tut, daß Sie Ihre Tochter verloren haben. Sie waren ein geschiedener Vater. Ich bin eine geschiedene Mutter. Wie Sie habe ich ein Einzelkind, eine Tochter. Wenn ich an die Panik denke, in die ich geraten bin, als der Anruf mit der Nachricht kam, daß Robin in einen Unfall verwickelt wurde, dann kann ich nur erahnen, wie Ihnen zumute war, als Sie das mit Suzanne erfahren haben.«

Smith blickte sie mit ineinander verschränkten Händen unablässig an. Kerry hatte das Gefühl einer unüberwindlichen Barriere, die zwischen ihnen bestand. Wem dem so war, dann war der Rest der Unterredung schon jetzt vorhersehbar. Er würde ihr zuhören, irgendeine Art von Bemerkung über Liebe und Verlust machen und sie dann wieder zur Tür bringen. Wie konnte sie nur die Barriere durchbrechen?«

Sie beugte sich vor. »Dr. Smith, Ihre Zeugenaussage ist der Grund, weshalb Skip Reardon im Gefängnis ist. Sie sagten aus, er sei krankhaft eifersüchtig gewesen und Ihre Tochter hätte Angst vor ihm gehabt. Er schwört, er habe Suzanne nie bedroht.«

»Er lügt.« Seine Stimme klang monoton und ausdruckslos. »Er war wirklich wahnsinnig eifersüchtig wegen ihr. Wie

Sie ja sagten, war sie mein einziges Kind. Ich hatte sie unglaublich gern. Ich war inzwischen so erfolgreich, daß ich ihr all die Dinge geben konnte, die ich ihr nicht ermöglichen konnte, als sie noch klein war. Es war mir eine Freude, ihr von Zeit zu Zeit ein schönes Schmuckstück zu kaufen. Aber selbst nachdem ich mit Reardon geredet hatte, weigerte er sich zu glauben, daß es sich dabei um Geschenke von mir handelte. Er hat ihr ständig vorgeworfen, sie hätte was mit anderen Männern.«

Kann das sein? fragte sich Kerry. »Aber wenn Suzanne Angst um ihr Leben hatte, warum ist sie dann bei Skip Reardon geblieben?« fragte sie laut.

Die Morgensonne strömte jetzt so ins Zimmer, daß sie auf Smiths randlose Brille fiel und Kerry infolgedessen seine Augen nicht mehr sehen konnte. Waren sie womöglich genauso ausdruckslos wie seine Stimme? überlegte sie. »Weil Suzanne im Gegensatz zu ihrer Mutter, meiner ehemaligen Frau, sich ihrer Ehe zutiefst verpflichtet fühlte«, gab er nach einer Pause zurück. »Der schwere Fehler in ihrem Leben war es, sich in Reardon zu verlieben. Ein noch schwererer wiegender Fehler war, daß sie seine Drohungen nicht ernst genommen hat.«

Kerry begriff, daß sie in einer Sackgasse steckte. Es war an der Zeit, die Frage zu stellen, die ihr schon früher eingefallen war, die aber möglicherweise Folgen mit sich brachte, auf die sie nicht unbedingt vorbereitet war. »Dr. Smith, haben Sie je chirurgische Eingriffe irgendwelcher Art an Ihrer Tochter vorgenommen?«

Es war sofort klar, daß ihre Frage ihn in Rage versetzte. »Ms. McGrath, ich gehöre zufällig zu der Kategorie von Ärzten, die niemals außer in einem äußersten Notfall ein Familienmitglied behandeln würden. Darüber hinaus ist die Frage eine Beleidigung. Suzanne war von Natur aus eine Schönheit.«

»Sie haben mindestens zwei Frauen so verwandelt, daß sie ihr in verblüffendem Maße ähneln. Weshalb?«

Dr. Smith blickte auf seine Uhr. »Ich beantworte noch

diese letzte Frage, und dann müssen Sie mich entschuldigen, Ms. McGrath. Ich weiß nicht, wieviel Sie über plastische Chirurgie wissen. Vor fünfzig Jahren war sie gemessen an heutigen Maßstäben noch ziemlich primitiv. Nach einer Nasenbehandlung mußten die Leute mit geblähten Nasenlöchern leben. Rekonstruktive Chirurgie an Opfern, die mit Mißbildungen wie etwa einer Hasenscharte zur Welt kamen, war oft ein grobes Verfahren. Jetzt dagegen ist sie sehr verfeinert, und die Ergebnisse sind höchst befriedigend. Wir haben eine Menge dazugelernt. Plastische Chirurgie bleibt nicht länger den Reichen und Berühmten vorbehalten. Sie ist für jeden da, ob man sie nun braucht oder der eine oder die andere sie einfach haben will.«

Er nahm seine Brille ab und rieb sich die Stirn, so als habe er Kopfschmerzen. »Eltern bringen Teenager her, Jungen genauso wie Mädchen, die so unter der Vorstellung eines Defekts leiden, daß sie schlicht nicht mit dem Leben zurechtkommen. Gestern habe ich einen Fünfzehnjährigen operiert, der so weit abstehende Ohren hatte, daß sie das einzige waren, was man sah, wenn man ihn anschaute. Wenn der Verband runterkommt, werden die Leute, die ihn anschauen, all seine anderen recht attraktiven Gesichtszüge wahrnehmen, die zuvor durch diesen widrigen Eindruck überschattet waren.«

»Ich operiere Frauen«, fuhr er fort, »die in den Spiegel schauen und schlaffe Haut oder Augensäcke sehen, Frauen, die in ihrer Jugend schöne Mädchen gewesen waren. Ich hebe die Stirnpartie an und befestige sie am Haaransatz, ich straffe die Haut und ziehe sie hinter die Ohren. Ich mache ihre Erscheinung um zwanzig Jahre jünger, aber darüber hinaus verwandle ich ihre negative Selbsteinschätzung in positives Selbstwertgefühl.«

Seine Stimme wurde lauter. »Ich könnte Ihnen Davor-und Danach-Fotos von Unfallopfern zeigen, denen ich geholfen habe. Sie fragen mich, weshalb mehrere meiner Patientinnen meiner Tochter ähneln. Ich sage Ihnen, weshalb. Weil in diesen zehn Jahren ein paar unscheinbare und unglückliche junge Frauen in meine Praxis hier gekommen sind und ich in der Lage war, ihnen Suzannes Art von Schönheit zu schenken.«

Kerry wußte, daß er sie gleich auffordern würde zu gehen. Eilig fragte sie: »Warum haben Sie dann vor einigen Jahren einer potentiellen Patientin von Ihnen, Susan Grant, erzählt, daß Schönheit manchmal mißbraucht wird und daraus Eifersucht und Gewalttätigkeit entstehen? Haben Sie dabei nicht von Suzanne geredet? Ist es nicht eine Tatsache, daß Skip Reardon möglicherweise Grund zur Eifersucht hatte? Vielleicht haben Sie ihr ja all den Schmuck gekauft, den Skip sich nicht erklären konnte, aber er beschwört, daß er Suzanne nicht diese Rosen geschickt hat, die sie am Tag ihres Todes erhalten hat.«

Dr. Smith erhob sich. »Ms. McGrath, ich nehme doch an, daß Sie in Ihrer Branche wissen sollten, daß Mörder fast unweigerlich ihre Unschuld beschwören. Und jetzt ist diese Unterhaltung zu Ende.«

Kerry blieb nichts anderes übrig, als ihm zur Tür hinaus zu folgen. Während sie hinter ihm herging, fiel ihr auf, daß er seine rechte Hand steif gegen seinen Körper drückte. War das ein Zucken an seiner Hand? Ja, sie zitterte.

An der Praxistür sagte er: »Ms. McGrath, Sie müssen Verständnis dafür haben, daß mir schon übel wird, wenn ich nur Skip Reardons Namen höre. Bitte rufen Sie Mrs. Carpenter an, und nennen Sie ihr einen anderen Arzt, dem sie Robins Unterlagen weiterleiten kann. Ich möchte nichts mehr von Ihnen hören und weder Sie noch Ihre Tochter je wieder zu Gesicht bekommen.«

Er stand so nahe bei ihr, daß Kerry unwillkürlich einen Schritt zurücktrat. Der Mann hatte etwas wahrlich Furchterregendes an sich. Seine Augen waren so von Zorn und Haß erfüllt, daß sie Kerry zu durchbohren schienen. Hätte er jetzt in diesem Moment eine Pistole zur Hand, dann schwöre ich, daß er sie benutzen würde, sagte sie sich.

37

Nachdem sie die Tür abgeschlossen hatte und anfing, die Treppe hinunterzugehen, bemerkte Robin einen kleinen dunklen Wagen, der gegenüber am Bordstein geparkt war. Fremde Autos waren auf dieser Straße nicht üblich, schon gar nicht so früh am Morgen, aber sie wußte nicht, weshalb gerade dieser Wagen ihr ein so komisches Gefühl bereitete.

Es war kalt. Sie schob ihre Bücher unter den linken Arm und zog den Reißverschluß ihrer Jacke ganz bis zum Hals zu, beschleunigte dann ihre Schritte. Sie war an der Ecke eine Straße weiter mit Cassie und Courtney verabredet, und die beiden warteten bestimmt schon auf sie. Sie war ein paar Minuten zu spät dran.

Die Straße lag ruhig da. Jetzt, da schon fast alle Blätter abgefallen waren, wirkten die Bäume kahl und unfreundlich. Robin wünschte, sie hätte daran gedacht, Handschuhe anzuziehen.

Als sie den Bürgersteig erreichte, warf sie einen Blick über die Straße. Die Scheibe auf der Fahrerseite des fremden Autos wurde langsam heruntergekurbelt und verharrte, als das Fenster nur eine Handbreit offenstand. In der Hoffnung, ein vertrautes Gesicht zu entdecken, starrte sie so intensiv wie möglich dorthin, aber die helle Morgensonne spiegelte sich so stark, daß Robin nichts erkennen konnte. Dann sah sie, wie eine Hand herauskam und etwas auf sie richtete. Plötzlich von Panik ergriffen, begann Robin zu rennen. Mit aufheulendem Motor kam der Wagen über die Straße geschossen, hatte es offenbar direkt auf sie abgesehen. Gerade, als sie dachte, er würde über den Randstein fahren und sie erwischen, machte er eine scharfe Wende in die entgegengesetzte Richtung und raste davon.

Schluchzend lief Robin über den Rasen zum Nachbarhaus und klingelte an der Haustür Sturm.

38

Als Joe Palumbo seine Ermittlungen zu einem Einbruch in Cresskill beendet hatte, merkte er, daß es erst halb zehn war. Da er nur wenige Minuten von Alpine entfernt war, schien sich die ideale Gelegenheit zu bieten, Dolly Bowles, der Babysitterin, die bei dem Reardon-Mordprozeß ausgesagt hatte, einen Besuch abzustatten. Zum Glück hatte er zufällig auch ihre Telefonnummer dabei.

Dolly schien zu Anfang einen gewissen Vorbehalt zu hegen, als Palumbo ihr erklärte, er sei ein Ermittlungsbeamter der Staatsanwaltschaft von Bergen County. Doch als er ihr mitteilte, daß eine der Anwältinnen dort, Kerry McGrath, unbedingt etwas über den Wagen erfahren wollte, den Dolly am Abend des Mordes vor dem Haus der Reardons hatte stehen sehen, verkündete sie, sie habe das Verfahren verfolgt, bei dem Kerry McGrath die Anklage vertrat, und sie sei so froh, daß der Mann, der seine Vorgesetzte erschossen habe, verurteilt worden sei. Sie erzählte Palumbo von dem Überfall damals, als sie und ihre Mutter zu Hause von einem Einbrecher gefesselt worden waren.

»Wenn Sie und Kerry McGrath also mit mir reden wollen«, schloß sie, »geht das in Ordnung.«

»Nun ja, genau gesagt«, erwiderte Joe ein wenig lahm, »würde ich eigentlich gern jetzt gleich rüberkommen und mit Ihnen reden. Vielleicht kann Kerry dann später mit Ihnen sprechen.«

Es blieb eine Weile still. Palumbo konnte nicht wissen, daß Dolly wieder einmal den spöttischen Gesichtsausdruck von Staatsanwalt Green während des Kreuzverhörs bei dem Prozeß vor Augen hatte.

Endlich antwortete sie. »Ich glaube«, erklärte sie würdevoll, »ich würde mich wohler fühlen, wenn ich über diesen Abend mit Kerry McGrath spreche. Ich finde, wir warten lieber, bis sie Zeit dafür hat.«

39

Es war schon Viertel vor zehn, als Kerry beim Justizgebäude ankam, viel später, als sie normalerweise eintraf. Vorausschauend hatte sie angerufen, um mitzuteilen, sie habe etwas zu besorgen und werde sich verspäten. Frank Green war stets pünktlich um sieben Uhr an seinem Schreibtisch. Sie alle machten Witze darüber, er selbst aber war offensichtlich der Meinung, sein gesamter Stab habe gleichzeitig mit ihm an Bord zu sein. Kerry wußte, er würde aus der Haut fahren, falls er erführe, daß ihre Besorgung in Wirklichkeit der Besuch bei Dr. Charles Smith war.

Als sie die Geheimnummer eintippte, die ihr Zutritt zu den Amtsräumen des Oberstaatsanwalts verschaffte, blickte die Telefonistin auf und sagte: »Kerry, gehen Sie gleich zu Mr. Green rein. Er erwartet Sie.«

Mann o Mann, dachte Kerry.

Sobald sie Greens Büro betrat, konnte sie feststellen, daß er nicht erzürnt war. Sie kannte ihn gut genug, um seine Stimmung erraten zu können. Wie immer kam er gleich zur Sache. »Kerry, Robin ist okay. Sie ist bei Ihrer Nachbarin, Mrs. Weiser. Mit allem Nachdruck, sie ist in Ordnung.«

Kerry spürte, wie sich ihr die Kehle zusammenzog. »Was ist denn passiert?«

»Wir wissen es nicht genau, und vielleicht war's gar nichts. Laut Robin haben Sie das Haus um halb sieben verlassen.« Eine Andeutung von Neugier war Greens Augen abzulesen.

»Ja, das stimmt.«

»Als Robin später das Haus verließ, bemerkte sie, wie sie sagt, einen fremden Wagen, der auf der anderen Straßenseite geparkt war. Als sie zum Bürgersteig kam, ging das Fahrerfenster ein wenig auf, und sie konnte erkennen, daß eine Hand irgendeine Art von Gegenstand hielt. Sie konnte nicht erkennen, was es war, und sie konnte auch nicht das Gesicht des Fahrers sehen. Dann fuhr der Wagen los und kurvte so plötzlich quer über die Straße, daß sie schon dachte, er würde den Bürgersteig hochfahren und sie rammen, doch dann machte er schnell eine Schleife und fuhr davon. Robin ist zum Haus Ihrer Nachbarin gerannt.«

Kerry ließ sich in einen Sessel fallen. »Ist sie jetzt dort?«

»Ja. Sie können sie anrufen oder nach Hause gehen, falls Sie das beruhigt. Was mich beschäftigt: Hat Robin eine übertriebene Einbildungskraft, oder ist es möglich, daß jemand Robin und damit letzten Endes Sie einschüchtern wollte?«

»Warum sollte irgendwer Robin oder mich einschüchtern wollen?«

»Das ist auch früher schon nach einem sensationellen Fall bei uns hier passiert. Sie haben gerade ein Verfahren beendet, das eine Menge Aufmerksamkeit in den Medien erregt hat. Der Kerl, den Sie des Mordes überführt haben, war eindeutig ein durch und durch mieser Geselle, und er hat noch Verwandte und Freunde.«

»Ja, aber alle, die ich kennengelernt habe, schienen ziemlich anständige Leute zu sein«, sagte Kerry. »Und um Ihre erste Frage zu beantworten, Robin ist ein vernünftiges Kind. Sie würde sich so was nicht ausdenken.« Sie zögerte. »Es war zum erstenmal, daß ich sie alleine zur Schule losgehen ließ, und ich habe sie geradezu mit Ermahnungen bombardiert, was sie tun soll und was nicht.«

»Rufen Sie sie doch von hier aus an«, forderte Green sie auf.

Robin nahm beim ersten Läuten den Hörer von Mrs. Weisers Apparat ab. »Ich hab' gewußt, daß du anrufst, Mom. Jetzt geht's mir wieder gut. Ich möchte in die Schule. Mrs. Weiser hat gesagt, daß sie mich hinfährt. Und, Mom, ich muß trotzdem heute nachmittag unbedingt raus. Es ist doch Halloween.«

Kerry überlegte schnell. Robin war besser in der Schule aufgehoben, als wenn sie den ganzen Tag zu Hause saß und über den Vorfall nachdachte. »Also gut, aber ich bin dann an der Schule und hole dich um Viertel vor drei ab. Ich will nicht, daß du zu Fuß nach Hause gehst.« Und ich begleite dich, wenn du in deinem Halloween-Kostüm von

Tür zu Tür gehst, dachte sie. »Und jetzt laß mich eben mit Mrs. Weiser reden, Rob«, sagte sie.

Als sie aufgelegt hatte, fragte sie: »Frank, ist es in Ordnung, wenn ich heute früher gehe?«

Sein Lächeln war aufrichtig. »Aber selbstverständlich. Kerry, ich muß Ihnen nicht erst sagen, Robin sorgfältig zu befragen. Wir müssen wissen, ob die Möglichkeit besteht, daß jemand ihr tatsächlich aufgelauert hat.«

Als Kerry hinausging, sagte er noch: »Aber ist Robin nicht noch ein bißchen jung, um sich alleine für die Schule fertigzumachen?«

Kerry war sich bewußt, daß er ihr zu entlocken versuchte, was denn so wichtig gewesen war, daß sie Robin um halb sieben allein zu Hause gelassen hatte.

»Ja, das stimmt schon«, pflichtete sie ihm bei. »Wird nicht wieder vorkommen.«

Später am Vormittag kam Joe Palumbo in Kerrys Büro und berichtete ihr von seinem Telefongespräch mit Dolly Bowles. »Sie will nicht mit mir reden, Kerry, aber ich würde trotzdem gerne mitkommen, wenn du dich mit ihr triffst.«

»Ich ruf' sie am besten gleich an.«

Die wenigen Wörter ihrer Begrüßung »Hallo, Mrs. Bowles, ich bin Kerry McGrath« lösten einen Monolog von zehn Minuten aus, den sie über sich ergehen lassen mußte.

Palumbo schlug die Beine übereinander und lehnte sich in seinen Sessel zurück, während er mit einer gewissen Belustigung beobachtete, wie Kerry versuchte, ein Wort oder eine Frage einzuwerfen. Dann ärgerte er sich, als Kerry endlich eine Chance zu der Bemerkung hatte, sie würde gern ihren Ermittler Mr. Palumbo mitbringen, und die Antwort ganz offenbar negativ war.

Schließlich legte sie den Hörer auf. »Dolly Bowles ist nicht gerade begeistert davon, wie sie vor zehn Jahren von dieser Behörde behandelt wurde. Das war die Quintessenz des Gesprächs. Im übrigen sieht's so aus, daß ihre Tochter und ihr Schwiegersohn nicht wollen, daß sie noch mal über den Mord oder was sie damals sah redet, und daß sie morgen von einer Reise zurückkehren. Wenn ich mit ihr reden will, muß es heute gegen fünf Uhr sein. Das bedeutet, daß ich ganz schön jonglieren muß. Ich hab' ihr gesagt, ich gebe ihr noch Bescheid.«

»Kannst du rechtzeitig von hier wegkommen?« fragte Joe.

»Ich habe ein paar Termine, die ich sowieso absage.« Sie erzählte Palumbo von Robin und dem Vorfall am Morgen.

Der Ermittlungsbeamte stand auf und versuchte sein Jackett zuzuknöpfen, das immer ziemlich straff über seinem großzügigen Bauchumfang saß. »Ich bin um fünf bei dir zu Hause«, schlug er vor. »Während du bei Mrs. Bowles bist, kann ich doch mit Robin einen Hamburger essen gehen. Ich möchte gern mit ihr über heute früh reden.« Er sah Kerrys ablehnenden Gesichtsausdruck und beeilte sich, bevor sie etwas einwenden konnte, hinzuzufügen: »Kerry, du bist clever, aber bei dieser Angelegenheit bist du nicht objektiv. Mach nicht meinen Job für mich.«

Kerry schaute Joe forschend an. Er wirkte stets etwas vernachlässigt, und auf seinem Schreibtisch herrschte im allgemeinen eine gewisse Unordnung, aber er war so ziemlich der Beste, den es in seinem Job gab. Kerry hatte miterlebt, wie er Kinder so geschickt befragte, daß sie überhaupt nicht mitbekamen, daß jedes einzelne Wort ihres Berichts einer Analyse unterzogen wurde. Es würde eine große Hilfe bedeuten, wenn Joes Erfahrung bei dieser Sache zum Einsatz kam. »Also gut«, stimmte sie zu.

40

Am Dienstag nachmittag fuhr Jason Arnott von Alpine aus in die abgelegene Gegend bei Ellenville in den Catskills, wo sein weiträumiger Landsitz, abgeschirmt von der umliegenden Bergkette, seine unermeßlich wertvollen gestohlenen Schätze barg.

Das Haus war eine Sucht, das war ihm wohl bewußt, eine Erweiterung seines manchmal unkontrollierbaren Triebes, der ihn die schönen Dinge stehlen hieß, die er in den Häusern seiner Bekannten sah. Die Schönheit war es schließlich, die ihn zu diesen Taten veranlaßte. Er liebte Schönheit, liebte es, wie sie aussah, wie sie sich anfühlte. Manchmal war der Drang, etwas in der Hand zu halten, es zu streicheln, so stark, daß er ihn schier überwältigte. Es war eine Gabe und als solche ein Segen sowohl wie ein Fluch. Eines Tages würde er dadurch in Schwierigkeiten geraten. Wie es bereits beinahe geschehen war. Es machte ihn ungeduldig, wenn Besucher Teppiche oder Möbel, Gemälde oder kunstvolle Gegenstände, *objets d'art*, in seinem Heim in Alpine bewunderten. Er weidete sich oft an der Vorstellung, wie schockiert sie wären, würde er damit herausplatzen: »Für meine Ansprüche ist das bloßer Durchschnitt.«

Doch das würde er natürlich niemals sagen, denn er hatte kein Bedürfnis, seine Privatsammlung irgend jemandem zu zeigen. Sie war allein seine Sache. Und mußte es auch weiterhin bleiben.

Heute ist ja Halloween, dachte er geringschätzig, während er in raschem Tempo die Route 17 in die Berge fuhr. Er war froh, wegzukommen. Er war nicht von dem Wunsch beseelt, unablässig an seiner Haustür schellenden Kindern zum Opfer zu fallen. Er war müde.

Das Wochenende über hatte er sich in einem Hotel in Bethesda, Maryland, einquartiert und die Zeit dazu benützt, in eines dieser typischen gesichtslosen neueren Häuser von Chevy Chase einzubrechen, in dem er einige Monate vorher an einer Party teilgenommen hatte. Bei jener Festlichkeit hatte sich die Gastgeberin, Myra Hamilton, gründlich über die anstehende Hochzeit ihres Sohnes ausgelassen, die für den 28. Oktober in Chicago festgesetzt war, und hatte damit jedem, der es hören wollte, praktisch mitgeteilt, daß an diesem Tag niemand zu Hause sein würde.

Das Haus der Hamiltons war nicht besonders geräumig, aber von auserlesenem Geschmack und voll von kostbaren

Gegenständen, welche die Hamiltons im Laufe der Jahre gesammelt hatten. Jason war angesichts des saphirblauen Fabergé-Petschafts mit einem goldenen eiförmigen Griff das Wasser im Mund zusammengelaufen. Das und ein feiner Aubusson von knapp einem Meter mal eins fünfzig mit einer Rosette in der Mitte, den sie als Wandbehang benutzten, waren die beiden Dinge, die sein Verlangen am stärksten geweckt hatten.

Beide Objekte waren jetzt in seinem Kofferraum verstaut und zu seinem Refugium unterwegs. Unbewußt runzelte Jason die Stirn. Er empfand gar nicht wie sonst dieses Triumphgefühl darüber, daß er sein Ziel erreicht hatte. Ein vages Unbehagen, das er nicht definieren konnte, rumorte in ihm. In seiner Vorstellung ging er nochmals Schritt für Schritt seinen Modus operandi beim Betreten der Hamilton-Villa durch.

Die Alarmanlage war zwar angestellt gewesen, doch er konnte sie problemlos außer Kraft setzen. Das Haus stand eindeutig leer, wie er vermutet hatte. Einen Moment lang war ihn die Versuchung angekommen, rasch einen Rundgang zu machen und nach wertvollen Dingen Ausschau zu halten, die er bei der Party vielleicht übersehen hatte. Doch er hielt sich lieber an seinen ursprünglichen Plan und nahm nur die Sachen an sich, die er zuvor schon ins Auge gefaßt hatte.

Kaum hatte er sich dann in den Verkehrsstrom auf der Route 240 eingereiht, als zwei Streifenwagen mit kreischender Sirene und rotierendem Blaulicht an ihm vorbeirasten und links in die Straße einbogen, aus der er gerade herausgefahren war. Er zweifelte nicht daran, daß sie zum Haus der Hamiltons unterwegs waren. Was natürlich bedeutete, daß er irgendwie einen stummen Alarm ausgelöst hatte, der unabhängig von der allgemeinen Sicherheitsanlage funktionierte.

Was für Sicherheitsvorkehrungen hatten die Hamiltons wohl ansonsten getroffen? fragte er sich. Neuerdings war es so leicht, versteckte Kameras anzubringen. Er hatte die

Strumpfmaske übergezogen, die er immer trug, wenn er in eines der Häuser eindrang, die er mit seinem Besuch beehren wollte, doch diesmal hatte er bei einer Gelegenheit den Strumpf hochgeschoben, um sich eine Bronzefigur näher anzusehen, was wahrlich töricht war – sie erwies sich als nicht eigentlich wertvoll.

Die Chancen stehen eins zu einer Million, daß eine Kamera mein Gesicht erwischt hat, tröstete sich Jason. Er würde seine Befürchtungen abschütteln und sich neuen Dingen zuwenden, wenn auch eine Zeitlang mit etwas mehr Vorsicht.

Die Nachmittagssonne war schon fast hinter den Bergen versunken, als er in seine Einfahrt einbog. Endlich empfand er wieder ein gewisses Maß an Auftrieb. Der nächste Nachbar wohnte Meilen von hier entfernt. Maddie, die Zugehfrau, die jede Woche kam – schwergewichtig, gleichgültig, phantasielos und devot, wie sie war – mußte am Tag zuvor dagewesen sein. Alles glänzte sicher vor Sauberkeit.

Er wußte, daß sie einen Aubusson nicht von einem Teppichrest für zehn Dollar den Meter unterscheiden konnte, aber sie war eines dieser seltenen Wesen, die stolz auf ihre Arbeit waren und sich erst zufriedengaben, wenn alles vollkommen war. In zehn Jahren hatte sie nicht eine einzige Tasse auch nur angeschlagen.

Jason lächelte still in sich hinein, als er sich Maddies Reaktion vorstellte, sobald sie den Aubusson im Foyer hängen sah und das Fabergé-Petschaft im großen Schlafzimmer entdeckte. *Hat er nicht schon genug Zeug zum Abstauben?* würde sie sich denken und sich dann wieder ihren Pflichten zuwenden.

Er parkte den Wagen am Seiteneingang, und mit dem Gefühl wilder Vorfreude, das ihn immer durchzuckte, wenn er hierherkam, betrat er dann das Haus und griff nach dem Lichtschalter. Wieder einmal ließ der Anblick so vieler schöner Dinge seine Lippen und Hände feucht werden. Einige Minuten später, als seine Reisetasche, eine Tüte mit Eßwaren und seine neuen Schätze sicher im Haus waren, verschloß er die Tür und zog den Riegel vor. Sein Abend konnte beginnen.

Seine erste Aufgabe war es, das Fabergé-Petschaft nach oben zu befördern und auf den antiken Toilettentisch zu stellen. Sobald es dort seinen Platz eingenommen hatte, trat er zurück, um es zu bewundern, beugte sich dann vor, um es mit dem Miniaturrahmen zu vergleichen, der schon seit zehn Jahren auf seinem Nachttisch stand.

Der Bilderrahmen stand für eines der wenigen Male, wo er sich hatte täuschen lassen. Es war eine respektable Fabergé-Kopie, aber definitiv kein echtes Stück. Diese Tatsache schien jetzt so sonnenklar zu sein. Die blaue Emaille sah trüb aus, wenn man sie mit dem tiefen Farbton des Petschafts verglich. Die goldene Fassung mit den eingesetzten Perlen konnte es in keiner Weise mit der Kunstfertigkeit eines authentischen Fabergé aufnehmen. Doch aus dem Inneren des Rahmens heraus lächelte ihn Suzanne an.

Jason dachte nicht gern an jenen Abend zurück, der jetzt fast elf Jahre zurücklag. Er war durch das offene Fenster des Salons der Schlafzimmersuite eingestiegen. Er konnte damals davon ausgehen, daß niemand zu Hause war. Suzanne hatte ihm noch am selben Tag von ihrer Verabredung zum Abendessen erzählt und daß Skip nicht da sein würde. Er kannte den Code für das Alarmsystem, doch als er ankam, entdeckte er das weit geöffnete Fenster. Als er den ersten Stock betrat, war es dunkel. Im Schlafzimmer fiel sein Blick auf den kleinen Bilderrahmen, den er schon früher bemerkt hatte; er stand auf dem Nachttisch. Von der anderen Seite des Zimmers aus wirkte er authentisch. Er untersuchte ihn gerade näher, als er eine laute Stimme hörte. Suzanne! Entsetzt hatte er den Rahmen in seine Tasche fallen lassen und sich in einem Wandschrank versteckt.

Jason blickte jetzt auf den Rahmen hinab. Im Lauf der Jahre hatte er sich manchmal gefragt, welch perverser Grund ihn eigentlich davon abhielt, Suzannes Foto daraus zu entfernen oder das ganze Ding wegzuwerfen. Schließlich war der Rahmen ja doch nur eine Kopie.

Aber während er den Gegenstand heute abend anstarrte, begriff er zum erstenmal, weshalb er Bild und Rahmen intakt gelassen hatte. Der Grund war, daß es ihm dadurch leichterfiel, die Erinnerung daran auszulöschen, wie grauenhaft und entstellt Suzannes Gesichtszüge ausgesehen hatten, als er damals die Flucht ergriff.

41

»Also, unsre Geschworenenliste steht, und sie ist gut so«, sagte Bob Kinellen zu seinem Mandanten mit einer Zuversicht, die er nicht verspürte.

Jimmy Weeks musterte ihn mißmutig. »Bobby, von ein paar Ausnahmen abgesehen, finde ich diese Jury beschissen.«

»Verlaß dich auf mich.«

Anthony Bartlett unterstützte seinen Schwiegersohn. »Bob hat recht, Jimmy. hab' Vertrauen zu ihm.« Dann wanderte Bartletts Blick zum anderen Ende der Anklagebank, wo Barney Haskell mit verdrossener Miene saß und den Kopf auf die Hände stützte. Er sah, daß auch Bobs Augen auf Haskell lagen, und konnte Bobs Gedanken erraten.

Haskell ist Diabetiker. Er wird bestimmt nicht Jahre im Gefängnis riskieren wollen. Er hat Daten und Fakten und Zahlen, die zu widerlegen uns teuflische Schwierigkeiten machen werden… Er hat alles mit Suzanne mitbekommen.

Die Verhandlungseröffnung war für den folgenden Vormittag angesetzt. Jimmy Weeks ging nach Verlassen des Gerichtsgebäudes direkt zu seinem Wagen. Als sein Chauffeur ihm die Tür aufhielt, schlüpfte er ohne seine übliche mürrische Begrüßung auf den Rücksitz.

Kinellen und Bartlett schauten zu, wie die Limousine davonfuhr. »Ich geh in die Kanzlei zurück«, teilte Kinellen seinem Schwiegervater mit. »Ich hab' noch zu tun.«

Bartlett nickte. »Ja, das würde ich doch meinen.« Seine

Stimme hatte einen unpersönlichen Ton. »Bis morgen früh dann, Bob.«

Ja sicher, dachte Bob, während er zu der Parkgarage ging. Du gehst auf Distanz zu mir, damit du nichts damit zu tun hast, wenn ich mir die Hände schmutzig machen muß.

Er wußte, daß Barlett Millionen auf der hohen Kante hatte. Selbst wenn Weeks verurteilt werden sollte und die Anwaltskanzlei den Bach runter ging, brauchte Bartlett nichts zu befürchten. Er konnte dann höchstens mit seiner Frau Alice der Älteren mehr Zeit in Palm Beach verbringen.

Ich muß alle Risiken auf mich nehmen, dachte Bob Kinellen, während er dem Mann an der Kasse sein Ticket reichte. Ich bin es, der das Risiko trägt, unterzugehen. Es mußte doch einen Grund geben, weshalb Jimmy darauf bestand, diese Frau Wagner als Geschworene zu akzeptieren. Was war es nur?

42

Geoff Dorso rief Kerry genau in dem Augenblick an, als sie ihr Büro verlassen wollte. »Ich war heute morgen bei Dr. Smith«, berichtete sie ihm eilig, »und ich treffe mich um fünf mit Dolly Bowles. Ich kann jetzt nicht reden. Ich muß Robin von der Schule abholen.«

»Kerry, ich bin sehr gespannt zu erfahren, wie es mit Dr. Smith gelaufen ist und was Sie von Dolly Bowles erfahren. Können wir zusammen essen gehen?«

»Heute abend möchte ich nicht ausgehen, aber wenn Ihnen Salat und Pasta genügen ...«

»Ich bin doch Italiener, wissen Sie noch?«

»Gegen halb acht?«

»Ich werde dasein.«

Als sie Robin von der Schule abholte, merkte Kerry, daß ihre Tochter in Gedanken viel eher bei den bevorstehenden

Halloween-Freuden war als bei dem Vorfall am frühen Morgen. Er schien Robin sogar peinlich zu sein. Kerry richtete sich nach ihrer Tochter und ließ das Thema außer acht, vorläufig jedenfalls.

Als sie zu Hause ankamen, gab sie dem Mädchen, das sich sonst um Robin kümmerte, den Nachmittag frei. So also leben andere Mütter, dachte sie, als sie mit mehreren von ihnen einer Schar verkleideter Kinder von Tür zu Tür folgte. Sie und Robin trafen gerade wieder rechtzeitig zu Hause ein, um Joe Palumbo hereinzulassen.

Er brachte eine vollgestopfte Aktentasche mit, auf die er nun mit einem befriedigten Lächeln klopfte. »Die Aufzeichnung der Ermittlungen unsrer Behörde zu dem Fall Reardon«, informierte er sie. »Da muß auch Dolly Bowles' ursprüngliche Aussage drinstehen. Schaun wir mal, wie der Vergleich mit dem ausfällt, was sie dir jetzt gleich erzählt.«

Er betrachtete Robin, die als Hexe verkleidet war. »Das ist ja mal ein Kostüm, Rob!«

»Es gab entweder das hier oder daß ich als Leiche gehe«, klärte ihn Robin auf.

Kerry merkte erst, daß sie zusammengezuckt war, als sie Palumbos verständnisvollen Blick wahrnahm.

»Ich mach mich besser auf den Weg«, sagte sie rasch.

Während der zwanzig Minuten Fahrt nach Alpine wurde Kerry bewußt, daß sie sehr angespannt war. Es war ihr schließlich noch gelungen, Robin zu einem kurzen Bericht über das Ereignis am Morgen zu bewegen. Inzwischen versuchte Robin, die ganze Angelegenheit herunterzuspielen. Kerry hätte gern geglaubt, daß Robin den Vorfall übertrieben hatte. Sie wünschte, sie könnte den Schluß ziehen, jemand hätte nur angehalten, um eine Adresse zu überprüfen, und dann begriffen, daß er sich in der Straße geirrt hatte. Doch Kerry wußte, daß ihre Tochter sich weder in den Vorfall hineingesteigert noch ihn sich eingebildet hätte.

Es war ersichtlich für Kerry, daß Dolly Bowles schon nach ihr Ausschau gehalten hatte. Kaum hatte sie den Wagen in der Auffahrt des massiven Hauses im Tudor-Stil geparkt, wurde schon die Haustür aufgerissen.

Dolly war eine kleine Frau mit spärlichem grauem Haar und einem schmalen, wißbegierigen Gesicht. Sie sprach bereits darauf los, als Kerry bei ihr anlangte. »... genau wie auf dem Bild in *The Record*. Ich fand es so schade, daß ich gerade Kinder hüten mußte und deshalb nicht zu dem Prozeß von diesem furchtbaren Mann gehen konnte, der seine Chefin umgebracht hat.«

Sie führte Kerry in eine höhlenartige Eingangshalle und wies auf ein kleines Empfangszimmer zur Linken. »Gehn wir doch hier rein. Das Wohnzimmer da ist für meinen Geschmack zu groß. Ich sag' immer zu meiner Tochter, daß meine Stimme dort ein Echo hat, aber sie liebt das Zimmer, weil es großartig für Partys ist. Dorothy schmeißt schrecklich gern Partys. Das heißt, wenn sie daheim sind. Jetzt, wo Lou nicht mehr arbeitet, kommen sie überhaupt nicht zur Ruhe; sie sind mal hier, mal dort, fahren hierhin und dorthin. Warum sie sich rund um die Uhr eine Haushälterin leisten, kapier' ich nicht. Ich finde ja, warum nicht jemand einmal die Woche kommen lassen? Können doch das Geld sparen. Aber natürlich, ich bin ja nicht gern über Nacht allein, und ich schätze mal, das hat was damit zu tun. Andererseits ...«

Lieber Himmel, dachte Kerry, sie ist eine liebe Person, aber für so was bin ich schlicht nicht in der Stimmung. Sie wählte einen Stuhl mit gerader Lehne, während es sich Mrs. Bowles auf der Chintz-bezogenen Couch bequem machte. »Mrs. Bowles, ich möchte nicht zuviel Ihrer Zeit beanspruchen, und ich habe jemanden, der auf meine Tochter aufpaßt. Also kann ich nicht zu lange bleiben ...«

»Sie haben eine Tochter. Wie nett. Wie alt ist sie?«

»Zehn. Mrs. Bowles, was ich gern erfahren würde –«

»Sie sehen nicht alt genug dazu aus, eine zehnjährige Tochter zu haben.«

»Danke. Ich kann Ihnen versichern, ich fühle mich alt genug dazu.« Kerry kam sich vor, als wäre sie mit dem Auto in einem Graben gelandet und hätte kaum eine Aussicht, je wieder herauszukommen, »Mrs. Bowles, lassen Sie uns von dem Abend reden, an dem Suzanne Reardon umkam.«

Fünfzehn Minuten später, nachdem sie alles über Dollys Babysitting-Job im Haus gegenüber von den Reardons gehört hatte und davon, wie Michael, der kleine Junge, auf den sie damals aufpaßte, sich mit ernsthaften Entwicklungsstörungen herumschlug – nach einer Viertelstunde also gelang es Kerry, ein Körnchen wichtiger Information herauszuschälen.

»Sie sagen also, daß Sie bestimmt wissen, daß der Wagen, den Sie vor dem Haus der Reardons stehen sahen, keinem der Gäste gehörte, die bei der Nachbarparty waren. Weshalb sind Sie sich dessen so sicher?«

»Weil ich selber mit den Leuten geredet habe. Sie hatten drei andere Paare zu Besuch. Sie haben mir gesagt, wer diese Leute waren. Sie stammen alle aus Alpine, und nachdem Mr. Green dafür gesorgt hatte, daß ich mir im Zeugenstand wie eine dumme Gans vorkam, hab' ich sie alle selber angerufen. Und wissen Sie was? Keiner von diesen Gästen fuhr mit ›Papas Auto‹.«

»Papas Auto!« rief Kerry ungläubig aus.

»So hat Michael es genannt. Wissen Sie, er hatte echte Schwierigkeiten mit Farben. Wenn man ihm ein Auto gezeigt und ihn gefragt hat, was für eine Farbe es hat, dann konnte er's nicht sagen. Aber, egal wie viele Autos da waren, er konnte immer eins rausfinden, das ihm vertraut war, oder eins, das ihm wie ein Auto vorkam, das er kannte. Als er damals an dem Abend ›Papas Auto‹ sagte, muß er auf den schwarzen viertürigen Mercedes gezeigt haben. Verstehen Sie, er hat seinen Großvater Papa genannt und ist schrecklich gern mit ihm in seinem Auto mitgefahren – seiner schwarzen viertürigen Mercedes-Limousine. Es war zwar dunkel, aber das Außenlicht am Ende von der Einfahrt der Reardons war an, also hat er's deutlich gesehen.«

»Mrs. Bowles, Sie haben ausgesagt, daß Sie den Wagen gesehen hatten.«

»Ja, obwohl er noch nicht um halb acht dastand, als ich zu Michaels Haus kam, und als er drauf gezeigt hat, fuhr das Auto gerade weg, deshalb konnte ich's mir nicht genau ansehen. Aber ich hab' noch eine 3 und ein L auf dem Nummernschild mitgekriegt.« Dolly Bowles beugte sich vor, und ihre Augen blickten groß durch die runden Brillengläser. »Ms. McGrath, ich hab' versucht, dem Verteidiger von Skip Reardon davon zu erzählen. Er hieß Farrer – nein, Farrell. Er hat mir gesagt, daß Sachen, die man vom Hörensagen weiß, normalerweise nicht zugelassen werden und daß, selbst wenn's so wäre, ein Beweis vom Hörensagen, der von einem entwicklungsgestörten Kind stammt, meine Aussage, daß ich das Auto gesehen habe, bloß abschwächen würde. Aber er hatte nicht recht. Ich versteh nicht, wieso ich den Geschworenen nicht hätte erzählen können, daß Michael ganz aufgeregt wurde, als er dachte, er hätte das Auto seines Großvaters gesehen. Ich glaube, das hätte geholfen.«

Das leichte Beben in ihrer Stimme schwand. »Ms. McGrath, ein paar Minuten nach neun Uhr abends fuhr damals ein schwarzer geschlossener viertüriger Mercedes vom Haus der Reardons weg. Das weiß ich genau. Definitiv.«

43

Jonathan Hoover fand an diesem Abend keine Freude an seinem Martini-Cocktail. Normalerweise genoß er diese Tageszeit, nippte an dem wohlschmeckenden, mit exakt drei Tropfen Vermouth verdünnten und mit zwei Oliven angereicherten Gin, während er in seinem Ohrensessel am offenen Kamin saß und sich mit Grace über den Tag unterhielt.

Heute abend gab es über seine eigenen Sorgen hinaus ganz offenbar auch etwas, was Grace bekümmerte. Sollten die Schmerzen schlimmer als sonst sein, so würde sie es niemals zugeben, das wußte er. Sie erörterte nie ihren Gesundheitszustand. Vor langer Zeit hatte er gelernt, keine weiteren Fragen zu stellen außer ein flüchtiges: »Wie fühlst du dich, Liebes?«

Die Antwort war unweigerlich: »Gar nicht schlecht.«

Die zunehmend schweren rheumatischen Attacken hinderten Grace nicht daran, sich mit der ihr eigenen Eleganz zu kleiden. Neuerdings trug sie immer lange, weite Ärmel, um ihre geschwollenen Handgelenke zu verbergen, und abends entschied sie sich, selbst wenn sie allein waren, für fließende lange Gewänder, die ihre fortschreitend deformierten Beine und Füße verhüllten.

So wie sie jetzt, von Kissen gestützt, halb liegend auf dem Sofa ruhte, war die Krümmung ihrer Wirbelsäule nicht zu erkennen, und ihre leuchtenden grauen Augen hoben sich wunderschön von dem Alabasterweiß ihres Gesichts ab. Allein ihre Hände mit den knorrig entstellten Fingern deuteten sichtbar auf ihr verheerendes Leiden hin.

Da Grace stets bis in den Vormittag hinein im Bett blieb und Jonathan ein Frühaufsteher war, blieb ihnen der Abend als ihre gemeinsame Zeit, um zusammenzusitzen und zu plaudern. Jetzt schenkte Grace ihm ein resigniertes Lächeln. »Ich komme mir so vor, als würde ich in den Spiegel schauen, Jon. Dir setzt auch etwas zu, und ich könnte wetten, daß es dasselbe ist, was dich schon vorher aufgeregt hat, also laß mich anfangen. Ich hab' mit Kerry geredet.«

Jonathan hob die Augenbrauen. »Und?«

»Ich fürchte, sie hat nicht die Absicht, den Reardon-Fall auf sich beruhen zu lassen.«

»Was hat sie dir gesagt?«

»Es geht darum, was sie mir *nicht* gesagt hat. Sie ist ausgewichen. Sie hat mir zugehört und dann erklärt, sie hätte einen Grund zu der Annahme, daß Dr. Smiths Zeugenaussage falsch war. Sie hat zwar zugegeben, daß sie keinen konkreten Grund zu der Annahme hat, daß Reardon nicht der Mörder war, aber sie fand, es sei ihre Pflicht, der Möglichkeit nachzugehen, daß vielleicht ein Fehlurteil gefällt worden ist.«

Jonathans Gesicht lief vor Zorn hochrot an. »Grace, es gibt eine Grenze, an der Kerrys Gerechtigkeitssinn allmählich lächerlich wird. Gestern abend ist es mir gerade gelungen, den Gouverneur dazu zu überreden, daß er damit abwartet, dem Senat die Kandidatenliste für die Ernennung zum Richteramt vorzulegen. Er war einverstanden.«

»Jonathan!«

»Es war das einzige, was ich tun konnte, außer ihn gleich darum zu bitten, daß er Kerrys Ernennung vorläufig zurückzieht. Ich hatte keine andre Wahl. Grace, Prescott Marshall ist ein hervorragender Gouverneur. Das weißt du ja. In der Zusammenarbeit mit ihm konnte ich den Senat dahin bringen, daß notwendige Reformen festgeschrieben werden, daß die Steuerstruktur überholt wird und unser Staat wirtschaftlich attraktiver dasteht, und außerdem den Senat zu einer Reform der Sozialversicherung bewegen, die den Armen nichts wegnimmt, aber die Trittbrettfahrer aufspürt. Ich will, daß Marshall nach vier Jahren wieder im Amt ist. Ich bin kein großer Fan von Frank Green, aber als Gouverneur ist er gut geeignet, den Sitz warmzuhalten, und er wird das, was Marshall und ich erreicht haben, nicht wieder rückgängig machen. Wenn dagegen Green unterliegt und wenn dann die andere Partei zum Zuge kommt, so wird man alles, was wir aufgebaut haben, wieder auseinandernehmen.«

Die durch seinen Zorn hervorgerufene Anspannung wich plötzlich wieder aus seiner Miene, und er wirkte auf Grace nur sehr müde, und sie sah ihm jede Minute seiner zweiundsechzig Jahre an.

»Ich lade Kerry und Robin für Sonntag zum Abendessen ein«, erklärte Grace. »Das gibt dir noch eine Gelegenheit, sie zur Vernunft zu bringen. Ich finde nicht, daß irgend jemand seine Zukunft diesem Reardon opfern sollte.«

»Ich rufe sie heute abend an«, antwortete Jonathan.

44

Genau um halb acht läutete Geoff Dorso an der Haustür und wurde auch diesmal von Robin empfangen. Sie trug noch immer ihr Hexenkostüm und die Schminke im Gesicht. Ihre Augenbrauen waren dick kohlschwarz übermalt. Weiße Puderpaste bedeckte außer an den Stellen, wo die Narben der Schnittwunden Stirn und Wangen durchzogen, ihre Haut.

Geoff sprang zurück. »Du hast mich erschreckt!«

»Prima«, sagte Robin begeistert. »Danke, daß Sie pünktlich sind. Ich muß zu einer Party. Die fängt jetzt grade an, und es gibt einen Preis für das schauerlichste Kostüm. Ich muß jetzt weg.«

»Du gewinnst bestimmt haushoch«, sagte Geoff zu ihr, als er ins Haus trat. Dann schnüffelte er. »Das riecht aber gut.«

»Mom macht Knoblauchbrot«, erklärte Robin und rief dann: »Mom, Mr. Dorso ist da.«

Die Küche war hinten im Haus. Geoff lächelte, als die Tür aufschwang und Kerry, die sich gerade die Hände an einem Tuch abtrocknete, heraustrat. Sie hatte grüne lange Hosen an und einen grünen Rollkragenpullover. Geoff konnte gar nicht übersehen, wie das Oberlicht die goldenen Strähnen in ihrem Haar und die Sommersprossen auf ihrer Nase hervorhoben.

Sie sieht wie ungefähr dreiundzwanzig aus, dachte er, entdeckte dann aber, daß ihr warmes Lächeln die Besorgnis in ihren Augen nicht verbergen konnte.

»Geoff, schön, daß Sie da sind. Gehen Sie doch rein und machen Sie's sich bequem. Ich muß Robin eben die Straße runter zu einem Kinderfest bringen.«

»Lassen Sie das mich doch machen«, schlug Geoff vor. »Ich habe noch meinen Mantel an.«

»Das ist wohl okay, denke ich«, erwiderte Kerry langsam, während sie die Situation einschätzte, »aber Sie begleiten sie auch bestimmt bis zur Haustür, ja? Ich meine, Sie machen nicht einfach schon an der Einfahrt wieder kehrt.«

»Mom«, protestierte Robin, »ich hab' keine Angst mehr. Ehrlich.«

»Ich aber.«

Worum handelt's sich da nur? wunderte sich Geoff. Er sagte: »Kerry, alle meine Schwestern sind jünger als ich. Bis sie aufs College kamen, war ich ewig damit beschäftigt, sie abzusetzen oder abzuholen, und mir wäre es nicht im Traum eingefallen, sie nicht genau dort sicher abzuliefern, wo immer sie hingingen. Hol deinen Besen, Robin – du hast doch wahrscheinlich einen.«

Als sie die ruhige Straße entlanggingen, erzählte ihm Robin von dem Auto, das ihr Angst eingejagt hatte. »Mom tut immer so, als ob ihr nichts was ausmacht, aber ich merke, daß sie ausflippt«, vertraute sie ihm an. »Sie macht sich zu viele Sorgen um mich. Irgendwie tut's mir leid, daß ich ihr überhaupt davon erzählt hab'.«

Geoff blieb ruckartig stehen und blickte sie von oben an. »Robin, hör mal gut zu. Es ist viel schlimmer, wenn du's deiner Mutter *nicht* erzählst, wenn so was passiert. Versprich mir, daß du nie diesen Fehler machst.«

»Mach' ich nicht. Hab' ich Mom schon versprochen.« Die übertrieben geschminkten Lippen öffneten sich zu einem schelmischen Lächeln. »Ich bin wirklich gut im Halten von Versprechen, außer wenn's darum geht, rechtzeitig aufzustehn. Ich hasse es, aufzustehn.«

»Ich auch«, stimmte Geoff voller Inbrunst zu.

Als er fünf Minuten später auf einem Barhocker in der Küche saß und Kerry beobachtete, wie sie den Salat zubereitete, entschloß sich Geoff, das Thema direkt anzusprechen. »Robin hat mir von der Sache heute morgen erzählt«, sagte er. »Gibt es einen Grund zur Beunruhigung?«

Kerry zerpflückte gerade frisch gewaschene Salatblätter in die Salatschüssel. »Einer unserer Ermittler, Joe Palumbo, hat heute nachmittag mit Robin geredet. Er nimmt die Sache ernst. Er findet, daß ein Auto, das nur einen Schritt von einem Fußgänger entfernt rücksichtslos wendet, jeden nervös machen würde, aber Robin hat alles so genau beschrieben, das Fenster, das runterging, und die Hand, die dann erschien, mit irgendwas, was auf Robin gerichtet war ... Joe vermutet, daß jemand sie vielleicht fotografiert hat.«

Geoff hörte das Zittern aus Kerrys Stimme heraus.

»Aber wieso?«

»Weiß ich nicht. Frank Green meint, es könnte was mit dem Fall zu tun haben, den ich gerade vor Gericht durchgezogen habe. Das glaube ich nicht. Ich könnte Alpträume kriegen, wenn ich mir vorstelle, daß irgendein Verrückter Robin vielleicht gesehen hat und jetzt auf sie fixiert ist. Das ist eine andere Möglichkeit.« Sie fing an, den Salat wie wild auseinanderzureißen. »Die Frage ist: Was kann ich unternehmen? Wie soll ich sie schützen?«

»Ist ganz schön hart, mit dieser Sorge allein fertig zu werden«, sagte Geoff verhalten.

»Sie meinen, weil ich geschieden bin? Weil kein Mann da war, der auf sie aufgepaßt hätte? Sie haben doch ihr Gesicht gesehn. Das ist passiert, als sie mit ihrem Vater zusammen war. Ihr Sicherheitsgurt war nicht angeschnallt, und er ist einer von diesen Fahrern, die mit Karacho losfahren und dann plötzlich bremsen. Ist mir egal, ob das Macho-Gehabe ist oder ob es einfach nur daran liegt, daß er gern Risiken eingeht – was ihn angeht, sind Robin und ich jedenfalls besser alleine dran.«

Sie zupfte die letzten Salatblätter zurecht und sagte dann: »Tut mir leid. Ich schätze, Sie haben den falschen Tag für Pasta in diesem Haus erwischt, Geoff. Ich bin heute nicht zum Plaudern aufgelegt. Aber das ist ja nicht wichtig. Wichtig sind schon eher meine Gespräche mit Dr. Smith und Dolly Bowles.«

Zum Salat mit dem Knoblauchbrot berichtete sie ihm dann von ihrer Unterredung mit Dr. Smith. »Er haßt Skip Reardon«, sagte sie. »Es ist eine ganz andre Art von Haß.«

Als sie Geoffs verständnislosen Gesichtsausdruck bemerkte, fügte sie hinzu: »Ich meine, wenn ich es sonst mit

Verwandten von Opfern zu tun kriege, verabscheuen die meisten typischerweise den Mörder und wollen, daß er bestraft wird. Was sie ausdrücken, ist ein Zorn, der so von Kummer durchsetzt ist, daß beide Emotionen buchstäblich aus den Leuten raussprühen. Eltern zeigen einem dann häufig Säuglingsfotos und Schulabschlußbilder von ihrer ermordeten Tochter, erzählen einem, was für eine Art Mädchen sie war und ob sie in der achten Klasse einen Rechtschreibwettbewerb gewonnen hat. Dann brechen sie zusammen und weinen, weil ihr Kummer so übermächtig ist, und einer von den beiden, meistens der Vater, erzählt einem dann, er bräuchte fünf Minuten allein mit dem Killer, oder er erklärt, er würde am liebsten selbst den Schalter für die Hinrichtung umlegen. Aber nichts dergleichen hab' ich von Smith zu hören bekommen. Bei ihm hab' ich bloß Haß gespürt.«

»Was sagt Ihnen das?« fragte Geoff.

»Es sagt mir: Entweder ist Skip Reardon ein Mörder und Lügner, oder aber wir müssen herausfinden, ob Smiths immense Feindseligkeit gegenüber Skip Reardon schon vor Suzannes Tod bestanden hat. Und für diesen Fall müssen wir auch herausfinden, von welcher Art genau Smiths Beziehung zu seiner Tochter war. Vergessen Sie nicht, er hat sie, wie er selbst bezeugt hat, seit der Zeit, als sie noch ein Säugling war, bis zu dem Punkt, als sie fast zwanzig war, nicht zu Gesicht bekommen. Eines Tages ist sie dann einfach in seiner Praxis aufgetaucht und hat sich ihm vorgestellt. Den Fotos kann man ja entnehmen, daß sie eine außergewöhnlich attraktive Frau war.«

Sie erhob sich. »Denken Sie noch darüber nach, während ich die Pasta aufsetze. Und dann möchte ich Ihnen von Dolly Bowles und ›Papas Auto‹ erzählen.«

Geoff war sich kaum bewußt, wie delikat die Linguine mit Muschelsauce schmeckten, als er zuhörte, wie Kerry von ihrem Besuch bei Dolly Bowles berichtete. »Die Sache ist die«, sagte sie abschließend, »laut Dolly hat sowohl unsre Behörde wie Ihre Mannschaft schon die pure Möglichkeit beiseite gewischt, daß der kleine Michael eben doch vielleicht einen sehr glaubwürdigen Zeugen abgegeben hätte.«

»Tim Farrell hat selbst das Gespräch mit Dolly Bowles geführt«, erinnerte sich Geoff. »Ich weiß noch, da war irgend so ein Hinweis auf einen Fünfjährigen mit Lernbehinderung, der ein Auto gesehen hatte, aber das hab' ich nicht weiter beachtet.«

»Es ist vielleicht weit hergeholt«, sagte Kerry, »aber Joe Palumbo, der Ermittler, von dem ich Ihnen erzählt hab, der, der mit Robin sprach, hat mir heute nachmittag die Reardon-Akte mitgebracht. Ich habe vor, die Akte durchzugehen, um zu sehen, welche Namen vielleicht aufgetaucht sind – von Männern, mit denen Suzanne womöglich eine Affäre gehabt hat. Es dürfte nicht so schwierig sein, beim Straßenverkehrsamt zu überprüfen, ob einer von denen, die genannt werden, vor elf Jahren eine schwarze Mercedes-Limousine fuhr. Kann natürlich sein, daß der Wagen auf einen andren Namen angemeldet oder sogar gemietet war, dann nützt uns das natürlich gar nichts.«

Sie warf einen Blick auf die Küchenuhr über dem Herd. »Noch reichlich Zeit«, stellte sie fest.

Geoff war klar, daß sie davon sprach, Robin abzuholen. »Wann ist die Party vorbei?«

»Um neun. Normalerweise gibt es an Schultagen abends keine Partys, aber Halloween ist doch schließlich der ganz besondere Kinderabend, nicht? Wie wär's jetzt mit Espresso oder normalem Kaffee? Ich will mir schon die ganze Zeit eine Cappuccino-Maschine anschaffen, komme aber anscheinend einfach nie dazu.«

»Espresso ist genau richtig. Und wenn wir ihn dann trinken, erzähl ich Ihnen von Skip Reardon und Beth Taylor.«

Als er ihr die Hintergrundgeschichte von Beths Beziehung zu Skip fertig erzählt hatte, sagte Kerry langsam: »Ich kann mir vorstellen, warum Tim Farrell Vorbehalte gegen Ms. Taylor als Zeugin hatte, aber wenn Skip zur Zeit des Mordes in sie verliebt war, dann muß das die Glaubwürdigkeit von Dr. Smiths Aussage in gewissem Maße mindern.«

»Genau. Skips ganze Einstellung dazu, daß er Suzanne Blumen arrangieren sah, die ein anderer Mann ihr geschickt hatte, kann man mit zwei Wörtern zusammenfassen: ›Und tschüss.‹«

Der Wandapparat läutete, und Geoff blickte auf seine Uhr. »Sie sagten doch, um neun Uhr sei Robins Party zu Ende, oder? Ich hol' sie eben ab, während Sie am Telefon sind.«

»Danke.« Kerry griff nach dem Hörer. »Hallo.«

Sie lauschte, sagte dann mit warmer Stimme: »O Jonathan, ich wollte dich schon anrufen.«

Geoff erhob sich und signalisierte ihr mit der Hand »Bis später dann«, ging ins Foyer und griff in der Garderobe nach seinem Mantel.

Auf dem Heimweg erzählte ihm Robin, sie hätte sich gut auf der Party amüsiert, obwohl sie nicht den ersten Preis für ihr Kostüm gewonnen hatte. »Cassies Kusine war da«, erläuterte sie. »Die hatte so ein blödes Skelettgewand an, aber ihre Mutter hat ihr lauter Suppenknochen draufgenäht. Deshalb war's wahrscheinlich was Besonderes. Ist auch egal, aber danke, daß Sie mich abgeholt haben, Mr. Dorso.«

»Man kann halt nicht jedesmal gewinnen, Robin. Und warum sagst du nicht Geoff zu mir?«

Sobald Kerry ihnen die Tür aufmachte, erkannte Geoff, daß irgend etwas ganz und gar nicht in Ordnung war. Es fiel ihr sichtlich schwer, ein aufmerksames Lächeln zu wahren, während sie Robins begeisterter Beschreibung der Halloween-Party zuhörte.

Schließlich erklärte Kerry: »Gut jetzt, Robin, es ist nach neun, und du hast doch versprochen ...«

»Ich weiß. Ins Bett, und keine Trödelei mehr.« Robin gab Kerry rasch einen Kuß. »Ich hab' dich lieb, Mom. Gute Nacht, Geoff.« Sie hüpfte die Treppe hinauf.

Geoff sah, wie Kerrys Mund zu zittern anfing. Er nahm sie am Arm, ging mit ihr in die Küche und schloß die Tür. »Was ist los?«

Sie mühte sich, ihre Stimme in Schach zu halten. »Der

Gouverneur hätte morgen im Senat eigentlich drei Namen zur Bestätigung für die Richterwürde vorlegen sollen. Meiner sollte dazugehören. Jonathan hat den Gouverneur bewogen, die Prozedur vorläufig aufzuschieben, wegen mir.«

»Das hat Senator Hoover Ihnen angetan!« rief Geoff aus. »Ich dachte, er wäre Ihr großer Freund und Förderer.« Dann starrte er sie an. »Einen Moment mal. Hat das etwa was mit dem Fall Reardon und Frank Green zu tun?«

Er brauchte nicht ihr Nicken abzuwarten, um zu wissen, daß er recht hatte. »Kerry, das ist mies. Es tut mir so leid. Aber Sie haben doch ›aufschieben‹ gesagt, nicht ›zurücknehmen‹.«

»Jonathan würde niemals meine Nominierung widerrufen. Das weiß ich.« Jetzt gewann Kerrys Stimme wieder an Festigkeit. »Aber ich weiß auch, daß ich nicht von ihm erwarten kann, daß er sich meinetwegen in die Bredouille begibt. Ich hab' Jonathan erzählt, daß ich mich heute mit Dr. Smith und Dolly Bowles getroffen habe.«

»Wie war seine Reaktion?«

»Er war nicht begeistert davon. Er findet, daß ich ohne Not die Kompetenz und die Glaubwürdigkeit von Frank Green in Mißkredit bringe, wenn ich den Fall wieder aufgreife, und daß ich mich der Kritik aussetze, Steuergelder für einen Fall zu vergeuden, der vor zehn Jahren entschieden worden ist. Er gab zu bedenken, daß fünf Appellationsgerichte Reardons Schuld bestätigt haben.«

Sie schüttelte den Kopf, so als versuche sie Klarheit zu gewinnen. Dann wandte sie sich von Geoff ab. »Es tut mir schrecklich leid, daß ich auf diese Weise Ihre Zeit verschwendet habe, Geoff, aber ich denke, ich bin zu dem Schluß gekommen, daß Jonathan recht hat. Ein Mörder ist im Gefängnis, den eine Jury dorthin geschickt hat, und sämtliche Berufungsgerichte haben seine Verurteilung bestätigt. Wieso bilde ich mir eigentlich ein, daß ich etwas weiß, was denen allen entgangen ist?«

Kerry drehte sich wieder um und schaute ihn an. »Der Killer ist im Gefängnis, und ich muß mit dieser Sache einfach aufhören«, erklärte sie mit so viel Überzeugung, wie sie es vermochte.

Geoffs Miene wurde hart vor unterdrückter Erbitterung und Frustration. »Na, wunderbar. Wiedersehn, Euer Ehren«, sagte er. »Danke für die Pasta.«

Mittwoch, 1. November

45

Im Labor der FBI-Zentrale in Quantico verfolgten vier Agenten am Computer, wie sich auf dem Bildschirm das Profil des Diebes herauskristallisierte, der am Wochenende in das Haus der Hamiltons in Chevy Chase eingebrochen war.

Er hatte die Strumpfmaske hochgeschoben, damit er sich eine kleine Statue genauer anschauen konnte. Zunächst wirkte die von der versteckten Kamera gemachte Aufnahme unmöglich verschwommen, doch nach dem Einsatz elektronischer Hilfsmittel waren einige Details des Gesichts zu erkennen.

Wahrscheinlich nicht gut genug, um von Bedeutung zu sein, dachte Si Morgan, der führende Agent. Es ist noch immer ziemlich schwierig, mehr als nur seine Nase und die Kontur seines Mundes auszumachen. Aber das war nun mal alles, was sie hatten, und vielleicht half es doch dem Gedächtnis von irgend jemandem auf die Sprünge.

»Druckt zweihundert Stück davon aus, und sorgt dafür, daß sie zu den Familien von jedem einzelnen Einbruch geschickt werden, der zu dem Modus operandi im Fall Hamilton paßt. Ist nicht gerade viel, aber jetzt haben wir wenigstens eine Chance, daß wir den Mistkerl schnappen.«

Morgans Miene wurde grimmig. »Und ich kann bloß hoffen, daß wir dann, wenn wir ihn schnappen, seinen Daumenabdruck mit dem identifizieren können, den wir damals in der Nacht gefunden haben, als die Mutter des Kongreßabgeordneten Peale ums Leben gekommen ist, weil sie ihren Wochenendtrip abgeblasen hatte.«

46

Es war noch früh am Morgen, als Wayne Stevens im Wohnzimmer seines behaglichen, im spanischen Stil erbauten Hauses in Oakland, Kalifornien, saß und Zeitung las. Vor zwei Jahren hatte er sich von seinem relativ erfolgreichen Versicherungsunternehmen zurückgezogen und sah so zufrieden aus, wie man sich das bei einem Mann in seiner Position vorstellt. Selbst wenn er sich ausruhte, blieb sein Gesichtsausdruck freundlich. Regelmäßiges Training hielt seinen Körper fit. Seine zwei verheirateten Töchter lebten beide mit ihren Familien weniger als eine halbe Stunde von ihm entfernt. Er war jetzt seit acht Jahren mit seiner dritten Frau, Catherine, verheiratet, und seither war ihm klargeworden, daß seine ersten beiden Ehen manches zu wünschen übriggelassen hatten.

Deshalb hatte er beim Läuten des Telefons auch keinerlei Vorahnung, daß der Anrufer drauf und dran war, unangenehme Erinnerungen wachzurufen.

Die Stimme hatte einen deutlichen Ostküsten-Akzent.

»Mr. Stevens, ich bin Joe Palumbo, ein Ermittlungsbeamter der Staatsanwaltschaft von Bergen County, New Jersey. Ihre Stieftochter war doch Suzanne Reardon, ist das richtig?«

»Suzanne Reardon? Ich kenne niemand, der so heißt. Warten Sie mal«, sagte er. »Sie sprechen doch nicht etwa von Susie, oder?«

»Haben Sie Suzanne denn so genannt?«

»Ich hatte eine Stieftocher, die wir Susie nannten, aber sie hieß eigentlich Sue Ellen, nicht Suzanne.« Dann fiel ihm auf, daß der Beamte die Vergangenheitsform benützt hatte: »war«. »Ist denn etwas mit ihr passiert?«

Fast fünftausend Kilometer weit weg packte Joe Palumbo den Hörer fester. »Sie wissen nicht, daß Suzanne, oder Susie, wie Sie sagen, vor zehn Jahren ermordet worden ist?« Er drückte auf die Taste, damit das Gespräch auf Band aufgenommen wurde.

»O mein Gott.« Wayne Stevens' Stimme wich einem Flüstern. »Nein, natürlich hab' ich das nicht gewußt. Ich schicke ihr jedes Jahr einen Weihnachtsgruß an die Adresse ihres Vaters, Dr. Charles Smith, aber ich hab' schon seit Jahren nichts mehr von ihr gehört.«

»Wann haben Sie sie zum letztenmal gesehen?«

»Vor achtzehn Jahren, kurz nach dem Tod meiner zweiten Frau, Jean, ihrer Mutter. Susie war immer ein verstörtes, unglückliches und, ehrlich gesagt, *schwieriges* Mädchen. Ich war verwitwet, als ihre Mutter und ich geheiratet haben. Ich habe zwei kleine Töchter, und ich hab' Susie adoptiert. Jean und ich zogen die drei zusammen groß. Dann, nach Jeans Tod, bekam Susie den Erlös einer Lebensversicherung ausgezahlt und verkündete, daß sie jetzt nach New York zieht. Damals war sie neunzehn. Ein paar Monate später bekam ich einen ziemlich häßlichen Brief von ihr, in dem sie schrieb, sie wäre immer unglücklich hier bei uns gewesen und wollte mit keinem von uns mehr etwas zu tun haben. Sie hat erklärt, sie würde jetzt bei ihrem richtigen Vater wohnen. Nun ja, ich hab' sofort Dr. Smith angerufen, aber er war unglaublich grob. Er hat zu mir gesagt, es wäre ein schwerer Fehler gewesen, daß er mich seine Tochter adoptieren ließ.«

»Dann hat also Suzanne, ich meine Susie, nie selber mit Ihnen geredet?« fragte Joe rasch.

»Nie. Offenbar blieb mir nichts andres übrig, als die Sache aufzugeben. Ich hatte die Hoffnung, daß sie sich irgendwann doch noch besinnt. Was ist mit ihr passiert?«

»Vor zehn Jahren ist ihr Mann verurteilt worden, sie in einem Anfall von Eifersucht getötet zu haben.«

Bilder schossen Wayne Stevens durch den Kopf. Susie als weinerliches Kleinkind, als pummeliger, mürrischer Teenager, der mit Golf und Tennis anfing, aber an den eigenen

Erfolgen in beiden Sportarten keine Freude zu finden schien. Susie, wie sie dem Geschnatter bei Anrufen zuhörte, die niemals ihr galten, wie sie ihren Stiefschwestern finstere Blicke zuwarf, wenn sie von ihren Freunden abgeholt wurden, Susie, wie sie die Türen zuknallte und nach oben trampelte. »Eifersucht, weil sie etwas mit einem andern Mann hatte?« fragte er langsam.

»Ja.« Joe Palumbo hörte die Ungläubigkeit aus der Stimme seines Gesprächspartners heraus und wußte, daß Kerrys Intuition richtig war, als sie ihn gebeten hatte, Suzannes Vergangenheit unter die Lupe zu nehmen. »Mr. Stevens, würden Sie bitte mal Suzannes äußere Erscheinung beschreiben?«

»Sue war ...« Stevens zögerte. »Sie war kein hübsches Mädchen«, sagte er ruhig.

»Haben Sie Fotos von ihr, die Sie mir schicken könnten?« fragte Palumbo. »Ich meine solche, die möglichst kurz vor der Zeit entstanden sind, als sie wegging, um an die Ostküste zu ziehen.«

»Selbstverständlich. Aber wenn das schon über zehn Jahre her ist, weshalb melden Sie sich dann erst jetzt?«

»Weil eine Staatsanwältin bei uns glaubt, daß es mit dem Fall mehr auf sich hat, als bei dem Prozeß zum Vorschein kam.«

Und Junge, wie recht Kerry mit ihrem Verdacht hatte! dachte Joe, als er auflegte, nachdem er sich von Wayne Stevens hatte zusichern lassen, daß er die Bilder von Susie auf dem schnellsten Postweg schicken werde.

47

Kerry hatte sich kaum am Mittwoch morgen an ihren Schreibtisch gesetzt, als die Sekretärin ihr mitteilte, Frank Green wolle sie sprechen.

Er kam unvermittelt zur Sache. »Was ist los, Kerry? Wie ich höre, hat der Gouverneur die Präsentation der Berufungsliste für die neuen Richter aufgeschoben. Wie es aussieht, hatte er Schwierigkeiten damit, Ihren Namen mit auf die Liste zu setzen. Stimmt etwas nicht? Gibt es irgend etwas, was ich tun kann?«

Nun ja, genaugenommen gibt es etwas, Frank, dachte Kerry. Sie können dem Gouverneur ausrichten, daß Sie jede Untersuchung begrüßen, die möglicherweise ein krasses Fehlurteil ans Tageslicht bringt, selbst wenn Sie selbst am Schluß der Angeschmierte sind. Sie könnten einmal Rückgrat beweisen, Frank.

Statt dessen sagte sie: »Ach, ich bin mir sicher, daß das alles bald über die Bühne geht.«

»Sie sind doch nicht bei Senator Hoover in Ungnade gefallen, oder?«

»Er ist einer meiner besten Freunde.«

Als sie gerade gehen wollte, sagte der Oberstaatsanwalt: »Kerry, es ist doch höchst unerfreulich, so in der Luft zu hängen und auf diese Berufung zu warten. He, schließlich steht meine eigene Nominierung bald an. Richtig? Ich hab' schon Alpträume, daß mir noch irgendwas dazwischen kommt und alles vermasselt.«

Sie nickte und verließ das Zimmer.

Wieder in ihrem Büro, versuchte sie sich verzweifelt auf die zur Zeit anliegenden Fälle zu konzentrieren. Soeben hatte die Grand Jury Anklage gegen einen Tatverdächtigen in einem mißratenen Überfall auf eine Tankstelle erhoben. Die Anklage lautete auf Mordversuch und bewaffneten Raubüberfall. Der Tankstellenwärter war angeschossen worden und lag noch auf der Intensivstation. Sollte er nicht überleben, würde man die Anklage auf Mord erweitern.

Am Tag zuvor hatte das Berufungsgericht den Schuldspruch gegen eine Frau, die wegen Totschlags verurteilt worden war, aufgehoben. Das war ein weiterer Fall gewesen, der viel Wirbel machte, doch die Entscheidung des Berufungsgerichts, die Verteidigung sei inkompetent gewesen, warf wenigstens kein schlechtes Licht auf den verantwortlichen Staatsanwalt.

Sie hatten vorgehabt, daß Robin bei der Vereidigung die Bibel halten würde. Jonathan und Grace hatten darauf bestanden, ihr die Richterroben zu kaufen, zwei für den Alltag und eine besondere für feierliche Anlässe. Margaret erinnerte sie ständig daran, daß sie als ihre beste Freundin die Robe, die Kerry an diesem Tag tragen würde, halten und ihr dabei helfen dürfe, sie anzulegen. »Ich, Kerry McGrath, schwöre hiermit bei Gott dem Allmächtigen, daß ich …«

Tränen brannten ihr in den Augen, während ihr wieder Jonathans aufgebrachte Stimme in den Ohren klang. *Kerry, fünf Berufungsgerichte haben Reardon für schuldig befunden. Was ist nur los mit dir?* Nun, er hatte recht. Später am Vormittag würde sie ihn anrufen und ihm Bescheid geben, sie habe die ganze Angelegenheit fallengelassen.

Sie merkte jetzt, daß jemand schon mehrere Male bei ihr an die Tür geklopft hatte. Ungeduldig fuhr sie sich mit den Handrücken über die Augen und rief: »Herein.«

Es war Joe Palumbo. »Du bist wirklich eine schlaue Lady, Kerry.«

»Da bin ich mir nicht so sicher. Was gibt's?«

»Du hast doch gesagt, daß dir plötzlich die Frage durch den Kopf schoß, ob Dr. Smith je an seiner Tochter herumoperiert hat.«

»Er hat es so gut wie geleugnet, Joe. Das hab' ich dir doch gesagt.«

»Das weiß ich, und du hast mich auch aufgefordert, was über Suzannes Vorgeschichte rauszukriegen. Also, hör dir das mal an.«

Mit einer schwungvollen Handbewegung setzte Joe ein Aufnahmegerät auf den Schreibtisch. »Das ist der größte Teil meines Telefongesprächs mit Mr. Wayne Stevens, Suzanne Reardons Stiefvater.« Er drückte auf die Taste.

Beim Zuhören spürte Kerry, wie eine neue Welle der Verwirrung und widersprüchlicher Emotionen in ihr aufstieg. Smith ist ein Lügner, dachte sie, als sie an die Empörung zurückdachte, mit der er auf ihre Vermutung reagiert hatte, er habe irgendwelche Eingriffe an seiner Tochter vorgenommen. Er ist ein Lügner, und er ist ein guter Schauspieler.

Als das aufgenommene Gespräch zu Ende war, lächelte Palumbo voller Vorfreude. »Und was jetzt, Kerry?«

»Ich weiß nicht«, erwiderte sie langsam.

»Du weißt es nicht? Smith lügt doch.«

»Das wissen wir noch nicht genau. Laß uns auf diese Fotos von Stevens warten, bevor wir uns zu sehr reinsteigern. Viele Teenager blühen plötzlich auf, sobald sie einen guten Haarschnitt kriegen und in einem Schönheitssalon ordentlich hergerichtet werden.«

Palumbo musterte sie verständnislos. »Ja, logisch. Und Schweine können fliegen.«

48

Deidre Reardon hatte die Niedergeschlagenheit aus der Stimme ihres Sohnes herausgehört, als sie am Sonntag und Dienstag mit ihm sprach, und deshalb entschloß sie sich am Mittwoch, die lange Anfahrt per Bus und Zug und wiederum Bus zum Gefängnis von Trenton auf sich zu nehmen und ihn zu besuchen.

Deidre, eine kleine Frau, die ihrem Sohn das feuerrote Haar, die warmen blauen Augen und ihren keltischen Teint vererbt hatte, sah mittlerweile so alt aus, wie sie es tatsächlich war: bald siebzig Jahre. Ihr an sich kompakter Körper verriet erste Zeichen von Gebrechlichkeit, und ihr Gang hatte viel von seiner Beschwingtheit verloren. Ihre nachlassende Gesundheit hatte sie gezwungen, ihre Stellung als Verkäuferin bei A & S aufzugeben, und sie besserte jetzt ihre Rente mit etwas Schreibtischarbeit bei der Kirchengemeinde auf.

Ihre Ersparnisse aus den Jahren, als Skip noch so gut verdiente und sich so großzügig ihr gegenüber verhielt, waren jetzt verbraucht, und zwar größtenteils für die Gerichtskosten wegen all der erfolglosen Revisionsanträge.

Sie kam mitten am Nachmittag beim Gefängnis an. Da es ein Werktag war, durften sie nur am Telefon und durch ein Fenster getrennt miteinander reden. Von dem Moment an, als man Skip hereinführte und sie seinen Gesichtsausdruck sah, wußte Deidre, daß das eine, wovor sie Angst hatte, eingetreten war: Skip hatte die Hoffnung aufgegeben.

Normalerweise, wenn er sehr entmutigt war, versuchte sie ihn immer von sich selbst durch Tratsch aus der Nachbarschaft und Gemeinde abzulenken, Klatschgeschichten von der Art, wie sie jemandem Freude machen würden, der weg war, aber davon ausging, bald wieder heimzukommen, und gern auf dem laufenden bleiben wollte.

Heute war solcher Small talk nutzlos, das war ihr klar. »Skip, was ist denn los?« fragte sie.

»Mom, Geoff hat gestern abend angerufen. Diese Staatsanwältin, die mich neulich besucht hat – sie verfolgt die Sache nicht weiter. Sie ist so ziemlich von mir abgerückt. Ich hab' Geoff dazu gebracht, die Wahrheit zu sagen und mich nicht einzuseifen.«

»Wie hieß sie denn, Skip?« fragte Deidre mit möglichst sachlicher Stimme. Sie kannte ihren Sohn zu gut, als daß sie ihm jetzt mit Platitüden gekommen wäre.

»McGrath. Kerry McGrath. Offenbar soll sie bald zur Richterin ernannt werden. Bei all dem Glück, das ich habe, kommt sie bestimmt noch ans Berufungsgericht, damit sie dann, wenn Geoff je eine neue Begründung für einen Revisionsantrag findet, zur Stelle ist, um ihn abzuschmettern.«

»Vergeht nicht ziemlich viel Zeit, bis Richter ans Berufungsgericht versetzt werden?« fragte Deidre.

»Was spielt das schon für eine Rolle? Zeit ist doch alles, was wir haben, oder, Mom?« Dann erzählte Skip, er habe sich heute geweigert, Beths Anruf entgegenzunehmen. »Mom, Beth muß ihr eigenes Leben leben. Das schafft sie nie, wenn sie nichts anderes tut, als sich um mich zu kümmern.«

»Skip, Beth liebt dich.«

»Soll sie jemand anders lieben. Hab' ich doch auch getan, stimmt's?«

»Oh, Skip.« Deidre Reardon spürte den beklemmenden Mangel an Atemluft, der stets die Taubheit in ihrem Arm und die stechenden Schmerzen im Brustkorb ankündigte. Der Arzt hatte sie auf die Notwendigkeit einer weiteren Bypass-Operation vorbereitet, sollte die Angioplastie zur Gefäßerweiterung in der folgenden Woche nicht wirken. Sie hatte Skip noch nichts davon erzählt. Und jetzt würde sie es bestimmt nicht tun.

Deidre unterdrückte Tränen, als sie den verletzten Ausdruck in den Augen ihres Sohnes sah. Er war immer so ein lieber kleiner Kerl gewesen. Sie hatte nie auch nur den geringsten Ärger mit ihm gehabt, als er heranwuchs. Sogar als Baby war er nicht quengelig geworden, wenn er müde war. Eine ihrer Lieblingsgeschichten über ihn war die, als er im Apartment aus dem Wohnzimmer ins Schlafzimmer gewatschelt war, seine Schmusedecke durch die Gitterstäbe seines Kinderbetts herausgezogen und sich hineingewickelt hatte und auf dem Boden unter dem Bettchen eingeschlafen war.

Sie hatte ihn im Wohnzimmer allein gelassen, als sie mit der Zubereitung des Abendessens begann, und war dann, als sie ihn nicht finden konnte, durch das winzige Apartment gerast, hatte voller Angst, er wäre hinausgelaufen, ja, hätte sich vielleicht verirrt, nach ihm geschrien. Jetzt eben hatte Deidre das gleiche Gefühl. Nun ging Skip auf andere Weise in die Irre.

Unwillkürlich streckte sie die Hand aus und berührte die Glasscheibe. Sie wollte ihn umarmen, diesen wunderbaren, guten Mann, der ihr Sohn war. Sie wollte ihm sagen, er solle sich doch nicht ängstigen, es würde schon alles wieder gut werden, genauso, wie sie es vor langer Zeit getan hatte, wenn ihm etwas weh tat. Jetzt wußte sie, was sie sagen mußte.

»Skip, ich will dich nicht so reden hören. Du kannst nicht entscheiden, daß Beth dich nicht mehr lieben soll, denn sie liebt dich nun mal. Und ich geh jetzt und red mit dieser Kerry McGrath. Es muß einen Grund geben, warum sie dich überhaupt besuchen kam. Staatsanwälte schauen nicht nur mal eben so bei Strafgefangenen vorbei. Ich werde herausfinden, weshalb sie sich für dich interessiert hat, und warum sie sich jetzt von dir abwendet. Aber du mußt mithelfen; wag es bloß nicht, mich mit solchem Gerede hängenzulassen.«

Die Besuchszeit war viel zu schnell vorbei. Deidre gelang es, erst zu weinen, nachdem der Wärter Skip weggeführt hatte. Dann tupfte sie sich vehement die Augen ab. Mit energisch zusammengepreßten Lippen stand sie auf, wartete noch ab, bis das Stechen in ihrer Brust nachließ, und ging dann rasch davon.

49

Es fühlt sich richtig nach November an, dachte Barbara Tompkins, als sie von ihrem Büro an der Sixty-eighth Street Ecke Madison Avenue die zehn Blocks bis zu ihrer Wohnung an der Sixty-first Ecke Third Avenue hinunterlief. Sie hätte einen dickeren Mantel anziehen sollen. Aber was bedeutete schon diese kurzfristige Unbehaglichkeit, wenn sie sich ansonsten so gut fühlte.

Es gab keinen Tag, an dem sie nicht voller Freude über das Wunder war, das Dr. Smith an ihr bewerkstelligt hatte. Es schien nicht vorstellbar, daß sie noch vor weniger als zwei Jahren in einem miesen P.R.-Job in Albany festgesessen hatte, mit der Aufgabe, für kleine Kosmetikkunden Erwähnungen bei Zeitschriften zu ergattern.

Nancy Pierce war eine der wenigen Kundinnen gewesen, mit denen sie gern zu tun gehabt hatte. Nancy machte immer Witze darüber, sie sei das häßliche Entlein mit einem totalen Minderwertigkeitskomplex, weil sie mit phantastisch aussehenden Models zusammenarbeitete. Dann aber machte Nancy einen ausgedehnten Urlaub, und als sie wiederkam, sah sie wie eine Million Dollar aus. Frei heraus und sogar stolz verkündete sie aller Welt, sie habe sich einer gesichtschirurgischen Behandlung unterzogen.

»Hör'n Sie mal«, hatte sie erklärt. »Meine Schwester hat das Gesicht einer Miss Amerika, aber sie muß ständig gegen ihr Gewicht ankämpfen. Sie sagt, daß ein schlankes Mädchen in ihr drinsteckt, das versucht, sich nach draußen durchzuboxen. Ich hab' mir immer gesagt, daß in mir ein außerordentlich hübsches Mädchen drinsteckt, das versucht, sich nach draußen durchzuboxen. Meine Schwester ist zum Klub der Goldenen Tür gegangen. Ich bin zu Dr. Smith gegangen.«

Bei Nancys Anblick und angesichts ihrer neuen Gelassenheit und Zuversicht hatte Barbara sich versprochen: »Wenn ich je zu Geld komme, gehe ich auch zu dem Arzt.« Und dann war die liebe alte Großtante Betty im Alter von siebenundachtzig Jahren zu ihrem Schöpfer gerufen worden und hinterließ Barbara 35 000 Dollar mit der Anweisung, sie solle sich damit amüsieren und eine gute Zeit gönnen.

Barbara dachte wieder an ihren ersten Besuch bei Dr. Smith zurück. Er hatte das Zimmer betreten, wo sie auf der Kante der Untersuchungsliege saß. Er gebärdete sich kalt, ja fast furchterregend. »Was wünschen Sie?« fuhr er sie an.

»Ich möchte wissen, ob Sie mich hübsch machen können«, hatte Barbara etwas zögernd zu ihm gesagt. Dann hatte sie all ihren Mut zusammengenommen und sich verbessert: »Sehr hübsch.«

Ohne ein Wort hatte er vor ihr gestanden, ein starkes Licht auf sie gerichtet, ihr Kinn in der Hand gehalten, mit den Fingern über die Konturen ihres Gesichts gestrichen, ihre Wangenknochen untersucht, dann ihre Stirn, und sie mehrere Minuten lang gründlich gemustert.

Dann trat er einen Schritt zurück. »Warum?«

Sie erzählte ihm von der hübschen Frau, die sich aus ihrem Kokon befreien wolle. Sie sagte ihm, sie wisse ja, daß es ihr nicht so wichtig sein sollte, und dann brach es aus ihr heraus: »Aber es *ist* mir wichtig.«

Zu ihrer Überraschung lächelte er daraufhin, knapp und ohne Wärme, aber doch aufrichtig. »Wenn es Ihnen nicht wichtig wäre, würde ich mich gar nicht damit abgeben«, stellte er fest.

Die Prozedur, die er ihr dann verschrieb, war unglaublich komplex. Die Operationen verschafften ihr ein richtiges Kinn und verkleinerten ihre Ohren, entfernten die dunklen Ringe unter ihren Augen und die schweren oberen Lider, so daß die Augen groß und leuchtend wurden. Die chirurgische Behandlung gab ihr volle, herausfordernde Lippen und befreite ihre Wangen von den Aknenarben, machte die Nase schmaler und setzte die Augenbrauen höher. Sogar an ihrem Körper hatte er noch chirurgische Eingriffe vorgenommen.

Dann schickte sie der Arzt zu einem Schönheitssalon und wies sie an, ihr Haar von dem trüben Ockerton zu einem tiefen Braun umfärben zu lassen, einem Farbton, der die helle, samtweiche Gesichtshaut noch hervorhob, die er mittels eines Schälprozesses mit Säure erreicht hatte. Eine andere Expertin in dem Salon lehrte sie die Feinheiten der Kunst, Make-up aufzutragen.

Schließlich unterwies sie der Arzt, den Rest ihres Geldsegens in Kleidern anzulegen, und schickte sie in Begleitung einer Einkaufsspezialistin zu den Modeateliers an der Seventh Avenue. Unter der Führung der Beraterin schaffte sich Barbara die erste raffinierte Garderobe an, die sie je besessen hatte.

Dr. Smith legte ihr nahe, nach New York umzuziehen, gab ihr Anweisung, wo sie sich eine Wohnung suchen solle, und machte sich sogar persönlich die Mühe, das Apartment zu inspizieren, das sie daraufhin gefunden hatte. Dann bestand er noch darauf, sie solle alle drei Monate zur Nachuntersuchung in seiner Praxis erscheinen.

Es war ein schwindelerregendes Jahr, seit sie nach Manhattan gezogen war und ihre neue Stelle bei Price und Vellone angetreten hatte. Schwindelerregend, aber herzerfrischend. Barbara fühlte sich großartig.

Als sie jetzt aber das letzte Stück Straße bis zu ihrer Wohnung entlangging, blickte sie nervös um sich. Gestern abend war sie mit einigen Kunden im Mark Hotel zum Essen gewesen. Als sie aufbrachen, hatte sie Dr. Smith ganz allein und etwas abseits an einem kleinen Tisch entdeckt.

Die Woche zuvor hatte sie ihn flüchtig im Oak Room des Plaza gesehen.

Damals hatte sie es nicht weiter beachtet, aber an dem Abend im Oktober, als sie sich mit Kunden im Four Seasons traf, hatte sie, während sie ein Taxi herbeiwinkte, den Eindruck gehabt, daß jemand sie aus einem Auto auf der anderen Straßenseite beobachtete.

Barbara war sehr erleichtert, als der Portier sie begrüßte und ihr die Tür aufhielt. Dann warf sie noch einen Blick über ihre Schulter.

Ein schwarzer Mercedes war genau vor der Tür des Apartmentgebäudes zum Halten gezwungen worden. Sie konnte den Fahrer gar nicht verwechseln, obwohl er sein Gesicht teilweise abgewandt hielt, so, als schaue er schräg über die Straße.

Dr. Smith.

»Sind Sie okay, Miss Tompkins?« fragte der Portier. »Sie sehen so aus, als ob's Ihnen nicht so toll geht.«

»Nein. Danke. Ich bin okay.« Barbara ging rasch in die Eingangshalle. Als sie auf den Lift wartete, dachte sie: Er folgt mir tatsächlich. Aber was kann ich dagegen tun?

50

Obwohl Kerry für Robin eines ihrer beider Lieblingsgerichte zubereitet hatte – gebackene Hühnerbrust, gebackene Kartoffeln, grüne Bohnen, grünen Salat und frisch aufgebackene Brötchen –, aßen sie fast völlig schweigsam.

Schon seit Kerry nach Hause gekommen war und Alison, die Schülerin, die auf Robin aufpaßte, geflüstert hatte: »Ich glaube, Robin ist irgendwie beunruhigt«, wartete Kerry auf einen geeigneten Augenblick.

Während sie das Essen machte, saß Robin bei ihr an der Arbeitsplatte und machte ihre Hausaufgaben. Kerry hoffte auf eine Chance, mit ihr zu reden, auf irgendein Zeichen, aber Robin schien sich außergewöhnlich intensiv auf ihre Arbeit zu konzentrieren.

Kerry stellte sogar noch bewußt die Frage: »Bist du auch bestimmt fertig, Rob?«, bevor sie das Abendessen auftrug.

Beim Essen entspannte sich Robin dann deutlich. »Hast du heute in der Schule dein Mittagessen aufgegessen?« fragte Kerry möglichst beiläufig und unterbrach damit endlich das Schweigen. »Du hast offenbar Hunger.«

»Klar, Mom. Fast alles.«

»Ah, ja.«

Kerry dachte: Wie sehr sie mir doch ähnelt. Wenn sie etwas bekümmert, macht sie es mit sich alleine ab. So ein reserviertes Geschöpf.

Dann erklärte Robin: »Ich mag Geoff. Er ist prima.«

Geoff. Kerry schlug die Augen nieder und widmete sich dem Zerschneiden ihres Hühnerfleischs. Sie wollte nicht an seine spöttische, abweisende Bemerkung beim Abschied neulich abends denken. *Wiedersehn, Euer Ehren.*

»Mm-ja«, antwortete sie und hoffte damit rüberzubringen, daß Geoff in ihrem gemeinsamen Leben keine Rolle spielte.

»Wann kommt er denn wieder?« frage Robin.

Jetzt war Kerry mit einer ausweichenden Antwort an der Reihe. »Ach, ich weiß nicht. Er kam wirklich bloß wegen einem Fall, an dem er gerade arbeitet.«

Robin sah bekümmert aus. »Ich hätte Dad, glaub ich, nichts davon erzählen sollen.«

»Was meinst du damit?«

»Also, er hat halt gesagt, wenn du 'ne Richterin bist, dann lernst du wahrscheinlich eine Menge Richter kennen und heiratest irgendwann einen davon. Ich wollte ihm eigentlich gar nichts von dir erzählen, aber ich hab' gesagt, daß ein Anwalt, der mir gefällt, neulich abends wegen einer geschäftlichen Angelegenheit rüberkam, und Dad hat gefragt, wer's war.«

»Und da hast du ihm gesagt, daß es Geoff Dorso war. Damit hast du doch nichts falsch gemacht.«

»Ich weiß nicht. Dad sah so aus, als ob er sich über mich aufregt. Wir hatten erst eine tolle Zeit, und plötzlich wurde er ganz still und hat gesagt, ich soll meine Krabben aufessen. Es wär Zeit, heimzufahren.«

»Rob, Daddy ist es ganz egal, mit wem ich ausgehe, und Geoff Dorso hat bestimmt nichts mit ihm oder irgendwelchen Klienten von ihm zu tun. Daddy hat zur Zeit einen ganz schwierigen Fall am Hals. Vielleicht hast du ihn ja eine Weile davon abgelenkt, und dann, als das Essen fast vorbei war, mußte er wieder daran denken.«

»Glaubst du das bestimmt?« fragte Robin mit vor Hoffnung aufleuchtenden Augen.

»Ja, das glaube ich bestimmt«, erwiderte Kerry energisch. »Du kennst mich doch, wie zerstreut ich bin, wenn ich einen Fall vor Gericht habe.«

Robin fing zu lachen an. »Mensch ja, das kenne ich!«

Um neun Uhr schaute Kerry nach Robin, die im Bett saß und las. »Licht aus«, erklärte sie unnachgiebig und ging zu ihr hinüber, um sie zuzudecken.

»Ist gut«, sagte sie widerwillig. Während sich Robin unter die Decke kuschelte, erklärte sie: »Mom, ich hab' nachgedacht. Bloß weil Geoff geschäftlich herkam, heißt das doch noch nicht, daß wir ihn nicht wieder einladen können, oder? Er mag dich. Das hab' ich gemerkt.«

»Ach, Rob, er ist einfach einer von diesen Typen, die Leute mögen, aber er ist bestimmt nicht besonders an mir interessiert.«

»Cassie und Courtney haben ihn gesehen, als er mich abholen kam. Sie finden ihn süß.«

Ich auch, dachte Kerry, als sie das Licht ausmachte.

Während sie nach unten ging, nahm sie sich die unangenehme Aufgabe vor, ihr Haushaltsbuch auf den letzten Stand zu bringen. Doch als sie zu ihrem Schreibtisch kam, blickte sie lange auf die Reardon-Akte, die Joe Palumbo ihr gestern gebracht hatte. Dann schüttelte sie den Kopf. Vergiß es, ermahnte sie sich. Halt dich da raus.

Aber es konnte ja nicht schaden, nur mal eben hineinzuschauen, überlegte sie. Sie griff nach der Akte, trug sie zu ihrem Lieblingssessel, deponierte sie auf dem Sitzpolster zu ihren Füßen, schlug sie auf und nahm den ersten Stapel Unterlagen heraus.

Der Bericht zeigte, daß der Anruf um 0 Uhr 20 eingegangen war. Skip Reardon hatte die Vermittlung angerufen und auf die Frau vom Amt eingeschrien, sie solle ihn mit der Polizei von Alpine verbinden. »Meine Frau ist tot, meine Frau ist tot«, hatte er wieder und wieder gerufen. Die Polizeibeamten berichteten, sie hätten ihn vorgefunden, wie er neben ihr kniete und schluchzte. Er informierte sie, er habe sofort, als er ins Haus kam, gewußt, daß sie tot war, und sie nicht angerührt. Die Vase, in der die Sweetheart-Rosen gesteckt hatten, war umgekippt. Die Rosen lagen über die Leiche verstreut da.

Am folgenden Morgen, im Beisein seiner Mutter, behauptete Skip Reardon dann, es fehle eine Diamantbrosche. Er erklärte, er könne sich besonders gut daran erinnern, weil die Anstecknadel zu den Schmuckstücken gehöre, die er seiner Frau nicht geschenkt habe, und daß er überzeugt sei, ein anderer Mann habe sie ihr verehrt. Er beteuerte auch, ein Miniaturrahmen mit Suzannes Foto, der noch am Morgen zuvor im Schlafzimmer gestanden habe, sei verschwunden.

Um elf Uhr gelangte Kerry zu Dolly Bowles' Aussage. Es war im wesentlichen dieselbe Geschichte, die sie auch bei Kerrys Besuch erzählt hatte.

Kerrys Augen verengten sich, als sie sah, daß ein gewisser Jason Arnott im Verlauf der Ermittlungen befragt worden war. Skip Reardon hatte ihn ihr gegenüber erwähnt. In seiner Aussage beschrieb sich Arnott als Experte für Antiquitäten, der für eine Provision Frauen zu Auktionshäusern wie etwa Sotheby's und Christie's zu begleiten pflege und sie bei ihren Bemühungen im Bieten um bestimmte Gegenstände berate.

Er sagte, er gebe gern Einladungen und Suzanne sei häufig zu seinen Cocktail-Partys und Abendessen erschienen, manchmal in Gesellschaft von Skip, zumeist aber alleine.

Die Notiz des Ermittlers hielt fest, er habe sich bei gemeinsamen Freunden von Suzanne wie Arnott erkundigt, und er sei auf keinerlei Hinweis auf eine Affäre zwischen den beiden gestoßen. Eine Person aus dem Freundeskreis berichtete sogar, Suzanne sei von Natur aus zu Flirts aufgelegt gewesen und habe sich über Arnott amüsiert und ihn »Jason, das Neutrum« genannt.

Nichts Neues hier drin, schloß Kerry, nachdem sie die halbe Akte durch hatte. Die Untersuchung war gründlich. Durch das offene Fenster hatte der Ableser der öffentlichen Versorgungswerke mitbekommen, wie Skip beim Frühstück Suzanne anbrüllte. »Mann, hat der Kerl vielleicht geschäumt«, war sein Kommentar.

Tut mir leid, Geoff, dachte Kerry, als sie sich anschickte, den Ordner zu schließen. Die Augen brannten ihr. Morgen würde sie den Rest überfliegen und die Akte zurückbringen. Dann fiel ihr Blick noch auf den nächsten Bericht. Es war das Interview mit einem Caddie im Palisades Country Club, bei dem Suzanne und Skip Mitglieder waren. Ein Name fiel Kerry auf, und sie griff nach dem nächsten Stapel Papiere, da ihr jeder Gedanke an Schlaf plötzlich vergangen war.

Der Caddie hieß Michael Vitti, und er war eine reichhaltige Informationsquelle über Suzanne Reardon. »Alle haben liebend gern als Caddie für sie gearbeitet. Sie war nett. Sie hat mit den Caddies herumgealbert und dicke Trinkgelder gegeben. Sie hat mit einer Menge Männer gespielt. Sie war gut, und ich meine *gut*. Viele von den Ehefrauen waren sauer auf sie, weil die Männer sie alle mochten.«

Vitti war gefragt worden, ob er glaube, daß Suzanne mit irgendeinem der Männer ein Verhältnis hatte. »Oh, davon weiß ich nichts«, sagte er. »Ich hab' sie nie richtig allein mit irgendwem gesehen. Die Vierer sind immer zusammen zum Clubhaus zurückgegangen, verstehn Sie, was ich meine?«

Doch als man nicht lockerließ, erklärte er, es sei vielleicht möglich, daß sich was zwischen Suzanne und Jimmy Weeks abgespielt hätte.

Jimmy Weeks' Name war es, was Kerrys Aufmerksamkeit erregt hatte. Laut der Niederschrift des Ermittlers nahm man Vittis Bemerkung nicht ernst, weil Weeks, obwohl er im Ruf eines Schürzenjägers stand, bei seiner Vernehmung rigoros leugnete, Suzanne je außerhalb des Sportklubs gesehen zu haben, und zudem erklärte, er habe zur Zeit eine ernsthafte Beziehung zu einer anderen Frau, und darüber hinaus hatte er ein hieb- und stichfestes Alibi für die gesamte Mordnacht.

Dann las Kerry den Rest des Interviews mit dem Caddie. Er offenbarte, Mr. Weeks behandle alle Frauen ziemlich gleich und spreche sie meistens mit Kosenamen wie Süße, Schatz und Mäuschen an.

Der Caddie wurde gefragt, ob Weeks eine besondere Anrede für Suzanne benützt habe.

Die Antwort: »Also, ein paarmal hab' ich gehört, wie er sie ›Sweetheart‹ nannte.«

Kerry ließ die Blätter auf ihren Schoß sinken. Jimmy Weeks. Bobs Mandant. War das der Grund, weshalb er sich Robin gegenüber plötzlich so anders verhielt, nachdem sie ihm erzählt hatte, Geoff Dorso sei geschäftlich bei ihnen zu Hause vorbeigekommen?

Es war allgemein bekannt, daß Geoff Dorso Skip Reardon vertrat und seit zehn Jahren hartnäckig, wenn auch vergeblich versuchte, ihm ein Wiederaufnahmeverfahren zu verschaffen.

War Bob, als Jimmy Weeks' Berater, vielleicht darüber beunruhigt, welche Folgen ein neues Verfahren für seinen Klienten haben könnte?

Ein paarmal hab' ich gehört, wie er sie ›Sweetheart‹ nannte. Die Worte verfolgten Kerry.

Tief beunruhigt schloß sie den Aktenordner und ging hinauf zu Bett. Den Caddie hatte man nicht als Zeuge vor Gericht zitiert. Jimmy Weeks ebensowenig. Ob das Verteidigungsteam wohl je den Golfjungen befragt hat? Falls nicht, dann hätten sie es aber tun sollen, dachte sie. Haben sie mit Jason Arnott über irgendwelche anderen Männer geredet, für die sich Suzanne möglicherweise auf seinen Partys interessierte?

Ich warte mal ab, bis die Fotos von Suzannes Stiefvater eintreffen, sagte sich Kerry. Es ist wahrscheinlich nicht von Bedeutung, oder bedeutet jedenfalls nicht mehr als das, was ich heute zu Joe gesagt habe. Vielleicht hat Suzanne sich einfach völlig neu herrichten lassen, als sie nach New York kam. Sie hatte ja Geld von der Versicherung ihrer Mutter. Und Dr. Smith hat ja praktisch abgestritten, je irgendeinen Eingriff an Suzanne vorgenommen zu haben.

Laß es auf dich zukommen, sagte sie sich. Ein wohlfeiler Rat, da sie ohnehin für den Augenblick nichts weiter tun konnte.

Donnerstag, 2. November

51

Am Donnerstag morgen kam Kate Carpenter um Viertel vor neun in die Praxis. Es waren keine Operationen eingeplant, und die erste Patientin war erst um zehn Uhr dran, deshalb war Dr. Smith noch nicht eingetroffen.

Die Sprechstundenhilfe am Empfang saß mit nachdenklichem Gesicht da. »Kate, Barbara Tompkins möchte, daß du sie anrufst, und sie hat ausdrücklich darum gebeten, daß Dr. Smith nichts von ihrem Anruf erfährt. Sie sagte, es ist enorm wichtig.«

»Sie hat doch nicht irgendwelche Beschwerden wegen der Behandlung?« fragte Kate beunruhigt. »Das ist doch schon über ein Jahr her.«

»Davon hat sie nichts erwähnt. Ich hab' ihr gesagt, daß du jede Minute kommen müßtest. Sie wartet zu Hause auf deinen Rückruf.«

Ohne ihren Mantel abzulegen, ging Kate in die kleine Kammer, die der Buchhalterin als Büro diente, schloß die Tür und wählte Tompkins' Nummer.

Ihre Bestürzung wuchs, als sie hörte, daß Barbara felsenfest davon überzeugt war, Dr. Smith verfolge sie zwanghaft. »Ich weiß nicht, was ich tun soll«, sagte sie. »Ich bin ihm so dankbar. Das wissen Sie doch, Mrs. Carpenter. Aber ich bekomme es allmählich mit der Angst zu tun.«

»Er hat aber nie einen Annäherungsversuch gemacht?«

»Nein.«

»Dann lassen Sie mich erst darüber nachdenken und mit ein paar Leuten reden. Ich flehe Sie an, keinem sonst was davon zu erzählen. Dr. Smith hat ein wunderbares Renommee. Es wäre entsetzlich, wenn es zerstört würde.«

»Ich kann Dr. Smith nie und nimmer vergelten, was er für mich getan hat«, sagte Barbara Tompkins leise. »Aber bitte melden Sie sich doch bald wieder bei mir.«

52

Um elf Uhr rief Grace Hoover bei Kerry an und lud sie und Robin zum Abendessen am Sonntag ein. »Wir haben euch beide in letzter Zeit wirklich bei weitem nicht genug zu sehen gekriegt«, sagte Grace zu ihr. »Ich hoffe sehr, daß ihr kommen könnt. Celia wird sich bestimmt selbst übertreffen, das versprech ich dir.«

Celia war die Haushälterin fürs Wochenende und eine bessere Köchin als die andere Frau, die von Montag bis Freitag bei ihnen wohnte und den Haushalt führte. Wenn sie wußte, daß Robin erwartet wurde, machte Celia Brownies und Chocolate-Chip-Plätzchen, um sie ihr nach Hause mitzugeben.

»Aber natürlich kommen wir«, sagte Kerry erfreut. Sonntag ist doch ein ausgesprochener Familientag, dachte sie, als sie den Hörer auflegte. An Sonntagnachmittagen versuchte sie meistens etwas Besonderes mit Robin zu unternehmen, etwa ins Museum zu gehen oder ins Kino oder gelegentlich auch in eine Broadway Show.

Wenn nur Dad noch am Leben wäre, dachte sie. Er und Mutter würden dann wenigstens zeitweise hier in der Nähe wohnen. Und wenn bloß Bob Kinellen der Mann gewesen wäre, für den ich ihn gehalten habe.

In ihrer Vorstellung schüttelte sie sich regelrecht, damit sie diesen Gedanken wieder los wurde. Robin und ich können uns doch verdammt glücklich schätzen, daß wir Jonathan und Grace haben, hielt sie sich vor Augen. Sie werden immer für uns dasein.

Janet, die Sekretärin, kam herein und schloß die Tür. »Kerry, haben Sie einen Termin mit einer Mrs. Deidre Reardon gemacht und vergessen, mir Bescheid zu geben?«

»Deidre Reardon? Nein, auf keinen Fall.«

»Sie sitzt im Wartezimmer, und sie sagt, daß sie dort sitzen bleibt, bis Sie mit ihr reden. Soll ich den Sicherheitsdienst rufen?«

O mein Gott, dachte Kerry. Skip Reardons Mutter! Was die nur will? »Nein. Sagen Sie ihr, sie kann reinkommen, Janet.«

Deidre Reardon rückte sofort mit der Sprache heraus. »Ich erzwinge mir normalerweise nicht den Weg ins Büro von Leuten, Ms. McGrath, aber diese Sache ist zu wichtig. Sie sind zum Gefängnis gefahren, um meinen Sohn zu besuchen. Sie müssen einen Grund dafür gehabt haben. Irgendwas hat Sie auf den Verdacht gebracht, daß man vielleicht ein Fehlurteil gefällt hat. Ich weiß, daß es so ist. Ich kenne meinen Sohn, und ich weiß, daß er unschuldig ist. Aber warum wollten Sie ihm dann, nachdem Sie bei ihm waren, nicht helfen? Besonders, wenn man bedenkt, was inzwischen über Dr. Smith rausgekommen ist.«

»Es geht nicht darum, daß ich ihm nicht helfen wollte, Mrs. Reardon. Es geht darum, daß ich ihm nicht helfen *kann*. Es gibt keine neuen Beweise. Es ist zwar merkwürdig, daß Dr. Smith andere Frauen mit dem Gesicht seiner Tochter versehen hat, aber es ist nicht illegal, und es ist vielleicht einfach seine Methode, mit dem schmerzlichen Verlust besser fertig zu werden.«

Deidre Reardons Gesichtsausdruck wechselte von besorgter Erregung zu Zorn. »Ms. McGrath, Dr. Smith weiß nicht mal, was ein ›schmerzlicher Verlust‹ überhaupt ist. In den vier Jahren, die Suzanne und Skip verheiratet waren, hab' ich ihn fast nie zu sehen gekriegt. Wollte ich auch nicht. Seine Haltung ihr gegenüber hatte etwas absolut Krankhaftes an sich. Ich erinnere mich beispielsweise an einen Tag, da hatte Suzanne irgendeinen Schmierfleck auf der Backe. Dr. Smith ging zu ihr hin und hat den Fleck abgewischt. Man hätte glauben können, daß er eine Statue abstaubt, so gründlich hat er ihr Gesicht überprüft, um ja sicherzugehen, daß er auch alles erwischt hat. Er war stolz auf sie. Das geb ich gerne zu. Aber Zuneigung? *Nein.*«

Geoff hatte darüber geredet, wie emotionslos Dr. Smith im Zeugenstand gewesen war, dachte Kerry. Aber das beweist noch gar nichts.

»Mrs. Reardon, ich verstehe wirklich, wie Ihnen zumute sein muß –«, begann sie.

»Nein, tut mir leid, das tun Sie nicht«, unterbrach Deidre Reardon sie. »Mein Sohn ist unfähig zu Gewalttätigkeit. Er hätte genausowenig in voller Absicht diese Kordel von Suzannes Taille genommen und ihr um den Hals gelegt und sie damit erdrosselt, wie Sie und ich so etwas fertiggebracht hätten. Stellen Sie sich doch mal so jemand vor, der solch ein Verbrechen begehen konnte. Was für ein Monster ist der nur? Denn dieses Monster, das ein andres menschliches Wesen auf so abscheuliche Weise töten konnte, war damals abends in Skips Haus. Und jetzt stellen Sie sich Skip vor.«

Tränen füllten Deidre Reardons Augen, als sie aufbrauste: »Ist denn gar nichts von seinem Wesen, von seiner Güte zu Ihnen durchgedrungen? Sind Sie blind und taub, Ms. McGrath? Kommt Ihnen mein Sohn wie ein Mörder vor, oder hört er sich so an?«

»Mrs. Reardon, ich habe mich nur deshalb mit diesem Fall

beschäftigt, weil mir Dr. Smiths zwanghafte Fixierung auf das Gesicht seiner Tochter merkwürdig vorkam, nicht weil ich Ihren Sohn für unschuldig hielt. Diese Entscheidung zu fällen war Sache der Gerichte, und die haben entschieden. Er hat eine Reihe von Berufungsverfahren bekommen. Es gibt nichts, was ich tun kann.«

»Ms. McGrath, Sie haben doch eine Tochter, soviel ich weiß, richtig?«

»Ja, das stimmt.«

»Dann malen Sie sich bitte mal aus, wie sie zehn Jahre lang eingekerkert ist und noch zwanzig weitere Jahre in diesem Kerker vor sich hat, und das für ein Verbrechen, das sie nicht begangen hat. Glauben Sie, daß Ihre Tochter eines Tages zu einem Mord fähig wäre?«

»Nein, keinesfalls.«

»Genausowenig ist es mein Sohn. Bitte, Ms. McGrath, Sie sind in der Lage, Skip zu helfen. Lassen Sie ihn nicht im Stich. Ich weiß nicht, weshalb Dr. Smith gelogen hat, aber allmählich, glaub ich, versteh ich, warum. Er war eifersüchtig auf ihn, weil Skip mit Suzanne verheiratet war, mit allem, was dazugehört. Denken Sie darüber nach.«

»Mrs. Reardon, als Mutter verstehe ich, wie sehr Ihnen das alles zu Herzen geht«, sagte Kerry sanft und blickte ihr dabei in das verhärmte, bekümmerte Gesicht.

Deidre Reardon erhob sich. »Ich merke, daß Sie alles, was ich Ihnen sage, einfach abtun, Ms. McGrath. Geoff hat gesagt, daß Sie demnächst zur Richterin ernannt werden. Gott stehe den Menschen bei, die dann vor Ihnen stehen und auf Gerechtigkeit hoffen.«

Im nächsten Moment verfärbte sich das Gesicht der Frau vor Kerrys Augen zu einem gespenstischen Grau.

»Mrs. Reardon, was ist denn?« rief sie.

Mit zitternden Händen öffnete die Frau ihre Handtasche, holte ein Fläschchen heraus und schüttelte sich eine Pille in die offene Hand. Sie schob sie sich unter die Zunge, drehte sich um und verließ ohne ein Wort das Büro.

Minutenlang saß Kerry da und starrte auf die geschlossene

Tür. Dann griff sie nach einem Stück Papier. Sie notierte darauf:

1. Hat Dr. Smith in bezug auf Operationen an Suzanne gelogen?
2. Hat der kleine Michael an dem Abend, als Dolly Bowles auf ihn aufpaßte, eine schwarze, viertürige Mercedes-Limousine vor dem Haus der Reardons gesehen? Was ist mit dem Teil des Nummernschilds, den Dolly gesehen haben will?
3. Hatte Jimmy Weeks ein Verhältnis mit Suzanne, und, falls ja, weiß Bob etwas davon, und hat er Angst, daß es herauskommt?

Sie überprüfte die Liste, während Deidre Reardons ehrliches, verquältes Gesicht anklagend vor ihrem inneren Auge aufragte.

53

Geoff Dorso hatte im Gerichtshof von Newark einen Prozeß geführt. Im letzten Moment war es ihm noch gelungen, einen Vergleich für seinen Klienten auszuhandeln, einen achtzehnjährigen Jungen, der sich den Wagen seines Vaters geschnappt und mit Freunden eine Vergnügungstour unternommen hatte und dabei in einen Pickup gekracht war, was dem anderen Fahrer einen gebrochenen Arm und ein gebrochenes Bein einbrachte.

Es war jedoch kein Alkohol mit im Spiel gewesen, und der junge Mann war ein guter Kerl und aufrichtig zerknirscht. Mit dem ausgehandelten Kompromiß bekam er den Führerschein für zwei Jahre entzogen und einhundert Stunden Sozialarbeit in der Gemeinde aufgebrummt. Geoff war froh – ihn ins Gefängnis anstatt aufs College zu schicken wäre ein großer Fehler gewesen.

Jetzt aber, an diesem Donnerstag nachmittag, hatte

Geoff den ungewohnten Luxus freier Zeit, und er beschloß, bei dem Verfahren gegen Jimmy Weeks hereinzuschauen. Er wollte den ersten Prozeßtag mitbekommen. Außerdem war er, wie er sich eingestand, scharf darauf, Bob Kinellen in Aktion zu sehen.

Er nahm hinten im Gerichtssaal Platz. Es waren reichlich Journalisten zugegen, bemerkte er. Jimmy Weeks hatte es schon so häufig geschafft, einer Anklageerhebung zu entgehen, daß es sich bei den Presseleuten eingebürgert hatte, ihn »Teflon Jimmy« zu nennen, in Anspielung auf einen Mafia-Gangster, der allgemein als »The Teflon Don« bekannt gewesen war, inzwischen aber für den Rest seines Lebens hinter Gittern saß.

Kinellen ergriff soeben das Wort. Er ist ein glatter Bursche, dachte Geoff. Er versteht sich darauf, die Geschworenen zu beeinflussen, weiß, wann Entrüstung, wann offene Empörung angesagt ist, versteht es, die Anklagepunkte ins Lächerliche zu ziehen. Er gibt auch ein perfektes Erscheinungsbild ab, in Aussehen und Auftreten, dachte Geoff und versuchte sich Kerry vorzustellen, als sie mit diesem Typen verheiratet war. Irgendwie konnte er sich kein Bild davon machen. Wenigstens, überlegte er und fand diesen Gedanken tröstlich, wenigstens war sie eindeutig nicht mehr auf Kinellen fixiert.

Doch wieso sollte das überhaupt eine Rolle spielen? fragte er sich, als der Richter eine Pause anberaumte.

Im Gang draußen kam Nick Klein, ein Reporter für den *Star-Ledger*, auf ihn zu. Sie begrüßten sich, dann bemerkte Geoff: »Sind ganz schön viele von euch Typen hier, nicht?«

»Soll'n großes Spektakel werden«, erzählte ihm Nick. »Ich hab' eine Quelle bei der Staatsanwaltschaft. Barney Haskell versucht einen Deal zu machen. Was die ihm anbieten, ist nicht gut genug. Jetzt läßt er durchblicken, daß er Jimmy mit einem Mord in Verbindung bringen kann, für den jemand anders die Strafe absitzt.«

»Ich wünschte wirklich, ich hätte so einen Zeugen für einen meiner Mandanten«, erwiderte Geoff.

54

Um vier Uhr bekam Joe Palumbo ein Eilpäckchen ausgehändigt, das als Absender Wayne Stevens in Oakland, Kalifornien, nannte. Joe schlitzte es sofort auf und langte begierig hinein nach den beiden mit Gummiband zusammengehaltenen Stapeln Familienfotos. An dem einen war ein Schreiben angeheftet.

Es lautete:

Lieber Mr. Palumbo,
die volle Wirkung von Susies Tod traf mich erst, nachdem ich diese Aufnahmen hier für Sie zusammensuchte. Es macht mich so traurig. Susie großzuziehen war nicht einfach. Die Bilder hier, glaube ich, vermitteln das. Meine Töchter waren schon seit der Zeit, als sie Säuglinge waren, sehr attraktiv. Susie war es nicht. Als die Mädchen heranwuchsen, führte dies dazu, daß Susie schrecklich eifersüchtig und unglücklich war.
Susies Mutter, meine Frau, litt sehr darunter, mitansehen zu müssen, wie ihre Stieftöchter sich als Teenager vergnügten, während ihr eigenes Kind so verzweifelt unsicher war und praktisch keine Freunde hatte. Ich fürchte, diese Situation führte zu einer Menge Reibereien bei uns zu Hause. Ich glaube, daß ich immer an der Hoffnung festhielt, eines Tages würde eine reife und ausgeglichene Susie vor der Tür stehen und ein wunderbares Wiedersehen mit uns feiern. Sie hatte viele Gaben, die sie nicht zu schätzen wußte.
Nun aber hoffe ich, daß Ihnen diese Bilder weiterhelfen.
Mit freundlichen Grüßen,
Wayne Stevens

Zwanzig Minuten später ging Joe zu Kerry ins Büro. Er ließ die Schnappschüsse auf ihren Schreibtisch fallen. »Nur, falls du glaubst, daß Susie – 'tschuldigung, ich meine Suzanne – wegen einer neuen Frisur zur Schönheit wurde«, war sein Kommentar dazu.

Um fünf Uhr rief Kerry bei Dr. Smith in der Praxis an. Er war für heute bereits gegangen. Da sie diese Auskunft schon erwartet hatte, fragte sie als nächstes: »Ist Mrs. Carpenter zu sprechen?«

Als Kate Carpenter an der Leitung war, sagte Kerry: »Mrs. Carpenter, wie lange arbeiten Sie schon für Dr. Smith?«

»Vier Jahre, Ms. McGrath. Wieso fragen Sie?«

»Nun ja, irgend etwas, was Sie neulich sagten, gab mir die Idee, daß Sie schon länger bei ihm sind.«

»Nein.«

»Ich wollte nämlich gerne wissen, ob Sie da waren, als Dr. Smith seine Tochter chirurgisch behandelt hat oder sie von einem Kollegen behandeln ließ. Ich kann Ihnen sagen, wie sie aussah. Neulich sah ich bei Ihnen in der Praxis zwei Patientinnen und hab' mich nach ihren Namen erkundigt. Barbara Tompkins und Pamela Worth sind beide täuschend ähnliche Doppelgängerinnen von Dr. Smiths Tochter oder zumindest von ihr, wie sie nach tiefgreifenden plastisch-chirurgischen Maßnahmen aussah, nicht, wie sie ursprünglich aussah.«

Sie hörte, wie die andere Frau die Luft einzog. »Ich wußte gar nicht, daß Dr. Smith eine Tochter hat«, sagte Mrs. Carpenter.

»Sie starb vor knapp elf Jahren; dem Spruch der Geschworenen zufolge wurde sie von ihrem Mann ermordet. Er ist noch im Gefängnis und beteuert nach wie vor seine Unschuld. Dr. Smith war der Hauptbelastungszeuge gegen ihn.«

»Ms. McGrath«, sagte Mrs. Carpenter, »ich komme mir zwar schrecklich illoyal gegen Dr. Smith vor, aber ich halte es für extrem wichtig, daß Sie sofort mit Barbara Tompkins reden. Ich gebe Ihnen eben die Telefonnummer.« Dann erzählte die Krankenschwester von dem Anruf der verängstigten Frau.

»Dr. Smith schleicht hinter Barbara Tompkins her!« rief Kerry, während ihr lauter Erwägungen durch den Kopf stürmten, was solch ein Verhalten bedeuten mochte.

»Ja, also, er folgt ihr jedenfalls«, erwiderte Mrs. Carpenter abwehrend. »Ich hab' ihre beiden Nummern, privat und im Büro.«

Kerry notierte sie sich. »Mrs. Carpenter, ich muß mit Dr. Smith sprechen und habe große Zweifel, ob er einer Unterredung zustimmt. Erwarten Sie ihn morgen in der Praxis?«

»Ja, aber er hat besonders viel Termine. Er wird erst irgendwann nach vier damit durch sein.«

»Gut, ich komme dann um die Zeit, aber sagen Sie ihm nichts davon.« Eine Frage fiel Kerry ein. »Besitzt Dr. Smith einen Wagen?«

»Oh, ja. Sein Haus ist in Washington Mews. Er wohnt in einer umgebauten Remise, und die hat auch eine Garage, da kann er sich leicht ein Auto halten.«

»Was für ein Auto fährt er denn?«

»Dasselbe, mit dem er schon immer fährt. Einen viertürigen Mercedes.«

Kerry packte den Telefonhörer fester. »Was für eine Farbe denn?«

»Schwarz.«

»Sie sagen: ›schon immer‹. Sie meinen, er entscheidet sich *immer* für einen schwarzen Mercedes?«

»Ich meine, er fährt mit demselben Auto, das er schon seit mindestens zwölf Jahren hat. Das weiß ich, weil ich mitgekriegt hab, wie er mit einem seiner Patienten, der zufällig ein leitender Angestellter bei Mercedes ist, darüber geredet hat.«

»Danke, Mrs. Carpenter.« Als Kerry den Hörer wieder auflegte, tauchte Joe Palumbo erneut auf. »He, Kerry, war Skip Reardons Mutter hier, um mit dir zu reden?«

»Ja.«

»Unser Anführer hat sie gesehen und erkannt. Er dampfte gerade zu einer Besprechung mit dem Gouverneur ab. Er will wissen, was sie zum Teufel hier bei dir zu suchen hatte.«

55

Als Geoff Dorso am Donnerstag abend nach Hause kam, ging er ans Fenster seiner Eigentumswohnung, stand da und starrte auf die Silhouette von New York. Den ganzen Tag über schon quälte ihn die Erinnerung daran, wie er Kerry sarkastisch »Euer Ehren« genannt hatte, aber er hatte den Gedanken daran rigoros verdrängt. Jetzt, da er allein und sein Arbeitstag vorbei war, mußte er sich der Sache stellen.

Wie verdammt dreist ich doch war, dachte er. Kerry war so anständig, mich anzurufen und um das Prozeßprotokoll zu bitten. Sie war so fair, mit Dr. Smith und Dolly Bowles zu reden. Sie machte extra die Fahrt nach Trenton, um Skip kennenzulernen. Wieso sollte sie sich keine Sorgen machen, daß sie den Richterposten verliert, besonders wenn sie Skip ehrlich nicht für unschuldig hält?

Ich hatte kein Recht, so mit ihr zu reden, und ich bin es ihr schuldig, daß ich sie um Verzeihung bitte, dachte er, obwohl ich es ihr nicht verübeln könnte, wenn sie einfach aufhängt. Gib's doch zu, hielt er sich vor. Du warst überzeugt davon, daß sie bestimmt um so fester an Skips Unschuld glaubt, je mehr sie sich mit dem Sweetheart-Mordfall auseinandersetzt. Aber wieso konnte er sich da eigentlich so sicher sein? Sie hat doch eindeutig das Recht, sich der Meinung der Geschworenen und der Berufungsgerichte anzuschließen, und es war eine miese Tour, anzudeuten, daß sie bloß an sich selber denkt.

Er schob die Hände in die Hosentaschen. Heute war der 2. November. In drei Wochen war Thanksgiving fällig. Wieder einmal ein Erntedankfest im Gefängnis für Skip. Und zur selben Zeit würde Mrs. Reardon sich einer weiteren Angioplastie im Krankenhaus unterziehen. Zehn Jahre des Wartens auf ein Wunder hatten ihren Tribut bei ihr gefordert.

Eines aber, rief er sich ins Gedächtnis, war doch bei all dem herausgekommen. Kerry mochte nicht an Skips Unschuld glauben, aber sie hatte zwei neue Ermittlungswege aufgetan, die Geoff nun verfolgen würde. Dolly Bowles' Geschichte von »Papas Auto«, einem schwarzen viertürigen Mercedes, war die eine Spur, und die andere war Dr. Smiths bizarres Bedürfnis, Suzannes Gesicht bei anderen Frauen zu duplizieren. Wenigstens waren das beides neue Aspekte bei einer Geschichte, die mittlerweile nur allzu vertraut war.

Das Läuten des Telefons unterbrach ihn bei seinem Grübeln. Er war versucht, nicht an den Apparat zu gehen, aber Jahre der scherzenden Ermahnungen seiner Mutter à la: »Wie kannst du nur nicht ans Telefon gehen, Geoff? Könnte doch genausogut um einen Topf voll Gold gehen« ließen ihn nach dem Hörer greifen.

Es war Deidre Reardon, die anrief, um ihm von ihrem Besuch bei Skip und dann bei Kerry McGrath zu berichten.

»Deidre, das haben Sie doch nicht zu Kerry gesagt?« fragte Geoff. Er bemühte sich nicht, seinen Ärger über das, was sie getan hatte, zu verbergen.

»Doch, sehr wohl. Und es tut mir auch nicht leid«, sagte Mrs. Reardon. »Geoff, das einzige, was Skip am Leben hält, ist die Hoffnung. Diese Frau hat mit einem Schlag diese Hoffnung ausgelöscht.«

»Deidre, dank Kerry habe ich ein paar neue Spuren, denen ich nachgehen werde. Sie könnten sehr wichtig sein.«

»Sie ist hingegangen, um meinen Sohn zu sehen, hat ihm ins Gesicht geschaut, hat ihm Fragen gestellt und dann entschieden, daß er ein Killer ist«, sagte Mrs. Reardon. »Tut mir leid, Geoff, vielleicht werd ich einfach alt und müde und verbittert. Ich bereue kein einziges Wort von dem, was ich zu Kerry McGrath gesagt hab.« Sie legte auf, ohne sich zu verabschieden.

Geoff holte tief Luft und wählte Kerrys Nummer.

Als Kerry heimkam und die Babysitterin verabschiedet hatte, schaute Robin sie prüfend an. »Du siehst ganz erledigt aus, Mom.«

»Ich bin auch erledigt, Spätzchen.«

»Harter Tag?«
»Das kannst du laut sagen.«
»Setzt Mr. Green dich unter Druck?«
»Das steht noch bevor. Aber laß uns nicht davon reden. Ich glaube, das vergesse ich jetzt lieber. Wie ging's dir heute?«
»Gut. Ich glaube, Andrew mag mich.«
»Wirklich!« Kerry wußte, daß Andrew als der coolste Junge in der fünften Klasse galt. »Woher weißt du das?«
»Er hat zu Tommy gesagt, daß ich sogar mit meinem vermasselten Gesicht besser als die meisten Tussis in unsrer Klasse aussehe.«
Kerry grinste. »Also das nenn ich mir mal ein Kompliment.«
»Hab' ich mir auch gedacht. Was gibt's denn zum Abendessen?«
»Ich war noch im Supermarkt. Wie findest du einen Cheeseburger?«
»Spitze.«
»Nein, das stimmt nicht, aber ich geb' mir Mühe. Nun ja, du wirst wohl nie viel Grund haben, mit den Kochkünsten deiner Mutter anzugeben, Rob.«
Das Telefon läutete, und Robin ging an den Apparat. Es war für sie. Sie schob den Hörer Kerry zu. »Leg dann gleich auf, ja? Ich geh' oben dran. Es ist Cassie.«
Als sie Robins überschwengliches »Ich bin dran« hörte, legte Kerry den Hörer auf, trug die Post in die Küche, deponierte sie auf der Küchentheke und begann sie durchzusehen. Ein einfacher weißer Umschlag mit ihrem Namen und ihrer Anschrift in Druckbuchstaben fiel ihr auf. Sie schlitzte ihn auf, zog das Foto heraus, betrachtete es, und es durchlief sie kalt.
Es war ein Polaroid-Farbfoto von Robin, wie sie auf dem Trottoir vor ihrem Haus entlangkam. Sie hatte die Arme voller Bücher. Sie hatte die dunkelblaue Hose an, die sie am Dienstag getragen hatte, demselben Tag, an dem dieses Auto sie so erschreckt hatte, von dem sie dachte, daß es sie gleich umfährt.

Kerrys Mund fühlte sich wie Gummi an. Sie beugte sich etwas vornüber, so als taumle sie von einem Tritt in den Magen. Ihr Atem ging in kurzen, schnellen Zügen. Wer war das nur? Wer würde Robin knipsen, mit einem Auto auf sie zurasen und mir dann das Foto schicken? fragte sie sich benommen und verwirrt.

Sie hörte Robin die Treppe herunterklappern. Rasch schob sie das Foto in ihre Kostümtasche. »Mom, Cassie hat mich dran erinnert, daß ich ja jetzt die Sendung in dem Discovery Channel anschauen muß. Die haben was im Programm, was wir gerade in Naturkunde durchnehmen. Das gilt doch nicht als Unterhaltung, oder?«

»Nein, natürlich nicht. Mach nur.«

Das Telefon klingelte erneut, als Kerry sich auf einen Stuhl fallen ließ. Es war Geoff Dorso. Sie schob seine Entschuldigungsworte beiseite. »Geoff, ich hab' grade die Post aufgemacht.« Sie berichtete ihm von dem Foto. »Robin hatte recht«, sagte sie im halben Flüsterton. »Da *war* jemand, der sie von diesem Auto aus beobachtet hat. Mein Gott, stellen Sie sich vor, wenn er sie nun reingezogen hätte! Sie wäre verschwunden, genauso wie diese Kinder vor ein paar Jahren oben im Staat New York. Oh, mein Gott.«

Geoff vernahm die Angst und Verzweiflung in ihrer Stimme. »Kerry, sagen Sie nichts mehr. Lassen Sie Robin nicht das Foto sehen oder merken, daß Sie aufgeregt sind. Ich bin schon unterwegs. In einer halben Stunde bin ich da.«

56

Dr. Smith hatte den ganzen Tag hindurch an Kate Carpenters Verhalten ihm gegenüber gespürt, daß irgend etwas nicht stimmte. Bei mehreren Gelegenheiten hatte er sie dabei ertappt, wie sie ihn mit einem fragenden Gesichtsausdruck anstarrte. Weshalb? fragte er sich.

Als er dann abends in seiner Bibliothek saß, in seinem gewohnten Sessel, und wie gewohnt seinen Cocktail nach der Arbeit trank, erwog er die möglichen Gründe für ihr merkwürdiges Benehmen. Er war sich sicher, daß Mrs. Carpenter das leichte Zittern in seiner Hand entdeckt hatte, als er die Nasenplastik neulich durchführte, doch das erklärte noch nicht, weshalb sie ihn so seltsam angesehen hatte. Was immer sie neuerdings beunruhigte, mußte etwas Schlimmeres sein, da hegte er keinen Zweifel.

Es war ein schrecklicher Fehler gewesen, am Abend zuvor Barbara Tompkins zu folgen. Als sein Wagen vor dem Gebäude, wo sie wohnte, im Verkehrsstau steckenblieb, hatte er sich möglichst weit abgewandt, aber trotzdem hielt er es für möglich, daß sie ihn gesehen hatte.

Andererseits war das Zentrum von Manhattan eine Gegend, wo Leute häufig andere ihnen bekannte Leute im Gewühl erblickten. Seine Anwesenheit dort war also wirklich nichts so Ungewöhnliches.

Doch ein flüchtiger, beiläufiger Blick genügte nicht. Er wollte Barbara wiedersehen. Sie wirklich sehen. Mit ihr reden. Ihr nächster Termin zur Nachuntersuchung war erst in zwei Monaten fällig. Er mußte sie unbedingt vorher sehen. Er konnte nicht so lange darauf warten, daß sie ihn mit ihren leuchtenden Augen über den Tisch hinweg anlächelte, nachdem er sie von den schweren Lidern befreit hatte, die ihre Schönheit zuvor verborgen hatten.

Sie war nicht Suzanne. Niemand konnte das sein. Doch genau wie bei Suzanne vertiefte Barbaras Persönlichkeit mit der Zeit noch ihre Schönheit, je mehr sie sich daran gewöhnte. Er dachte wieder an das mißmutige, unscheinbare Geschöpf, das in seiner Praxis erschienen war; innerhalb eines Jahres nach der Operation hatte Suzanne den äußeren Wandel mit einer völligen Veränderung ihrer Persönlichkeit ergänzt.

Smith lächelte leicht bei der Erinnerung an Suzannes provokative Körpersprache, an die subtilen Bewegungen, die jeden Mann veranlaßten, sich nach ihr umzudrehen. Dann hatte sie begonnen, ihren Kopf ein klein wenig zu neigen, so daß jeder, mit dem sie gerade sprach, das Gefühl bekam, der einzige Mensch im ganzen Universum zu sein.

Sie hatte sogar den Ton ihrer Stimme gesenkt, bis sie eine rauhe, intime Färbung annahm. Wie zum Spaß ließ sie dann eine Fingerspitze über die Hand des Mannes gleiten – und es war stets ein Mann –, der sich gerade mit ihr unterhielt.

Als er sie einmal auf die Persönlichkeitsveränderung ansprach, die sie durchlaufen hatte, war ihre Antwort gewesen: »Ich hatte zwei gute Lehrerinnen, meine Stiefschwestern. Wir haben das Märchen auf den Kopf gestellt. Sie waren die Schönheiten, und ich war das häßliche Aschenputtel. Nur habe ich statt einer guten Fee dich.«

Gegen Ende jedoch hatte sich seine Pygmalion-Phantasie allmählich in einen Alptraum verwandelt. Die Hochachtung und Zuneigung, die sie für ihn zu empfinden schien, hatten im gleichen Maß abgenommen. Sie schien nicht mehr bereit dazu zu sein, auf seinen Rat zu hören. Gegen Ende war sie über einfaches Flirten hinausgegangen. Wie oft hatte er sie davor gewarnt, daß sie mit dem Feuer spielte, daß Skip Reardon zu einem Mord fähig sein würde, wenn er herausfand, was sie hinter seinem Rücken trieb?

Jeder Mann mit einer so begehrenswerten Frau wäre zu einem Mord fähig, dachte Dr. Smith.

Mit einem Ruck blickte er zornig auf sein leeres Glas hinab. Jetzt würde es also keine Chance mehr geben, die Vollkommenheit zu erzielen, die er bei Suzanne erreicht hatte. Er mußte das Operieren aufgeben, bevor eine Katastrophe geschah. Es war zu spät. Er wußte, daß er im Anfangsstadium der Parkinsonschen Krankheit steckte.

Auch wenn Barbara nicht Suzanne war, so war sie doch unter all seinen Patientinnen, die noch am Leben waren, das schlagendste Beispiel für sein Genie. Er griff nach dem Telefon.

Als sie den Hörer abnahm und hallo sagte, dachte er: Das konnte doch nicht etwa Anspannung sein, was ich da in ihrer Stimme gehört habe.

»Barbara, meine Liebe, stimmt etwas nicht? Hier spricht Dr. Smith.«

Sie schnappte erschrocken nach Luft, doch dann sagte sie schnell: »O nein, natürlich nicht. Wie geht es Ihnen denn, Dr. Smith?«

»Mir geht's gut, aber ich glaube, Sie könnten mir einen Gefallen tun. Ich fahre eben kurz zum Lenox Hill Hospital, um einen alten Freund von mir zu besuchen, der todkrank ist, und ich weiß, daß ich danach ein wenig deprimiert bin. Würden Sie sich meiner erbarmen und mit mir zu Abend essen? Ich könnte Sie gegen halb acht abholen.«

»Ich – ich weiß nicht ...«

»Bitte, Barbara.« Er versuchte einen verspielten Tonfall anzuschlagen. »Sie haben doch gesagt, daß Sie mir ein neues Leben verdanken. Warum mir dann nicht zwei Stunden davon gewähren?«

»Natürlich.«

»Wunderbar. Also, bis halb acht.«

»In Ordnung, Dr. Smith.«

Nachdem Smith aufgelegt hatte, runzelte er zweifelnd die Stirn. Klang da nicht etwas wie Resignation in Barbaras Stimme mit? fragte er sich. Sie machte fast den Eindruck, als hätte er sie zu der Verabredung mit ihm *gezwungen*.

Sollte das zutreffen, dann war das ein weiterer Punkt, in dem sie Suzanne zu ähneln begann.

57

Jason Arnott wurde einfach das Gefühl nicht los, daß etwas nicht stimmte. Er hatte den ganzen Tag in New York mit der zweiundfünfzigjährigen Vera Shelby Todd verbracht, die ihn auf ihrer endlosen Suche nach Perserteppichen ins Schlepptau genommen hatte.

Vera hatte ihn morgens angerufen und sich erkundigt, ob er den Tag für sie erübrigen könne. Vera war eine Shelby aus

Rhode Island, wohnte in einem der prächtigen Herrenhäuser in Tuxedo Park und war daran gewöhnt, ihren Willen durchzusetzen. Nach dem Tod ihres ersten Mannes hatte sie Stuart Todd geheiratet, aber beschlossen, die Villa in Tuxedo Park zu behalten. Inzwischen bediente sich Vera häufig des untrüglichen Auges von Jason für seltene Kostbarkeiten und Gelegenheitskäufe, wobei sie freien Gebrauch von Todds offenbar unbegrenztem Girokonto machte.

Jason hatte Vera nicht in New Jersey kennengelernt, sondern bei einem Galaempfang, den die Shelbys in Newport gaben. Veras Kusinen hatten sie einander vorgestellt, und als Vera klar wurde, wie relativ nahe er bei ihrem Haus in Tuxedo Park wohnte, hatte sie begonnen, ihn zu ihren Partys einzuladen und seine Einladungen ebenfalls begierig aufzugreifen.

Jason dachte immer mit Vergnügen daran, daß Vera ihm jede Einzelheit der Polizeiermittlungen zu dem Einbruch in Newport erzählt hatte, den er Jahre zuvor begangen hatte.

»Meine Kusine Judith war völlig mit den Nerven fertig«, hatte sie ihm anvertraut. »Sie konnte einfach nicht begreifen, wieso jemand den Picasso und den Gainsborough nehmen, aber den Van Eyck stehenlassen würde. Also hat sie sich irgendeinen Kunstexperten geholt, und der erklärte dann, sie hätte einen wählerischen Einbrecher: Der Van Eyck sei eine Fälschung. Judith war wütend, aber für die anderen von uns wurde es zu einem Familienwitz, weil wir uns früher immer ihre Prahlerei über ihre profunden Kenntnisse der großen Meister anhören mußten.«

Nachdem er nun heute stundenlang lauter absurd teure Teppiche von turkmenischen bis zu safawidischen Exemplaren begutachtet hatte, wobei keiner genau dem entsprach, was sich Vera in den Kopf gesetzt hatte, war Jason nur noch versessen darauf gewesen, nach Hause und von ihr weg zu kommen.

Doch vorher hatte sie noch auf einem späten Lunch in The Four Seasons bestanden, und diese angenehme Unterbrechung verbesserte Jasons Laune erheblich. Jedenfalls bis zu dem Punkt, als Vera, die gerade ihren Espresso zu Ende trank, verkündete: »Ach, hab' ich dir das noch gar nicht erzählt? Du weißt doch noch, wie vor fünf Jahren bei meiner Kusine Judith in Rhode Island eingebrochen wurde?«

Jason hatte die Lippen gespitzt. »Aber ja, natürlich. Schreckliche Geschichte.«

Vera nickte. »Das kann man wohl sagen. Aber gestern bekam Judith ein Foto vom FBI zugeschickt. Kürzlich gab es einen Einbruch in Chevy Chase, und eine versteckte Kamera hat den Einbrecher erwischt. Das FBI denkt, daß es wahrscheinlich dieselbe Person ist, die auch bei Judith und in eine Menge anderer Häuser eingebrochen ist.«

Jason spürte daraufhin, wie jeder Nerv in seinem Körper vibrierte. Er war Judith Selby nur wenige Male begegnet und hatte sie seit knapp fünf Jahren überhaupt nicht mehr getroffen. Anscheinend hatte sie ihn nicht wiedererkannt. Noch nicht.

»War es eine deutliche Aufnahme?« fragte er beiläufig.

Vera lachte. »Nein, überhaupt nicht. Ich meine, nach dem, was Judith sagt, ist das Bild bloß im Profil, und die Beleuchtung ist schlecht, und der Kerl hatte sich eine Strumpfmaske auf die Stirn hochgeschoben, die aber noch den Kopf verdeckt hat. Sie hat gesagt, sie hätte gerade noch etwas von der Nase und dem Mund ausmachen können. Sie hat's weggeworfen.«

Jason unterdrückte einen spontanen Seufzer der Erleichterung, obwohl ihm klar war, daß er keinen Anlaß zum Feiern hatte. Wenn das Foto an die Shelbys gegangen war, dann hatte man es vermutlich auch Dutzenden von anderen Leuten zugeschickt, bei denen er einen Einbruch begangen hatte.

»Aber ich glaube, Judith hat endlich die Geschichte mit dem Van Eyck überwunden«, fuhr Vera fort. »Nach der Mitteilung, die bei dem Foto stand, ist der Mann als gefährlich einzuschätzen. Man fahndet nach ihm im Zusammenhang mit dem Mord an der Mutter des Kongreßabgeordneten Peale. Wie's scheint, ist sie ihm bei einem Einbruch in ihr Haus in den Weg geraten. Judith ist damals an dem Abend, als bei ihr eingebrochen wurde, beinahe früher nach Hause gefahren. Stell dir bloß mal vor, was passiert wäre, wenn sie ihn dort angetroffen hätte.«

Nervös schürzte Jason wieder die Lippen. Sie brachten ihn also mit dem Tod der Peale in Verbindung!

Nachdem sie das Four Seasons verlassen hatten, nahmen sie sich gemeinsam ein Taxi zu dem Parkhaus an der West Fifty-seventh Street, wo sie beide ihre Wagen deponiert hatten. Nach einem überschwenglichen Abschied und Veras schrillem Versprechen: »Ach, wir suchen einfach ein andermal weiter. Den idealen Teppich für mich gibt es bestimmt irgendwo«, war Jason dann endlich auf dem Heimweg nach Alpine.

Wie undeutlich war wohl das Foto, das die versteckte Kamera von ihm aufgenommen hatte? grübelte er, während er in dem relativ flotten Nachmittagsverkehr den Henry Hudson Parkway entlangfuhr. Ob jemand einen Blick darauf werfen und sich an ihn, Jason Arnott, erinnert fühlen würde?

Sollte er am besten einen Schlußstrich ziehen und untertauchen? fragte er sich, als er die George Washington Bridge überquerte und in den Palisades Parkway einbog. Niemand wußte etwas von seinem Refugium in den Catskills. Er besaß es unter einem falschen Namen. Unter weiteren falschen Namen hatte er reichlich Geld in Form von Wertpapieren, die er jederzeit verkaufen konnte. Er hatte sogar einen gefälschten Paß. Vielleicht sollte er unverzüglich das Land verlassen?

Auf der anderen Seite, falls das Foto so schwer zu erkennen war, wie Judith Shelby es gefunden hatte, ja selbst wenn einige Leute eine gewisse Ähnlichkeit mit ihm feststellten, so würden sie es doch für vollkommen absurd halten, ihn mit einem Diebstahl in Zusammenhang zu bringen.

Bis Jason schließlich in die Straße nach Alpine hinein abbog, hatte er seinen Entschluß gefaßt. Mit Ausnahme dieser Fotografie, da war er sich fast völlig sicher, hatte er keinerlei Spuren hinterlassen, auch keine Fingerabdrücke. Er war stets äußerst vorsichtig gewesen, und diese Vorsicht hatte sich ausgezahlt. Er konnte doch nicht einfach seinen wundervollen

Lebensstil aufgeben, nur wegen irgend etwas, was vielleicht passieren mochte. Er war noch nie ein furchtsamer Mensch gewesen. Hätte er je Angst gehabt, dann würde er bestimmt nicht schon seit so vielen Jahren seine Art von Leben führen.

Nein, Panik war nicht angesagt. Er würde sich einfach nicht aus der Ruhe bringen lassen. Aber für lange Zeit keine Jobs mehr, das nahm er sich fest vor. Er brauchte das Geld nicht, und das hier war eine Warnung.

Um Viertel vor vier kam er zu Hause an und sah die Post durch. Ein Umschlag fiel ihm auf, und er öffnete ihn gleich mit dem Brieföffner, zog den Inhalt heraus – ein einzelnes Blatt Papier –, betrachtete es und brach in Gelächter aus.

Ganz bestimmt würde ihn niemand mit dieser komischen Gestalt in Verbindung bringen, mit ihrer hochgeschobenen Strumpfmaske und der grobkörnigen Karikatur von einem Profil, das buchstäblich nur Zentimeter von der Kopie der Rodin-Statuette entfernt war.

»*Vive le junk*«, rief Jason aus. Er machte es sich im Studio für ein Schläfchen bequem. Veras unablässiger Redestrom hatte ihn erschöpft. Als er erwachte, war es gerade an der Zeit für die Sechs-Uhr-Nachrichten. Er griff nach der Fernbedienung und schaltete den Apparat an.

Die Hauptnachricht galt dem Gerücht, Jimmy Weeks' Mitangeklagter Barney Haskell sei dabei, sich mit der Bundesstaatsanwaltschaft zu arrangieren.

Das ist noch gar nichts im Vergleich mit dem Deal, den ich herausschlagen könnte, dachte Jason. Es war tröstlich, sich das vor Augen zu halten. Aber dazu würde es natürlich nie kommen.

58

Robin schaltete gerade die Naturkundesendung ab, als es an der Haustür klingelte. Sie war hocherfreut, Geoff Dorsos Stimme in der Diele zu hören, und rannte gleich hinüber, um ihn zu begrüßen. Sie bemerkte, daß er ebenso wie ihre Mutter ein ernstes Gesicht machte. Vielleicht haben sie sich gestritten, dachte sie, und wollen sich jetzt wieder vertragen.

Während des ganzen Essens fiel Robin auf, wie ungewöhnlich still ihre Mutter war, während Geoff sich von seiner lustigen Seite zeigte und Geschichten über seine Schwestern erzählte.

Geoff ist so nett, dachte Robin. Er erinnerte sie an Jimmy Stewart in diesem Film, den sie jedesmal an Weihnachten mit ihrer Mutter anschaute: *Ist das Leben nicht schön?* Er hatte genau so ein scheues, warmes Lächeln und die gleiche zögernde Stimme, und dann diese Art von Haaren, die immer so aussahen, als ließen sie sich nicht bändigen.

Aber Robin hatte den Eindruck, daß ihre Mutter Geoffs Geschichten nur mit halber Aufmerksamkeit folgte. Es war eindeutig, daß irgend etwas zwischen den beiden los war und sie miteinander reden mußten – ohne, daß sie im Zimmer war. Also entschloß sie sich zu dem heroischen Opfer, hinaufzugehen und an dem Naturkundeprojekt zu arbeiten.

Nachdem sie beim Abräumen geholfen hatte, tat sie ihre Absichten kund und sah am Blick ihrer Mutter, wie erleichtert sie war. Sie will also wirklich alleine mit Geoff reden, dachte Robin glücklich. Vielleicht ist das ja ein gutes Zeichen.

Geoff lauschte am unteren Treppenabsatz. Als er das Klicken hörte, mit dem Robins Zimmertür geschlossen wurde, ging er in die Küche zurück. »Dann zeigen Sie mal das Bild.«

Kerry griff in ihre Jackentasche, holte das Foto hervor und reichte es ihm.

Geoff betrachtete es aufmerksam. »Es kommt mir so vor, als hätte Robin es genau richtig erfaßt, als sie erzählt hat, was passiert ist«, sagte er. »Dieses Auto muß genau gegenüber an der Straße geparkt gewesen sein. Jemand hat sie direkt von vorn erwischt, als sie aus dem Haus kam.«

»Dann hatte sie also recht damit, daß der Wagen auf sie

zugerast ist«, sagte Kerry. »Wenn er nun nicht so plötzlich abgeschwenkt wäre? Aber, Geoff, warum nur?«

»Ich weiß es nicht, Kerry. Aber ich weiß, daß diese Sache ernst genommen werden muß. Was wollen Sie denn in dieser Hinsicht unternehmen?«

»Das Foto morgen früh Frank Green zeigen. Überprüfen lassen, ob irgendwelche Sexualstraftäter hierher in die Gegend gezogen sind. Robin auf meinem Weg zur Arbeit in die Schule bringen. Sie nicht mehr mit den andern Kindern nach Hause gehen, sondern sie von dem Babysitter-Mädchen abholen lassen. Die Schule in Kenntnis setzen, damit sie dort vorgewarnt sind, daß vielleicht jemand hinter ihr her ist.«

»Was ist mit Robin informieren?«

»Ich weiß nicht recht. Vorläufig jedenfalls noch nicht.«

»Haben Sie schon Bob Kinellen davon erzählt?«

»Du meine Güte, das ist mir überhaupt nicht eingefallen. Natürlich muß Bob über diese Sache Bescheid wissen.«

»Ich würde es wissen wollen, wenn es um mein Kind ginge«, pflichtete ihr Geoff bei. »Hören Sie, warum rufen Sie ihn nicht an, und ich schenk uns inzwischen noch Kaffee ein.«

Bob war nicht zu Hause. Alice war von kühler Höflichkeit zu Kerry. »Er ist noch in der Kanzlei«, erklärte sie. »Zur Zeit lebt er praktisch dort. Kann ich ihm irgend etwas ausrichten?«

Nur, daß sein ältestes Kind in Gefahr schwebt, dachte Kerry, und daß sie nicht den Vorteil eines ständig anwesenden Hausmeisterpaars genießt, das sie beschützen kann, während ihre Mutter bei der Arbeit ist. »Ich rufe Bob im Büro an. Wiedersehen, Alice.«

Bob Kinellen nahm schon beim ersten Läuten den Hörer ab. Er wurde blaß, als er Kerry erzählen hörte, was Robin zugestoßen war. Er hatte keinen Zweifel, wer dieses Bild aufgenommen hatte. Es sah ganz nach Jimmy Weeks aus. Das war seine Art und Weise, vorzugehen. Fang einen Nervenkrieg an, und laß ihn dann eskalieren. Nächste Woche war dann ein weiteres Foto fällig, aus der Distanz aufgenommen. Nie eine Drohung. Keine schriftlichen Mitteilungen. Nur ein Foto. Halt dich an meine Warnung, oder du wirst was erleben.

Kinellen mußte sich nicht erst Mühe geben, um besorgt zu wirken und Kerry darin recht zu geben, daß es besser sei, Robin eine Zeitlang zur Schule zu bringen und wieder dort abzuholen.

Als das Gespräch beendet war, schlug er mit der Faust auf den Schreibtisch. Jimmys Selbstbeherrschung geriet allmählich aus den Fugen. Sie wußten beide, daß alles verloren war, falls Haskell seine Abmachung mit der Bundesanwaltschaft zum Abschluß brachte.

Weeks hat sich ausgerechnet, daß Kerry mich vermutlich wegen des Fotos anruft, dachte Bob. Es ist seine Methode, mich wissen zu lassen, daß ich sie von dem Fall Reardon abbringen muß. Und es ist seine Methode, mir beizubringen, daß ich gefälligst einen Weg finden soll, ihm die Anklage der Steuerhinterziehung vom Hals zu schaffen, sonst ...! Was Weeks aber *nicht* weiß, sagte er sich, ist die Tatsache, daß Kerry sich nicht einfach einschüchtern läßt. Im Gegenteil: Sollte sie das Foto als an sie gerichtete Warnung empfinden, so hieße das nichts anderes, als vor einem Stier mit einer roten Fahne herumzuwedeln.

Kerry hingegen begreift nicht, daß jemand, gegen den sich Jimmy Weeks wendet, sich auf sein Ende gefaßt machen muß.

Bob fiel plötzlich wieder jener Tag vor knapp elf Jahren ein, als Kerry im dritten Monat schwanger war und ihn fassungslos und wütend angeschaut hatte. »Du kündigst bei der Staatsanwaltschaft, um zu dieser Kanzlei zu gehen? Bist du nicht bei Trost? All ihre Klienten stecken schon mit einem Fuß im Knast. Und der andere Fuß gehört ebenfalls dahin.«

Sie waren dann in einem heftigen Streit aneinandergeraten, der mit Kerrys verächtlicher Warnung endete: »Denk dran, Bob. Es gibt ein altes Sprichwort: Wer sich mit Hunden hinlegt, steht mit Flöhen auf.«

59

Dr. Smith lud Barbara Tompkins in das Restaurant Le Cirque ein, ein sehr schickes, sehr teures Lokal mitten in Manhattan. »Manche Frauen fühlen sich in ruhigen, kleinen, abgelegenen Lokalen wohler, aber ich vermute, Sie gehen gern dahin, wo viel los ist, wo man was zu sehen kriegt und sich selber sehen lassen kann«, sagte er zu der schönen jungen Frau.

Er hatte sie zu Hause abgeholt und dabei nicht die Tatsache übersehen, daß sie sofort zum Gehen bereit war. Ihr Mantel lag auf einem Stuhl in der kleinen Diele bereit, ihre Handtasche auf dem Tisch daneben. Sie bot ihm keinen Aperitif an.

Sie will nicht mit mir allein sein, war ihm durch den Kopf gegangen.

Im Restaurant jedoch, umgeben von so vielen Menschen und mit dem aufmerksamen Oberkellner stets in der Nähe, entspannte sich Barbara sichtlich. »Es ist ganz anders hier als in Albany«, sagte sie. »Es kommt mir immer noch so vor, als wär ich ein kleines Kind und hätte jeden Tag Geburtstag.«

Er war eine Weile ganz verblüfft über ihre Worte. Wie sehr sie ihn doch an Suzanne erinnerten, die sich mit einem Kind verglichen hatte, das ständig von einem Weihnachtsbaum und lauter Geschenken umgeben ist, die nur darauf warteten, aufgemacht zu werden. Von einem bezaubernden Kind jedoch hatte Suzanne sich in eine undankbare Erwachsene verändert. Ich habe doch so wenig von ihr verlangt, dachte er. Sollte ein Künstler nicht das Recht haben, sich an seiner Schöpfung zu erfreuen? Warum sollte sein Werk an den lüsternen Abschaum der Menschheit vergeudet werden, während der Schöpfer kaum einen Blick darauf werfen darf?

Ihm wurde warm ums Herz, als er bemerkte, daß hier in einem Raum voller attraktiver, eleganter Frauen heimliche Blicke auf Barbara ruhten. Er wies sie darauf hin.

Sie schüttelte leicht den Kopf, so als wolle sie diese Beobachtung abtun.

»Es stimmt aber«, blieb Smith hartnäckig. Seine Augen wurden kalt. »Halten Sie das nicht für selbstverständlich, Suzanne. Damit würden Sie mich beleidigen.«

Später erst, als das ruhige Mahl vorbei war und er sie zu ihrer Wohnung zurückgebracht hatte, dachte er plötzlich darüber nach, ob er sie Suzanne genannt hatte. Und falls ja, wie oft ihm wohl dieser Lapsus unterlaufen war?

Er seufzte, schloß die Augen und lehnte sich zurück. Während sich das Taxi nach Süden schob, sinnierte Charles Smith, wie leicht es doch gewesen war, an Suzannes Haus vorbeizufahren, wenn er danach gierte, einen Blick auf sie zu werfen. Falls sie nicht gerade beim Golfspielen war, saß sie stets vor dem Fernseher und machte sich nie die Mühe, die Vorhänge vor die großen Aussichtsfenster in ihrem Salon zu ziehen.

Dann sah er, wie sie sich in ihren Lieblingssessel kuschelte, oder mußte gelegentlich mit ansehen, wie sie Seite an Seite mit Skip Reardon auf dem Sofa saß, wie die beiden sich an der Schulter berührten und die Beine auf dem Beistelltisch ausstreckten, in dieser zwanglosen Intimität, an der er nicht teilhaben durfte.

Barbara war nicht verheiratet. Soweit er wußte, gab es keinen Mann in ihrem Leben. Heute abend hatte er sie aufgefordert, ihn mit Charles anzureden. Ihm fiel das Armband wieder ein, das Suzanne zum Zeitpunkt ihres Todes getragen hatte. Sollte er es Barbara schenken? Würde sie ihn dadurch liebgewinnen?

Er hatte Suzanne eine Reihe von Schmuckstücken geschenkt. Kostbaren Schmuck. Doch dann hatte sie angefangen, auch von anderen Männern Schmuck als Geschenk anzunehmen und von ihm zu verlangen, daß er für sie log.

Smith spürte, wie das Wohlbehagen von seinem Zusammensein mit Barbara verging. Einen Augenblick später wurde ihm bewußt, daß die ungeduldige Stimme des Taxifahrers schon zum zweitenmal ertönte: »He, Sie, Mister, pennen Sie eigentlich? Sie sind da.«

60

Geoff blieb nicht mehr lange nach Kerrys Telefongespräch mit Kinellen. »Bob ist derselben Meinung wie ich«, berichtete sie ihm, während sie an ihrem Kaffee nippte.

»Keine anderen Vorschläge?«

»Nein, natürlich nicht. So ungefähr sein übliches ›Du machst das schon, Kerry. Mir ist alles recht, was du beschließt.‹«

Sie stellte ihre Tasse ab. »Ich bin nicht fair. Bob schien ernsthaft besorgt, und ich weiß nicht, was er sonst noch vorschlagen könnte.«

Sie saßen in der Küche. Sie hatte in der Annahme, sie würden mit ihrem Kaffee ins Wohnzimmer gehen, schon das Deckenlicht ausgeknipst. Als einzige Lichtquelle erhellte jetzt eine schwache Wandleuchte den Raum.

Geoff betrachtete das bedrückte Gesicht am anderen Ende des Tisches und wurde sich der leisen Traurigkeit in Kerrys haselnußfarbenen Augen bewußt, der Entschlossenheit, die ihr voller Mund und das wohlgeformte Kinn vermittelten, und der Verletzlichkeit, die ihre ganze Haltung verriet. Er hatte das Bedürfnis, den Arm um sie zu legen, ihr zu sagen, sie solle sich an ihn lehnen.

Aber er wußte, daß sie das nicht wollte. Kerry McGrath hatte weder die Erwartung noch den Wunsch, sich an irgend jemanden anzulehnen. Er versuchte sich erneut wegen der abfälligen Bemerkung neulich abends zu entschuldigen, mit der er ihr indirekt Selbstsucht vorgeworfen hatte, und auch wegen Deidre Reardons Überfall bei ihr im Büro. »Ich war ganz schön dreist«, sagte er. »Ich weiß, wenn Sie zutiefst davon überzeugt wären, daß Skip unschuldig ist, dann würden gerade Sie nicht zögern, ihm zu helfen. Sie sind ein fairer Kämpfer, Ms. McGrath.«

Bin ich das? fragte sich Kerry. Es war nicht der geeignete Zeitpunkt, um Geoff in das, was sie in der Akte der Staatsanwaltschaft über Jimmy Weeks herausgefunden hatte, einzuweihen. Sie würde es ihm schon sagen, zuerst aber wollte sie sich noch einmal mit Dr. Smith treffen. Er hatte zornig abgestritten, Suzanne mit dem Skalpell berührt zu haben, aber er hatte nie behauptet, sie nicht zu jemand anderem geschickt zu haben. Das hieß, daß er zumindest formal gesehen kein Lügner war.

Als Geoff wenige Minuten später aufbrach, standen sie noch kurz in der Eingangshalle. »Ich bin gern mit Ihnen zusammen«, sagte er zu ihr, »und das hat nichts mit dem Fall Reardon zu tun. Wie wär's, wenn wir Samstag abend zusammen essen gehen und Robin mitnehmen?«

»Das würde ihr Spaß machen.«

Als Geoff die Tür aufmachte, beugte er sich vor und streifte Kerrys Wange mit den Lippen. »Ich weiß, es ist unnötig, Sie dran zu erinnern, daß Sie die Tür gut absperren und die Alarmanlage anstellen, aber ich möchte doch vorschlagen, daß Sie sich nicht mehr wegen des Fotos verrückt machen, wenn Sie schlafen gehen.«

Als er weg war, ging Kerry nach oben, um nach Robin zu sehen. Sie arbeitete an ihrem Naturkundeaufsatz und hörte ihre Mutter nicht ins Zimmer kommen. Vom Türrahmen aus musterte Kerry ihr Kind. Robin saß mit dem Rücken zu ihr da; ihre langen braunen Haare fielen ihr über die Schultern, sie beugte ganz konzentriert den Kopf nach vorn und hatte die Beine um die Stuhlbeine geschlungen.

Sie ist das unschuldige Opfer des Kerls, der das Foto geknipst hat, dachte Kerry. Robin ist wie ich. Eigenständig. Sie kann es bestimmt nicht ausstehen, zur Schule gebracht und wieder abgeholt zu werden und nicht mehr alleine zu Cassie hinüberlaufen zu können.

Und dann hörte sie plötzlich im Inneren wieder Deidre Reardons flehentliche Stimme, die sie fragte, wie es ihr wohl gefallen würde, ihr Kind zehn Jahre lang wegen eines Verbrechens eingekerkert zu sehen, das es gar nicht begangen hatte.

61

Die Verhandlungen um einen Straferlaß verliefen nicht gut für Barney Haskell. Am Freitag suchte er um sieben Uhr früh den Rechtsanwalt Mark Young in seiner geschmackvollen Kanzlei in Summit auf, die eine halbe Stunde und eine ganze Welt vom Justizgebäude im Zentrum von Newark entfernt lag.

Young, der dem Verteidigungsteam von Barney vorstand, war etwa genauso alt wie er selbst, nämlich fünfundfünfzig, doch damit erschöpfte sich schon alle Ähnlichkeit, dachte Barney mißvergnügt. Young war selbst zu dieser frühen Stunde elegant anzusehen mit seinem Nadelstreifenanzug, der wie eine zweite Haut zu sitzen schien. Barney wußte allerdings, daß diese imposanten Schultern verschwanden, sobald Young das Jackett ablegte. Kürzlich hatte der *Star-Ledger* ein Porträt über den renommierten Anwalt gebracht, inklusive der Tatsache, daß er Eintausend-Dollar-Anzüge trug.

Barney kaufte seine Anzüge von der Stange. Jimmy Weeks hatte ihn nie so gut bezahlt, daß er sich etwas Besseres hätte leisten können. Jetzt standen ihm Jahre im Gefängnis bevor, wenn er weiterhin zu Jimmy hielt. Bisher hielten sich die Männer von der Bundesanwaltschaft noch bedeckt. Sie ließen sich bestenfalls auf eine Strafminderung ein, wollten ihn aber nicht straffrei ausgehen lassen, wenn er ihnen Jimmy auslieferte. Sie vertraten die Ansicht, sie könnten Weeks auch ohne Barney überführen.

Vielleicht. Aber vielleicht auch nicht, dachte Barney. Er ging davon aus, daß sie bloß blufften. Er hatte miterlebt, wie Jimmys Anwälte ihn auch früher immer freibekamen. Kinellen und Bartlett waren gut, und sie hatten es noch stets geschafft, ihn ohne nennenswerten Schaden durch diese früheren Ermittlungsverfahren zu bringen.

Dieses Mal jedoch hatten die Feds, wenn man vom Eröffnungsplädoyer des Bundesstaatsanwalts ausging, reichliches und unumstößliches Beweismaterial. Trotzdem hatten sie bestimmt Angst davor, daß Jimmy wieder einmal ein Kaninchen aus dem Zylinder hervorzaubern würde.

Barney rieb sich mit der Hand über die fleischige Wange. Er wußte, daß er arglos wie ein einfältiger Bankangestellter aussah, ein Umstand, der ihm immer zum Vorteil gereicht hatte. Die Leute übersahen ihn gewöhnlich oder dachten nicht an ihn. Selbst die Typen im engsten Umkreis von Weeks schenkten ihm nie viel Beachtung. In ihren Augen war er nur ein Handlanger. Keiner von ihnen hatte je begriffen, daß er es war, der das Schwarzgeld in solide Anlagen verwandelte und sich um Konten in aller Welt kümmerte.

»Wir können Sie in das Zeugenschutzprogramm reinkriegen«, sagte Young gerade. »Aber erst, nachdem Sie mindestens fünf Jahre abgesessen haben.«

»Zuviel«, brummte Barney.

»Hören Sie, Sie haben doch angedeutet, daß Sie Jimmy einen Mord anhängen können«, sagte Young, während er ein eingerissenes Stück seines Daumennagels untersuchte. »Barney, ich habe da soviel rausgeholt, wie ich konnte. Sie müssen jetzt entweder mit der Sprache rausrücken oder es eben bleiben lassen. Die würden Weeks doch liebend gern einen Mord anhängen. Auf diese Weise müßten sie sich nie mehr mit ihm herumschlagen. Wenn er lebenslang sitzt, fällt seine Organisation wahrscheinlich in sich zusammen. Genau darauf haben sie's abgesehen.«

»Ich kann ihn mit einem Mord in Verbindung bringen. Die müssen dann beweisen, daß er's auch getan hat. Heißt es denn nicht, daß der Staatsanwalt, der diesen Fall verfolgt, daran denkt, gegen Frank Green in der Gouverneurswahl anzutreten?«

»Falls sie von ihren Parteien nominiert werden«, erwiderte Young, während er in seiner Schreibtischschublade nach einer Nagelfeile fischte. »Barney, ich fürchte, Sie müssen aufhören, immer nur im Kreis herumzureden. Sie vertrauen mir jetzt lieber an, worauf Sie da anspielen. Andernfalls kann ich Ihnen nicht helfen, eine vernünftige Entscheidung zu treffen.«

Ein Stirnrunzeln überflog Barneys kindlich wirkendes, rundes Gesicht. Dann straffte sich seine Stirn, und er erklärte: »Nun gut. Ich werd's Ihnen sagen. Erinnern Sie sich noch an den Sweetheart-Mordfall, den mit der jungen Ehefrau, die so sexy aussah und die man tot aufgefunden hat, mit lauter Rosen über sie gestreut? Das ist zwar zehn Jahre her, aber es war der Prozeß, durch den Frank Green sich seinen Namen gemacht hat.«

Young nickte. »Ja, ich erinnere mich. Er hat erreicht, daß der Ehemann verurteilt wurde. Eigentlich war das nicht so schwierig, aber der Fall erregte eine Menge Aufsehen und hat die Zeitungsauflagen gesteigert.« Seine Augen wurden schmal. »Was ist damit? Sie wollen doch nicht sagen, daß Weeks mit diesem Fall etwas zu tun hatte, oder?«

»Wissen Sie noch, wie der Ehemann behauptet hat, er hätte seiner Frau diese Rosen nicht geschenkt, sie müßten ihr von irgendeinem anderen Mann geschickt worden sein, mit dem sie eine Affäre hatte?« Auf Youngs Nicken hin fuhr Haskell fort: »Jimmy Weeks hat Suzanne Reardon diese Rosen geschickt. Ich muß es wissen. Ich hab' sie bei ihr zu Hause um zwanzig vor sechs an dem Abend, an dem sie starb, abgegeben. Es war eine Karte bei dem Strauß, die er selbst geschrieben hat. Ich zeige Ihnen, was draufstand. Geben Sie mir ein Stück Papier.«

Young schob ihm den Notizblock hinüber, der beim Telefon lag. Barney griff nach seinem Füllfederhalter. Eine Weile später gab er den Notizblock zurück. »Jimmy nannte Suzanne ›Sweetheart‹«, erklärte er. »Er hatte sich für diesen Abend mit ihr verabredet. Und das hier hat er auf die Karte geschrieben.«

Young prüfte den Zettel, den Barney zu ihm zurückgeschoben hatte. Sechs Musiknoten in C-Dur standen da, mit fünf Wörtern darunter. »*I'm in love with you.*« Die Unterschrift lautete: »J.«

Young summte die Noten, blickte dann Barney an. »Der Anfang des Songs *Let Me Call You Sweetheart*«, sagte er.

»Mm-hmm. Und die erste Zeile geht weiter mit: *I'm in love with you*.«

»Wo ist diese Karte?«

»Das ist es ja. Niemand hat was davon erwähnt, daß sie im Haus lag, als man die Leiche fand. Und die Rosen waren über die Leiche gestreut. Ich hab' den Strauß bloß abgegeben und bin dann gleich weitergefahren. Ich war für Jimmy nach Pennsylvania unterwegs. Aber danach hab' ich die andern reden hören. Jimmy war ganz verrückt nach dieser Frau, und es machte ihn wahnsinnig, daß sie ständig mit anderen Kerlen herumkokettiert hat. Als er ihr diese Rosen schickte, hatte er ihr bereits ein Ultimatum gestellt, daß sie sich scheiden lassen muß – und die Finger von anderen Männern lassen.«

»Wie hat sie darauf reagiert?«

»Oh, sie hat ihn gern eifersüchtig gemacht. Das schien ihr Spaß zu machen. Ich weiß, daß einer von uns versucht hat, sie zu warnen, daß Jimmy gefährlich werden kann, aber sie hat bloß gelacht. Ich vermute mal, daß sie an diesem Abend zu weit gegangen ist. Diese Rosen über ihre Leiche zu streuen ist genauso eine Sache, die Jimmy tun würde.«

»Und die Karte fehlte?«

Barney zuckte die Achseln. »In dem Verfahren war nie davon die Rede. Ich bekam die Anweisung, den Mund zu halten. Ich weiß aber genau, daß Suzanne Jimmy an diesem Abend entweder warten ließ oder versetzt hat. Ein paar von unsern Leuten haben mir erzählt, daß er explodiert ist und gesagt hat, er bringt sie um. Sie wissen ja, wie leicht er die Beherrschung verliert. Und da war noch etwas anderes. Jimmy hatte ihr einigen teuren Schmuck gekauft. Ich weiß es, weil ich die Rechnungen bezahlt und mir eine Kopie davon aufgehoben habe. Bei dem Prozeß haben sie eine Menge über Schmuck geredet. Zeug, von dem der Ehemann behauptet hat, er hätte es ihr nicht gegeben, aber bei allem, was sie gefunden haben, hat der Vater geschworen, er hätte es ihr geschenkt.«

Young riß das Blatt, das Barney benutzt hatte, von dem Notizblock ab, faltete es und steckte es sich in die Brusttasche. »Barney, ich glaube, Sie können sich bald ein wunderbares neues Leben in Ohio machen. Ihnen ist doch klar, daß Sie dem Staatsanwalt nicht nur eine Chance verschafft haben, Jimmy des Mordes zu überführen, sondern auch Frank Green damit zu vernichten, daß er einen Unschuldigen ins Gefängnis gebracht hat.«

Sie lächelten einander über den Schreibtisch hinweg an. »Sagen Sie denen, daß ich nicht in Ohio leben will«, witzelte Barney.

Sie verließen gemeinsam die Kanzlei und wanderten den Flur hinunter zu den Aufzügen. Als einer davon in ihrer Etage anhielt und die Türen aufzugehen begannen, spürte Barney augenblicklich, daß etwas nicht stimmte. Das Licht im Inneren war nicht an. Instinktiv wandte er sich zur Flucht.

Er war nicht schnell genug. Er starb sofort, wenige Augenblicke, bevor Mark Young fühlte, wie die erste Kugel das Revers seines Eintausend-Dollar-Anzugs zerfetzte.

62

Kerry hörte die Nachricht von dem Doppelmord im Radiosender WCBS, als sie gerade zur Arbeit fuhr. Mark Youngs Sekretärin hatte die Leichen entdeckt. Dem Bericht zufolge waren Young und sein Klient Barney Haskell um sieben Uhr früh auf dem Parkplatz verabredet gewesen, und man ging von der Annahme aus, daß Young beim Öffnen der Tür im Erdgeschoß des kleinen Gebäudes die Alarmanlage außer Kraft gesetzt hatte. Der Mann vom Sicherheitsdienst trat seinen Posten erst um acht Uhr an.

Die Tür zum Hauseingang war nicht zugesperrt, als die Sekretärin um 7 Uhr 45 eintraf, aber wie sie berichtete, dachte sie, Young hätte einfach wie so oft schon in der Vergangenheit vergessen, wieder abzuschließen. Dann war sie mit dem Lift nach oben gefahren und hatte die Leichen entdeckt.

Der Bericht schloß mit einem Kommentar von Mike Murkowski, dem Staatsanwalt von Essex County. Er erklärte, anscheinend seien beide Männer beraubt worden. Möglicherweise seien die mutmaßlichen Täter den Opfern ins Gebäude gefolgt, die dann ihr Leben verloren hätten, als sie versuchten, sich zu wehren. Barney Haskell sei in den Hinterkopf und Nacken geschossen worden.

Die CBS-Reporterin fragte, ob man denn als ein mögliches Motiv für den Doppelmord die Tatsache ansehe, daß Barney Haskell Verhandlungen um Strafminderung gegen seine Kronzeugenaussage in dem Verfahren gegen Jimmy Weeks geführt haben soll und Gerüchten zufolge auch dabei war, Weeks mit einem Mord in Verbindung zu bringen. Die scharfe Antwort des Staatsanwalts lautete: »Kein Kommentar.«

Es klingt ganz nach einem Auftragsmord, dachte Kerry, als sie das Radio abstellte. Und Bob vertritt Jimmy Weeks. Mann, was für ein Schlamassel!

Wie sie schon erwartet hatte, lag bereits eine Mitteilung von Frank Green bei ihr auf dem Schreibtisch. Sie war sehr kurz. »Muß Sie sprechen.« Kerry warf ihren Mantel ab und ging über den Hauptkorridor zu seinem persönlichen Büro.

Er verschwendete keine Zeit mit Floskeln. »Was hatte Reardons Mutter hier zu suchen, als sie herkam und darauf bestand, mit Ihnen zu reden?«

Kerry wählte ihre Worte mit Bedacht. »Sie kam her, weil ich zum Gefängnis gefahren bin, um mit Skip Reardon zu reden, und er den zutreffenden Eindruck von mir gewann, daß ich nichts Neues sehe, was ein Wiederaufnahmeverfahren rechtfertigen würde.«

Sie konnte sehen, wie sich die scharfen Linien um Greens Mund etwas lockerten, aber er war zweifellos verärgert. »Das hätte ich Ihnen gleich sagen können. Kerry, wenn ich vor zehn Jahren gedacht hätte, daß es auch nur ein *Fitzelchen* von einem Beweis für Skip Reardons mögliche Unschuld gibt, dann hätte ich es aufgestöbert. Es gab aber keins. Ist Ihnen eigentlich klar, was für einen Aufstand die Medien machen würden, wenn sie auf den Gedanken kämen, daß meine Behörde jetzt in diesem Fall ermittelt? Die würden Skip Reardon doch liebend gern als Opfer hinstellen. Das steigert die Auflage – und entspricht genau der Art negativer Schlagzeilen, die sie so gerne über politische Kandidaten bringen.«

Er kniff die Augen zusammen und trommelte zum Nachdruck mit den Fingern auf den Schreibtisch. »Ich finde es verdammt schade, daß Sie noch nicht hier waren, als wir in diesem Mordfall ermittelt haben. Ich finde es verdammt schade, daß Sie nicht gesehen haben, wie diese schöne Frau auf so grauenhafte Weise erdrosselt worden ist, daß ihr fast die Augen aus dem Kopf traten. Skip Reardon hatte sie am Morgen so laut angebrüllt, daß der Mann von den Stadtwerken, der die beiden gehört hat, schon überlegt hat, ob er nicht die Polizei rufen soll, bevor noch was Schlimmes passiert. Genau das war seine Zeugenaussage unter Eid. Ich bin zufällig der Meinung, daß Sie eine gute Richterin abgeben, falls Sie die Chance dazu kriegen, aber ein guter Richter zeigt Urteilsvermögen. Und im Moment finde ich, daß Ihres miserabel ist.«

Falls Sie die Chance dazu kriegen.

War das eine Warnung? fragte sie sich. »Frank, es tut mir leid, wenn ich Sie verärgert habe. Wenn es Ihnen nichts ausmacht, lassen Sie uns von etwas anderem reden.« Sie holte das Foto von Robin aus ihrer Jackentasche und reichte es ihm. »Das kam gestern in einem einfachen weißen Umschlag mit der Post. Robin hat dasselbe an, was sie am Dienstag morgen trug, als sie diesen unbekannten Wagen, von dem sie erzählt hat, gegenüber an der Straße stehen sah und dachte, jemand ist hinter ihr her. Sie hatte recht.«

Der Ärger schwand aus Greens Miene. »Reden wir davon, wie wir sie beschützen können.«

Er war mit Kerrys Absicht einverstanden, die Schule zu

informieren und Robin hinzubringen und wieder abholen zu lassen. »Ich finde heraus, ob wir irgendwelche überführten Sexualstraftäter haben, die kürzlich entlassen worden oder hier in die Gegend gezogen sind. Ich glaube nach wie vor, daß dieser miese Kerl, den Sie letzte Woche überführt haben, möglicherweise Freunde hat, die sich jetzt an Ihnen rächen wollen. Wir werden anfordern, daß die Polizei von Hohokus Ihr Haus überwacht. Haben Sie einen Feuerlöscher?«

»Ein automatisches Löschsystem.«

»Besorgen Sie sich noch ein paar Feuerlöscher, für den Fall der Fälle.«

»Sie meinen, für den Fall einer Brandbombe?«

»Solche Sachen sind schon dagewesen. Ich möchte Ihnen keine Angst einjagen, aber wir müssen Vorsichtsmaßnahmen treffen.«

Erst als sie sich zum Gehen wandte, erwähnte er den Mord in Summit.

»Jimmy Weeks hat schnell gehandelt, aber Ihr Exmann wird trotzdem alle Hände voll zu tun haben, ihn freizukriegen, auch *ohne* daß Haskell gegen Weeks aussagt.«

»Frank, Sie reden ja so, als sei es eine ausgemachte Sache, daß es ein Mord auf Bestellung war!«

»Das weiß doch jeder, Kerry. Man wundert sich nur allgemein, daß Jimmy so lange damit gewartet hat, Haskell zu erledigen. Seien Sie bloß froh, daß Sie Weeks' Sprachrohr damals losgeworden sind.«

63

Bob Kinellen erfuhr die Neuigkeiten über Barney Haskell und Mark Young erst, als er um zehn vor neun das Justizgebäude betrat und die Medienleute auf ihn einstürmten. Sobald er erfuhr, was geschehen war, wurde ihm klar, daß er es schon erwartet hatte.

Wie konnte Haskell nur so töricht sein zu glauben, Jimmy würde ihn so lange am Leben lassen, daß er gegen ihn aussagen konnte?

Es gelang ihm, angemessen bestürzt zu erscheinen und einen überzeugenden Eindruck zu vermitteln, als er auf eine Frage hin erklärte, Haskells Tod werde in keiner Weise Mr. Weeks' Verteidigungsstrategie ändern. »James Forrest Weeks ist in allen Anklagepunkten unschuldig«, sagte er. »Welche Abmachung auch immer Mr. Haskell mit dem Staatsanwalt zu treffen versuchte, vor Gericht wäre sie ohnehin als eigennützig und unehrlich entlarvt worden. Ich bedaure den Tod von Mr. Haskell und meinem Anwaltskollegen und Freund Mark Young zutiefst.«

Er schaffte es, in einen Aufzug zu entrinnen und sich dann im ersten Stock an weiteren Medienvertretern vorbeizuschieben. Jimmy war bereits im Gerichtssaal. »Schon von Haskell gehört?«

»Ja natürlich, Jimmy.«

»Keiner ist sicher. Diese Gangster sind überall.«

»Sieht ganz so aus, Jimmy.«

»Macht das Spiel aber irgendwie ausgeglichener, oder, Bobby?«

»Ja, vermutlich.«

»Ich mag aber kein ausgeglichenes Spiel.«

»Das weiß ich, Jimmy.«

»Nur damit du's weißt.«

Bob erhob vorsichtig das Wort. »Jimmy, irgend jemand hat meiner Exfrau ein Bild von unsrer Tochter, Robin, geschickt. Die Aufnahme entstand am Dienstag, als sie sich auf den Schulweg machte und stammt von derselben Person, die in dem Auto saß, das im letzten Moment direkt vor ihr gewendet hat. Robin dachte schon, der Typ kommt auf den Bürgersteig rauf und überfährt sie.«

»Über die Fahrer aus New Jersey macht doch jeder Witze, Bobby.«

»Jimmy, meiner Tochter wird besser kein Haar gekrümmt.«

»Bobby, ich weiß nicht, wovon du redest. Wann machen sie eigentlich deine Exfrau zur Richterin und schaffen sie aus der Staatsanwaltschaft raus? Sie sollte ihre Nase nicht in die Angelegenheiten anderer Leute stecken.«

Bob begriff, daß damit seine Frage gestellt und beantwortet worden war. Einer von Jimmys Leuten hatte die Aufnahme von Robin gemacht. Er, Bob, mußte Kerry unbedingt dazu bringen, mit ihren Ermittlungen im Fall Reardon aufzuhören. Und er selbst hatte dafür zur sorgen, daß Jimmy in diesem Verfahren freigesprochen wurde.

»Guten Morgen, Jimmy. Morgen, Bob.«

Bob blickte auf und sah, wie sich sein Schwiegervater Anthony Bartlett auf den Sitz neben Jimmy niederließ.

»Wirklich bedauerlich, die Sache mit Haskell und Young«, murmelte Bartlett.

»Tragisch«, sagte Jimmy.

In diesem Augenblick gab der Gerichtsdiener dem Staatsanwalt und Bob und Bartlett durch ein Zeichen zu verstehen, sie möchten sich ins Richterzimmer begeben. Richter Benton schaute ernst von seinem Schreibtisch hoch. »Ich gehe davon aus, daß Sie alle von der Tragödie mit Mr. Haskell und Mr. Young in Kenntnis gesetzt worden sind.« Die Anwälte nickten schweigend.

»So schwierig es auch sein wird, glaube ich doch, daß dieses Verfahren fortgeführt werden sollte, wenn man die zwei Monate bedenkt, die wir schon investiert haben. Zum Glück sind die Geschworenen bereits in Klausur und werden dieser Neuigkeit nicht ausgesetzt sein, inklusive der Spekulation, Mr. Weeks hätte womöglich etwas damit zu tun. Ich werde ihnen einfach mitteilen, die Abwesenheit von Mr. Haskell und Mr. Young bedeute schlicht, daß Mr. Haskells Fall sie nicht mehr betreffe.«

»Ich werde sie anweisen«, fügte er hinzu, »keine Überlegungen darüber anzustellen, was vorgefallen sein könnte, und sich in keiner Weise davon bei ihrer Einschätzung von Mr. Weeks' Fall beeinflussen zu lassen.«

»Also gut – machen wir weiter.«

Die Geschworenen kamen hintereinander in den Saal und nahmen auf ihren Sitzen Platz. Bob fiel der fragende Ausdruck in ihren Gesichtern auf, als sie zu den leeren Stühlen von Haskell und Young hinüberschauten. Während der Richter sie anwies, über das, was vorgefallen sein könnte, keine Spekulationen anzustellen, wußte Bob verdammt gut, daß sie genau das taten. Die glauben, er hätte sich schuldig bekannt, dachte Bob. Das hilft uns bestimmt nicht.

Während Bob grübelte, wie sehr dies Weeks wohl schaden würde, ruhte sein Blick auf der Geschworenen Nummer 10, Lillian Wagner. Mrs. Wagner, diese Säule der Gemeinde, die so stolz auf ihren Mann und ihre Söhne mit ihrer Eliteschule, sich ihrer Stellung und ihres gesellschaftlichen Ranges so bewußt war – Mrs. Wagner war ein Problem, das wußte er. Es mußte doch einen Grund dafür geben, weshalb Jimmy von ihm verlangt hatte, sie zu akzeptieren.

Was Bob allerdings nicht wußte, war die Tatsache, daß ein »Partner« von Weeks unmittelbar bevor die Jury in Klausur geschickt wurde, diskret an Alfred Wight, den Geschworenen Nummer 2, herangetreten war. Weeks hatte herausgefunden, daß Wight eine unheilbar kranke Frau hatte und wegen der medizinischen Behandlungskosten kurz vor dem Bankrott stand. Der verzweifelte Mr. Wight hatte sich für eine Summe von einhunderttausend Dollar einverstanden erklärt, dafür zu garantieren, daß er »Nicht schuldig« stimmen werde.

64

Kerry betrachtete den Stapel Akten auf dem Ablagetisch neben ihrem Schreibtisch mit Abscheu. Sie wußte, daß sie sich bald darum kümmern mußte; es war an der Zeit, neue Fälle zuzuteilen. Darüber hinaus lagen einige Vergleichsanträge vor, die sie mit Frank oder Carmen, der stellvertretenden Staatsanwältin, besprechen mußte. Da war soviel, was erledigt werden mußte, und sie sollte sich wirklich darauf konzentrieren.

Statt dessen bat sie ihre Sekretärin, soweit möglich eine Verbindung mit Dr. Craig Riker herzustellen, dem Psychiater, den sie manchmal als Sachverständigen bei Mordfällen heranzog. Riker war ein erfahrener, pragmatischer Arzt, dessen philosophische Einstellung sie teilte. Er war der Ansicht, auch wenn einem das Leben manchmal in der Tat schwere Schläge versetze, müsse ein Mensch eben seine Wunden lecken und dann wieder die Ärmel hochkrempeln. Vor allem aber hatte er die Gabe, das obskure psychiatrische Kauderwelsch zu entschärfen, das die Seelenklempner, die die Verteidiger aufmarschieren ließen, von sich zu geben pflegten.

Kerry schätzte ihn ganz besonders, wenn er auf die Frage, ob er einen Angeklagten für unzurechnungsfähig halte, zur Antwort gab: »Ich halte ihn für verrückt, aber nicht für unzurechnungsfähig. Er wußte genau, was er tat, als er ins Haus seiner Tante eindrang und sie umbrachte. Er hatte das Testament gelesen.«

»Dr. Riker hat gerade eine Patientin bei sich«, sagte Kerrys Sekretärin. »Er ruft Sie um zehn vor elf zurück.«

Und wie versprochen, meldete sich Janet um Punkt zehn vor elf mit der Nachricht, Dr. Riker sei am Apparat. »Was gibt's, Kerry?«

Sie erzählte ihm von Dr. Smiths Angewohnheit, andere Frauen mit dem Gesicht seiner Tochter auszustatten. »Er hat so gut wie abgestritten, an Suzanne einen Eingriff vorgenommen zu haben«, erklärte sie, »was auch stimmen könnte. Er kann sie ja an einen Kollegen überwiesen haben. Aber ist das eine Form von Trauerarbeit, wenn er andere Frauen zu einem Abklatsch von Suzanne macht?«

»Das ist eine ganz schön krankhafte Art von Trauerarbeit«, antwortete Riker. »Sie sagen, daß er sie, seit sie ein Baby war, nicht mehr gesehen hatte?«

»Richtig.«

»Und dann ist sie bei ihm in der Praxis erschienen?«

»Ja.«

»Was für ein Typ ist dieser Smith?«

»Ziemlich furchteinflößend.«

»Ein Einzelgänger?«

»Würde mich nicht wundern.«

»Kerry, ich muß mehr darüber erfahren, und auf jeden Fall wüßte ich gern, ob er seine Tochter operativ behandelt hat, einen Kollegen dazu aufgefordert hat oder ob sie sich schon behandeln ließ, bevor sie bei ihm auftauchte.«

»An die letzte Möglichkeit hatte ich noch gar nicht gedacht.«

»Aber falls – und ich betone das Wort *falls* – er Suzanne nach all diesen Jahren wiedersah, eine reizlose oder sogar unleugbar häßliche junge Frau vor sich hatte, sie operierte, zu einer Schönheit machte und dann von seinem eigenen Werk hingerissen war, dann müssen wir wohl mit Erotomanie rechnen.«

»Was ist denn das?« fragte Kerry.

»Es umschreibt ein weites Feld. Aber wenn ein Arzt, der ein zurückgezogenes Leben führt, nach so langer Zeit seine Tochter wiedersieht, sie in eine Schönheit verwandelt und dann das Gefühl hat, etwas Großartiges vollbracht zu haben, könnten wir vorbringen, daß es in diese Kategorie fällt. Er ist besitzergreifend ihr gegenüber, ja sogar verliebt in sie. Es ist ein Wahnleiden, das zum Beispiel oft auf Spanner zutrifft.«

Kerry mußte an Deidre Reardon denken, als sie ihr davon erzählte, daß Dr. Smith Suzanne wie ein Objekt behandelt habe. Sie berichtete Dr. Riker von der Szene, als Smith etwas von Suzannes Wange weggewischt und ihr dann eine Predigt über die Bewahrung von Schönheit gehalten hatte. Sie informierte ihn auch über Kate Carpenters Gespräch mit Barbara Tompkins und über Tompkins' Befürchtung, Smith verfolge sie ständig.

Es blieb eine Weile still. »Kerry, mein nächster Patient ist jetzt dran. Halten Sie mich bitte auf dem laufenden, ja? Diesen Fall möchte ich liebend gern im Auge behalten.«

65

Kerry hatte vorgehabt, früher aus dem Büro wegzugehen, um rechtzeitig nach Dr. Smiths letztem Termin in seiner Praxis einzutreffen. Sie hatte jedoch ihre Meinung geändert, als ihr klar wurde, daß es besser wäre zu warten, bis sie sich ein genaueres Bild von Dr. Smiths Beziehung zu seiner Tochter machen konnte.

Mrs. Reardon hielt also Smiths Haltung seiner Tochter gegenüber für »krankhaft«, dachte sie.

Und Frank Green hatte die Bemerkung gemacht, wie völlig ungerührt Smith sich im Zeugenstand verhalten habe.

Skip Reardon hatte gesagt, sein Schwiegervater sei nur selten bei ihnen zu Hause gewesen, vielmehr habe Suzanne sich normalerweise allein mit ihm getroffen.

Ich muß mit jemandem reden, der diese Leute kennt und selbst kein Eisen im Feuer hat, überlegte Kerry. Ich würde auch gern noch einmal mit Mrs. Reardon sprechen, und zwar ruhiger als das letztemal. Aber was kann ich ihr schon sagen? Daß ein Gangster, der zufällig eben jetzt vor Gericht steht, Suzanne nachweislich Sweetheart nannte, wenn er mit ihr Golf spielte? Daß ein Caddie mitbekam, daß sich zwischen den beiden vielleicht etwas abspielte?

Diese Enthüllungen würden Skip Reardons Grab womöglich nur noch tiefer schaufeln, überlegte sie. In der Funktion als Staatsanwältin könnte ich geltend machen, daß es Skip, selbst wenn er eine Scheidung anstrebte, um sich wieder mit Beth zusammenzutun, eben doch rasend gemacht hätte, zu erfahren, daß Suzanne eine Affäre mit einem Multimillionär hatte und sich gleichzeitig auf seine Kosten Dreitausend-Dollar-Modelle von Saint Laurent leistete.

Sie war gerade dabei, um fünf Uhr das Büro zu verlassen, als Bob anrief. Sie hörte die Anspannung aus seiner Stimme heraus. »Kerry, ich muß für ein paar Minuten vorbeikommen. Bist du in etwa einer Stunde zu Hause?«

»Ja.«

»Also bis dann«, sagte er und hängte ein.

Was brachte Bob dazu, sie zu besuchen? fragte sie sich. Besorgnis wegen des Fotos von Robin, das man ihr zugeschickt hatte? Oder hatte er einen unerwartet harten Tag im Gericht gehabt? Das war gewiß möglich, sagte sie sich bei dem Gedanken an Frank Greens Kommentar, daß die Staatsanwaltschaft auch ohne Haskells Zeugenaussage in der Lage sein werde, Jimmy Weeks zu überführen. Sie griff nach ihrem Mantel und hängte sich ihre Tasche über den Arm, wobei sie wehmütig daran dachte, wie freudig sie während der anderthalb Jahre ihrer Ehe aus dem Büro nach Hause geeilt war, um den Abend mit Bob Kinellen zu verbringen.

Als sie nach Hause kam, blickte Robin sie vorwurfsvoll an. »Mom, warum hat Alison mich von der Schule abgeholt und heimgefahren? Sie wollte mir keinen Grund sagen, und ich kam mir total blöde vor.«

Kerry schaute zu dem jungen Mädchen hinüber. »Ich will dich nicht länger aufhalten, Alison. Danke.«

Als sie alleine waren, schaute sie Robin an, die ganz aufgebracht aussah. »Das Auto, das dich neulich so erschreckt hat ...«, fing sie an zu erklären.

Als sie fertig war, saß Robin völlig regungslos da. »Das ist schon zum Angstkriegen, oder, Mom?«

»Ja, stimmt.«

»Hast du deshalb gestern abend so müde und kaputt ausgesehen?«

»Ich hab' gar nicht gemerkt, daß ich so schlimm ausgesehen hab, aber ja, mir war ziemlich elend zumute.«

»Und deshalb ist Geoff plötzlich hergekommen?«

»Ja, genau.«

»Das hättest du mir doch schon gestern abend sagen können.«

»Ich wußte nicht, wie ich's dir beibringen soll, Rob. Ich war selber zu aufgeregt.«

»Also, was machen wir dann jetzt?«

»Eine Menge Sicherheitsvorkehrungen treffen, die vielleicht lästig sind, bis wir rausfinden, wer das letzten Dienstag auf der anderen Straßenseite war und warum er da war.«

»Glaubst du, wenn er nächstes Mal wiederkommt, daß er mich dann überfährt?«

Kerry wollte herausschreien: »Nein, das glaub ich nicht.« Statt dessen ging sie zu Robin, die auf der Couch saß, und legte den Arm um sie.

Robin ließ den Kopf auf die Schulter ihrer Mutter sinken. »Also, im Klartext, wenn das Auto wieder auf mich losfährt, nichts als wegtauchen.«

»Deshalb kriegt das Auto gar nicht erst die Gelegenheit dazu, Rob.«

»Weiß Daddy was davon?«

»Ich hab' ihn gestern abend angerufen. Er kommt gleich vorbei.«

Robin richtete sich gerade auf. »Weil er sich Sorgen um mich macht?«

Sie freut sich, dachte Kerry, als hätte Bob ihr einen Gefallen getan. »Natürlich macht er sich Sorgen um dich.«

»Stark. Mom, kann ich Cassie davon erzählen?«

»Nein, vorerst nicht. Das mußt du mir versprechen, Robin. Bis wir wissen, wer dahintersteckt –«

»Und ihn in Handschellen abgeführt haben«, warf Robin dazwischen.

»Ganz genau. Wenn das getan ist, dann kannst du drüber reden.«

»Okay. Was wollen wir heute abend machen?«

»Einfach alle viere von uns strecken. Wir bestellen uns 'ne Pizza her. Ich hab' auf dem Nachhauseweg noch ein paar Videofilme besorgt.«

Der schelmische Ausdruck, den Kerry so liebte, kam in Robins Gesicht. »Filme, die man nur zusammen mit Erwachsenen sehen darf, hoffe ich.«

Sie bemüht sich, mich in bessere Stimmung zu versetzen, dachte Kerry. Sie will nicht, daß ich merke, wieviel Angst sie hat.

Um zehn vor sechs traf Bob ein. Kerry beobachtete,

wie Robin ihm mit Freudengeheul in die Arme rannte. »Wie findest du das denn, daß ich in Gefahr bin?« fragte sie.

»Ich lasse euch beide ein bißchen alleine, während ich mich eben umziehe«, verkündete Kerry.

Bob ließ Robin wieder los. »Mach nicht zu lange, Kerry«, sagte er rasch. »Ich kann nur ein paar Minuten bleiben.«

Kerry sah die Enttäuschung, die sofort aus Robins Miene sprach, und hätte Kinellen am liebsten erwürgt. Wie wär's, wenn du ihr zur Abwechslung mal ein paar Streicheleinheiten gönnst, dachte sie wütend. Sie bemühte sich, einen ausgeglichenen Tonfall zu wahren, als sie antwortete: »Bin gleich wieder unten.«

Sie zog sich schnell bequeme Hosen und einen Pullover an, wartete aber absichtlich noch zehn Minuten oben ab. Dann, als sie gerade nach unten gehen wollte, klopfte es an ihre Tür, und Robin rief: »Mom.«

»Komm rein.« Kerry wollte gerade sagen: »Ich bin soweit«, als sie Robins Gesichtsausdruck bemerkte. »Was ist denn passiert?«

»Nichts. Dad hat gesagt, ich soll hier oben warten, solange er mit dir redet.«

»Ah ja.«

Bob stand mitten im Arbeitszimmer und fühlte sich offensichtlich nicht wohl in seiner Haut, war ganz offensichtlich nur darauf erpicht, wegzukommen.

Er hat nicht mal seinen Mantel ausgezogen, dachte Kerry. Und was hat er angestellt, daß Robin so verstört ist? Wahrscheinlich die ganze Zeit damit verbracht, ihr zu erzählen, wie wenig Zeit er hat.

Er drehte sich beim Klang ihrer Schritte um. »Kerry, ich muß wieder ins Büro zurück. Ich muß noch eine Menge Zeug für die Sitzung morgen vorbereiten. Aber da ist etwas sehr Wichtiges, was ich dir sagen muß.«

Er zog ein kleines Stück Papier aus seiner Brusttasche. »Du hast doch gehört, was mit Barney Haskell und Mark Young passiert ist?«

»Ja, klar.«

»Kerry, Jimmy Weeks hat so seine Methoden, an Informationen ranzukommen. Ich weiß nicht genau, wie, aber er schafft es eben. Er weiß zum Beispiel, daß du am Samstag zum Gefängnis gefahren bist, um mit Reardon zu reden.«

»Ehrlich?« Kerry starrte ihren ehemaligen Mann an. »Was kann ihn das schon interessieren?«

»Kerry, keine Spielereien. Ich mach' mir Sorgen. Jimmy ist kurz vorm Durchdrehen. Ich hab' dir gerade gesagt, daß er es drauf hat, wie er Sachen herausfindet. Schau dir das hier an.«

Kinellen reichte ihr etwas, was wie die Kopie einer Notiz auf einem DIN-A5-Blatt aussah, das von einem Block abgerissen worden war. Sechs Musiknoten in C-Dur standen darauf, und darunter die Worte: »I'm in love with you«. Die Unterschrift lautete »J.«

»Was soll das bedeuten?« fragte Kerry, während sie schon im stillen die Noten summte, die dort aufgezeichnet waren. Doch dann, noch bevor Bob dic Chance zu einer Antwort hatte, durchfuhr es sie eiskalt. Es war der Auftakt zu dem Lied *Let Me Call You Sweetheart*.

»Wo hast du das her, und was soll das heißen?« fuhr sie ihn an.

»Sie haben das Original in der Brusttasche von Mark Young gefunden, als sie seine Kleidung im Leichenschauhaus durchsucht haben. Es ist Haskells Handschrift und stand auf einem Stück Papier, das von dem Block neben Youngs Telefon gerissen worden war. Die Sekretärin weiß noch, daß sie gestern abend einen frischen Notizblock hingelegt hatte, also muß Haskell das irgendwann zwischen sieben und halb acht heute früh hingeschrieben haben.«

»Ein paar Minuten, bevor er starb?«

»Genau. Kerry, ich bin mir sicher, daß das was mit dem Kronzeugendeal zu tun hat, den Haskell abschließen wollte.«

»Dem Kronzeugendeal? Du meinst, der Mord, mit dem er Jimmy Weeks in Verbindung bringen wollte, war der Sweetheart-Mordfall?« Kerry traute ihren eigenen Ohren nicht. »Jimmy *hatte* also was mit Suzanne Reardon laufen, stimmt's? Bob, willst du damit sagen, daß wer immer dieses Foto von Robin gemacht hat und sie um ein Haar überfahren hätte, für Jimmy Weeks arbeitet, und daß das seine Methode ist, mich abzuschrecken?«

»Kerry, ich sag überhaupt nichts außer: Laß deine Finger davon. Robin zuliebe, *laß deine Finger davon.*«

»Weiß Weeks, daß du hier bist?«

»Er weiß, daß ich dich Robin zuliebe warnen würde.«

»Warte mal einen Moment.« Kerry musterte ihren früheren Mann ungläubig. »Laß mich das mal klarstellen. Du bist also hier, um mich von einer Sache abzubringen, weil dein Mandant, dieser Halsabschneider und Mörder, den du vertrittst, dir eine Drohung übermittelt hat, ob nun verschleiert oder sonstwie, damit du sie an mich weitergibst. Mein Gott, Bob, wie tief bist du gesunken.«

»Kerry, ich versuche, das Leben meines Kindes zu retten.«

»Deines Kindes? Plötzlich ist sie dir so wichtig? Weißt du eigentlich, wie oft sie schon am Boden zerstört war, weil du nicht wie versprochen aufgetaucht bist? Es ist eine Beleidigung. Und jetzt verschwinde.«

Als er sich umdrehte, riß sie ihm den Zettel aus der Hand. »Aber das kriege ich.«

»Gib das wieder her.« Kinellen packte ihre Hand, zwang die Finger auf und entzog ihr das Papier.

»Dad, laß Mom los!«

Sie wirbelten beide herum – Robin stand im Türrahmen, und auf der fahlen Blässe ihres Gesichts leuchteten erneut die langsam heilenden Narben.

66

Dr. Smith hatte seine Praxis um 16 Uhr 20 verlassen, nur etwa eine Minute nachdem seine letzte Patientin – die Nachuntersuchung einer Bauchstraffung – gegangen war.

Kate Carpenter war froh, ihn gehen zu sehen. In letzter

Zeit fand sie es belastend, auch nur in seiner Nähe zu sein. Ihr war heute wieder das Zittern an seiner Hand aufgefallen, als er die Fäden am Schädel von Mrs. Pryce zog, die sich die Augenbrauen hatte liften lassen. Die Besorgnis der Krankenschwester reichte jedoch über rein körperliche Dinge hinaus; sie war überzeugt, daß mit dem Arzt auch psychisch etwas ganz und gar nicht in Ordnung war.

Am meisten frustrierte Kate jedoch die Tatsache, daß sie nicht wußte, an wen sie sich hätte wenden sollen. Charles Smith war ein herausragender Chirurg – war es zumindest gewesen. Sie wollte nicht mitansehen, daß er in Verruf geriet oder aus der Ärzteschaft verstoßen wurde. Unter anderen Umständen hätte sie mit seiner Frau oder einem seiner engsten Freunde reden können. Aber in Dr. Smiths Fall fiel diese Möglichkeit flach – seine Frau war schon lange weg, und Freunde schien er überhaupt keine zu besitzen.

Kates Schwester Jean war Sozialarbeiterin. Jean hatte vermutlich Verständnis für das Dilemma und konnte sie vielleicht beraten, wohin sie sich wenden sollte, um die Hilfe für Dr. Smith aufzutreiben, die er offensichtlich brauchte. Aber Jean war im Urlaub in Arizona, und Kate hätte sie nicht erreichen können, selbst wenn sie es gewollt hätte.

Um halb fünf rief Barbara Tompkins an. »Mrs. Carpenter, jetzt langt's mir. Gestern abend rief Dr. Smith an und verlangte praktisch von mir, daß ich mit ihm essen gehe. Aber dann hat er mich ständig Suzanne genannt. Und er will, daß ich ihn mit Charles anrede. Er hat sich erkundigt, ob ich einen festen Freund habe. Tut mir leid, ich weiß, daß ich ihm eine Menge verdanke, aber ich finde, er hat wirklich nicht alle Tassen im Schrank, und das geht mir allmählich auf die Nerven. Sogar im Büro merke ich, daß ich mich schon vor lauter Angst umschaue, er könnte mir irgendwo auflauern. Ich ertrag das einfach nicht. Das geht nicht so weiter.«

Kate Carpenter begriff, daß sie nicht länger mauern konnte. Als einzige Person, der sie sich vielleicht anvertrauen konnte, fiel ihr die Mutter von Robin Kinellen ein, Kerry McGrath.

Kate wußte, daß sie bei der Staatsanwaltschaft in New Jersey arbeitete, aber sie war auch eine Mutter, die sehr froh darüber war, daß Dr. Smith ihre Tochter in einem Notfall behandelt hatte. Kate war außerdem klar, daß Kerry McGrath besser über Dr. Smiths persönlichen Hintergrund informiert war als sie selbst oder seine übrigen Angestellten. Sie war sich nicht sicher, weshalb Kerry sich eigentlich über den Arzt erkundigt hatte, aber Kate hatte nicht den Eindruck, daß sie dem Doktor damit schaden wollte. Kerry hatte sie in die Tatsache eingeweiht, daß Smith nicht nur geschieden war, sondern auch der Vater einer Frau, die man ermordet hatte.

Obwohl sie sich dabei wie Judas Ischariot vorkam, gab Mrs. Kate Carpenter an Barbara Tompkins die Telefonnummer von Kerry McGrath weiter, Anwältin bei der Staatsanwaltschaft von Bergen County.

67

Noch lange nachdem Bob Kinellen weggegangen war, saßen Kerry und Robin Schulter an Schulter und mit den Füßen auf dem Couchtisch vor ihnen da, ohne ein Wort zu reden.

Schließlich erläuterte Kerry mit sorgsam gewählten Worten: »Egal, was ich gesagt habe und was auch immer die Szene, die du gerade mitgekriegt hast, vermuten läßt – Dad liebt dich wirklich sehr, Robin. Daß er so besorgt ist, gilt dir. Ich finde es nicht bewundernswert, in was für Situationen er sich manchmal bringt, aber ich achte seine Gefühle für dich, auch wenn ich so wütend werde, daß ich ihn rauswerfe.«

»Du bist sauer auf ihn geworden, als er gesagt hat, daß er sich Sorgen macht wegen mir.«

»Also, hör mal. Das waren doch bloß Worte. Er regt mich manchmal so entsetzlich auf. Wie auch immer, jedenfalls weiß ich, daß du, wenn du groß bist, bestimmt nicht so jemand wirst, der ständig in Schwierigkeiten hineinschlittert, die für alle andern klar auf der Hand liegen, und sich dann auf eine situationsbedingte Moral beruft – was heißen soll: ›Das mag zwar unrecht sein, ist aber leider nötig.‹«

»Ist es das, was Dad macht?«

»*Ich* denke schon.«

»Weiß er, wer das Foto von mir gemacht hat?«

»Er *vermutet*, daß er's weiß. Es hat etwas mit einem Rechtsfall zu tun, um den sich Geoff Dorso kümmert und bei dem er mich gebeten hat, ihm zu helfen. Er versucht einen Mann aus dem Gefängnis rauszukriegen, von dessen Unschuld er überzeugt ist.«

»Hilfst du ihm denn dabei?«

»Also, ehrlich gesagt, war ich so ziemlich zu dem Schluß gekommen, daß ich ohne guten Grund schlafende Hunde aufgeweckt hab', als ich anfing, mich darum zu kümmern. Aber jetzt habe ich allmählich das Gefühl, daß ich mich vielleicht getäuscht hab' und daß es ein paar wirklich gute Gründe für die Annahme gibt, daß Geoffs Klient möglicherweise tatsächlich ungerecht verurteilt worden ist. Auf der andren Seite setze ich dich bestimmt nicht irgendeiner Gefahr aus, nur um das zu beweisen. Das versprech ich dir.«

Robin starrte eine Weile vor sich hin und wandte sich dann ihrer Mutter zu. »Mom, das ergibt doch keinen Sinn. Das ist total unfair. Erst machst du Dad wegen was runter, und dann tust du selber genau dasselbe. Ist das etwa nicht ›situationsbedingte Moral‹, wenn du Geoff *nicht* hilfst und dabei denkst, daß sein Klient nicht im Gefängnis sitzen sollte?«

»Robin!«

»Ehrlich. Denk mal drüber nach. So, und können wir jetzt die Pizza bestellen? Ich hab' Hunger.«

Wie vor den Kopf geschlagen, beobachtete Kerry ihre Tochter, wie sie aufstand und nach der Tasche mit den Videofilmen griff, die sie anschauen wollten. Robin inspizierte die Titel, suchte einen aus und steckte die Kassette in den

Videorecorder. Bevor sie den Apparat anstellte, sagte sie noch: »Mom, ich glaube wirklich, dieser Kerl im Auto neulich wollte mich bloß erschrecken. Ich glaube nicht, daß er mich wirklich überfahren hätte. Es macht mir nichts aus, wenn du mich bei der Schule absetzt und Alison mich wieder abholt. Was soll's schon?«

Kerry starrte ihre Tochter einen Moment an und schüttelte dann den Kopf. »Was es soll, ist, daß ich stolz auf dich bin und mich selber schäme.« Sie umarmte Robin schnell, ließ sie dann wieder los und ging in die Küche.

Einige Minuten später, als sie gerade die Teller für die Pizza herrichtete, klingelte das Telefon, und eine zögernde Stimme erklärte: »Ms. McGrath, hier spricht Barbara Tompkins. Entschuldigen Sie bitte die Störung, aber Mrs. Carpenter, die bei Dr. Charles Smith in der Praxis ist, hat vorgeschlagen, daß ich Sie anrufe.«

Während sie zuhörte, angelte sich Kerry einen Stift und fing an, auf dem Telefonnotizblock in Stichpunkten mitzuschreiben. *Barbara suchte Dr. Smith in Praxis auf ... Er zeigte ihr ein Bild ... Fragte sie, ob sie wie diese Frau ausschauen will ... Hat sie operiert ... Fing an sie zu beraten ... Hat ihr bei Wohnungssuche geholfen ... Zu einer Einkaufsberaterin geschickt ... Nennt sie jetzt »Suzanne« und verfolgt sie ...*

Schließlich sagte Tompkins: »Ms. McGrath, ich bin Dr. Smith so dankbar. Er hat mein Leben von Grund auf verändert. Ich will ihn nicht bei der Polizei melden und einen Gerichtsbeschluß gegen ihn beantragen. Ich will ihm in keiner Weise schaden. Aber ich kann nicht zulassen, daß das so weitergeht.«

»Hatten Sie je das Gefühl, daß Sie körperlich von ihm bedroht werden?« fragte Kerry.

Tompkins zögerte kurz, bevor sie langsam antwortete: »Nein, das nicht unbedingt. Ich meine, er hat nie versucht, sich mir körperlich aufzudrängen. Er war eigentlich eher fürsorglich und hat mich so behandelt, als wäre ich irgendwie zerbrechlich – wie eine Porzellanpuppe. Aber manchmal spüre ich auch, daß eine schreckliche, unterdrückte Wut in ihm steckt, und daß sie ganz leicht ausbrechen könnte, und dann vielleicht gegen mich. Als er zum Beispiel gestern abend aufgetaucht ist, um mich zum Abendessen abzuholen, hab' ich gemerkt, daß er gar nicht einverstanden damit war, daß ich sofort zum Weggehen aus meiner Wohnung bereit war. Und einen Moment dachte ich schon, er bekommt einen Tobsuchtsanfall. Ich wollte aber einfach nicht allein mit ihm sein. Und jetzt habe ich das Gefühl, daß wenn ich mich ganz offen *weigern* würde, ihn zu sehen, er dann sehr, sehr wütend werden könnte. Aber wie ich Ihnen schon gesagt habe, er war so gut zu mir. Ich weiß, ein Hausverbot würde seinem Ruf ernsten Schaden zufügen.«

»Barbara, ich gehe am Montag hin, um mit Dr. Smith zu reden. Er weiß es nicht, aber ich hab's vor. Nach dem, was Sie sagen, und besonders auf Grund der Tatsache, daß er Sie Suzanne nennt, glaube ich, daß er an irgendeiner Art von Nervenzusammenbruch leidet. Ich hoffe, daß er sich dazu überreden läßt, Hilfe aufzusuchen. Aber ich kann Ihnen nicht raten, sich nicht mit der Polizei in Verbindung zu setzen, wenn Sie Angst haben. Im Gegenteil, ich finde, Sie sollten es tun.«

»Noch nicht. Da steht eine Geschäftsreise an, die ich nächsten Monat machen wollte. Ich glaube, ich kann meine Terminplanung ändern und schon nächste Woche fahren. Ich würde gern wieder mit Ihnen reden, wenn ich zurück bin; und dann entscheide ich, was ich am besten mache.«

Nachdem sie eingehängt hatte, ließ sich Kerry auf einen Küchenstuhl fallen, mit den Notizen zu dem Telefongespräch vor ihr. Die Situation wurde jetzt wesentlich komplizierter. Dr. Smith war hinter Barbara Tompkins hergestiegen. Hatte er sich vielleicht auch an die Fersen seiner eigenen Tochter geheftet? Falls das zutraf, war es sehr wahrscheinlich, daß es *sein* Mercedes war, den Dolly Bowles und der kleine Michael an dem Abend der Mordnacht vor dem Haus der Reardons geparkt gesehen hatten.

Sie dachte wieder an die Einzelheiten des Kennzeichens, an die sich Bowles angeblich erinnern konnte. Ob Joe Palumbo wohl schon die Gelegenheit gehabt hatte, sie mit dem Kennzeichen von Smiths Wagen zu vergleichen?

Wenn aber Dr. Smith in einer Weise auf Suzanne losgegangen war, wie es Barbara Tompkins ihrerseits befürchtete, wenn tatsächlich er für ihren Tod verantwortlich war, wieso hatte dann Jimmy Weeks solche Angst davor, mit der Ermordung von Suzanne Reardon in Verbindung gebracht zu werden?

Ich muß mehr über Smiths Beziehung zu Suzanne herausfinden, bevor ich mit ihm rede, bevor ich weiß, welche Fragen ich ihm stellen soll, überlegte Kerry. Dieser Antiquitätenhändler, Jason Arnott – er wäre vielleicht der richtige Ansprechpartner. Den Aufzeichnungen zufolge, die sie in der Akte gefunden hatte, war er einfach ein Freund gewesen, aber häufig mit Suzanne nach New York zu Auktionen und anderen Anlässen gefahren. Vielleicht hatte sich Dr. Smith ja gelegentlich mit den beiden getroffen.

Sie rief bei Arnott an und hinterließ eine Nachricht mit der Bitte um Rückruf. Anschließend überlegte Kerry, ob sie noch einen weiteren Anruf machen sollte.

Er würde Geoff gelten, und zwar mit der Bitte, er möge ein zweites Treffen mit Skip Reardon im Gefängnis arrangieren.

Nur wollte sie diesmal gern sowohl seine Mutter als auch seine Freundin, Beth Taylor, ebenfalls dabeihaben.

68

Jason Arnott hatte vorgehabt, am Freitag einen ruhigen Abend zu Hause zu verbringen und sich selbst ein einfaches Essen zuzubereiten. In dieser Absicht hatte er die Zugehfrau, die zweimal in der Woche zu ihm kam, zum Einkaufen geschickt, und sie war wie gewünscht mit Seezungenfilet,

Brunnenkresse, frischen Erbsen und knusprigem französischem Brot zurückgekehrt. Doch als Amanda Coble um fünf Uhr anrief und ihn einlud, mit ihr und Richard im Country Club von Ridgewood essen zu gehen, hatte er gern zugesagt.

Die Cobles waren Menschen, wie er sie schätzte – superreich, aber wunderbar unprätentiös; amüsant; sehr, sehr geistreich. Richard war ein internationaler Bankier, und Amanda war Innenarchitektin. Jason kümmerte sich selbst erfolgreich um sein Vermögen und hatte großes Vergnügen daran, sich mit Richard über Futures und die internationale Marktlage zu unterhalten. Er wußte, daß Richard sein Urteilsvermögen achtete und Amanda seine Fachkenntnis in Antiquitäten schätzte.

Er fand, daß die beiden nach der anstrengenden Zeit, die er am Vortag mit Vera Todd in New York verbracht hatte, eine willkommene Abwechslung sein würden. Darüber hinaus hatte er durch die Cobles eine Reihe interessanter Leute kennengelernt. Und in der Tat war es dem Kontakt mit ihnen zu verdanken, daß er vor drei Jahren einen außerordentlich erfolgreichen Beutezug in Palm Springs landen konnte.

Er fuhr gerade am Vordereingang des Klubs vor, als die Cobles ihren Wagen dem fürs Parken zuständigen Portier übergaben. Er ging nur knapp hinter ihnen durch die Eingangstür und wartete dann ab, während sie ein vornehm aussehendes Paar begrüßten, das soeben im Aufbruch begriffen war. Er erkannte den Mann auf den ersten Blick. Senator Jonathan Hoover. Zwar hatte er an ein paar politischen Tafelrunden teilgenommen, die auch Hoover mit seiner Anwesenheit beehrt hatte, aber persönlich war er ihm noch nie begegnet.

Die Frau saß im Rollstuhl und vermittelte dennoch den Eindruck einer Königin; sie trug ein dunkelblaues Abendkostüm mit einem Rock, der bis an die Spitzen ihrer hochgeschnürten Schuhe reichte. Er hatte von Mrs. Hoovers Leiden zwar gehört, sie aber noch nie gesehen. Mit einem Auge, das unverzüglich auch das kleinste Detail wahrnahm, bemerkte er die Haltung ihrer Hände, die ineinander verschränkt waren, wodurch die geschwollenen Fingerknöchel teilweise verborgen blieben.

Sie muß umwerfend ausgesehen haben, als sie noch jung war und bevor das alles passiert ist, dachte er beim Betrachten der noch immer auffallend schönen Gesichtszüge, die von saphirblauen Augen dominiert wurden.

Amanda Coble blickte auf und entdeckte ihn. »Jason, du bist ja schon da.« Sie winkte ihn herbei und stellte ihn den Hoovers vor. »Wir sprechen gerade über diese entsetzlichen Morde in Summit heute morgen. Senator Hoover und Richard kannten beide den Anwalt Mark Young.«

»Es sieht ganz nach organisiertem Verbrechen aus«, sagte Richard Coble erzürnt.

»Ganz meiner Meinung«, sagte Jonathan Hoover. »Und dasselbe glaubt der Gouverneur. Wie wir alle wissen, ist er in diesen acht Jahren hart gegen Verbrechen vorgegangen, und jetzt brauchen wir Frank Green, um dies tatkräftig fortzuführen. Eins kann ich Ihnen sagen: Wenn Weeks vor einem Gericht dieses Staates stehen würde, dann hätte der Staatsanwalt den Vergleich mit Haskell schon abgeschlossen und seine Zeugenaussage gesichert, und es wäre nie zu diesen Morden gekommen. Und jetzt will ausgerechnet Royce, der Mann, der diese ganze Angelegenheit verbockt hat, Gouverneur werden. Also, bestimmt nicht, wenn ich das verhindern kann!«

»Jonathan«, murmelte Grace Hoover vorwurfsvoll. »Man merkt, daß Wahlen anstehen, nicht, Amanda?« Während alle lächelten, fügte sie hinzu: »Und jetzt wollen wir euch nicht länger aufhalten.«

»Meine Frau hat schon seit Anfang des Studiums dafür gesorgt, daß ich nicht zu sehr aus der Reihe tanze«, wandte sich Jonathan Hoover erläuternd an Jason. »Schön, Sie mal wiedergesehen zu haben, Mr. Arnott.«

»Mr. Arnott, sind wir uns nicht auch schon mal irgendwo begegnet?« fragte Grace Hoover plötzlich.

Jason spürte, wie seine inneren Alarmglocken zu schlagen begannen. Es war eine starke Warnung. »Ich glaube nicht«, erwiderte er langsam. Das wüßte ich doch bestimmt noch, dachte er. *Wieso glaubt sie dann, sie hätte mich schon mal getroffen?*

»Ich weiß nicht, weshalb, aber ich habe das Gefühl, als ob ich Sie kenne. Aber gut, ich täusche mich sicher. Auf Wiedersehen.«

Obwohl die Cobles so interessant wie immer waren und das Essen köstlich mundete, verbrachte Jason den Abend mit dem aufrichtigen Wunsch, er wäre zu Hause geblieben und hätte sich sein Seezungenfilet zubereitet.

Als er um halb elf nach Hause zurückkehrte, wurde sein Tag darüber hinaus durch die einzige Botschaft ruiniert, die er auf seinem Anrufbeantworter abhörte. Sie kam von Kerry McGrath, die sich als Staatsanwältin von Bergen County vorstellte, ihre Telefonnummer angab und ihn bat, sie bis elf Uhr abends oder aber gleich am folgenden Morgen bei ihr zu Hause anzurufen. Sie erklärte, sie habe die Absicht, sich inoffiziell mit ihm über seine verstorbene Nachbarin und gute Bekannte, das Mordopfer Suzanne Reardon, zu unterhalten.

69

Geoff Dorso fuhr am Freitag abend nach Essex Fells zum Haus seiner Eltern zum Essen. Es war eine Veranstaltung mit Anwesenheitspflicht. Unerwartet waren seine Schwester Marian und ihr Mann Don mit ihren zweijährigen Zwillingen aus Boston zum Wochenende gekommen. Seine Mutter versuchte sofort ihre übrigen vier Kinder samt Angetrauten und Sprößlingen zu Ehren der Besucher herbeizuzitieren. Freitag war der einzige Abend, an dem auch alle anderen kommen konnten, also hatte es Freitag zu sein.

»Du schiebst also irgendwelche anderen Pläne auf, ja,

Geoff?« hatte seine Mutter halb gebettelt, halb angeordnet, als sie ihn am Nachmittag anrief.

Geoff hatte keine Pläne, doch da er hoffte, sich ein Guthaben gegen eine weitere Einladung dieser Art zu verschaffen, meldete er Bedenken an: »Also ich weiß nicht, Mom. Da muß ich erst was umarrangieren, aber ...«

Er bedauerte sofort, daß er sich auf dieses Manöver eingelassen hatte, denn der Tonfall seiner Mutter wechselte zum Ausdruck lebhaften Interesses, als sie ausrief: »Ach, du hast eine Verabredung, Geoff! Hast du jemand Nettes kennengelernt? Sag's bloß nicht ab. Bring sie mit. Ich würde sie schrecklich gern kennenlernen!«

Geoff stöhnte im stillen auf. »Ach weißt du, Mom, ich hab' bloß Spaß gemacht. Ich hab' gar keine Verabredung. Ich bin dann so gegen sechs da.«

»Gut, mein Lieber.« Es war unüberhörbar, daß die Freude seiner Mutter über seine Zusage von der Tatsache getrübt wurde, nun nicht in Kürze eine potentielle Schwiegertochter vorgestellt zu bekommen.

Als er den Hörer auflegte, gestand Geoff sich ein, daß er, wenn es um Samstag abend gegangen wäre, versucht gewesen wäre, Kerry vorzuschlagen, ob sie nicht mit Robin zum Essen im Haus seiner Eltern mitkommen wolle. Sie würde vermutlich die Flucht ergreifen, dachte er.

Ihn beunruhigte plötzlich die Erkenntnis, daß es ihm schon mehrmals während des Tages durch den Kopf gegangen war, daß seine Mutter Kerry sehr, sehr gern haben würde.

Um sechs Uhr fuhr er vor dem ansehnlichen, weiträumigen Haus im Tudor-Stil vor, das seine Eltern vor siebenundzwanzig Jahren zu einem Zehntel seines gegenwärtigen Wertes gekauft hatten. Es war ein ideales Heim für eine Familie, als wir heranwuchsen, dachte er, und es ist auch jetzt ein idealer Familiensitz bei all den Enkeln. Er parkte vor dem alten Kutscherhaus, in dem jetzt seine jüngste, noch unverheiratete Schwester wohnte. Das Kutscherhaus-Apartment hatte ihnen allen der Reihe nach als Wohnung gedient, nachdem sie mit dem College oder ihrer weiteren Hochschulausbildung fertig waren. Er selbst hatte sich während seines Jurastudiums an der Columbia Law School und dann noch für zwei weitere Jahre dort eingerichtet.

Wir hatten es wirklich wunderbar, dachte er, während er die kalte Novemberluft einatmete und sich auf die Wärme in dem einladenden, hell erleuchteten Haus freute. Seine Gedanken kehrten zu Kerry zurück. Ich bin froh, daß ich kein Einzelkind bin, überlegte er. Ich bin dankbar, daß Dad nicht starb, als ich im College war, und Mutter nicht wieder geheiratet hat und an die dreitausend Kilometer weit weg gezogen ist. Es kann damals bestimmt nicht leicht für Kerry gewesen sein.

Ich hätte sie heute anrufen sollen. dachte er. Warum habe ich's nicht getan? Ich weiß, daß sie es nicht mag, wenn irgend jemand ständig über sie wacht, aber andererseits hat sie eigentlich keinen Menschen, mit dem sie ihre Sorgen teilen könnte. Sie kann Robin nicht so beschützen, wie unsre Familie hier eines unserer Kinder beschützen könnte, wenn Gefahr im Verzug wäre.

Er ging den Weg zum Haus hoch, machte sich selbst die Tür auf und mischte sich dann in die geräuschvolle Wärme, die so typisch dafür war, wenn sich drei Generationen des Dorso-Clans versammelten.

Nach ausgiebiger Begrüßung des Bostoner Familienzweigs und einem beiläufigen Hallo für die Geschwister, die er regelmäßig sah, gelang es Geoff, mit seinem Vater in das Arbeitszimmer zu entwischen.

Dieses Refugium mit all der juristischen Fachliteratur und den signierten Erstausgaben war der einzige Raum, der tabu für unternehmungslustige Familiensprößlinge war. Edward Dorso schenkte seinem Sohn und sich einen Scotch ein. Er war mit seinen siebzig Jahren ein Rechtsanwalt im Ruhestand, der sich auf Wirtschafts- und Firmenrecht spezialisiert hatte und zu dessen Klientel einst mehrere Unternehmen aus der Fortune-500-Liste gezählt hatten.

Edward hatte Mark Young gekannt und geschätzt und war begierig darauf, Hintergrundinformationen zu bekommen, die Geoff möglicherweise im Gericht aufgeschnappt hatte.

»Ich kann dir nicht viel berichten, Dad«, sagte Geoff. »Es fällt schwer, an das merkwürdige Zusammentreffen zu glauben, daß ein oder mehrere Täter einen Raubüberfall verpatzt und Young genau zu dem Zeitpunkt umgebracht haben, wo sein Mitopfer Haskell dabei war, Strafminderung im Gegenzug für seine Zeugenaussage gegen Jimmy Weeks rauszuholen.«

»Das finde ich auch. Und weil wir gerade davon sprechen: Ich war heute in Trenton und hab' mit Sumner French Mittag gegessen. Da kam etwas zur Sprache, was dich bestimmt interessiert. In Philadelphia gibt es einen Beamten beim Baureferat, von dem man mit Sicherheit annimmt, daß er vor zehn Jahren Weeks Insider-Tips über einen neu geplanten Highway von Philly nach Lancaster gegeben hat. Weeks kaufte sich einiges an wertvollem Land zusammen und machte dann, als die Pläne für den Highway öffentlich bekanntgegeben wurden, mit dem Verkauf an Bauunternehmer einen Riesenprofit.«

»Nichts Neues mit diesen Insider-Informationen«, bemerkte dazu Geoff. »Es ist schlicht die Realität und fast unmöglich zu unterbinden. Und oft auch schwer zu beweisen.«

»Ich habe diesen Fall aus gutem Grund erwähnt. Wie ich höre, hat Weeks sich einige dieser Grundstücke für einen Pappenstiel unter den Nagel gerissen, weil der Typ, der das Vorkaufsrecht daran besaß, verzweifelt auf Bargeld angewiesen war.«

»Jemand, den ich kenne?«

»Dein Lieblingsmandant, Skip Reardon.«

Geoff zuckte die Achseln. »Wir bewegen uns eben in engen Kreisen, Dad, das weißt du doch. Es ist einfach ein weiterer Schlag, mit dem man Skip Reardon zu Fall gebracht hat. Ich weiß noch, wie Tim Farrell damals darüber geredet hat, daß Skip alles, was er besaß, für seine Verteidigung veräußert hat. Auf dem Papier sah Skips finanzielle Perspektive großartig aus, aber er hatte für eine Menge Grund und Boden das Vorkaufsrecht erworben, dazu eine deftige Bauhypothek für ein extravagantes Haus und eine Ehefrau, die anscheinend glaubte, sie wäre mit König Midas verheiratet. Wäre Skip nicht im Gefängnis gelandet, dann wäre er heute ein reicher Mann, denn er war ein guter Geschäftsmann. Aber soweit ich mich erinnern kann, hat er all seine Grundstücksoptionen zu einem fairen Marktpreis verkauft.«

»Kein fairer Marktpreis, wenn der Käufer im Besitz vertraulicher Informationen ist«, entgegnete sein Vater sarkastisch. »Nach einem der Gerüchte, die ich gehört habe, war Haskell, der schon damals die Bücher von Weeks geführt hat, auch in diesen Geschäftsvorgang eingeweiht. Jedenfalls gehört es zu diesen Dingen, die zu wissen eines Tages auf irgendeine Weise nützlich sein könnte.«

Bevor Geoff sich dazu äußern konnte, erschallte außerhalb des Arbeitszimmers ein vielstimmiger Chor: »Grandpa, Onkel Geoff, essen kommen!«

»Dein Wunsch sei mir Befehl ...«, zitierte Edward Dorso und reckte sich, als er aufstand.

»Geh schon mal, Dad, ich komme gleich nach. Ich will noch meinen Telefonbeantworter abhören.« Als er Kerrys heisere, leise Stimme vom Band des Apparats hörte, drückte er sich den Hörer fester ans Ohr.

Erklärte Kerry da tatsächlich, daß sie noch mal zum Gefängnis fahren und Skip besuchen wollte? Daß sie seine Mutter und Beth Taylor dabeihaben wollte?

»Halleluja!« sagte er laut.

Mit einem Griff nach Justin, seinem Neffen, der geschickt worden war, um ihn zu holen, eilte er in Richtung Eßzimmer, wo seine Mutter mit Sicherheit bereits ungeduldig darauf wartete, daß sich alle hinsetzten und das Tischgebet gesprochen werden konnte.

Als sein Vater die Segensworte beendet hatte, fügte seine Mutter noch hinzu: »Und wir sind so dankbar dafür, Marian und Don und ihre Zwillinge hier bei uns zu haben.«

»Mutter, wir leben doch schließlich nicht am Nordpol«,

warf Marian mit einem Zwinkern zu Geoff ein. »Boston liegt ungefähr dreieinhalb Stunden von hier weg.«

»Wenn es nach deiner Mutter ginge, lebte die ganze Familie Haus an Haus«, bemerkte sein Vater mit einem belustigten Lächeln. »Und ihr wärt alle hier an Ort und Stelle unter ihrem wachsamen Auge versammelt.«

»Ihr könnt mich ruhig alle auslachen«, sagte seine Mutter, »aber ich liebe es einfach, meine ganze Familie beieinander zu haben. Es ist wunderbar, daß drei von euch Mädchen schon mit einer eigenen Familie dastehen und Vickey einen festen Freund hat, der so nett ist wie Kevin.«

Geoff sah, wie sie das junge Paar anstrahlte.

»Wenn ich jetzt bloß noch unsern einzigen Sohn dazu kriegen könnte, sich das richtige Mädchen zu angeln ...« Ihre Stimme verlor sich, während alle mit einem nachsichtigen Lächeln zu Geoff hinüberblickten.

Geoff zog eine Grimasse, lächelte dann ebenfalls und hielt sich dabei vor Augen, daß seine Mutter, wenn sie nicht gerade auf diesem Lieblingsthema herumritt, eine sehr interessante Frau war, die zwanzig Jahre lang an der Drew University Literatur des Mittelalters unterrichtet hatte. Ja, er war sogar wegen ihrer großen Bewunderung für Chaucer Geoffrey getauft worden.

Zwischen zwei Gängen des Dinners huschte Geoff ins Arbeitszimmer zurück und rief Kerry an. Sein Herz schlug schneller, als er merkte, daß sie offenbar glücklich darüber war, von ihm zu hören.

»Kerry, können Sie Skip morgen besuchen? Seine Mutter und Beth lassen bestimmt alles stehen und liegen, um dazusein, wenn Sie kommen.«

»Ich möchte gern, Geoff, aber ich weiß nicht, ob ich kann. Es würde mich total nervös machen, Robin hierzulassen, auch wenn sie bei Cassie bleibt. Die Kinder sind ständig draußen, und es ist gleich bei einer Ecke, die leicht zugänglich ist.«

Geoff merkte erst an seinen eigenen Worten, daß er die Lösung schon parat hatte. »Dann weiß ich was Besseres. Ich hole Sie beide ab, und wir können Robin hier bei meiner Familie lassen, solange wir weg sind. Meine Schwester und ihr Mann sind mit ihren Kindern da. Und ihretwegen werden auch die anderen Enkel vorbeischauen. Robin hat also jede Menge Gesellschaft, und falls Ihnen das nicht genügt – mein Schwager ist Captain bei der Staatspolizei von Massachusetts. Glauben Sie mir, hier ist sie in Sicherheit.«

Samstag, 4. November

70

Jason Arnott lag fast die ganze Nacht über schlaflos da und versuchte verzweifelt, sich zu einer Entscheidung darüber durchzuringen, wie er nun auf den Anruf der Staatsanwältin Kerry McGrath reagieren sollte, selbst wenn sie sich ihrer eleganten Formulierung zufolge nur in »inoffizieller« Funktion an ihn wandte.

Um sieben Uhr morgens stand sein Entschluß endlich fest. Er würde sie zurückrufen und in einem höflichen, aber distanzierten Ton davon in Kenntnis setzen, er sei unter der Voraussetzung, daß es nicht zu lange dauere, mit Vergnügen zu einem Treffen bereit. Als Entschuldigung würde er eine direkt bevorstehende Geschäftsreise vorschützen.

In die Catskills, nahm sich Jason vor. Ich verstecke mich einfach in meinem Haus. Dort findet mich niemand. In der Zwischenzeit legt sich dann der ganze Staub wieder. Aber ich darf nicht den Eindruck erwecken, als hätte ich irgendeinen Grund zur Beunruhigung.

Da er sich nun entschieden hatte, schlief er endlich fest ein, ja er fiel sogar in die Art von Tiefschlaf, wie er ihn immer nach einem erfolgreichen Fischzug genoß, wenn er wußte, die Gefahr war vorüber.

Nachdem er um halb zehn aufgewacht war, rief er als erstes Kerry McGrath an. Sie nahm schon beim ersten Läuten den Hörer ab. Er war erleichtert, aus ihrer Stimme Dankbarkeit herauszuhören, die ihm aufrichtig erschien.

»Mr. Arnott, ich bin wirklich froh, daß Sie anrufen, und ich versichere Ihnen, es ist ganz inoffiziell«, erklärte sie. »Ihr Name ist in dem Zusammenhang aufgetaucht, daß Sie damals vor langer Zeit ein Freund Suzanne Reardons waren und sie auch bei der Anschaffung von Antiquitäten beraten haben. In dem Fall hat sich was Neues ergeben, und ich wäre ausgesprochen dankbar für eine Gelegenheit, mit Ihnen darüber zu reden, wie Sie die Beziehung zwischen Suzanne und ihrem Vater, Dr. Charles Smith, empfunden haben. Ich verspreche Ihnen, daß ich nur ein paar Minuten Ihrer Zeit beanspruchen werde.«

Es war ihr ernst. Jason hörte immer sofort falsche Töne heraus, hatte eine Karriere auf dieser Fähigkeit aufgebaut, und sie war keine Heuchlerin. Es war bestimmt nicht schwierig, über Suzanne zu sprechen, sagte er sich. Er war oft mit ihr auf Einkaufstour gegangen, ganz so, wie er es erst am Tag zuvor mit Vera Shelby Todd getan hatte. Suzanne war auch häufig auf seinen Partys erschienen, aber darin unterschied sie sich nicht von Dutzenden anderer Leute. Keiner konnte ihm daraus einen Strick drehen.

Jason zeigte sich vollkommen aufgeschlossen gegenüber Kerrys Erläuterung, um ein Uhr habe sie eine feste Verabredung und werde zu dem Zeitpunkt abgeholt, und daher würde sie ihn sehr gern innerhalb der nächsten Stunde aufsuchen.

71

Kerry beschloß, Robin auf ihre Fahrt zu Jason Arnotts Haus mitzunehmen. Ihr war bewußt, daß es Robin zu schaffen gemacht hatte, mitanzusehen, wie sie am Vorabend mit Bob um die Kopie von Haskells Zettel gekämpft hatte, und sie dachte sich, die Fahrt nach Alpine und zurück werde ihnen jeweils eine halbe Stunde Zeit zum Plaudern geben. Sie machte sich Vorwürfe wegen der Szene mit Bob. Es hätte ihr klar sein müssen, daß er ihr keinesfalls die Notiz überlassen würde. Aber immerhin wußte sie, was auf dem Blatt gestanden hatte. Sie hatte es sich genau so aufgezeichnet, wie sie es gesehen hatte, damit sie es später Geoff zeigen konnte.

Es war ein sonniger, frischer Tag von der Art, dachte sie, die einem zu neuen Kräften verhalf. Jetzt, da sie wußte, daß sie sich ernsthaft mit dem Fall Reardon befassen und die Sache bis zum bitteren Ende durchziehen mußte, war sie entschlossen, zügig vorzugehen.

Robin hatte gern eingewilligt, auf den Ausflug mitzukommen, wies aber darauf hin, daß sie um zwölf wieder zu Hause sein wollte. Sie hatte vor, Cassie zum Essen einzuladen.

Kerry erzählte ihr daraufhin von dem Plan, sie eine Weile bei Geoffs Familie unterzubringen, während sie selbst geschäftlich nach Trenton unterwegs war.

»Weil du Angst um mich hast«, stellte Robin nüchtern fest.

»Ja«, gestand Kerry ein. »Ich will dich dort wissen, wo du auch bestimmt okay bist, und ich weiß, daß du bei den Dorsos in Sicherheit bist. Am Montag will ich über die ganze Angelegenheit mit Frank Green reden, nachdem ich dich an der Schule abgesetzt habe. Also, Robin, wenn wir bei Mr. Arnott angelangt sind, dann kommst du mit rein, aber du weißt doch, daß ich ungestört mit ihm reden muß. Hast du ein Buch mitgenommen?«

»Mm-hmmm. Ich bin schon gespannt, wie viele von Geoffs Nichten und Neffen heute da sind. Laß mich mal nachrechnen, er hat vier Schwestern. Die jüngste ist nicht verheiratet. Die eine, die gleich nach Geoff kommt, hat drei Kinder, einen Jungen, der neun ist – er ist mir im Alter am nächsten –, und ein Mädchen, das sieben ist, und einen Jungen von vier Jahren. Geoffs zweite Schwester hat vier Kinder, aber die sind alle ziemlich klein – das älteste ist, glaub' ich, sechs. Dann ist da noch die eine mit den zweijährigen Zwillingen.«

»Rob, um Himmels willen, woher weißt du denn das alles?« fragte Kerry.

»Neulich abends beim Essen. Geoff hat von ihnen erzählt. Du warst so ziemlich daneben, hab' ich das Gefühl. Ich meine, ich habe gemerkt, daß du nicht zugehört hast. Aber egal, es wird bestimmt stark, wenn ich da hinkomme. Er hat gesagt, seine Mutter kann gut kochen.«

Als sie Closter hinter sich ließen und nach Alpine kamen, blickte Kerry auf ihren Zettel mit den Richtungsangaben hinunter. »Jetzt ist es nicht mehr weit.«

Fünf Minuten später fuhren sie eine kurvenreiche Straße zu Jason Arnotts europäisch anmutendem Wohnsitz hinauf. Die leuchtende Sonne spielte auf dem Gebäude, einer atemberaubenden Kombination aus Naturstein, verputzten Wänden, Backstein und Holz mit hoch aufragenden bleigefaßten Fenstern.

»Ist ja 'ne Wucht!« rief Robin aus.

»Da wird einem erst mal klar, wie bescheiden *wir* wohnen«, fand auch Kerry, als sie den Wagen in der halbkreisförmigen Auffahrt parkte.

Jason Arnott öffnete ihnen schon die Tür, bevor sie die Klingel entdecken konnten. Seine Begrüßung war herzlich. »Ms. McGrath, und das ist wohl Ihre Assistentin?«

»Ich sagte doch, daß es ein inoffizieller Besuch wird, Mr. Arnott«, erwiderte Kerry, als sie Robin vorstellte. »Vielleicht könnte sie hier warten, während wir miteinander reden.« Sie zeigte auf einen Sessel neben einer lebensgroßen Bronzeskulptur zweier kämpfender Ritter.

»Oh, nein. Sie fühlt sich in dem kleinen Studio bestimmt wesentlich wohler.« Arnott wies auf ein Zimmer zur Linken der Eingangshalle. »Wir beide können in die Bibliothek gehen. Sie liegt gleich hinter dem Studio.«

Das ist ja wie ein Museum hier, dachte Kerry, während sie Arnott folgte. Sie hätte liebend gern die Gelegenheit dazu gehabt, stehenzubleiben und sich die erlesenen Wandteppiche, die herrlichen Möbel, die Gemälde und die Harmonie der gesamten Raumgestaltung gründlicher ansehen zu können.

Konzentrier dich auf das, was du vorhast, schärfte sie sich ein. Du hast ihm doch versprochen, nur eine halbe Stunde zu bleiben.

Als sie und Arnott einander dann auf geschmackvollen, mit Saffianleder bezogenen Sesseln gegenübersaßen, ergriff sie das Wort: »Mr. Arnott, vor ein paar Wochen hat sich Robin bei einem Autounfall einige Gesichtswunden zugezogen und wurde dann von Dr. Charles Smith behandelt.«

Arnott hob erstaunt die Augenbrauen. »Etwa derselbe Dr. Charles Smith, der Suzanne Reardons Vater war?«

»Ja, genau. Bei jedem der beiden Nachuntersuchungstermine begegnete mir in seiner Praxis eine Patientin, die Suzanne Reardon auf verblüffende Weise ähnlich sah.«

Arnott starrte sie an. »Durch Zufall, hoffe ich doch. Sie wollen damit doch sicher nicht sagen, daß er absichtlich Ebenbilder von Suzanne herstellt?«

»Eine interessante Wortwahl, Mr. Arnott. Ich bin hier, weil ich, wie ich Ihnen ja schon sagte, Suzanne besser verstehen muß. Ich muß wissen, wie die Beziehung zu ihrem Vater wirklich aussah, und auch die zu ihrem Mann, soweit Sie darüber im Bilde sind.«

Arnott lehnte sich zurück, blickte zur Decke hinauf und verschränkte die Hände unter dem Kinn.

Das wirkt so einstudiert, dachte Kerry. Er will offenbar Eindruck schinden. Doch warum?

»Lassen Sie mich damit beginnen, wie ich Suzanne kennengelernt habe. Das dürfte jetzt etwa zwölf Jahre her sein. Sie hat eines Tages einfach vor meiner Tür gestanden. Ich muß schon sagen, sie war eine bildschöne junge Frau. Sie stellte sich vor und erklärte mir, daß sie mit ihrem Mann im Begriff sei, hier in der Nachbarschaft ein Haus zu bauen, und daß sie vorhätte, es mit Antiquitäten einzurichten, und gehört hätte, daß ich gute Freundinnen von ihr auf Auktionen begleitete, um ihnen beim Bieten zur Seite zu stehen.

Ich habe ihr das bestätigt, aber auch gesagt, daß ich mich nicht als Innenarchitekt betrachte und auch nicht die Absicht hätte, als Ganztagsberater angesehen zu werden.«

»Stellen Sie Ihre Dienste in Rechnung?«

»Anfangs habe ich's nicht getan. Doch als mir dann klar wurde, daß ich mich bestens dabei amüsiere, wenn ich angenehme Leute auf ihren Spritztouren begleite, sie vor einem schlechten Kauf warne und ihnen dazu verhelfe, erstklassige Objekte zu besten Preisen zu erwerben, da habe ich eine angemessene Provisionsspanne festgelegt. Ich hatte zuerst kein Interesse daran, mich auf Suzanne näher einzulassen. Sie hatte etwas ziemlich Erdrückendes, wissen Sie.«

»Aber Sie haben sich dann doch auf sie eingelassen.«

Arnott zuckte die Achseln. »Ms. McGrath, wenn Suzanne etwas haben wollte, dann bekam sie es auch. Genaugenommen hat sie ihren Charme einfach auf andere Weise eingesetzt, als sie mitbekam, daß ihr provozierendes Flirten bei mir nur auf Ablehnung stieß. Sie konnte wirklich sehr amüsant sein. Im Lauf der Zeit haben wir uns dann sehr gut angefreundet; offen gestanden, fehlt sie mir immer noch sehr. Sie war eine große Bereicherung für meine Partys.«

»Hat Skip sie begleitet?«

»Selten. Er langweilte sich, und, ehrlich gesagt, fanden ihn meine Gäste nicht *simpatico*. Aber daß Sie mich nicht falsch verstehen. Er war ein intelligenter junger Mann mit guten Manieren, aber er war anders als die meisten Menschen in meinem Bekanntenkreis. Er war ein typischer Frühaufsteher, arbeitete hart und hatte kein Interesse an müßigem Geplauder – wie er es auch Suzanne einmal vor allen andern unter die Nase rieb, als er sie einfach stehenließ und nach Hause fuhr.«

»Hatte sie an diesem Abend ihr eigenes Auto dabei?«

Arnott lächelte. »Suzanne hatte nie Schwierigkeiten damit, eine Mitfahrgelegenheit zu bekommen.«

»Wie würden Sie die Beziehung zwischen Suzanne und Skip beurteilen?«

»Am Zerbröckeln. Ich kannte die beiden während ihrer letzten beiden Ehejahre. Zuerst hatte ich den Eindruck, daß sie sich wirklich zugetan waren, aber im Lauf der Zeit stellte es sich heraus, daß er sie langweilte. Zum Schluß haben sie nur noch sehr wenig miteinander unternommen.«

»Dr. Smith hat behauptet, Skip sei krankhaft eifersüchtig gewesen und hätte Suzanne bedroht.«

»Falls das stimmt, hat es mir Suzanne nicht anvertraut.«

»Wie gut kannten Sie Dr. Smith?«

»So gut wie ihre ganzen anderen Freunde, nehm ich mal an. Wenn ich mit Suzanne nach New York gefahren bin und seine Praxis gerade zu war, dann ist er häufig aufgetaucht und hat sich uns angeschlossen. Am Ende aber schien ihr seine Zuwendung auf den Geist zu gehen. Sie sagte dann manchmal Dinge wie: ›Geschieht mir recht, wenn ich ihm unbedingt erzählen muß, daß wir heute herkommen.‹«

»Hat sie's ihn fühlen lassen, daß sie verärgert war?«

»Genauso, wie sie ihre Gleichgültigkeit gegenüber Skip ziemlich offen zur Schau gestellt hat, gab sie sich auch keine Mühe, ihre Ungeduld mit Dr. Smith zu verbergen.«

»Sie wußten, daß sie bei ihrer Mutter und einem Stiefvater aufgewachsen war?«

»Ja. Sie hat mir erzählt, daß die Jahre, in denen sie aufwuchs, ziemlich schlimm waren. Ihre Stiefschwestern waren neidisch auf ihr Aussehen. Einmal hat sie gesagt: ›Um von Aschenbrödel zu reden – in gewisser Weise hab' ich ihr Leben geführt.‹«

Das beantwortet schon meine nächste Frage, dachte Kerry. Offensichtlich hatte Suzanne Arnott nicht verraten, daß sie als die unscheinbare Schwester namens Susie aufgewachsen war.

Plötzlich fiel ihr eine neue Frage ein. »Wie hat sie eigentlich Dr. Smith angeredet?«

Arnott dachte nach. »Entweder Herr Doktor oder Charles«, erwiderte er nach einer Weile.

»Nicht Dad.«

»Nie. Jedenfalls nicht, soweit ich mich erinnern kann.« Arnott blickte demonstrativ auf seine Uhr.

»Ich weiß, daß ihn Ihnen versprochen habe, Sie nicht zu lange aufzuhalten, aber da gibt's noch eine Sache, die ich wissen muß. Hatte Suzanne ein Verhältnis mit einem anderen Mann? Insbesondere, hat sie sich mit Jimmy Weeks getroffen?«

Arnott schien sich seine Antwort zu überlegen. »Ich habe sie mit Jimmy Weeks genau hier in diesem Zimmer bekannt gemacht. Es war das einzige Mal, daß er überhaupt hier war. Sie sind ziemlich aufeinander geflogen. Wie Sie vielleicht wissen, ist Weeks ein Machtmensch mit einer starken Ausstrahlung, und das zog Suzanne sofort an. Und Jimmy hatte natürlich immer schon etwas für schöne Frauen übrig. Suzanne war richtig stolz darauf, daß er nach der ersten Begegnung hier anfing, regelmäßig im Palisades Country Club aufzutauchen, wo sie einen großen Teil ihrer Zeit verbracht hat. Und ich glaube, Jimmy war dort auch sowieso schon Mitglied.«

Kerry dachte bei ihrer nächsten Frage an die Aussage des Caddies. »War sie froh darüber?«

»Und wie. Obwohl sie es Jimmy, glaube ich, nicht wissen ließ. Sie wußte, daß er mehrere Freundinnen hatte, und sie hatte Spaß daran, ihn eifersüchtig zu machen. Können Sie sich noch an eine der Anfangsszenen in *Vom Winde verweht* erinnern, die eine, wo Scarlett sich die ganzen Kavaliere der anderen Frauen anlacht?«

»Ja, ich erinnere mich.«

»Das war unsere Suzanne. Man möchte doch glauben, daß sie mittlerweile darüber hinaus gewesen wäre. Ist ja schließlich ein ziemlicher Backfischtrick, finden Sie nicht? Aber da gab's keinen Mann, den Suzanne nicht für sich zu gewinnen versucht hätte. Das hat sie bei Frauen nicht gerade beliebt gemacht.«

»Und wie hat Dr. Smith auf ihr kokettes Verhalten reagiert?«

»Empört, würde ich sagen. Wenn es möglich gewesen wäre, dann hätte Smith wohl am liebsten einen Schutzzaun um sie herum errichtet, um andere Leute von ihr fernzuhalten, ungefähr so, wie Museen ihre kostbarsten Exponate mit Barrieren umgeben.«

Sie wissen gar nicht, wie sehr Sie ins Schwarze treffen,

dachte Kerry. Sie mußte an Deidre Reardons Bemerkung über Smiths Beziehung zu Suzanne denken, daß er sie wie ein Objekt behandelt habe. »Falls Sie mit Ihrer Annahme richtig liegen, wäre das nicht ein Grund für Dr. Smith, etwas gegen Skip Reardon zu haben?«

»Etwas gegen ihn zu haben? Ich glaube, das reichte viel tiefer. Ich glaube, er hat ihn gehaßt.«

»Mr. Arnott, hatten Sie Grund zu der Annahme, daß Suzanne außer von ihrem Mann und ihrem Vater noch von einem anderen Mann Schmuck geschenkt bekam?«

»Falls es so war, hat sie's mir nicht verraten. Suzanne hatte ein paar ausgesprochen schöne Stücke, *das* weiß ich jedenfalls. Skip kaufte ihr eine ganze Menge Schmuck, jedes Jahr zum Geburtstag und dann noch mal zu Weihnachten, und zwar immer, nachdem sie ihm genau beigebracht hatte, was sie haben wollte. Sie besaß auch einige ältere Cartier-Unikate, die ihr, soviel ich weiß, ihr Vater geschenkt hatte.«

Oder es zumindest behauptet hat, dachte Kerry. Sie erhob sich. »Mr. Arnott, glauben Sie, daß Skip Suzanne getötet hat?«

Er stand ebenfalls auf. »Ms. McGrath, ich halte mich für ziemlich gut, wenn es darum geht, alte Kunst und Antiquitäten zu beurteilen. In der Beurteilung von Menschen bin ich weniger gut. Aber stimmt es denn nicht, daß Liebe und Geld die beiden wichtigsten Motive sind? So leid es mir tut, aber ich muß sagen, in diesem Fall scheinen beide Motive auf Skip zuzutreffen. Finden Sie nicht?«

Von einem Fenster aus beobachtete Jason, wie Kerrys Wagen die Straße hinunter verschwand. Als er die kurze Unterredung nochmals überdachte, fand er, daß er detailliert genug Auskunft erteilt hatte, um entgegenkommend zu erscheinen, aber auch hinreichend vage, daß sie zu demselben Schluß kam wie vor zehn Jahren die Staatsanwaltschaft und die Verteidiger, daß es nämlich zwecklos sei, ihn weiter zu befragen.

Ob ich glaube, daß Skip Suzanne umgebracht hat? Nein, das glaube ich nicht, Ms. McGrath, dachte er. Ich glaube, daß

Skip wie leider viel zu viele Männer wohl dazu *fähig* gewesen wäre, seine Frau umzubringen. Nur daß ihm an dem Abend damals jemand anders zuvorkam.

72

Skip Reardon hatte eine der vermutlich schlimmsten Wochen seines Lebens durchgemacht. Der skeptische Ausdruck in den Augen der Staatsanwältin Kerry McGrath während ihres Besuchs bei ihm im Gefängnis hatte die Wirkung des Rückschlags noch verstärkt, den die Nachricht für ihn bedeutet hatte, daß vielleicht keine Berufungsverfahren mehr möglich waren.

Es kam ihm vor, als sänge ein griechischer Tragödienchor in seinem Kopf unablässig die Worte: *»Noch zwanzig Jahre, bis ein Straßerlaß wegen guter Führung überhaupt möglich ist.«* Wieder und wieder. Anstatt zu lesen oder fernzusehen, hatte Skip die ganze Woche über auf die eingerahmten Bilder an den Wänden seiner Zelle gestarrt.

Beth und seine Mutter waren auf den meisten dargestellt. Einige der Fotos reichten siebzehn Jahre zurück, als er dreiundzwanzig Jahre alt war und gerade angefangen hatte, mit Beth auszugehen. Sie hatte ihren ersten Job als Lehrerin angetreten, und er hatte sein Bauunternehmen Reardon Construction Company aus der Taufe gehoben.

In den zehn Jahren, die er nun eingesperrt war, hatte Skip schon viele Stunden damit verbracht, die Bilder zu betrachten und sich den Kopf darüber zu zerbrechen, wie nur alles so schiefgehen konnte. Hätte er an jenem Abend Suzanne nicht getroffen, dann wären er und Beth mittlerweile vierzehn oder fünfzehn Jahre verheiratet. Wahrscheinlich hätten sie auch zwei oder drei Kinder. Wie wäre es wohl, einen Sohn oder eine Tochter zu haben? fragte er sich.

Er hätte dann für Beth ein Haus gebaut, das sie gemeinsam geplant hätten – nicht dieses verrückte, moderne, riesige

Phantasiegebilde eines Architekten, das Suzanne verlangt hatte und das er im Lauf der Zeit nur noch verabscheute.

In all den langen Jahren im Gefängnis hatte ihn das Bewußtsein seiner Unschuld aufrechterhalten, sein Vertrauen in die amerikanische Justiz und die Überzeugung, dieser Alptraum werde eines Tages ein Ende finden. In seinen Wunschträumen gab ihm das Revisionsgericht schließlich recht, daß Dr. Smith ein Lügner war, und Geoff erschien im Gefängnis und erklärte: »Zeit zu gehen, Skip. Sie sind ein freier Mann.«

Das Gefängnisreglement gewährte Skip zwei R-Gespräche pro Tag. Normalerweise rief er zweimal in der Woche sowohl seine Mutter wie Beth an. Mindestens eine von beiden kam ihn am Samstag oder Sonntag besuchen.

In dieser Woche hatte Skip jedoch keine von beiden angerufen. Sein Entschluß stand nun fest. Er würde es nicht mehr zulassen, daß Beth ihn besuchen kam. Sie mußte von jetzt ab ihr eigenes Leben leben. Ihr vierzigster Geburtstag stand bevor, überlegte er. Es war nötig, daß sie jemand anders kennenlernen, heiraten und Kinder kriegen würde. Sie liebte doch Kinder. Deshalb hatte sie sich auch entschlossen, Lehrerin und dann Schultherapeutin zu werden.

Und da war noch etwas anderes, was Skip beschloß: Er würde von nun ab keine Zeit mehr mit dem Entwurf von Zimmern und Häusern vergeuden, beseelt von dem Wunsch, sie eines Tages auch bauen zu können. Bis er aus dem Knast kommen würde – falls er überhaupt je herauskam –, war er schon in den Sechzigern. Das war dann für einen Neuanfang zu spät. Außerdem war dann niemand mehr da, für den das eine Rolle spielte.

Als Skip daher am Samstag morgen Bescheid erhielt, sein Anwalt sei am Telefon, nahm er den Anruf in der festen Absicht entgegen, Geoff zu sagen, er solle ihn jetzt ebenfalls vergessen. Auch für ihn sei es an der Zeit, sich anderen Dingen zuzuwenden. Doch als er erfuhr, Kerry McGrath habe vor, ihn wieder zu besuchen, und zwar zusammen mit seiner Mutter und Beth, wurde er wütend.

»Was hat diese McGrath eigentlich im Sinn, Geoff?«

fragte er. »Will sie Mom und Beth etwa vorführen, *warum* genau sie ihre Zeit verschwenden, wenn sie mich hier rauszukriegen versuchen? Will sie demonstrieren, wie jedes Argument *für* mich auch ein Argument *gegen* mich ist? Sagen Sie der McGrath, daß ich mir das nicht noch mal anzuhören brauche. Das Gericht hat es schon großartig geschafft, mich zu überzeugen.«

»Schluß damit, Skip«, fuhr ihm Geoff energisch über den Mund. »Kerrys Interesse an Ihnen hat ihr bereits erheblichen Ärger verursacht, inklusive der Drohung, ihrer zehnjährigen Tochter könnte etwas zustoßen, wenn sie sich nicht aus der Sache raushält.«

»Eine Drohung? Wer?« Skip schaute den Hörer in seiner Hand an, als stamme er plötzlich von einem fremden Stern. Es war unmöglich, zu begreifen, daß jemand seinetwegen Kerry McGraths Tochter Schaden angedroht hatte.

»Nicht nur *wer?* ist die Frage, sondern auch *warum?* Wir sind uns sicher, daß Jimmy Weeks die Antwort auf die erste Frage ist. Das Warum bedeutet, daß er aus irgendeinem Grund Angst davor hat, das Verfahren könnte wiederaufgerollt werden. Also hören Sie jetzt zu, Kerry will den Fall mit Ihnen bis ins kleinste Detail durchgehen, und genauso mit Ihrer Mutter und Beth. Sie hat einen Haufen Fragen für euch alle. Sie hat Ihnen auch eine Menge über Dr. Smith zu erzählen. Ich brauche Sie ja nicht daran zu erinnern, welche Folgen seine Zeugenaussage für Sie hatte. Wir kommen zur letzten Besuchszeit, also stellen Sie sich darauf ein, mitzuhelfen. Das hier ist die beste Chance, die wir je hatten, Sie freizukriegen. Es ist vielleicht auch die letzte.«

Skip vernahm deutlich das Klicken, als die Leitung unterbrochen wurde. Ein Aufsichtsposten brachte ihn zu seiner Zelle zurück. Er setzte sich auf seine Lagerstatt und vergrub das Gesicht in den Händen. Er wollte es einfach nicht geschehen lassen, doch ganz gegen seinen Willen war der Hoffnungsfunke, den er erfolgreich ausgelöscht zu haben glaubte, wieder zu neuem Leben erwacht und erwärmte ihn jetzt durch und durch.

73

Geoff holte Kerry und Robin um ein Uhr ab. Als sie Essex Fells erreichten, führte er Kerry und Robin ins Haus und stellte die beiden ringsum seiner Familie vor. Am Abend vorher hatte er gegen Ende der Tafelrunde seinen erwachsenen Verwandten kurz die Umstände erklärt, weshalb er Robin zu ihnen bringen wollte.

Instinktiv hatte seine Mutter sofort den Tatbestand erfaßt, daß diese Frau, die Geoff beharrlich »Robins Mutter« nannte, für ihren Sohn besondere Bedeutung haben mochte.

»Aber selbstverständlich, bring doch Robin für den Nachmittag her«, hatte sie erklärt. »Armes Kind, daß jemand auch nur auf die Idee kommt, ihr was zuleide zu tun. Und Geoff, wenn du und ihre Mutter – Kerry heißt sie doch, oder? – von Trenton zurück seid, dann müßt ihr unbedingt noch bleiben und mit uns zu Abend essen.«

Geoff wußte, daß sein unbestimmtes »Schaun wir mal« verlorene Liebesmüh war. So wie die Dinge stehen, essen wir, falls nicht noch etwas Unerwartetes dazwischenkommt, heute abend am Tisch meiner Mutter, sagte er sich.

Er entdeckte sofort die Zustimmung in den Augen seiner Mutter, als sie Kerry in Augenschein nahm. Kerry trug einen Kamelhaarmantel mit einem Gürtel und dazu passende lange Hosen. Ein jagdgrüner Rollkragenpullover unterstrich die Grüntöne in ihren haselnußfarbenen Augen. Die Haare hatte sie sich lose über den Kragen gebürstet. Als Make-up hatte sie außer einer Idee Lippenstift offenbar nur etwas Lidschatten aufgelegt.

Als nächstes fiel ihm auf, daß seine Mutter Gefallen an Kerrys ehrlicher, aber nicht überschwenglicher Dankbarkeit fand, daß sie Robin dalassen konnte. Mom hatte ja immer betont, die Stimme eines Menschen sollte wohlmoduliert sein, erinnerte er sich.

Robin war glücklich, als sie erfuhr, daß alle neun Enkel sich irgendwo im Haus herumtrieben. »Don geht nachher mit dir und den beiden Ältesten zur Sports World«, sagte Mrs. Dorso zu ihr.

Kerry schüttelte den Kopf und murmelte: »Ich weiß nicht recht ...«

»Don ist der Schwager von mir, der ein Captain bei der Staatspolizei von Massachusetts ist«, klärte sie Geoff schnell auf. »Der läßt die Kinder bestimmt keine Sekunde aus den Augen.«

Man konnte Robin schon deutlich die Vorfreude ansehen. Sie beobachtete, wie die zweijährigen Zwillinge auf der Flucht vor ihrem vierjährigen Vetter wie wild vorbeiwackelten. »Das ist ja wie Kleinkinderberufsverkehr hier«, kommentierte sie vergnügt. »Bis später dann, Mom.«

Im Wagen lehnte sich Kerry in den Sitz zurück und seufzte tief auf.

»Sie machen sich doch nicht etwa Sorgen, oder?« fragte Geoff sogleich.

»Nein, überhaupt nicht. Das war nur ein Zeichen meiner Erleichterung. So, und jetzt bring ich Sie mal auf den neusten Stand über all das, was ich Ihnen noch nicht erzählt habe.«

»Was zum Beispiel?«

»Wie Suzanne aufgewachsen ist zum Beispiel, und was sie zu sehen bekam, wenn sie damals in den Spiegel geschaut hat. Oder was Dr. Smith mit einer der Patientinnen treibt, die er mit Suzannes Gesicht ausgestattet hat. Und was ich heute vormittag von Jason Arnott erfahren habe.«

Deidre Reardon und Beth Taylor warteten schon in der für Besucher bestimmten Empfangshalle im Gefängnis. Nachdem Geoff und Kerry sich am Schalter eingetragen hatten, schlossen sie sich den beiden Frauen an, und Geoff stellte Kerry und Beth einander vor.

Während sie auf ihren Aufruf warteten, hielt Kerry das Gespräch bewußt auf einer unpersönlichen Ebene. Sie wußte, worüber sie dann in Anwesenheit von Skip reden wollte, doch das behielt sie sich lieber bis zu diesem Zeitpunkt vor. Sie wollte nichts von der Spontaneität verlieren, wenn die drei sich gegenseitig zu Erinnerungen anregten, sobald sie dann die verschiedenen Punkte durchging. Da sie verstand, daß Mrs. Reardon sie zurückhaltend begrüßt hatte, konzentrierte sie sich auf die Unterhaltung mit Beth Taylor, die ihr sofort sympathisch war.

Pünktlich um drei wurden sie in den Gefängnisbereich geführt, wo es Verwandten und Freunden bei ihrem Besuch gestattet war, mit den Strafgefangenen unmittelbar in Kontakt zu kommen. Diesmal war es hier wesentlich voller als bei Kerrys erstem Besuch eine Woche zuvor. Bestürzt sagte sich Kerry, daß es vermutlich besser gewesen wäre, einen Antrag für eines der Einzelbesprechungszimmer zu stellen, die zur Verfügung standen, wenn sowohl Staatsanwalt wie Verteidiger die Genehmigung zu einem gemeinsamen Besuch einholten. Doch das hätte bedeutet, daß man sie offiziell als Staatsanwältin von Bergen County, die einen überführten Mörder aufsucht, registriert hätte, etwas, worauf sie sich noch nicht so recht einlassen wollte.

Es gelang ihnen dann aber, einen Tisch in der Ecke aufzutreiben, wohin der Hintergrundlärm etwas weniger stark durchdrang. Als man Skip in den Raum führte, sprangen Deidre Reardon und Beth gleichzeitig auf. Nachdem der Wärter Skips Handschellen entfernt hatte, hielt sich Beth zurück, während Deidre ihren Sohn umarmte.

Dann beobachtete Kerry, wie Beth und Skip einander anschauten. Der Gesichtsausdruck der beiden und ihre enorme Selbstbeherrschung, als sie sich küßten, sagten mehr aus über das, was sie verband, als es die heftigsten, überschwenglichsten Umarmungen vermocht hätten. Dieser Augenblick rief in Kerry lebhaft die Erinnerung an jenen Tag im Gericht wieder wach, als sie bei der Verkündung des Urteils, das ihn für mindestens dreißig Jahre ins Gefängnis schickte, die Qual in Skip Reardons Miene wahrgenommen und seinen herzzerreißenden Protest, Dr. Smith sei ein Lügner, mitangehört hatte. Als sie jetzt daran zurückdachte, begriff sie, daß sie den Klang der Wahrheit schon damals aus Skip Reardons Stimme herausgehört hatte, obwohl sie zu dem Zeitpunkt noch kaum etwas über den Fall wußte.

Sie hatte sich einen Schreibblock mitgebracht, auf dem sie eine Reihe von Fragen notiert und dabei jeweils genügend Zwischenraum übriggelassen hatte, um die Antworten festhalten zu können. Kurz setzte sie nun ihre Gesprächspartner über all das in Kenntnis, was sie dazu bewogen hatte, diesen zweiten Besuch zu machen: Dolly Bowles' Bericht über den Mercedes, der am Abend von Suzannes Tod vor dem Haus gestanden hatte; die Tatsache, daß Suzanne als denkbar unattraktives Mädchen aufgewachsen war; Dr. Smiths bizarres Verlangen, bei Schönheitsoperationen praktisch Suzannes Gesicht zu kopieren; Smiths Fixiertheit auf Barbara Tompkins; den Tatbestand, daß Jimmy Weeks' Name in den ursprünglichen Ermittlungen aufgetaucht war; und schließlich die Drohung gegen Robin.

Kerry fand, daß es für die drei sprach, daß sie nach dem ersten Schock über all diese Enthüllungen keine Zeit darauf verschwendeten, ihren Reaktionen untereinander freien Lauf zu lassen. Beth Taylor griff nach Skips Hand, während sie fragte: »Was können wir jetzt unternehmen?«

»Erst einmal möchte ich mit der Feststellung für Klarheit sorgen, daß ich jetzt ernste Zweifel daran hege, daß Skip schuldig ist, und falls wir die Art von Dingen rausfinden, die ich erwarte, will ich mein Bestes tun, Geoff dabei zu helfen, damit das Urteil revidiert wird. Also, ich sehe die Sache so«, sage Kerry. »Vor einer Woche, Skip, gewannen Sie nach unserem Gespräch die Überzeugung, daß ich Ihnen nicht glaube. Das trifft aber wirklich nicht zu. Mein Gefühl und meine Überlegung gingen eher dahin, daß ich nichts gehört hatte, das sich nicht auf zweierlei Weise interpretieren ließ – für Sie oder gegen Sie. Jedenfalls war nichts dabei, was es gerechtfertigt hätte, einen neuen Revisionsantrag zu stellen. Stimmt das nicht, Geoff?«

Geoff nickte.

»Dr. Smiths Zeugenaussage ist der Hauptgrund für Ihre Verurteilung, Skip. Die eine große Hoffnung beruht darauf, eben diese Zeugenaussage in ihrer Glaubwürdigkeit zu erschüttern. Und die einzige Methode in meinen Augen, um das zu bewerkstelligen, bedeutet, ihn in die Enge zu treiben, und zwar indem man einige seiner Lügen entlarvt und ihn damit konfrontiert.«

Sie wartete nicht ab, bis jemand das Wort ergriff. »Auf die erste Frage, die ich stellen wollte, habe ich bereits die Antwort erhalten – Suzanne hat Ihnen nie verraten, daß sie sich plastischer Chirurgie unterzogen hatte. Und übrigens brauchen wir nicht ganz so formell zu sein. Ich heiße Kerry.«

Während der restlichen eineinviertel Stunden der Besuchszeit feuerte Kerry eine Frage nach der anderen ab. »Fürs erste, Skip, hat Suzanne je etwas von Jimmy Weeks erwähnt?«

»Nur ganz nebenbei«, sagte er. »Ich wußte, daß er in dem Klub Mitglied war und daß sie manchmal einen Vierer mit ihm zusammen gespielt hat. Sie hat die ganze Zeit mit ihren Golfresultaten angegeben. Aber wenn sie merkte, daß ich den Verdacht bekam, sie hätte mit irgendwem eine Affäre, hat sie nur noch die Namen von Frauen erwähnt, mit denen sie gespielt hat.«

»Ist Weeks nicht der Mann, der jetzt wegen Steuerhinterziehung vor Gericht steht?« fragte Deidre Reardon.

Kerry nickte.

»Das ist ja nicht zu fassen. Ich fand es wirklich schrecklich, daß man ihm so auf den Pelz rückt. Letztes Jahr habe ich ehrenamtlich an der Sammelaktion zugunsten der Krebshilfe mitgearbeitet, und da ließ er uns die Veranstaltung auf seinem Landsitz in Peapack abhalten. Er hat für die ganze Angelegenheit die Kosten getragen und obendrein noch eine riesige Spende gemacht. Und da erzählen Sie, daß er ein Verhältnis mit Suzanne hatte und jetzt Ihre Tochter bedroht!«

»Jimmy Weeks hat immer dafür gesorgt, daß sein Image als Wohltäter in der Öffentlichkeit nachhaltig gepflegt wird«, erklärte ihr Kerry. »Sie sind nicht die einzige, die ihn für ein unschuldiges Opfer staatlicher Repressalien hält. Aber glauben Sie mir – in Wahrheit verhält es sich völlig anders.« Sie wandte sich an Skip. »Ich möchte gern, daß Sie mir den Schmuck beschreiben, den Suzanne Ihrer Ansicht nach von einem anderen Mann geschenkt bekam.«

»Eins davon war ein Goldarmband mit Tierkreiszeichen, die in Silber eingelegt waren, bis auf das Steinbockzeichen. Das saß in der Mitte und war ganz in Diamanten gefaßt. Suzanne war ein Steinbock. Es war ohne Zweifel ein sehr teures Schmuckstück. Als ich sie danach fragte, hat sie behauptet, ihr Vater hätte es ihr geschenkt. Bei der nächsten Gelegenheit, als ich ihn sah, bedankte ich mich für seine Großzügigkeit ihr gegenüber, und wie ich mir schon gedacht hatte, wußte er gar nicht, wovon ich rede.«

»Das ist ein Schmuckstück, das wir vielleicht zurückverfolgen können. Für den Anfang können wir an verschiedene Juweliere in New Jersey und Manhattan Flugblätter rausschicken«, sagte Kerry. »Es ist erstaunlich, wie viele von ihnen ein Stück, das sie vor Jahren verkauft haben, entweder identifizieren oder doch im Fall eines Einzelmodells dem Stil eines Designers zuordnen können.«

Skip berichtete ihr von einem Smaragd-und-Diamant-Ring, der die Form eines Eherings hatte. Die Diamanten waren abwechselnd mit den Smaragden in einen feinen Reif aus rosa getöntem Gold gefaßt.

»Hat sie bei dem auch behauptet, daß er von ihrem Vater stammt?«

»Ja. Laut ihrer Darstellung wollte er damit die Jahre wiedergutmachen, in denen er ihr überhaupt nichts geschenkt hat. Sie hat behauptet, ein Teil des Schmucks stammte noch aus dem Familienerbe seiner Mutter. Das fiel mir schon leichter zu glauben. Außerdem hatte sie noch eine Brosche in Form einer Blume, die mit Sicherheit sehr alt war.«

»An die kann ich mich noch erinnern«, warf Deidre Reardon ein. »Zu der gehörte noch eine kleinere Anstecknadel, die wie eine Knospe geformt war und mit einer Silberkette damit verbunden war. Ich hab' noch ein Bild, das ich aus einer der Lokalzeitungen ausgeschnitten hab, wo

Suzanne die Brosche auf irgendeiner Wohltätigkeitsveranstaltung trägt. Und noch so ein altes Familienerbstück war das Diamantenarmband, das Suzanne bei ihrem Tod anhatte, Skip.«

»Wo war der Schmuck von Suzanne an dem Abend damals?« fragte Kerry.

»Außer dem, was sie trug, in dem Schmuckkasten auf ihrem Frisiertisch«, erwiderte Skip. »Eigentlich hätte sie die Sachen in dem Schließfach in ihrer Garderobe aufbewahren sollen, aber meistens hatte sie keine Lust dazu.«

»Skip, laut Ihrer Zeugenaussage vor Gericht haben damals in der Nacht mehrere Schmuckstücke aus dem Schlafzimmer gefehlt.«

»Bei zwei Dingen bin ich mir absolut sicher, daß sie verschwunden waren. Eins war die Blumenbrosche. Leider kann ich nicht mit Sicherheit sagen, daß sie an dem Tag auch bestimmt im Schmuckkasten war. Aber ich kann beschwören, daß ein Miniaturrahmen, der sonst auf dem Nachttisch stand, gefehlt hat.«

»Beschreiben Sie mir den doch«, forderte ihn Kerry auf.

»Laß mich mal, Skip«, kam ihm Deidre Reardon zuvor. »Wissen Sie, Kerry, der kleine Rahmen war besonders schön. Angeblich soll ihn ein Mitarbeiter des Juweliers Fabergé gemacht haben. Mein Mann war nach dem Krieg bei der Besatzungsarmee und hat den Rahmen in Deutschland gekauft. Es war ein blaues Emailleoval mit einer goldenen Einfassung, die mit Perlen besetzt war. Es war mein Hochzeitsgeschenk für Skip und Suzanne.«

»Suzanne hat ein Foto von sich reingesteckt«, erläuterte Skip.

Kerry bemerkte, daß der Gefängniswärter an der Tür auf die Wanduhr blickte. »Wir haben nur noch ein paar Minuten«, sagte sie hastig. »Wann haben Sie den Rahmen zum letztenmal gesehen, Skip?«

»Er war noch da, als ich mich damals an dem letzten Morgen angezogen hab. Das weiß ich deshalb noch so genau, weil ich einen Blick darauf warf, als ich gerade das Zeug aus meinen Taschen in den Anzug steckte, den ich frisch angezogen hatte. In der Nacht dann, als die Leute von der Kripo sagten, sie würden mich zum Verhör mitnehmen, kam einer von ihnen mit mir nach oben ins Schlafzimmer, als ich mir noch einen Pulli holen wollte. Da war der Rahmen verschwunden.«

»Falls Suzanne mit irgendwem ein Verhältnis hatte, hat sie dann möglicherweise jemand dieses Bild von ihr an dem Tag geschenkt?«

»Nein. Es war eins der besten Fotos von ihr, und sie hat es sich gerne angeschaut. Und ich glaube, nicht einmal sie hätte sich getraut, das Hochzeitsgeschenk meiner Mutter wegzugeben.«

»Und es ist nie mehr aufgetaucht?« fragte Kerry.

»Nie. Aber als ich gesagt hab, daß es vielleicht gestohlen wurde, hielt der Staatsanwalt dagegen, falls wirklich ein Dieb dagewesen wäre, dann hätte er auch den ganzen Schmuck mitgehen lassen.«

Es läutete zum Zeichen, daß die Besuchszeit vorüber war. Als Skip diesmal aufstand, legte er einen Arm um seine Mutter, den anderen um Beth, und zog beide Frauen an sich. Über ihre Köpfe hinweg blickte er auf Kerry und Geoff. Sein Lächeln ließ ihn zehn Jahre jünger erscheinen. »Kerry, wenn Sie eine Möglichkeit finden, wie Sie mich hier rauskriegen, dann bau ich ein Haus für Sie, aus dem Sie bis an Ihr Lebensende nicht mehr raus wollen.« Dann lachte er plötzlich auf. »Du meine Güte«, sagte er, »ich kann nicht glauben, daß ich das in dem Loch hier gesagt hab.«

Am anderen Ende des Raumes saß der Gefängnisinsasse Will Toth mit seiner Freundin zusammen, widmete aber größtenteils seine Aufmerksamkeit der Gruppe um Skip Reardon herum. Er hatte Skips Mutter, den Strafverteidiger und Skips Freundin hier schon mehr als genug gesehen. Eine Woche zuvor aber hatte er dann Kerry McGrath wiedererkannt, als sie Skip besuchte. Sie würde er überall wiedererkennen – McGrath war der Grund, weshalb er die kommenden fünfzehn Jahre hier in diesem Drecksloch verbringen mußte. Sie hatte bei seinem Prozeß die Anklage vertreten. Es war deutlich zu sehen, daß sie heute richtig auf Schmusekurs mit Reardon war; ihm, Will Toth, war nicht entgangen, daß sie die ganze Zeit alles mitschrieb, was Skip ihr erzählte.

Will und seine Freundin standen auf, sobald das Signal zur Beendigung der Besuchszeit ertönte. Bei seinem Abschiedskuß flüsterte er ihr noch zu: »Ruf gleich, wenn du heimkommst, deinen Bruder an, und sag ihm, er soll die Nachricht weitergeben, daß die McGrath heute wieder hier war und sich jede Menge Notizen gemacht hat.«

74

Si Morgan, der FBI-Agent, der die Ermittlungen im Diebstahlsfall Hamilton leitete, saß am Samstag nachmittag in Quantico in seinem Büro und überprüfte den Computerausdruck zu diesem Fall wie zu den übrigen Verbrechen, die möglicherweise in einem Zusammenhang damit standen.

Sie hatten die Hamiltons ebenso wie die Einbruchsopfer in ähnlich gelagerten Fällen aufgefordert, ihnen die Namen all der Gäste, die bei irgendeiner Zusammenkunft oder Festlichkeit in ihrem Haus während einer Periode von mehreren Monaten vor dem jeweiligen Einbruch zu Besuch gekommen waren, zur Verfügung zu stellen. Der Computer hatte eine Gesamtliste hergestellt sowie eine weitere Sonderliste der Namen, die häufiger auftraten.

Das Problem dabei ist nur, dachte Si, daß so viele dieser Leute sich in denselben Kreisen bewegen, daß es nicht ungewöhnlich ist, regelmäßig auf bestimmte Personen zu stoßen, besonders bei großen Anlässen.

Immerhin gab es etwa ein Dutzend Namen, die auffallend oft in Erscheinung traten. Si musterte diese in alphabetischer Ordnung aufgeführte Liste.

Der erste war Arnott, Jason.

Da haben wir nichts vorliegen, dachte Si. Arnott war einige Jahre zuvor im stillen überprüft worden und galt als sauber. Er hatte ein wohlsortiertes Aktienbündel, und seine Privatkonten wiesen keine plötzlichen Bareinzahlungen auf, wie sie für Einbrecher typisch waren. Auch sein Zinsaufkommen lag im Rahmen seines Lebensstils. Seine Steuererklärung verzeichnete korrekt seine Kapitalgeschäfte an der Börse. Er genoß einen guten Ruf als Experte für Kunst und Antiquitäten. Er gab gerne Einladungen und war allgemein beliebt.

Falls bei seiner Personenbeschreibung überhaupt etwas aus dem Rahmen fiel, dann die Tatsache, daß Arnott vielleicht ein wenig zu vollkommen erschien. Das und der Umstand, daß seine gründliche Sachkenntnis über Antiquitäten und Kunst mit der wählerischen Methode des Diebs in Einklang stand, der sich nur auf Erstklassiges aus dem Besitz seiner Opfer kaprizierte. Vielleicht würde es nicht schaden, ihn erneut unter die Lupe zu nehmen, falls sich keine andere Spur ergibt, überlegte Si. Doch wesentlich stärker war er an einem anderen Namen auf der Liste interessiert, an Sheldon Landi, einem Mann, der seine eigene Presseagentur besaß.

Landi scheint sich ja wirklich gern unter die Crème de la crème zu mischen, überlegte Si. Er verdient nicht gerade großartig, lebt aber in Saus und Braus. Landi paßte auch in das Personenprofil, das laut Computeranalyse ausschlaggebend für ihre Zielvorstellung war: ein Mann mittleren Alters; Junggeselle; College-Ausbildung; selbständig.

Sie hatten sechshundert Flugblätter mit dem Foto, das die Sicherheitskamera gemacht hatte, an die Personen geschickt, die sie aus den Gästelisten herausgefiltert hatten. Bis jetzt waren dreißig Hinweise eingegangen. Einer davon kam von einer Frau, die am Telefon berichtete, der Schuldige könne sehr wohl ihr ehemaliger Mann sein. »Er hat mich rücksichtslos beklaut, solange wir verheiratet waren, und bei der Scheidung hat er sich eine Riesenabfindung erstunken und erlogen, und er hat auch so ein spitzes Kinn, wie ich es da auf dem Foto sehe«, hatte sie voller Eifer erklärt. »Ich würde ihn mir vorknöpfen, wenn ich Sie wär.«

Während er sich jetzt in seinen Schreibtischsessel zurücklehnte, dachte Si wieder an den Anruf und lächelte. Der Exmann, von dem die Frau gesprochen hatte, war ein Senator der Vereinigten Staaten von Amerika.

Sonntag, 5. November

75

Jonathan und Grace Hoover erwarteten Kerry und Robin gegen ein Uhr. Sie vertraten beide die Meinung, daß eine entspannte Mahlzeit am Sonntagmittag ein kultivierter und erholsamer Brauch war.

Leider hatte das freundliche Wetter vom Samstag nicht angehalten. Grau und kühl war der Sonntag angebrochen, doch um zwölf Uhr strömte das herzhafte Aroma eines Lammschmorbratens angenehm durchs Haus. In ihrem Lieblingszimmer, der Bibliothek, brannte hell das Kaminfeuer, und sie hatten es sich dort bis zum Eintreffen ihrer Gäste gemütlich gemacht.

Grace konzentrierte sich auf das Kreuzworträtsel in der *Times*, und Jonathan war in den Teil mit den kulturellen Veranstaltungen versunken. Er schaute hoch, als er Grace verärgert murmeln hörte, und sah, daß ihr der Stift aus der Hand auf den Teppich gerutscht war. Er beobachtete, wie sie mit äußerster Kraftanstrengung den Versuch unternahm, sich hinunterzubeugen, um ihn wieder aufzufischen.

»Grace«, sagte er vorwurfsvoll und sprang gleichzeitig auf, um den Stift für sie aufzuheben.

Sie seufzte, während sie das Schreibutensil wieder in Empfang nahm. »Ehrlich, Jonathan, was würde ich nur ohne dich tun?«

»Das brauchst du doch nie auszuprobieren, meine Liebe. Und ich darf dir sagen, daß das Gefühl auf Gegenseitigkeit beruht.«

Für eine Weile hielt sie sich seine Hand ans Gesicht. »Das weiß ich, mein Lieber. Und du kannst mir glauben, daß es eins von den Dingen ist, die mir die Kraft geben, überhaupt weiterzumachen.«

Auf der Fahrt zu den Hoovers unterhielten sich Kerry und Robin über den Abend zuvor. »Es hat viel mehr Spaß gemacht, bei den Dorsos zum Abendessen zu bleiben, als ins Restaurant zu gehen«, erklärte Robin voller Begeisterung. »Mom, die mag ich wirklich.«

»Ich auch«, gab Kerry ohne Vorbehalt zu.

»Mrs. Dorso hat zu mir gesagt, daß es gar nicht so schwer ist, gut zu kochen.«

»Finde ich auch. Ich fürchte, meine Kochkünste sind eine Enttäuschung für dich.«

»Ach, Mom.« Robins Stimme klang vorwurfsvoll. Sie verschränkte die Arme und starrte geradeaus auf die Straße, die jetzt schmaler wurde, woraus sich schließen ließ, daß sie bald in Riverdale waren. »Du machst gute Nudeln«, sagte sie trotzig.

»Das schon, aber das ist auch so ziemlich alles.«

Robin wechselte das Thema. »Mom, Geoffs Mutter glaubt, daß er dich gern hat. Ich glaub's auch. Wir haben darüber geredet.«

»Was habt ihr?«

»Mrs. Dorso hat erzählt, daß Geoff überhaupt nie eine Freundin zu seiner Familie mitbringt. Sie hat gesagt, seit seiner Studentenzeit bist du die erste. Und wie sie sagt, kommt das daher, daß seine kleinen Schwestern früher den Mädchen immer Streiche gespielt haben, mit denen er verabredet war, und daß er deshalb jetzt ein gebranntes Kind ist.«

»Wahrscheinlich«, erwiderte Kerry leichthin. Sie wollte nicht mehr an das denken, was ihr inzwischen bewußt geworden war: daß sie auf dem Rückweg vom Gefängnis vor lauter Erschöpfung eigentlich nur für einen Moment die Augen geschlossen hatte, dann aber beim Aufwachen bemerkt hatte, daß sie sich an Geoffs Schulter anlehnte. Und daß es sich so natürlich, so richtig angefühlt hatte.

Der Besuch bei Grace und Jonathan verlief wie erwartet ausgesprochen angenehm. Kerry wußte zwar, daß es irgendwann zu einer Erörterung des Falls Reardon kommen würde, doch bestimmt nicht, bevor der Kaffee serviert wurde. Zu diesem Zeitpunkt konnte Robin dann vom Tisch aufstehen, um zu lesen oder eines der neuen Computerspiele auszuprobieren, die Jonathan immer für sie bereithielt.

Beim Essen unterhielt Jonathan sie mit Berichten über die laufende Legislaturperiode und über den Haushaltsentwurf, den der Gouverneur zur Zeit durchzusetzen versuchte. »Verstehst du, Robin«, erläuterte er, »die Politik ist wie ein Footballspiel. Der Gouverneur ist der Trainer, der die Taktik bestimmt, und die Anführer seiner Partei im Senat und im Repräsentantenhaus sind die Quarterbacks.«

»Das bist du, oder?« unterbrach ihn Robin.

»Im Senat, ja, da könntest du mich wohl so bezeichnen«, gab ihr Jonathan recht. »Die übrigen Leute in unserem Team schützen den, der gerade den Ball hat.«

»Und die andern?«

»Die vom anderen Team legen es verteufelt drauf an, den Spieß umzudrehen.«

»Jonathan«, sagte Grace ruhig.

»Entschuldigung, mein Schatz. Aber diese Woche hat es mehr Beeinflussungsversuche um Sonderbegünstigungen gegeben, als ich seit Jahren erlebt habe.«

»Was meinst du damit?« fragte Robin.

»Das ist ein uralter, aber nicht unbedingt ehrenhafter Brauch, wobei einzelne Abgeordnete dem Staatshaushalt unnötige Kosten aufhalsen, um sich bei den Wählern in ihrem Wahlkreis einzuschmeicheln. Manche Leute machen eine wahre Kunst daraus.«

Kerry lächelte. »Robin, du begreifst hoffentlich, was für

ein Glück du hast, die Regierungsabläufe von einem Mann wie Onkel Jonathan erklärt zu bekommen.«

»Alles reiner Egoismus«, versicherte Jonathan ihnen. »Bis Kerry soweit ist, daß sie am Supreme Court in Washington vereidigt wird, kriegen wir's auch hin, daß Robin ins Parlament gewählt wird und selbst auf dem besten Weg nach oben ist.«

Jetzt ist der Zeitpunkt da, dachte Kerry. »Rob, wenn du fertig bist, kannst du nachschauen, was es Neues am Computer gibt.«

»Da gibt es was, was du bestimmt magst, Robin«, ermunterte sie Jonathan. »Ich garantier's dir.«

Die Haushälterin machte mit der Kaffeekanne die Runde. Kerry war überzeugt, daß sie die zweite Tasse nötig hatte. Von jetzt an kann es nur noch bergab gehen, dachte sie.

Sie wartete nicht erst, bis sich Jonathan nach dem Fall Reardon erkundigte. Statt dessen präsentierte sie ihm und Grace alles genau so, wie es ihrer Kenntnis entsprach, und schloß mit den Worten: »Es ist eindeutig, daß Dr. Smith gelogen hat. Die Frage ist nur, wieweit ist er dabei gegangen? Es ist ebenso eindeutig, daß Jimmy Weeks irgendeinen äußerst wichtigen Grund hat, weshalb er nicht will, daß der Fall wiederaufgenommen wird. Warum würden er oder seine Handlanger sonst Robin mit hineinziehen?«

»Kinellen hat tatsächlich damit gedroht, daß Robin etwas zustoßen könnte?« Grace' Stimme klang eiskalt vor Verachtung.

»Davor gewarnt ist der bessere Ausdruck, denke ich.« Kerry wandte sich nun in der Hoffnung, Jonathans Verständnis zu finden, an ihn. »Sieh mal, du mußt verstehen, daß ich Frank Green keine Steine in den Weg legen will. Er würde einen guten Gouverneur abgeben, und mir ist bewußt, daß du auch mich gemeint hast, als du Robin erklärtest, wie es im Parlament zugeht. Green würde die politische Linie von Gouverneur Marshall in die Tat umsetzen. Und verdammt noch mal, Jonathan, ich will doch Richterin werden. Ich weiß, daß ich eine gute Richterin sein kann. Ich weiß, daß ich gerecht sein kann, ohne mich über den Tisch ziehen oder von falschem Mitgefühl überwältigen zu lassen. Aber was für eine Richterin würde ich denn abgeben, wenn ich jetzt als Staatsanwältin eine Sache auf sich beruhen lasse, die mehr und mehr nach einem Justizirrtum aussieht, der zum Himmel stinkt.«

Ihr wurde bewußt, daß ihre Stimme etwas lauter geworden war. »Tut mir leid«, sagte sie. »Ich hab' mich etwas mitreißen lassen.«

»Nun, wir tun wohl, was wir tun müssen«, stellte Grace ruhig fest.

»Meine Überlegung ist, daß ich ja nicht vorhabe, wie ein Westernheld die große Show abzuziehen und mich in der Öffentlichkeit zu produzieren. Wenn etwas nicht stimmt, möchte ich herausfinden, was es ist, und dann Geoff Dorso den Ball übergeben. Morgen nachmittag gehe ich zu Dr. Smith, um mit ihm zu reden. Der entscheidende Faktor ist dabei, seine Zeugenaussage zu erschüttern. Ich glaube, offen gesagt, daß er kurz vor einem Nervenzusammenbruch steht. Jemandem heimlich nachzusteigen ist ein Verbrechen. Wenn ich ihn genügend unter Druck setzen kann, daß er zusammenbricht und zugibt, daß er im Zeugenstand gelogen hat, daß er Suzanne diese Schmuckstücke nicht geschenkt hat und daß sehr wohl jemand anders bei der Sache eine Rolle gespielt haben kann, dann haben wir eine ganz neue Ausgangsposition. Geoff Dorso könnte dort weitermachen und einen Antrag für ein neues Verfahren stellen. Es dauert ohnehin einige Monate, bis der Antrag ordnungsgemäß bearbeitet und darüber befunden wird. Bis dahin kann Frank schon Gouverneur sein.«

»Aber du, meine Liebe, bist dann vielleicht kein Mitglied der Richterschaft.« Jonathan schüttelte den Kopf. »Du bist sehr überzeugend, Kerry, und ich bewundere dich, selbst während ich mir Sorgen mache, wie teuer dich diese Sache womöglich zu stehen kommt. Zuallererst aber geht es um Robin. Die Drohung mag vielleicht nicht mehr als das sein, eine simple Drohung, aber du mußt sie ernst nehmen.«

»Ich nehme sie auch ernst, Jonathan. Außer als sie bei Geoff Dorsos Familie war, habe ich sie das ganze Wochenende über nicht aus den Augen gelassen. Sie wird nicht mal eine Minute lang allein sein.«

»Kerry, wann immer du das Gefühl hast, daß es in deinem Haus nicht sicher genug ist, dann laß sie bei uns«, sagte Grace eindringlich. »Unser Überwachungssystem ist erstklassig, und wir halten dann das Außentor verschlossen. Es ist durch eine Alarmanlage gesichert, so daß wir merken, wenn jemand einzudringen versucht. Wir werden uns einen pensionierten Polizisten suchen, der sie zur Schule fahren und dort abholen kann.«

Kerry legte die Hand auf Grace' Finger und drückte sie ganz sanft. »Ich liebe euch beide«, sagte sie schlicht. »Jonathan, bitte sei nicht enttäuscht, daß ich das einfach tun muß.«

»Ich bin wohl eher stolz auf dich«, sagte Jonathan. »Ich will tun, was ich kann, damit dein Name weiterhin im Rennen für die Ernennung bleibt, aber ...«

»Aber verlaß dich nicht drauf. Ich weiß«, sagte Kerry langsam. »Du liebe Zeit, manchmal ist es ziemlich hart, die richtige Entscheidung zu treffen, was?«

»Ich glaube, wir wechseln jetzt besser das Thema«, sagte Jonathan energisch. »Aber halte mich auf dem laufenden, Kerry.«

»Natürlich.«

»Um von erfreulicheren Dingen zu reden, Grace fühlte sich vorgestern gut genug, um zum Abendessen auszugehen«, berichtete er.

»Ach, Grace, das freut mich wirklich«, sagte Kerry aufrichtig.

»Wir sind dort auf jemand gestoßen, der mir seither nicht mehr aus dem Sinn geht, und zwar nur deswegen, weil ich mich nicht erinnern kann, wo ich ihm schon mal begegnet bin«, sagte Grace. »Ein Jason Arnott.«

Kerry hatte es nicht für notwendig gehalten, Jason Arnott zu erwähnen. Fürs erste beschloß sie, nichts weiter zu sagen als: »Wieso glaubst du, daß du ihn kennst?«

»Ich weiß es nicht«, erwiderte Grace. »Aber ich bin überzeugt, daß ich ihn entweder schon mal getroffen oder aber sein Bild in der Zeitung gesehen habe.« Sie zuckte die Achseln. »Irgendwann fällt's mir wieder ein. Das tut es immer.«

Montag, 6. November

76

Die von der Außenwelt abgesonderten Geschworenen in dem Prozeß gegen Jimmy Weeks wußten nichts von dem Mordanschlag auf Barney Haskell und Mark Young, aber die Medien sorgten dafür, daß es alle übrigen Menschen erfuhren. Viele Spalten der Wochenendzeitungen waren den Ermittlungen gewidmet worden, und jedes Nachrichtenprogramm im Fernsehen brachte unablässig Bildberichte über den Tatort.

Ein verängstigter Zeuge, dessen Identität nicht preisgegeben wurde, hatte schließlich bei der Polizei angerufen. Er war gerade auf dem Weg gewesen, sich Geld aus einem Bankautomaten zu ziehen, als er einen dunkelblauen Toyota auf den Parkplatz bei dem kleinen Gebäude fahren sah, in dem Mark Youngs Kanzlei lag. Das war um zehn nach sieben. Das rechte Vorderrad an seinem Wagen war dem Zeugen wacklig vorgekommen, und er war an den Bordstein herangefahren, um sich den Reifen anzuschauen. Er hockte gerade daneben, als er sah, wie die Tür zu dem Bürogebäude wieder aufging und ein Mann von Mitte Dreißig zu dem Toyota zurückrannte. Sein Gesicht war nicht zu erkennen, aber er trug etwas, was wie eine übergroße Pistole aussah.

Der Zeuge konnte sich einen Teil des Nummernschilds an dem Toyota merken, der in einem anderen Staat registriert war. Die Polizei spürte die Herkunft des Wagens auf und identifizierte ihn als ein Fahrzeug, das am Donnerstag abend in Philadelphia gestohlen worden war. Freitag spät abends wurde dann in Newark das ausgebrannte Wrack gefunden.

Selbst die geringe Wahrscheinlichkeit, daß Haskell und Young Opfer eines Raubüberfalls geworden waren, schwand im Licht dieses Beweismaterials. Es war offensichtlich ein bezahlter Killer gewesen, und es blieb kein Zweifel mehr offen, daß Jimmy Weeks den Auftrag dazu erteilt hatte. Der Zeuge war nicht in der Lage, den Killer zu identifizieren. Der Wagen war vernichtet. Die Kugeln, die die beiden Opfer getötet hatten, stammten zweifelsfrei aus einer nicht registrierten Schußwaffe, die jetzt am Grund eines Flusses lag oder aber dort, wo niemand Fragen stellte, als Tauschobjekt gegen ein Weihnachtsspielzeug dienen würde.

Am Montag verbrachte Geoff Dorso wieder einmal einige Stunden bei dem Prozeß gegen Jimmy Weeks. Die Anklagevertretung baute ihren Fall systematisch auf dem soliden Fundament offenbar unwiderlegbarer Beweise auf. Royce, der Bundesanwalt, der es offenbar darauf anlegte, als Gouverneurskandidat gegen Frank Green anzutreten, widerstand dem Impuls, sich großartig in Szene zu setzen. Mit dem sich lichtenden Haupthaar und seiner Nickelbrille wirkte er wie ein Gelehrter, und seine Strategie bestand darin, Schritt für Schritt vorzugehen und jede nur mögliche Alternativerklärung für die äußerst komplizierten Geschäftsvorgänge und Geldtransaktionen von Weeks Enterprises nach und nach auszuschließen.

Er hatte Schaukarten, auf die er mit einem langen Zeigestab verwies, einen von der Art, erinnerte sich Geoff, wie ihn immer die Nonnen benutzt hatten, als er noch in die Grundschule ging, Geoff kam zu dem Schluß, daß Royce es meisterhaft verstand, den Geschworenen Weeks' Angelegenheiten auf verständliche Weise nahezubringen. Man brauchte kein Mathematikgenie oder Finanzexperte zu sein, um seinen Erläuterungen zu folgen.

Royce holte den Piloten von Jimmy Weeks' Privatflugzeug in den Zeugenstand und nahm ihn unerbittlich ins Verhör. »Wie oft haben Sie die erforderlichen Papiere für den

Firmenjet ausgefüllt? … Wie oft hat Mr. Weeks die Maschine ausschließlich für private Zwecke verwendet? … Wie oft hat er sie Freunden für ihre privaten Unternehmungen zur Verfügung gestellt? … Wurden die Kosten nicht jedesmal, wenn die Motoren dieser Maschine angelassen wurden, über die Firma abgebucht? … Alle diese Ausgaben, die er als sogenannte Betriebskosten steuerlich abgesetzt hat, galten doch in Wirklichkeit seinem Privatvergnügen, oder etwa nicht?«

Als Bob Kinellen zum Kreuzverhör antrat, beobachtete Geoff, wie er all seinen Charme dazu einsetzte, den Piloten in Widersprüche zu verwickeln, ihn hinsichtlich der verschiedenen Daten und des jeweiligen Zwecks der Flüge durcheinanderzubringen. Wieder einmal fand Geoff, daß Kinellen gut war, vermutlich aber nicht gut genug. Natürlich war ihm klar, daß man nie und nimmer sicher sein konnte, was in den Köpfen der Geschworenen vor sich ging, aber Geoff hatte nicht den Eindruck, daß sie Kinellen auf den Leim gingen.

Er musterte das ausdruckslose Gesicht von Jimmy Weeks. Er erschien stets in einem dezenten Geschäftsanzug, mit weißem Hemd und Krawatte im Gerichtssaal. Sein Aussehen entsprach der Rolle, die er zu spielen versuchte – die eines fünfzigjährigen Unternehmers mit einer Vielfalt wirtschaftlicher Aktivitäten, der das Opfer einer Hexenjagd der Steuerfahndung war.

Heute beobachtete Geoff ihn unter dem Gesichtspunkt der Beziehung, in der er zu Suzanne Reardon gestanden hatte. Was war das für ein Verhältnis? fragte er sich. Wie ernst ist es wohl gewesen? War Weeks derjenige, der ihr den Schmuck geschenkt hatte? Geoff war über den Zettel informiert, den man bei Haskells Anwalt gefunden hatte und der vielleicht dieselbe Aufschrift trug wie das Schreiben, das Suzanne Reardon zusammen mit den Rosen am Tag ihres Todes erhalten hatte, aber jetzt, da Haskell tot war und die Originalkarte bis dato unauffindbar, würde es unmöglich sein, irgendeinen Zusammenhang mit Weeks zu beweisen.

Der Schmuck konnte jedoch einen interessanten Aspekt darstellen, erkannte Geoff, und er war es wert, genauer untersucht zu werden. Ob er wohl zu einem bestimmten Laden geht, um Klunker für seine diversen Freundinnen zu kaufen? fragte sich Geoff. Wer war noch die Frau, mit der ich vor ein paar Jahren eine Verabredung hatte, und die mir erzählt hat, daß sie mit Weeks ausgegangen war? grübelte er. Der Name wollte ihm nicht einfallen, aber er nahm sich vor, seine Terminkalender von zwei und drei Jahren zuvor durchzugehen. Dort hatte er sich den Namen bestimmt irgendwo notiert.

Als der Richter eine Pause verkündete, schlüpfte Geoff rasch aus dem Gerichtssaal. Er war halb den Gang hinunter gelangt, als er jemanden von hinten seinen Namen rufen hörte. Es war Bob Kinellen. Er wartete, bis Bob ihn eingeholt hatte. »Interessieren Sie sich nicht ein bißchen auffällig für meinen Mandanten?« fragte Kinellen ruhig.

»Ganz allgemeines Interesse bis jetzt«, antwortete Geoff.

»Ist das der Grund, weshalb Sie sich mit Kerry treffen?«

»Bob, ich finde nicht, daß Sie auch nur das geringste Recht haben, diese Frage zu stellen. Ich will sie aber trotzdem beantworten. Ich war froh, für Kerry dazusein, als Sie mit der Neuigkeit herausgeplatzt sind, daß Ihr ruhmreicher Mandant ihr Kind bedroht. Hat Sie schon jemand zum Vater des Jahres vorgeschlagen? Falls nicht, dann verschwenden Sie lieber keine Zeit damit, aufs Läuten des Telefons zu warten. Irgendwie glaube ich nicht, daß Sie das Rennen machen.«

77

Am Montag morgen blieb Grace Hoover länger als gewöhnlich im Bett. Obwohl es im Haus angenehm warm war, schien die Winterkälte auf irgendeine Weise bis in ihre Knochen und Gelenke vorzudringen. Ihre Hände und

Finger, Beine, Knie und Fußgelenke verursachten entsetzliche Schmerzen. Sobald die derzeitige Legislaturperiode zu Ende ging, würden sie und Jonathan zu ihrem Haus in New Mexico reisen. Sie hielt sich vor Augen, daß das warme, trockene Klima ihre Beschwerden lindern würde.

Vor langen Jahren, zu Beginn ihres Leidens, hatte Grace beschlossen, sich niemals dem Selbstmitleid zu überlassen. Es war für sie der trostloseste Gemütszustand schlechthin. Und doch gestand sie sich an ihren schlimmsten Tagen ein, daß es, wenn man einmal von den beständig zunehmenden Schmerzen absah, niederschmetternd war, daß sie ihre Aktivitäten immer mehr einschränken mußte.

Sie hatte zu den wenigen Ehefrauen gehört, die tatsächlich Freude daran hatten, zu all den gesellschaftlichen Anlässen zu gehen, bei denen sich ein Politiker wie Jonathan blicken lassen mußte. Zwar lag es weiß Gott nicht daran, daß sie dort gern stundenlang verweilte, aber sie genoß es, wie sehr die Leute sich bei Jonathan einzuschmeicheln suchten. Sie war so stolz auf ihn. Er hätte Gouverneur werden sollen. Das war ihr bewußt.

Nachdem Jonathan dann seine Pflichtbesuche bei diesen Ereignissen abgestattet hatte, pflegten sie damals ein ruhiges spätes Abendessen zu genießen oder auch spontan den Entschluß zu fassen, irgendwohin fürs Wochenende zu entwischen. Grace mußte lächeln, als ihr wieder einfiel, wie ihnen einmal, als sie schon zwanzig Jahre verheiratet waren, jemand an einem Urlaubsort in Arizona bei einem Zufallsgespräch erklärt hatte, sie sähen aus, als seien sie auf der Hochzeitsreise.

Nun aber machten der lästige Rollstuhl und die Notwendigkeit, eine Pflegerin mitzunehmen, die ihr beim Waschen und Anziehen half, jeden Hotelaufenthalt zu einem Alptraum für Grace. Sie wollte es nicht zulassen, daß Jonathan ihr bei diesen Verrichtungen zur Seite stand, und so war sie zu Hause besser dran, wo täglich eine Pflegeschwester Dienst tat.

Es hatte ihr Spaß gemacht, als sie neulich abend zum

Essen in den Klub ausgingen. Es war seit vielen Wochen das erstemal gewesen, daß sie aus dem Haus kam. Aber dieser Jason Arnott – ist es nicht komisch, daß er mir einfach nicht aus dem Sinn geht? dachte sie, während sie unermüdlich versuchte, ihre Finger zu beugen. Sie hatte Jonathan erneut nach ihm gefragt, doch er konnte sich nur vorstellen, daß sie ihn vielleicht auf irgendeine Wohltätigkeitsveranstaltung begleitet hatte, wo auch Arnott aufgetaucht war.

Es war jetzt zwölf Jahre her, seit Grace an einem dieser festlichen Anlässe teilgenommen hatte. Damals mußte sie sich bereits mit zwei Krücken behelfen und vermied lieber jedes Menschengedränge. Nein, es war bestimmt etwas anderes, was die Erinnerung an ihn auslöste. Ach, laß mal, sagte sie sich, das kommt schon, wenn die Zeit reif ist.

Carrie, die Haushälterin, betrat mit einem Tablett das Schlafzimmer. »Ich dachte, Sie haben inzwischen vielleicht Lust auf eine zweite Tasse Tee«, erklärte sie mit munterer Stimme.

»Ja, gern, Carrie. Danke.«

Carrie stellte das Tablett hin und klopfte die Kissen zurecht. »Sehen Sie. So ist's besser.« Sie griff in ihre Schürzentasche und holte ein gefaltetes Stück Papier hervor. »Ach, Mrs. Hoover, das lag im Papierkorb im Arbeitsraum vom Senator. Ich weiß, daß es der Senator weggeworfen hat, aber ich möchte Sie trotzdem fragen, ob es Ihnen recht ist, wenn ich's mir nehme. Mein Enkel Billy redet ständig davon, daß er später mal ein FBI-Agent werden möchte. Er würde total ausflippen, wenn er ein echtes Flugblatt zu sehen kriegt, was die vom FBI rausgeschickt haben.« Sie faltete das Blatt auseinander und reichte es Grace.

Grace warf einen Blick darauf und wollte es gerade zurückgeben, als sie plötzlich innehielt. Jonathan hatte es ihr am Freitag nachmittag gezeigt und dazu gewitzelt: »Jemand, den du kennst?« Der Begleitbrief erklärte, dieses Flugblatt gehe an all die Personen heraus, die zu Gast bei Einladungen in den Häusern gewesen seien, in die kurze Zeit später eingebrochen wurde.

Das grobkörnige, fast nicht erkennbare Bild stellte laut Information einen Straftäter dar, der gerade einen Einbruch beging. Man vermute, hieß es weiter, daß er für eine Reihe ähnlicher Einbruchsdiebstähle verantwortlich sei, die fast alle im Anschluß an eine Party oder sonst irgendeinen gesellschaftlichen Anlaß stattgefunden hätten. Eine mögliche Erklärung sei, daß er vielleicht einer der Gäste war.

Der Begleitbrief schloß mit der Zusage, jede Art von Information werde vertraulich behandelt.

»Ich weiß, daß vor ein paar Jahren ins Haus der Peales in Washington eingebrochen wurde«, hatte Jonathan erzählt. »Schreckliche Sache. Ich war zu Jocks Feier seines Wahlsiegs hingegangen. Zwei Wochen später kam seine Mutter früher als ursprünglich geplant von einem Familienurlaub zurück und muß dem Dieb in die Quere gekommen sein. Man hat sie unten an der Treppe mit gebrochenem Genick gefunden, und das Gemälde von John White Alexander war verschwunden.«

Vielleicht habe ich mir dieses Bild so genau angeschaut, weil ich die Peales kenne, dachte Grace, während sie das Flugblatt festhielt. Der Perspektive nach zu schließen, muß die Kamera unterhalb des Gesichts postiert gewesen sein.

Sie betrachtete das verschwommene Porträt, den schmalen Hals, die spitze Nase und die zusammengezogenen Lippen. Das entsprach nicht dem, was einem auffallen würde, wenn man einem Menschen direkt ins Gesicht schaut, überlegte sie. Aber wenn man von einem Rollstuhl aus zu ihm hochschaut, sieht man ihn von diesem Blickwinkel aus.

Ich könnte schwören, daß er wie der Mann aussieht, den ich neulich abends im Klub getroffen habe – Jason Arnott, dachte Grace. War das möglich?

»Carrie, reichen Sie mir bitte das Telefon herüber.« Einen Moment später sprach Grace mit Amanda Coble, die ihr Jason Arnott im Klub vorgestellt hatte. Nach den üblichen Begrüßungsfloskeln brachte sie das Gespräch auf ihn. Sie bekannte, daß sie noch immer von dem Gefühl verfolgt werde, sie sei ihm schon einmal begegnet. Wo er eigentlich wohne? fragte sie. Was mache er beruflich?

Nachdem sie den Hörer aufgelegt hatte, nippte Grace an dem jetzt lauwarmen Tee und musterte erneut das Bild. Amanda zufolge war Arnott ein Fachmann für Kunst und Antiquitäten und bewegte sich in den besten gesellschaftlichen Kreisen von Washington bis Newport.

Grace rief Jonathan in seinem Trentoner Büro an. Er war gerade außer Haus, doch als er sie später um halb vier zurückrief, berichtete sie ihm, was sie glaubte, herausgefunden zu haben, daß nämlich Jason Arnott der Einbrecher sei, nach dem das FBI fahnde.

»Das ist eine ziemlich massive Anschuldigung, meine Liebe«, sagte Jonathan vorsichtig.

»Ich habe gute Augen, Jonathan. Das weißt du.«

»Ja, das schon«, räumte er ruhig ein. »Und ehrlich gesagt, wenn die Behauptung von irgend jemand sonst käme, dann würde ich zögern, den Namen an das FBI weiterzuleiten. Ich will nichts dazu schriftlich festhalten, aber gib mir mal die Telefonnummer auf dem Flugblatt. Ich rufe eben an.«

»Nein«, erwiderte Grace. »Wenn du damit einverstanden bist, daß wir das FBI informieren sollen, mache ich den Anruf. Wenn ich falsch liege, dann hast du nichts damit zu tun. Wenn ich recht habe, dann bekomme ich wenigstens das Gefühl, endlich wieder etwas Nützliches getan zu haben. Die Mutter von Jock Peale hat mir sehr gut gefallen, als ich sie vor Jahren kennenlernte. Ich fände es wunderbar, wenn ich es wäre, die ihren Mörder gefunden hat. Niemand, der einen Mord begangen hat, sollte straflos davonkommen dürfen.«

78

Dr. Charles Smith war äußerst schlecht gelaunt. Er hatte ein einsames Wochenende verbracht, das durch die Tatsache, daß er Barbara Tompkins nicht erreichen konnte, noch unerträglicher geworden war. Am Samstag war so wunderschönes Wetter gewesen, daß er dachte, sie würde vielleicht gerne eine Fahrt nach Westchester machen, mit einer Pause zwischendurch zu einem frühen Lunch in einem der kleinen Gasthöfe am Ufer des Hudson.

Er geriet jedoch an ihren Anrufbeantworter, und falls sie zu Hause war, rief sie jedenfalls nicht zurück.

Der Sonntag war nicht besser. Normalerweise zwang Smith sich am Sonntag dazu, die Seiten der *Times* mit den kulturellen Ereignissen daraufhin durchzusehen, ob es ein Off-Broadway-Stück oder einen Konzertabend oder irgendeine Veranstaltung im Lincoln Center gab, wo er hingehen konnte. Doch diesmal konnte er sich zu nichts dergleichen aufraffen. Der Sonntag verstrich weitgehend damit, daß er in voller Bekleidung auf seinem Bett lag und das Bild von Suzanne an der Wand betrachtete.

Was ich zustande gebracht habe, war so phantastisch, sagte er sich. Diese erbärmlich reizlose, launische Tochter zweier gutaussehender Eltern hatte zurückerhalten, was ihr von Geburt aus zustand – und noch vieles mehr. Er hatte ihr eine Schönheit verliehen, die so natürlich, so atemberaubend war, daß sie in allen, die sie zu Gesicht bekamen, Ehrfurcht hervorrief.

Am Montag morgen versuchte er Barbara an ihrem Arbeitsplatz zu erreichen und erfuhr, sie sei auf einer Geschäftsreise nach Kalifornien abgereist und werde frühestens in zwei Wochen zurückerwartet. Jetzt war er wirklich verärgert. Er wußte, daß das eine Lüge war. Im Lauf ihrer Unterhaltung beim Abendessen am Donnerstag hatte Barbara etwas von einem Geschäftsessen am kommenden Mittwoch mittag im Restaurant La Grenouille erwähnt, auf das sie sich schon freue. Er konnte sich noch daran erinnern, weil sie erzählt hatte, sie sei noch nie dort gewesen und freue sich deswegen so besonders darauf.

Den ganzen Montag über fiel es Smith schwer, sich auf seine Patienten zu konzentrieren. Nicht daß er viele Termine gehabt hätte. Er schien immer weniger Patienten zu haben, und die Leute, die zu einer ersten Beratung kamen, kehrten selten wieder. Eigentlich war ihm das ja ziemlich gleichgültig – so wenige von ihnen hatten das Potential für wahre Schönheit.

Und wieder einmal spürte er, wie Mrs. Carpenter ihn ständig beobachtete. Sie war ausgesprochen tüchtig, aber er war zu dem Schluß gekommen, daß es wohl an der Zeit war, sie gehen zu lassen. Neulich, als er die Nasenoperation durchführte, war ihm aufgefallen, daß Kate Carpenter ihn wie eine besorgte Mutter, die darauf hofft, daß ihr Sprößling seine Rolle in der Schulaufführung ohne Patzer spielt, nicht aus den Augen ließ.

Als der Termin für halb vier abgesagt wurde, beschloß Smith, früher nach Hause zu gehen. Er hatte vor, den Wagen zu holen und zu Barbaras Büro zu fahren, um auf der anderen Straßenseite zu parken. Normalerweise ging sie kurz nach fünf, aber er wollte sicherheitshalber bereits vorher dort sein. Die Vorstellung, daß sie ihm absichtlich aus dem Weg ging, war ihm unerträglich. Falls er herausfand, daß dies zutraf…

Er war soeben dabei, aus der Eingangshalle des Gebäudes auf die Fifth Avenue zu treten, als er Kerry McGrath kommen sah. Er blickte sich nach einer Fluchtmöglichkeit um, doch es gab keine. Sie stellte sich ihm in den Weg.

»Dr. Smith, ich bin froh, daß ich Sie noch erwische«, sagte Kerry. »Es ist wirklich wichtig, daß ich mit Ihnen spreche.«

»Ms. McGrath, Mrs. Carpenter und die Sprechstundenhilfe sind noch in der Praxis. Was immer Sie benötigen, können die beiden Damen erledigen.« Er wandte sich ab und wollte an ihr vorbeigehen.

Sie lief einfach neben ihm her. »Dr. Smith, Mrs. Carpenter und die Sprechstundenhilfe können nicht über Ihre Tochter Suzanne mit mir reden, und keine der beiden ist dafür verantwortlich, daß ein Mann unschuldig im Gefängnis gelandet ist.«

Charles Smith reagierte, als hätte sie heißen Teer auf ihn geschüttet. »Was fällt Ihnen ein?« Er blieb stehen und packte sie am Arm.

Kerry begriff mit einemmal, daß er kurz davor war, sie zu schlagen. Sein Gesicht war eine wütende Grimasse, sein Mund verzerrt. Sie spürte, wie seine Hand zitterte, während sich seine Finger in ihr Handgelenk krallten.

Ein Mann, der zufällig vorbeikam, schaute die beiden fragend an und blieb stehen. »Ist alles mit Ihnen in Ordnung, Miss?« erkundigte er sich.

»Ist alles mit mir in Ordnung, Herr Doktor?« fragte Kerry beherrscht.

Smith ließ ihren Arm los. »Aber ja doch. Aber ja.« Er begann eilig die Fifth Avenue hinunterzugehen.

Kerry hielt im Tempo mit. »Dr. Smith, Sie wissen, daß Sie irgendwann doch mit mir reden müssen. Und ich würde es für wesentlich besser halten, wenn Sie mich anhören, bevor alles aus dem Ruder läuft und eine wirklich unangenehme Situation entsteht.«

Er reagierte nicht.

Sie hielt Schritt mit ihm. Sie merkte, daß sein Atem rascher ging. »Dr. Smith, es ist mir egal, wie schnell Sie laufen. Ich kann länger durchhalten als Sie. Sollen wir nicht in Ihre Praxis zurückkehren, oder gibt es hier irgendwo ein Lokal, wo wir eine Tasse Kaffee trinken können? Wir müssen einfach miteinander reden. Andernfalls wird man Sie leider in Haft nehmen und Anklage wegen Nötigung gegen Sie erheben.«

»Anklage … wegen … was?« Wiederum wirbelte Smith herum und fixierte sie.

»Sie jagen Barbara Tompkins mit Ihrer Aufdringlichkeit Angst ein. Haben Sie auch Suzanne in Angst und Schrecken versetzt, Dr. Smith? Sie waren doch da an dem Abend, als sie starb, oder nicht? Zwei Leute, eine Frau und ein kleiner Junge, haben einen schwarzen Mercedes vor dem Haus stehen sehen. Die Frau konnte sich noch an einen Teil des Nummernschilds erinnern, an eine 3 und ein L. Heute habe ich erfahren, daß Ihr Kennzeichen eine 8 und ein L enthält. Das kommt nahe genug, um Ihre Anwesenheit dort wahrscheinlich zu machen, würde ich meinen. Also, wo reden wir jetzt miteinander?«

Er starrte sie noch einige Sekunden an, und in seinen Augen blitzte noch immer die Wut. Langsam aber wich sie der Resignation, wie Kerry beobachten konnte, und gleichzeitig schien sein ganzer Körper zusammenzusacken.

»Ich wohne hier die Straße runter«, erklärte er mit nun abgewandten Augen. Sie waren fast an der Ecke, und er zeigte nach links.

Kerry interpretierte seine Worte als Einladung. Mache ich wohl einen Fehler, wenn ich mit ihm hineingehe? fragte sie sich. Er scheint endlich seinen Widerstand aufzugeben. Ob dort wohl eine Haushälterin ist?

Doch sie entschied, daß sie vermutlich nie mehr diese Chance bekommen würde, ob sie nun allein mit Smith sein würde oder nicht. Die Schockwirkung dessen, was sie zu ihm gesagt hatte, hatte vielleicht irgendwelche psychischen Barrieren durchbrochen. Dr. Smith machte es zweifellos gar nichts aus, einen anderen Mann unschuldig im Gefängnis zu wissen, aber die Aussicht, selbst als Angeklagter vor Gericht erscheinen zu müssen, gefiel ihm ganz bestimmt nicht.

Sie waren vor dem Haus Nummer 28 der Washington Mews angekommen. Smith griff nach seinem Schlüssel und steckte ihn mit einer präzisen Handbewegung ins Schloß, drehte ihn herum und stieß die Tür auf. »Kommen Sie rein, wenn Sie darauf bestehen, Ms. McGrath«, erklärte er.

79

Beim FBI trafen mehr und mehr Hinweise auf Leute ein, die in einem oder mehreren der Häuser zu Besuch gewesen waren, wo jemand eingebrochen hatte. Es gab jetzt zwölf mögliche Spuren, aber Si Morgan dachte, er sei auf eine Goldmine gestoßen, als sein Hauptverdächtiger Sheldon Landi am Montag nachmittag zugab, sein PR-Unternehmen diene als Scheinfirma nur dazu, seine wahren Aktivitäten zu bemänteln.

Landi war zur Vernehmung vorgeladen worden, und für einen kurzen Moment glaubte Si schon, er werde gleich ein Geständnis hören. Dann aber flüsterte Landi mit Schweißperlen auf der Stirn: »Haben Sie jemals *Tell All* gelesen?«

»Das ist doch so eine Supermarktgazette, oder?« fragte Si.

»Ja. Eine der größten. Vier Millionen Auflage pro Woche.« Eine Anmutung von Prahlerei hatte sich kurz in Landis Tonfall eingeschlichen. Dann wurde seine Stimme plötzlich so leise, daß sie kaum mehr zu hören war, als er sagte: »Das darf diese vier Wände nicht verlassen, aber ich bin der Chefreporter von *Tell All.* Wenn das je herauskommt, lassen mich all meine Freunde fallen.«

Das war's dann also, dachte Si, nachdem Landi gegangen war. Dieser kleine Kriecher ist bloß eine Klatschtante; er hätte nie den Mumm, auch nur einen von diesen Jobs durchzuziehen.

Um Viertel vor vier kam einer seiner Ermittlungsbeamten herein. »Si, da ist 'ne Frau an der Sonderleitung für vertrauliche Informationen im Fall Hamilton, mit der du, glaub ich, reden solltest. Sie heißt Grace Hoover. Ihr Mann ist im Senat von New Jersey, und sie glaubt, daß sie neulich abends den Kerl gesehen hat, nach dem wir fahnden. Es ist einer von diesen Knaben, der schon auf unsrer Liste aufgetaucht ist, Jason Arnott.«

»Arnott!« Si packte das Telefon. »Mrs. Hoover, Si Morgan am Apparat. Vielen Dank für Ihren Anruf.«

Während er zuhörte, entschied er, daß Grace Hoover eine Zeugin von der Art war, wie sie sich ein Mann des Gesetzes nur erträumen konnte. Sie war logisch in ihren Folgerungen, klar in ihrer Darstellung und erklärte einleuchtend, daß sie von ihrem Rollstuhl aus vermutlich den gleichen Blickwinkel wie das Objektiv der Überwachungskamera im Hause Hamilton gehabt hatte.

»Wenn man Mr. Arnott direkt von vorn anschaut, würde man sein Gesicht für voller halten, als es wirkt, wenn man zu ihm hochschaut«, sagte sie. »Außerdem hat er, als ich ihn fragte, ob wir uns nicht schon mal begegnet sind, seine

Lippen ziemlich fest zusammengekniffen. Sehen Sie mal, wie stark er seinen Mund auf Ihrem Foto zusammenzieht. Das tut er vielleicht immer, wenn er sich konzentriert. Ich habe das Gefühl, daß er sich sehr auf diese kleine Statue konzentriert hat, als ihn die Kamera erwischte. Ich vermute mal, daß er zu entscheiden versuchte, ob sie echt war oder nicht. Von meiner Freundin weiß ich, daß er wirklich was von Antiquitäten versteht.«

»Ja, das stimmt.« Si Morgan war ganz aufgeregt. Das war endlich der Durchbruch! »Mrs. Hoover, ich kann Ihnen gar nicht sagen, wie dankbar ich für diesen Anruf bin. Sie wissen doch, wenn das zu einer Verurteilung führt, dann gibt es eine beträchtliche Belohnung, mehr als einhunderttausend Dollar.«

»Oh, daraus mache ich mir nichts«, entgegnete Grace Hoover. »Das gebe ich einfach an eine karitative Einrichtung weiter.«

Als Si den Hörer auflegte, dachte er an die Rechnungen auf seinem Schreibtisch zu Hause, die für die Collegegebühren seiner Söhne fürs Frühjahrssemester fällig waren. Kopfschüttelnd drückte er auf die Haussprechanlage und rief nach den drei Ermittlungsbeamten, die für den Fall Hamilton zuständig waren.

Er teilte ihnen mit, er wünsche, daß Arnott rund um die Uhr beschattet werde. Der Untersuchung nach zu urteilen, die sie zwei Jahre zuvor durchgeführt hätten, verstünde er sich, falls er denn der Dieb sei, hervorragend darauf, seine Spuren zu verwischen. Es sei das beste, ihn eine Zeitlang nicht aus den Augen zu lassen. Vielleicht würde er sie ja dorthin führen, wo er die Ausbeute seiner Raubzüge versteckt hielt.

»Wenn das nicht wieder ein Blindgänger ist und wir Beweise in die Hand kriegen, daß er die Einbrüche begangen hat«, sagte Si, »dann wird es unser nächster Job sein, ihm den Mord an der Peale anzuhängen. Der Boß will, daß dieser Fall mit großem Aplomb aufgeklärt wird. Die Mutter des Präsidenten hat früher immer Bridge mit Mrs. Peale gespielt.«

80

Dr. Smiths Arbeitszimmer war zwar sauber, aber Kerry fiel auf, daß es alle Anzeichen jahrelanger Vernachlässigung hatte. Die elfenbeinfarbenen Lampenschirme aus Seide von der Art, wie sie ihr noch vom Haus ihrer Großmutter in Erinnerung waren, hatte das Alter dunkel verfärbt. Einer davon war irgendwann einmal versengt worden, und die Seide um den Brandfleck herum war gerissen. Die gepolsterten, mit Samt bezogenen Sessel waren zu niedrig und fühlten sich kratzig an.

Es war ein Raum mit hohen Decken, der schön hätte sein können, aber Kerry kam er vor, als wäre er in der Zeit stehengeblieben, ganz so wie der Schauplatz für eine Szene in einem Schwarzweiß-Film aus den vierziger Jahren.

Sie hatte ihren Regenmantel ausgezogen, aber Dr. Smith machte keinen Versuch, ihn ihr abzunehmen. Mit seinem Verzicht auf diese simple Höflichkeitsgeste schien er andeuten zu wollen, sie werde nicht lang genug bleiben, als daß er sich die Mühe machen sollte. Sie faltete den Mantel und legte ihn über die Armlehne des Sessels, in dem sie Platz genommen hatte.

Smith saß starr aufgerichtet in einem Sessel mit hoher Lehne, den er sich bestimmt niemals ausgesucht hätte, wäre er allein gewesen.

»Was wollen Sie, Ms. McGrath?« Die randlose Brille vergrößerte noch die Augen, die mit ihrem feindselig sondierenden Blick Kälte ausstrahlten.

»Ich will die Wahrheit«, erwiderte Kerry ruhig. »Ich will wissen, weshalb Sie behauptet haben, Sie wären es gewesen, der Suzanne bestimmten Schmuck geschenkt hat, während sie ihn in Wirklichkeit von einem anderen Mann erhielt. Ich will wissen, weshalb Sie über Skip Reardon die Unwahrheit gesagt haben. Er hat Suzanne nie bedroht. Er mag die Geduld mit ihr verloren haben; er mag sie angefahren haben. Aber er hat ihr nie gedroht, richtig? Was für einen Grund in aller Welt konnten Sie dazu haben, das Gegenteil zu beschwören?«

»Skip Reardon hat meine Tochter umgebracht. Er hat sie erwürgt. Er hat sie auf so abscheuliche Weise erwürgt, daß die Blutgefäße in ihren Augen und daß die Adern an ihrem Hals geplatzt sind und ihr die Zunge wie bei einem Stück Vieh aus dem Mund hing ...« Seine Stimme brach ab. Was als zorniger Ausbruch begonnen hatte, endete fast in einem Schluchzen.

»Ich verstehe, wie schmerzlich es für Sie gewesen sein muß, diese Bilder zu überprüfen, Dr. Smith.« Kerry sprach sanft. Ihre Augen zogen sich zusammen, als sie bemerkte, daß Smith an ihr vorbeiblickte. »Aber warum haben Sie stets Skip die Schuld an der Tragödie gegeben?«

»Er war ihr Mann. Er war eifersüchtig, pathologisch eifersüchtig. Das war eine Tatsache. Alle haben das deutlich gesehen.« Er schwieg. »So, und jetzt, Ms. McGrath, möchte ich kein Wort mehr darüber verlieren. Ich verlange zu erfahren, was Sie mit Ihrer Beschuldigung meinen, ich würde Barbara Tompkins belästigen.«

»Moment mal. Erst sollten wir über Reardon reden, Herr Doktor. Sie täuschen sich. Skip war nicht krankhaft eifersüchtig wegen Suzanne. Er wußte, daß sie ein Verhältnis mit jemand anderem hatte.« Kerry wartete ab. »Das hatte er aber auch.«

Smiths Kopf zuckte zurück, als hätte sie ihn geschlagen. »Das ist unmöglich. Er war mit einer wunderschönen Frau verheiratet, und er hat sie angebetet.«

»*Sie* haben sie angebetet, Dr. Smith.« Kerry hatte nicht damit gerechnet, daß sie das sagen würde, doch als sie es tat, wußte sie, daß es zutraf. »Sie haben sich in seine Lage versetzt, stimmt's? Wenn Sie Suzannes Mann gewesen wären und herausgefunden hätten, daß sie etwas mit einem anderen Mann hat, wären Sie zu einem Mord fähig gewesen, hab' ich nicht recht?« Sie fixierte ihn mit ihrem Blick.

Er zuckte nicht einmal mit den Wimpern. »Was fällt Ihnen ein! Suzanne war meine Tochter!« erklärte er kalt. »Und jetzt verschwinden Sie.« Er stand auf und bewegte sich auf Kerry zu, als sei er im Begriff, sie zu packen und hinauszuwerfen.

Kerry sprang auf, griff gleichzeitig nach ihrem Mantel und wich vor ihm zurück. Mit einem Seitenblick vergewisserte sie sich, daß sie, falls nötig, um ihn herum zur Haustür gelangen konnte. »Nein, Dr. Smith«, widersprach sie, »*Susie Stevens* war Ihre Tochter, *Suzanne* war Ihre Schöpfung. Und Sie hatten das Gefühl, sie wäre Ihr Eigentum, genauso wie Sie glauben, Barbara Tompkins wäre Ihr Eigentum. Dr. Smith, Sie waren an dem Abend von Suzannes Tod in Alpine. Haben Sie sie getötet?«

»Suzanne getötet? Sind Sie verrückt?«

»Aber Sie waren dort.«

»War ich nicht!«

»O ja, das waren Sie, und wir werden es auch beweisen. Das verspreche ich Ihnen. Wir werden den Fall wieder aufnehmen und den Mann, den Sie ins Gefängnis gebracht haben, wieder herausholen. Sie waren eifersüchtig auf ihn, Dr. Smith. Sie bestraften ihn, weil er dauernd mit Suzanne zusammensein konnte, Sie aber nicht. Aber Sie haben sich so sehr darum bemüht! Sie haben sich so hartnäckig darum bemüht, daß Sie Suzanne mit Ihren permanenten Ansprüchen auf den Wecker gegangen sind.«

»Das stimmt nicht.« Die Worte drangen durch seine zusammengebissenen Zähne.

Kerry sah, daß Smiths Hand heftig zitterte. Sie mäßigte ihre Stimme und schlug einen versöhnlicheren Ton an. »Mr. Smith, wenn Sie Ihre Tochter nicht getötet haben, dann hat es auf jeden Fall jemand anders getan. Aber Skip Reardon war es nicht. Ich glaube, daß Sie Suzanne auf Ihre Weise geliebt haben. Ich glaube, daß Sie wollten, daß ihr Mörder bestraft wird. Aber wissen Sie, was Sie getan haben? Sie haben dafür gesorgt, daß Suzannes Mörder ungestraft davongekommen ist. Er ist irgendwo da draußen und lacht Sie aus und stimmt einen Lobgesang auf Sie an, weil Sie ihn gedeckt haben. Wenn wir den Schmuck hätten, von dem Skip sicher ist, daß nicht Sie ihn Suzanne geschenkt haben, könnten wir versuchen, seine Herkunft festzustellen. Wir wären vielleicht in der Lage, den Mann aufzuspüren, der ihn ihr tatsächlich gegeben hat. Skip ist überzeugt, daß mindestens ein Stück fehlt und möglicherweise in der Mordnacht gestohlen wurde.«

»Er lügt.«

»Nein, das tut er nicht. Das hat er von Anfang an beteuert. Und noch was anderes wurde an jenem Abend gestohlen – ein Bild von Suzanne in einem Miniaturrahmen. Es hat auf ihrem Nachttisch gestanden. Haben Sie es an sich genommen?«

»Ich war an dem Abend, als Suzanne starb, nicht in diesem Haus!«

»Wer hat sich dann an dem Abend Ihren Mercedes ausgeliehen?«

Smiths »Raus!« war ein gutturaler Aufschrei.

Kerry begriff, daß sie jetzt besser aufbrach. Sie ging an ihm vorbei, doch an der Tür drehte sie sich nochmals zu ihm um. »Dr. Smith, Barbara Tompkins hat mit mir gesprochen. Sie ist völlig verstört. Sie hat eine Geschäftsreise einzig und allein deswegen vorverlegt, um Ihnen aus dem Weg zu gehen. Wenn sie in zehn Tagen zurückkommt, werde ich sie persönlich zur Polizei begleiten, um Beschwerde gegen Sie einzureichen.«

Sie öffnete die Tür der ehemaligen Remise, und ein kalter Luftstoß fegte in die Eingangshalle. »Es sei denn«, fügte sie hinzu, »Sie finden sich mit der Tatsache ab, daß Sie sowohl körperlich wie seelisch Hilfe benötigen. Und es sei denn, Sie können mir glaubhaft machen, daß Sie mir die reine Wahrheit und nichts als die Wahrheit über das gesagt haben, was damals an dem Abend vor sich ging, als Suzanne starb. Und es sei denn, Sie übergeben mir den Schmuck, von dem Sie annehmen, daß sie ihn von einem andern Mann als von Ihnen oder ihrem Ehemann bekommen hat.«

Als Kerry sich für den Fußweg bis zu ihrem Wagen den Kragen hochstellte und die Hände in die Taschen steckte, bemerkte sie weder die prüfenden Augen von Smith, der sie von seinem Standort hinter dem Gitterfenster seines Arbeitszimmers aus beobachtete, noch den Unbekannten, der in seinem geparkten Wagen an der Fifth Avenue nach seinem Handy griff und einen Bericht über ihren Besuch in Washington Mews durchgab.

81

Der Bundesstaatsanwalt besorgte sich in Zusammenarbeit mit den Behörden der Staatsanwaltschaft von Middlesex und Ocean County einen Durchsuchungsbefehl sowohl für das Wohnhaus als auch für das Sommerhaus des verstorbenen Barney Haskell. Barney hatte die meiste Zeit getrennt von seiner Frau gelebt und ein hübsches Haus mit versetzten Geschossen an einer ruhigen Straße in Edison bewohnt, einem attraktiven Wohnort für Leute mittleren Einkommens. Seine Nachbarn dort erzählten den Journalisten, Barney habe sich nie näher mit ihnen eingelassen, sei aber stets höflich gewesen, wenn man sich persönlich begegnet sei.

In seinem anderen Haus, einem modernen zweistöckigen Gebäude auf Long Beach Island mit Blick aufs Meer, wohnte seine Frau das ganze Jahr über. Dort ansässige Nachbarn informierten die Ermittler, daß Barney während des Sommers häufig dagewesen sei, immer reichlich Zeit beim Fischen auf seiner sieben Meter langen Christ-Craft verbracht habe, und daß sein anderes Hobby Tischlerei gewesen sei. Seine Werkstatt sei in seiner Garage.

Einige der Nachbarn sagten, seine Frau habe sie ins Haus gebeten, um das Gestell aus massiver Weißeiche vorzuführen, das Barney im Jahr zuvor für ihre Stereo- und Fernsehanlage gebaut hatte. Es war offenbar sein ganzer Stolz gewesen.

Die Ermittler waren sich im klaren darüber, daß Barney stichhaltiges Beweismaterial gehabt haben mußte, um seine Bemühungen um eine Kronzeugenregelung zu untermauern. Und sie wußten auch, wenn sie es nicht bald fänden, würden die Leute von Jimmy Weeks es aufspüren und vernichten.

Trotz des Protestgeschreis seiner Witwe, Barney sei schließlich ein Opfer, und das sei ihr Haus, auch wenn es auf den Namen vom armen Barney eingetragen sei, und daß sie kein Recht hätten, es kaputtzuschlagen, nahmen sie alles auseinander, einschließlich des Eichengestells, das an die Wand im Fernsehzimmer gedübelt war.

Als sie das Holz von dem Verputz losgerissen hatten, starrten sie zu ihrer Verblüffung auf einen Safe, der groß genug war, das Archiv eines kleinen Büros zu beherbergen.

Während verschiedene Medienvertreter draußen zusammenströmten, hielten Fernsehkameras die Ankunft eines ehemaligen Geldschrankknackers fest, der inzwischen auf der Lohnliste der amerikanischen Regierung stand. Fünfzehn Minuten später war der Safe geknackt, und kurz darauf am selben Nachmittag, um 16 Uhr 15, erhielt Bundesstaatsanwalt Royce einen Anruf von Les Howard.

Man sei auf einen zweiten Satz Geschäftsbücher für das Unternehmen Weeks Enterprises gestoßen, wie auch auf Terminkalender, die fünfzehn Jahre zurückreichten und in die Barney Tag für Tag Jimmys Termine zusammen mit seinen eigenen Notizen über den Zweck der Verabredungen und die Themen der Besprechungen eingetragen habe.

Royce erfuhr zu seiner großen Freude, daß auch Schuhkartons mit Quittungen für kostspielige Posten – darunter Pelze und Schmuck und Automobile für Jimmys diverse Freundinnen – vorhanden waren, die Barney mit »Keine Umsatzsteuer bezahlt« gekennzeichnet hatte.

»Es ist eine wahre Goldgrube«, versicherte Howard Staatsanwalt Royce. »Barney muß die alte Weisheit zu Ohren gekommen sein: ›Behandle deinen Freund, als könnte er dein Feind werden.‹ Er muß sich vom ersten Tag an darauf vorbereitet haben, sich seinen Weg aus dem Gefängnis herauszufeilschen, indem er uns Jimmy zum Fraß vorwirft, falls sie je angeklagt werden.«

Der Richter hatte den Prozeß lieber auf den nächsten Morgen vertagt, anstatt um vier Uhr noch mit einem neuen Zeugen anzufangen. Wieder eine Verschnaufpause, dachte Royce. Nachdem er den Hörer aufgelegt hatte, spielte ein

Lächeln auf seinen Lippen, während er die großartigen Neuigkeiten auskostete. Laut sagte er: »Danke, Barney, ich hab' immer gewußt, daß Verlaß auf dich ist.« Dann saß er schweigend da und erwog seinen nächsten Schritt.

Martha Luce, Jimmys Privatbuchhalterin, war als Zeugin der Verteidigung eingeplant. Sie hatten bereits ihre eidesstattliche Erklärung vorliegen, daß die Rechnungsbücher, die sie geführt hatte, vollkommen korrekt seien und der einzige Satz, der existiere. Wenn er Ms. Luce vor die Wahl stellte, sich der Regierung als Kronzeugin anzudienen oder eine längere Gefängnisstrafe anzutreten, würde es sicherlich nicht allzu schwierig sein, sie davon zu überzeugen, was in ihrem Interesse lag.

82

Jason Arnott war spät am Sonntag vormittag mit grippeähnlichen Symptomen aufgewacht und hatte beschlossen, nicht wie geplant zu dem Haus in den Catskills zu fahren. Statt dessen verbrachte er den Tag im Bett und verließ es nur, um sich ein paar leichte Mahlzeiten zuzubereiten. Zu solchen Zeiten wie gerade jetzt bereute er es doch, daß er keine Haushälterin hatte, die auch bei ihm wohnte.

Andererseits genoß er von Herzen das Privileg, sein Haus ganz für sich zu haben, ohne daß ihm jemand im Weg war. Er holte sich Bücher und Zeitungen in sein Zimmer und verbrachte den Tag damit, zu lesen, zwischendurch Orangensaft zu schlürfen und zu dösen.

Alle paar Stunden jedoch zog er wie unter einem Zwang das FBI-Flugblatt hervor, um sich zu vergewissern, daß ihn niemand mit dieser grobkörnigen Karikatur von einem Bild in Verbindung bringen konnte.

Montag abend dann fühlte er sich schon viel besser und hatte sich mittlerweile vollkommen davon überzeugt, daß dieses Rundschreiben keine Bedrohung für ihn darstellte. Er hielt sich vor Augen, selbst wenn plötzlich ein FBI-Agent vor der Tür stehen sollte, um ihn einer Routinevernehmung zu unterziehen, weil er einer der Gäste auf einem Fest bei den Hamiltons gewesen war, wären sie doch niemals in der Lage, einen Zusammenhang zwischen ihm und dem Diebstahl herzustellen.

Nicht mit diesem Bild da. Nicht mittels der Auflistung seiner Telefongespräche. Nicht durch einen einzigen kostbaren alten Gegenstand oder ein Gemälde hier im Haus. Auch nicht durch die allerpenibelste Überprüfung seiner Finanzen. Ja, nicht einmal über die Buchung des Washingtoner Hotels am Wochenende des Einbruchs ins Haus der Hamiltons, denn er hatte bei der Anmeldung einen falschen Namen verwendet.

Es gab gar keine Frage. Er war in Sicherheit. Er nahm sich fest vor, am folgenden Tag, spätestens aber am Mittwoch, in die Catskills zu fahren und sich ein paar Tage dort zu gönnen, um seine Schätze zu genießen.

Jason konnte nicht wissen, daß die FBI-Agenten sich bereits eine gerichtliche Verfügung besorgt hatten, die es ihnen erlaubte, sein Telefon anzuzapfen, und daß sie nun schon dabei waren, sein Haus zu überwachen. Er konnte nicht wissen, daß er von jetzt ab keinen einzigen Schritt tun würde, ohne dabei beobachtet und ohne dabei beschattet zu werden.

83

Als Kerry in ihrem Wagen von Greenwich Village in Manhattan nach Norden fuhr, wurde sie vom ersten Ansturm des Berufsverkehrs erfaßt. Es war zwanzig vor fünf, als sie aus dem Parkhaus an der Twelfth Street herausgefahren war. Jetzt war es fünf nach sechs, als sie in ihre Einfahrt einbog und Geoffs Volvo vor der anderen Tür der Doppelgarage stehen sah.

Sie hatte beim Verlassen des Parkhauses per Autotelefon zu Hause angerufen, und das Gespräch mit Robin und mit Alison, die auf sie aufpaßte, hatte Kerry nur teilweise beruhigt. Sie hatte ihnen beiden ans Herz gelegt, unter keinen Umständen aus dem Haus zu gehen und für niemanden die Haustür zu öffnen, bis sie selbst heimkam.

Der Anblick von Geoffs Wagen machte ihr bewußt, daß Alisons Auto nicht dastand. War Geoff gekommen, weil irgend etwas vorgefallen war? Kerry stellte den Motor und die Scheinwerfer ab, stieg aus dem Wagen heraus, schlug die Tür hinter sich zu und rannte auf das Haus zu.

Robin hielt offensichtlich schon Ausschau nach ihr. Die Haustür öffnete sich, während Kerry noch die Stufen hinaufhetzte.

»Rob, ist irgendwas passiert?«

»Nein, Mom, uns geht's gut. Als Geoff herkam, hat er Alison gesagt, daß sie gleich nach Hause gehen kann und daß er auf dich wartet.« Robins Gesicht nahm einen besorgten Ausdruck an. »Das war doch okay, oder? Ich meine, daß wir Geoff reingelassen haben.«

»Aber ja doch.« Kerry umarmte Robin. »Wo ist er denn?«

»Hier drüben«, antwortete Geoff, der jetzt an der Küchentür erschien. »Ich hab' mir gedacht, nach dem Genuß eines Abendessens à la Dorso am Samstag wärt ihr vielleicht heute abend zu einem zweiten aufgelegt. Ganz was Einfaches. Lammkoteletts, grüner Salat und gebackene Kartoffeln.«

Kerry wurde sich bewußt, daß sie ebenso angespannt wie hungrig war. »Klingt wunderbar«, sagte sie mit einem Seufzer, während sie ihren Mantel aufknöpfte.

Geoff beeilte sich, ihn ihr abzunehmen. Während er den Mantel über einen Arm legte, wirkte es ganz natürlich, daß er sie mit dem anderen Arm umfaßte und ihr einen Kuß auf die Wange gab. »Harter Tag in der Fabrik?«

Für einen kurzen Moment ließ sie ihr Gesicht an der warmen Stelle unter seinem Hals ruhen. »Hat schon leichtere Tage gegeben.«

Robin sagte: »Mom, ich geh eben nach oben und mach meine Hausaufgaben fertig, aber ich finde, da ich es schließlich bin, die in Gefahr ist, sollte ich auch ganz genau wissen, was alles los ist. Was hat Dr. Smith gesagt, als du bei ihm warst?«

»Mach deine Hausaufgaben fertig, und laß mich erst mal ein paar Minuten zur Ruhe kommen. Ich versprech dir, später gibt's einen vollständigen Bericht.«

»Okay.«

Geoff hatte das Gas im offenen Kamin im Wohnzimmer angestellt. Er hatte Sherry hereingebracht und Gläser neben der Flasche auf dem Sofatisch dort bereitgestellt. »Ich hoffe, ich nehme mir nicht zu viele Freiheiten raus«, entschuldigte er sich.

Kerry ließ sich auf das Sofa fallen und stieß ihre Schuhe von sich. Sie schüttelte den Kopf. »Nein. Überhaupt nicht. Ach, und übrigens können wir die Siezerei wirklich mal lassen, finde ich.«

»Okay. Also gut. Ich hab' nämlich Neuigkeiten, aber – du zuerst. Wie ging's mit Smith?«

»Ich erzähl lieber erst von Frank Green. Ich hab' ihm gesagt, daß ich heute nachmittag früher weggehe, und auch, weshalb.«

»Was hat er gesagt?«

»Das, was er *nicht* gesagt hat, lag dick in der Luft. Aber um fair ihm gegenüber zu sein: Obwohl er, glaube ich, fast an seinen Worten erstickt ist, hat er mir immerhin erklärt, daß ich doch hoffentlich nicht denke, er würde lieber einen Unschuldigen im Gefängnis wissen, als selbst politisch an den Pranger gestellt zu werden.« Sie zuckte die Achseln. »Das Blöde ist nur, ich wünschte, ich könnte ihm glauben.«

»Vielleicht kannst du's ja. Und wie steht's mit Smith?«

»Ich bin zu ihm durchgedrungen, Geoff. Das weiß ich bestimmt. Der Typ steht kurz vor einem Zusammenbruch. Wenn er jetzt nicht mit der Wahrheit herausrückt, dann ist mein nächster Schritt, Barbara Tompkins dazu zu bewegen, daß sie ihn wegen Nötigung anzeigt. Diese Aussicht hat ihn bis ins Mark erschüttert, das hab' ich mitgekriegt. Aber ich glaube, bevor er das Risiko eingeht, daß es tatsächlich dazu kommt, bekennt er lieber Farbe, und dann bekommen wir ein paar Antworten.«

Sie starrte in das Feuer und beobachtete, wie die Flammen an den künstlichen Holzscheiten emporzüngelten. Dann fuhr sie langsam fort: »Geoff, ich habe Smith gesagt, daß wir zwei Zeugen haben, die seinen Wagen damals abends gesehen haben. Ich hab' ihm auf den Kopf zugesagt, daß der Grund, weshalb er so auf Skips Verurteilung versessen war, vielleicht darin lag, daß er selbst es war, der Suzanne umgebracht hat. Geoff, ich glaube, er war in sie verliebt, nicht als seine Tochter, vielleicht nicht mal ganz allgemein als Frau, sondern als seine *Schöpfung*.«

Sie wandte sich ihm zu. »Stell dir mal das folgende Szenarium vor. Suzanne ist es leid, daß ihr Vater ihr ständig auf die Pelle rückt und einfach überall dort auftaucht, wo sie hingeht. Jason Arnott hat mir immerhin soviel erzählt, und ich glaube ihm. Also fährt Dr. Smith am Mordabend zu ihr hin, um sie zu sehen. Skip war da und ist schon wieder weg, genauso, wie er immer beteuert hat. Suzanne ist in der Eingangshalle und ordnet Blumen von einem andern Mann. Vergiß nicht, die Grußkarte wurde nie gefunden. Smith ist wütend, verletzt und eifersüchtig. Er hat es nicht nur mit Skip zu tun; nun ist auch noch Jimmy Weeks im Spiel. In einem Tobsuchtsanfall erwürgt er Suzanne, und weil er Skip sowieso schon immer haßt, nimmt er die Karte, erfindet die Geschichte, Suzanne hätte Angst vor Skip gehabt, und wird zum Hauptbelastungszeugen der Anklage.

Auf diese Weise wird nicht nur Skip, sein Rivale um Suzannes Aufmerksamkeit, damit bestraft, daß er mindestens dreißig Jahre ins Gefängnis muß, sondern die Leute von der Polizei suchen auch nirgendwo sonst nach einem Verdächtigen.«

»Das klingt überzeugend«, sagte Geoff langsam. »Aber weshalb hat Jimmy Weeks dann solche Angst davor, daß du den Fall wieder aufrollst?«

»Darüber hab' ich auch nachgedacht. Und genaugenommen könnte man genauso überzeugend argumentieren, daß er ein Verhältnis mit Suzanne hatte. Daß sie an dem Abend damals in Streit gerieten und er sie ermordet hat. Ein anderes Szenarium ist, daß Suzanne ihm von dem Land in Pennsylvania erzählt hat, auf das Skip Optionen besaß. Ob Jimmy ihr vielleicht aus Versehen etwas von dem dort geplanten Highway erzählt und sie dann getötet hat, damit sie Skip nichts davon erzählt? Er hat doch, soweit ich weiß, diese Optionen für praktisch nichts an sich gerissen.«

»Sie haben heute eine Menge nachgedacht, Lady«, erklärte Geoff. »Und Sie haben für jedes der Szenarien eine verdammt gute Begründung vorgebracht. Ach, hast du übrigens zufällig auf dem Heimweg die Nachrichten mitbekommen?«

»Mein Hirn brauchte mal 'ne Pause. Ich hab' mir den Sender mit den schönen Oldies angestellt. Sonst wär ich bei dem Verkehr noch durchgedreht.«

»Das war bestimmt besser so. Aber falls du dir einen Nachrichtensender angehört hättest, wüßtest du, daß das Zeug, das Barney Haskell für einen Deal mit der Anklage in der Hand hatte, jetzt dem Bundesstaatsanwalt vorliegt. Offenbar hat Barney alle Belege so sorgfältig aufgehoben, wie noch nie jemand Belege aufgehoben hat. Wenn Frank Green seinen Grips beieinander hat, wird er morgen, anstatt dir deine Ermittlungen zu erschweren, Zugriff auf alle nur auffindbaren Unterlagen über die Schmuckstücke beantragen, die Weeks in den Monaten vor Suzannes Ermordung gekauft hat. Wenn wir ihm solche Sachen wie das Armband mit den Tierkreiszeichen zuordnen können, haben wir den Beweis vorliegen, daß Smith gelogen hat.« Er stand auf. »Und jetzt meine ich, Kerry McGrath, du hast dir dein Abendessen sauer verdient. Warte hier. Ich geb dir Bescheid, wenn's fertig ist.«

Kerry rollte sich auf der Couch zusammen und nippte an dem Sherry, aber selbst mit dem Feuer fühlte es sich irgendwie nicht mehr recht gemütlich an. Kurz darauf erhob sie sich und ging in die Küche. »Erlaubst du, daß ich dir zuschaue, wie du Chefkoch spielst? Hier drinnen ist es wärmer.«

Geoff ging um neun Uhr. Als sich die Haustür hinter ihm schloß, erklärte Robin: »Mom, ich muß dich mal was fragen. Dieser Kerl da, den Dad verteidigt? Nach dem, was du mir erzählt hast, gewinnt Dad den Prozeß bestimmt nicht. Ist das richtig?«

»Nicht, wenn all das Beweismaterial, was man offenbar gefunden hat, so stichhaltig ist, wie man annimmt.«

»Ist das dann schlecht für ihn?«

»Niemand verliert gern einen Prozeß. Aber, nein, Robin, es ist vermutlich das Beste, was deinem Vater je passieren könnte, wenn er erlebt, wie Jimmy verurteilt wird.«

»Du bist dir sicher, daß es Weeks ist, der versucht, mir Angst einzujagen?«

»Ja, ich bin mir ungefähr so sicher, wie ich mir nur sein kann. Je eher wir also rauskriegen, was er mit Suzanne Reardon zu schaffen hatte, um so eher hat er auch keinen Grund mehr, zu versuchen uns einzuschüchtern.«

»Geoff ist doch ein Verteidiger, oder?«

»Ja, stimmt.«

»Würde Geoff je einen Kerl wie Jimmy Weeks verteidigen?«

»Nein, Robin, höchstwahrscheinlich nicht.«

»Ich glaub's auch nicht.«

Um halb zehn fiel Kerry ein, daß sie versprochen hatte, Jonathan und Grace von ihrem Treffen mit Dr. Smith zu berichten. »Du glaubst also, daß er die Nerven verliert und zugibt, daß er gelogen hat?« fragte Jonathan, als sie ihnerreichte.

»Ich denke schon.«

Grace war an dem mitangeschlossenen Nebenapparat. »Laß uns Kerry eben meine Neuigkeit erzählen. Kerry, heute war ich entweder eine gute Detektivin, oder ich hab' mich schrecklich lächerlich gemacht.«

Kerry hatte es am Sonntag nicht für wichtig gehalten, Jason Arnotts Namen mit ins Spiel zu bringen, als sie

Jonathan und Grace über Dr. Smith und Jimmy Weeks informiert hatte. Als sie jetzt hörte, was Grace über ihn zu sagen hatte, war sie froh, daß keiner der beiden sehen konnte, was für ein Gesicht sie machte.

Jason Arnott. Der Freund, der ständig mit Suzanne Reardon zusammen war. Er, dessen vorgebliche Freimütigkeit Kerry zu affektiert vorgekommen war, um echt zu sein. Wenn er also ein Dieb war, wenn er dem von Grace beschriebenen FBI-Flugblatt zufolge obendrein unter Mordverdacht stand, wie paßte er dann in den rätselhaften Wirrwarr, der den Sweetheart-Mordfall umgab?

84

Dr. Charles Smith saß noch stundenlang da, nachdem er Kerry hinausgeworfen hatte. »Nötigung!« »Mord!« »Lüge!« Die Anschuldigungen, die sie ihm ins Gesicht geworfen hatte, ließen ihn vor Ekel erschauern. Es war der gleiche Ekel, den er verspürte, wenn er ein verstümmeltes oder vernarbtes oder schlicht häßliches Gesicht ansah. Er spürte dann, wie sein ganzes Wesen vor Verlangen danach verzehrt wurde, dieses Gesicht zu verwandeln und wiederherzustellen, die Dinge wieder ins reine zu bringen. Dafür die Schönheit zu finden, die seine geübten Hände Knochen und Muskeln und Gewebe abzuringen wußten.

In solchen Momenten richtete sich der Ingrimm, der ihn erfüllte, stets auf das Feuer oder den Unfall oder die unfaire Vermischung von Genen, was immer die Entstellung verursacht hatte. Jetzt aber war sein Ingrimm auf die junge Frau gerichtet, die hier einfach den Stab über ihn gebrochen hatte.

»Nötigung!« Ihm Nötigung und Aufdringlichkeit zu unterstellen, bloß weil ihm ein flüchtiger Blick auf die annähernde Vollkommenheit, die er erschaffen hatte, Freude machte! Er wünschte, er hätte in die Zukunft schauen und erkennen können, daß das die Art und Weise war, wie Barbara Tompkins ihm ihren Dank erweisen würde. Er hätte ihr dann schon ein Gesicht gezaubert – ein Gesicht mit Haut, die in lauter Falten zerfiel, mit Tränensäcken unter den Augen und mit aufgeblähten Nasenflügeln.

Was, wenn McGrath tatsächlich Tompkins zur Polizei mitnahm, um die Beschwerde einzureichen? Sie hatte es angedroht, und Smith wußte, daß sie es ernst gemeint hatte.

Einen Mörder hatte sie ihn genannt. *Mörder!* Glaubte sie denn tatsächlich, daß er Suzanne hätte töten können? Brennender Schmerz durchfuhr ihn, während er aufs neue den Augenblick durchlebte, als er damals wieder und wieder an der Tür geläutet und schließlich den Griff bewegt und dabei festgestellt hatte, daß die Haustür nicht verschlossen war.

Und dann Suzanne, dort in der Eingangshalle, fast ihm zu Füßen. Suzanne – und doch nicht Suzanne. Diese entstellte Kreatur mit hervorquellenden, blutunterlaufenen Augen, mit offenstehendem Mund und herausgestreckter Zunge – das war nicht das exquisite Geschöpf, das er erschaffen hatte.

Sogar ihr Körper erschien plump und unschön, so verkrümmt, wie er da lag – das linke Bein war unter das rechte verdreht, der Absatz des linken Schuhs stach in die rechte Wade, und dann diese frischen roten Rosen, über sie verstreut wie eine höhnische Huldigung an den Tod.

Smith erinnerte sich, wie er damals über ihr stand und nur den einen unangemessenen Gedanken hatte – daß es das war, was Michelangelo empfunden hätte, wenn er seine Pietà so an Gesicht und Gliedern verstümmelt gesehen hätte, wie sie es dank des Irren war, der sie vor einigen Jahren in der Peterskirche attackiert hatte.

Er dachte daran, wie er Suzanne verflucht hatte, verflucht, weil sie seine Warnungen nicht beachtet hatte. Sie hatte Reardon gegen seinen Wunsch geheiratet. »Warte ab«, hatte er sie gedrängt. »Er ist nicht gut genug für dich.«

»In deinen Augen wird nie einer gut genug für mich sein«, hatte sie zurückgeschrien.

Er hatte es ertragen mitanzusehen, wie sie einander anschauten, wie sie ihre Hände auf dem Tisch ineinander verschlangen, wie sie gemeinsam dasaßen, Seite an Seite auf dem Sofa oder auch Suzanne auf Reardons Schoß in dem großen, niedrigen Sessel, ein Anblick, der sich ihm bot, wenn er nachts durchs Fenster hineinsah.

All das ertragen zu müssen war schon schlimm genug gewesen, aber als Suzanne schließlich ruhelos wurde und anfing mit anderen Männern auszugehen, von denen keiner ihrer würdig war, und dann zu ihm kam und ihn bat, ihr den und den Gefallen zu tun, mit Worten wie: »Charles, du mußt Skip in dem Glauben wiegen, daß du mir das gekauft hast, ... und das da ... und das ...«

Oder sie sagte: »Herr Doktor, was soll denn die Aufregung? Du hast mir doch gesagt, ich soll all das Vergnügen nachholen, was ich versäumt habe. Also, jetzt hab' ich mein Vergnügen. Skip arbeitet zu hart. Es macht keinen Spaß mit ihm. Du gehst doch Risiken ein, wenn du operierst. Ich bin genau wie du. Ich gehe auch Risiken ein. Und jetzt vergiß nicht, Doktor Charles, du bist ein großzügiger Daddy.« Ihr unverschämter Kuß – wie sie mit ihm flirtete, sich ihrer Macht und seiner Toleranz so sicher.

Mörder? Nein, Skip war der Mörder. Während er damals über Suzannes Leiche gebeugt dastand, wußte er ganz genau, was geschehen war. Ihr ungehobelter Ehemann war nach Hause gekommen, hatte Suzanne mit den Blumen eines anderen Mannes vorgefunden und die Fassung verloren. Genau, wie es *mir* ergangen wäre, dachte Smith damals in dem Moment, als sein Blick auf die Grußkarte fiel, die halb unter Suzannes Leiche verborgen lag.

Und dann war, während er noch über ihr stand, ein ganzes Drehbuch in seiner Vorstellung abgelaufen. Skip, der eifersüchtige Ehemann – ein Geschworenengericht würde vielleicht Milde einem Mann gegenüber üben, der in einem Anfall von Leidenschaft seine Frau umgebracht hatte. Womöglich kam er mit einer milden Strafe davon. Oder vielleicht sogar ganz ohne Schuldspruch.

Das lasse ich nicht zu! hatte er sich geschworen. Smith mußte wieder daran denken, wie er die Augen geschlossen hatte, um das häßliche, entstellte Gesicht vor ihm aus seinem Blickfeld zu verbannen und statt dessen Suzanne in all ihrer Schönheit vor sich zu sehen. *Suzanne, das verspreche ich dir!*

Es war nicht schwierig gewesen, das Versprechen einzulösen. Er brauchte nur die Karte, die mit den Blumen gekommen war, einzustecken, dann nach Hause zu fahren und auf den unvermeidlichen Anruf zu warten, der ihn davon in Kenntnis setzen würde, daß Suzanne, seine Tochter, tot war.

Als die Polizei ihn später vernahm, erzählte er den Beamten, Skip wäre krankhaft eifersüchtig gewesen und Suzanne hätte Angst um ihr Leben gehabt, und dann befolgte er noch ihre letzte Bitte an ihn und behauptete, er hätte ihr all die Schmuckstücke geschenkt, die Skip in Frage gestellt hatte.

Nein, Ms. McGrath konnte sagen, was immer sie wollte. Der Mörder saß im Gefängnis. Und dort würde er auch bleiben.

Es war fast zehn Uhr, als Charles Smith aufstand. Es war alles vorbei. Er konnte nicht mehr operieren. Barbara Tompkins wollte er nicht mehr sehen. Sie ekelte ihn an. Er ging ins Schlafzimmer, schloß einen kleinen Safe im Wandschrank auf und nahm eine Pistole heraus.

Es würde so einfach sein. Wohin würde er nur gehen? überlegte er. Er war überzeugt, daß die Seele weiterwandert. Reinkarnation? Vielleicht. Vielleicht würde er, wenn er diesmal zur Welt kam, Suzanne ebenbürtig sein. Vielleicht würden sie sich ineinander verlieben. Ein Lächeln spielte auf seinen Lippen.

Doch dann, als er gerade den Safe verschließen wollte, fiel sein Blick auf Suzannes Schmuckkasten.

Angenommen, McGrath hatte recht. Angenommen, es war gar nicht Skip, sondern jemand anders gewesen, der Suzanne umgebracht hatte. McGrath hatte gesagt, dieser Mensch lache sich jetzt ins Fäustchen, danke ihm mit einem Hohnlachen für die Zeugenaussage, die Skip zum Mörder abgestempelt hatte.

Es gab eine Möglichkeit, das richtigzustellen. Falls Reardon nicht der Killer war, dann würde McGrath alles, was sie benötigte, in Händen haben, um den Mann zu finden, der Suzanne ermordet hatte.

Smith griff nach dem Schmuckkasten, legte die Pistole obenauf und trug beides zu seinem Schreibtisch im Arbeitszimmer hinüber. Dann holte er mit präzisen Bewegungen ein Blatt Briefpapier hervor und schraubte seinen Füllfederhalter auf.

Als er mit dem Schreiben fertig war, wickelte er den Schmuckkasten und den Brief zusammen ein und schaffte es, beides in einen der Kurierumschläge von Federal Express zu stopfen, die er der Einfachheit halber zu Hause bereithielt. Er adressierte die Sendung an Staatsanwältin Kerry McGrath bei der Staatsanwaltschaft von Bergen County in Hackensack, New Jersey. Es war eine Adresse, die er noch gut im Gedächtnis hatte.

Er zog sich seinen Mantel an, schlang sich einen Schal um und ging zu Fuß die acht Häuserblocks bis zu dem Einwurfkasten von Federal Express, den er schon gelegentlich benutzt hatte.

Es war gerade elf Uhr, als er wieder nach Hause kam. Er legte den Mantel ab, griff nach der Pistole, ging ins Schlafzimmer zurück und streckte sich, noch immer angezogen, auf dem Bett aus. Er knipste alle Lichter aus bis auf die Lampe, die das Bild von Suzanne anstrahlte.

Er würde diesen Tag mit ihr beenden und das neue Leben um Schlag Mitternacht beginnen. Sobald sein Entschluß feststand, erfüllte ihn Ruhe, ja sogar ein Glücksgefühl.

Um halb zwölf begann es an der Haustür zu läuten. Wer war das bloß? fragte er sich. Zornig versuchte er das Läuten zu ignorieren, aber ein hartnäckiger Finger blieb auf den Klingelknopf gedrückt. Er glaubte zu wissen, was das war. Einmal war an der Straßenecke ein Unfall passiert, und ein Nachbar war zu ihm gerannt gekommen, um Hilfe zu holen. Schließlich war er ja Arzt. Falls es auch jetzt um einen Unfall ging, konnte sein Geschick nur dieses eine Mal noch sinnvoll zum Einsatz kommen.

Dr. Charles Smith entriegelte und öffnete die Haustür – und sackte dagegen, als eine Kugel zwischen seinen Augen ihr Ziel fand.

Dienstag, 7. November

85

Am Dienstag morgen waren Deidre Reardon und Beth Taylor schon im Vorzimmer von Geoff Dorsos Anwaltskanzlei, als er um neun Uhr eintraf.

Beth entschuldigte sich für sie beide. »Geoff, es tut mir leid, daß wir einfach kommen, ohne vorher anzurufen«, erklärte sie, »aber Deidre muß morgen früh ins Krankenhaus für die Angioplastie. Ich weiß, daß sie sich ruhiger fühlen wird, wenn sie die Chance hat, ein paar Minuten mit Ihnen zu reden und Ihnen dieses Foto von Suzanne zu geben, über das wir neulich gesprochen haben.«

Deidre Reardon sah ihn besorgt an: »Ach, kommen Sie, Deidre«, sagte Geoff warmherzig, »Sie wissen doch, Sie müssen sich nicht erst entschuldigen, um mich zu sehen. Sind Sie etwa nicht die Mutter meines wichtigsten Klienten?«

»Sicher. Es sind all diese Honorarstunden, die Sie aufschreiben«, murmelte Deidre Reardon mit einem Lächeln der Erleichterung, während Geoff ihre Hände in die seinen nahm. »Ich schäme mich einfach nur so wegen der Art, wie ich letzte Woche ins Büro dieser liebenswürdigen Kerry McGrath gestürmt bin und sie wie Dreck behandelt habe. Und dann zu erfahren, daß ihr eigenes Kind bedroht wird, weil Kerry meinem Sohn zu helfen versucht.«

»Kerry hat vollkommen verstanden, wie Ihnen damals zumute war. Kommt doch beide mit nach hinten in mein Büro. Es gibt bestimmt schon frischen Kaffee.«

»Wir bleiben nur fünf Minuten«, versprach Beth, als Geoff ihr einen Becher Kaffee hinstellte. »Und wir wollen Ihnen auch nicht damit in den Ohren liegen, wie wundervoll der Gedanke für uns ist, daß Skip jetzt endlich einen echten Hoffnungsschimmer sieht. Sie wissen, wie uns zumute ist und wie dankbar wir Ihnen sind für alles, was Sie tun.«

»Kerry hat gestern am späten Nachmittag mit Dr. Smith geredet«, sagte Geoff. »Sie glaubt, daß sie zu ihm durchgedrungen ist. Aber es gibt auch noch andere Entwicklungen.« Er erzählte ihnen von Barney Haskells Unterlagen. »Jetzt haben wir vielleicht endlich die Chance, die Herkunft des Schmucks aufzuspüren, von dem wir glauben, daß Weeks ihn Suzanne geschenkt hat.«

»Das ist einer der Gründe, warum wir hier sind«, erklärte ihm Deidre Reardon. »Wissen Sie noch, wie ich gesagt hatte, daß ich ein Zeitungsfoto von Suzanne habe, wo sie die beiden kostbaren alten Diamantbroschen, die zusammengehören, trägt? Sobald ich am Samstag abend vom Gefängnis zurückkam, habe ich das Bild aus dem Ordner rausholen wollen, und konnte es nicht finden. Ich habe den ganzen Sonntag und Montag damit verbracht, die Wohnung auf den Kopf zu stellen. Natürlich war es nicht da. Blöderweise hatte ich vergessen, daß ich es irgendwann mal in eine von diesen Plastikschutzhüllen gesteckt und bei meinen persönlichen Papieren abgelegt hatte. Wie auch immer – schließlich habe ich's gefunden. Nach all dem Hin und Her über den Schmuck neulich bei dem Gespräch kam es mir wichtig vor, daß Sie's haben.«

Sie reichte ihm ein langes hellbraunes Kuvert. Er entnahm ihm eine zusammengefaltete Seite aus *Palisades Community Life*, einer wöchentlich erscheinenden Boulevardzeitschrift. Als er das Blatt aufschlug, bemerkte Geoff das Datum, den 24. April vor fast elf Jahren und kaum einen Monat, bevor Suzanne Reardon ums Leben kam.

Das Gruppenfoto aus dem Palisades Country Club reichte über vier Druckspalten. Geoff erkannte Suzanne Reardon auf den ersten Blick. Ihre ungewöhnliche Schönheit sprang einem geradezu aus dem Blatt entgegen. Sie stand etwas seitlich da, und die Kamera hatte die blitzenden Diamanten auf dem Revers ihrer Jacke deutlich erfaßt.

»Das ist die Doppelbrosche, die verschwunden ist«, erklärte Deidre und zeigte darauf. »Aber Skip weiß nicht mehr, wann er sie das letztemal an Suzanne gesehen hat.«

»Ich bin froh, daß ich das habe«, sagte Geoff. »Wenn wir eine Kopie von einigen dieser Belege kriegen können, die Haskell aufgehoben hat, können wir vielleicht feststellen, wo der Schmuck herstammt.«

Es tat beinahe weh, die Hoffnung in den Gesichtern der beiden Frauen leuchten zu sehen. Laß mich sie nicht enttäuschen, betete er im stillen, als er sie in den Empfangsraum zurückbegleitete. An der Tür umarmte er Deidre. »So, und nicht vergessen, bringen Sie diese Angioplastie hinter sich, und fangen Sie dann an, sich zu erholen. Wir können es uns nicht leisten, daß Sie krank sind, wenn die Tür für Skip aufgeht.«

»Geoff, ich bin nicht so lange barfuß durch die Hölle gegangen, um jetzt den Löffel abzugeben.«

Nachdem er sich anschließend um eine Reihe Telefonate und Anfragen von Klienten gekümmert hatte, beschloß Geoff, Kerry anzurufen. Vielleicht wollte sie ja ein Fax von dem Bild haben, das Deidre ihm gebracht hatte. Oder vielleicht will ich einfach nur mit ihr reden, gestand er sich ein.

Als die Sekretärin sie durchstellte, durchlief Geoff ein Frösteln, so verängstigt klang Kerrys Stimme. »Ich habe gerade ein Päckchen von Federal Express aufgemacht, das Dr. Smith mir geschickt hat. Es steckte ein Brief drin und Suzannes Schmuckkästchen und die Grußkarte, die bei den Sweetheart-Rosen dabeigewesen sein muß. Geoff, er gibt zu, daß er über Skip und die Schmucksachen gelogen hat. Und da steht auch, daß er zu dem Zeitpunkt, wo ich das lese, bereits Selbstmord begangen hat.«

»Mein Gott, Kerry, hat –«

»Nein, das ist es nicht. Siehst du, er hat's eben *nicht* getan. Geoff, Mrs. Carpenter aus seiner Praxis hat mich eben angerufen. Als Dr. Smith zu einem frühen Termin nicht erschienen ist und auch nicht ans Telefon ging, ist sie zu ihm nach Hause gefahren. Seine Haustür war einen Spalt offen, und so ging sie rein. Sie fand ihn tot in der Eingangshalle liegen. Er ist erschossen worden, und das Haus wurde völlig verwüstet. Geoff, liegt das daran, daß jemand nicht wollte, daß Dr. Smith seine Aussage ändert, und nach dem Schmuck gesucht hat? Geoff, wer macht das nur? Kommt als nächstes Robin dran?«

86

Am selben Vormittag um halb zehn blickte Jason Arnott aus dem Fenster, sah den wolkenverhangenen Himmel und fühlte sich irgendwie deprimiert. Von den noch etwas anhaltenden leichten Schmerzen in den Beinen und im Rücken abgesehen, hatte er den Virusinfekt oder was immer es war überwunden, der ihn übers Wochenende flachgelegt hatte. Aber er wurde das unangenehme Gefühl nicht los, daß irgend etwas nicht stimmte.

Es war natürlich dieses verfluchte FBI-Flugblatt. Aber dasselbe Gefühl hatte er nach jenem Abend im Haus des Kongreßabgeordneten Peale gehabt. Einige Lichter im Erdgeschoß, die mit einem automatischen Schalter verbunden waren, leuchteten damals, als er ankam, aber die Räume im ersten Stock waren alle dunkel. Er war gerade mit dem Gemälde und dem Schließfach, das er von der Wand losgebrochen hatte, den Gang entlanggekommen, als er Schritte hörte, die die Treppe heraufkamen. Mit knapper Not hatte er sich das Bild vors Gesicht halten können, als Licht durch den Flur strömte.

Dann hatte er dieses erschreckte, zitternde »Oh, mein Gott« vernommen und wußte, daß es die Mutter des Kongreßabgeordneten war. Er hatte nicht vorgehabt, ihr etwas zuleide zu tun. Instinktiv war er auf sie zugerannt, wobei er das Gemälde wie einen Schutzschild vor sich her trug, in der

Absicht, sie lediglich umzustoßen und ihr die Brille zu entreißen, damit er sich ungehindert davonmachen konnte. Er hatte sich auf der Party, die Peale anläßlich seines Wahlsieges gab, lange Zeit mit ihr unterhalten und wußte, daß sie ohne ihre Brille blind wie eine Fledermaus war.

Aber der schwere Profilrahmen hatte sie stärker, als es seine Absicht gewesen war, seitlich am Kopf getroffen, und sie war rückwärts die Treppe hinuntergepurzelt. Er erkannte an dem letzten gurgelnden Laut, den sie von sich gab, bevor es still wurde, daß sie tot war. Noch monatelang hatte er sich vorsichtig umgeschaut, weil er damit rechnete, gleich werde jemand mit Handschellen auf ihn zukommen.

Und jetzt – egal, wie sehr er versuchte, sich das Gegenteil einzureden – jagte ihm das FBI-Rundschreiben genau die gleiche heillose Angst ein.

Nach diesem schrecklichen Vorfall war es sein einziger Trost gewesen, sich am Meisterwerk *At Rest* von John White Alexander zu ergötzen, das er damals in der Nacht entwendet hatte. Er hatte es im großen Schlafzimmer seines Hauses in den Catskills aufgehängt, genauso wie Peale es zuvor in seinem großen Schlafzimmer plaziert hatte. Ihn amüsierte die Vorstellung, daß Heerscharen von Besuchern durch das Metropolitan Museum of Art strömten, um sich das Gegenstück *Repose* anzuschauen. Ihm war von den beiden *At Rest* lieber. Die ruhende Gestalt einer schönen Frau hatte die gleichen weichen, fließenden Formen wie das Gemälde *Repose*, aber die geschlossenen Augen, der Ausdruck des sinnlichen Gesichts erinnerte ihn jetzt an Suzanne.

Der Miniaturrahmen mit ihrem Porträt stand auf seinem Nachttisch, und es freute ihn, daß er beides in seinem Zimmer hatte, wenn auch der imitierte Fabergé-Rahmen seines glorreichen Nachbarn nicht würdig war. Der Nachttisch war vergoldet und mit Marmor versehen, ein erlesenes Exemplar neugotischen Stils und in seinem Besitz seit dem grandiosen Beutezug damals, als er einen Lieferwagen gemietet und das Haus der Merrimans praktisch leergeräumt hatte.

Er beschloß, vorher anzurufen. Es tat ihm gut, wenn er bei

der Ankunft dort ein warmes Haus und einen gut bestückten Kühlschrank vorfand. Anstatt jedoch seinen normalen Apparat zu benützen, würde er seine Haushälterin lieber von dem Mobiltelefon aus anrufen, das unter einem seiner Pseudonyme angemeldet war.

Im Inneren eines Lieferwagens, der nach einem Dienstfahrzeug der Gas- und Elektrizitätsgesellschaft aussah, verkündete ein Signal, daß Arnott einen Anruf machte. Während die Agenten lauschten, lächelten sie sich triumphierend an. »Ich glaube, wir stehen kurz davor, dem schlauen Mr. Arnott bis zu seinem Fuchsbau zu folgen«, stellt der Dienstälteste des Agententeams im Einsatz fest. Sie hörten, wie Jason das Gespräch mit den Worten schloß: »Vielen Dank, Maddie. Ich fahre hier in einer Stunde los und müßte bis um eins dasein.«

Maddies träge, eintönige Antwort lautete: »Ich hab' dann alles für Sie bereit. Sie können sich auf mich verlassen.«

87

Frank Green vertrat gerade die Anklage in einem Prozeß, und es war bereits mittags, als Kerry ihn von Smiths Ermordung und von dem Päckchen, das sie von ihm per Federal Express am Vormittag erhalten hatte, informieren konnte. Sie hatte sich jetzt völlig in der Gewalt und fragte sich, weshalb sie sich nur erlaubt hatte, die Nerven zu verlieren, als Geoff sie vorher anrief. Aber ihre Gefühle waren etwas, was sie später überdenken würde. Vorläufig genügte es ihr zur Linderung ihrer unmittelbaren Angst, zu wissen, daß Joe Palumbos Wagen vor Robins Schule geparkt war und er darauf wartete, sie sicher heimzubringen und anschließend das Haus bis zu Kerrys Rückkehr zu bewachen.

Green überprüfte sorgfältig den Inhalt des Schmuckkastens und verglich jedes einzelne Stück mit den Exemplaren, die Smith in dem Brief aufführte, den er in der

Sendung an Kerry beigefügt hatte. »Armband mit Tierkreiszeichen«, las er. »Das ist vorhanden. Uhr mit goldenen Ziffern, Zifferblatt aus Elfenbein, Goldarmband mit Diamanten. Okay. Da ist sie. Smaragdring mit Diamanten, in rötliches Altgold gefaßt. Ist vorhanden. Altes Diamantarmband. Drei Diamantbänder, verbunden durch ein Diamantschloß.« Er hielt es hoch. »Ein wirklich schönes Ding.«

»Ja. Sie wissen vielleicht noch, daß Suzanne dieses Armband trug, als sie ermordet wurde. Es gab noch ein weiteres Schmuckstück, eine kostbare alte Diamantbrosche oder Doppelbrosche, die Skip Reardon beschrieben hatte. Dr. Smith erwähnt sie nicht, und wie's scheint, hatte er sie auch nicht, aber Geoff hat mir gerade einen Ausschnitt aus einer Lokalzeitschrift rübergefaxt, auf dem Suzanne abgebildet ist, wie sie diese Anstecknadel nur wenige Wochen vor ihrem Tod trägt. Sie ist nie bei den andern Sachen, die man im Haus gefunden hat, aufgetaucht. Sie können sehen, daß sie sehr ähnlich wie das Armband aussieht und bestimmt ein altes Stück ist. Die anderen Schmuckstücke sind wunderschön, aber im Design sehr modern.«

Kerry inspizierte die verschwommene Wiedergabe des Zeitungsfotos aus der Nähe und begriff, weshalb Deidre Reardon das Schmuckstück als etwas beschrieben hatte, was ein Bildnis von Mutter und Kind heraufbeschwöre. Wie sie erläutert hatte, schien die Brosche aus zwei Teilen zu bestehen, wobei der größere eine Blume war, der kleinere eine Knospe. Sie waren mit einem Kettchen verbunden. Kerry betrachtete das Bild noch eine Weile und war verblüfft, weil ihr die Brosche merkwürdig bekannt vorkam.

»Wir halten nach diesem Stück Ausschau, ob es vielleicht in Haskells Unterlagen auftaucht«, versprach Green. »Also, noch mal im Klartext: Soweit Sie wissen, sind die Stücke, die der Arzt aufgeführt hat, mit Ausnahme dieser bestimmten Brosche, der gesamte Schmuck, von dem Dr. Smith auf Suzannes Wunsch Skip gegenüber behauptet hat, daß er von ihm selbst stammt?«

»Ja, nach dem, was Smith in seinem Brief geschrieben hat,

und es deckt sich auch mit dem, was Skip mir am Samstag berichtet hat.«

Green legte Smiths Brief wieder hin. »Kerry, glauben Sie, daß Ihnen vielleicht jemand gefolgt ist, als Sie Smith gestern aufgesucht haben?«

»Inzwischen glaube ich das. Deswegen mache ich mir ja solche Sorgen um Robins Sicherheit.«

»Wir stellen heute nacht einen Streifenwagen ab, der Ihr Haus überwacht, aber ich hätte nichts dagegen, Sie und Robin dort auszuquartieren und irgendwo unterzubringen, wo es sicherer ist, nachdem sich die ganze Sache so zuspitzt. Jimmy Weeks ist ein in die Enge getriebenes Tier. Royce kann ihn ja vielleicht der Steuerhinterziehung überführen, aber nach all dem, was Sie aufgedeckt haben, können wir ihn vielleicht des Mordes überführen.«

»Sie meinen wegen der Karte, die Jimmy mit den Sweetheart-Rosen geschickt hat?« Handschriftenexperten waren bereits dabei, die Karte zu analysieren, und Kerry hatte Green an den Zettel erinnert, den man nach der Ermordung der beiden Männer in der Brusttasche von Haskells Anwalt gefunden hatte.

»Genau. Diese Musiknoten hat keine Angestellte in einem Blumenladen zu Papier gebracht. Stellen Sie sich mal vor, so eine Zeichnung über Telefon durchzugeben. Soweit ich informiert bin, ist Weeks ein recht guter Amateurmusiker. Die Seele einer Party, wenn er sich ans Klavier setzt. So ein Typ. Mit dieser Karte – und falls der Schmuck zu diesen Belegen paßt – erscheint der Fall Reardon in einem völlig neuen Licht.«

»Und falls Skip ein neues Verfahren bewilligt bekommt, hat er das Recht, auf Kaution freizukommen, solange dieses Verfahren läuft – oder bis die Anklage fallengelassen wird«, erklärte Kerry sachlich.

»Wenn die Sache so wie erwartet abläuft, dann werde ich das vorschlagen«, stimmte Green zu.

»Frank, da ist noch ein anderer Punkt, den ich zur Sprache bringen muß«, sagte Kerry. »Wir wissen, daß Jimmy Weeks versucht, uns von diesen Ermittlungen abzuschrecken. Das hat aber vielleicht einen ganz anderen Grund, als wir glauben. Ich habe erfahren, daß Weeks Skip Reardon das Vorkaufsrecht auf wertvollen Grundbesitz in Pennsylvania abgekauft hat, als Skip damals alles flüssigmachen mußte. Weeks hatte offenbar Zugang zu vertraulichen Informationen, also besteht die gute Möglichkeit, daß die ganze Transaktion illegal war. Das ist zwar gewiß kein so schweres Verbrechen wie Mord – und natürlich wissen wir's noch nicht; *vielleicht* war er Suzannes Mörder –, aber wenn die Steuerfahndung diese Information hätte, zusammen mit den Vorwürfen der Steuerhinterziehung und was noch alles, dann könnte man Weeks bereits auf dieser Basis für lange Zeit hinter Gitter bringen.«

»Und Sie glauben, er macht sich Sorgen, daß Ihre Nachforschungen im Reardon-Mordfall diese früheren Geschichten zum Vorschein bringen könnten?« fragte Green.

»Ja, das ist gut möglich.«

»Aber glauben Sie wirklich, das könnte ihn dazu veranlassen, Sie über Robin einzuschüchtern? Das kommt mir ein bißchen extrem vor.« Green schüttelte den Kopf.

»Frank, nach allem, was ich von meinem Exmann erfahren habe, ist Weeks skrupellos und arrogant genug, um so gut wie alle Mittel einzusetzen, um sich selbst zu schützen, und es wäre völlig egal, um welche Anschuldigung es dabei geht – um Mord oder um eine geklaute Zeitung. Aber von all dem abgesehen, gibt es noch einen weiteren Grund, weshalb die Mordtheorie vielleicht nicht hinhaut, selbst wenn wir Jimmy Weeks eine Beziehung zu Suzanne nachweisen können«, sagte Kerry. Dann erzählte sie ihm von Jason Arnotts Verbindung zu Suzanne und von Grace Hoovers Theorie, daß Arnott ein professioneller Dieb sei.

»Selbst wenn das stimmt, bringen Sie ihn dann auch mit Suzanne Reardons Ermordung in Verbindung?« fragte Green.

»Ich weiß nicht recht«, erwiderte Kerry langsam. »Es kommt drauf an, ob er mit diesen Diebstahlfällen was zu tun hat oder nicht.«

»Warten Sie mal. Wir können uns dieses Flugblatt vom FBI sofort rüberfaxen lassen«, entschied er und drückte auf die Sprechanlage. »Wir finden gleich raus, wer dort die Ermittlungen leitet.«

Weniger als fünf Minuten waren vergangen, als seine Sekretärin das Rundschreiben hereinbrachte. Green zeigte auf die Telefonnummer für vertrauliche Anrufe. »Sagen Sie denen, sie sollen mich zu dem Obermacker in dieser Sache durchstellen.«

Sechzig Sekunden später war Green mit Si Morgan verbunden. Er stellte den Lautsprecher am Telefon an, damit Kerry mithören konnte.

»Wir stehen kurz vor einem Durchbruch«, berichtete ihm Morgan. »Arnott hat noch ein anderes Haus, in den Catskills. Wir haben entschieden, an der Haustür zu klingeln und festzustellen, ob die Haushälterin bereit ist, mit uns zu reden. Wir halten Sie auf dem laufenden.«

Kerry packte die Armlehnen ihres Stuhls und drehte den Kopf in Richtung der fernen Stimme, die aus der Telefonanlage drang. »Mr. Morgan, das ist schrecklich wichtig. Falls Sie mit Ihrem Agenten noch Kontakt aufnehmen können, sagen Sie ihm, er soll sich nach einem ovalen Miniaturbilderrahmen erkundigen. Er ist aus blauem Emaille mit winzigen echten Perlen um das Glas herum. Er enthält vielleicht das Porträt einer schönen dunkelhaarigen Frau. Falls der Bilderrahmen da ist, können wir Jason Arnott mit einem Mordfall in Verbindung bringen.«

»Ich kann ihn noch erreichen. Ich werde ihn nachforschen lassen, und dann hören Sie wieder von mir«, versprach er.

»Was war das nun wieder?« fragte Green, während er den Lautsprecher abstellte.

»Skip Reardon hat die ganze Zeit behauptet, daß am Tag von Suzannes Tod ein Miniaturrahmen, der eine Fabergé-Imitation war, aus dem großen Schlafzimmer verschwunden ist. Das und die alte Brosche sind die beiden Dinge, für die wir bisher keinen Nachweis haben.«

Kerry beugte sich vor und griff nach dem Diamantarmband. »Sehen Sie sich das mal an. Es stammt aus einer ganz andern Welt als der übrige Schmuck.« Sie hielt die Abbildung hoch, auf der Suzanne die kostbare Brosche trug. »Ist das nicht komisch? Ich hab' das Gefühl, als hätte ich so eine Anstecknadel schon mal gesehen, ich meine die kleine, die mit der großen verbunden ist. Es kommt vielleicht bloß daher, daß der Schmuck wiederholt in Aussagen von Skip und seiner Mutter zur Zeit der Ermittlungen damals aufgetaucht ist. Ich hab' so viel in der Akte gelesen, bis mir ganz schwindlig davon wurde.«

Sie legte das Armband in den Schmuckkasten zurück. »Jason Arnott verbrachte eine ganze Menge Zeit mit Suzanne. Vielleicht war er gar nicht so ein geschlechtsloses Neutrum, als das er sich gern hingestellt hat. Stellen Sie sich's mal so vor, Frank. Nehmen wir an, er verknallt sich ebenfalls in Suzanne. Er schenkt ihr die alte Brosche und das Armband. Es ist genau die Art von Schmuck, die er aussuchen würde. Dann wurde ihm klar, daß sie eine Affäre mit Jimmy Weeks hatte. Vielleicht kam er ja an dem Abend damals vorbei und entdeckte die Sweetheart-Rosen und die Karte, von der wir annehmen, daß sie von Jimmy stammt.«

»Sie meinen, er brachte sie um und holte sich die Brosche zurück?«

»Und ihr Bild. Laut Mrs. Reardon ist es ein wunderschöner Rahmen.«

»Warum dann nicht das Armband?«

»Während ich heute vormittag auf Sie gewartet habe, hab' ich mir die Fotos angesehen, die von der Leiche am Tatort gemacht wurden. Suzanne hatte ein goldnes Kettenarmband an ihrer linken Hand. Man kann es auf dem Foto sehen. Das Diamantarmband, das sie am anderen Arm trug, ist nicht sichtbar. Ich hab' im Bericht nachgeschaut. Es war nach oben unter ihren Blusenärmel geschoben worden, so daß es nicht zu sehen war. Dem Bericht des medizinischen Leichenbeschauers zufolge hatte es ein neues und sehr eng sitzendes Sicherheitsschloß. Vielleicht schob sie ja das Armband aus dem Blickfeld, weil sie ihre Meinung geändert hatte und es nicht anbehalten wollte, hatte dann aber Schwierigkeiten, es abzukriegen, oder sie begriff möglicherweise, daß der Kerl, der sie attackiert hat, gekommen war, um es zurückzuholen, vermutlich, weil es ein Geschenk von ihm war, und deshalb hat sie es versteckt. Was immer der Grund war, es hat funktioniert, denn er hat's nicht gefunden.«

Während sie auf Morgans Rückruf warteten, arbeiteten Green und Kerry gemeinsam daran, ein Rundschreiben mit Abbildungen der fraglichen Schmuckstücke vorzubereiten, das an Juweliere von New Jersey herausgeschickt werden sollte.

Irgendwann bemerkte Frank: »Kerry, Ihnen ist doch klar, falls Mrs. Hoovers Vermutung sich als richtig herausstellt, bedeutet das, daß auf einen Hinweis der Frau unseres Senators hin der Mörder der Mutter vom Kongreßabgeordneten Peale gefaßt wird. Wenn Arnott dann noch mit dem Reardon-Fall in Verbindung gebracht wird ...«

Frank Green, der Kandidat für die Gouverneurswahl, dachte Kerry. Schon überlegt er sich, wie er die Tatsache, daß er einen Unschuldigen verurteilt hat, übertünchen kann! Na ja, das ist wohl hohe Politik, sagte sie sich.

88

Maddie Platt bemerkte nichts von dem Wagen, der ihr folgte, als sie am Markt anhielt und all die Sachen einkaufte, die sie besorgen sollte. Genausowenig nahm sie wahr, daß der Wagen ihr auch weiterhin folgte, als sie von Ellenville auf schmalen, kurvenreichen Straßen bis zu dem ausladenden Landhaus fuhr, das einem Mann gehörte, den sie als Nigel Grey kannte.

Sie schloß auf und betrat die Villa, doch zehn Minuten später klingelte es zu ihrer Bestürzung an der Haustür. Hier kam doch nie jemand überraschend vorbei. Darüber hinaus hatte Mr. Grey sie rigoros angewiesen, niemals irgend jemanden hereinzulassen. Keinesfalls würde sie die Tür öffnen, ohne vorher zu wissen, wer es war.

Als sie aus dem Seitenfenster hinausspähte, sah sie den ordentlich gekleideten Mann auf dem oberen Treppenabsatz stehen. Er entdeckte sie und hielt eine Plakette hoch, die ihn als FBI-Agenten auswies. »FBI, Ma'am. Würden Sie bitte die Tür aufmachen, damit ich mit Ihnen reden kann?«

Aufgeregt öffnete Maddie die Tür. Jetzt stand sie nur einige Zentimeter von der Dienstmarke entfernt, die den unverkennbaren FBI-Stempel und das Paßbild des Agenten zeigte.

»Guten Tag, Ma'am. Ich bin FBI-Agent Milton Rose. Ich will Sie nicht erschrecken oder ärgern, aber es ist ausgesprochen wichtig, daß ich mit Ihnen über Mr. Jason Arnott spreche. Sie sind doch seine Haushälterin, nicht?«

»Sir, ich kenne keinen Mr. Arnott. Dieses Haus gehört Mr. Nigel Grey, und ich arbeite schon seit vielen Jahren für ihn. Er kommt heute nachmittag her, das heißt, er muß eigentlich schon bald hier sein. Und ich kann Ihnen schon jetzt sagen – ich habe strikte Anweisung, nie ohne seine Erlaubnis irgendwen hier ins Haus zu lassen.«

»Ma'am, ich bitte Sie gar nicht, mich reinzulassen. Ich habe keinen Durchsuchungsbefehl. Aber ich muß trotzdem mit Ihnen reden. Ihr Mr. Grey ist in Wirklichkeit Jason Arnott, den wir im Verdacht haben, für Dutzende von Einbrüchen verantwortlich zu sein, wobei es um Kunst und andere kostbare Gegenstände geht. Er ist vielleicht sogar für die Ermordung einer älteren Dame, die Mutter eines Kongreßabgeordneten, verantwortlich, die ihn möglicherweise auf frischer Tat ertappt hat, als er in ihr Haus einbrach.«

»Oh, mein Gott«, rief Maddie und hielt erschrocken die Luft an. Sicherlich war Mr. Grey hier immer völlig alleine gewesen, aber sie war einfach davon ausgegangen, daß dieses Haus in den Bergen hier sein Zufluchtsort war, wohin er kam, um sich ungestört zu entspannen. Jetzt allerdings begriff sie, daß er aus ganz anderen Gründen hier »Zuflucht« gesucht hatte.

Agent Rose ging dann dazu über, ihr viele der gestohlenen

Kunstwerke und anderen Objekte zu beschreiben, die aus Häusern verschwunden waren, in denen Arnott zuvor an gesellschaftlichen Ereignissen teilgenommen hatte. Traurig bestätigte sie, daß praktisch all diese Gegenstände hier im Haus seien. Und, ja, der kleine ovale blaue, mit Perlen besetzte Rahmen mit dem Bild einer Frau drin, der stehe auf seinem Nachttisch.

»Ma'am, wir wissen, daß er schon bald hier eintrifft. Ich muß Sie bitten, mit uns zu kommen. Ich bin mir sicher, daß Sie nicht wußten, was da vor sich ging, und Sie haben keinerlei Ärger zu befürchten. Aber wir fordern jetzt telefonisch einen Haussuchungsbefehl an, damit wir Mr. Arnotts Haus durchsuchen und ihn festnehmen können.«

Sanft führte Agent Rose die verstörte Maddie zu dem wartenden Wagen. »Ich kann's einfach nicht glauben«, rief sie. »Ich hatte keine Ahnung davon.«

89

Um halb eins saß eine eingeschüchterte Martha Luce, die seit zwanzig Jahren die Buchhaltung für James Forrest Weeks machte, da und zupfte nervös an einem feuchten Taschentuch herum, während sie in der Amtsstube von Bundesstaatsanwalt Brandon Royce hockte.

Die eidesstattliche Erklärung, die sie Royce gegenüber Monate zuvor abgegeben hatte, war ihr soeben wieder vorgelesen worden.

»Stehen Sie noch zu dem, was Sie uns damals berichtet haben?« fragte Royce, während er auf die Papiere in seiner Hand klopfte.

»Ich hab' die Wahrheit gesagt, soweit ich wußte, daß es die Wahrheit war«, erwiderte Martha mit einer Stimme, die an Flüstern grenzte. Sie warf einen nervösen Seitenblick auf die Stenotypistin und dann auf ihren Neffen, einen jungen Anwalt, den sie in panischer Angst angerufen hatte, sobald sie von der erfolgreichen Durchsuchung von Haskells Haus in Kenntnis gesetzt wurde.

Royce beugte sich vor. »Miss Luce, ich kann gar nicht entschieden genug betonen, wie außerordentlich ernst Ihre Lage ist. Wenn Sie weiterhin unter Eid die Unwahrheit sagen, tun Sie das zu Ihrem eigenen Verderben. Wir haben genug Material, um Jimmy Weeks zu erledigen. Ich will mit offenen Karten spielen. Da uns Barney Haskell bedauerlicherweise so abrupt entrissen wurde, wird es hilfreich sein, wenn wir Sie als lebendige Zeugin haben« – er betonte das Wort »lebendig« –, »um die Korrektheit seiner Unterlagen zu erhärten. Falls Sie es nicht tun, werden wir Jimmy Weeks trotzdem überführen, bloß dann, Miss Luce, dann werden wir unsre volle Aufmerksamkeit Ihnen zuwenden. Meineid ist ein äußerst ernsthaftes Vergehen. Behinderung der Staatsgewalt ist ein äußerst ernsthaftes Vergehen. Beihilfe und Vorschub zur Hinterziehung von Einkommensteuer ist ein äußerst ernsthaftes Vergehen.«

Das ohnehin stets zaghafte Gesicht von Martha Luce sackte vollends zusammen. Sie begann zu schluchzen. Tränen, die ihre blaßblauen Augen sofort röteten, liefen ihr übers Gesicht. »Mr. Weeks hat jede einzelne Rechnung bezahlt, als Mama so schrecklich lange krank war.«

»Das ist reizend«, erklärte Royce. »Aber er hat's mit Steuergeldern getan.«

»Meine Klientin hat das Recht zu schweigen«, machte sich der Neffe und Anwalt bemerkbar.

Royce bedachte ihn mit einem vernichtenden Blick. »Das haben wir bereits festgestellt, Herr Rechtsanwalt. Sie könnten Ihre Mandantin vielleicht ebenfalls darauf hinweisen, daß wir nicht scharf darauf sind, Frauen mittleren Alters mit einem fehlgeleiteten Sinn für Loyalität ins Gefängnis zu stecken. Wir sind dazu bereit, Ihrer Mandantin dieses eine – und nur dieses eine – Mal, völlige Straffreiheit im Austausch gegen ihre volle Kooperation anzubieten. Danach ist sie auf sich selbst angewiesen. Sie aber erinnern Ihre Mandantin besser daran« – hier troff die Stimme von Royce vor Sarkasmus –, »daß Barney Haskell so lange damit gewartet hat, auf das Angebot einer Kronzeugenregelung einzugehen, daß er es nie annehmen konnte.«

»Völlige Straffreiheit?« fragte der Neffe und Anwalt.

»Völlig, und wir werden Ms. Luce unverzüglich in Schutzhaft nehmen. Wir wollen nicht, daß ihr irgend etwas zustößt.«

»Tante Martha ...«, begann der junge Mann, doch seine Stimme versagte.

Sie hörte auf zu schniefen. »Ich weiß, du Lieber. Mr. Royce, vielleicht hatte ich ja schon immer den Verdacht, daß Mr. Weeks ...«

90

Die Nachricht, daß man in einem versteckten Safe in Barney Haskells Sommerhaus ein Geheimarchiv gefunden hatte, war für Bob Kinellen Brief und Siegel, daß er alle Hoffnung fahren lassen mußte, für Jimmy Weeks einen Freispruch zu erwirken. Sogar Kinellens Schwiegervater, der gewöhnlich unerschütterliche Anthony Bartlett, fing eindeutig an, das Unvermeidliche ins Auge zu fassen.

An diesem Dienstag vormittag hatte Bundesstaatsanwalt Royce die Verlängerung der Mittagspause um eine Stunde erbeten und auch bewilligt bekommen. Bob vermutete schon, was dieses Manöver zu bedeuten hatte. Martha Luce, eine Zeugin für die Verteidigung und zudem eine ihrer besonders glaubhaften Zeugen wegen ihrer schüchternen, ernsthaften Art, wurde wohl unter Druck gesetzt.

Falls Haskell sich Kopien seiner Buchführung gemacht hatte, konfrontierte man Ms. Luce jetzt vermutlich mit ihrer eidesstattlichen Versicherung, Jimmys Abrechnungsbücher seien korrekt.

Sollte Martha Luce im Austausch gegen Straffreiheit als Belastungszeugin aussagen, dann war alles verloren.

Bob Kinellen saß schweigend da und ließ seine Augen zu

allem und jedem im Saal außer zu seinem Mandanten wandern. Er fühlte sich schrecklich müde, als erdrücke ihn eine schwere Last, und er überlegte, in welchem Augenblick genau er von diesem Gefühl ergriffen worden war. Als er die letzten Tage nochmals überdachte, wußte er es plötzlich: Es war der Moment, als ich eine Drohung weitergab, die mein eigenes Kind betraf, sagte er sich. Elf Jahre lang war es ihm gelungen, sich an den Buchstaben des Gesetzes zu halten. Jimmy Weeks hatte das Recht auf eine Verteidigung, und seine Aufgabe war es, Jimmy vor einem Anklagebeschluß zu bewahren. Das tat er mit legalen Mitteln. Falls andere Mittel eingesetzt wurden, wußte er es nicht und wollte es auch nicht wissen.

In diesem Prozeß jedoch war er Teil einer Entwicklung geworden, in der das Gesetz umgangen wurde. Weeks hatte ihm gerade den Grund offenbart, weshalb er darauf bestanden hatte, Mrs. Wagner in der Jury zu haben: Sie hatte einen Vater, der in Kalifornien im Gefängnis saß. Dreißig Jahre zuvor hatte er eine ganze Familie von Urlaubern im Yosemite National Park ermordet. Bob wußte, daß er vorhatte, die Information, daß die Geschworene Wagner einen Vater im Gefängnis hatte, zurückzuhalten und dann für einen Revisionsantrag zu verwenden. Er wußte ebenfalls, daß das moralisch anfechtbar war. Die Gratwanderung war jetzt vorbei. Er war bereits zu weit gegangen. Die heiße Scham, die er verspürt hatte, als er Robins entsetzten Aufschrei bei seinem Gerangel mit Kerry hörte, setzte ihm noch immer zu. Wie hatte Kerry diesen Vorfall Robin nur erklärt? *Dein Vater hat eine Drohung seines Mandanten weitergeleitet, die dich betraf? Der Mandant deines Vaters war der Mann, der letzte Woche irgendeinem Penner befohlen hat, dir Angst einzujagen?*

Jimmy Weeks hatte einen Horror vor dem Gefängnis. Die Vorstellung, eingesperrt zu sein, war ihm unerträglich. Er würde alles tun, um dem zu entgehen.

Es war unübersehbar, daß Jimmy völlig außer sich war. Sie aßen zusammen im Separee eines unweit vom Justizgebäude gelegenen Restaurants zu Mittag. Nachdem der Ober die Bestellung aufgenommen hatte, erklärte Jimmy unvermittelt: »Ich will nichts von irgendeinem Kuhhandel hören, den ihr beide mit dem Staatsanwalt machen wollt. Kapiert?«

Bartlett und Kinellen warteten ab, ohne zu reagieren.

»Was die Jury angeht, können wir uns, glaub ich, nicht drauf verlassen, daß diese Flasche mit der kranken Frau bei der Stange bleibt.«

Das hätte ich dir gleich sagen können, dachte Bob. Er wollte nichts von diesen ganzen Dingen hören. Wenn sein Mandant unzulässigen Einfluß auf diesen Geschworenen ausgeübt hatte, so ohne sein Mitwissen, redete er sich ein. *Und Haskell war das Opfer eines Raubüberfalls*, spottete eine innere Stimme.

»Bobby, von einer meiner Quellen weiß ich, daß der Gerichtsbeamte, der auf die Geschworenen aufpaßt, dir einen Gefallen schuldet«, sagte Weeks.

»Was meinst du damit, Jimmy?« Bob Kinellen spielte mit seiner Salatgabel.

»Du weißt schon, was ich meine. Du hast seinen Jungen aus ’ner bösen Situation rausgeholt, ’ner sehr bösen. Er ist dir dankbar.«

»Und?«

»Bobby, ich finde, der Gerichtsbeamte muß diese verklemmte Wagner-Madame mit ihrem Zwetschgengesicht mal wissen lassen, daß ihr Daddy, der Mörder, ganz groß in die Schlagzeilen kommt, falls sie nicht irgendwelche erheblichen Zweifel anmeldet, sobald dieser Fall vor die Geschworenen geht.«

Wer sich mit Hunden hinlegt, steht mit Flöhen auf. Das hatte Kerry zu ihm gesagt, bevor Robin geboren wurde.

»Jimmy, wir haben bereits eine Begründung für eine Revision, weil sie diesen Tatbestand nicht offenbart hat. Das ist unser Trumpf im Ärmel. Wir brauchen es nicht noch zu forcieren.« Bob warf einen kurzen Blick auf seinen Schwiegervater. »Anthony und ich riskieren ohnehin schon unsern

Hals damit, daß wir's dem Gericht vorenthalten. Wir können behaupten, daß wir erst etwas davon erfahren haben, als der Prozeß vorbei war. Selbst wenn du verurteilt wirst, kommst du doch auf Kaution frei, und dann spielen wir auf Zeit und wenden eine Verzögerungstaktik nach der andern an.«

»Das reicht nicht, Bobby. Diesmal mußt du aufs Ganze gehen. Leg doch ein nettes Schwätzchen mit dem Gerichtsbeamten ein. Der hört bestimmt zu. Dann redet er mit der Lady, die sowieso schon in der Tinte sitzt, weil sie bei ihrem Fragebogen gelogen hat. Und dann haben wir eine Jury, die sich nicht einigen kann, vielleicht sogar einen Freispruch. Und *dann* spielen wir auf Zeit und wenden eine Verzögerungstaktik nach der andern an, während ihr beide euch 'ne todsichere Methode ausdenkt, wie wir das nächstemal 'nen Freispruch kriegen.«

Der Ober kehrte mit den Vorspeisen zurück. Bob Kinellen hatte die Schnecken bestellt, eine Spezialität des Hauses, die er besonders gern hatte. Doch erst, als er aufgegessen hatte und der Ober den Teller abräumte, merkte er, daß er rein gar nichts geschmeckt hatte. Jimmy ist nicht der einzige, der nicht aus noch ein weiß, dachte er.

Ich sitze direkt mit ihm in der Klemme.

91

Kerry ging in ihr Büro zurück, nachdem der Anruf von Si Morgan erfolgt war. Sie war jetzt überzeugt, daß Arnott auf irgendeine Weise unwiderruflich in Suzanne Reardons Ermordung verwickelt war. Wie jedoch im einzelnen, diese Frage mußte noch warten, bis er im Gewahrsam des FBI war und sie und Frank Green die Gelegenheit hatten, ihn zu vernehmen.

Auf ihrem Schreibtisch wartete schon ein Stapel von Mitteilungen, darunter eine von Jonathan, die mit »Dringend«

gekennzeichnet war. Er hatte die Privatnummer seines Büros in Trenton hinterlassen. Sie rief ihn sofort an.

»Danke, daß du gleich zurückrufst, Kerry. Ich muß rüber nach Hackensack und möchte mit dir reden. Kann ich dich zum Mittagessen einladen?«

Vor ein paar Wochen hatte er das Gespräch noch mit »Kann ich dich zum Mittagessen einladen, Euer Ehren?« eröffnet.

Kerry wußte, daß die Unterlassung heute kein Zufall war. Jonathan spielte mit offenen Karten. Wenn die politischen Auswirkungen ihrer Ermittlungsarbeit Frank Green die Nominierung kosteten, konnte sie sich das Richteramt abschminken, ungeachtet der Berechtigung ihrer Untersuchung. So lief es nun mal in der Politik, und außerdem gab es genügend andere hochqualifizierte Leute, die hinter dem Job her waren.

»Natürlich, Jonathan.«

»Solari's um halb zwei.«

Sie glaubte zu wissen, was der Anlaß zu seinem Anruf war. Er hatte die Sache mit Dr. Smith erfahren und machte sich Sorgen um sie und Robin.

Sie rief Geoff in seiner Kanzlei an. Er aß gerade ein Sandwich an seinem Schreibtisch.

»Ich bin froh, daß ich schon sitze«, sagte er zu ihr, als sie ihm die Neuigkeiten über Arnott berichtete.

»Das FBI wird alles, was sie in dem Haus in den Catskills finden, fotografieren und katalogisieren. Morgan hat gesagt, es sei noch offen, ob alles in ein Lagerhaus geschafft werden soll oder ob man die Leute, die beraubt wurden, einfach herbittet, damit sie ihre Sachen direkt vor Ort identifizieren. Wie auch immer sie's machen, Green und ich wollen jedenfalls, wenn wir zu dem Gespräch mit Arnott fahren, Mrs. Reardon mitnehmen, damit sie den Bilderrahmen zweifelsfrei identifiziert.«

»Dann bitte ich sie, ob sie nicht ein paar Tage später für die Angioplastie ins Krankenhaus gehen kann. Kerry, einer von unsern Partnern war heute vormittag im Bundesgericht. Von ihm weiß ich, daß Royce eine Stunde zusätzlich für die

Mittagspause gefordert hat. Es heißt, daß er wahrscheinlich der Buchhalterin von Jimmy Weeks Straferlaß anbietet. Er geht bestimmt nicht das Risiko ein, durch zu hartes Auftreten noch einen wichtigen Belastungszeugen zu verlieren.«

»Dann kommt's also jetzt zum Showdown?«

»Genau.«

»Hast du Skip schon über Smiths Brief informiert?«

»Gleich, nachdem ich mit dir geredet habe.«

»Wie war seine Reaktion?«

»Er fing an zu weinen.« Geoffs Stimme wurde heiser. »Ich auch. Er kommt tatsächlich raus, Kerry, und du bist der Grund.«

»Nein, du täuschst dich. Das ist dein Verdienst und der von Robin. Ich war schon bereit, ihm die kalte Schulter zu zeigen.«

»Darüber können wir ein andermal streiten. Kerry, Deidre Reardon ist am anderen Apparat. Ich hatte versucht, sie zu erreichen. Ich meld mich später wieder. Ich will nicht, daß du und Robin heute abend allein zu Hause seid.«

Bevor Kerry zu ihrer Verabredung mit Jonathan das Büro verließ, wählte sie die Nummer von Joe Palumbos Handy an. Er war schon nach dem ersten Klingelzeichen am Apparat. »Palumbo.«

»Hier ist Kerry, Joe.«

»Die große Pause ist vorbei. Robin ist wieder im Gebäude drin. Ich steh mit dem Wagen direkt vor dem Haupteingang, der einzigen Tür, die nicht verschlossen ist. Ich fahr sie dann nach Hause und bleibe bei ihr und der Babysitterin.« Er hielt inne. »Keine Sorge, Momma. Ich paß schon gut auf dein Baby auf.«

»Das weiß ich. Dank dir, Joe.«

Es war Zeit für das Treffen mit Jonathan. Während sie auf den Flur hinaus lief und gerade noch durch die sich soeben schließende Aufzugstür schlüpfte, mußte Kerry ständig an die fehlende Anstecknadel denken. Irgend etwas an dem Schmuck kam ihr so vertraut vor. Die beiden Teile. Die Blume und die Knospe, wie eine Mutter mit Kind. Eine

Momma und ein Baby ... Warum nur schien sie das an etwas zu erinnern? grübelte sie.

Jonathan hatte bereits am Tisch Platz genommen und trank an einem Club Soda. Er stand auf, als er sie kommen sah. Seine kurze, vertraute Umarmung hatte etwas Beruhigendes. »Du siehst aber mächtig müde aus, junge Dame«, erklärte er. »Oder eher mächtig gestreßt?«

Immer wenn er so zu ihr sprach, empfand sie wieder das warme Gefühl aus alten Tagen, als ihr Vater noch lebte, und Dankbarkeit stieg in ihr hoch, daß Jonathan ihr in mehrfacher Hinsicht ein Ersatzvater war.

»Ein ganz schön aufregender Tag bisher«, sagte sie, während sie sich hinsetzte. »Hast du die Sache mit Smith gehört?«

»Grace rief mich an. Sie hat die Nachrichten gehört, als sie um zehn gefrühstückt hat. Klingt wieder ganz nach Weeks' Handschrift. Wir machen uns beide große Sorgen um Robin.«

»Ich auch. Aber Joe Palumbo, einer von unsern Ermittlern, ist draußen vor ihrer Schule. Er bleibt bei ihr, bis ich nach Hause komme.«

Der Kellner stand neben dem Tisch. »Laß uns bestellen«, schlug Kerry vor, »und dann erzähl ich dir, was alles los ist.«

Sie entschieden sich beide für Zwiebelsuppe, und sie wurde fast sofort serviert. Während des Essens berichtete Kerry Jonathan über das Päckchen von Federal Express mit dem ganzen Schmuck und dem Brief von Dr. Smith.

»Ich schäme mich richtig, daß ich versucht habe, dich von deinen Ermittlungen abzubringen, Kerry«, sagte Jonathan ruhig. »Ich will mein Bestes tun, aber wenn der Gouverneur der Ansicht ist, daß Greens Nominierung gefährdet ist, dann würde es ihm ähnlich sehen, es an dir auszulassen.«

»Nun, wenigstens gibt es Hoffnung«, sagte Kerry. »Und wir können Grace für den Hinweis danken, den sie dem FBI gegeben hat.« Sie erzählte ihm, was sie alles über Jason Arnott erfahren hatte. »Ich sehe schon, wie Frank Green negativen Schlagzeilen über die unfaire Strafverfolgung von Skip Reardon vorbeugen will. Er kann's gar nicht abwarten zu verkünden, daß der Einbrecher, der die Mutter des Kongreßabgeordneten Peale ermordet hat, auf Grund eines Tips der Frau von Senator Hoover geschnappt wurde. Du gehst aus der ganzen Sache als sein bester Freund hervor, und wer kann ihm das schon verübeln? Du genießt weiß Gott unter allen Politikern in New Jersey vermutlich am meisten Respekt.«

Jonathan lächelte. »Wir könnten der Wahrheit ein wenig nachhelfen und behaupten, daß Grace sich erst von Green beraten ließ und er ihr dringend empfahl, den Anruf zu machen.« Dann schwand sein Lächeln. »Kerry, was für eine Auswirkung hat Arnotts mögliche Verwicklung im Fall Reardon auf Robin? Besteht die Möglichkeit, daß es Arnott war, der dieses Foto von ihr gemacht und dir geschickt hat?«

»Auf keinen Fall. Robins eigener Vater hat die Warnung weitergegeben und im Prinzip eingeräumt, daß Jimmy Weeks diese Aufnahme machen ließ.«

»Wie ist der weitere Ablauf?«

»Vermutlich, daß Frank Green und ich gleich morgen früh Deidre Reardon in die Catskills mitnehmen, um diesen Miniaturrahmen zu identifizieren. Arnott dürfte ungefähr jetzt in Handschellen abgeführt werden. Sie stecken ihn dort ins Gefängnis, zumindest fürs erste. Sobald sie dann anfangen, das Diebesgut den speziellen Einbrüchen im einzelnen zuzuordnen, werden sie an verschiedenen Orten Anklage gegen ihn erheben. Ich nehme an, daß sie schon darauf brennen, ihm als erstes wegen dem Mord an der Mutter des Kongreßabgeordneten Peale den Prozeß zu machen. Und falls er für Suzanne Reardons Tod verantwortlich ist, dann wollen wir ihn selbstverständlich hier strafrechtlich verfolgen.«

»Was ist, wenn er nicht gesteht?«

»Wir schicken an alle Juweliere in New Jersey Flugblätter raus, wobei wir uns natürlich auf Bergen County konzentrieren, da sowohl Weeks wie Arnott hier leben. Ich schätze, daß einer dieser Juweliere die moderneren Schmuckstücke wiedererkennt und mit Weeks in Verbindung bringt und daß sich bei dem alten Armband herausstellen wird, daß es von Arnott stammt. Als man es an Suzannes Arm entdeckte, hatte es offensichtlich ein neues Schloß, und das Armband ist so ungewöhnlich, daß sich vielleicht irgendein Juwelier daran erinnert. Je mehr Dinge wir herausfinden, mit denen wir Arnott konfrontieren können, um so leichter sollte es sein, ihn dazu zu bringen, sich auf einen Handel einzulassen.«

»Dann hast du also vor, morgen früh zu den Catskills aufzubrechen?«

»Ja. Ich werde Robin ganz bestimmt nicht mehr morgens allein zu Hause lassen, doch wenn es sich herausstellt, daß Frank schon sehr früh aufbrechen will, dann sehe ich, ob Alison nicht übernachten kann.«

»Ich hab' eine bessere Idee. Laß doch Robin heute abend bei uns übernachten. Ich bringe sie dann morgens in die Schule, oder, wenn's dir lieber ist, kannst du auch diesen Palumbo schicken, um sie abzuholen. Unser Haus hat ein Überwachungssystem, das auf dem allerneuesten Stand ist. Das weißt du ja. Ich werde natürlich dasein, und ich weiß nicht, ob dir das klar ist, aber sogar Grace hat eine Pistole in ihrer Nachttischschublade. Ich hab' ihr schon vor Jahren beigebracht, wie man damit umgeht. Davon abgesehen, glaube ich, daß es Grace wirklich gut täte, wenn Robin zu Besuch kommt. In letzter Zeit war sie ziemlich deprimiert, und es ist so ein Vergnügen, Robin um sich zu haben.«

Kerry lächelte. »Ja, das stimmt.« Sie dachte eine Weile nach. »Jonathan, das könnte wirklich klappen. Ich sollte nämlich eigentlich noch etwas Arbeit in ein anderes Verfahren stecken, das ich demnächst vor Gericht bringe, und dann möchte ich die Reardon-Akte noch mal sorgfältig durchkämmen, ob ich nicht noch etwas finde, was ich bei der Vernehmung von Arnott gebrauchen kann. Ich rufe nachher Robin an, wenn ich weiß, daß sie von der Schule zurück ist, und erzähl ihr von dem Plan. Sie freut sich bestimmt riesig. Sie ist verrückt nach dir und Grace, und sie liebt das rosa Gästezimmer.«

»Das war früher mal deins, weißt du noch?«

»Natürlich. Wie könnte ich das vergessen? Das war damals, als ich dem Vetter von Grace, dem Gartenarchitekten, klarmachen wollte, daß er ein Ganove ist.«

92

Als die verlängerte Mittagspause vorüber war, kehrte Bundesstaatsanwalt Royce für die Nachmittagssitzung des Verfahrens der Vereinigten Staaten von Amerika gegen James Forrest Weeks ins Gericht zurück. Er trug den Kopf hoch, weil er festgestellt hatte, daß Martha Luce hinter ihrer zaghaften, anspruchslosen Fassade das Gedächtnis eines Heimcomputers verbarg. Die vernichtenden Beweise, die Jimmy Weeks endlich zur Strecke bringen würden, sprudelten nur so aus ihr heraus, während sie den beiden sanft sie anspornenden Assistenten von Royce Rede und Antwort stand.

Der Neffe und Anwalt von Ms. Luce, so gestand sich Royce ein, hatte immerhin ein gewisses Potential. Er bestand darauf, daß die Abmachung, auf die sie sich einließ, erst unterschrieben und gegengezeichnet vorliegen müsse, bevor sie auszupacken begann. Als Gegenleistung für ihre ehrliche und uneingeschränkte Kooperation, die sie später nicht widerrufen werde, gewährleiste man ihr, daß man weder jetzt noch in der Zukunft irgendwelche Anklagepunkte auf Bundesebene oder von anderer straf- oder zivilrechtlicher Natur gegen sie erheben werde.

Die Zeugenaussage von Martha Luce war jedoch erst später fällig. Die Abwicklung des Falls durch die Anklagevertretung ging Schritt für Schritt voran. Heute wurde als Zeuge ein Restaurator aufgeboten, der sich im Austausch für die Verlängerung seines Mietvertrags dazu bekannte, an Jimmys Geldeintreiber einen Bonus von fünftausend Dollar pro Monat in bar zu zahlen.

Als die Verteidigung zum Kreuzverhör antrat, sprang

Royce ständig auf die Füße und erhob Einspruch, während Bob Kinellen den Zeugen bearbeitete, ihn bei kleinen Widersprüchen ertappte und zu dem Geständnis zwang, er habe in Wahrheit Weeks nie dabei beobachtet, wie er mit dem Geld in Berührung kam, und er könne sich nicht wirklich sicher sein, ob der Geldeintreiber nicht in Eigenregie arbeite. Kinellen ist gut, dachte Royce, wirklich schade, daß er sein Talent an diesen Abschaum verschwendet.

Royce konnte nicht wissen, daß Robert Kinellen, während er vor einer Gruppe aufmerksamer Geschworener die große Show abzog, den gleichen Gedanken hegte.

93

Als Jason Arnott über die Schwelle seines Hauses in den Catskills trat und Maddies Abwesenheit bemerkte, wußte er im selben Moment, daß etwas Schlimmes passiert sein mußte.

Wenn Maddie nicht da ist und auch keine Nachricht hinterlassen hat, dann stimmt etwas nicht. Jetzt ist alles verloren, dachte er. Wie lange noch, bis sie von allen Seiten auf ihn vorrücken würden? Bald schon, da war er sich sicher.

Plötzlich bekam er Hunger. Er eilte zum Kühlschrank hinüber und zog einen geräucherten Lachs hervor, den zu besorgen er Maddie gebeten hatte. Dann griff er nach den Kapern und dem Weichkäse und dem Päckchen Toastschnitten. Eine Flasche Pouilly-Fuissé stand im Kühlfach bereit.

Er legte den Lachs auf einen Teller und schenkte sich ein Glas Wein ein. Mit beidem in den Händen begann er dann durch das Haus zu wandern. Eine Art letzter Rundgang, dachte er, während er die Reichtümer ringsum mit Kennerblick betrachtete. Der Wandteppich im Eßzimmer – einzigartig. Der Aubusson im Wohnzimmer – ein Privileg, auf einer solchen Schönheit dahinzuschreiten. Die Bronzeskulptur einer schlanken Gestalt mit einem kleinen Kind auf ihrer offenen Hand von Chaim Gross. Gross war in das Thema Mutter und Kind ganz vernarrt. Arnott dachte daran, daß Gross' Mutter und Schwester im Holocaust umgekommen waren.

Er würde natürlich einen Anwalt benötigen. Einen guten Anwalt. Doch wen? Ein Lächeln durchzuckte seine Lippen. Er wußte genau den richtigen: Geoffrey Dorso, der sich seit zehn Jahren so unermüdlich für Skip Reardon einsetzte. Dorso hatte ein beachtliches Renommee und war vielleicht bereit, einen neuen Klienten anzunehmen, insbesondere einen, der ihm Beweise liefern konnte, die ihm zur Befreiung des armen Reardon aus dem Knast von Nutzen waren.

Es klingelte an der Haustür. Er achtete nicht darauf. Es klingelte wiederum, klingelte schließlich permanent. Arnott kaute sein letztes Toast-Dreieck und genoß den delikaten Geschmack des Lachses, die pikante Würze der Kapern.

Jetzt läutete es am Hintereingang. Umstellt, dachte er. Ach, was soll's. Er hatte doch gewußt, daß es eines Tages soweit kommen würde. Hätte er vorige Woche nur seinem Instinkt gehorcht und das Land verlassen. Jason trank sein Glas leer, dachte sich, ein weiteres könne nicht schaden, und ging in die Küche zurück. Jetzt waren an allen Fenstern Gesichter zu sehen, Gesichter mit dem aggressiven, selbstzufriedenen Ausdruck derer, die das Recht haben, Macht auszuüben.

Arnott nickte ihnen zu und hielt sein Glas wie zu einem spöttischen Prosit hoch. Während er weiternippte, ging er zur Hintertür, öffnete sie und trat dann zur Seite, als die Männer hereinstürmten. »FBI, Mr. Arnott«, brüllten sie. »Wir haben einen Durchsuchungsbefehl für Ihr Haus.«

»Aber meine Herren, meine Herren«, murmelte er. »Ich bitte Sie, Vorsicht walten zu lassen. Hier gibt es viele wunderschöne, ja unbezahlbare Gegenstände. Sie mögen an derlei nicht gewöhnt sein, aber, bitte, erweisen Sie ihnen Respekt. Sind Ihre Schuhe sauber?«

94

Kerry rief Robin um halb vier an. Sie und Alison säßen am Computer, erzählte ihr Robin, und spielten eins der Spiele, die Onkel Jonathan und Tante Grace ihr geschenkt hätten. Kerry berichtete ihr von dem Plan: »Ich muß heute noch länger arbeiten und morgen früh spätestens um sieben losfahren. Jonathan und Grace hätten es wirklich gern, wenn du bei ihnen übernachtest, und ich hätte ein gutes Gefühl, wenn ich wüßte, daß du dort bist.«

»Warum hat Mr. Palumbo vor unsrer Schule geparkt, und warum hat er mich heimgefahren, und warum sitzt er jetzt draußen in seinem Wagen da? Heißt das, daß ich in echt großer Gefahr bin?«

Kerry bemühte sich um einen sachlichen Tonfall. »Tut mir leid, daß ich dich enttäuschen muß, aber es ist bloß eine Vorsichtsmaßnahme, Rob. Der Fall steht kurz vor der Aufklärung.«

»Stark. Ich mag Mr. Palumbo, und, okay, ich bleibe schon bei Tante Grace und Onkel Jonathan. Die beiden mag ich auch. Aber was ist mit dir? Bleibt Mr. Palumbo dann auch für dich vor dem Haus stehen?«

»Ich komme erst spät nach Hause, und wenn ich dann da bin, fahren die Polizisten vom nächsten Revier ungefähr jede Viertelstunde bei mir vorbei. Mehr brauch ich nicht.«

»Paß auf dich auf, Mom.« Für einen Augenblick schwand Robins demonstrative Tapferkeit, und sie klang wie ein verängstigtes kleines Mädchen.

»Paß du auf dich auf, mein Spatz. Mach deine Hausaufgaben.«

»Mach' ich. Und dann werde ich Tante Grace fragen, ob ich mir wieder ihre alten Fotoalben ansehen kann. Ich schau' mir wahnsinnig gern die alten Kleider und Frisuren an, und wenn ich mich noch richtig dran erinnere, sind die Fotos in derselben Reihenfolge angeordnet, wie sie entstanden sind. Ich hab' mir gedacht, vielleicht krieg' ich dadurch ein paar

Ideen, weil wir nämlich für unsere nächste Aufgabe in der Fotoklasse ein Familienfotoalbum so anlegen sollen, daß es eine richtige Geschichte erzählt.«

»Ja, natürlich, da gibt's ein paar phantastische Bilder drin. Ich habe mir diese Alben früher auch immer so gerne angeschaut, als ich auf ihr Haus aufgepaßt hab«, schwelgte Kerry in Erinnerungen. »Ich bin sie immer durchgegangen, um nachzuzählen, mit wieviel verschiedenen Hausangestellten Tante Grace und Onkel Jonathan aufgewachsen sind. Ich muß auch jetzt noch manchmal an sie denken, wenn ich den Staubsauger rumschiebe oder die Wäsche falte.«

Robin kicherte. »Also, bleib am Ball. Vielleicht gewinnst du ja doch irgendwann im Lotto. Ich hab' dich lieb, Mom.«

Um halb sechs rief Geoff von seinem Wagen aus an. »Du rätst niemals, wo ich gerade bin.« Er wartete nicht die Antwort ab. »Ich war heute nachmittag im Gericht. Jason Arnott hatte versucht mich zu erreichen. Er hat mir eine Nachricht hinterlassen.«

»Jason Arnott!« rief Kerry aus.

»Ja. Als ich ihn vor ein paar Minuten zurückrief, erklärte er, er müßte mich auf der Stelle sprechen. Er will, daß ich seinen Fall übernehme.«

»Würdest du ihn verteidigen?«

»Könnte ich gar nicht, weil er was mit dem Reardon-Fall zu tun hat, und ich würd's auch nicht wollen, selbst wenn ich könnte. Genau das hab' ich ihm gesagt, aber er besteht trotzdem drauf, mit mir zu reden.«

»Geoff! Laß bloß nicht zu, daß er dir irgendwas erzählt, was durch das Anwaltsgeheimnis geschützt wäre.«

Geoff lachte auf. »Danke, Kerry. Darauf wäre ich nie gekommen.«

Kerry stimmte in sein Lachen ein und erklärte ihm dann das Arrangement, das sie für Robins Übernachtung getroffen hatte. »Ich bleibe hier und arbeite noch ein paar Stunden. Wenn ich mich auf den Heimweg mache, gebe ich den Cops von Hohokus Bescheid, daß ich unterwegs bin. Ist alles in die Wege geleitet.«

»Also, tu's auch bestimmt.« Seine Stimme wurde energisch. »Je mehr ich darüber nachdenke, daß du gestern abend allein in Smiths Haus gegangen bist, um so klarer wird mir, was für eine miserable Idee das war. Du hättest dort sein können, als er erschossen wurde, genauso wie Mark Young zusammen mit Haskell niedergeknallt worden ist.«

Geoff verabschiedete sich, nachdem er versprochen hatte, Kerry nach seinem Treffen mit Arnott anzurufen und sie auf den neuesten Stand zu bringen.

Es war acht Uhr abends, als Kerry die notwendige Arbeit zur Vorbereitung auf einen bevorstehenden Prozeß beendet hatte. Dann griff sie wieder einmal nach der voluminösen Reardon-Akte.

Sie nahm sich die Fotos von der Toten am Tatort genauer vor. In seinem Brief hatte Dr. Smith beschrieben, wie er damals am Abend das Haus betreten hatte und auf Suzannes Leiche gestoßen war. Kerry schloß die Augen bei der grauenhaften Vorstellung, jemals Robin auf diese Weise vorzufinden. Smith sagte, er habe die Karte mit der Aufschrift *Let Me Call You Sweetheart* absichtlich entfernt, weil er davon überzeugt gewesen sei, Skip hätte Suzanne in einem Anfall rasender Eifersucht ermordet, und weil er unbedingt verhindern wollte, daß Skip der Höchststrafe entging und mit einem milden Urteil davonkam.

Sie glaubte Smith, was er geschrieben hatte – die meisten Menschen lügen nicht, wenn sie planen, sich umzubringen, überlegte sie. Und was Dr. Smith geschrieben hat, untermauert auch Skip Reardons Bericht. Das heißt also, dachte Kerry, der Mörder ist der Mann, der in diesem Haus in dem Zeitraum aufgetaucht ist, nachdem Skip gegen halb sieben gegangen war und bevor der Arzt so etwa um neun Uhr erschien.

Jason Arnott? Jimmy Weeks? Wer von beiden hatte Suzanne auf dem Gewissen? fragte sie sich.

Um halb zehn schlug Kerry den Aktendeckel zu. Sie war auf keine neuen Anhaltspunkte für ihre am nächsten Tag eingeplante Vernehmung von Arnott gestoßen. Wenn ich in seinen Schuhen stecken würde, dachte sie, dann würde ich behaupten, Suzanne hätte mir den Bilderrahmen an jenem letzten Tag gegeben, weil sie das Gefühl hatte, einige der Perlen seien dabei, sich zu lockern, und weil sie wollte, daß ich's in Ordnung bringe. Als man sie dann tot auffand, wollte ich nicht in eine Morduntersuchung verwickelt werden, und so habe ich den Rahmen behalten.

Eine solche Geschichte könnte vor Gericht leicht Bestand haben, weil sie völlig plausibel war. Mit dem Schmuck allerdings war es eine andere Sache. Es lief alles auf den Schmuck hinaus. Wenn sie beweisen konnte, daß Arnott Suzanne diese beiden kostbaren alten Stücke geschenkt hatte, dann war es unmöglich für ihn, sich mit der Behauptung herauszureden, das seien Geschenke aus reiner Freundschaft gewesen.

Um zehn Uhr verließ sie das Amtsgebäude, das jetzt still dalag, und ging zum Parkplatz. Da sie plötzlich merkte, daß sie fast umkam vor Hunger, fuhr sie zu dem Schnellrestaurant um die Ecke und nahm einen Hamburger mit Pommes frites und Kaffee zu sich.

Ersetze nur den Kaffee durch eine Cola, und du hast Robins Lieblingsmahlzeit, dachte sie mit einem symbolischen Seufzer. Ich muß schon sagen, mein Baby fehlt mir sehr.

Die Momma und das Baby …

Die Momma und das Baby …

Weshalb ging ihr dieser Singsangsatz nur immer wieder durch den Kopf? fragte sie sich erneut. Irgend etwas schien damit nicht zu stimmen, ganz und gar nicht zu stimmen. Aber was war es nur?

Sie hätte noch vom Büro aus anrufen und Robin gute Nacht sagen sollen, machte sie sich plötzlich klar. Weshalb hatte sie es nicht getan? Kerry aß rasch auf und stieg wieder ins Auto. Es war jetzt zwanzig vor elf, viel zu spät, um noch anzurufen. Sie fuhr gerade aus dem Parkplatz heraus, als ihr Mobiltelefon klingelte. Es war Jonathan.

»Kerry«, sagte er mit einer gedämpften, gepreßten Stimme,

»Robin ist gerade bei Grace drin. Sie weiß nicht, daß ich anrufe. Sie wollte nicht, daß ich dich aufrege. Aber nachdem sie eingeschlafen war, hatte sie einen schrecklichen Alptraum. Ich glaube wirklich, du solltest eben rüberkommen. Es ist so viel losgewesen. Sie braucht dich.«

»Bin sofort da.« Kerry schaltete den Blinker von rechts nach links, drückte das Gaspedal durch und brauste los, um zu ihrem Kind zu kommen.

95

Es war eine lange und denkbar unangenehme Fahrt von New Jersey über die ausgebaute Landstraße in die Catskills hinein. Um die Gegend von Middletown herum begann Eisregen einzusetzen, und der Verkehr schlich nur noch dahin. Ein umgestürzter Lastzug blockierte sämtliche Fahrspuren, was dazu führte, daß die ohnehin qualvolle Fahrt noch um eine Stunde verlängert wurde.

Es war Viertel vor zehn, als ein erschöpfter und hungriger Geoff Dorso im Polizeirevier von Ellenville eintraf, wo Jason Arnott in Haft saß. Ein Team von FBI-Agenten wartete darauf, Arnott zu verhören, sobald er die Gelegenheit zu einem Gespräch mit Geoff gehabt hatte.

»Sie verplempern Ihre Zeit, wenn Sie auf mich warten«, hatte Geoff ihnen gesagt. »Ich *kann nicht sein Anwalt sein.* Hat er Ihnen das nicht gesagt?«

Arnott wurde in Handschellen in das Besprechungszimmer eskortiert. Geoff hatte den Mann in den knapp elf Jahren seit Suzannes Tod nicht mehr gesehen. Damals war man davon ausgegangen, daß er zu Suzanne Reardon eine geschäftliche und freundschaftliche Beziehung zugleich unterhalten hatte. Niemand einschließlich Skip war je auf den Gedanken gekommen, er hätte darüber hinaus irgendwelches Interesse an ihr gehabt.

Jetzt betrachtete Geoff den Mann aus der Nähe. Arnott

war etwas voller im Gesicht als in Geoffs Erinnerung, aber er hatte noch immer den gleichen urbanen, der Welt etwas überdrüssigen Ausdruck. Die Falten um die Augen sprachen für eine tiefe Erschöpfung, aber das Rollkragenhemd aus Kaschmir sah unter Arnotts Tweed-Jackett frisch wie stets aus. Landedelmann, kultivierter Kunstkenner und Genießer, dachte Geoff. Selbst unter diesen Umständen entsprach er dieser Rolle.

»Es ist freundlich von Ihnen, daß Sie gekommen sind, Geoff«, erklärte Arnott liebenswürdig.

»Ich weiß wirklich nicht, weshalb ich hier bin«, erwiderte Geoff. »Wie ich Ihnen schon am Telefon gesagt habe, stehen Sie jetzt mit dem Fall Reardon in Verbindung. Mein Mandant ist Skip Reardon. Ich muß Ihnen sagen, daß nichts von dem, was Sie mir mitteilen, unter das Anwaltsgeheimnis fällt. Ihnen sind Ihre Rechte verlesen worden. Ich bin nicht Ihr Anwalt. Ich werde alles, was Sie sagen, an die Staatsanwaltschaft weiterleiten, weil ich die Absicht habe, den Beweis anzutreten, daß Sie am Abend von Suzannes Tod im Haus der Reardons waren.«

»Oh, ich war dort. Deshalb habe ich ja nach Ihnen geschickt. Keine Sorge. Das ist keine vertrauliche Information. Ich habe vor, das zuzugeben. Ich habe Sie hergebeten, weil ich für Skip als Zeuge auftreten kann. Sobald er aber freigesprochen ist, möchte ich als Gegenleistung, daß Sie meine Rechte wahrnehmen. Dann gibt es keinen Interessenkonflikt mehr.«

»Hören Sie, ich werde Sie nicht vertreten«, erklärte Geoff geradeheraus. »Ich habe zehn Jahre meines Lebens damit verbracht, einen unschuldigen Menschen zu vertreten, der ins Gefängnis gesteckt wurde. Falls Sie Suzanne getötet haben oder aber wissen, wer es getan hat, und in all dieser Zeit Skip in dieser Zelle haben schmoren lassen, dann würde ich eher zur Hölle fahren, als Ihnen auch nur einen Finger zu reichen, um Ihnen aus der Patsche zu helfen.«

»Sehen Sie, das ist genau die Art von Entschlossenheit, die ich an meinem Anwalt sehen will.« Arnott seufzte. »Nun, gut. Versuchen wir's mal so. Sie sind ein Strafverteidiger. Sie wissen, welche Leute auf Ihrem Gebiet gut sind, egal, ob sie aus New Jersey oder sonstwoher stammen. Sie versprechen mir, den besten Anwalt aufzutreiben, der für Geld zu haben ist, und ich erzähle Ihnen, was ich über Suzanne Reardons Tod weiß – für den ich im übrigen nicht verantwortlich bin.«

Geoff starrte den Mann eine Weile an und dachte über sein Angebot nach. »Okay, aber bevor wir ein weiteres Wort verlieren, möchte ich eine unterzeichnete und beglaubigte Erklärung, daß keine Information, die Sie mir geben, einer Einschränkung unterliegt und daß ich sie auf jede Weise, die mir geeignet erscheint, zur Unterstützung von Skip Reardon benützen kann.«

»Selbstverständlich.«

Die FBI-Agenten hatten eine Stenotypistin dabei. Sie setzte Arnotts kurze Erklärung auf. Nachdem er und ein paar Zeugen das Schreiben unterzeichnet hatten, sagte er: »Es ist spät, und es war ein langer Tag. Haben Sie darüber nachgedacht, was für einen Anwalt ich mir nehmen sollte?«

»Ja«, erwiderte Geoff. »George Symonds, aus Trenton. Er ist ein hervorragender Strafverteidiger und überragend im Verhandeln.«

»Sie werden versuchen, mich des Mordes an Mrs. Peale zu überführen. Ich schwöre, es war ein Unfall.«

»Falls es eine Möglichkeit gibt, das auf Totschlag runterzukriegen, wird er sie finden. Wenigstens müßten Sie dann nicht mit der Todesstrafe rechnen.«

»Rufen Sie ihn jetzt an.«

Geoff wußte, daß Symonds in Princeton wohnte, da er einmal bei ihm zum Abendessen eingeladen war. Er konnte sich auch noch daran erinnern, daß das Telefon der Symonds' unter dem Namen der Ehefrau registriert war. Mit seinem Mobiltelefon rief er jetzt in Arnotts Gegenwart an. Es war halb elf.

Zehn Minuten später steckte er den Apparat wieder ein. »In Ordnung, Sie haben Ihren erstklassigen Anwalt. Und jetzt reden Sie.«

»Ich hatte das Pech, daß ich zur Zeit von Suzannes Tod im Haus der Reardons war«, sagte Arnott, der nunmehr sehr ernst wirkte. »Suzanne ging so unglaublich leichtsinnig mit ihrem Schmuck um, zu dem ein paar wirklich schöne Stücke gehörten, daß die Versuchung sich als zu groß erwies. Ich wußte, daß Skip eigentlich geschäftlich in Pennsylvania sein sollte, und Suzanne hatte mir erzählt, daß sie an jenem Abend mit Jimmy Weeks verabredet war. Wissen Sie, auch wenn es merkwürdig klingt, aber sie war wirklich ziemlich verknallt in ihn.«

»War er im Haus, als Sie da waren?«

Arnott schüttelte den Kopf. »Nein, sie hatten ausgemacht, daß sie zu dem Einkaufszentrum in Pearl River fährt, ihren Wagen dort abstellt und zu ihm in seine Nobelkutsche steigt. Soweit ich wußte, hatte sie vor, Jimmy am frühen Abend zu treffen. Doch ich hatte mich offensichtlich getäuscht. Es waren ein paar Lichter an, als ich bei Suzannes Haus ankam, aber das war normal. Sie gingen automatisch an. Von hinten konnte ich sehen, daß die Fenster im großen Schlafzimmer weit offen standen. Es war ein Kinderspiel, hinaufzuklettern, da das Dach dieses hochmodernen Hauses vom ersten Stock bis fast auf den Boden reicht.«

»Um wieviel Uhr war das?«

»Genau um acht. Ich war zu einer Dinner Party in Cresskill unterwegs; einer der Gründe für meine lange und erfolgreiche Karriere ist die Tatsache, daß ich fast ohne Ausnahme mit einem unangreifbaren Satz Zeugen hinsichtlich meines Aufenthalts an bestimmten Abenden aufwarten konnte.«

»Sie betraten das Haus …«, brachte Geoff ihn auf das Thema zurück.

»Ja. Es war kein Ton zu hören, also nahm ich an, daß alle wie geplant weg waren. Ich hatte keine Ahnung, daß Suzanne noch unten war. Ich ging durch den Salon der Suite, dann ins Schlafzimmer und zu dem Nachttisch hinüber. Ich hatte den Bilderrahmen vorher nur im Vorbeigehen gesehen und war mir nie sicher gewesen, ob es ein echter Fabergé war; begreiflicherweise wollte ich nicht zu interessiert daran erscheinen. Ich hob ihn hoch und musterte ihn gerade, als ich Suzannes Stimme hörte. Sie schrie irgendwen an. Es war ziemlich bestürzend.«

»Was sagte sie denn?«

»Etwas von der Art wie ›Du hast sie mir geschenkt, und sie gehören mir. Jetzt verschwinde. Du langweilst mich.‹«

Du hast sie mir geschenkt, und sie gehören mir. Der Schmuck, dachte Geoff. »Das heißt dann wohl, daß Jimmy Weeks es sich anders überlegt hatte und gekommen war, um Suzanne abzuholen«, folgerte er.

»O nein. Ich hörte einen Mann brüllen: ›Ich muß sie aber wiederhaben‹, doch es war eine Stimme, die für Jimmy Weeks viel zu kultiviert klang, und keinesfalls war es die vom armen Skip.« Arnott seufzte. »In diesem Moment ließ ich den Rahmen, fast ohne es zu merken, in meine Tasche fallen. Eine grauenhafte Kopie, wie sich herausgestellt hat, aber Suzannes Bild war eine Freude für mich, und deshalb habe ich es gern behalten. Sie war so unterhaltsam. Sie fehlt mir wirklich.«

»Sie ließen den Rahmen in Ihre Tasche fallen«, spornte Geoff ihn an.

»Und ich merkte plötzlich, daß jemand die Treppe raufkam. Ich war ja im Schlafzimmer, wie Sie wissen, also sprang ich in Suzannes Kleiderschrank und versuchte mich hinter ihren langen Gewändern zu verstecken. Ich hatte die Tür nicht vollständig zugemacht.«

»Haben Sie gesehen, wer da kam?«

»Nein, nicht das Gesicht.«

»Was hat diese Person gemacht?«

»Ging direkt zu dem Schmuckkasten hinüber, stocherte in Suzannes Klunkern herum und holte etwas heraus. Dann, weil er offensichtlich nicht alles fand, was er wollte, fing er an, die ganzen Schubladen zu durchwühlen. Er schien ziemlich in Panik zu sein. Nach nur ein paar Minuten fand er entweder das, wonach er suchte, oder gab's auf. Zum Glück hat er nicht den Schrank durchsucht. Ich wartete so lange ab, wie ich's fertigbrachte, und dann schlich ich nach unten, weil ich wußte, daß irgendwas Fürchterliches passiert sein mußte. Und da hab' ich sie dann liegen sehen.«

»Da war eine Menge Schmuck in diesem Kasten. Was hat Suzannes Mörder rausgenommen?«

»Soweit ich bei dem Prozeß erfahren habe, muß es die Blume mit der Knospe gewesen sein ... die alte Diamantbrosche, wissen Sie. Es war wirklich ein wunderbares Stück: absolut einzigartig.«

»Hat derselbe, der Suzanne diese Brosche geschenkt hat, ihr auch das alte Armband geschenkt?«

»O, ja. In der Tat glaube ich, daß er vermutlich versucht hat, auch das Armband zu finden.«

»Wissen Sie, wer Suzanne das Armband und die Brosche geschenkt hat?«

»Natürlich weiß ich das. Suzanne hatte kaum Geheimnisse vor mir. Also, bedenken Sie, ich kann nicht beschwören, daß er derjenige war, der damals abends im Haus war, aber es ergibt doch einen Sinn, oder? Verstehen Sie, was ich meine? Meine Zeugenaussage wird dazu beitragen, den wahren Mörder zu überführen. Deshalb sollte man mir auch etwas entgegenkommen, finden Sie nicht?«

»Mr. Arnott, wer hat Suzanne das Armband und die Brosche geschenkt?«

Arnotts Lächeln war belustigt. »Sie werden es mir nicht glauben, wenn ich's Ihnen sage.«

96

Kerry brauchte fünfundzwanzig Minuten, um nach Old Tappan zu kommen. Die Fahrt schien sich unendlich hinzuziehen. Robin, tapfere kleine Robin, die stets zu verbergen versuchte, wie enttäuscht sie war, wenn Bob sie versetzte, die heute so erfolgreich ihre große Angst überspielt hatte – es war endlich doch zu viel für sie geworden. Ich hätte sie niemals bei einem anderen lassen sollen, dachte Kerry.

Nicht einmal bei Jonathan und Grace.

Jonathan hatte so seltsam am Telefon geklungen, dachte Kerry.

Von jetzt ab kümmere *ich* mich um mein Baby, schwor sich Kerry.

Die Momma und das Baby – da war sie schon wieder, diese Wendung ließ sie einfach nicht los.

Sie fuhr jetzt nach Old Tappan hinein. Nun waren es nur noch wenige Minuten.

Robin hatte sich doch offensichtlich so darauf gefreut, bei Grace und Jonathan zu übernachten und sich wieder all die Fotoalben anzuschauen.

Die Fotoalben.

Kerry kam gerade am letzten Haus vorbei, bevor sie zu dem von Jonathan kam. Sie bog in die Auffahrt ein. Fast unbewußt nahm sie wahr, daß die automatische Beleuchtung nicht anging.

Die Fotoalben.

Die Blumenbrosche mit der Knospe.

Sie hatte sie schon mal gesehen.

An Grace.

Vor vielen Jahren, ganz am Anfang, als Kerry für Jonathan zu arbeiten anfing. Grace trug damals noch ihren Schmuck. Viele Bilder in den Alben zeigten sie damit. Grace machte damals eine scherzhafte Bemerkung, als Kerry die Diamantnadel bewunderte. Sie hatte es »die Momma und das Baby« genannt.

Suzanne Reardon trug also die Brosche von Grace auf dem Zeitungsfoto! Das mußte heißen … Jonathan? Konnte er sie ihr gegeben haben?

Ihr fiel jetzt wieder ein, daß Grace ihr erzählt hatte, sie habe Jonathan gebeten, ihren gesamten Schmuck in das Bankschließfach zu tun. »Ich kann ihn nicht ohne Hilfe anlegen, und ich kann ihn nicht abnehmen ohne Hilfe, und ich würde mir nur Sorgen darum machen, wenn er noch im Haus wäre.«

Ich habe Jonathan erzählt, daß ich vorhabe, Dr. Smith zu

treffen, überlegte Kerry. Als ich gestern abend heimkam, habe ich Jonathan gesagt, daß ich den Eindruck hätte, Dr. Smith würde zusammenbrechen. Oh, mein Gott! Er muß Smith erschossen haben.

Kerry brachte den Wagen zum Stehen. Sie war am Haupteingang der ansehnlichen Kalksteinvilla angelangt. Sie schob die Fahrertür auf und hastete die Stufen empor.

Robin war bei einem Mörder.

Kerry hörte nicht das leise Läuten des Autotelefons, als sie mit dem Finger auf die Klingel drückte.

97

Geoff versuchte Kerry zu Hause telefonisch zu erreichen. Als sich niemand meldete, wählte er ihr Mobiltelefon an. Wo war sie nur? überlegte er voller Panik. Er rief die Nummer von Frank Greens Behörde an, während der Wachposten gerade Arnott abführte.

»Das Büro der Staatsanwaltschaft ist jetzt nicht besetzt. Falls es sich um einen Notfall handelt, wählen Sie ...«

Geoff fluchte, als er die Nummer für Notfälle wählte. »Ich muß unbedingt Frank Green erreichen. Es geht um einen Mordfall kurz vor der Aufklärung. Geben Sie mir seine Privatnummer.«

»Ich kann Ihnen sagen, daß er nicht da ist. Er wurde zu einem Mordfall in Oradell gerufen, Sir.«

»Können Sie ihn dort erreichen?«

»Ja. Einen Moment bitte.«

Es dauerte ganze drei Minuten, bis Green an der Leitung war. »Geoff, ich stecke gerade mittendrin in einer Sache. Ich kann nur hoffen, daß es was Wichtiges ist.«

»Ist es. Äußerst wichtig. Es hat mit dem Fall Reardon zu tun. Frank, Robin Kinellen übernachtet heute im Haus von Jonathan Hoover.«

»Das weiß ich schon von Kerry.«

»Frank, ich habe soeben erfahren, daß Jonathan Hoover diesen kostbaren alten Schmuck Suzanne Reardon geschenkt hat. Er hatte eine Affäre mit ihr. Ich glaube, er ist unser Mörder, und Robin ist bei ihm.«

Es blieb lange Zeit still. Dann erklärte Frank Green mit unbewegter Stimme: »Ich bin in dem Haus eines alten Mannes, der sich auf die Reparatur von altem Schmuck spezialisiert hatte. Er wurde heute am frühen Abend ermordet. Es gibt keine Hinweise auf einen Raubüberfall, aber sein Sohn hat mir gesagt, daß seine Rolodex-Kartei mit den Namen seiner Kunden fehlt. Ich schicke auf dem schnellsten Weg die Cops vor Ort zum Haus der Hoovers rüber.«

98

Jonathan öffnete Kerry die Tür. Das Haus war kaum beleuchtet und sehr still. »Sie hat sich wieder beruhigt«, erklärte er. »Ist schon in Ordnung.«

Kerry hielt ihre vor Angst und Zorn geballten Fäuste in ihren Manteltaschen versteckt. Trotzdem gelang es ihr zu lächeln. »Ach, Jonathan, das alles ist solch eine Zumutung für dich und Grace. Ich hätte wissen müssen, daß Robin Angst bekommen würde. Wo ist sie?«

»Jetzt wieder in ihrem Zimmer. Schläft ganz tief.«

Bin ich verrückt? überlegte Kerry, während sie Jonathan nach oben folgte. Hat meine Phantasie mir einen Streich gespielt? Er macht einen so normalen Eindruck.

Sie kamen zur Tür des Gästezimmers, zum rosa Zimmer, wie Robin es nannte, wegen der zartrosa Wände und Vorhänge und Steppdecke.

Kerry schubste die Tür auf. In dem Lichtschein, das ein kleines Nachtlämpchen verbreitete, konnte sie Robin in ihrer typischen Fötalposition auf der Seite liegen sehen, mit den langen braunen Haaren über das Kissen ausgebreitet. In zwei Sätzen war Kerry neben dem Bett.

Robins Wange ruhte auf ihrer Handfläche. Sie atmete regelmäßig.

Kerry blickte zu Jonathan auf. Er stand am Fußende des Bettes und starrte sie an. »Sie war so durcheinander. Nachdem du dann hier warst, hast du beschlossen, sie mit nach Hause zu nehmen«, sagte er. »Siehst du, ihre Tasche mit den frischen Anziehsachen und den Büchern für die Schule ist schon fertig gepackt. Ich trage sie für dich.«

»Jonathan, es gab gar keinen Alptraum. Sie ist gar nicht aufgewacht, oder?« sagte Kerry beherrscht.

»Nein«, erwiderte er gleichgültig. »Und es wäre einfacher für sie, wenn sie auch jetzt nicht aufwachen würde.«

In dem Dämmerlicht der Nachtleuchte sah Kerry, daß er einen Revolver in der Hand hielt.

»Jonathan, was machst du da? Wo ist Grace?«

»Grace schläft ganz fest, Kerry. Ich fand, daß es so besser ist. Manchmal merke ich, daß eines ihrer stärkeren Beruhigungsmittel nötig ist, damit ihre Schmerzen etwas gelindert werden. Ich löse es in dem warmen Kakao auf, den ich ihr jeden Abend ans Bett bringe.«

»Jonathan, was willst du?«

»Ich will genauso weiterleben, wie wir jetzt leben. Ich will der Präsident des Senats und Freund des Gouverneurs sein. Ich will meine restlichen Jahre mit meiner Frau verbringen, die ich wirklich immer noch liebe. Manchmal geraten Männer auf Abwege, Kerry. Sie tun völlig blödsinnige Dinge. Sie lassen sich von jungen, schönen Frauen schmeicheln. Vielleicht war ich wegen Grace' Problem anfällig dafür. Ich wußte, daß es blödsinnig von mir war; ich wußte, daß es ein Fehler war. Und alles, was ich dann tun wollte, war, mir den Schmuck zurückzuholen, den ich idiotischerweise diesem vulgären Reardon-Mädchen gegeben hatte, aber sie wollte sich absolut nicht davon trennen.«

Er wedelte mit dem Revolver. »Weck Robin jetzt auf, oder heb sie hoch. Es ist keine Zeit mehr zu verlieren.«

»Jonathan, was hast du vor?«

»Nur was ich tun muß, und auch nur mit großem Bedauern. Kerry, Kerry, warum hattest du bloß das Gefühl, du müßtest dich mit Windmühlen anlegen? Was spielte es schon für eine Rolle, daß Reardon im Gefängnis war? Was machte es schon aus, daß Suzannes Vater das Armband als sein Geschenk hingestellt hat, das mir so verheerend hätte schaden können? Diese Dinge entsprachen der Vorsehung. Es war so gedacht, daß ich weiterhin dem Staat zu Diensten bin, den ich liebe, und mit der Frau zusammenlebe, die ich liebe. Es war schon Strafe genug, daß Grace so leicht herausfand, daß ich sie betrogen habe.«

Jonathan lächelte. »Sie ist schon wunderbar. Sie hat mir dieses Bild gezeigt und erklärt: ›Erinnert dich das eigentlich nicht an meine Brosche mit der Blume und der Knospe? Ich bekomme dadurch Lust, sie mir wieder anzustecken. Hol sie mir doch bitte aus dem Safe heraus, mein Lieber.‹ Sie wußte Bescheid, und ich wußte, daß sie es wußte, Kerry. Und während ich mir eben noch wie ein romantischer Narr im mittleren Alter vorkam …, fühlte ich mich plötzlich besudelt.«

»Und da hast du Suzanne umgebracht.«

»Aber nur, weil sie sich nicht nur geweigert hat, die Juwelen meiner Frau rauszurücken, sondern auch noch die Frechheit besaß, mir zu erklären, sie hätte einen interessanten neuen Freund, Jimmy Weeks. Mein Gott, der Mann ist ein Schurke. Ein Gangster. Kerry, weck Robin entweder auf, oder trag sie, während sie weiterschläft.«

»Mom«, war von Robin zu hören, die sich zu regen begann. Ihre Augen öffneten sich. Sie setzte sich auf. »Mom.« Sie lächelte. »Wieso bist du hier?«

»Komm aus dem Bett, Rob. Wir gehen jetzt.« Er wird uns töten, dachte Kerry. Er wird behaupten, Robin hätte einen Alptraum gehabt, und ich wäre gekommen und mit ihr weggefahren.

Sie legte ihren Arm um Robin. Robin fühlte, daß etwas nicht stimmte, und lehnte sich eng gegen sie. »Mom?«

»Ist schon gut.«

»Onkel Jonathan?« Robin hatte den Revolver entdeckt.

»Sag jetzt nichts weiter, Robin«, sagte Kerry ruhig. Was

kann ich nur tun? überlegte sie. Er ist verrückt. Er hat sich nicht mehr in der Hand. Wenn doch nur Geoff nicht zu dem Gespräch mit Jason Arnott gefahren wäre. Geoff hätte geholfen. Irgendwie hätte Geoff geholfen.

Als sie die Treppe hinuntergingen, sagte Jonathan sachlich: »Gib mir deine Autoschlüssel, Kerry. Ich folge dir nach draußen, und dann gehst du mit Robin in den Kofferraum.«

O Gott, dachte Kerry. Er bringt uns um und fährt uns dann irgendwohin und läßt das Auto stehen, und dann sieht es nach der Tat eines Profigangsters aus. Das wird man dann Weeks anhängen.

Jonathan sprach erneut, als sie die Eingangshalle durchquerten. »Es tut mir ehrlich leid, Robin. So, jetzt mach langsam die Tür auf, Kerry.«

Kerry beugte sich runter, um Robin zu küssen. »Rob, wenn ich mich rumdreh, läufst du davon«, flüsterte sie. »Lauf zum Nachbarn, und schrei, ohne aufzuhören.«

»Die Tür, Kerry«, drängte er.

Langsam machte sie die Tür auf. Er hatte das Außenlicht am Eingang ausgeschaltet, so daß die einzige Beleuchtung von dem schwachen Schein der Laterne herrührte, die ganz am Ende der Auffahrt stand. »Mein Schlüssel ist in meiner Manteltasche«, sagte sie. Dann drehte sie sich langsam um und schrie: »Lauf, Robin!«

Zur gleichen Zeit warf sie sich auf Jonathan. Sie hörte, wie sich ein Schuß löste, während sie auf ihn zustürzte, und spürte einen brennenden Schmerz seitlich am Kopf, unmittelbar gefolgt von Wellen aufsteigenden Schwindelgefühls. Der Marmorboden des Foyers raste auf sie zu. Rings um sich herum vernahm sie einen Wirrwarr von Geräuschen: noch einen Schuß, Robin, die um Hilfe schrie, ihre Stimme, die sich immer mehr in der Ferne verlor. Polizeisirenen, die näher kamen.

Dann plötzlich nur noch die Sirenen, und Grace' gebrochener Aufschrei: »Es tut mir leid, Jonathan. Es tut mir leid. Ich konnte nicht zulassen, daß du das tust«, sagte sie. »Das nicht. Nicht mit Kerry und Robin.«

Kerry schaffte es, sich hochzuziehen und die Hand an die Seite ihres Kopfes zu drücken. Blut sickerte ihr übers Gesicht hinunter, aber das Schwindelgefühl ließ allmählich nach. Als sie aufblickte, sah sie Grace von ihrem Rollstuhl hinab auf den Boden gleiten, sah, wie sie die Pistole aus ihren geschwollenen Fingern fallen ließ und die Leiche ihres Mannes in die Arme nahm.

Dienstag, 6. Februar

99

Der Gerichtssaal war bis auf den letzten Platz besetzt, als die zeremonielle Vereidigung der Staatsanwältin Kerry McGrath zur Richterin vorgenommen werden sollte. Das festliche Stimmengesumme legte sich völlig, als die Tür des Richterzimmers aufging und eine würdevolle Prozession von Richtern in schwarzer Robe hereingeschritten kam, um eine neue Kollegin in ihrer Mitte zu begrüßen.

Kerry ging ruhig von der Seite des Richterzimmers zur Rechten der Richterbank und nahm ihren Platz ein, während die Richter zu den Sitzen gingen, die für sie vorne vor den Gästen reserviert waren.

Sie blickte auf die versammelten Menschen vor ihr. Ihre Mutter und Sam waren für die Feier mit dem Flugzeug hergekommen. Sie saßen neben Robin, die kerzengerade auf der Kante ihres Sitzes mit großen, aufgeregten Augen dasaß. Von den Schnittwunden, die sie beide zu jenem folgenschweren Treffen mit Dr. Smith geführt hatten, war kaum noch eine Spur zu sehen.

Geoff saß mit seinen Eltern in der nächsten Reihe. Kerry mußte daran denken, wie er in dem FBI-Hubschrauber zu ihr geeilt kam, als sie im Krankenhaus lag, wie er eine hysterische Robin getröstet und dann zu seiner Familie mitgenommen hatte, als der Arzt darauf bestand, Kerry über

Nacht dazubehalten. Jetzt blinzelte sie, um die Tränen zu unterdrücken, die angesichts dessen in ihr aufstiegen, was sie in seiner Miene sah, während er ihr zulächelte.

Margaret, ihre alte und beste Freundin, saß ebenfalls da und erfüllte damit ihren Schwur, daß sie an dieser Zeremonie teilnehmen werde. Kerry dachte an Jonathan und Grace. Sie wollten ursprünglich auch dabeisein.

Grace hatte geschrieben.

> Ich gehe heim nach South Carolina und werde bei meiner Schwester wohnen. Ich gebe mir die Schuld an allem, was geschehen ist. Ich wußte, daß Jonathan etwas mit dieser Frau hatte. Ich wußte auch, daß es nicht andauern würde. Hätte ich doch bloß dieses Foto ignoriert, auf dem sie meine Brosche trug, dann wäre nichts von alldem passiert. Ich machte mir nichts aus dem Schmuck. Es war einfach meine Methode, Jonathan zu warnen, daß er sie aufgeben muß. Ich wollte nicht, daß seine Karriere durch einen Skandal ruiniert wird. Bitte vergib mir, und vergib Jonathan, wenn du kannst.

Kann ich das? fragte sich Kerry. Grace hat mir das Leben gerettet, aber Jonathan hätte Robin und mich getötet, um sich selbst zu retten. Grace wußte, daß Jonathan ein Verhältnis mit Suzanne hatte und vielleicht sogar zu ihrem Mörder wurde, und doch ließ sie Skip Reardon all die langen Jahre im Gefängnis schmoren.

Skip, seine Mutter und Beth waren irgendwo in der Menge. Skip und Beth würden nächste Woche Hochzeit feiern; Geoff würde als Trauzeuge fungieren.

Es war gebräuchlich, daß ein paar enge Freunde oder vertraute Kollegen vor der Vereidigung ein paar Worte sprachen. Frank Green machte den Anfang. »Wenn ich mein Gedächtnis erforsche, kann ich mir keine Person – Mann oder Frau – vorstellen, die besser dazu geeignet ist, diese hohe Position einzunehmen, als Kerry McGrath. Ihr Sinn für Gerechtigkeit brachte mich dazu, einen Mordfall neu aufzurollen. Gemeinsam stellten wir uns der erschreckenden Tatsache, daß ein rachsüchtiger Vater den Ehemann seiner Tochter ins Gefängnis verbannte, während der wahre Mörder seine Freiheit genoß. Wir ...«

Ganz der alte, dachte Kerry. Süße Limonade aus sauren Zitronen. Aber zum guten Schluß hatte Frank doch zu ihr gehalten. Er hatte persönlich den Gouverneur aufgesucht und ihm dringend angeraten, daß ihr Name dem Senat zur Bestätigung vorgelegt werde.

Frank war es auch gewesen, der die Verbindung von Jimmy Weeks mit Suzanne Reardon aufgeklärt hatte. Einer seiner Spitzel, ein kleiner Ganove, der Botendienste für Jimmy erledigte, steuerte die Antwort bei. Suzanne hatte sich tatsächlich mit Jimmy Weeks eingelassen, und er hatte ihr Schmuck geschenkt. Er hatte ihr auch an jenem Abend die Rosen geschickt und war mit ihr zum Abendessen verabredet. Als sie dann nicht erschien, geriet er in Rage und verkündete angetrunken in seinem Zorn, er werde sie umbringen. Da Weeks generell keine leeren Drohungen von sich gab, dachten einige Leute, er sei tatsächlich der Mörder gewesen. Er hatte die ganze Zeit befürchtet, man würde ihm ihren Tod anhängen, falls seine Beziehung zu ihr publik würde.

Jetzt ergriff der zur Durchführung der Vereidigung bestimmte Richter, Robert McDonough, das Wort und sprach von der Zeit vor elf Jahren, als Kerry als frischgebackene Staatsanwältin im Gerichtssaal erschienen sei und so jung ausgesehen habe, daß er sie für eine Collegestudentin in einem Aushilfsjob gehalten habe.

Damals war ich auch eine frischgebackene Braut, dachte Kerry mit leiser Ironie. Bob hatte sich zu der Zeit schon seine ersten Sporen bei der Staatsanwaltschaft verdient. Ich hoffe nur, daß er von nun an klug genug ist, sich von Jimmy Weeks und Konsorten fernzuhalten, überlegte sie. Weeks war in allen Anklagepunkten verurteilt worden. Jetzt erwartete ihn ein weiteres Verfahren wegen unzulässiger Beeinflussung eines Geschworenen. Er hatte versucht, Bob die Schuld daran zuzuschieben, hatte sich aber nicht damit durchsetzen können. Bob jedoch war selbst nur mit knapper Not einer Anklageerhebung entgangen. Und Weeks würde gar nichts damit erreichen, falls er sich über die Geschworene beklagte, deren Vater im Gefängnis saß. Er wußte das schon während seines Prozesses und hätte rechtzeitig beantragen können, daß sie durch eine andere Person ersetzt werde. Vielleicht jagte das alles Bob einen gehörigen Schrecken ein, bevor es zu spät war. Sie hoffte es zumindest.

Richter McDonough lächelte sie an. »Nun, Kerry, ich glaube, es ist soweit«, sagte er.

Robin kam nach vorne und trug die schwere Bibel, Margaret erhob sich und schritt mit der schwarzen Robe über dem Arm hinter ihr her, um sie Kerry nach dem Eid zu überreichen. Kerry erhob die rechte Hand, legte die linke auf die Bibel und begann Richter McDonough nachzusprechen: »Ich, Kerry McGrath, schwöre hiermit bei Gott dem Allmächtigen, daß ich ...«

Danksagung

Kein Mensch ist eine Insel, und kein Schriftsteller, zumindest nicht diese Autorin, schreibt allein. Zutiefst empfundenen Dank an meine Lektoren, Michael v. Korda und Chuck Adams, ohne die meine Bücher vom ersten Konzept bis zur Veröffentlichung undenkbar sind – sine qua non wie stets. Insbesondere diesmal und bei diesem Buch waren sie einfach wundervoll.

Tausendfachen Dank wie immer an Eugene H. Winick, meinen Agenten, und Lisl Cade, meine Pressereferentin. Ihrer beider Hilfe ist unschätzbar.

Ein Autor benötigt den Rat von Experten. Das vorliegende Buch befaßt sich mit plastischer Chirurgie. Meinen Dank an Dr. Bennett C. Rothenberg vom Saint Barnabas Hospital, Livingston, New Jersey, für seine medizinische Fachberatung. Einen Dankessalut an Kim White vom New Jersey Department of Corrections für ihren Beistand. Und wieder einmal hat Ina Winick die psychologischen Aspekte der Geschichte überprüft.

Danke, Ina.

Meine Sprößlinge, alle fünf, haben das Manuskript während seiner Entstehung gelesen. Von ihnen erhalte ich viele überzeugende Tips – juristischer Natur: »Vergiß nicht, die Geschworenen in Klausur zu schicken ...«; oder zum Dialog: »Niemand in unserem Alter würde das sagen. Drück es doch so aus ...« – und stets Aufmunterung und Ermutigung. Danke, Kinder.

Schließlich ist da Liz, meine zehnjährige Enkelin, die in verschiedener Hinsicht als Modell für Robin gedient hat. Ich fragte sie gern: »Liz, was würdest du sagen, wenn folgendes passieren würde ... ?« Ihre Vorschläge waren »stark«.

Ich liebe Euch alle, jeden von Euch.

Das Haus auf den Klippen

In freudiger Erinnerung an
Maureen Higgins Dowling, »Mo«,
Schwägerin und Freundin
in Liebe

17. August

Der Sturm war bis neun Uhr abends mit voller Wucht ausgebrochen, und eine steife Bö trieb mächtige Wellen krachend gegen die Ostküste von Cape Cod. Wir werden den Nordostwind mehr als nur am Rand abbekommen, dachte Menley, während sie sich über das Spülbecken reckte, um das Fenster zu schließen. Es könnte ja sogar Spaß machen, überlegte sie, um sich selbst zu beruhigen. Die Flughäfen auf dem Cape waren außer Betrieb, und deshalb hatte Adam für die Fahrt von Boston her einen Wagen gemietet. Er müßte bald dasein. Es standen reichlich Lebensmittel zur Verfügung. Sie hatte Kerzenvorräte angelegt, nur für den Fall, daß der Strom ausfiel, obwohl die Vorstellung, nur mit Kerzenlicht hier im Haus zu sein, erschreckend war – falls sie mit ihrem neuerlichen Verdacht recht hatte.

Sie machte das Radio an, suchte einen Sender und fand die Station von Chatham, wo gerade Musik aus den vierziger Jahren gespielt wurde. Sie hob erstaunt eine Augenbraue, als das Benny Goodman Orchester den Auftakt von Remember *zu spielen begann.*

Ein besonders passender Song, wenn man in einem Haus wohnt, das Remember House *heißt, dachte sie. Sie widerstand der Versuchung, auf einen anderen Sender umzuschalten, griff nach einem gezackten Messer und fing an, Tomaten für einen Salat in Scheiben zu schneiden. Bei seinem Anruf hatte Adam gesagt, er habe keine Zeit zum Essen gehabt.* »But you forgot to remember – *Du hast vergessen, dran zu denken*«, *trällerte der Sänger.*

Das einzigartige Geräusch, das der Wind machte, wenn er am Haus vorbeibrauste, begann wieder zu ertönen. Das Haus, das hoch oben über dem brodelnden Wasser auf dem Uferdamm saß, wurde im Sturm zu einer Art Blasebalg, und der rauschende Sington, den es erzeugte, wirkte wie eine ferne Stimme, die ausrief: »Remember, remember ... Erinner dich, denk daran ...« Nach allgemeiner Überlieferung hatte diese Besonderheit im Lauf der Jahrzehnte dem Haus seinen Namen gegeben.

Menley durchlief ein Schauer, als sie nach den Selleriestangen griff. Adam wird bald hier sein, hielt sie sich vor Augen. Er würde ein Glas Wein trinken, während sie etwas Pasta machte.

Plötzlich war ein Geräusch zu hören. Was war das? War eine Tür aufgeschlagen? Oder ein Fenster? Da stimmte etwas nicht.

Sie stellte das Radio aus. Das Baby! Schrie die Kleine? War das ein Aufschrei oder ein unterdrücktes, würgendes Geräusch? Menley rannte zur Anrichte, packte das Babyphon und hielt es sich ans Ohr. Wieder ein ersticktes Luftholen – und dann nichts. Das Baby war im Begriff zu ersticken!

Sie hastete aus der Küche in die Eingangshalle, auf die Treppe zu. Von dem filigranen fächerförmigen Fenster über dem Vordereingang her fielen graue und purpurfarbene Schatten auf die breiten Bodendielen.

Ihre bloßen Füße berührten kaum die Stufen, als sie nach oben in den ersten Stock und den Gang entlang raste. Gleich darauf hatte sie die Tür zum Kinderzimmer erreicht. Vom Kinderbett her war kein Ton zu hören. »Hannah, Hannah«, rief sie.

Hannah lag mit ausgestreckten Armen auf dem Bauch, völlig reglos. Voller Panik beugte sich Menley hinunter, hob das Baby auf und drehte es gleichzeitig herum. Vor Entsetzen weiteten sich ihr die Augen.

Der Porzellankopf einer antiken Puppe lag an ihre Hand gelehnt da. Ein aufgemaltes Gesicht starrte ihr entgegen.

Menley versuchte zu schreien, aber sie brachte keinen Ton heraus. Und dann hörte sie hinter ihrem Rücken eine Stimme flüstern: »Tut mir leid, Menley. Es ist alles vorbei.«

1

Danach versuchte Scott Covey während des ganzen Verhörs allen Anwesenden begreiflich zu machen, wie die Sache eigentlich vor sich gegangen war.

Er und Vivian hätten auf einer Steppdecke auf dem Bootsdeck ein Schläfchen gemacht, wobei die dunstverhangene Sonne und das sanfte Plätschern des Wassers sie in einen angenehm schläfrigen Zustand versetzt hätten.

Er hatte dann ein Auge geöffnet und gegähnt. »Mir ist heiß«, sagte er. »Willst du dir mal den Meeresboden anschauen?«

Vivian streifte daraufhin mit den Lippen über sein Kinn. »Ich bin, glaub ich, nicht in der Stimmung dazu.« Ihre leise Stimme war träge, ein zufriedenes Murmeln.

»Ich aber.« Er sprang entschlossen auf und blickte über den Bootsrand. »Es ist perfekt da drunten. Das Wasser ist glasklar.«

Beinahe vier Uhr sei es gewesen. Sie waren ungefähr eine Meile von Monomoy Island entfernt. Der Schleier hoher Luftfeuchtigkeit lag wie schimmernder Chiffon da, aber allmählich begann sich eine schwache Brise zu regen.

»Ich hol eben mein Tauchzeug«, sagte Scott zu ihr. Er überquerte das Deck und griff nach unten in die kleine Kajüte, die sie als Lagerraum benützten.

Vivian hatte sich erhoben und schüttelte sich, um ihre Benommenheit zu überwinden. »Hol mein Zeug auch gleich.«

Er hatte sich umgedreht. »Bist du sicher, Schatz? Ich geh bloß für ein paar Minuten rein. Warum ruhst du dich nicht einfach aus?«

»Kommt nicht in Frage.« Sie war zu ihm geeilt und legte ihm die Arme um den Hals. »Wenn wir nächsten Monat nach Hawaii fahren, dann will ich mir doch diese Korallenriffe mit dir anschauen. Also üb ich jetzt mal lieber.«

Später beteuerte er mit Tränen in den Augen, er habe nicht

bemerkt, daß alle anderen Boote während ihrer Ruhepause verschwunden seien. Nein, das Radio habe er nicht angestellt, um den Wetterbericht abzuhören.

Zwanzig Minuten seien sie unten gewesen, als das Unwetter einsetzte. Das Wasser fing an zu toben. Sie mühten sich ab, das verankerte Boot zu erreichen. Gerade, als sie sich nach oben schwangen, traf sie eine fast zwei Meter hohe Welle. Vivian war plötzlich weg. Er habe gesucht und gesucht, sei wieder und wieder ins Wasser getaucht, bis ihm selbst die Luft ausgegangen sei.

Den Rest wüßten sie ja. Den Notruf hatte die Küstenwache erhalten, als die volle Wucht der schnell weiterrollenden Sturmbö auf ihrem Höhepunkt war. »Meine Frau ist verschwunden!« hatte Scott Covey geschrien. »Meine Frau ist verschwunden!«

28. Juli

2

Elaine Atkins saß Adam Nichols am Tisch gegenüber. Sie waren im *Chillingsworth,* dem Restaurant in Brewster, wohin Elaine all ihre wichtigen Kunden für Immobilien einlud. Jetzt, zur Zeit der Hauptsaison auf Cape Cod, waren alle Tische besetzt.

»Ich glaube, man braucht die Leute hier gar nicht zu belauschen, um zu wissen, worüber sie reden«, sagte sie ruhig. Ihre Hand umschrieb mit einer knappen Geste den Raum. »Vor kurzem ist eine junge Frau namens Vivian Carpenter beim Tiefseetauchen verschwunden. Sie hat ihr Haus in Chatham von mir gekauft, und wir hatten uns sehr gut angefreundet. Als du gerade am Telefon warst, habe ich erfahren, daß ihre Leiche vor einer Stunde ans Ufer geschwemmt worden ist.«

»Ich war mal auf einem Boot beim Fischen, als jemand eine Leiche barg, die schon seit ein paar Wochen im Wasser war«, sagte Adam ruhig. »Es war kein schöner Anblick. Wie ist es denn passiert?«

»Vivian war eine gute Schwimmerin, hatte aber wenig Erfahrung im Tauchen. Scott brachte es ihr bei. Die beiden hatten die Sturmwarnung im Radio nicht gehört. Der arme Kerl ist am Boden zerstört. Sie waren erst seit drei Monaten verheiratet.«

»Klingt aber so, als ob es ziemlich unvernünftig war, direkt vor einem Sturm tauchen zu gehen.«

»Ziemlich tragisch«, erwiderte Elaine resolut. »Viv und Scott waren sehr glücklich miteinander. Sie war diejenige, die sich mit der Meeresgegend hier auskannte. Sie hat genau wie du jeden Sommer hier am Cape verbracht, als sie aufwuchs. Es ist wirklich ein verfluchter Jammer. Bevor sie Scott kennenlernte, war Viv eine Art verlorenes Geschöpf. Sie ist eine von den Carpenters aus Boston. Die Jüngste aus einer Familie von lauter Erfolgstypen. Hat das College aufgegeben. War so ziemlich mit ihrer Familie entzweit. Hat alle möglichen Jobs gemacht. Dann, vor drei Jahren, als sie einundzwanzig wurde, bekam sie den Treuhandfonds, den ihre Großmutter ihr vermacht hatte. Damals hat sie auch das Haus gekauft. Sie hat Scott angebetet, wollte immer alles mit ihm zusammen machen.«

»Inklusive Tiefseetauchen bei schlechtem Wetter? Was macht dieser Mensch denn?«

»Scott? Er war stellvertretender Geschäftsführer beim Cape-Schauspielhaus. Damals hat Viv ihn kennengelernt. Ich nehme an, daß sie ihn den Winter über besucht hat. Im Mai ist er dann für ganz zurückgekehrt, und als nächstes hieß es dann plötzlich, daß sie geheiratet haben.«

»Wie heißt er mit Nachnamen?«

»Covey. Scott Covey. Er stammt von irgendwo aus dem mittleren Westen.«

»Ein Fremder, der ein reiches Mädchen heiratet, und das reiche Mädchen kommt drei Monate später um. Wenn ich an Stelle der Polizei wär, würde ich schnellstens ihr Testament sehen wollen.«

»Hör schon auf«, protestierte Elaine. »Du sollst doch ein Verteidiger sein, kein Staatsanwalt. Ich hab die beiden oft mitgekriegt. Hab ihnen Häuser vorgeführt. Sie waren auf der Suche nach was Größerem. Sie hatten vor, eine Familie zu gründen, und wollten mehr Platz haben. Glaub's mir. Es war ein entsetzlicher Unfall.«

»Wahrscheinlich.« Adam zuckte mit den Achseln. »Vielleicht werde ich allmählich zu sehr zum Skeptiker.«

Sie nippten an ihrem Wein. Elaine seufzte. »Laß uns das Thema wechseln«, sagte sie. »Das hier soll doch eine festliche Angelegenheit sein. Du siehst wirklich großartig aus, Adam. Mehr noch – du siehst glücklich aus, ausgeglichen, mit deinem Leben zufrieden. Es ist doch wirklich alles in Ordnung, oder? Mit Menley, meine ich. Ich freue mich schon so darauf, sie kennenzulernen.«

»Menley ist eine Kämpfernatur. Sie schafft es schon. Übrigens, erwähn bitte nicht, wenn sie herkommt, daß ich dir etwas von diesen Angstanfällen erzählt hab. Sie redet nicht gern drüber.«

»Das kann ich verstehen.« Elaine musterte ihn. Adams dunkelbraunes Haar fing an ein paar Stellen an grau zu werden. An seinem nächsten Geburtstag würde er genauso wie sie selbst neununddreißig werden. Hoch aufgeschossen und schlank, hatte er etwas Quecksilbriges an sich. Sie kannte ihn schon seit der Zeit, als sie beide sechzehn waren und seine Familie sich für den Sommer eine Haushälterin über das Stellenvermittlungsbüro besorgte, das ihre Mutter leitete.

Im Grunde ändert sich doch nichts, dachte Elaine. Sie hatte die Blicke mitbekommen, die ihm andere Frauen zuwarfen, als er zu ihr an den Tisch kam.

Der Kellner brachte die Speisekarten herbei. Adam schaute sich das Angebot an. »Tatarbeefsteak, gut durchgebraten«, schlug er lachend vor.

Sie machte eine Grimasse. »Sei nicht gemein. Ich war noch 'n halbes Kind, als ich das gebracht hab.«

»Ich werde dich's nie vergessen lassen. 'Laine, ich bin

schrecklich froh, daß du mich dazu überredet hast, herzukommen und mit mir Remember House anzuschauen. Als es mit dem anderen Haus schiefging, dachte ich schon, wir kriegen nichts Anständiges mehr für den August zum Mieten.«

Sie zuckte mit den Achseln. »Das kann vorkommen. Ich bin bloß froh, daß es jetzt klappt. Ich kann kaum glauben, daß sich bei diesem Ferienhaus, das ich für dich in Eastham gefunden hatte, dann so viele Installationsprobleme gezeigt haben. Aber das hier ist ein wahres Juwel. Wie ich dir schon sagte, stand es fünfunddreißig Jahre lang leer. Die Paleys sahen das Haus, begriffen, welche Möglichkeiten es hat, und haben es sich vor ein paar Jahren für einen Apfel und ein Ei geschnappt. Sie hatten gerade das Schlimmste der Renovierung hinter sich, als Tom den Herzinfarkt bekam. Er hat damals, als es passiert ist, zwölf Stunden an einem heißen Tag geschuftet. Jan Paley hat schließlich entschieden, daß es ihr zuviel Haus für eine einzige Person ist, und deshalb ist es jetzt wieder auf dem Markt. Es gibt nicht gerade viele authentische Kapitänshäuser, die zu haben sind, also wird es nicht lange dauern, bis es weg ist, weißt du. Ich hoffe, daß ihr beiden euch zum Kauf entschließt.«

»Wir werden sehen. Ich hätte gern wieder was Eigenes hier. Falls wir weiterhin in Manhattan wohnen, wäre es auch sinnvoll. Diese alten Seeleute verstanden was davon, sich ein Haus zu bauen.«

»Dieses hat sogar seine eigene Legende, die dazugehört. Anscheinend hat es Kapitän Andrew Freeman siebzehnhundertdrei für seine Braut errichtet, sie dann aber letzten Endes verlassen, als er rausfand, daß sie mit irgendeinem Kerl am Ort ein Techtelmechtel gehabt hatte, während er auf See war.«

Adam grinste. »Meine Großmutter hat mir erzählt, daß die frühen Siedler Puritaner waren. Ich werde sowieso nichts daran renovieren. Das sind Ferien für uns, auch wenn es unvermeidlich ist, daß ich für ein paar Tage in die Stadt rüber muß. Ich muß mich um einige Dinge in dem Wiederaufnahmeverfahren im Fall Potter kümmern. Vielleicht hast du was drüber gelesen. Der Ehefrau ist übel mitgespielt worden. Ich wünschte, ich hätte sie von Anfang an verteidigt.«

»Ich würde dich zu gern einmal vor Gericht in Aktion sehen.«

»Komm nach New York. Sag John, er soll mit dir rüberkommen. Wann heiratet ihr eigentlich?«

»Wir haben das Datum noch nicht genau festgelegt, aber irgendwann im Herbst. Wie nicht anders zu erwarten, ist Johns Tochter nicht gerade begeistert über die Verlobung. Sie hat John lange Zeit für sich allein gehabt. Amy fängt im September mit dem College an, also schätzen wir, daß ein Termin um Thanksgiving herum ungefähr richtig wäre.«

»Du siehst richtig glücklich aus, 'Laine. Und außerdem schaust du blendend aus. Sehr attraktiv und sehr erfolgreich. Du bist schlanker, als ich dich je gesehen hab. Und dein Haar ist auch blonder, was mir gefällt.«

»Komplimente von dir? Verdirb nicht unsere Freundschaft.« Elaine lachte. »Aber danke. Ich bin wirklich sehr glücklich. John ist der Mann, auf den ich schon immer gewartet habe. Und ich bin schrecklich froh, daß du wieder der alte bist. Glaub mir, Adam, als du letztes Jahr hier warst, nach deiner Trennung von Menley, da hab ich mir Sorgen um dich gemacht.«

»Es war eine ziemlich harte Zeit.«

Elaine schaute sich die Speisekarte an. »Das hier geht auf Atkins-Immobilien. Keine Diskussion, bitte. Remember House steht zum Verkauf, und falls du, nachdem du es gemietet hast, zu dem Entschluß kommst, daß es eine tolle Anschaffung wäre, dann bekomme ich die Provision.«

Nachdem sie bestellt hatten, sagte Adam: »Das Telefon war besetzt, als ich es vorhin bei Menley versucht hab. Ich ruf eben schnell an.«

Eine Minute später kam er mit besorgter Miene zurück. »Immer noch besetzt.«

»Kannst du dich nicht dazwischenschalten?«

»Menley kann dieses System nicht ausstehen. Sie findet,

daß es so taktlos ist, ständig den Leuten zu verklickern ›Warte mal 'nen Moment‹ und das laufende Gespräch zu unterbrechen.«

»Da hat sie schon recht, aber es ist doch ungeheuer praktisch.« Elaine zögerte. »Du kommst mir plötzlich ganz beunruhigt vor. Geht's ihr denn jetzt wirklich gut?«

»Sie scheint okay zu sein«, erwiderte Adam langsam. »Wenn aber diese Angstattacken kommen, dann ist es wirklich schlimm. Sie ist völlig im Eimer, wenn ihr der Unfall wieder durch den Kopf geht. Ich versuch's gleich noch mal, aber inzwischen – hab ich dir eigentlich schon ein Bild vom Baby gezeigt?«

»Hast du denn eins dabei?«

»Ist der Papst katholisch?« Er griff in seine Brusttasche. »Hier ist das allerneueste. Sie heißt Hannah. Letzte Woche ist sie drei Monate geworden. Ist sie nicht umwerfend?«

Elaine betrachtete das Foto ausführlich. »Sie ist absolut wunderschön«, sagte sie aufrichtig.

»Sie sieht wie Menley aus, also wird sie auch hinreißend bleiben«, erklärte Adam voller Überzeugung. Er steckte den Schnappschuß wieder in seine Brieftasche und schob seinen Stuhl zurück. »Falls es noch immer besetzt ist, werde ich die Vermittlung bitten, dazwischenzugehen.«

Elaines Blick folgte ihm, während er sich seinen Weg durch den Raum bahnte. Es macht ihn nervös, daß sie mit dem Baby allein ist, dachte sie.

»Elaine.«

Sie schaute auf. Es war Carolyn March, eine New Yorker Werbemanagerin in den Fünfzigern, der sie ein Haus verkauft hatte. March wartete nicht erst eine Begrüßung ab. »Haben Sie schon gehört, wie groß Vivian Carpenters Treuhandvermögen war? *Fünf Millionen Dollar!* Die Carpenters reden nie über Geld, aber eine der Frauen aus der Verwandtschaft hat das rausrutschen lassen. Und Viv hat rumerzählt, daß sie alles ihrem Mann vermacht hat. Glauben Sie nicht, daß solch ein Haufen Geld Scott Coveys Tränen trocknen sollte?«

3

Das muß Adam sein. Er hat doch gesagt, daß er um die Zeit anruft. Menley jonglierte die Kleine auf der Schulter, während sie nach dem Hörer griff. »Komm schon, Hannah«, murmelte sie. »Du hast schon die zweite Flasche halb ausgetrunken. Wenn du so weitermachst, wirst du noch das einzige drei Monate alte Mitglied bei den Weight Watchers.«

Sie hielt den Hörer zwischen Ohr und Schulter und klopfte gleichzeitig dem Baby auf den Rücken. Statt Adam war Jane Pierce am Apparat, Chefredakteurin bei der Reisezeitschrift *Travel Times*. Wie stets kam Jane gleich zur Sache. »Menley, du fährst doch im August zum Cape, oder?«

»Halt mir mal den Daumen, daß es klappt«, sagte Menley. »Gestern abend haben wir erfahren, daß bei dem Haus, das wir mieten wollten, mit den Rohrleitungen was nicht stimmt. Ich habe Nachttöpfe noch nie besonders niedlich gefunden, deshalb ist Adam heute früh hingefahren, um sich nach was anderem für uns umzuschauen.«

»Ist aber ziemlich spät, was anderes aufzutreiben, oder?«

»Wir haben noch eine Trumpfkarte in Reserve. Eine alte Bekannte von Adam besitzt eine Immobilienfirma. Elaine hat uns das erste Haus angeboten und schwört darauf, sie hätte einen fantastischen Ersatz parat. Hoffentlich ist Adam der gleichen Meinung.«

»Wenn du also in diesem Fall hinfährst ...«

»Jane, falls wir wirklich fahren, recherchiere ich für ein neues Buch in der David-Serie. Ich hab schon so viel von Adam über das Cape gehört, daß ich die nächste Geschichte vielleicht dort spielen lasse.« David war die zehnjährige Hauptfigur in einer Romanreihe, die Menley zu einer bekannten Kinderbuchautorin gemacht hatte.

»Ich weiß, daß ich dich damit um einen Gefallen bitte, Menley, aber die besondere Art, wie du den historischen Hintergrund einarbeitest, ist das, was ich für eine Story brauche«, plädierte die Redakteurin.

Als Menley eine Viertelstunde später auflegte, hatte sie sich dazu überreden lassen, einen Artikel über Cape Cod für die *Travel Times* zu verfassen.

»Ach ja, Hannah«, sagte sie, während sie der Kleinen einen letzten sanften Klaps auf den Rücken gab, »Jane hat mir nun mal vor zehn Jahren meine erste Chance gegeben. Richtig? Es ist das Mindeste, was ich tun kann.«

Hannah aber schlief bereits zufrieden auf ihrer Schulter. Menley ging gemächlich zum Fenster hinüber. Die Wohnung im siebenundzwanzigsten Stock an der East End Avenue gewährte einen spektakulären Blick auf den East River und die Brücken, die ihn überspannen.

Daß sie nach dem Verlust von Bobby aus Rye wieder nach Manhattan zurückgezogen waren, hatte ihr geholfen, nicht völlig durchzudrehen. Aber es würde guttun, für den August wegzukommen. Nach dem ersten schrecklichen Angstanfall hatte ihre Frauenärztin sie ermutigt, sich in psychiatrische Behandlung zu begeben. »Sie haben das, was man ein verzögertes posttraumatisches Streßsyndrom nennt, und das ist nach einer erschreckenden Erfahrung nicht ungewöhnlich, aber es gibt eine Behandlung dafür, und ich würde sie Ihnen empfehlen.«

Sie suchte seither einmal pro Woche die Psychiaterin Dr. Kaufman auf, und Kaufman unterstützte die Idee, Urlaub zu machen, voll und ganz.

»Diese Angstphasen sind verständlich und auf lange Sicht von Nutzen«, erklärte sie. »Fast zwei Jahre lang seit Bobbys Tod waren Sie in einem Zustand der Verdrängung. Jetzt, da Sie Hannah haben, setzen Sie sich endlich damit auseinander. Machen Sie den Urlaub. Fahren Sie weg. Machen Sie sich eine gute Zeit. Aber nehmen Sie Ihr Mittel ein. Und rufen Sie mich natürlich jederzeit an, wenn Sie mich brauchen. Ansonsten sehe ich Sie dann im September wieder.«

Wir werden uns eine schöne Zeit machen, dachte Menley. Sie trug den schlummernden Säugling in das Kinderzimmer, legte die Kleine hin und wechselte ihr schnell die Windeln und deckte sie zu. »So, jetzt sei schön lieb und mach ein nettes langes Nickerchen«, flüsterte sie mit einem Blick in das Kinderbett.

Schultern und Nackenbereich fühlten sich verkrampft an, und Menley streckte die Arme aus und machte Drehbewegungen mit dem Kopf. Die braunen Haare, denen Adam die Farbe von Ahornsirup zuschrieb, tanzten um den Kragen ihres Trainingsanzugs. Solange sie zurückdenken konnte, hatte Menley sich gewünscht, noch größer zu werden. Doch im Alter von einunddreißig hatte sie sich schließlich mit einer dauerhaften Körpergröße von einem Meter zweiundsechzig abgefunden. Wenigstens kann ich stark sein, hatte sie sich getröstet, und ihr fester, schlanker Körper war Zeugnis für ihre täglichen Besuche im Gymnastikraum im ersten Stock des Gebäudes.

Bevor sie das Licht ausmachte, betrachtete sie das Baby. Ein Wunder, ein Wunder, dachte sie. Sie war mit einem älteren Bruder aufgewachsen, der sie zum Wildfang gemacht hatte. Als Folge davon hatte sie Puppen stets verachtet und lieber mit einem Football geworfen, als »Mutter, Vater, Kind« zu spielen. Sie fühlte sich immer in der Gesellschaft von Jungen wohl und wurde in ihren Teenager-Jahren zur Lieblingsvertrauten und bereitwilligen Babysitterin ihrer zwei Neffen.

Nichts aber hatte sie auf die stürmische Liebe vorbereitet, die sie nach Bobbys Geburt überkam und die nun wieder von dieser vollkommen gestalteten, rundgesichtigen und gelegentlich grantigen Kleinen hervorgerufen wurde.

Das Telefon klingelte, als sie ins Wohnzimmer kam. Das ist garantiert Adam, und er hat bestimmt versucht, mich zu erreichen, während ich mit Jane gesprochen habe, dachte sie, als sie zum Apparat eilte.

Es war Adam. »Hallo, mein Lieber«, sagte sie fröhlich. »Hast du ein Haus für uns gefunden?«

Er überging die Frage. »Hallo, Schätzchen. Wie fühlst du dich? Wie geht's dem Baby?«

Menley hielt einen Moment inne. Sie wußte, daß sie ihm seine Besorgtheit eigentlich nicht übelnehmen konnte, trotzdem konnte sie es sich nicht verkneifen, ihn ein wenig zu frotzeln. »Mir geht's bestens, aber nach Hannah hab ich ehrlich nicht mehr geschaut, seit du heute morgen weg bist«, erzählte sie ihm. »Warte einen Moment, und ich schau mal nach.«

»Menley!«

»Tut mir leid«, sagte sie, »aber, Adam, es liegt daran, wie du fragst; es klingt schon so, als wartest du geradezu auf schlechte Neuigkeiten.«

»*Mea culpa*«, erwiderte er reumütig. »Ich liebe euch einfach beide so. Ich will, daß alles in Ordnung ist. Ich bin mit Elaine zusammen. Wir haben ein tolles Haus bekommen: ein beinahe dreihundert Jahre altes Kapitänshaus auf Morris Island in Chatham. Die Lage ist herrlich, ein Steilufer mit Blick aufs Meer. Es wird dir unwahrscheinlich gut gefallen. Es hat sogar einen Namen, Remember House. Ich erzähl dir dann alles drüber, wenn ich wieder da bin. Ich mach mich nach dem Abendessen auf die Heimfahrt.«

»Das ist eine Fahrt von fünf Stunden«, warf Menley ein, »und du hast sie heute schon einmal gemacht. Warum übernachtest du nicht dort und fährst ganz in der Früh los?«

»Ist mir egal, wie spät es ist. Ich will heute nacht mit dir und Hannah zusammensein. Ich liebe dich.«

»Ich liebe dich auch«, sagte Menley inbrünstig.

Nachdem sie sich verabschiedet hatten, legte sie den Hörer auf und flüsterte vor sich hin: »Ich hoffe bloß, daß der wahre Grund für die eilige Heimfahrt nicht der ist, daß du Angst hast, mich mit der Kleinen allein zu lassen.«

31. Juli

4

Henry Sprague hielt seine Frau an der Hand, als sie gemeinsam am Strand entlanggingen. Die späte Nachmittagssonne verschwand immer wieder hinter Wolken, und er war froh, daß er Phoebe den warmen Schal gut um den Kopf gebunden hatte. Er sann darüber nach, wie der herannahende Abend die Landschaft völlig anders erscheinen ließ. Ohne die Badebesucher schien das Panorama von Sand und kühler werdender Brandung wieder zu einer Urharmonie mit der Natur zurückzufinden.

Er schaute Seemöwen zu, die am Rand des Wassers herumhüpften. Muschelschalen in zarten Tönen von Grau und Rosa und Weiß lagen auf dem feuchten Sand in Haufen beieinander. Hier und da fiel sein Blick auf ein Stück Treibgut. Jahre zuvor hatte er einen Rettungsring der *Andrea Doria* entdeckt, der an dieser Stelle an Land gespült worden war.

Es war die Tageszeit, die er und Phoebe schon immer am meisten genossen. Genau hier am Strand hatte er vor vier Jahren zum erstenmal die Symptome von Vergeßlichkeit an ihr bemerkt. Jetzt aber mußte er, so schwer es ihm fiel, einsehen, daß er nicht mehr lange in der Lage sein würde, sie zu Hause zu behalten. Man hatte ihr das Medikament Tacrine verschrieben, und manchmal schien sie echte Fortschritte zu machen, doch neuerdings war sie mehrere Male aus dem Haus geschlüpft, während er ihr gerade den Rücken zukehrte. Neulich erst hatte er sie in der Dämmerung am Strand gefunden, bis zur Taille im Meer. Gerade, als er auf sie zulief, hatte eine Welle sie umgeworfen. Völlig orientierungslos, wie sie war, wäre sie innerhalb von Sekunden ertrunken.

Wir haben sechsundvierzig gute Jahre gehabt, sagte er sich. Ich kann sie in dem Pflegeheim jeden Tag besuchen. Es wird so zum Besten sein. Er wußte, daß dies alles stimmte, und doch war es so schwer. Sie stapfte neben ihm her, ruhig und in ihre eigene Welt versunken. Dr. Phoebe Cummings Sprague, ordentliche Professorin für Geschichte an der Harvard University – und sie konnte sich nicht mehr daran erinnern, wie man sich ein Halstuch umbindet oder ob sie gerade gefrühstückt hatte.

Er begriff, wo sie waren, und schaute auf. Hinter der Düne auf der Anhöhe oben zeichnete sich das Haus gegen den Horizont ab. Es hatte ihn immer an einen Adler erinnert, wie es da auf dem Hochufer saß, losgelöst und wachsam. »Phoebe«, sagte er.

Sie wandte sich um und starrte ihn mit gerunzelter Stirn an. Das Stirnrunzeln geschah inzwischen automatisch. Es hatte seinen Anfang genommen, als sie noch verzweifelt versuchte, nicht den Eindruck aufkommen zu lassen, sie sei vergeßlich.

Er zeigte auf das Haus über ihnen. »Ich hab dir erzählt, daß Adam Nichols sich hier mit seiner Frau Menley und ihrem neuen Baby für den August einmietet. Ich werde ihnen sagen, sie sollen uns doch bald besuchen. Du hast Adam immer gut leiden können.«

Adam Nichols. Für einen kurzen Moment schwand der düstere Nebel, der in Phoebes Geist eingedrungen war und sie zwang, nach irgendeinem Verständnis herumzutappen. Das Haus da, dachte sie. Ursprünglich hieß es Nickquenum.

Nickquenum, das feierliche indianische Wort, das die Bedeutung hatte: »Ich bin auf dem Heimweg.« Ich bin da herumgelaufen, sagte sich Phoebe. Ich war in dem Haus da oben. Jemand, den ich kenne – wer war es nur? –, wie er was Komisches macht … Adams Frau darf nicht da wohnen …
Der Nebel überfiel wieder ihr Gehirn und nahm es in Besitz. Sie blickte ihren Mann an. »Adam Nichols«, murmelte sie langsam. »Wer ist das?«

1. August

5

Scott Covey war erst um Mitternacht zu Bett gegangen. Trotzdem lag er noch immer wach, als die ersten Anzeichen der Morgendämmerung Schatten in das Schlafzimmer zu werfen begannen. Danach döste er ein, schlief unruhig und wachte mit einem Gefühl von Spannung hinter der Stirn auf, dem Vorboten von Kopfschmerzen.

Mit einer Grimasse warf er die Bettdecke zurück. In der Nacht war es entschieden kälter geworden, doch er wußte, daß der Temperatursturz nur vorübergehend war. Bis zum Mittag würde es wieder ein schöner Tag am Cape sein, sonnig und mit einer Mittsommerhitze, die von salzangereicherten Ozeanbrisen gemildert wurde. Doch jetzt war es noch kühl, und wäre Vivian dagewesen, dann hätte er die Fenster geschlossen, bevor sie aufstand.

Heute würde man Vivian beerdigen.

Während er aufstand, warf Scott einen Blick auf das Bett und dachte daran, wie oft er ihr in den drei Monaten ihrer Ehe, sobald sie aufwachte, den Kaffee gebracht hatte. Danach machten sie es sich dann im Bett gemütlich und tranken ihn gemeinsam.

Er konnte sie noch vor sich sehen, wie sie, den Rücken an einen Haufen Kissen gelehnt, auf den angezogenen Knien die Untertasse balancierte, und er dachte wieder daran, wie sie ihre Witze über das Kopfteil des Betts aus Messing gemacht hatte.

»Mutter hat mir mein Zimmer neu hergerichtet, als ich sechzehn war«, hatte sie ihm mit ihrer typischen atemdurchdrungenen Stimme erzählt. »Ich wollte unbedingt eins von diesen Dingern haben, aber Mutter fand, ich hätte kein Gefühl für Inneneinrichtung und daß Messingbetten mittlerweile zu abgeschmackt wären. Als ich dann an mein eigenes Geld rankonnte, hab ich als erstes das am dollsten geschnörkelte gekauft, das ich auftreiben konnte.« Dann hatte sie gelacht. »Ich muß zugeben, daß ein gepolstertes Kopfende sehr viel bequemer zum Anlehnen ist.«

Er hatte ihr an jenem Morgen die Tasse und Untertasse aus der Hand genommen und auf dem Boden abgestellt. »Lehn dich an mich an«, hatte er vorgeschlagen.

Merkwürdig, daß ihm gerade diese Szene jetzt wieder in den Sinn kam. Scott ging in die Küche, machte Kaffee und Toast und setzte sich ans Buffet. Die Vorderseite des Hauses war zur Straße hinaus gelegen, während man hinten einen

Blick auf den Oyster Pond hatte. Vom Seitenfenster aus konnte er durch das Laub draußen die Ecke vom Anwesen der Spragues sehen.

Vivian hatte ihm erzählt, daß Mrs. Sprague bald in ein Pflegeheim kommen würde. »Henry will nicht mehr, daß ich sie besuche, aber wir müssen ihn unbedingt zum Abendessen einladen, wenn er dann allein ist«, hatte sie gesagt.

»Es macht Spaß, Gäste zu haben, wenn wir's zusammen machen«, hatte sie hinzugefügt. Danach hatte sie ihm die Arme um den Hals geschlungen und ihn heftig umarmt. »Du liebst mich doch wirklich, oder, Scott?«

Wie oft hatte er ihr gut zugesprochen, sie gehalten, ihr übers Haar gestreichelt, sie in den Armen gewiegt, bis sie, wieder aufgemuntert, dazu übergegangen war, die Gründe aufzuzählen, weshalb sie ihn liebte. »Ich hab immer gehofft, mein Mann würde einmal über eins achtzig groß sein, und du bist es. Ich hab immer gehofft, daß er blond und attraktiv ist, damit mich alle beneiden. Nun, das bist du auch, und sie beneiden mich auch. Am meisten aber wollte ich immer, daß er total verknallt in mich ist.«

»Und das bin ich auch.« Wieder und wieder hatte er ihr das versichert.

Scott starrte aus dem Fenster hinaus und dachte über die vergangenen zwei Wochen nach; dabei rief er sich ins Gedächtnis zurück, daß einige aus der Carpenter-Verwandtschaft und viele von Vivs Freunden sich gleich von der Minute an, nachdem sie vermißt gemeldet war, gerührt hatten, um ihm Trost zuzusprechen. Aber eine beträchtliche Anzahl von Leuten hatte es unterlassen. Ihre Eltern blieben ganz besonders im Hintergrund. Ihm war bewußt, daß er in den Augen vieler nichts als ein Mitgiftjäger war, ein Opportunist. Einige der Artikel in den Zeitungen von Boston und Cape Cod hatten Interviews mit Leuten gebracht, die ganz offen ihre Skepsis über die Umstände des Unfalls äußerten.

Die Carpenters gehörten schon seit Generationen zu den berühmten Familien in Massachusetts. Im Lauf der Zeit hatten sie Senatoren und Gouverneure hervorgebracht. Was immer ihnen zustieß, war von öffentlichem Interesse.

Er stand auf und ging zum Herd hinüber, um sich Kaffee nachzuschenken. Mit einemmal überwältigte ihn der Gedanke an die bevorstehenden Stunden, an den Trauergottesdienst und die Beerdigung, an die unvermeidliche Anwesenheit der Medien. Alle würden sie ihn im Auge behalten.

»Zum Teufel mit euch allen, wir haben uns geliebt!« sagte er heftig und knallte den Kaffeekocher auf den Herd.

Er trank hastig einen Schluck Kaffee. Der war kochend heiß. Der Mund brannte ihm, und er rannte zum Spülbecken und spuckte die Flüssigkeit aus.

6

Sie hielten in Buzzards Bay lange genug an, um Kaffee, Brötchen und eine Zeitung, den *Boston Globe*, zu besorgen. Als sie in dem schwerbeladenen Kombiwagen über die Sagamore Bridge fuhren, seufzte Menley: »Meinst du, daß es im Himmel Kaffee gibt?«

»Das hoff ich aber schwer. Sonst bleibst du nicht lange genug wach, um deine ewige Belohnung zu genießen.« Adam sah sie mit einem Schmunzeln in den Augen von der Seite an.

Sie waren früh aufgebrochen und bereits um sieben unterwegs. Jetzt um halb zwölf überquerten sie gerade den Cape Cod Canal. Nach einer Viertelstunde Protestgeschrei hatte eine ungewöhnlich entgegenkommende Hannah während der restlichen Fahrt bisher geschlafen.

Die Vormittagssonne verlieh der Metallstruktur der Brücke einen silbernen Glanz. Im Kanal unten dampfte ein Lastschiff langsam durch das sanft bewegte Wasser. Dann waren sie auf der Route 6.

»Genau hier hat mein Dad immer jeden Sommer ausgerufen: ›Wir sind wieder am Cape!‹« sagte Adam. »Es war schon immer sein eigentliches Zuhause.«

»Glaubst du, daß der Verkauf deiner Mutter leid tut?«

»Nein. Das Cape war nach Dads Tod nicht mehr dasselbe für sie. Sie fühlt sich in North Carolina wohler, in der Nähe ihrer Schwestern. Aber ich bin wie Dad. Dieser Platz steckt mir im Blut; unsere Familie verbringt schon seit drei Jahrhunderten den Sommer hier.«

Menley setzte sich etwas anders hin, damit sie ihren Mann im Blickfeld hatte. Sie war glücklich, endlich mit ihm hier zu sein. Sie hatten im Sommer von Bobbys Geburt vorgehabt, herzukommen, aber der Arzt wollte nicht, daß sie im Zustand der Hochschwangerschaft so weit wegfuhr. Im Jahr darauf hatten sie gerade das Haus in Rye gekauft und waren dabei, sich einzugewöhnen, weshalb es keinen Sinn hatte, zum Cape zu kommen.

Wieder einen Sommer später hatten sie Bobby verloren. Und danach, dachte Menley, gab es nichts mehr für mich als diese schreckliche Taubheit, das Gefühl völliger Entfremdung von jedem anderen menschlichen Wesen, die Unfähigkeit, auf Adam einzugehen.

Letztes Jahr war Adam dann allein hierhergekommen. Sie hatte ihn um eine Trennung auf Probe gebeten. Resigniert hatte er eingewilligt. »Auf keinen Fall können wir so weitermachen, Men«, hatte er zugegeben, »und nur so tun, als wären wir verheiratet.«

Drei Wochen war er schon weg, als ihr damals klar wurde, daß sie schwanger war. Während der ganzen Zeit hatte er kein einziges Mal angerufen. Tagelang hatte sie sich mit der Frage gequält, ob sie es ihm sagen sollte, und hin und her überlegt, wie er wohl reagieren würde. Endlich rief sie doch an. Seine unpersönliche Begrüßung versetzte ihr einen Schlag, doch als sie sagte: »Adam, vielleicht ist es nicht gerade das, was du hören willst, aber ich bin schwanger, und ich bin sehr glücklich darüber«, da hatte sie sein Jubelschrei in Hochstimmung versetzt.

»Ich komm sofort nach Hause«, hatte er gesagt.

Jetzt spürte sie Adams Hand in ihrer eigenen. »Ich frage

mich, ob wir gerade an dasselbe denken«, sagte er. »Ich war hier am Cape, als ich erfahren hab, daß Ihre Hoheit unterwegs ist.«

Eine Weile lang schwiegen sie; dann blinzelte Menley Tränen zurück und fing an zu lachen. »Und weißt du noch, wie sich nach ihrer Geburt Phyllis darüber ausgelassen hat, daß wir sie Menley Hannah taufen wollten?« Sie äffte den schrillen Tonfall ihrer Schwägerin nach: »Ich fände es wirklich nett, die Familientradition aufrechtzuerhalten und die erste Tochter Menley zu nennen, aber bitte tauft sie nicht Hannah. Das ist so altmodisch. Warum nennt ihr sie denn nicht Menley Kimberley, und dann kann sie Kim heißen? Wäre das nicht goldig?«

Ihre Stimme kehrte zu ihrer normalen Höhe zurück. »Also ehrlich!«

»Nimm's mir bloß nicht übel, Schatz«, gluckste Adam. »Aber ich hoffe, daß Phyllis deine Mutter nicht völlig fertigmacht.« Menleys Mutter war derzeit mit ihrem Sohn und ihrer Schwiegertochter in Irland unterwegs.

»Phyl hat es sich in den Kopf gesetzt, beide Seiten des Familienstammbaums zu erforschen. Du kannst drauf wetten, wenn sie unter ihren Vorfahren auf Pferdediebe stößt, dann erfahren wir bestimmt nie was davon.«

Vom Rücksitz her hörten sie, wie sich etwas regte. Menley warf einen Blick über die Schulter. »Nun, es sieht ganz so aus, als ob sich Ihre Ladyschaft bald zu uns gesellt, und sie wird garantiert ganz schön hungrig sein.« Sie beugte sich nach hinten und steckte Hannah den Schnuller in den Mund. »Bete mal lieber, daß sie brav bleibt, bis wir beim Haus ankommen.«

Sie verstaute den leeren Kaffeebehälter in einer Tüte und griff nach der Zeitung. »Schau mal, Adam. Da ist ein Bild von dem Ehepaar, von dem du mir erzählt hast. Sie ist die Frau, die beim Tiefseetauchen mit ihrem Mann ertrunken ist. Die Beerdigung ist heute. Der arme Kerl. Was für ein tragischer Unfall.«

Tragischer Unfall. Wie oft schon hatte sie diese Worte gehört. Sie lösten solch schreckliche Erinnerungen aus. Sie überfluteten ihr Bewußtsein. *Am Steuer auf jener Landstraße unterwegs, die ihr nicht vertraut war, mit Bobby auf dem Rücksitz. Ein wunderbarer sonniger Tag. Und sie schmettert für Bobby ein Lied heraus. Bobby singt mit. Der unbewachte Bahnübergang. Und dann die Vibrationen. Ein Blick aus dem Fenster. Das schreckverzerrte Gesicht des Lokführers. Das Aufheulen und Quietschen von Metall, als der bremsende Zug sich auf sie zuwälzt. Bobbys gellendes: »Mommy, Mommy.« Das Gaspedal durchgetreten. Das Krachen, als der Zug die Hintertür bei Bobby erfaßt. Der Zug, wie er den Wagen mit sich schleift. Bobbys Wimmern: »Mommy, Mommy.« Dann seine Augen, wie sie sich schließen. Die Erkenntnis, daß er tot ist. Sie wiegt ihn in den Armen. Und schreit wieder und wieder: »Bobby, ich will Bobby. Bobbbbbyyyyyy.«*

Wieder einmal spürte Menley, wie ihr am ganzen Körper der Schweiß ausbrach. Sie begann zu schlottern. Sie preßte die Hände gegen die Beine, um die Beherrschung über ihre krampfhaft zitternden Glieder wiederzugewinnen.

Adam warf ihr einen Blick zu. »O mein Gott.« Sie näherten sich gerade einem Parkplatz. »Ist schon gut, Liebste. Ist schon gut.«

Auf dem Rücksitz fing Hannah zu jammern an.

Bobbys jämmerliches »Mommy, Mommy«.

Hannahs Jammern ...

»Bring sie zur Ruhe!« schrie Menley. »Sie soll aufhören!«

7

Es war Viertel vor zwölf, stellte Elaine mit einem Blick auf die Wagenuhr fest. Adam und Menley müßten jeden Moment eintreffen, und sie wollte noch das Haus vor ihrer Ankunft überprüfen, um sicherzugehen, daß alles in Ordnung war. Eine der Dienstleistungen, die sie ihren Kunden anbot, bestand in der gründlichen Reinigung des Mietobjekts vor und nach dem jeweiligen Aufenthalt dort. Sie drückte mit dem Fuß energischer auf das Gaspedal. Sie war spät dran, weil sie dem Trauergottesdienst für Vivian Carpenter Covey beigewohnt hatte.

Auf eine Eingebung hin hielt sie beim Supermarkt an.

Ich hol eben noch etwas von dem geräucherten Lachs, den Adam so gern hat, dachte sie. Er würde gut zu der Flasche gekühlten Champagners passen, den sie stets für hochkarätige Kunden bereitstellte. Dann konnte sie einfach eine Willkommensnotiz kritzeln, bevor sie ankamen.

Der verhangene Morgen hatte sich zu einem prächtigen Sonnentag von etwa vierundzwanzig Grad und funkelnder Klarheit entwickelt. Elaine langte nach oben und machte das Sonnendach auf, während ihr durch den Kopf ging, was sie dem Fernsehreporter berichtet hatte. Als die Leichenprozession sich anschickte, die Kirche zu verlassen, hatte sie ihn bemerkt, wie er nach dem Zufallsprinzip Leute anhielt und um Äußerungen bat. Sie war absichtlich zu ihm hinübergegangen. »Darf ich etwas sagen?«

Sie hatte geraden Blicks in die Kamera geschaut. »Ich bin Elaine Atkins. Ich habe Vivian Carpenter vor drei Jahren ihr Haus in Chatham verkauft, und am Tag vor ihrem Tod zeigte ich ihr und ihrem Mann noch einige größere Anwesen. Die beiden waren sehr glücklich miteinander und wollten eine Familie gründen. Was passiert ist, ist eine Tragödie, kein Fall, der Rätsel aufgibt. Diejenigen, die häßliche Gerüchte über Mr. Covey verbreiten, sollten, finde ich, nur einmal nachprüfen, wie viele Leute damals in Booten unterwegs waren und die Sturmwarnung der Küstenwache nicht mitbekommen hatten und fast gekentert sind, als das Unwetter hereinbrach.«

Die Erinnerung daran rief ein befriedigtes Lächeln hervor. Sie war überzeugt, daß Scott Covey vom Inneren der Limousine aus zugeschaut hatte.

Sie fuhr am Leuchtturm vorbei zum Viertel Quitnesset auf Morris Island, dann weiter am nationalen Naturschutzpark von Monomoy vorbei; sie bog auf den Awarks Trail ein und steuerte dann auf die Privatstraße hinauf, die zum Remember House führte. Als sie um die Kurve kam und sich ihr das Anwesen darbot, versuchte sie sich Menleys Reaktion, wenn sie es zum erstenmal sah, vorzustellen.

Größer und anmutiger als ein Großteil der Architektur aus dem frühen achtzehnten Jahrhundert, repräsentierte das Haus einen Tribut der Liebe, die Kapitän Andrew Freeman zu Anfang für seine junge Braut empfunden hatte. Mit seinen herausragend schönen Linien und seiner Hochlage auf den Klippen bildete es eine majestätische Silhouette gegen den Hintergrund von Himmel und Meer. Purpurwinden und Stechpalmenbeeren verstreuten um die Wette mit wilden Rosen Farbe über das ganze Grundstück. Vom Alter schwere Robinien und Eichen boten Schattenoasen zum Schutz vor dem gleißenden Sonnenlicht.

Die gepflasterte Einfahrt führte von der Seite des Hauses zum Parkplatz hinter der Küche. Elaine machte ein mißvergnügtes Gesicht, als sie Carrie Bells kleinen Lieferwagen sah. Carrie war eine ausgezeichnete Putzfrau, aber sie kam immer zu spät. Sie hätte jetzt längst verschwunden sein sollen.

Elaine fand Carrie in der Küche, die Handtasche unter den Arm geklemmt. Ihr schmales Gesicht mit den kräftigen Gesichtszügen war blaß. Als sie sprach, klang ihre normalerweise stets etwas zu laute Stimme gehetzt und bedrückt. »O Miss Atkins. Ich weiß, daß ich ein bißchen spät dran bin, aber ich mußte Tommy noch bei meiner Mutter absetzen. Alles ist tipptopp, aber ich kann Ihnen sagen, ich bin heilfroh, daß ich gleich weg von hier bin.«

»Was stimmt denn nicht?« fragte Elaine rasch.

»Ich hab mich zu Tode erschreckt«, sagte Carrie mit noch immer zitternder Stimme. »Ich war im Eßzimmer, als ich oben ganz deutlich Schritte gehört hab. Ich dachte, daß Sie vielleicht reingekommen sind, und so hab ich nach Ihnen gerufen. Als niemand geantwortet hat, bin ich rauf nachschauen gegangen. Miss Atkins, Sie kennen doch diese alte Wiege, die in dem Schlafzimmer mit dem schmalen Bett und dem Kinderbett steht?«

»Natürlich kenn ich die.«

Carries Gesicht wurde noch etwas blasser. Sie packte Elaine am Arm. »Miss Atkins, die Fenster waren zu. Es gab absolut keinen Luftzug. Aber die Bettdecke war ein bißchen zerknittert, so wie es aussehen würde, wenn einer drauf sitzt. Und die Wiege hat sich bewegt. *Jemand, den ich nicht sehen konnte, saß da am Bettrand und hat die Wiege geschaukelt!*«

»Also wirklich, Carrie, Sie haben bloß von diesen albernen Geschichten gehört, die sich die Leute über dieses Haus ausgedacht haben, als es damals leer stand«, wies Elaine sie zurecht. »Diese alten Böden sind uneben. Wenn die Wiege sich bewegt hat, dann bloß deshalb, weil Sie so einen schweren Gang haben und wahrscheinlich auf eine lose Diele getreten sind.«

Von hinten hörte sie jetzt das Geräusch eines Wagens, der die Einfahrt heraufkam. Adam und seine Familie waren da. »Die ganze Sache ist lächerlich«, sagte sie streng. »Wagen Sie ja nicht, den Nichols' ein Sterbenswörtchen davon zu erzählen«, warnte sie, während sie sich umdrehte, um Adam und Menley aus dem Kombiwagen steigen zu sehen. Ihr war jedoch klar, daß ihre Warnung zwecklos war – Carrie Bell würde jedem, den sie traf, davon erzählen.

8

Nathaniel Coogan war seit achtzehn Jahren bei der Polizei von Chatham. In Brooklyn geboren, war Nat aufs John Jay College in Manhattan gegangen, um einen Abschluß in Strafrecht zu machen, als er seine spätere Frau kennenlernte, die zeit ihres Lebens in Hyannis gelebt hatte. Deb war nicht daran interessiert, in New York zu wohnen, weshalb er sich nach seinem Diplom bereitwillig um eine Stelle bei der Polizei auf dem Cape bewarb. Jetzt, mit vierzig, stand er im Rang eines Detective, war Vater zweier halbwüchsiger Söhne und ein Exemplar jener seltenen Spezies Mensch: ein gelassener, heiterer Mann, der mit seiner Familie und seiner Arbeit zufrieden war und dessen einzige Hauptsorge seinen dreizehn, vierzehn unerwünschten Pfund Gewicht galt, welche die hervorragende Kochkunst seiner Frau seiner ohnehin kräftigen Statur hinzugefügt hatte.

Heute morgen jedoch war ein weiteres Problem hinzugekommen. Eigentlich hatte es ihm schon seit geraumer Zeit zugesetzt. Nat wußte, daß sein Boß, Polizeichef Frank Shea, fest davon überzeugt war, Vivian Carpenter Coveys Tod sei die Folge eines Unfalls. »An dem Tag hatten wir zwei weitere Fälle von Beinahe-Ertrunkenen«, erklärte Frank. »Es war Vivian Carpenters Boot. Sie kannte sich in diesen Gewässern besser als ihr Mann aus. Wenn einer hätte dran denken sollen, das Radio anzudrehen, dann war sie es.« Trotzdem ließ die Sache Nat nicht los, und wie ein auf seinen Knochen versessener Hund war er nicht willens, davon abzulassen, bis sein Verdacht entweder bestätigt oder aber ausgeräumt war.

Heute morgen war Nat früh in der Polizeiwache erschienen und hatte die Obduktionsbilder unter die Lupe genommen, die der Gerichtsmediziner aus Boston geschickt hatte. Obwohl er sich schon vor langer Zeit beigebracht hatte, den Fotos von Opfern gegenüber klinisch objektiv zu sein, traf ihn der Anblick des schlanken, vom Wasser aufgedunsenen und von Fischbissen verstümmelten Körpers – oder dessen, was davon übrig war – so, als träfe der Bohrer eines Zahnarztes einen bloßgelegten Nerv. Mordopfer oder Unfallopfer – was traf zu?

Um neun Uhr ging er in Franks Büro und bat darum, den Fall übernehmen zu dürfen. »Ich will wirklich dran bleiben. Es ist wichtig.«

»Eine Ihrer Eingebungen?« fragte Shea.

»Exakt.«

»Ich glaube, Sie täuschen sich, aber es schadet nichts, gründlich zu sein. Machen Sie mal.«

Um zehn war Nat bei dem Trauergottesdienst. Keine Lobrede auf das arme Kind. Was verbarg sich hinter den steinernen

Gesichtern von Vivian Carpenters Eltern und Schwestern? Trauer, die man, wie es sich für vornehme Leute gehörte, vor neugierigen Augen zu verheimlichen hatte? Zorn über eine sinnlose Tragödie? Schuldgefühle? Die Medien hatten reichlich über Vivian Carpenters unglückliche Entwicklung berichtet. Ihr Leben unterschied sich in allem von dem ihrer älteren Schwestern, von denen die eine Chirurgin, die andere Diplomatin war und beide angemessen verheiratet waren, während Vivian nach einem Rausschmiß aus dem Internat, weil sie Gras geraucht hatte, später auch das College abbrach. Obwohl sie das Geld nicht brauchte, übernahm sie einen Job, als sie zum Cape zog, und gab ihn dann wieder auf – ein Verhaltensmuster, das sich noch mehrfach wiederholen sollte.

Scott Covey saß allein in der ersten Reihe und weinte während des gesamten Gottesdienstes. Er sieht so aus, wie ich mich fühlen würde, wenn Deb etwas zugestoßen wäre, dachte Nat Coogan. Fast schon überzeugt, daß er sich in etwas verrannt hatte, verließ er mit dem Ende der Trauerfeier die Kirche und hielt sich dann draußen auf, um die Bemerkungen der verschiedenen Leute aufzuschnappen.

Es war interessant, was sie von sich gaben. »Arme Vivian. Sie tut mir so leid, aber sie war ganz schön anstrengend, findest du nicht?«

Die Gesprächspartnerin mittleren Alters seufzte. »Ich weiß. Sie konnte sich nie einfach mal gehenlassen.«

Nat fiel wieder ein, daß Covey geäußert hatte, er habe seiner Frau ohne Erfolg dringend angeraten, doch weiterzudösen, während er tauchen ging.

Ein Fernsehreporter rief verschiedene Leute vor die Kamera. Nat sah, wie eine attraktive Blondine von selbst auf den Reporter zuging. Er erkannte sie: Elaine Atkins, die Immobilienmaklerin. Er schlenderte beiläufig hinüber, um ihren Kommentar mitzubekommen.

Als sie fertig war, machte Nat sich eine Notiz. Elaine Atkins sagte, die Coveys hätten sich nach einem größeren Haus umgesehen und vorgehabt, eine Familie zu gründen. Sie schien das Ehepaar ziemlich gut zu kennen. Er nahm sich vor, selbst mit Miss Atkins zu sprechen.

Als er ins Büro zurückkehrte, holte er wiederum die Obduktionsbilder hervor und versuchte herauszufinden, was genau ihm eigentlich daran merkwürdig vorkam.

9

Menley wand sich unter Adams Arm heraus und rutschte sachte auf ihre Seite des Betts hinüber. Er murmelte halb ihren Namen, wachte aber nicht auf. Sie erhob sich, schlüpfte in ihren Morgenrock und schaute mit einem leisen Lächeln auf ihn hinab.

Der dynamische Strafverteidiger, der ganze Jurys mit seiner Redekunst umstimmen konnte, sah im Schlaf völlig wehrlos aus. Er lag auf der Seite und hatte den Kopf auf einen Arm gebettet. Sein Haar war zerzaust, wodurch die grauen Stellen stärker zum Vorschein kamen und die erste Andeutung von Haarausfall auf dem Schädel deutlich sichtbar wurde.

Es war kühl im Zimmer, deshalb beugte sich Menley hinunter und zog ihm die Bettdecke über die Schultern, streifte dabei mit den Lippen über seine Stirn. An ihrem fünfundzwanzigsten Geburtstag war sie zu dem Schluß gekommen, daß sie wahrscheinlich nie jemanden finden würde, den sie gern heiraten wollte. Zwei Wochen später traf sie Adam auf einem Kreuzfahrschiff, der *Sagafjord*. Das Schiff machte eine Tour rund um die Welt, und weil Menley ausführlich über den Fernen Osten geschrieben hatte, war sie eingeladen worden, über den Reiseabschnitt zwischen Bali und Singapur einen Vortrag zu halten.

Am zweiten Tag der Schiffsreise war Adam bei ihrem Liegestuhl stehengeblieben, um mit ihr zu plaudern. Er hatte eidesstattliche Aussagen in Australien eingeholt und spontan denselben Reiseabschnitt gebucht. »Herrliche Stationen unterwegs, und ich kann eine Woche Urlaub gebrauchen«, hatte er erklärt. Am Ende jenes Tages war ihr klargeworden, daß Adam der Grund war, weshalb sie drei Jahre zuvor ihre Verlobung aufgekündigt hatte.

Bei ihm war es anders gewesen. Er hatte sich erst allmählich in sie verliebt, im Verlauf des darauffolgenden Jahres. Menley fragte sich manchmal, ob sie wohl je wieder etwas von ihm gehört hätte, wenn sie nicht drei Straßen voneinander entfernt in Manhattan gewohnt hätten.

Es half, daß sie von Anfang an einiges gemeinsam hatten. Beide waren aktive New Yorker und leidenschaftlich von Manhattan eingenommen, obwohl sie in ausgesprochen unterschiedlichen Welten aufgewachsen waren. Adams Familie besaß eine Doppelwohnung an der Park Avenue, und er war zur Eliteschule Collegiate gegangen. Sie war in Stuyvesant Town aufgewachsen, an der Vierzehnten Straße, wo ihre Mutter auch jetzt noch wohnte, und sie hatte die öffentlichen Schulen dort besucht. Zufällig aber hatten sie beide ihren Abschluß bei der Georgetown University gemacht, wenn auch im Abstand von acht Jahren. Sie liebten beide das Meer, und Adam hatte seine Sommerferien auf Cape Cod verbracht, während sie für tägliche Badeausflüge am Strand zum Jones Beach hinausgefahren war.

Als sie regelmäßig miteinander auszugehen begannen, war es Menley klar, daß der zweiunddreißigjährige Adam mit seinem Junggesellenleben sehr zufrieden war. Und warum auch nicht? Er war ein erfolgreicher Rechtsanwalt. Er hatte ein schönes Apartment, eine Serie von Freundinnen. Manchmal verstrichen Wochen, bevor er wieder anrief.

Als er dann um ihre Hand anhielt, vermutete Menley, daß es etwas mit seinem näherrückenden dreiunddreißigsten Geburtstag zu tun hatte. Es war ihr egal. Als sie verheiratet waren, klang ihr wieder etwas im Ohr, was ihr ihre Großmutter viele Jahre zuvor gesagt hatte: »In der Ehe ist häufig der eine stärker verliebt als der andere. Es ist besser, wenn die Frau diejenige ist, die nicht so intensiv liebt.«

Weshalb ist es besser? hatte Menley überlegt, und sie fragte sich jetzt dasselbe, während sie ihn betrachtete, wie er so friedlich schlief. Was ist verkehrt, wenn man diejenige ist, die am meisten liebt?

Es war sieben Uhr. Das starke Sonnenlicht drang neben den Rändern der heruntergezogenen Rollos ins Zimmer hinein. Der weitläufige Raum war einfach ausgestattet mit einem Himmelbett, einer mittelgroßen Kommode, einem Kleiderschrank, einem Nachttisch und einem Stuhl mit gerader Lehne. Alle Möbel waren offenbar echt. Elaine hatte ihr erzählt, daß Mr. Paley und seine Frau noch kurz vor seinem Tod zu verschiedenen Auktionen gegangen waren, um Möbel aus dem frühen achtzehnten Jahrhundert zusammenzustellen.

Menley war glücklich über die Tatsache, daß jedes Schlafzimmer einen offenen Kamin hatte, obwohl sie die Feuerstellen jetzt im August sicher nicht nötig hatten. Das Zimmer neben ihrem eigenen war klein, aber es schien gerade richtig für das Baby. Menley zog sich den Morgenrock enger um und schritt in den Gang hinaus.

Als sie die Tür zu Hannahs Zimmer öffnete, kam ihr ein frostiger Luftzug entgegen. Ich hätte sie mit einer Steppdecke zudecken sollen, dachte Menley, ganz bestürzt darüber, wie sie das hatte vergessen können. Um elf Uhr, bevor sie zu Bett gingen, hatten sie noch nach der Kleinen geschaut und über die Decke debattiert, dann aber entschieden, daß sie nicht nötig war. Offensichtlich war es in der Nacht viel stärker abgekühlt als erwartet.

Menley rannte zum Bettchen. Hannah schlief fest; die Steppdecke war sicher um sie herum festgesteckt. Ich kann doch unmöglich vergessen haben, daß ich nachts hierhergekommen bin, dachte Menley. Wer hat sie nur zugedeckt?

Dann kam sie sich töricht vor. Adam mußte aufgestanden sein und nach dem Baby geschaut haben, obwohl das etwas war, was kaum je geschah, da er gewöhnlich sehr tief schlief. Oder ich bin doch selbst reingekommen, überlegte sie. Die

Ärzte hatten ihr ein Schlafmittel verschrieben, das sie schrecklich benommen machte.

Sie wollte Hannah küssen, wußte jedoch, daß sie damit das Risiko einging, die Kleine sofort zu wecken. »Bis später, Babe«, flüsterte sie. »Ich brauche erst eine Tasse Kaffee in Frieden.«

Am unteren Treppenabsatz zögerte sie, da ihr plötzlich bewußt wurde, wie schnell ihr Herz schlug und wie überwältigend traurig sie mit einemmal war. Der Gedanke überfiel sie urplötzlich: *Ich werde Hannah auch noch verlieren.* Nein! Nein! Das ist lächerlich, sagte sie sich heftig. Warum überhaupt an so etwas denken?

Sie ging in die Küche und stellte den Kaffeekocher an. Zehn Minuten später stand sie mit der dampfenden Tasse in der Hand im vorderen Wohnzimmer und schaute auf den Atlantik hinaus, während die Sonne den Himmel hinanstieg.

Das Haus war zum Monomoy Strip hin gelegen, dem schmalen Sandstreifen zwischen Ozean und Bucht, der, wie Menley gehört hatte, Schauplatz zahlloser Fälle von Schiffbruch war. Vor wenigen Jahren war das Meer durch die Sandbank hereingebrochen; Adam hatte ihr gezeigt, wo ganze Häuser in die See gestürzt waren. Remember House aber, versicherte er ihr, war weit genug zurückgesetzt, daß es immer in Sicherheit sein würde.

Menley blickte auf den Ozean, wie er gegen die Sandbank anrannte und Fontänen salzigen Sprühnebels in die Luft spritzen ließ. Sonnenstrahlen tanzten auf den Schaumkronen. Der Horizont war bereits mit Fischerbooten gesprenkelt. Sie öffnete das Fenster und lauschte dem Jagdgeschrei der Möwen, dem hohen, geschäftigen Zwitschern der Spatzen.

Mit einem Lächeln wandte sie sich vom Fenster ab. Nach drei Tagen hatte sie sich eingewöhnt und fühlte sich wohl hier. Sie ging von Zimmer zu Zimmer und stellte sich vor, was sie tun würde, wenn sie die Räume neu herrichten würde. Das Elternschlafzimmer enthielt die einzigen echten alten Möbel. Die meisten Gegenstände in den anderen Zimmern waren von der Art, wie man sie in einem Mietobjekt aufstellen mochte: billige Sofas, Tische mit Kunststoffbelag, Lampen, die nach irgendeinem Trödelmarkt aussahen. Die lange Holzbank allerdings, die jetzt grellgrün gestrichen war, konnte man abziehen und neu wiederherstellen. Sie strich mit der Hand darüber und stellte sich die samtene Nußholzmaserung vor.

Die Paleys hatten massive bauliche Reparaturen am Gebäude durchgeführt. Es gab ein neues Dach, die Installation war neu, das Elektrosystem war neu, ebenso die Heizung. Eine Menge an Ausbesserungsarbeiten war noch zu tun – vergilbte Tapeten mit einem schrillen modernen Muster verunzierten das Eßzimmer; nachträglich abgehängte Decken zerstörten die vornehme Höhe der Wohnräume und der Bibliothek –, doch nichts davon war von Bedeutung. Entscheidend war das Haus selbst. Es war bestimmt eine Freude, die Restaurierung zu vollenden. Es gab zum Beispiel zwei ineinander übergehende Empfangszimmer – hätte das Haus ihr gehört, so würde sie eines davon als Hobbyraum benützen. Hannah und ihre Freunde würden dann später Freude an einem Raum für sich haben.

Sie ließ die Finger über das Pfarrersschränkchen gleiten, das neben dem Kamin in die Wand eingebaut war. Ihr waren die Geschichten von den frühen Siedlern zu Ohren gekommen, wie sie dem Geistlichen, wenn er sie aufsuchte, ein Gläschen bereithielten. Der arme Mann hatte es wahrscheinlich nötig gehabt, dachte sie. Damals machte man selten Feuer in der guten Stube. Die Gottesdiener mußten blau vor Kälte gewesen sein.

Die frühen Familien auf dem Cape wohnten im *keeping room* oder Familienzimmer, wie sie die Küche nannten, dem Raum, wo die große Feuerstelle Wärme spendete, wo es einladend nach leckerem Essen roch, wo die Kinder bei Kerzenlicht auf dem langen Eßtisch ihre Hausaufgaben machten und die Familie gemeinsam die langen Winterabende verbrachte.

Sie versuchte sich die Generationenfolge von Familien vorzustellen, die an die Stelle der ursprünglichen unglückseligen Besitzer getreten war.

Sie hörte Schritte auf der Treppe und ging in die Eingangshalle. Adam kam herunter, mit Hannah in den Armen. »Wer behauptet hier, daß ich sie nicht höre, wenn sie schreit?« Er schien sehr zufrieden mit sich selbst zu sein. »Sie ist frisch gewickelt und hat Hunger.«

Menley griff nach der Kleinen. »Gib sie mir. Ist es nicht herrlich, sie ganz für uns alleine zu haben, nur mit einer Teilzeit-Babysitterin? Wenn Elaines zukünftige Stieftochter auch nur halb so gut mit Kindern ist, wie sie es sein soll, wird unser Sommer ungeheuer gut.«

»Wann kommt sie denn?«

»Gegen zehn, glaub ich.«

Um genau zehn Uhr fuhr ein kleines blaues Auto in der Einfahrt vor. Menley beobachtete Amy, wie sie den Weg heraufkam, bemerkte ihre schlanke Erscheinung, ihre langen aschblonden Haare, die zu einem Pferdeschwanz zusammengesteckt waren. Menley fiel etwas Aggressives an der Haltung des Mädchens auf, an der Art, wie sie die Hände in die Taschen ihrer Fransenshorts geschoben hatte und trotzig die Schultern herausreckte.

»Ich weiß nicht«, murmelte Menley, als sie die Tür öffnen ging.

Adam schaute von seinen Arbeitspapieren auf, die er auf dem Tisch ausgebreitet hatte. »Du weißt was nicht?«

»Scht«, mahnte Menley.

Als sie im Haus war, machte das Mädchen jedoch einen ganz anderen Eindruck. Sie stellte sich vor und ging unverzüglich zum Baby hin, das in dem kleinen Tagesbett lag, das sie in der Küche aufgestellt hatten. »Hallo, Hannah.« Sie bewegte sanft ihre Hand hin und her, bis Hannah nach einem Finger griff. »Gutes Mädchen. Du kannst ja kräftig zupacken. Willst du mein kleiner Kumpel sein?«

Menley und Adam warfen sich einen Blick zu. Die Zuneigung schien echt zu sein. Nach ein paar Minuten Unterhaltung mit Amy hatte Menley das Gefühl, daß Elaine allenfalls die Kompetenz des Mädchens noch untertrieben hatte. Sie hatte seit ihrem dreizehnten Lebensjahr verschiedene Jobs als Babysitterin übernommen und war kürzlich erst bei einer Familie mit einjährigen Zwillingen gewesen. Sie hatte vor, Kindergärtnerin zu werden.

Sie kamen überein, daß sie mehrere Nachmittage pro Woche kommen würde, um auszuhelfen, während Menley für ihre schriftstellerischen Projekte recherchierte, und daß sie gelegentlich auch abends dableiben würde, wenn die Nichols' zum Essen ausgehen wollten.

Als das Mädchen sich verabschiedete, sagte Menley: »Ich bin so froh, daß Elaine Sie vorgeschlagen hat, Amy. Haben Sie denn noch irgendwelche Fragen an mich?«

»Ja ... ich ... nein, ist nicht wichtig.«

»Worum geht's denn?«

»Nichts, ganz ehrlich, nichts.«

Als sie außer Hörweite war, sagte Adam ruhig: »Das Mädchen hat Angst vor irgendwas.«

10

Henry Sprague saß auf der Couch in der Glasveranda, ein Fotoalbum auf dem Schoß. Phoebe war neben ihm und schien aufmerksam zu sein. Er wies sie auf verschiedene Bilder hin. »Das war damals, als wir zum erstenmal mit den Kindern zum Plymouth Rock gefahren sind. Bei dem Felsen hast du ihnen die Geschichte von der Landung der Pilgerväter erzählt. Sie waren damals erst sechs und acht, aber sie waren ganz fasziniert. Du hast immer Historisches wie eine Abenteuergeschichte vermittelt.«

Er warf ihr einen Blick zu. Ihren Augen war keinerlei Wiedererkennen abzulesen, aber in ihrem Bemühen, ihm

Freude zu machen, nickte sie. Es war eine schlimme Nacht gewesen. Um zwei war er aufgewacht, nur um Phoebes Seite des Betts leer vorzufinden. Obwohl er extra Schlösser an den Türen angebracht hatte, war es ihr letzte Woche irgendwie gelungen, durch das Küchenfenster nach draußen zu gelangen. Er hatte sie gerade noch eingeholt, als sie dabei war, den Wagen anzulassen.

Letzte Nacht war sie dann in der Küche gewesen, mit dem Wasserkessel auf dem Herd, und eine der Gasstellen war angestellt.

Gestern hatte sich das Pflegeheim bei ihm gemeldet. Am 1. September werde ein Platz frei. »Bitte, reservieren Sie ihn für meine Frau«, hatte er unglücklich zu ihnen gesagt.

»Was für nette Kinder«, sagte Phoebe. »Wie heißen sie denn?«

»Richard und Joan.«

»Sind sie schon ganz erwachsen?«

»Ja. Richard ist dreiundvierzig. Er lebt in Seattle mit seiner Frau und seinen Jungs. Joan ist einundvierzig, und sie lebt in Maine mit ihrem Mann und ihrer Tochter. Du hast drei Enkelkinder, mein Liebes.«

»Ich will keine Bilder mehr anschaun. Ich hab Hunger.«

Eine der Folgen der Krankheit war, daß ihr Gehirn falsche Signale aussandte. »Du hast erst vor ein paar Minuten gefrühstückt, Phoebe.«

»Nein, stimmt gar nicht.« Ihr Tonfall wurde eigensinnig.

»Also schön. Dann gehen wir rein und machen dir was.« Als sie aufstanden, legte er den Arm um sie. Er war immer stolz auf ihren großen, eleganten Körper gewesen, ihre Art, den Kopf zu halten, die Anmut und Wärme, die von ihr ausgingen. Ich wünschte, wir hätten nur noch einen einzigen Tag so wie früher, dachte er.

Als Phoebe voller Heißhunger ein Brötchen verzehrte und Milch hinunterschluckte, sagte er ihr, daß sie Besuch erwarteten. »Ein Mann, der Nat Coogan heißt. Was Geschäftliches.« Es war sinnlos, Phoebe erklären zu wollen, daß Coogan ein

Kriminalbeamter war, der vorhatte, mit ihm über Vivian Carpenter Covey zu reden.

Als Nat an Vivian Carpenters Haus vorbeifuhr, musterte er es genau. Es war typisch für das Cape: ein Haus, das im Lauf der Jahre ständig Anbauten und Erweiterungen erfahren hatte, so daß es sich jetzt auf angenehme Weise über das Grundstück erstreckte. Umgeben von blauen und lilafarbenen Hortensien, mit üppigem Springkraut in den Fensterkästen, war es ein bildschöner Wohnsitz, obwohl Nat bewußt war, daß die einzelnen Zimmer höchstwahrscheinlich ziemlich klein waren. Laut Elaine Atkins, der Immobilienmaklerin, hatten Vivian und Scott Covey nach einem größeren Heim Ausschau gehalten, weil sie bald Kinder haben wollten.

Für wieviel war das Anwesen wohl zu haben? überlegte Nat. Am Oyster Pond gelegen, etwa ein Morgen Land? Eine halbe Million? Da Vivians Testament alles ihrem Mann übereignete, war dies ein weiteres Vermögensstück, das Scott Covey geerbt hatte.

Das Haus der Spragues kam als nächstes, ebenfalls ein sehr einladendes Gebäude. Es war ein echtes *saltbox* – ein vorne zwei-, hinten einstöckiges Haus mit steilem Giebeldach – vermutlich aus dem späten achtzehnten Jahrhundert. Nat hatte die Spragues nie kennengelernt, aber die Artikel, die Professor Phoebe Sprague für die *Cape Cod Times* schrieb, stets gern gelesen. Sie hatten alle mit Legenden aus der frühen Zeit auf dem Cape zu tun. Er hatte allerdings in den letzten Jahren keine neuen mehr gesehen.

Als Henry Sprague die Tür aufmachte, ihn hereinbat und seiner Frau vorstellte, begriff Nat sofort, weshalb Phoebe Sprague keine Artikel mehr verfaßte. Die Alzheimersche Krankheit, dachte er und bemerkte voller Mitgefühl die Zeichen der Erschöpfung, die sich um Henry Spragues Mund eingegraben hatten, den verhaltenen Schmerz in seinen Augen.

Er lehnte das Angebot einer Tasse Kaffee ab. »Ich bleibe

nicht lange. Nur ein paar Fragen, Sir. Wie gut kannten Sie Vivian Carpenter Covey?«

Henry Sprague wollte freundlich sein. Als zutiefst ehrlicher Mensch wollte er aber auch nichts bemänteln. »Wie Sie vermutlich wissen, kaufte Vivian das Haus vor drei Jahren. Wir haben uns mit ihr bekannt gemacht. Sie sehen ja, daß es meiner Frau nicht gutgeht. Ihr Problem fing damals gerade an, deutlich in Erscheinung zu treten. Leider machte Vivian es sich zur Gewohnheit, ständig bei uns vorbeizuschauen. Sie besuchte damals einen Kochkurs und brachte ständig Proben von dem Essen rüber, das sie zubereitet hatte. Es ging schließlich so weit, daß meine Frau sehr nervös wurde. Vivian meinte es gut, aber ich mußte sie dann doch bitten, mit den Besuchen aufzuhören, es sei denn, daß wir uns ausdrücklich mit ihr treffen wollten.«

Er schwieg und fügte dann hinzu: »Emotional hatte Vivian einen ungeheuren Nachholbedarf.«

Nat nickte. Es paßte zu dem, was er von anderen Leuten gehört hatte. »Wie gut kennen Sie Scott Covey?«

»Ich hab ihn natürlich kennengelernt. Er und die arme Vivian haben ganz in der Stille geheiratet, aber sie gab doch bei sich zu Hause einen Empfang, zu dem wir auch hin sind. Das war Anfang Mai. Ihre Verwandten waren da und auch eine Reihe Freunde und weitere Nachbarn.«

»Was für einen Eindruck hatten Sie von Scott Covey?«

Henry Sprague vermied eine direkte Antwort. »Vivian strahlte vor Glück. Ich hab mich für sie gefreut. Scott schien ihr sehr zugetan zu sein.«

»Haben Sie die beiden seither noch öfter zu Gesicht bekommen?«

»Nur aus der Ferne. Sie sind offenbar ziemlich viel mit dem Boot rausgefahren. Manchmal, wenn wir alle draußen gegrillt haben, entstand die eine oder andere Unterhaltung.«

»Ich verstehe.« Nat spürte, daß Henry Sprague etwas für sich behielt. »Mr. Sprague, Sie sagten doch, daß Covey seiner

Frau sehr zugetan schien. Hatten Sie das Gefühl, daß er ernsthaft in sie verliebt war?«

Sprague fiel es nicht schwer, diese Frage zu beantworten. »Er verhielt sich zumindest so, als ob er's wäre.«

Aber da war noch mehr, und abermals zögerte Henry Sprague. Er hatte das Gefühl, sich schlichter Tratscherei schuldig zu machen, wenn er dem Kriminalbeamten erzählte, was Ende Juni vorgefallen war. Er hatte Phoebe beim Friseur abgesetzt, und Vivian war damals ebenfalls dort, um sich die Haare herrichten zu lassen. Zum Zeitvertreib war er über die Straße in die Kneipe *Cheshire Pub* gegangen, ein Bier zu trinken und das Spiel der Red Sox und Yankees im Fernsehen anzuschauen.

Scott Covey hatte auf einem Hocker an der Bar gesessen. Ihre Blicke trafen sich, und Henry ging hinüber, ihn zu begrüßen. Er wußte nicht, weshalb, aber Covey kam ihm irgendwie nervös vor. Kurz darauf kam eine auffallend herausgeputzte Brünette von Ende Zwanzig herein. Covey war aufgesprungen. »Du liebe Zeit, Tina, was treiben Sie denn hier?« hatte er gefragt. »Ich dachte, Dienstag nachmittags haben Sie immer Proben.«

Sie hatte ihn völlig verblüfft angestarrt, sich aber rasch wieder gefaßt. »Scott, wie schön, Ihnen über den Weg zu laufen. Keine Probe heute. Ich sollte ein paar von den anderen Typen aus dem Stück entweder hier oder in der *Impudent Oyster* treffen. Ich bin spät dran, also sause ich gleich rüber, wenn sie nicht hier sind.«

Als sie ging, erzählte Scott Covey Henry, Tina sei im Chor von dem Musical, das zur Zeit im Cape Playhouse aufgeführt werde. »Vivian und ich sind zur Premiere gegangen, und dort auf der Party der Truppe im Playhouse Restaurant sind wir mit ihr ins Gespräch gekommen«, hatte er sorgsam erläutert.

Henry hatte dann noch ein Sandwich und ein Bier mit Scott zu sich genommen, während sie das Baseballspiel anschauten. Um halb drei ging Covey. »Viv müßte jetzt fertig sein«, hatte er erklärt.

Doch als Henry eine halbe Stunde später Phoebe abholte,

saß Covey noch immer im Eingangsbereich des Salons und wartete auf seine Frau. Als sie endlich erschien, voller Stolz auf die blond aufgehellten Strähnen in ihrem Haar, da bekam er mit, wie Covey ihr versicherte, es habe ihm nicht das geringste ausgemacht zu warten und daß er und Henry Sprague sich zusammen beim Lunch das Spiel angeschaut hätten. Damals fragte sich Henry noch, ob Scott die Begegnung mit Tina absichtlich nicht erwähnt hatte.

Vielleicht ja nicht, dachte Henry jetzt. Vielleicht hat er es vergessen, weil es ihm einfach nicht wichtig war. Vielleicht war es einfach nur seine Einbildung, daß Covey ihm damals nervös erschien. Sei kein Schwätzer, der sich überall einmischt, sagte er sich jetzt, während er dem Polizisten gegenübersaß. Es ist sinnlos, das zu erwähnen.

Was verheimlichen Sie mir? überlegte Nat, während er Henry seine Visitenkarte reichte.

11

Menley fuhr Adam zum Barnstable Airport. »Du bist schrecklich schlecht gelaunt«, zog sie ihn auf, als sie am Eingang zum Flugplatz anhielt.

Ein Lächeln hellte rasch sein Gesicht auf. »Ich geb's ja zu. Ich mag es nicht, daß ich ständig nach New York muß. Ich mag nicht von dir und Hannah weg. Ich mag nicht vom Cape weg.« Er hielt inne. »Warte mal, was sonst?«

»Armes Baby«, sagte Menley im Spaß und nahm sein Gesicht in die Hände. »Du wirst uns fehlen.« Sie zögerte und fügte hinzu: »Es waren wirklich ein paar tolle Tage, findest du nicht?«

»Fantastisch.«

Sie rückte ihm die Krawatte zurecht. »Ich glaube, ich mag dich lieber in kurzen Hosen und Sandalen.«

»Ich mich auch. Men, bist du sicher, daß du Amy nicht über Nacht bei dir behalten willst?«

»Definitiv. Adam, bitte ...«

»Okay, mein Liebes. Ich ruf dich heute abend an.« Er lehnte sich nach hinten und berührte Hannah am Fuß. »Mach keinen Unfug, Spätzchen«, sagte er zu ihr.

Hannahs sonniges, wenn auch zahnloses Lächeln folgte ihm, während er mit einem letzten Winken im Terminal verschwand.

Nach dem Mittagessen hatte Adam einen dringenden Anruf aus seiner Kanzlei erhalten. Eine Sofortanhörung vor Gericht war angesetzt worden, um die Freilassung der Potter auf Kaution zu widerrufen. Die Anklage behauptete, seine Klientin habe Drohungen gegen ihre Schwiegermutter ausgesprochen. Adam hatte damit gerechnet, mindestens zehn Tage auf dem Cape zu haben, bevor er wieder über Nacht nach New York mußte, doch es schien sich hier um einen echten Notfall zu handeln, und er entschied, daß es nötig war, die Sache selbst in die Hand zu nehmen.

Menley steuerte den Wagen aus dem Flughafen hinaus, bog in das Rondell ein und folgte den Schildern zur Route 28. Sie kam an den Bahnübergang und spürte, wie sich eiskalter Schweiß auf ihrer Stirn zu bilden begann. Sie hielt an, warf dann einen ängstlichen Blick nach beiden Seiten. Ein Güterzug war weit in der Ferne auf den Schienen zu sehen. Er bewegte sich nicht. Die Warnlichter blinkten nicht. Die Schranken waren offen. Und trotzdem saß sie eine Weile lang wie gelähmt da, unfähig sich zu rühren.

Das ungeduldige Hupen von Autos hinter ihr zwang sie, aktiv zu werden. Sie trat mit dem Fuß aufs Gaspedal. Der Wagen schoß über das Gleis hinweg. O Gott, dachte sie, hilf mir bitte! Hannah hüpfte in dem Autositz auf und ab und fing an zu schreien.

Menley bog in den Parkplatz eines nahe gelegenen Restaurants ein und fuhr soweit wie möglich nach hinten. Dort hielt sie an, kroch auf den Rücksitz und holte Hannah heraus. Sie wiegte das Baby eng an ihrem Körper, und sie weinten gemeinsam.

12

Graham Carpenter konnte nicht schlafen. Er versuchte ruhig in dem breiten Einzelbett dazuliegen, das schon vor langer Zeit das Doppelbett ersetzt hatte, das er und Anne zu Anfang ihrer Ehe miteinander geteilt hatten. Als dann ihr zwanzigster Hochzeitstag näherrückte, gestanden sie einander, daß sie lieber mehr Platz hätten, und führten so die Änderung ein. Mehr Platz, um sich auszustrecken, mehr freie Zeit, mehr Reisen. Mit ihrer zweiten Tochter im College war es alles möglich.

Am Abend, nachdem dieses Bett geliefert worden war, prosteten sie sich mit Champagner zu. Kurz darauf wurde Vivian gezeugt. Manchmal fragte er sich, ob sie womöglich von Anfang an wußte, daß sie ein unerwünschtes Kind war. War ihre lebenslange Feindseligkeit ihnen gegenüber und ihre Unsicherheit gegenüber anderen Menschen schon im Mutterleib hervorgerufen worden?

Eine ausgefallene Vorstellung. Vivian war ein anspruchsvolles, unzufriedenes Kind gewesen, aus dem ein problematischer Teenager und eine schwierige Erwachsene wurde. Ihr Motto bei ihren schlechten Leistungen in der Schule war, wie sie voller Selbstmitleid sagte: »Ich tu doch, was ich kann.«

Worauf er dann wütend versetzte: »Nein, verflucht noch mal, du tust eben *nicht*, was du kannst. Du weißt gar nicht, was das überhaupt heißt.«

In dem Internat, wo die älteren Töchter sich hervorgetan hatten, wurde Vivian zweimal zeitweilig und schließlich völlig der Schule verwiesen. Eine Zeitlang hatte sie mit Drogen herumgespielt, was sie jedoch glücklicherweise nicht fortsetzte. Und dann gab es dieses unübersehbare ständige Bedürfnis, Anne vor den Kopf zu stoßen. So bat sie etwa ihre Mutter, mit ihr Kleider einkaufen zu gehen, und weigerte sich dann, irgendeinem von Annes Vorschlägen zu folgen.

Sie zog das College nicht durch, blieb nie länger als ein halbes Jahr bei einem Job. Vor vielen Jahren hatte er seine Mutter angefleht, Vivian keinen Zugang zu dem Treuhandfonds, den sie für sie angelegt hatte, zu verschaffen, bis sie dreißig sein würde. Doch es fiel ihr alles in den Schoß, als sie einundzwanzig war; sie kaufte das Haus und meldete sich danach nur noch selten bei ihnen. Es war ein echter Schock, als sie im Mai plötzlich anrief und sie in ihr Haus zu einem Empfang einlud. Sie habe geheiratet.

Was konnte er über Scott Covey sagen? Gutaussehend, wohlerzogen, intelligent genug, zweifellos Vivian zugetan. Sie hatte vor Glück förmlich gestrahlt. Der Eindruck wurde erst getrübt, als eine ihrer Freundinnen über den sicher schon arrangierten Ehevertrag witzelte. Daraufhin war sie aufgebraust: »Nein, wir haben gar keinen. Im Gegenteil, wir vermachen uns alles gegenseitig im Testament.«

Graham fragte sich damals, was Scott Covey wohl irgend jemandem hätte vermachen können. Vivian hatte zu verstehen gegeben, er habe ein Privateinkommen. Vielleicht. Über eine Sache allerdings hatte Vivian ausnahmsweise die uneingeschränkte Wahrheit gesagt. Sie hatte ihr Testament noch am selben Tag geändert, an dem sie die Ehe schloß, und jetzt würde Scott Covey ihr ganzes Geld aus dem Fonds und dazu noch ihr Haus in Chatham erben. Und sie waren ganze zwölf Wochen verheiratet gewesen. *Zwölf Wochen.*

»Graham.« Annes Stimme war leise.

Er griff nach ihrer Hand. »Ich bin wach.«

»Graham, ich weiß, daß Vivs Körper in einem wirklich schlimmen Zustand war. Wie sah's mit ihrer rechten Hand aus?«

»Ich weiß nicht, Schatz. Weshalb?«

»Weil niemand etwas über ihren Smaragdring gesagt hat. Vielleicht war ihre Hand weg. Falls aber nicht, dann hat vielleicht Scott den Ring, und ich möchte ihn wiederhaben. Er war schon immer in unsrer Familie, und ich kann mir nicht vorstellen, daß ihn irgendeine andere Frau trägt.«

»Ich werd's rausfinden, Schatz.«

»Graham, warum konnte ich eigentlich nie an Vivian rankommen? Was hab ich falsch gemacht?«

Er faßte sie fester an der Hand. Er wußte nicht, welche Antwort er ihr hätte geben können.

Später spielte er Golf mit Anne. Es war körperliche und emotionale Therapie für beide. Gegen fünf kamen sie nach Hause, duschten sich, und er bereitete einen Cocktail zu. Dann sagte er: »Anne, während du dich angezogen hast, hab ich versucht, Scott zu erreichen. Er hat etwas auf dem Anrufbeantworter hinterlassen. Er ist auf dem Boot und wird gegen sechs zurück sein. Laß uns doch rüberfahren und ihn nach dem Ring fragen. Danach gehen wir zum Essen aus.« Er hielt inne. »Ich meine, wir beide gehen dann essen.«

»Wenn er den Ring hat, muß er ihn nicht hergeben. Es war Vivians gutes Recht, ihn ihm zu vermachen.«

»Wenn er den Ring hat, bieten wir ihm an, ihn zu einem fairen Marktpreis zu kaufen. Wenn das nicht funktioniert, zahlen wir ihm, was er dafür haben will.«

Graham Carpenters Mund bildete eine rigoros knappe Linie. Scotts Reaktion auf diese Bitte hin würde den Verdacht und die Zweifel, die seine Seele im Würgegriff hatten, beseitigen oder erhärten.

13

Es war halb sechs, als Menley und Hannah endlich nach Chatham zurückkamen. Nachdem sie den Parkplatz verlassen hatten, hatte sie sich gezwungen, noch einmal das Bahngleis zu überqueren. Dann war sie ganz ums Rondell herum und erneut über die Schienen gefahren. Keine Panikanfälle beim Autofahren mehr, schwor sie sich. Nicht, wenn es heißt, daß ich Hannah in Gefahr bringe.

Die Sonne stand noch hoch über der See, und es erschien Menley, als strahle das Haus eine zufriedene Stimmung aus, wie es sich so in den warmen Strahlen, die es einhüllten, badete. Im Inneren warf die Sonne, die durch das farbige

Glas des fächerförmigen Fensters über der Eingangstür strömte, einen Regenbogen von Farben auf den bloßen Eichenholzboden.

Mit Hannah in den Armen ging Menley zum Vorderfenster und blickte auf den Ozean hinaus. Sie überlegte, ob damals, als das Haus ganz neu war, die junge Braut wohl je Ausschau nach dem Mast vom Schiff ihres Mannes gehalten hatte, wenn er von einer Fahrt heimkehrte. Oder war sie viel zu beschäftigt damit, mit ihrem Liebhaber herumzutändeln?

Hannah wurde unruhig. »Gut, Zeit zum Füttern«, sagte Menley und wünschte sich wieder einmal, sie hätte Hannah stillen können. Als die posttraumatischen Streßsymptome einsetzten, hatte der Arzt ihr Beruhigungsmittel verschrieben und das Stillen unterbunden. »Sie brauchen Beruhigungspillen, aber das Baby braucht sie nicht«, hatte er erklärt.

Nun ja, du gedeihst auch so bestens, dachte Menley, während sie die Säuglingsnahrung in die Flasche schüttete und in einem Topf aufwärmte.

Um sieben Uhr verstaute sie Hannah im Bettchen, diesmal ganz fest in einem Schlafsack. Mit einem Blick durch den Raum vergewisserte sie sich, daß die Steppdecke gefaltet auf dem Bett lag, wo sie hingehörte. Menley starrte sie mit Unbehagen an. Sie hatte Adam beiläufig gefragt, ob er die Kleine in der Nacht zugedeckt habe. Nein, war seine Antwort gewesen, zweifellos verwundert darüber, daß sie gefragt hatte.

Sie hatte rasch nachgedacht und gesagt: »Dann strampelt sie hier nicht soviel herum wie zu Hause immer. Wahrscheinlich sorgt die Meerluft dafür, daß sie ruhig schläft.«

Sie zögerte außerhalb des Kinderzimmers. Es war albern, das Licht im Korridor anzulassen. Es war viel zu hell. Aber aus unerfindlichen Gründen war die Aussicht, später mit nur einem kleinen Nachtlämpchen als Wegweiser nach oben zu gehen, Menley nicht ganz geheuer.

Sie hatte ihren Abend schon vorausgeplant. Es gab frische Tomaten im Kühlschrank. Sie würde schnell *linguine al pomodoro* und dazu einen Salat aus Brunnenkresse machen. Im Kühlfach war auch ein halber Laib italienisches Brot.

Das wird genau das richtige sein, dachte Menley. Und während ich esse, mache ich mir dann ein paar Notizen für das Buch.

Die paar Tage in Chatham hatten sie bereits auf einige Ideen gebracht, wie sie mit der Handlung umgehen würde. Jetzt, da Adam weg war, würde sie den langen, ruhigen Abend dafür verwenden, die Geschichte genauer auszuarbeiten.

14

Er hatte den ganzen Tag auf *Viv's Toy* verbracht. Das knapp sieben Meter lange Boot mit Innen- und Außenbordmotor war in hervorragendem Zustand. Vivian hatte darüber gesprochen, es durch ein Segelboot zu ersetzen. »Jetzt, wo ich einen Kapitän dafür habe, sollten wir uns da nicht eins anschaffen, das groß genug für ernsthafte Segeltörns ist?«

So viele Pläne! So viele Träume! Scott war seit jenem letzten Tag mit Vivian nicht mehr tauchen gegangen. Heute fischte er eine Weile, überprüfte seine Hummerkörbe und wurde mit vier Zwei-Pfund-Exemplaren belohnt, zog dann die Tauchausrüstung an und ging für eine Weile in die Tiefe.

Er vertäute das Boot am Anlegeplatz und kam um halb sechs zu Hause an, ging dann unmittelbar mit zwei Hummern nach nebenan zu den Spragues. Henry Sprague machte ihm auf.

»Mr. Sprague, ich weiß noch, daß Ihre Frau bei unserem Empfang offenbar den Hummer genossen hat. Ich hab heute welche gefangen und dachte, Sie hätten vielleicht gern ein paar.«

»Das ist wirklich lieb«, meinte Henry aufrichtig. »Warum kommen Sie nicht rein?«

»Nein, ist schon gut. Lassen Sie sich's einfach schmecken. Wie geht's Mrs. Sprague?«

»Ungefähr wie sonst auch. Würden Sie ihr gern hallo sagen? Moment mal, da ist sie.«

Er drehte sich um, als seine Frau den Gang entlangkam. »Phoebe, mein Liebes, Scott hat dir Hummer mitgebracht. Ist das nicht nett von ihm?«

Phoebe schaute Scott Covey mit großen Augen an. »Warum hat sie so schrecklich geweint?« fragte sie. »Geht's ihr jetzt wieder gut?«

»Niemand hat geweint, Liebling«, sagte Henry Sprague besänftigend. Er legte ihr den Arm um die Schultern.

Phoebe Sprague wich vor ihm zurück. »Hör mir zu«, kreischte sie auf. »Ich sag dir die ganze Zeit, daß da eine Frau bei mir im Haus wohnt, und du glaubst mir einfach nicht. Hier, Sie da!« Sie packte Scott am Arm und zeigte auf den Spiegel über dem Foyertisch. Sie spiegelten sich alle drei darin. »Hier, die Frau da.« Sie beugte sich vor und berührte ihr eigenes Spiegelbild. »Sie wohnt in meinem Haus, und er glaubt's mir einfach nicht.«

Etwas beunruhigt über Phoebes Gefasel, ging Scott tief in Gedanken versunken nach Hause. Er hatte vorgehabt, einen der übrigen Hummer für sich zu kochen, merkte jetzt jedoch, daß er keinen Appetit hatte. Er machte sich einen Drink und hörte den Anrufbeantworter ab. Es gab zwei Botschaften: Elaine Atkins hatte angerufen. Ob er das Haus weiterhin verkaufen wolle? Sie habe einen potentiellen Kunden. Der andere Anruf stammte von Vivians Vater. Er und seine Frau hätten eine dringende Angelegenheit mit ihm zu besprechen. Sie würden so um halb sieben vorbeikommen. Es werde nur ein paar Minuten in Anspruch nehmen.

Was soll das denn? fragte sich Scott. Er schaute auf seine Armbanduhr; es war schon zehn nach sechs. Er stellte den Drink ab und ging hastig davon, sich schnell zu duschen. Er zog ein dunkelblaues Sporthemd an, dazu Drillichhosen und Segelschuhe. Er kämmte sich gerade die Haare, als es klingelte.

Es war das erste Mal, daß Anne Carpenter im Haus ihrer Tochter war, seit man die Leiche gefunden hatte. Ohne zu wissen, wonach sie eigentlich Ausschau hielt, suchte sie das Wohnzimmer mit den Augen ab. In den drei Jahren, seit Vivian das Haus besaß, war Anne nur wenige Male hiergewesen, und es sah noch ziemlich genauso aus, wie sie es in Erinnerung hatte. Vivian hatte die Schlafzimmereinrichtung erneuert, das Zimmer hier jedoch einigermaßen wie vorher gelassen. Bei ihrem ersten Besuch hatte Anne ihrer Tochter vorgeschlagen, das schmale Sofa und einige der billigen Posters rauszuschmeißen, aber Vivian war aufgebraust, obwohl sie doch selbst um Vorschläge gebeten hatte.

Scott drängte die beiden, einen Drink anzunehmen. »Ich hab mir gerade was zu trinken gemacht. Bitte nehmen Sie doch auch was. Ich wollte bisher niemand um mich haben, aber es ist ungeheuer gut, Sie beide hierzuhaben.«

Widerstrebend gestand sich Anne ein, daß sein Verhalten für echte Trauer sprach. Er sah so ausnehmend gut aus mit seinem blonden Haar, dem braunen Teint und den haselnußbraunen Augen, daß es leicht zu verstehen war, weshalb Vivian sich in ihn verliebt hatte. Doch was sah er in ihr, wenn man von ihrem Geld absah? fragte sich Anne und schreckte dann vor ihrer eigenen Frage zurück. Was für ein fürchterlicher Gedanke für eine Mutter, warf sie sich vor.

»Was haben Sie jetzt vor, Scott?« fragte Graham Carpenter.

»Ich hab keine Ahnung. Ich hab noch immer das Gefühl, daß alles nur ein böser Traum ist. Ich glaube nicht, daß ich mich schon mit der Wirklichkeit abgefunden habe. Wissen Sie, Viv und ich hatten uns nach einem größeren Haus umgesehen. Die Schlafzimmer oben sind schrecklich klein, und wenn wir ein Kind bekommen hätten, hätten wir lieber ein Haus mit genug Platz für Hausangestellte gehabt, ohne daß sie uns ständig in die Quere kommen. Wir hatten uns sogar schon Namen ausgedacht. Graham für einen Jungen, Anne für ein Mädchen. Sie hat mir gesagt, daß sie immer das Gefühl hatte, eine große Enttäuschung für Sie beide zu sein, und sie wollte es wiedergutmachen. Sie fand, daß es ihre eigene Schuld war, nicht die Ihre.«

Anne spürte einen Kloß in der Kehle. Sie bemerkte, wie sich die Lippen ihres Mannes krampfhaft zusammenzogen. »Wir waren irgendwie immer konträr miteinander«, sagte sie ruhig. »Manchmal kommt es einfach so, und Eltern hoffen stets, daß es sich ändert. Ich bin froh, wenn Vivy ehrlich wollte, daß es anders wird. Wir wollten es auf jeden Fall.«

Das Telefon läutete. Scott sprang auf. »Wer immer dran ist, ich ruf zurück.« Er eilte in die Küche.

Einen Augenblick später sah Anne voller Neugier, wie ihr Mann nach seinem Glas griff und den Gang hinunter zum Bad ging. Er kehrte gerade, als Scott zurückkam, wieder.

»Ich wollte mir nur noch einen Spritzer Wasser in den Scotch tun«, erklärte Graham.

»Sie hätten sich gekühltes Wasser aus der Küche holen sollen. Bei dem Anruf ging es um kein Privatgeheimnis. Es war die Immobilienmaklerin dran, die wissen wollte, ob es okay ist, wenn sie morgen einen Kaufinteressenten herbringt«, sagte Scott. »Ich hab ihr gesagt, sie soll das Haus vom Markt nehmen.«

»Scott, es gibt etwas, was wir fragen müssen.« Graham Carpenter versuchte deutlich, seine Gefühle zu beherrschen. »Der Smaragdring, den Vivian immer trug. Er ist schon seit Generationen in der Familie ihrer Mutter. Haben Sie ihn?«

»Nein, den hab ich nicht.«

»Sie haben doch die Leiche identifiziert. Viv nahm ihn nie vom Finger. Sie hat ihn also nicht getragen, als man sie fand?«

Scott wandte den Blick ab. »Mr. Carpenter, ich bin nur froh, daß Sie und Mrs. Carpenter die Leiche nicht gesehen haben. Sie war so schlimm von Meerestieren zugerichtet, daß nur sehr wenig übrig war, was man hätte identifizieren können. Doch wenn ich den Ring hätte, hätte ich ihn sofort an Sie zurückgegeben. Ich weiß, daß er ein Familienkleinod war. Gibt es denn sonst etwas von Vivian, was Sie gerne hätten? Würden ihre Kleider vielleicht ihren Schwestern passen?«

Anne zuckte zusammen. »Nein ... nein.«

Die Carpenters erhoben sich gleichzeitig. »Wir werden Sie bald einmal zum Abendessen einladen, Scott«, sagte Anne.

»Ja, bitte. Ich wünschte nur, wir hätten einander besser kennenlernen können.«

»Vielleicht könnten Sie uns ein paar Fotos von Vivian zusammenstellen, außer Sie können sich nicht davon trennen«, sagte Graham Carpenter.

»Selbstverständlich.«

Als sie wieder in ihrem Wagen saßen und losfuhren, wandte sich Anne an ihren Mann: »Graham, du tust doch nie Wasser in deinen Scotch. Was hast du denn gemacht?«

»Ich wollte mal das Schlafzimmer in Augenschein nehmen. Anne, ist dir nicht aufgefallen, daß kein einziges Bild von Vivian im Wohnzimmer war? Nun, ich hab Neuigkeiten. Im Schlafzimmer ist ebenfalls kein Bild von ihr. Ich wette, daß es nirgendwo in diesem Haus auch nur eine Spur von unsrer Tochter gibt. Ich mag Covey nicht, und ich trau ihm nicht. Er ist ein falscher Hund. Er weiß mehr, als er zugibt, und ich werde der Sache noch auf den Grund kommen.«

15

Sie hatten einen Computer, einen Drucker und ein Faxgerät auf dem Schreibtisch in der Bibliothek installiert. Computer und Drucker nahmen zwar fast die ganze Oberfläche ein, aber der Platz würde schon ausreichen, besonders da Menley nicht die Absicht hatte, ihrer Arbeit übermäßig viel Zeit zu widmen. Adam hatte seine Reiseschreibmaschine, von der Menley ständig fand, er solle sie abschaffen, die man aber überall aufstellen konnte.

Adam hatte sich bisher erfolgreich gegen Menleys Bemühungen zur Wehr gesetzt, ihn dazu zu bringen, sich am Computer einzuarbeiten. Aber Menley war schließlich genauso stur gewesen, als es darum ging, Golfspielen zu lernen.

»Du hast eine gute Koordination. Du würdest es gut können«, hatte Adam sich ins Zeug gelegt.

Die Erinnerung daran brachte Menley zum Lächeln, als sie an dem langen Eßtisch in der Küche arbeitete. Nein, nicht in der Küche, im Familienzimmer, berichtigte sie sich. Lieber gleich den richtigen Tonfall treffen, besonders, wenn ich ein Buch hier ansiedle. Nur mit der Kleinen allein im Haus, erschien es ihr gemütlicher, in diesem herrlich schäbigen Raum zu arbeiten, mit seinem riesigen offenen Kamin und dem Beistellherd und der von Knoblauchbrotduft geschwängerten Luft. Außerdem wollte sie heute abend nur Notizen machen. Sie machte sie immer in einem Spiralblock. »Also, jetzt geht's wieder los«, murmelte sie hörbar, während sie *Davids Abenteuer auf dem Engen Land* niederschrieb. Es ist wirklich verrückt, wie es zu all dem gekommen ist, dachte sie.

Nach dem College war es ihr gelungen, die Stelle bei der *Travel Times* zu ergattern. Sie wußte, daß sie schreiben wollte, aber genau in welcher Funktion war ihr nicht klar gewesen. Ihre Mutter hatte stets gehofft, sie werde sich auf bildende Kunst konzentrieren, aber Menley wußte, daß das nicht das richtige für sie war.

Ihr Durchbruch bei der Zeitschrift kam, als die Chefredakteurin sie aufforderte, über die Eröffnung eines neuen Hotels in Hongkong zu berichten. Der Artikel wurde fast ohne Korrekturen übernommen. Daraufhin hatte sie etwas zögernd die Aquarelle hergezeigt, die sie von dem Hotel und der Umgebung dort gemacht hatte. Die Zeitschrift brachte den Artikel mit den Bildern als Illustrationen heraus, und so wurde Menley mit zweiundzwanzig Jahren die für Reisen zuständige Redakteurin.

Die Idee für eine Kinderbuchreihe, in der David, ein Kind der Gegenwart, in die Vergangenheit reist und das Leben eines Kindes aus einem anderen Jahrhundert miterlebt, entstand allmählich. Inzwischen aber hatte sie vier der Bände vollendet, wobei sie sowohl den Text verfaßte als auch die Illustrationen anfertigte. Eines der Bücher hatte New York als Schauplatz, eines London, eines Paris und ein weiteres San Francisco. Sie hatten sich sofort großer Beliebtheit erfreut.

Durch all die Geschichten, die Adam ihr vom Cape erzählte, hatte sie Lust bekommen, den nächsten Band hier spielen zu lassen. Er würde von einem Jungen handeln, der zur Zeit der Pilgerväter auf dem Cape aufwuchs, auf dem Engen Land, wie die Indianer die Landzunge nannten.

Wie all die anderen Ideen, aus denen zu guter Letzt ein Buch entstand, ließ sie auch der neue Einfall, kaum war er geboren, nicht mehr los. Neulich waren sie zu der Bücherei von Chatham gegangen, und sie hatte sich Bücher über die frühe Geschichte auf dem Cape ausgeliehen. Danach war sie auf ein paar verstaubte alte Bände in einem Wandschrank der Bibliothek im Remember House gestoßen. So setzte sie sich an diesem Abend zum Lesen hin; bald war sie gutgelaunt in ihre Recherchen versunken.

Um acht Uhr ging das Telefon. »Mrs. Nichols?«

Sie erkannte die Stimme nicht. »Ja«, sagte sie mit Vorbehalt.

»Mrs. Nichols, ich bin Scott Covey. Elaine Atkins hat mir Ihre Nummer gegeben. Ist Mr. Nichols da?«

Scott Covey! Menley erkannte den Namen wieder. »Mein Mann ist leider nicht da«, sagte sie. »Er kommt morgen wieder. Sie können ihn dann am Spätnachmittag erreichen.«

»Danke. Tut mir leid, daß ich Sie gestört habe.«

»Macht nichts. Und es tut mir so leid mit Ihrer Frau.«

»Es ist ziemlich schrecklich zur Zeit. Ich bete darum, daß Ihr Mann mir helfen kann. Es ist schon schlimm genug, daß ich Viv verloren habe, aber jetzt tut die Polizei auch noch so, als glaubten sie nicht, daß es ein Unfall war.«

Adam rief wenige Minuten darauf an und klang erschöpft. »Kurt Potters Familie ist absolut drauf aus, Susan wieder ins

Gefängnis zu kriegen. Sie wissen, daß sie ihn aus Notwehr getötet hat, aber das zuzugeben hieße auch zuzugeben, daß sie die Warnzeichen nicht beachtet haben.«

Menley merkte, daß er fix und fertig war. Nach gerade drei Tagen Urlaub war er schon wieder in der Kanzlei. Sie brachte es nicht über sich, jetzt Scott Coveys Anfrage zur Sprache zu bringen. Nach seiner Rückkehr am nächsten Tag würde sie ihn bitten, mit Covey zu reden. Sie verstand weiß Gott, was es hieß, von der Polizei wegen eines tragischen Unfalls verhört zu werden.

Sie versicherte Adam, daß es ihr und Hannah bestens gehe, daß er ihnen beiden fehle und daß sie damit beschäftigt sei, für das neue Buch Material zu sammeln.

Das Gespräch mit Scott Covey und das mit Adam hatten aber ihre Konzentrationsfähigkeit beeinträchtigt, und so machte sie um neun Uhr das Licht aus und ging nach oben.

Sie schaute nach der friedlich schlafenden Hannah und stellte fest, daß es merkwürdig muffig in dem Zimmer roch. Woher kam das nur? fragte sie sich. Sie machte das Fenster etwas weiter auf. Eine starke, salzige Brise Seeluft fegte in den Raum. So ist es besser, dachte sie.

Es fiel ihr schwer einzuschlafen. Der Bahnübergang heute hatte ihr wieder intensive Erinnerungen an den entsetzlichen Unfall ins Gedächtnis gerufen. Diesmal mußte sie an das Warnlicht damals denken. Sie war überzeugt davon, daß sie hingesehen hatte – so etwas tat sie immer ganz automatisch –, doch die Sonne hatte so geblendet, daß sie das Blinken nicht wahrgenommen hatte. Das erste Anzeichen dessen, was sich anbahnte, war das Vibrieren, das von dem Zug herrührte, der auf sie zuraste. Dann hörte sie das panische, schrille Pfeifen.

Ihre Kehle wurde trocken, die Lippen fühlten sich blutleer an. Doch diesmal fing sie wenigstens nicht zu schwitzen und zu zittern an. Endlich schlief sie einigermaßen ein.

Um zwei Uhr saß sie kerzengerade im Bett. Das Baby schrie lauthals, und das Geräusch einer heranrasenden Eisenbahn hallte durchs Haus.

16

Adam Nichols wurde das Gefühl nicht los, daß etwas im argen lag. Er schlief nur sporadisch, und jedesmal, wenn er aufwachte, dann mit dem Bewußtsein, daß er gerade einen vagen, beunruhigenden Traum gehabt hatte und nicht mehr wußte, worum es ging.

Um sechs Uhr, als die Morgendämmerung über dem East River anbrach, warf er die Bettdecke zurück und stand auf. Er machte Kaffee und nahm ihn mit auf die Terrasse hinaus mit dem Wunsch, es wäre schon halb acht und er könnte Menley anrufen. Bis dahin wollte er warten, da die Kleine jetzt schon gewöhnlich bis nach sieben durchschlief.

Ein Lächeln huschte ihm über die Lippen, als er an Menley und Hannah dachte. Seine Familie. Das Wunder von Hannahs Geburt vor drei Monaten. Der Kummer über den Verlust von Bobby, der endlich nachzulassen begann. Ein Jahr zuvor um diese Zeit war er noch allein auf dem Cape gewesen und hätte keinen Pfifferling darauf gesetzt, daß seine Ehe mit Menley zu retten sein könnte. Er hatte mit einem Therapeuten darüber gesprochen und von ihm erfahren, daß der Tod eines Kindes häufig zum Scheitern einer Ehe führt. Der Psychologe hatte gesagt, es entstünden solche seelischen Qualen, daß die Eltern manchmal nicht unter demselben Dach leben könnten.

Adam hatte den Gedanken ins Auge gefaßt, daß es vielleicht für sie beide besser wäre, wenn jeder seines eigenen Weges ginge. Dann hatte Menley angerufen, und Adam erkannte, daß er von dem verzweifelten Wunsch beseelt war, die Ehe zu erhalten.

Menleys Schwangerschaft war ohne Probleme verlaufen. Er war dann auch bei ihr im Kreißsaal dabei. Sie hatte starke Schmerzen, verhielt sich aber großartig. Dann aber hörten sie vom Ende des Ganges her eine Frau schreien. Die Veränderung, die daraufhin mit Menley geschah, war dramatisch.

Ihr Gesicht wurde aschfahl. Diese enormen blauen Augen wurden noch größer, schließlich schlug sie die Hände darüber. »Nein ... nein ... Hilfe, bitte«, hatte sie ausgerufen, zitternd und schluchzend. Die Anspannung in ihrem Körper vermehrte die Stärke ihrer Wehen, erschwerte die Geburt.

Und als Hannah dann schließlich geboren war und der Arzt sie Menley dort im Entbindungsraum in die Arme legte, da schob sie, so unfaßbar es war, die Neugeborene weg. »Ich will Bobby«, heulte sie. »Ich will Bobby.«

Adam hatte daraufhin die Kleine genommen und sich an den Hals gelegt und geflüstert: »Ist schon gut, Hannah. Wir lieben dich, Hannah«, als fürchte er, sie könne Menleys Worte verstehen.

Später hatte Menley ihm erklärt: »In dem Augenblick, als man sie mir gegeben hat, hab ich gerade den Moment wieder erlebt, als ich Bobby nach dem Unfall im Arm hielt. Es war das erstemal, daß ich wirklich wußte, was ich damals empfand.«

Das war der Anfang dessen, was die Ärzte als posttraumatisches Streßsyndrom bezeichneten. Der erste Monat war sehr schwierig gewesen. Hannah hatte als Kolikbaby begonnen und stundenlang geschrien. Sie hatten eine Säuglingsschwester, die auch bei ihnen übernachtete, doch eines Nachmittags, als die Schwester Besorgungen machte, hatte die Kleine lauthals zu schreien begonnen. Adam kam heim und fand Menley auf dem Boden vor, wo sie blaß und bebend neben dem Babykörbchen saß, die Finger in den Ohren. Doch wie durch ein Wunder verwandelte dann eine neue Sorte Babynahrung Hannah in einen heiteren Säugling, und Menleys Angstanfälle hörten weitgehend auf.

Trotzdem hätte ich sie nicht so bald alleine lassen sollen, überlegte Adam. Ich hätte darauf bestehen sollen, daß wenigstens die Babysitterin über Nacht dableibt.

Um sieben Uhr hielt er es nicht länger aus. Er rief Cape Cod an.

Als Menleys Stimme erklang, durchlief ihn eine Welle der

Erleichterung. »Ihre Hoheit hat dich wohl früh geweckt, mein Schatz?«

»Nur ein bißchen. Wir mögen den Morgen.«

Irgend etwas lag in Menleys Stimme. Adam verkniff sich die Frage, die ihm viel zu leicht entschlüpfte. *Bist du okay?* Menley konnte es nicht ausstehen, wenn er sich ständig Sorgen um sie machte.

»Ich komm dann mit der Vier-Uhr-Maschine. Willst du Amy für Hannah kommen lassen, damit wir zum Essen gehen können?«

Ein Zögern. Was stimmte nicht? Doch dann sagte Menley: »Das klingt sehr gut. Adam ...«

»Was ist denn, Schatz?«

»Nichts. Bloß, daß du uns fehlst.«

Nachdem er eingehängt hatte, rief er gleich die Fluglinie an. »Gibt es noch eine frühere Maschine, die ich nehmen kann?« fragte Adam. Er würde mittags mit dem Termin im Gerichtshof fertig sein. Es gab einen Flug um halb zwei, den er vielleicht erwischen konnte.

Irgend etwas stimmte nicht, und das Schlimmste daran war, daß ihm Menley bestimmt nicht sagen würde, was es war.

17

Elaine Atkins' Immobilienagentur lag an der Main Street in Chatham. Lage, Lage, Lage, dachte sie, als ein vorübergehender Fußgänger stehenblieb, um die Fotos, die sie von verfügbaren Häusern gemacht hatte, zu betrachten. Seit sie in die Main Street umgezogen war, hatten die spontanen Kundenbesuche deutlich zugenommen, und mehr und mehr war es ihr gelungen, diese Anzeichen vorläufigen Interesses in einen hervorragenden Anteil an Verkäufen zu verwandeln.

Diesen Sommer hatte sie einen neuen Trick ausprobiert. Sie hatte Luftaufnahmen von besonders günstig gelegenen Häusern machen lassen. Eines davon war das Remember

House. Als sie heute morgen um zehn zur Arbeit erschienen war, hatte Marge Salem, ihre Assistentin, ihr berichtet, daß es bereits zwei Anfragen danach gegeben habe.

»Diese Luftaufnahme erzielt wirklich ihren Zweck. Glauben Sie denn, daß es klug war, das Haus an die Nichols' zu vermieten, ohne sie um die Genehmigung zur Besichtigung zu bitten?«

»Es war nötig«, erwiderte Elaine knapp. »Adam Nichols ist kein Typ, der gern Menschenscharen durch ein Haus laufen läßt, das er gemietet hat, und er hat gutes Geld dafür bezahlt. Aber wir verlieren keinen Abschluß. Ich hab das Gefühl, daß die Nichols' sich dazu entschließen, das Anwesen zu kaufen.«

»Ich hätte eher gedacht, daß er sich in Harwich Port umsieht. Dort stammt doch seine Familie her, und da haben sie immer den Sommer verbracht.«

»Ja, aber Adam hat Chatham schon immer gemocht. Und er hat einen Blick dafür, wenn sich ein gutes Geschäft bietet. Außerdem besitzt er lieber was, als es zu mieten. Ich glaube, es tut ihm leid, daß er das Haus seiner Familie nicht gekauft hat, als es seine Mutter verkaufte. Wenn seine Frau sich hier wohl fühlt, dann haben wir einen Kunden. Warten Sie nur ab.« Sie lächelte Marge an. »Und falls er es doch nicht kauft, nun, Scott Covey liebt dieses Haus. Wenn sich die Lage wieder für ihn beruhigt hat, dann ist er bestimmt interessiert. Er will Vivians Haus sicher nicht behalten.«

Marges freundliches Gesicht wurde ernst. Die fünfzigjährige Hausfrau hatte am Anfang des Sommers für Elaine zu arbeiten begonnen und fand, daß ihr das Maklergeschäft ausgesprochen Spaß machte. Zudem tratschte sie schrecklich gern und konnte, wie Elaine scherzte, den neuesten Klatsch aus der Luft saugen. »Es gehen eine Menge Gerüchte über Scott Covey um.«

Elaine machte eine rasche Geste, stets ein Zeichen, daß sie ungeduldig wurde. »Warum lassen sie denn den armen Kerl nicht in Ruhe? Wäre Vivian nicht an den Treuhandfonds rangekommen, dann würden sie ihn alle bemitleiden. Das ist das Problem mit den Leuten hier in der Gegend. Sie können es aus Prinzip nicht vertragen, wenn Geld aus dem Familienerbe an einen Außenseiter geht.«

Marge nickte. »Das stimmt bei Gott.«

Sie wurden von dem Klingeln der Glocke an der Eingangstür unterbrochen, die einen potentiellen Kunden ankündigte. Danach waren sie den ganzen Vormittag in Anspruch genommen. Um ein Uhr stand Elaine auf, ging ins Bad und kam mit frisch geschminkten Lippen und schicker Frisur wieder heraus.

Marge betrachtete sie. Elaine trug ein weißes Leinenkleid und Sandalen, was einen hübschen Kontrast zu ihren tief gebräunten Armen und Beinen bildete. Ein Band faßte ihr dunkelblondes, mit hellen Strähnen versehenes Haar hinten zusammen. »Falls ich es nicht schon gesagt habe, Sie sehen phantastisch aus«, sagte Marge. »Verlobt zu sein steht Ihnen offenbar gut.«

Elaine wackelte mit ihrem Ringfinger hin und her, und der große Edelstein daran funkelte. »Stimmt. Ich treffe John zum Lunch in der *Impudent Oyster*. Halten Sie die Festung.«

Als sie eine Stunde später zurückkehrte, sagte Marge: »Es gab eine Reihe von Anrufen. Der erste ist am interessantesten.«

Er kam von Detective Nat Coogan. Es sei unabdingbar, daß er mit Miss Atkins so bald wie möglich spreche.

18

Im Lauf des Vormittags hatte Menley sich allmählich davon überzeugt, daß der Horror, der sie geweckt hatte, einfach nur ein intensiver Traum gewesen war. Mit Hannah eng an sich geschmiegt, ging sie hinaus zum Rand des Hochufers. Der Himmel war leuchtend blau und spiegelte sich im Wasser, das sanft gegen die Küste brandete. Es herrschte Ebbe, und der langgestreckte Sandstrand lag ruhig da.

Sogar ohne den Ozean ist dies ein wunderbarer Grundbesitz, dachte Menley, während sie sich umsah. In den vielen Jahren, als das Haus leer gestanden hatte, waren die Robinien und Eichen wild weitergewachsen. Jetzt schwer mit Laub beladen, waren sie in natürlicher Harmonie mit der samtenen Fülle der Kiefern.

Der üppige Anblick des Hochsommers, dachte Menley. Dann bemerkte sie hier und da ein Blatt, das bereits rostfarben verfärbt war. Auch der Herbst würde hier wunderschön sein, überlegte sie.

Ihr Vater war gestorben, als ihr Bruder Jack elf und sie erst drei war. Eine gute Ausbildung sei wichtiger als ein Haus, hatte ihre Mutter entschieden, und hatte daher alles, was sie sich von ihrem Gehalt als Oberschwester am Bellevue Hospital absparen konnte, dafür benützt, beide Kinder zur Georgetown University zu schicken. Sie wohnte noch immer in demselben Vier-Zimmer-Apartment, wo Menley und Jack aufgewachsen waren.

Menley hatte sich schon immer gewünscht, in einem Haus zu wohnen. Als kleines Mädchen malte sie Bilder von dem Haus, das sie eines Tages haben würde. Und es sah ziemlich ähnlich wie das hier aus, dachte sie. Sie hatte soviel mit dem Haus vorgehabt, das sie und Adam in Rye gekauft hatten. Doch nach Bobbys Tod war es mit zu vielen Erinnerungen verbunden. »In Manhattan zu wohnen ist genau richtig für uns«, sagte sie laut zu Hannah. »Daddy kann in zehn Minuten von seiner Arbeit heimkommen. Grandma kümmert sich gern um Kinder, und ich bin eine Stadtpflanze. Aber Daddys Familie war schon immer auf dem Cape. Sie gehörten zu den ersten Siedlern. Es wär wirklich ganz toll, dieses Haus für den Sommer und für Feiertage und lange Wochenenden zu haben. Was findest du?«

Das Baby drehte den Kopf, und gemeinsam blickten sie auf das Anwesen hinter ihnen. »Es gibt noch eine ganze Menge dort zu tun«, sagte Menley. »Aber es würde Spaß machen, es wirklich wieder so herzurichten, wie es früher einmal war. Wahrscheinlich lag es nur daran, daß wir hier beide alleine waren, daß der Traum mir so echt vorkam, als ich aufgewacht bin. Findest du nicht auch?«

Hannah fing an zu zappeln und einen Schmollmund zu machen. »Also gut, du wirst wohl müde«, sagte Menley. »Mein Gott, bist du ein mürrisches Baby.« Sie machte sich auf den Rückweg zum Haus, blieb dann stehen und betrachtete es erneut. »Es strahlt eine wunderbare Geborgenheit aus, oder?« murmelte sie.

Mit einemmal war ihr heiter und hoffnungsvoll zumute. Adam kam heute nachmittag nach Hause, und ihre gemeinsamen Ferien konnten wieder in Gang kommen. Außer ...

Außer wenn Adam beschließt, Scott Covey zu vertreten, dachte sie. Adam macht nie etwas halbherzig. Der Fall würde viel von seiner Zeit beanspruchen. Und trotzdem hoffe ich, daß er den Fall übernimmt. Sie mußte an den schrecklichen Moment denken, als Adam zwei Wochen nach Bobbys Beerdigung einen Anruf erhalten hatte. Der zuständige Staatsanwalt ziehe in Erwägung, Menley wegen fahrlässiger Tötung anzuklagen.

»Er hat gesagt, du hättest ein paar Strafzettel wegen überhöhter Geschwindigkeit bekommen. Er glaubt, er kann beweisen, daß du das Warnsignal an dem Bahnübergang ignoriert hast, weil du um die Wette mit dem Zug rübergerast bist.« Dann war Adams Miene grimmig geworden. »Mach dir keine Sorgen, Schatz. Er wird nicht mal die erste Etappe schaffen.« Der Staatsanwalt hatte nachgegeben, als Adam eine beachtliche Liste von weiteren tödlichen Unfällen an diesem Bahnübergang vorlegte.

Elaine hatte ihnen erzählt, daß einer der Gründe, weshalb die Leute Scott Covey schroff beurteilten, darin lag, daß manche fanden, er hätte das mit dem Unwetter wissen müssen.

Menley dachte: Es soll mir gleich sein, wenn unser Urlaub darunter leidet. Covey braucht jetzt genauso Hilfe wie ich damals.

19

Das Sommerhaus der Carpenters in Osterville konnte man von der Straße aus nicht sehen. Als Detective Nat Coogan durch das Tor einbog und die breite Zufahrt entlangfuhr, fiel ihm auf, wie sorgsam gepflegt Rasen und Blumenbeete waren. Ich bin angemessen beeindruckt, dachte er. Jede Menge Kohle, aber altes Geld. Nichts Angeberisches.

Er hielt vor dem Haus an. Es war ein alter Herrensitz im viktorianischen Stil mit einer breiten, überdachten Veranda und ornamentreichem Gitterwerk. Die ungestrichenen Schindeln waren zu einem weichen Grau verwittert, doch die Fensterläden und Fensterrahmen leuchteten schneeweiß in der Nachmittagssonne.

Als er am Morgen mit der Bitte um ein Gespräch angerufen hatte, war er etwas überrascht darüber gewesen, wie bereitwillig Vivian Carpenters Vater dem Gespräch zugestimmt hatte.

»Möchten Sie heute kommen, Detective Coogan? Wir wollten eigentlich heute nachmittag Golf spielen, aber dafür ist noch reichlich Zeit.«

Es war nicht die Reaktion, die Nat erwartet hatte. Die Carpenters standen nicht in dem Ruf, besonders zugänglich zu sein. Er war auf eine kühle Erwiderung gefaßt gewesen, auf die Forderung nach einer Erklärung, weshalb er sie zu sprechen wünsche.

Interessant, dachte er.

Eine Hausangestellte führte ihn zu der nach hinten gelegenen Sonnenveranda des Hauses, wo Graham und Anne Carpenter auf Korbsesseln mit bunten Polsterkissen saßen und eisgekühlten Tee tranken. Bei der Beerdigung hatte Nat den Eindruck gewonnen, dies seien kalte Menschen. Die einzigen Tränen, die er jemanden um Vivian Carpenter Covey vergießen sah, waren die ihres Mannes gewesen. Während er jetzt das Paar ihm gegenüber ansah, machte ihn die Erkenntnis, wie sehr er sich getäuscht hatte, ganz verlegen. Die vornehmen Gesichter von Vivians Eltern waren sichtlich angespannt, ihre Mienen voller Trauer.

Sie begrüßten ihn ruhig, boten Eistee an oder was immer er haben wolle. Nachdem er dankend abgelehnt hatte, kam Graham Carpenter sofort zur Sache. »Sie sind nicht hier, um Ihr Beileid auszusprechen, Mr. Coogan.«

Nat hatte einen Stuhl mit gerader Lehne gewählt. Er beugte sich mit verschränkten Händen vor, eine Angewohnheit, die seine Kollegen als die Haltung erkannt hätten, die er unbewußt einnahm, wenn er eine Spur witterte. »Ich möchte tatsächlich mein Beileid aussprechen, aber Sie haben recht, Mr. Carpenter. Das ist nicht der Grund, weshalb ich hier bin. Ich werde sehr direkt sein. Es stellt mich nicht zufrieden, daß der Tod Ihrer Tochter ein Unfall gewesen sein soll. Und bis ich zufrieden bin, werde ich eine Menge Leute aufsuchen und eine Menge Fragen stellen.«

Es war, als hätte er die beiden unter Strom gesetzt. Die Lethargie wich aus ihren Gesichtszügen. Graham Carpenter schaute seine Frau an: »Anne, ich hab doch gesagt ...«

Sie nickte. »Ich wollte einfach nicht glauben ...«

»Was wollten Sie einfach nicht glauben, Mrs. Carpenter?« fragte Nat rasch.

Sie legten ihm ihre Gründe dafür dar, weshalb sie ihren Schwiegersohn verdächtigten, aber Coogan fand die Angaben enttäuschend. »Ich kann Ihre Gefühle darüber verstehen, daß Sie kein einziges Bild Ihrer Tochter im ganzen Haus gefunden haben«, sagte er, »aber ich habe die Erfahrung gemacht, daß die Leute nach solch einem tragischen Ereignis unterschiedlich reagieren. Die einen kramen jedes Foto hervor, das sie von dem Menschen, den sie verloren haben, besitzen, während die anderen sofort Bilder und Erinnerungsstücke wegpacken oder sogar vernichten, die Kleider weggeben, das Auto des Verstorbenen verkaufen, ja sogar eigens umziehen. Es scheint fast, als ob sie glauben, es sei leichter, über den Schmerz hinwegzukommen, wenn man alles, was Erinnerungen hervorruft, entfernt.«

Er schlug einen anderen Kurs ein. »Sie lernten doch Scott Covey kennen, als Ihre Tochter schon mit ihm verheiratet war. Da er Ihnen fremd war, müssen Sie sich Sorgen gemacht haben. Haben Sie möglicherweise über seine Herkunft Erkundigungen eingezogen?«

Graham Carpenter nickte. »Ja, in der Tat. Keine sehr umfassende Nachforschung, aber alles, was er uns erzählt hat, stellte sich als richtig heraus. Er wurde in Columbus, Ohio, geboren und wuchs dort auf. Sein Vater und seine Stiefmutter gingen später nach Kalifornien in den Ruhestand. Er besuchte die Universität von Kansas, hat aber keinen Abschluß gemacht. Er versuchte es als Schauspieler, ist aber nicht weit damit gekommen und hat dann als Geschäftsführer für eine Reihe kleiner Theaterunternehmen gearbeitet. So hat ihn Vivian dann letztes Jahr getroffen.« Er lächelte freudlos. »Vivian gab zu verstehen, er hätte ein Privateinkommen. Ich glaube, das war eine Erfindung uns zuliebe.«

»Ich verstehe.« Nat erhob sich. »Ich will ehrlich sein. Bis dato scheint alles zu stimmen, was ich gehört habe. Ihre Tochter war in Covey völlig vernarrt, und er verhielt sich zweifellos so, als sei er in sie verliebt. Die beiden hatten eine Reise nach Hawaii vor, und sie hatte einer Reihe von Leuten erzählt, daß sie entschlossen sei, bis dahin wirklich gut tauchen zu lernen. Sie wollte alles mit ihm machen. Er ist ein hervorragender Schwimmer, war aber noch nie mit einem Boot umgegangen, bevor er sie kennenlernte. Der Sturm wurde eigentlich nicht vor Mitternacht erwartet. Ehrlich gesagt hatte *sie* im Grunde die nötige Erfahrung und hätte daran denken müssen, das Radio anzumachen und den Wetterbericht zu verfolgen.«

»Heißt das, daß Sie die Ermittlungen einstellen?« fragte Carpenter.

»Nein. Aber es heißt, daß es, einmal abgesehen von den offensichtlichen Faktoren, daß Vivian eine reiche junge Frau war und die beiden nur kurze Zeit verheiratet waren, praktisch nichts gibt, von dem man ausgehen könnte.«

»Ah ja. Nun, ich danke Ihnen, daß Sie uns das haben wissen lassen. Ich begleite Sie hinaus.«

Sie waren gerade an der Verandatür angelangt, als Anne Carpenter hinter ihnen herrief. »Mr. Coogan.«

Nat und Graham Carpenter drehten sich beide um.

»Nur eines noch. Ich weiß, daß die Leiche meiner Tochter in schrecklichem Zustand war wegen der langen Zeit, die sie im Wasser war, und wegen der Meerestiere, die sie angegriffen haben ... «

»Ich fürchte, das stimmt«, bestätigte Nat.

»Anne, Liebes, warum quälst du dich denn zusätzlich?« warf ihr Mann ein.

»Nein, laß mich zu Ende reden. Mr. Coogan, waren die Finger der rechten Hand von meiner Tochter intakt, oder haben sie gefehlt?«

Nat zögerte. »Eine Hand war schlimm zugerichtet. Die andere nicht. Ich glaube, es war die rechte, die in bösem Zustand war, aber da möchte ich lieber die Obduktionsbilder überprüfen. Warum fragen Sie?«

»Weil meine Tochter immer einen sehr wertvollen Smaragdring am Ringfinger der rechten Hand getragen hat. Von dem Tag an, als ihn meine Mutter ihr geschenkt hat, nahm Vivian ihn nie ab. Wir haben Scott danach gefragt, weil der Ring ein Familienerbstück war und wir ihn zurückhaben wollten, falls man ihn gefunden hat. Aber er hat uns mehr oder weniger zu verstehen gegeben, ihre Hand sei verstümmelt gewesen und der Ring verschwunden.«

»Ich gebe Ihnen innerhalb einer Stunde Bescheid«, sagte Nat.

Als Nat wieder in seinem Büro war, widmete er sich eingehend den Obduktionsbildern, bevor er die Carpenters anrief.

Alle zehn Fingerspitzen fehlten. An der linken Hand steckte der Ehering am Ringfinger. Der Ringfinger der rechten jedoch war wirklich übel zugerichtet. Zwischen dem obersten Glied und der Handfläche war er bis auf die Knochen abgenagt. Was hatte die Aasfresser daran so angezogen? fragte sich Nat.

Von dem Smaragdring gab es keine Spur.

Als er die Carpenters anrief, vermied Nat es sorgsam, voreilige Schlüsse zu ziehen. Er berichtete Graham Carpenter, die rechte Hand seiner Tochter habe ein massives Trauma erlitten und der Ring fehle.

»Wissen Sie, ob der Ring lose oder eng saß?« fragte er.

»Er war eng geworden«, antwortete Carpenter. Dann schwieg er eine Weile, bevor er fortfuhr: »Was wollen Sie damit sagen?«

»Ich sage damit gar nichts, Mr. Carpenter. Es ist einfach nur ein weiterer Umstand, den es zu bedenken gilt. Ich werde Sie auf dem laufenden halten.«

Als er auflegte, dachte Nat über das nach, was er soeben erfahren hatte. Konnte das die heiße Spur sein? überlegte er. Ich wette, daß Covey den Ring runtergerissen hat und dann von der Armen weggeschwommen ist. Wenn der Finger Quetschstellen hatte, waren subkutane Blutungen möglich, und das hat die Aasfresser angezogen.

6. August

20

»Elaine ist mir was schuldig«, murmelte Adam, als er durch das Fenster der Wohnküche schaute und einen Wagen von der Auffahrt her einbiegen sah. Sie hatten einen Picknickkorb zum Strand mitgenommen, während Hildy, die Putzfrau, die Elaine ihnen geschickt hatte, im Haus saubermachte. Um zwei Uhr gingen sie dann wieder hinauf zu der Verabredung, die Adam mit Scott Covey getroffen hatte.

Adam duschte sich und zog kurze Hosen und ein T-Shirt an. Menley war noch in Badeanzug und Umhang, als sie Coveys Wagen vorfahren hörten.

»Ich bin froh, daß er da ist«, sagte sie zu Adam. »Während du zu tun hast, leg ich mich ein bißchen mit Hannah hin. Ich will gut in Form sein, wenn ich all deine alten Freunde kennenlerne.«

Elaine veranstaltete ein Abendbuffet ihnen beiden zu Ehren, und hatte einige der Leute eingeladen, mit denen Adam während seiner Sommerferien auf dem Cape aufgewachsen war.

Er umfaßte sie an der Taille. »Wenn sie dir erzählen, was für ein Glück du hast, dann gib ihnen bloß recht!«

»Hör auf.«

Es klingelte an der Tür. Menley warf einen Blick auf den Herd. Es war völlig unmöglich, nach Hannahs Flasche zu greifen und aus der Küche zu verschwinden, bevor Scott Covey hereinkam. Sie war gespannt darauf, den Mann kennenzulernen, für den sie soviel Mitgefühl empfand, aber sie wollte sich auch von der Bildfläche fernhalten, falls Adam aus irgendeinem Grund entschied, den Fall nicht zu übernehmen. Die Neugier siegte jedoch; sie beschloß zu warten.

Adam ging zur Tür. Sein Willkommen für Scott Covey war herzlich, aber verhalten.

Menley starrte den Gast an. Kein Wunder, daß Vivian Carpenter auf ihn geflogen ist, dachte sie sofort.

Scott Covey sah auffallend gut aus, mit gleichmäßigen, doch markanten Gesichtszügen, einer tiefen Bräune und dunkelblondem Haar, das wellig gelockt war, obwohl er es kurz trug. Er war zwar schlank, seine breiten Schultern vermittelten aber den Eindruck von Kraft. Als ihn Adam jedoch Menley vorstellte, war sie vor allem von seinen Augen fasziniert. Sie waren von einem üppigen, tiefen Haselnußbraun, doch war es nicht nur die Farbe, die sie frappierte. Sie sah vielmehr darin dieselbe Qual, die sie in ihren eigenen Augen wahrgenommen hatte, wenn sie nach Bobbys Tod in den Spiegel schaute.

Er ist unschuldig, befand sie. Da würde ich mein Leben darauf setzen. Sie hielt Hannah in ihrem rechten Arm. Mit einem Lächeln verschob sie die Kleine und streckte die Hand aus. »Ich freue mich, Sie kennenzulernen ...«, sagte sie und zögerte dann. Er war etwa in ihrem Alter, überlegte sie, und er war jemand aus dem Freundeskreis von Adam. Wie sollte sie ihn also anreden? Mr. Covey klang zu steif. »... Scott« beendete sie den Satz. Sie griff nach der Babyflasche. »Und jetzt werden Hannah und ich euch beide allein lassen, damit ihr in Ruhe reden könnt.«

Wieder zögerte sie. Es war unmöglich, den Grund seines Besuchs einfach zu ignorieren. »Ich weiß, ich hab es schon neulich am Telefon zu Ihnen gesagt, aber das mit Ihrer Frau tut mir wirklich leid.«

»Danke.« Seine Stimme war tief, leise und musikalisch. Die Art von Stimme, der man vertrauen konnte, dachte sie.

Hannah hatte nicht die Absicht einzuschlafen. Als Menley sie hinlegte, brüllte sie los, schob die Flasche weg und strampelte sich von der Decke frei. »Ich melde dich noch bei einer Vermittlungsstelle für Adoptionen an«, drohte Menley mit einem Lächeln. Sie blickte zu der alten Wiege hinüber. »Mal sehen.«

Auf dem schmalen Bett im Zimmer lagen zwei Kissen. Sie steckte eines in die Wiege, legte die noch immer protestierende Hannah darauf und deckte sie mit der leichten Steppdecke zu. Dann setzte sie sich auf den Bettrand und begann die Wiege zu schaukeln. Hannahs Protestgeschrei verebbte. Innerhalb weniger Minuten fielen ihr die Augen zu.

Auch Menley wurden die Augenlider schwer. Ich sollte diesen Badeanzug ausziehen, bevor ich einschlafe, dachte sie. Aber mittlerweile ist er knochentrocken, also was soll's? Sie legte sich hin und zog die Wolldecke, die am Fußende des Bettes zusammengefaltet lag, zu sich herauf. Hannah wimmerte. »Okay, okay«, murmelte Menley, streckte die Hand aus und schaukelte die Wiege wieder sanft hin und her.

Sie wußte nicht, wieviel Zeit vergangen war, als das Geräusch leichter Schritte sie weckte. Als sie die Augen aufschlug, wurde ihr bewußt, daß sie dies geträumt haben mußte, denn es war niemand da. Aber Kühle hatte sich im

Zimmer breitgemacht. Das Fenster war offen, und der Wind mußte zugenommen haben. Sie blinzelte und schaute über den Bettrand. Hannah schlief selig.

Junge, bekommst du einen Service, mein Kind, dachte sie. Sogar im Schlaf bediene ich dich noch!

Die Wiege bewegte sich hin und her.

21

»Das ist ein wunderbares Haus«, sagte Scott Covey, als er Adam in die Bibliothek folgte. »Meine Frau und ich haben es uns noch ein paar Tage vor ihrem Tod angeschaut. Sie wollte ein Angebot dafür machen, aber als waschechte Neuengländerin wollte sie keinesfalls zu interessiert erscheinen.«

»Das hat mir Elaine erzählt.« Adam wies auf einen der ramponierten Klubsessel bei den Fenstern und setzte sich in den anderen. »Ich brauche wohl nicht zu erwähnen, daß die Möbel hier Überreste vom Trödelmarkt sind.«

Covey lächelte kurz. »Viv war ganz versessen darauf, zu Antiquitätenläden zu gehen und die Räume wirklich wieder so auszustaffieren, wie sie Anfang des achtzehnten Jahrhunderts aussahen. Im letzten Sommer hatte sie eine kurze Zeit für eine Innenarchitektin gearbeitet. Sie war wie ein Kind in der Konditorei bei der Aussicht, dieses Haus selbst einzurichten.«

Adam wartete ab.

»Ich komme wohl lieber zur Sache«, sagte Covey. »Zunächst, danke, daß Sie mit mir reden. Ich weiß, Sie haben Urlaub, und ich weiß, daß Sie es nicht getan hätten, wenn Elaine Sie nicht darum gebeten hätte.«

»Das stimmt. Elaine kenne ich schon lange, und sie ist offensichtlich überzeugt, daß Sie Hilfe brauchen.«

Covey hob in einer hilflosen Geste die Hände. »Mr. Nichols – «

»Adam.«

»Adam, ich verstehe ja, warum soviel geredet wird. Ich bin fremd hier. Vivian war reich. Aber ich schwöre auf die Bibel, ich hatte keine Ahnung, daß sie soviel Geld hatte. Viv war ein schrecklich unsicherer Mensch und konnte ziemlich verschlossen sein. Sie hat mich geliebt, aber sie fing gerade erst an zu verstehen, wie sehr ich sie liebte. Ihr Selbstbewußtsein war miserabel. Sie hatte solche Angst, die Leute würden sich bloß wegen ihrer Herkunft und ihres Geldes mit ihr abgeben.«

»Weshalb war ihr Selbstwertgefühl so schlecht?«

Coveys Gesichtsausdruck wurde bitter. »Ihre ganze verdammte Familie. Sie haben sie ständig runtergemacht. Eigentlich wollten ihre Eltern sie gar nicht haben, und als sie auf die Welt kam, haben sie versucht, ein Abziehbild ihrer Schwestern aus ihr zu machen. Ihre Großmutter war die einzige Ausnahme. Sie hat Viv verstanden, war aber leider pflegebedürftig und verbrachte fast die ganze Zeit in Florida. Viv hat mir erzählt, daß ihre Großmutter ihr einen Millionen-Fonds vermacht hat und sie das Geld vor drei Jahren, als sie einundzwanzig wurde, bekommen hat. Sie hat mir gesagt, sechshunderttausend hätte sie für das Haus bezahlt und von dem Rest lebte sie und bis zu ihrem fünfunddreißigsten Geburtstag würde sie keinen weiteren Groschen bekommen. Nach allgemeinen Maßstäben war sie gut situiert, aber ich war der Meinung, daß der Rest aus dem Fonds wieder an das Vermögen ihrer Großmutter zurückgehen würde, falls ihr etwas passiert. Ja, ich habe auf ihren Tod hin das Haus gekriegt, aber ich bin nie auf die Idee gekommen, ihr übriges Vermögen wäre mehr als ein paar hunderttausend Dollar wert. Ich hatte wirklich keine Ahnung, daß sie schon fünf Millionen Dollar bekommen hatte.«

Adam verschränkte die Hände ineinander und blickte zur Zimmerdecke hinauf, während er laut dachte. »Selbst wenn sie so viel wert gewesen wäre, wie sie Ihnen gesagt hat, könnten die Leute zu Recht behaupten, daß Sie für eine Ehe von drei Monaten prächtig dastehen.«

Er schaute Covey wieder an und schoß sofort die nächste

Frage auf ihn ab. »Hat sonst irgend jemand gewußt, daß Ihre Frau Ihnen nicht ihre wahren finanziellen Verhältnisse offenbart hat?«

»Ich weiß nicht.«

»Keine enge Freundin, der sie sich anvertraut hat?«

»Nein. Vivian hatte keine engen Freunde in dem Sinn, wie ich es verstehe.«

»Waren ihr Vater und ihre Mutter mit der Ehe einverstanden?«

»Sie wußten vorher nichts davon. Das war Vivians Entscheidung. Sie wollte eine stille Heirat auf dem Standesamt, Flitterwochen in Kanada und dann einen Empfang daheim nach unsrer Rückkehr. Ich weiß, daß ihre Eltern schockiert waren, und das kann ich ihnen nicht verübeln. Möglicherweise hat sie ihnen erzählt, daß ich nicht über die wahre Höhe des Erbes Bescheid wußte. Sosehr sie sich gegen die beiden aufgelehnt hat, so wollte Vivian doch irgendwie verzweifelt von ihnen anerkannt werden.«

Adam nickte. »Am Telefon haben Sie gesagt, ein Kriminalbeamter hätte Sie über einen Familienring befragt.«

Scott Covey schaute Adam direkt ins Gesicht. »Ja, es war ein Smaragd, ich glaube, ein Familienerbstück. Ich weiß mit absoluter Sicherheit, daß Viv den Ring auf dem Boot anhatte. Das einzige, was einen Sinn ergibt, ist, daß sie ihn damals am Morgen an die linke Hand gesteckt haben muß. Als ich ihre Sachen durchgeschaut hab, hab ich in der Schublade zu Hause ihren Verlobungsring gefunden. Ihr Ehering war ein schmaler Goldring. Sie hat den Verlobungsring und den Ehering immer zusammen getragen.«

Er biß sich auf die Lippen. »Der Smaragdring war so eng geworden, daß er anfing, die Blutzirkulation zu unterbrechen. An dem letzten Morgen damals hat Viv daran gezogen und gezerrt. Als ich was einkaufen ging, hab ich noch zu ihr gesagt, falls sie ihn abkriegen wollte, sollte sie zuerst den Finger einseifen oder eincremen. Sie bekam leicht blaue Flecken. Als ich wieder nach Hause kam, sind wir los zum Boot, und ich dachte nicht mehr daran, sie danach zu fragen, und sie hat nichts davon erwähnt. Aber Viv war abergläubisch, was den Ring anging. Sie ging nie ohne ihn irgendwohin. Ich glaube, als ich ihre Leiche identifiziert habe und den Ring nicht sah, nahm ich an, es lag daran, daß ihre rechte Hand verstümmelt war.«

Seine Miene verzerrte sich mit einemmal. Er preßte die Handknöchel gegen seinen Mund, um das trockene Schluchzen zu unterdrücken, das seine Schultern erbeben ließ. »Sie können das einfach nicht verstehen. Keiner versteht's. Eben noch schwimmen wir da unten Seite an Seite, beobachten einen Schwarm von gestreiften Barschen, die vorbeiziehen, und das Wasser ist so klar und ruhig. Ihre Augen strahlten vor Glück, wie bei einem kleinen Kind auf der Kirmes. Und dann, eine Sekunde später, war alles ganz anders.« Er vergrub das Gesicht in den Händen.

Adam musterte Scott Covey genau. »Reden Sie weiter«, sagte er.

»Das Wasser wurde grau und so turbulent. Ich hab gemerkt, daß Viv in Panik geriet. Ich packte ihre Hand und legte sie mir an den Gürtel. Sie begriff, daß ich meinte, sie sollte sich an mir festhalten. Ich fing an, auf das Boot zuzuschwimmen, aber es war so weit weg. Der Anker muß ins Rutschen geraten sein, weil die Strömung so stark war. Wir kamen nicht voran, also hat Viv meinen Gürtel losgelassen und angefangen, wieder neben mir zu schwimmen. Ich war sicher, daß sie dachte, wir wären schneller, wenn wir beide schwimmen. Dann, gerade als wir auftauchten, kam eine riesige Welle, und sie war weg. Sie war weg.«

Er ließ die Hände vom Gesicht fallen und stieß hervor: »Himmel noch mal, wie kann nur irgendwer glauben, ich würde es bewußt zulassen, daß meine Frau stirbt? Ständig verfolgt mich der Gedanke, daß ich es hätte schaffen müssen, sie zu retten. Es war meine Schuld, daß ich sie nicht finden konnte, aber bei Gott, ich hab's versucht.«

Adam richtete sich auf. Er mußte an den Abend nach Bobbys Tod denken, als Menley fast bewußtlos wieder und wieder schluchzte: »Es war meine Schuld, meine Schuld ...« Er streckte die Hand aus und drückte Scott Coveys Schulter. »Ich werde Sie vertreten, Scott«, sagte er, »und versuchen Sie sich zu entspannen. Sie werden die Sache durchstehen. Es wird alles wieder gut.«

22

Amy kam um sieben Uhr, um auf Hannah aufzupassen. Sie begrüßte Menley und kniete sich dann sofort vor die Babyschaukel, die Adam im Familienzimmer angebracht hatte.

»Grüß dich, Hannah«, sagte Amy leise. »Bist du heute schwimmen gegangen?«

Hannah betrachtete gutgelaunt ihren Besuch.

»Sie hätten sehen sollen, wie sie in einer Pfütze im Sand herumgespritzt hat«, sagte Menley. »Sie hat geplärrt, als ich sie weggeholt habe. Sie werden sehen, daß Hannah einem Bescheid gibt, wenn ihr etwas nicht paßt.«

Amy lächelte kurz. »Genau das hat meine Mutter immer über mich gesagt.«

Menley wußte, daß Elaine mit Amys Vater verlobt war, aber ihr war nicht klar, ob er geschieden oder verwitwet war. Sie hatte den Eindruck, daß Amy sie zu der Frage danach ermutigte. »Erzählen Sie mir was über Ihre Mutter«, schlug sie vor. »Ich finde, daß sie eine nette Tochter großgezogen hat.«

»Sie ist gestorben, als ich zwölf war.« Die Stimme des Mädchens klang völlig ausdruckslos.

»Das ist hart.« Menley lag die Bemerkung auf der Zunge, daß es so schön sei für Amy, bald Elaine als neue Mutter zu haben, aber sie hatte den Verdacht, daß Amy dies mit anderen Augen sah. Menley dachte daran, wie ihr Bruder Jack sich Verabredungen ihrer Mutter mit Männern entgegengestellt hatte. Einer, ein Arzt, hatte sie sehr gern gehabt. Wann immer er am Telefon war, rief Jack aus: »Stanley Beamish für dich, Ma.« Stanley Beamish war ein dümmlicher Typ aus einer zum Glück kurzen Fernsehserie, die damals gesendet wurde, als sie Kinder waren.

Ihre Mutter zischte dann: »Er heißt Roger!« Aber ihre Lippen zuckten immer mit einem unterdrückten Lächeln, wenn sie nach dem Hörer griff. Jack schlug dann mit den Armen auf und ab und machte Stanley Beamish nach, der die Fähigkeit zu fliegen hatte.

Roger hatte nicht lange als potentieller Stiefvater überdauert. Er war ein netter Kerl, dachte Menley jetzt, und wer weiß? Womöglich wäre Mutter viel glücklicher geworden, wenn sie hartnäckig geblieben wäre, anstatt Roger beizubringen, die Sache hätte keine Zukunft. Vielleicht habe ich noch in diesem Monat die Gelegenheit, ein bißchen mit Amy ins Gespräch zu kommen. Das könnte es ihr etwas leichter machen.

»Es ist an der Zeit, die Kronprinzessin für die Nacht zu verstauen«, erklärte sie. »Ich habe eine Liste mit den Notrufnummern gemacht: Polizei, Feuerwehr, Rettungswagen. Und Elaines Nummer.«

»Die weiß ich schon.« Amy richtete sich auf. »Ist es okay, wenn ich Hannah nehme?«

»Natürlich. Das ist bestimmt eine gute Idee.«

Mit dem Baby in den Armen schien Amy zuversichtlicher zu sein. »Sie sehen ungeheuer hübsch aus, Mrs. Nichols«, sagte sie.

»Danke.« Menley war außerordentlich erfreut über das Kompliment. Ihr wurde bewußt, daß sie die Aussicht auf das Treffen mit Adams Freunden etwas nervös machte. Sie sah nicht so umwerfend gut aus wie die Fotomodelle, mit denen er früher immer ausging, und sie wußte, daß er einige darunter im Lauf der Jahre auch zum Cape mitgenommen hatte. Viel wichtiger aber war, daß sie mit Sicherheit Anlaß zu Spekulationen gab. Alle kannten ihre Geschichte. Adams Frau, die den Wagen über das Bahngleis fuhr und seinen Sohn verlor. Adams Frau, die im Jahr zuvor nicht bei ihm war, als er einen Monat auf dem Cape verbrachte.

Nun, sie werden mich also unter die Lupe nehmen, dachte sie. Nach mehreren vergeblichen Versuchen hatte sie sich für einen pfauenblauen Hosenanzug aus Rohseide entschieden, mit einer blauweißen Kordel als Gürtel und weißen Sandalen dazu.

»Warum versuchen wir nicht, Hannah für die Nacht fertigzumachen, bevor ich gehe?« Sie ging zur Treppe voran. »Der Fernseher ist hier im Wohnzimmer. Aber ich hätte gern, daß Sie das Babyphon laut stellen und etwa jede halbe Stunde nach Hannah schauen. Sie ist ganz groß darin, die Decken wegzustoßen, und die Putzfrau hat beide Strampelhosen in die Wäsche gesteckt. Der Trockner ist noch nicht angeschlossen.«

»Carrie Bell. Sie war also hier?« Amys Stimme klang ungläubig.

»Eh, nein, diese Frau heißt Hildy. Sie kommt einmal die Woche. Wieso?«

Sie waren am oberen Treppenabsatz angelangt. Menley blieb stehen und drehte sich nach Amy um.

Amy wurde rot. »Oh, nichts. Entschuldigung. Ich wußte ja, daß Elaine Ihnen jemand anders empfehlen würde.«

Menley nahm Amy Hannah aus dem Arm. »Ihr Dad will ihr sicher noch gute Nacht sagen.« Sie ging in das große Schlafzimmer. Adam zog sich gerade seinen marineblauen Sportsakko aus Leinen an. »Eine deiner jüngeren Verehrerinnen will dir ihre Aufwartung machen«, sagte sie.

Er küßte Hannah. »Keine Herrenbesuche, Spätzchen, und mach Amy nicht das Leben schwer.« Die Zärtlichkeit in seiner Miene strafte seinen flapsigen Tonfall Lügen. Menley spürte einen Stich im Herzen. Adam war völlig vernarrt in Bobby gewesen. Wenn Hannah irgend etwas zustoßen sollte ...

Warum denkst du das ständig? fragte sie sich aufgebracht. Sie zwang sich selbst einen frotzelnden Tonfall ab. »Deine Tochter findet, daß du großartig aussiehst. Sie will wissen, ob du dich für all deine früheren Freundinnen so herausputzt?«

»Nichts da.« Adam warf ihr einen lüsternen Blick zu. »Ich hab bloß ein einziges Mädchen. Nein«, verbesserte er sich,

»zwei Mädchen.« Er wandte sich an das Baby. »Hannah, sag deiner Mommy, daß sie sehr sexy aussieht und ich sie für rein niemanden aus dem Bett schmeißen würde.«

Lachend brachte Menley die Kleine ins Kinderzimmer zurück. Amy stand neben dem Säuglingsbett und hielt den Kopf schief, als lausche sie nach etwas. »Kriegen Sie nicht ein komisches Gefühl hier im Zimmer, Mrs. Nichols?« fragte sie.

»Was meinen Sie?«

»Entschuldigung. Ich weiß auch nicht, was ich meine.« Amy sah verlegen aus. »Bitte machen Sie sich nichts draus. Ich bin einfach bloß albern. Viel Spaß heute abend. Ich verspreche Ihnen, daß Hannah bestimmt in guten Händen ist und ich auf der Stelle anrufe, falls irgendein Problem auftaucht. Außerdem ist Elaines Haus gerade mal drei Kilometer weit weg.«

Menley hielt eine Weile inne. Hatte das Kinderzimmer irgend etwas Merkwürdiges an sich? Hatte sie das nicht selbst schon empfunden? Dann aber schüttelte sie den Kopf über ihre eigene Besorgtheit, legte Hannah in dem Kinderbettchen zurecht und steckte ihr den Schnuller in den Mund, bevor sie Protest erheben konnte.

23

Elaine wohnte in der Nähe des *Chatham Bars Inn* in einem kleinen Cape-Haus, das seine Existenz im Jahre 1780 als halbes Haus begonnen hatte. Im Lauf der Zeit war es erweitert und renoviert worden, so daß es sich nun hübsch in die Reihe seiner prächtigeren Nachbarn einfügte.

Um sieben Uhr überprüfte sie rasch noch einmal alles. Das Haus glänzte vor Sauberkeit. Die Gästehandtücher waren im Badezimmer, der Wein war gekühlt, der Tisch festlich gedeckt. Sie hatte den Hummersalat selbst zubereitet, eine langwierige, mühsame Aufgabe; das übrige Buffet hatte der Delikatessenlieferant hergestellt. Sie erwartete alles in allem zwanzig Gäste und hatte einen Mann zur Bedienung und einen für die Bar angeheuert.

John hatte angeboten, sich um die Bar zu kümmern, aber sie hatte abgelehnt. »Du bist doch mein Gastgeber, oder nicht?«

»Wenn du es so willst.«

Was immer Elaine will, bekommt Elaine auch, dachte sie, da sie schon vorher wußte, was er sagen würde.

»Was immer Elaine will, bekommt Elaine auch«, sagte John und lachte herzhaft. Er war ein kräftiger, gestandener Mann von bedächtigem Wesen. Mit seinen dreiundfünfzig Jahren hatte er ganz ergrautes und schon etwas dünnes Haar. Sein rundes Gesicht war offen und freundlich. »Komm her, du Süße.«

»John, bring mir nicht die Haare durcheinander!«

»Ich mag es, wenn sie durcheinander sind, aber ich tu's schon nicht. Ich möchte dir bloß ein kleines Geschenk für die Gastgeberin geben.«

Elaine nahm das kleine Päckchen entgegen. »John, wie lieb von dir. Was ist drin?«

»Eine Flasche Oliven, was denn sonst. Mach's auf.«

Es war ein Olivenfläschchen, schien aber nur einen blauen Wattebausch zu enthalten.

»Was soll das denn sein?« fragte Elaine, während sie den Deckel des Behälters abschraubte und hineinfaßte. Sie begann die Watte herauszuziehen.

»Vorsicht«, mahnte er. »Diese Oliven da sind teuer.«

Sie hielt die Watte in der Hand und zog sie auseinander. Darinnen lagen mondsichelförmige, mit Diamanten besetzte Onyxohrringe. »John!«

»Du hast gesagt, daß du einen schwarzsilbernen Rock anziehst, also fand ich, du solltest dazu passende Ohrringe haben.«

Sie legte ihm die Arme um den Hals. »Du bist zu lieb, um wahr zu sein. Ich bin nicht daran gewöhnt, daß ich verwöhnt werde.«

»Es wird mir ein Vergnügen sein, dich zu verwöhnen. Du

hast schon hart genug gearbeitet, lange genug, und du verdienst es.«

Sie hielt sein Gesicht in den Händen und zog seine Lippen an ihren Mund heran. »Danke dir.«

Es klingelte. Jemand stand am Eingang hinter der Fliegengittertür. »Hört ihr beiden mal auf zu schmusen und laßt euren Besuch rein?«

Die ersten Gäste waren eingetroffen.

Es ist eine sehr nette Party, sagte sich Menley, als sie von der Buffettafel zurückkehrte und sich wieder auf die Couch setzte. Sechs der Paare kamen schon ihr Leben lang im Sommer zum Cape, und einige von ihnen schwelgten jetzt in nostalgischen Erinnerungen. »Adam, weißt du noch, wie wir damals mit dem Boot von deinem Vater nach Nantucket sind? Er war gar nicht einverstanden damit.«

»Ich hatte vergessen, ihm von unseren Plänen zu erzählen«, sagte Adam mit einem Grinsen.

»Meine Mutter war's doch, die sich irrsinnig aufgeregt hat«, sagte Elaine. »Sie hat sich endlos darüber ereifert, daß ich das einzige Mädchen mit fünf jungen Männern war. ›Was sollen denn die Leute denken?‹«

»Und wir andern waren total sauer, daß wir nicht eingeladen worden sind«, sagte die ruhige Brünette aus Eastham gedehnt. »Wir waren alle in Adam verknallt.«

»Was, du warst nicht in mich verknallt?« protestierte ihr Mann.

»Das fing im Jahr drauf an.«

»Damals, als wir die Grube zum Muschelbacken gegraben haben ... Ich hab mir fast das Genick gebrochen vor lauter Suchen nach Seetang ... Dieses blöde Balg, das zum Strand gerannt und beinah in die Grube gefallen ist ... Das Jahr, als wir ...«

Menley lächelte und versuchte zuzuhören, aber in Gedanken war sie woanders.

Elaines Verlobter, John Nelson, saß auf einem Sessel bei

der Couch. Er wandte sich an Menley. »Was haben Sie denn als Teenager getrieben, als die Leute hier das Cape unsicher gemacht haben?«

Menley drehte sich erleichtert zu ihm. »Ich hab genau dasselbe gemacht, was Amy jetzt gerade tut: Babysitten. Ich bin drei Jahre hintereinander mit einer Familie mit fünf Kindern an den Strand von Jersey gegangen.«

»Nicht gerade die schönsten Ferien.«

»Es war okay. Das waren nette Kinder. Übrigens möchte ich Ihnen wirklich sagen, daß Amy ein wunderbares Mädchen ist. Sie ist großartig mit dem Baby.«

»Danke. Ich kann Ihnen ja ruhig sagen, daß es gar nicht einfach ist, weil sie Elaine nicht leiden kann.«

»Glauben Sie nicht, daß sich das ändert, wenn sie erst zum College geht und neue Freunde kennenlernt?«

»Hoffentlich. Früher hat sie sich immer Sorgen gemacht, ich könnte einsam sein, wenn sie zum College geht. Jetzt scheint sie Angst zu haben, daß sie kein Zuhause mehr hat, wenn Elaine und ich erst verheiratet sind. Lächerlich, aber mein Fehler, weil ich ihr das Gefühl gegeben hab, sie sei die Dame des Hauses, und jetzt will sie nicht, daß jemand anders an ihre Stelle tritt.« Er zuckte mit den Achseln. »Nun ja. Sie kommt schon darüber hinweg. Jetzt hoffe ich bloß, junge Dame, daß Sie auch so viel Freude am Cape gewinnen wie ich. Wir sind vor zwanzig Jahren für die Ferien hierhergekommen, und meiner Frau hat es so gut gefallen, daß wir Wurzeln geschlagen haben. Zum Glück konnte ich mein Versicherungsunternehmen verkaufen und hier bei einem in Chatham einsteigen. Wenn Sie erst einmal soweit sind, sich ein Haus zu kaufen, werde ich mich gut um Sie kümmern. Viele Leute verstehen wirklich kaum etwas vom Versicherungswesen. Es ist eine faszinierende Branche.«

Zehn Minuten später entschuldigte sich Menley, um eine Tasse Kaffee zu holen. Das Versicherungsgeschäft ist doch nicht *so* faszinierend, dachte sie und bekam dann Gewissensbisse, daß sie so etwas denken konnte. John Nelson war ein sehr netter Mensch, auch wenn er ein bißchen langweilig war.

Adam gesellte sich zu ihr, als sie sich Kaffee einschenkte. »Amüsierst du dich, mein Schatz? Du warst so in ein Gespräch mit John vertieft, daß ich dich gar nicht auf mich aufmerksam machen konnte. Wie gefallen dir meine Freunde?«

»Sie sind großartig.« Sie versuchte ihrer Stimme Begeisterung zu verleihen. In Wirklichkeit allerdings wäre sie viel lieber allein mit Adam zu Hause gewesen. Die erste Woche ihres Urlaubs war fast vorbei, und zwei Tage davon hatte er in New York verbracht. Heute nachmittag dann waren sie für seinen Termin mit Scott Covey vom Strand zurückgekommen, und jetzt am Abend waren sie mit all diesen Leuten zusammen, die ihr völlig fremd waren.

Adam blickte an ihr vorbei. »Ich hatte noch keine Gelegenheit, mit Elaine unter vier Augen zu reden«, sagte er. »Ich möchte ihr von dem Treffen mit Covey erzählen.«

Menley rief sich in Erinnerung zurück, daß sie sich darüber gefreut hatte, als Adam ihr sagte, er werde Scotts Fall übernehmen.

Es klingelte, und ohne eine Reaktion abzuwarten, öffnete eine Frau in den Sechzigern die Gittertür und kam herein. Elaine sprang auf. »Jan, ich freue mich wirklich, daß Sie noch kommen!«

Adam erklärte: »Elaine hat mir gesagt, daß sie Jan Paley einladen will, die Frau, der das Remember House gehört.«

»Oh, das ist interessant. Ich würde mich wirklich gern mit ihr unterhalten.«

Menley musterte Mrs. Paley, während sie Elaine umarmte. Attraktiv, dachte sie. Jan Paley hatte kein Make-up aufgelegt. Ihr grauweißes Haar war von Natur aus gewellt. Ihre Haut hatte feine Falten und vermittelte den Eindruck einer Person, der es gleichgültig war, wenn sie der Sonne ausgesetzt war. Ihr Lächeln war warm und großzügig.

Elaine kam mit ihr heran, um ihr Menley und Adam vorzustellen. »Ihre neuen Mieter, Jan«, sagte sie.

Menley bemerkte den teilnahmsvollen Ausdruck, der aus den Augen der anderen Frau sprach. Elaine hatte ihr ganz offenbar von Bobby erzählt. »Das Haus ist wunderbar, Mrs. Paley«, sagte sie aufrichtig.

»Das freut mich wirklich, daß Sie es mögen.« Paley lehnte Elaines Angebot ab, ihr einen Teller zu bringen. »Nein danke. Ich komm gerade von einem Festessen im Klub. Kaffee wäre genau richtig.«

Es war ein guter Zeitpunkt, um Adam mit Elaine über Scott Covey sprechen zu lassen. Die Leute hatten jetzt angefangen, sich im Raum hin und her zu bewegen. »Mrs. Paley, wie wär's?« Menley nickte in Richtung des schmalen Sofas, das gerade nicht besetzt war.

»Bestens.«

Als sie es sich gerade bequem machten, bekam Menley den Anfang einer weiteren Geschichte über ein lang zurückliegendes Sommerabenteuer mit.

»Ich war vor ein paar Jahren mit meinem Mann auf seinem fünfzigsten Klassentreffen nach der High School«, sagte jetzt Jan Paley. »Am ersten Abend dachte ich, ich werde noch verrückt bei dem ständigen Gerede über die gute alte Zeit. Aber nachdem sie es sich von der Seele geredet hatten, habe ich mich wirklich wohl gefühlt.«

»Ja, so ist es sicher.«

»Ich muß mich entschuldigen«, erklärte Jan Paley. »Die meisten Möbel in dem Haus sind wirklich entsetzlich. Wir waren noch nicht mit der Renovierung fertig und haben einfach benützt, was vorhanden war, als wir das Haus kauften, bis wir dann soweit waren, es neu einzurichten.«

»Die Stücke im großen Schlafzimmer sind herrlich.«

»Ja. Ich hatte sie auf einer Versteigerung gesehen und konnte sie mir nicht entgehen lassen. Die Wiege habe ich unter einem Haufen Kram im Keller gefunden. Es ist ein echtes Exemplar aus dem frühen achtzehnten Jahrhundert, glaube ich. Sie könnte zu der ursprünglichen Einrichtung gehört haben. Das Haus hat ja eine besondere Geschichte, wissen Sie.«

»Nach der Version, die ich gehört habe, hat es ein Schiffskapitän für seine Braut gebaut, die er dann verlassen hat, nachdem er erfuhr, sie hätte was mit einem andern gehabt.«

»Zu der Geschichte gehört noch mehr. Angeblich schwor die Frau, Mehitabel, sie sei unschuldig, und verbürgte sich dann, als sie im Sterben lag, sie würde in dem Haus bleiben, bis sie ihr Baby zurückbekommt. Aber die Hälfte der alten Häuser auf dem Cape sind ja mit Legenden verknüpft. Ein paar durch und durch rationale Menschen behaupten Stein und Bein, daß sie in einem Haus wohnen, wo's spukt.«

»Wo's spukt!«

»Ja. Eine meiner guten Freundinnen hat zum Beispiel ein altes Haus gekauft, das solche Bastler-Typen wirklich zugrunde gewerkelt hatten. Nachdem das Haus völlig wiederhergestellt und authentisch eingerichtet war, wachte sie eines Morgens, als sie und ihr Mann noch schliefen, ganz früh auf und hörte Schritte die Treppe heraufkommen. Dann ging ihre Schlafzimmertür auf, und sie schwört darauf, daß sie sehen konnte, wie sich Fußspuren auf dem Teppich abzeichneten.«

»Ich wär bestimmt vor Schreck gestorben!«

»Nein, Sarah sagt, daß sie ein wunderbar wohltuendes Gefühl empfand, so wie man es als kleines Kind hat, wenn man aufwacht und die Mutter einem gerade die Decke feststeckt. Dann spürte sie, wie jemand sie an der Schulter anfaßte, und in ihrem Kopf konnte sie eine Stimme sagen hören: ›Ich bin so froh darüber, wie gut du dich um mein Haus gekümmert hast.‹ Sie war überzeugt, daß es die Dame war, für die das Haus ursprünglich gebaut worden war und die Sarah jetzt ihre Dankbarkeit dafür ausdrücken wollte, daß sie es wieder restauriert hatte.«

»Hat sie denn je ein Gespenst gesehen?«

»Nein. Sarah ist jetzt Witwe und schon recht alt. Sie sagt, daß sie manchmal eine wohlwollende Präsenz spürt und das Gefühl hat, als wären sie zwei alte Mädchen, die gemeinsam ihr Heim genießen.«

»Glauben Sie das?«

»Ich bezweifle es nicht unbedingt.«

Menley nippte an ihrem Kaffee und fand dann den Mut, eine Frage zu stellen. »Haben Sie in irgendeiner Weise etwas Merkwürdiges im Kinderzimmer im Remember House gespürt, dem kleinen Raum vorne neben dem großen Schlafzimmer?«

»Nein, aber wir haben es nie benützt. Ehrlich gesagt dachte ich, nachdem mein Mann starb, eine Zeitlang wirklich daran, das Haus zu behalten. Doch dann hat mich manchmal eine so überwältigende Trauer gepackt, daß ich wußte, es wäre besser, es sein zu lassen. Ich hätte nie akzeptieren dürfen, daß Tom soviel von der schweren Arbeit bei der Restaurierung selber macht, obwohl er wirklich jede Minute davon gründlich genossen hat.«

Haben wir denn alle Schuldgefühle, wenn wir einen geliebten Menschen verlieren? fragte sich Menley. Sie warf einen Blick durch den Raum. Adam stand in einer Gruppe mit drei weiteren Männern zusammen. Sie lächelte etwas kleinlaut, als sie sah, wie Margaret, die schlanke Brünette von Eastham, sich dazugesellte und strahlend zu Adam hinauflächelte. Noch ein bißchen verknallt? dachte sie. Ich kann's dir eigentlich nicht verübeln.

Jan Paley äußerte: »Ich hab Ihre vier David-Bücher für meinen Enkel gekauft. Sie sind einfach wunderbar. Arbeiten Sie an einem neuen Band?«

»Ich hab beschlossen, den nächsten auf dem Cape gegen Ende des siebzehnten Jahrhunderts spielen zu lassen. Ich fang gerade mit ein paar Recherchen an.«

»Es ist so schade, daß die, mit der Sie vor ein paar Jahren hätten reden müssen, Phoebe Sprague gewesen wäre. Sie war eine großartige Historikerin und war dabei, sich Notizen für ein Buch über das Remember House anzulegen. Vielleicht läßt Henry Sie ja etwas von ihrem Material anschauen.«

Die Party löste sich um halb elf auf. Menley erzählte Adam auf dem Heimweg von Jan Paleys Vorschlag. »Meinst du, daß es zu aufdringlich wäre, wenn ich Mr. Sprague nach den Notizen seiner Frau frage oder zumindest frage, wo sie ihre besten Quellen aufgetrieben hat?«

»Ich kenne die Spragues schon mein ganzes Leben lang«, erwiderte Adam. »Ich wollte sie sowieso anrufen. Wer weiß? Vielleicht macht es Henry Spaß, dich an Phoebes Forschung teilhaben zu lassen.«

Amy saß im Wohnzimmer und sah fern, als sie heimkamen. »Hannah ist überhaupt nicht aufgewacht«, berichtete sie. »Ich hab jede halbe Stunde nach ihr geschaut.«

Als Menley das junge Mädchen zur Tür begleitete, sagte Amy scheu: »Ich komme mir so blöde vor wegen dem, was ich da vorher gesagt hab – daß mit Hannahs Zimmer irgendwas komisch ist. Es kommt wahrscheinlich von dieser Geschichte, die Carrie Bell herumerzählt hat, daß die Wiege von selbst geschaukelt hat und die Bettdecke so verkrumpelt war, als ob jemand auf dem Bett gesessen hätte.«

Menley spürte, wie ihr die Kehle trocken wurde. »Davon hatte ich noch gar nichts gehört, aber es ist lächerlich«, sagte sie.

»Wahrscheinlich. Gute Nacht, Mrs. Nichols.«

Menley ging direkt zum Kinderzimmer. Adam war schon dort. Hannah schlief selig in ihrer Lieblingshaltung, mit den Armen über dem Kopf. »Wir können sie nicht mehr Ihro Ungnaden nennen«, murmelte Adam.

»Wie viele Namen haben wir eigentlich für das arme Kind?« fragte Menley, als sie wenig später ins Bett schlüpfte.

»Ich kann gar nicht so weit zählen. Gute Nacht, mein Schatz.« Adam drückte sie eng an sich. »Ich hoffe, es hat dir Spaß gemacht.«

»Ja sicher.« Später murmelte sie: »Ich kann noch nicht schlafen. Stört es dich, wenn ich noch ein bißchen lese?«

»Du weißt doch, daß ich auch bei einem ganzen Lichtermeer durchschlafen kann.« Er steckte sich das Kissen zurecht. »Hör mal, wenn Hannah aufwacht, dann rüttel mich wach. Ich kümmer mich dann um sie. Du bist schon die ganze Woche über mit ihr aufgestanden.«

»Wunderbar.« Menley griff nach ihrer Lesebrille und begann eines der Bücher über die frühe Geschichte des Capes zu lesen, die sie in der Bibliothek gefunden hatte. Es war ein schwerer Band, und der von Wasser aufgeweichte Einband schlug Wellen. Die Seiten im Inneren waren schuppig und verstaubt. Trotzdem gab er eine fesselnde Lektüre ab.

Es faszinierte sie zu erfahren, daß die Jungen schon im Alter von zehn Jahren zur See gingen und daß einige von ihnen Kapitäne ihrer eigenen Schiffe wurden, als sie erst Anfang Zwanzig waren. Sie fand, daß es interessant wäre, in dem neuen David-Band einen Jungen aus dem siebzehnten Jahrhundert auftreten zu lassen, der die Seefahrt zu seiner Karriere machte.

Sie kam zu einem Kapitel, das Kurzbiographien von einigen der prominentesten Seefahrer aufführte. Ein Name fiel ihr auf: Kapitän Andrew Freeman, 1663 in Brewster geboren, ging als Kind zur See und wurde mit dreiundzwanzig Herr seines eigenen Schiffs, der *Godspeed.* Als Lotse und Mannschaftskapitän stand er in dem Ruf, völlig furchtlos zu sein, und sogar Piraten gewöhnten sich daran, einen weiten Bogen um die *Godspeed* zu machen. Er ertrank 1707, als er wider alle bessere Vernunft die Segel hißte, obwohl er wußte, daß sich ein Nordoststurm anbahnte. Die Masten brachen, und das Schiff kenterte und sank mit seiner gesamten Mannschaft. Die Wrackteile wurden meilenweit an der Sandbank von Monomoy angeschwemmt.

Ich muß mehr über ihn herausfinden, dachte Menley. Als sie endlich um zwei Uhr das Buch auf den Nachttisch legte und das Licht ausmachte, hatte sie das prickelnde Gefühl von Belebung, das sie immer empfand, wenn ein Handlungsverlauf sich deutlich in ihrer Vorstellung abzeichnete.

Hannah fing um Viertel vor sieben an sich zu beschweren. Wie sie es versprochen hatte, schüttelte Menley Adam wach und legte sich wieder mit geschlossenen Augen zur Ruhe. In ein paar Minuten kehrte er zurück, den noch halb schlafenden Säugling gegen seine Schulter gelehnt. »Menley, warum hast du Hannah gestern abend zur Wiege rübergetan?«

Menley setzte sich ruckartig auf und starrte ihn an.

Verwirrt und auch bestürzt dachte sie: Ich kann mich gar nicht erinnern, daß ich zu ihr reingegangen bin. Aber wenn ich das sage, denkt Adam bestimmt, daß ich verrückt bin. So gähnte sie statt dessen und murmelte: »Als Hannah aufgewacht ist, wollte sie sich einfach nicht beruhigen, also habe ich sie eine Weile gewiegt.«

»Das dachte ich mir schon«, sagte Adam zu ihr.

Hannah hob den Kopf von seiner Schulter hoch und drehte sich um. Die Jalousien waren unten, und das Licht, das am Rand hereinspitzte, war gedämpft. Hannah gähnte voller Inbrunst und flatterte mit den Augenlidern, lächelte dann und streckte sich.

In dem dämmrigen Raum ähnelten die Konturen ihres Gesichts so sehr Bobbys Gesichtszügen, dachte Menley. Genauso war auch Bobby aufgewacht: Er gähnte und lächelte und streckte sich.

Menley blickte zu Adam auf. Sie wollte nicht, daß er mitbekam, wie nah sie sich einem Panikanfall fühlte. Sie rieb sich die Augen. »Ich hab noch so lange gelesen. Ich bin noch ganz verschlafen.«

»Schlaf so lange, wie du willst. Hier, gib dem Morgenstern einen Kuß, und ich nehme sie mit runter. Ich kümmer mich schon gut um sie.«

Er reichte ihr das Baby. »Das weiß ich doch«, sagte Menley. Sie hielt Hannah so, daß das kleine Gesicht nur Zentimeter von ihrem eigenen entfernt war. »Hallo, mein Engel«, flüsterte sie, während sie gleichzeitig dachte: Dein Daddy kann dich gut versorgen, und soviel kann ich dir versprechen: Wenn je der Tag kommt, an dem ich glaube, daß ich's nicht kann, dann ist das mein Ende.

24

Henry und Phoebe Sprague saßen draußen an einem Tisch des Restaurants *Wayside Inn.* Zum erstenmal in diesem Sommer hatte Henry sie zu einem Sonntags-Brunch im Freien mitgenommen, und ein erfreutes Lächeln spielte auf Phoebes Lippen. Sie hatte schon immer gern die Leute beobachtet, und heute herrschte viel Betrieb auf der Hauptstraße von Chatham. Touristen und Einwohner schauten sich die Schaufenster an, strömten in die Spezialläden und wieder heraus oder steuerten auf eines der vielen Gasthäuser zu.

Henry warf einen Blick auf die Speisekarte, die ihnen die Empfangsdame gereicht hatte. Wir bestellen Eggs Benedict, Schinkentoast mit pochierten Eiern und Sauce hollandaise, dachte er. Das ißt Phoebe hier immer gern.

»Guten Morgen. Sind Sie soweit, zu bestellen, Sir?«

Henry blickte hoch und starrte dann die fast unverschämt hübsche Serviererin an. Es war Tina, die junge Frau, die er in dem Pub gegenüber vom Friseur Anfang Juli gesehen hatte, dieselbe, von der Scott Covey berichtet hatte, sie sei eine Schauspielerin mit einer Rolle im Cape Playhouse.

Ihre Miene verriet in keiner Weise, daß sie ihn erkannte, aber schließlich hatte sie ihn damals kaum angeschaut, bevor sie wieder aus dem Pub geeilt war. »Ja, wir können bestellen«, sagte er.

Während der ganzen Mahlzeit gab Henry Sprague Kommentare über die Fußgänger, die vorbeikamen, ab. »Schau mal, Phoebe, da sind die Enkelkinder von Jim Snow. Weißt du noch, wie wir früher mit den Snows ins Theater gegangen sind?«

»Hör auf, mich zu fragen, ob ich mich erinnern kann«, sagte Phoebe brüsk. »Natürlich weiß ich das noch.« Sie wandte sich wieder ihrem Kaffee zu. Einen Moment später beugte sie sich geduckt vor und blickte um sich; argwöhnisch wanderte ihr Blick von einem Tisch zum nächsten. »So viele Leute«, murmelte sie. »Ich will hier nicht sein.«

Henry seufzte. Er hatte gehofft, der Gefühlsausbruch könnte ein gutes Zeichen sein. Für manche Menschen war Tacrine ein erstaunlich hilfreiches Medikament, das den Zerfall bei Patienten mit der Alzheimerschen Krankheit vorübergehend unterband, ja rückgängig machte. Seit man es Phoebe verschrieben hatte, meinte er ein gelegentliches Aufflackern von klarem Bewußtsein bemerkt zu haben. Oder griff er nach einem Strohhalm?

Ihre Bedienung kam mit der Rechnung. Als Henry das Geld hinlegte, schaute er zu ihr hoch. Der Gesichtsausdruck der jungen Frau war sorgenvoll und bedrückt, das überschwengliche Lächeln von vorher völlig verschwunden. Sie hat mich erkannt, dachte Henry, und fragt sich nun, ob ich sie mit Scott Covey in Zusammenhang bringe.

Er freute sich über die Erkenntnis und war nicht willens, seine Karten auf den Tisch zu legen. Mit einem unverbindlichen Lächeln erhob er sich und zog Phoebes Stuhl zurück. »Bist du soweit, mein Liebes?«

Phoebe stand auf und betrachtete die Kellnerin. »Wie geht's Ihnen, Tina?« fragte sie.

25

Nat Coogan und seine Frau Debbie besaßen ein 6-Meter-Boot mit Außenbordmotor. Sie hatten es gebraucht gekauft, als die Jungen noch klein waren, doch dank Nats hingebungsvoller Pflege war es noch in hervorragendem Zustand. Da die Jungen den Nachmittag mit Freunden in Fenway Park beim Spiel der Red Sox verbrachten, hatte Nat Debbie vorgeschlagen, zu einem Picknick mit dem Boot auszufahren.

Sie hob eine Augenbraue. »Du magst doch keine Picknicks.«

»Ich sitz nicht gern irgendwo auf dem Feld mit lauter Ameisen, die über alles krabbeln.«

»Ich dachte, daß du nach den Hummerkörben schaust und

dann heimkommst und dir das Baseballspiel ansiehst.« Sie zuckte mit den Achseln. »Da ist doch irgendwas anderes im Busch, was ich nicht mitkriege, aber was soll's. Ich mach eben ein paar Sandwiches.«

Nat schaute seine Frau liebevoll an. Deb kann man nichts weismachen, dachte er. »Nein, ruh du dich mal ein paar Minuten aus. Ich kümmer mich schon um alles.«

Er ging zum Feinkostladen und besorgte Lachs, Leberpastete, Crackers und Trauben. Können wir auch gleich alles so wie die machen, dachte er.

»Ganz schöner Luxus«, sagte Debbie, als sie die Lebensmittel in den Tragekorb packte. »Hatten sie keine Leberwurst mehr?«

»Doch. Ich wollte aber das hier haben.« Aus dem Kühlschrank griff er sich die gekühlte Flasche Wein.

Debbie las das Etikett. »Hast du aus irgendeinem Grund Gewissensbisse? Das ist teures Zeug.«

»Das weiß ich wohl. Komm jetzt. Das Wetter soll später umschlagen.«

Sie gingen genau zweieinhalb Kilometer von Monomoy Island entfernt vor Anker. Nat erzählte seiner Frau nicht, daß dies die Stelle war, wo Vivian Covey ihre letzten Stunden verbracht hatte. Das hätte sie vielleicht beunruhigt.

»Das macht ja wirklich Spaß«, gab Debbie zu. »Aber was hast du mit einemmal gegen die Klappstühle?«

»Hab mir einfach gedacht, öfter mal was Neues wär doch gut.« Er breitete eine alte Stranddecke auf Deck aus und verteilte das Essen darauf. Er hatte Polster mitgenommen, worauf sie sich setzen konnten. Schließlich schenkte er Wein in zwei Gläser.

»He, mach mal langsam«, protestierte Debbie. »Ich will doch keinen Schwips kriegen.«

»Warum denn nicht? Wir können ein Schläfchen machen, wenn wir fertig sind.«

Die Sonne war warm. Das Boot wiegte sich sanft hin und her. Sie nippten an dem Wein, knabberten an dem Käse und der Leberpastete, pflückten sich Trauben ab. Eine Stunde später blickte Debbie ganz benommen auf die leere Flasche. »Ich kann nicht fassen, daß wir das alles getrunken haben sollen«, sagte sie.

Nat wickelte die Essensreste ein und steckte sie in den Picknickkorb. »Willst du dich hinlegen?« fragte er und arrangierte dabei die Polster nebeneinander auf der Decke. Er wußte, daß Debbie normalerweise tagsüber keinen Alkohol trank.

»Sehr gute Idee.« Debbie machte es sich bequem und schloß sofort die Augen.

Nat streckte sich neben ihr aus und ließ sich einige der Dinge durch den Kopf gehen, die er in den letzten paar Tagen erfahren hatte. Am Freitag war er, nachdem er die Obduktionsbilder untersucht hatte, bei Scott Covey aufgetaucht. Coveys Erklärung, seine Frau habe vermutlich den Smaragdring an die andere Hand gesteckt, erschien etwas glatt und vielleicht einstudiert.

Er warf einen Blick auf die leere Weinflasche, die in der Sonne warm wurde. Der Obduktionsbericht stellte fest, daß Vivian Carpenter kurz vor ihrem Tod mehrere Gläser Wein zu sich genommen hatte. Doch als er ihre Eltern über ihre Trinkgewohnheiten befragte, stimmten beide darin überein, daß sie während des Tages normalerweise keinen Alkohol trank. Ein einziges Glas Wein habe sie immer schon schläfrig gemacht, besonders in der Sonne – die gleiche Reaktion, die jetzt Debbie zeigte.

Würde denn irgendeine Frau, die sich vom Wein schläfrig fühlt und die gerade erst dabei ist, tauchen zu lernen, darauf bestehen, mit ihrem Mann mitzukommen, wenn er sagt, daß er eben kurz unter Wasser schwimmen gehen will?

Nat war nicht davon überzeugt.

Um drei Uhr bemerkte er eine kaum merkliche Veränderung in der Bewegung des Boots. Die Wettervorhersage hatte heftige Regenschauer für etwa halb vier gemeldet.

Nat stand auf. Die Stelle hier lag in Blickrichtung des

Hafeneingangs, und während er hinschaute, kamen aus allen Richtungen kleine Schiffe landeinwärts gefahren.

Covey behauptete, er sei mit Vivian etwa zwanzig Minuten unten gewesen, als der Sturm hereinbrach. Das hieß, daß er gesehen haben *mußte*, wie kleinere Boote auf die Küste zuhielten, als er sich damals am Nachmittag von seiner Ruhepause erhob. Es mußte spürbar gewesen sein, daß die Strömung zunahm.

Zu diesem Zeitpunkt hätte jeder nur halbwegs vernünftige Mensch das Radio angemacht und den Wetterbericht abgehört, folgerte Nat.

Deb begann sich zu regen und setzte sich auf. »Was machst du denn?«

»Nachdenken.« Er blickte auf sie herab, während sie sich streckte. »Willst du kurz mit mir schwimmen gehen, Schatz?«

Debby legte sich wieder hin und schloß die Augen. »Vergiß es«, murmelte sie. »Ich bin zu müde.«

26

Scott Covey verbrachte den Sonntag zu Hause. Erleichtert darüber, daß Adam Nichols sich bereit erklärt hatte, ihn zu vertreten, war er doch noch über eine der speziellen Warnungen beunruhigt, die Adam ihm gegenüber ausgesprochen hatte. »Wenn eine reiche Frau kurz nach ihrer Heirat mit einem Mann, den niemand sonderlich kennt, bei einem Unfall stirbt, und dieser Mann ist der einzige Zeuge ihres Todes, dann entsteht unweigerlich Gerede. Sie haben mit der Polizei zusammengearbeitet, und das war alles gut so. Aber hören Sie jetzt auf zu kooperieren. Weigern Sie sich, noch irgendwelche Fragen zu beantworten.«

Die Ermahnung war Scott nur recht.

Der zweite Ratschlag von Nichols war ebenfalls leicht zu befolgen. »Ändern Sie nicht Ihren Lebensstil. Fangen Sie nicht an, wie wild Geld auszugeben.«

Er dachte nicht im geringsten daran, sich so schwachsinnig zu benehmen.

Schließlich hatte Adam gesagt: »Und, ganz wichtig – lassen Sie sich nicht mit einer anderen Frau sehen, solange die Polizei Sie eindeutig in Verdacht hat.«

Tina. Sollte er Adam erklären, daß er ein Verhältnis mit ihr hatte, bevor er Vivian traf? Daß die Beziehung im Vorjahr angefangen hatte, als er an dem Theater arbeitete? Ob Adam wohl begriff, daß er nichts mehr mit ihr zu tun hatte, nachdem er Vivian kennengelernt hatte?

Er konnte ja erläutern, daß Tina nichts von seiner Rückkehr zum Cape gewußt hatte. Und dann mußte sie zu allem Überdruß auch noch ihre Stelle in Sandwich aufgeben und beim *Wayside Inn* zu arbeiten anfangen. Nachdem sie ihn mit Vivian dort beim Abendessen gesehen hatte, fing sie an ihn anzurufen. Und das einzige Mal, als er eingewilligt hatte, sich persönlich mit ihr zu treffen, mußte dann ausgerechnet Henry Sprague neben ihm im Pub sitzen! Sprague ließ sich von niemandem zum Narren halten. Sollte er Adam erklären, daß Tina nur einmal, seit Vivian vermißt war, bei ihm zu Hause vorbeischaute, um ihm ihre Anteilnahme auszudrücken?

Um vier Uhr klingelte das Telefon. Mißmutig ging Scott an den Apparat. Daß das nur ja nicht dieser Polizeibeamte ist, dachte er.

Elaine Atkins war am Apparat und lud ihn zu einem Grillessen bei ihrem Verlobten ein. »Einige von Johns Freunden kommen auch«, sagte sie. »Wichtige Leute, solche, mit denen du dich zeigen solltest. Ich hab übrigens gestern abend Adam gesehen. Er sagte, daß er deinen Fall übernehmen wird.«

»Ich kann dir gar nicht genug dafür danken, Elaine. Und natürlich freue ich mich, zu kommen.«

Als er eine Stunde später die Straße hinunterfuhr, bemerkte er, daß der acht Jahre alte Chevy von Nat Coogan vor dem Haus der Spragues geparkt war.

27

Nat Coogan hatte die Spragues aufgesucht, ohne vorher telefonisch Bescheid zu geben. Er tat das jedoch nicht ohne Berechnung. Er wußte, daß es da etwas gab, was Henry Sprague ihm über Scott Covey vorenthalten hatte, und er hoffte, der Überraschungseffekt möge Sprague dazu ermutigen, die Frage zu beantworten, die er ihm zu stellen gedachte.

Spragues kühle Begrüßung ließ Nat wissen, was er schon erwartete. Einen Anruf zuvor hätte man zu schätzen gewußt. Sie erwarteten nämlich Gäste.

»Es dauert nur eine Minute.«

»In diesem Fall kommen Sie bitte herein.«

Henry Sprague ging hastig durch das Haus zur Terrasse voran. Nat wurde klar, was der Grund zu der Eile war. Sprague hatte seine Frau draußen allein gelassen, und kaum war er weg, hatte sie begonnen, über den Rasen zu dem Nachbarhaus, wo Covey wohnte, zu laufen.

Sprague holte sie rasch ein und führte sie zur Terrasse zurück. »Setz dich hin, mein Liebes. Adam und seine Frau kommen zu Besuch zu uns.« Er bot Nat keinen Stuhl an.

Nat beschloß, alle seine Karten auf den Tisch zu legen. »Mr. Sprague, ich glaube, daß Scott Covey absichtlich seine Frau im Stich ließ, als sie tauchen gingen, und ich werde alles, was in meiner Macht steht, tun, um das zu beweisen. Neulich hatte ich sehr stark das Gefühl, daß da etwas war, was Sie beschäftigt hat, weil Sie nicht wußten, ob Sie es mir sagen wollen. Ich weiß, daß Sie ein Mensch sind, der sich lieber nur um Dinge kümmert, die ihn selbst etwas angehen, aber diese Sache *geht* Sie etwas an. Stellen Sie sich doch vor, welche Panik Vivian empfunden haben muß, als sie begriff, daß sie ertrinken würde. Stellen Sie sich vor, wie *Sie* sich fühlen würden, wenn jemand absichtlich Ihre Frau in Gefahr bringen und sie dann ihrem Schicksal überlassen würde.«

Seit geraumer Zeit versuchte Henry Sprague mit aller Kraft, das Rauchen aufzugeben. Jetzt ertappte er sich dabei, wie er in der Brusttasche seines Sporthemds nach seiner Pfeife kramte, die er aber in seiner Schreibtischschublade gelassen hatte. Er nahm sich vor, sie zu holen, sobald er diesen Kriminalbeamten zur Tür brachte. »Ja, Sie haben recht, da war etwas. Drei Wochen vor Vivians Tod war ich zufällig im *Cheshire Pub*, als auch Scott Covey da war«, sagte er widerwillig. »Eine junge Frau, die Tina hieß, kam herein. Ich bin mir sicher, daß sie verabredet waren. Er tat so, als wäre er überrascht, sie zu sehen, und sie hat die Anspielung begriffen und ist schleunigst weg. Sie war niemand, den ich kenne. Doch dann habe ich sie heute vormittag noch mal gesehen. Sie ist Kellnerin im *Wayside Inn.*«

»Danke«, sagte Nat ruhig.

»Da ist noch etwas. Meine Frau kannte sie beim Namen. Ich kann mir nicht vorstellen, wie die beiden sich begegnet sein könnten, außer ...«

Er blickte zu dem Haus von Vivian Carpenter Covey hinüber. »In letzter Zeit ist Phoebe mehrmals, als ich ihr gerade den Rücken zukehrte, zum Carpenter-Haus rübergelaufen. Das Haus hat keine Klimaanlage, und die Fenster sind meistens offen. Vielleicht hat sie Tina dort gesehen. Es ist die einzige Erklärung, die mir einfällt.«

28

»Ich finde, es war eine gute Idee, Amy zu holen, damit sie ein paar Stunden auf Hannah aufpaßt«, sagte Adam, als sie am Leuchtturm vorbei und durch das Zentrum von Chatham fuhren. »Soweit ich weiß, kann Phoebe nicht viel Ablenkung vertragen. Ich schätze auch, daß sie nicht in der Lage sein wird, über ihre Notizen zu reden, aber ich bin wirklich froh, daß Henry auf die Idee einging, sie dir zu zeigen.«

»Ich auch.« Menley bemühte sich, angetan zu klingen, aber es fiel ihr nicht leicht. Es hätte ein perfekter Tag sein sollen, dachte sie. Sie hatten ein paar Stunden am Strand verbracht, dann die Sonntagszeitungen gelesen, während Hannah schlief. Gegen halb vier, als das Gewitter sich entlud, standen sie am Fenster und schauten zu, wie der Regen auf den Ozean niederpeitschte und die Brandung zornig aufschäumte. Ein angenehmer, wohltuender Tag, gemeinsam verbrachte Zeit, Erfahrungsaustausch, ganz so wie die Tage, die sie früher oft erlebt hatten.

Nur, daß jetzt ständig das Schreckgespenst eines Zusammenbruchs Menleys Bewußtsein heimsuchte. Was war nur mit ihr los? grübelte sie. Sie hatte Adam nichts von der Angstattacke am Bahnübergang erzählt, obwohl er das ja verstanden hätte. Wie aber ihm erzählen, daß sie in der Nacht, als er in New York war, von dem Geräusch eines so laut heranrauschenden Zuges aufgewacht war, daß es klang, als rase er durchs Haus? Was würde irgendein vernünftiger Mensch über solch eine Geschichte denken? Und genauso: Konnte sie ihm etwa erzählen, daß sie keinerlei Erinnerung daran hatte, in der letzten Nacht im Kinderzimmer gewesen zu sein? Nein, niemals!

Das wäre genauso, als würde sie ihm vorjammern, wie ausgeschlossen sie sich auf Elaines Party gefühlt hatte angesichts all der kumpelhaften Vertrautheit, an der sie nicht teilnehmen konnte. Ich habe jede Menge Freunde, hielt sich Menley vor Augen. Es ist ja bloß hier, daß ich mich als Außenseiterin fühle. Falls wir uns tatsächlich entschließen, das Remember House zu kaufen, dann lerne ich noch alle wirklich gut kennen. Und dann lade ich auch meine eigenen Freunde hierher ein.

»Du bist plötzlich sehr still«, sagte Adam.

»Ich träume bloß so vor mich hin.«

Es herrschte starker Verkehr an diesem Sonntag nachmittag, und sie zuckelten im Schrittempo die Main Street hinunter. An dem Kreisverkehr bogen sie links ab und fuhren noch anderthalb Kilometer bis zu dem Haus der Spragues am Oyster Pond.

Als Adam vor dem Haus abbremste, fuhr gerade ein

blauer Chevy davon. Henry Sprague stand im Eingang. Er begrüßte sie herzlich, doch es war deutlich zu erkennen, daß er in Gedanken mit etwas anderem beschäftigt war.

»Ich hoffe, daß Phoebe okay ist«, murmelte Adam zu Menley, als sie ihm zur Terrasse folgten.

Henry hatte seiner Frau Bescheid gesagt, daß sie kamen. Mrs. Sprague gab vor, Adam zu erkennen, und lächelte Menley ausdruckslos an.

Die Alzheimersche Krankheit, dachte Menley. Wie schrecklich, den Kontakt mit der Realität zu verlieren. Im Bellevue Hospital hatte ihre Mutter gelegentlich Patienten mit dieser Krankheit auf der Station, für die sie zuständig war, gehabt. Menley versuchte sich einige der Geschichten ins Gedächtnis zurückzurufen, die ihr ihre Mutter darüber berichtet hatte, wie man den Patienten helfen kann, sich besser zu erinnern.

»Sie haben doch viel über die frühe Geschichte auf dem Cape nachgeforscht«, sagte sie. »Ich habe vor, ein Kinderbuch über das Cape im siebzehnten Jahrhundert zu schreiben.«

Mrs. Sprague nickte, schwieg aber.

Henry Sprague beschrieb Adam den Besuch von Nat Coogan. »Ich hatte ein verflucht ungutes Gefühl, daß ich tratsche«, sagte er, »aber dieser Covey-Kerl hat irgendwas an sich, was mir unecht vorkommt. Wenn die geringste Möglichkeit besteht, daß er das arme Mädchen hat ertrinken lassen ... «

»Elaine ist da anderer Meinung, Henry. Sie hat letzte Woche Scott Covey zu mir geschickt. Ich hab eingewilligt, den Fall zu übernehmen.«

»Du! Ich dachte, du hättest Urlaub, Adam.«

»Ja, hätte ich auch eigentlich, aber es sieht ganz danach aus, daß Covey gute Gründe hat, sich Sorgen zu machen. Die Polizei sitzt ihm im Nacken. Er braucht einen Anwalt.«

»Dann ist mein Gerede fehl am Platz.«

»Nein. Wenn es zur offiziellen Anklage kommt, dann hat die Verteidigung das Recht zu erfahren, welche Zeugen aufgerufen werden sollen. Ich will dann selbst noch mit dieser Tina reden.«

»Dann fühl ich mich schon besser.« Henry Sprague seufzte erleichtert auf und wandte sich Menley zu. »Heute morgen habe ich alles, was ich von Phoebes Unterlagen über die frühe Zeit auf dem Cape auftreiben konnte, zusammengesucht. Ich hab schon immer zu ihr gesagt, daß ihre ersten Aufzeichnungen ein schreckliches Kuddelmuddel für eine Person sind, die so ausgefeilte Artikel und Essays verfaßt.« Er schmunzelte. »Ihre Antwort war dann, sie arbeite eben in ordentlichem Chaos. Ich hol die Sachen für Sie.«

Er ging ins Haus und kehrte wenig später mit einem Arm voll prallgefüllter hellbrauner Aktendeckel zurück.

»Ich werde sorgfältig damit umgehen und sie Ihnen wiederbringen, bevor wir wieder heimfahren«, versprach Menley. Sie warf einen sehnsüchtigen Blick auf die Unterlagen. »Das wird ein wahres Fest, sich da hineinzuknien.«

»Henry, wir überlegen uns ernsthaft, ob wir das Remember House kaufen sollen«, sagte Adam. »Warst du schon mal drinnen, seit es renoviert wurde?«

Phoebe Spragues Gesichtsausdruck veränderte sich plötzlich, verriet Furcht. »Ich will nicht zum Remember House gehen«, sagte sie. »Die haben mich gezwungen, ins Meer zu gehen. Das ist es auch, was sie mit Adams Frau tun werden.«

»Liebes, du bist durcheinander. Du warst doch gar nicht im Remember House«, erklärte Henry geduldig.

Sie sah verunsichert aus. »Ich dachte doch, ich wär da gewesen.«

»Nein, du warst am Strand dort in der Nähe. Das hier ist Adams Frau, mit der du jetzt zusammen bist.«

»Ach, ja?«

»Ja, Liebes.«

Er dämpfte seine Stimme. »Vor ein paar Wochen ist Phoebe ungefähr um acht Uhr abends davongewandert. Alle haben nach ihr gesucht. Wir sind immer schon gern an eurem Strand entlanggelaufen, und so beschloß ich, hinüberzufahren.

Ich hab sie im Meer nicht weit von eurem Haus gefunden. Noch ein paar Minuten, und es wäre zu spät gewesen.«

»Ich konnte ihre Gesichter nicht sehen, aber ich kenne sie«, sagte Phoebe Sprague traurig. »Sie wollten mir was zuleide tun.«

8. August

29

Am Montag morgen rief Adam im *Wayside Inn* an, ließ sich bestätigen, daß eine Kellnerin namens Tina an diesem Tag dort arbeiten werde, rief dann Scott Covey an und verabredete sich mit ihm dort im Gasthaus.

Menley hatte mit Amy ausgemacht, daß sie kommen und Hannah versorgen würde, während sie selbst sich in Phoebe Spragues Unterlagen stürzte, etwas, worauf sie sich eindeutig freute. »Du vermißt mich bestimmt nicht«, sagte Adam lachend. »Du hast einen Ausdruck in den Augen wie ein Pirat, der einem Schiff voller Gold hinterherjagt.«

»Hier in dem Haus zu sein hilft wirklich dabei, ein Gefühl für die alten Zeiten zu bekommen«, sagte Menley voller Eifer. »Hast du schon gewußt, daß die Tür vom großen Wohnzimmer so groß ist, weil man sie extra weit genug gemacht hat, damit ein Sarg durchgeht?«

»Das ist ja heiter«, sagte Adam. »Meine Großmutter hat mir früher immer Geschichten über das alte Haus erzählt, wo sie wohnte. Ich hab die meisten vergessen.« Er hielt eine Weile wehmütig inne. »Also gut, ich geh jetzt, um die Verteidigung meines neuen Klienten aufzunehmen.« Menley fütterte Hannah mit Brei. Adam küßte Menley oben auf den Kopf und gab Hannahs Fuß einen liebevollen Klaps. »Du bist zu verschmiert für einen Kuß, Spätzchen«, sagte er zu ihr.

Er überlegte kurz, ob er Menley von seinem Vorhaben erzählen sollte, bei Elaine vorbeizuschauen und mit ihr zu sprechen, falls sie in der Agentur war. Er beschloß, nichts darüber zu sagen. Er wollte nicht, daß Menley den Grund für diesen Besuch erfuhr.

Adam traf eine Viertelstunde vor dem Termin mit Covey beim *Wayside Inn* ein. Es war einfach, Tina nach Henry Spragues Beschreibung zu erkennen. Als er hereinkam, räumte sie gerade einen kleinen Tisch am Fenster ab. Er bat die Empfangsdame, ihn dort zu plazieren.

Sehr attraktiv auf eine herausfordernde Weise, dachte er, als er die Speisekarte von ihr entgegennahm. Tina hatte glänzendes Haar, lebhafte braune Augen, einen rosigen Teint und perfekte Zähne, die sich bei ihrem strahlenden Lächeln zeigten. Eine unnötig engsitzende Servieruniform präsentierte jede Kontur ihrer wohlgerundeten Figur. Ende Zwanzig, folgerte er, und sie hat sich nichts entgehen lassen.

Auf ihr fröhliches »Guten Morgen, Sir« folgte ein unverhohlen bewundernd starrender Blick. Ein Bruchstück aus dem Song *Paper Doll*, den seine Mutter gerne sang, fiel ihm plötzlich ein: *»Flirty, flirty eyes …«* Tina hatte unbestreitbar flirtende Augen, fand er.

»Erst mal bloß Kaffee«, sagte er. »Ich warte auf jemanden.«

Scott Covey erschien um Punkt neun. Quer durch den Raum beobachtete Adam, wie sich sein Gesichtsausdruck änderte, als ihm klar wurde, daß Tina sie bedienen würde. Doch als er sich dann setzte und sie mit der Speisekarte kam, nahm er die Karte entgegen, ohne Tina weiter Beachtung zu schenken, und genauso ließ sie sich nichts anmerken, was darauf schließen ließ, daß sie ihn kannte, sondern äußerte bloß: »Guten Morgen, Sir.«

Sie bestellten beide Saft, Kaffee und Blätterteiggebäck. »Ich habe zur Zeit kaum Appetit«, sagte Covey leise.

»Sie werden noch weniger haben, wenn Sie Spielchen mit mir treiben«, warnte ihn Adam.

Covey sah verblüfft aus. »Was soll das denn heißen?«

Tina räumte einen Tisch in der Nähe ab. Adam nickte in ihre Richtung. »Es heißt, daß die Polizei weiß, daß Sie sich mit dieser adretten jungen Dame im *Cheshire Pub* getroffen haben, bevor Ihre Frau starb, und daß sie vielleicht auch bei Ihnen zu Hause war.«

»Henry Sprague.« Coveys Miene spiegelte Abscheu.

»Henry Sprague wußte, daß Sie sie nicht bloß zufällig im Pub getroffen haben. Doch wenn Sie ihm nicht ein Ammenmärchen verzapft hätten, sie gehöre zur Truppe von dem Stück im Cape Playhouse, dann hätte er nichts zu dem Kriminalbeamten gesagt. Und woher kennt Mrs. Sprague Tina?«

»Sie kennt sie gar nicht.«

»Phoebe wußte genug, um sie beim Namen zu nennen. Wie oft war Tina bei Ihnen zu Hause?«

»Einmal. Sie kam vorbei, als Viv vermißt gemeldet war. Diese Sprague weiß doch nicht, was sie tut. Es ist ganz schön gespenstisch, wenn man sie zum Fenster hereinstarren oder plötzlich die Tür aufmachen und hereinkommen sieht. Seit sie so schlecht dran ist, bringt sie die ganzen Häuser durcheinander. Sie muß gerade herumgelungert sein, als Tina das eine Mal kam. Vergessen Sie nicht, Adam, in den Wochen damals sind eine Menge Leute bei mir aufgetaucht.«

»Was für eine Beziehung hatten Sie zu Tina, bevor Ihre Frau starb?«

»Absolut gar keine von der Minute an, als ich Viv kennenlernte. Davor schon. Als ich letztes Jahr im Büro am Playhouse gearbeitet hab, bin ich mit ihr ausgegangen.«

Adam hob eine Augenbraue. »Ausgegangen?«

»Ich hatte ein Verhältnis mit ihr.« Scott Covey sah gequält aus. »Adam, ich war ein Single. Sie ebenfalls. Schaun Sie sie doch an. Tina ist ein Partymädchen. Wir wußten beide, daß aus der Sache nichts weiter wird, daß ich am Ende der Saison wieder weggehen würde. Sie hat früher beim *Daniel Webster Inn* in Sandwich gearbeitet. Es ist einfach Pech, daß sie sich hier einen Job besorgt hat, und Viv und ich auf sie gestoßen sind. Sie hat mich das eine Mal angerufen und gefragt, ob ich sie auf einen Drink treffe. Sie kam zu mir nach Hause, um mir zu sagen, wie leid es ihr täte wegen Viv. Das ist alles.«

Tina kam mit der Kaffeekanne auf sie zu. »Noch eine Tasse, Sir?« fragte sie Scott.

»Tina, das ist mein Anwalt, Adam Nichols«, erklärte Scott. »Er wird mich vertreten. Du kennst ja die Gerüchte.«

Sie machte ein unsicheres Gesicht und schwieg.

»Ist schon gut, Tina«, sagte Scott zu ihr. »Mr. Nichols weiß, daß wir uns schon länger kennen, daß wir früher mal miteinander ausgegangen sind und daß du bei mir vorbeigeschaut hast, um dein Beileid auszudrücken.«

»Weshalb wollten Sie Scott im *Cheshire Pub* treffen, damals an dem Tag, als auch Henry Sprague da war?« fragte Adam.

Sie schaute ihm offen ins Gesicht. »Als Scott letztes Jahr am Ende der Saison vom Cape weg ist, hab ich nie mehr was von ihm gehört. Als er dann mit seiner Frau hier reinkam, war ich total wütend. Ich dachte, daß er was mit ihr hatte, während wir miteinander gingen. Aber das hat nicht gestimmt. Er hat sie erst am Ende des Sommers getroffen. Ich mußte das einfach nur rauskriegen.«

»Ich würde raten, daß Sie der Polizei diese Geschichte sagen«, erwiderte Adam, »weil die Polizei Sie nämlich verhören wird. Ich nehme noch etwas Kaffee, und dann bitte die Rechnung.«

Als sie sich entfernte, beugte sich Adam näher zu Scott. »Hören Sie jetzt so genau hin, wie Sie noch nie hingehört haben. Ich habe mich bereit erklärt, Sie zu vertreten, aber ich muß Ihnen sagen, daß sich da eine Menge negativer Faktoren häufen. Auf Ihre Kosten werde ich einen Detektiv auf den Fall ansetzen.«

»Einen Detektiv! Wieso?«

»Sein Job wird es sein, genau dieselben Ermittlungen durchzuführen, mit denen auch die Polizei von Chatham beschäftigt ist. Wenn es zu einer Anhörung vor dem großen Geschworenengericht kommt, können wir uns keine Überraschungen leisten. Wir müssen die Obduktionsbilder sehen, die Tauchausrüstung, die Ihre Frau trug, müssen über die Strömung damals Bescheid wissen, andere Leute als Zeugen finden, die an dem Tag im Boot unterwegs waren und fast gekentert sind, weil der Sturm so schnell hereinbrach.«

Er schwieg, während Tina die Rechnung hinlegte und wieder verschwand; dann nahm er den Faden wieder auf. »Wir brauchen mehr Zeugen wie Elaine, die bezeugen können, wie hervorragend Ihre Ehe war. Und schließlich wird mein Ermittlungsspezialist auch Sie unter die Lupe nehmen, genauso wie es die Polizei eben jetzt tut. Wenn Sie irgendwelche dunklen Flecken in Ihrer Vergangenheit haben, muß ich sie wissen und in der Lage sein, sie mit guten Argumenten beiseite zu räumen.«

Er warf einen Blick auf die Rechnung und zog seine Brieftasche hervor.

»Hier, lassen Sie mich das machen.«

Adam lächelte. »Keine Sorge. Das geht auf die Spesenabrechnung.«

Als sie die Treppe draußen vor dem Restaurant hinuntergingen, fuhr der blaue Chevy, den Adam das Spraguesche Anwesen hatte verlassen sehen, vor und parkte. »Tina hat Besuch«, bemerkte Adam trocken, während Detective Coogan aus dem Wagen stieg und ins Restaurant ging.

30

Amy kam um halb zehn. Nachdem sie Menley begrüßt hatte, ging sie nicht sofort zu Hannah, sondern blieb bei dem langen Eßtisch stehen, auf dem sich jetzt die Bücher und Unterlagen häuften, die Menley durchschauen wollte.

»Mrs. Nichols, mein Dad und Elaine hatten gestern abend ein paar Leute zum Grillen zu Besuch, und Scott Covey war da. Er ist ja ein toller Typ!«

Deshalb also hat sie heute morgen so leuchtende Augen, dachte Menley. »Ja, finde ich auch«, stimmte sie zu.

»Ich bin froh, daß Mr. Nichols ihn vertreten will. Er ist so nett, und die Polizei macht ihm das Leben schwer.«

»Genauso kommt es uns vor.«

»Es ist schon komisch, wenn man denkt, daß er und seine Frau das Haus hier noch einen oder zwei Tage vor ihrem Tod angeschaut haben.«

»Ja, wirklich.«

»Er hat eine Weile mit mir geredet. Seine Mutter ist gestorben, und er hat eine Stiefmutter. Er hat mir erzählt, daß er sich zuerst dagegen gesträubt hat, sie zu mögen, und daß es ihm dann später leid tat, daß er soviel Zeit damit vergeudet hat, eklig zu ihr zu sein. Sie verstehen sich wirklich gut.«

»Ich bin froh, daß Sie mir das erzählt haben, Amy. Sehen Sie es jetzt mit etwas anderen Augen, daß Ihr Vater heiratet?«

Sie seufzte. »Wahrscheinlich. Was er mir so erzählt hat, gibt mir das Gefühl, daß es schon okay wird.«

Menley stand vom Tisch auf und legte dem jungen Mädchen die Hände auf die Schultern. »Es wird noch besser als nur okay werden. Sie werden sehen.«

»Wahrscheinlich«, sagte Amy. »Es ist bloß ... nein, es wird schon gut. Ich möchte einfach nur, daß Dad glücklich wird.«

Hannah war im Ställchen und untersuchte eine Rassel. Nun schüttelte sie das Spielzeug energisch.

Menley und Amy blickten zu ihr hinunter und lachten.

»Hannah mag es nicht, wenn man sie nicht beachtet«, stellte Menley fest. »Warum tun Sie sie nicht in den Kinderwagen und setzen sich eine Weile mit ihr raus?«

Als die beiden weg waren, schlug sie die Spragueschen Aktenordner auf, stapelte den Inhalt auf dem Tisch und machte sich nun an den Versuch, die Papiere und Bücher und Zeitungsausschnitte in irgendeiner Weise zu ordnen. Es war eine wahre Fundgrube an historischer Forschung. Da gab es Kopien von Briefen, die bis ins siebzehnte Jahrhundert zurückreichten. Es gab Rechnungen und Stammbäume und alte Landkarten und Seiten über Seiten an Aufzeichnungen, in denen Phoebe Sprague die Ergebnisse ihrer Recherchen festgehalten hatte.

Menley fand Unterlagen vor, die mit Dutzenden von Kategorien versehen waren, unter anderem: *Schiffsunglücke; Piraten; Mooncussers; Versammlungsräume; Häuser; Kapitäne*. Wie Henry Sprague schon gewarnt hatte, waren die Schriftstücke innerhalb der Ordner alles andere als ordentlich. Sie waren nur vorhanden – teils gefaltet, teils als abgerissene Zettel, einige mit markierten Absätzen.

Menley beschloß, sich jeden Ordner anzusehen, um ein Gefühl für den jeweiligen Inhalt zu bekommen und sich damit möglichst einen Gesamtüberblick zu verschaffen. Sie wollte außerdem besonders auf jede etwaige Erwähnung von Kapitän Andrew Freeman achten, da sie hoffte, mehr über das Remember House herauszubekommen.

Eine Stunde später stieß sie auf die erste. In dem Ordner mit der Überschrift *Häuser* war ein Hinweis auf ein Haus, das Tobias Knight im Begriff sei für Kapitän Andrew Freeman zu bauen. »Ein haus von statlicher größe, so es das hab & gut aufnehme, das er befördert hat.« Das Jahr war 1703. Das muß sich auf das Haus hier beziehen, dachte Menley.

Weiter hinten in demselben Ordner fand sie die Kopie eines Briefes, den Kapitän Freeman an Tobias Knight mit Anweisungen zum Bau des Hauses gerichtet hatte. Ein Satz fiel ihr auf: »Mehitabel, meine frau, seyn von zartter gestalt und krafft. Lasset die latten dicht aneinander fügen, so kein unziemlich luftzug eindringe und sie der kälte aussetze.«

Mehitabel. Das war die treulose Frau. »Von zartter gestalt und krafft«, dachte Menley. »... so kein unziemlich luftzug eindringe und sie der kälte aussetze.« Warum würde irgendeine Frau einen Mann betrügen, der sich so um sie kümmerte? Sie schob ihren Stuhl zurück, stand auf, ging zum Vorderzimmer und blickte hinaus. Amy hatte den Kinderwagen fast ans Ende der Klippe gestellt, saß daneben und las.

Wie lange hatte Mehitabel wohl hier gewohnt? fragte sich Menley. War sie wohl überhaupt je in Kapitän Freeman verliebt? Wenn er von einer Fahrt zurückerwartet wurde, war sie dann je zum Witwensteg hinaufgegangen, um Ausschau nach ihm zu halten?

Sie hatte Adam über die kleine Plattform mit Geländer befragt, die das Dach vieler alter Cape-Häuser krönte. Er hatte ihr erzählt, daß man das einen Witwensteg nenne, weil in der alten Zeit damals die Frau eines Seefahrers, wenn seine Heimkehr fällig war, dort Wache hielt und sich die Augen nach dem ersten Auftauchen der Masten seines Schiffs am Horizont ausschaute. So viele Schiffe seien nicht zurückgekehrt, daß diese Art Plattform schließlich als Witwensteg bekannt wurde.

Sie stellte sich vor, daß der Steg oben auf dem Haus hier einen mitreißenden Blick über das Meer bieten mußte. Sie konnte sich eine schlanke junge Frau ausmalen, die darauf stand. Das würde sie zum Thema einer ihrer Skizzen als Illustration für das Buch machen.

Dann lächelte sie bei einem Blick hinaus auf den Wagen, in dem Hannah in der Sonne schlief. Plötzlich fühlte sie sich ruhig und gelassen. Bald geht es mir wieder gut, dachte sie. Ich mache mir zu viele Sorgen. Die Arbeit hilft mir immer, das seelische Gleichgewicht wiederzufinden.

Sie kehrte in die Küche zurück und begann, weitere Unterlagen zu sondieren und sich ihre eigenen Listen anzulegen – Namen, die typisch für damals waren; Beschreibungen der Kleidung; Angaben zum Wetter.

Es war Viertel nach zwölf, als sie einen Blick auf die Uhr warf. Ich denke mal lieber ans Mittagessen, entschied sie und ging hinaus, um Amy und Hannah hereinzuholen.

Hannah schlief noch fest. »Die Luft hier ist wie eine Beruhigungspille, Amy«, sagte Menley mit einem Lächeln. »Wenn ich dran denke, wie diese Kleine die ersten sechs Wochen ihres Lebens absolut kein Auge zutun wollte!«

»Sie war eingeschlafen, sobald der Kinderwagen nur zu rollen anfing«, sagte Amy. »Ich sollte bloß das halbe Geld verlangen.«

»Aber das kommt nicht in Frage. Weil Sie gekommen

sind, hatte ich ein paar wundervolle Stunden. Die Ordner, die ich mir angeschaut habe, enthalten großartiges Quellenmaterial.«

Amy musterte sie forschend. »Ach, und ich dachte schon, ich hätte sie kurz da oben stehen sehen.« Sie zeigte auf den Witwensteg.

»Amy, außer in den paar Minuten, als ich unten aus dem Fenster geschaut hab, hab ich mich bis jetzt nicht vom Fleck gerührt.« Sie schirmte die Augen mit der Hand ab und blickte zu der Plattform hinauf. »Da ist ein Metallstreifen an dem linken Schornstein. Sowie die Sonne draufscheint, sieht es aus, als ob sich was bewegt.«

Amy schien das nicht zu überzeugen, aber sie schüttelte den Kopf und sagte: »Na ja, die Sonne hat mich geblendet, als ich hingeschaut hab, und ich mußte die Augen zusammenkneifen. Ich hab mir wahrscheinlich bloß eingebildet, daß ich Sie gesehn hab.«

Später, als Amy Hannah fütterte, huschte Menley nach oben. Eine Klappstiege in einem Einbauschrank im ersten Stock führte zum Witwensteg. Sie öffnete den Schrank, und ein kalter Luftstrom schlug ihr entgegen. Wo kommt denn dieser Luftzug her? wunderte sie sich.

Sie zog die Leiter zu sich herab und kletterte die Sprossen hinauf, entriegelte die Falltür und schob sie hoch, stieg dann hinaus. Vorsichtig testete sie den Boden. Er war tragfähig. Sie ging ein paar Schritte und legte die Hand auf das Geländer. Es reichte ihr fast bis zur Taille. Und auch das Geländer war solide.

Was hat Amy bloß gesehen, als sie dachte, ich wäre hier oben? grübelte sie. Der Steg maß etwa drei mal drei Meter und lag zwischen die beiden massiven Schornsteine eingebettet. Sie überquerte die Plattform und blickte zu der Stelle in über dreißig Meter Entfernung hinüber, wo Amy gesessen hatte. Dann drehte sie sich um und musterte die Fläche hinter ihr.

War der Metallstreifen an der Ecke des linken Kamins das,

was Amys Aufmerksamkeit erregt hatte? Die Sonnenstrahlen tanzten auf dem Metall und erzeugten wandernde Schattenbilder.

Trotzdem weiß ich nicht, wie ihr so ein Irrtum unterlaufen konnte, dachte Menley, als sie wieder die Leiter hinunterstieg. Mein Gott, ist das unangenehm feuchtkalt hier drin! Sie fröstelte bei der zunehmenden Kühle in dem engen Wandschrank.

Unten angelangt, war sie plötzlich wie gelähmt, als ihr ein Gedanke einfiel: War es denn möglich, daß Amy doch recht hatte? Als ich mir Mehitabel vorgestellt habe, wie sie nach ihrem Kapitän auf dem Witwensteg Ausschau hält, war da das Bild nur so echt, weil ich selber hier raufgekommen bin? fragte sich Menley.

Könnte ich denn wirklich so die Realität aus den Augen verlieren? Diese Möglichkeit erfüllte sie mit Verzweiflung.

31

Adam ließ seinen Wagen am *Wayside Inn* stehen und ging die zwei Straßen bis zu Elaines Immobilienagentur zu Fuß. Durch das Fenster konnte er sie an ihrem Schreibtisch sitzen sehen. Er hatte Glück. Sie war allein.

Das Schaufenster war mit Bildern von Anwesen, die zum Verkauf standen, gefüllt. Als er sich zur Tür umdrehte, fiel sein Blick auf die Luftaufnahme des Remember House, und er betrachtete sie. Gutes Foto, dachte er. Es hielt das ganze Panorama fest, das man vom Haus aus sehen konnte: Meer, Sandbank, Strand, Steilufer, ein Fischerboot – und alles in bemerkenswerter Schärfe. Er las die Karte, die an dem Bild befestigt war: REMEMBER HOUSE. ZU VERKAUFEN. Auf keinen Fall, dachte er.

Als er zur Tür hereinkam, blickte Elaine auf; sie schob ihren Stuhl zurück und kam zum Kundenbereich geeilt. »Adam, was für eine nette Überraschung!« Sie gab ihm einen Kuß.

Er folgte ihr nach hinten zu ihrem Büro und machte es sich in einem Sessel bequem. »Sag mal, was hast du da vor – willst du mir mein Haus unterm Hintern wegverkaufen?«

Sie hob eine Augenbraue. »Ich wußte nicht, daß du's kaufen willst.«

»Nennen wir es mal ein definitives Vielleicht. Ich hab's dir bloß noch nicht gesagt. Menley hat es wirklich gern, aber ich will sie nicht mit der Entscheidung unter Druck setzen. Wir haben doch bis September eine Option, stimmt's?«

»Ja, und ich hab mir schon gedacht, daß ihr es wollt.«

»Warum dann das Foto im Schaufenster?«

Sie lachte. »Es verschafft mir Kunden. Die Leute erkundigen sich danach, und dann erklär ich ihnen, daß schon jemand ein Vorkaufsrecht hat, und lenke ihre Aufmerksamkeit auf was anderes.«

»Du warst schon immer ein schlaues Früchtchen.«

»Das mußte ich sein. Meine arme Mutter hat es nie geschafft, einen Job zu behalten. Sie hat immer mit irgendwem zu streiten angefangen und wurde rausgeworfen.«

Adams Augen bekamen einen weichen Ausdruck. »Du hast es nicht leicht gehabt früher, 'Laine. Ich will dir ja wirklich nicht ständig Komplimente machen, aber ich muß dir sagen, daß du zur Zeit immer blendend aussiehst.«

Elaine schnitt eine Grimasse. »Du wirst bloß milder mit den Jahren.«

»Nein, bestimmt nicht«, sagte Adam ruhig. »Höchstens ein bißchen entspannter. Ich weiß gar nicht, ob ich dir je dafür gedankt habe, daß du so großartig warst, als ich letztes Jahr hier war.«

»Nach Bobbys Tod und dann noch der Trennung von Menley ging's dir ziemlich schlecht. Ich war froh, für dich dazusein.«

»Ich muß dich jetzt noch mal um Hilfe bitten.«

»Ist irgendwas los?« fragte sie rasch.

»Nein, das eigentlich nicht. Es ist bloß, daß ich öfter als

erwartet nach New York rüber muß. Ich hab's gar nicht gern, Menley soviel allein zu lassen. Ich glaube, daß sie häufiger, als sie durchblicken läßt, solche Phasen von posttraumatischem Streß hat. Sie denkt, glaube ich, daß sie sich da selber durchkämpfen muß, und vielleicht stimmt das ja.«

»Wäre es eine Hilfe, wenn Amy über Nacht bleiben würde?«

»Menley will das nicht. Ich hab mir überlegt, daß Amy vielleicht an ein paar Abenden, wenn ich weg bin, bei Hannah bleiben könnte und du, oder du mit John, dann mit Menley zum Essen gehen könntest. Wenn ich da bin, ist es gut für uns, wenn wir die meiste Zeit zusammen verbringen. Wir sind immer noch … Laß mal, vergiß es.«

»Adam, was ist los?«

»Nichts.«

Elaine war klug genug, Adam nicht weiter zu bedrängen. Statt dessen sagte sie: »Laß es mich wissen, wenn du wieder nach New York mußt.«

»Morgen nachmittag.«

»Ich ruf heute später gegen Abend an, lade euch beide morgen zum Abendessen ein und bestehe dann drauf, daß sie alleine kommt.«

»Und ich besteh dann genauso drauf.« Adam lächelte. »Da bin ich erleichtert. Übrigens hab ich heute mit Scott Covey gefrühstückt.«

»Und?« Elaine machte große Augen.

»Nichts, worüber ich jetzt reden kann. Anwaltsgeheimnis.«

»Ich bleib doch immer draußen vor«, sagte sie mit einem Seufzer. »Oh, das erinnert mich gerade dran: große Neuigkeiten. Mach für den Samstag nach Thanksgiving einen Kringel in deinen Kalender. John und ich heiraten.«

»Wunderbar! Wann habt ihr das Datum denn festgesetzt?«

»Gestern abend. Wir haben gegrillt, und Scott Covey war auch da. Er sprach mit Amy über seine Stiefmutter, und später hat Amy ihrem Vater gesagt, daß sie sich für uns freut. John hat mich um Mitternacht angerufen. Scott hat wirklich den Ausschlag gegeben.«

»Nun, du erzählst mir ja ständig, daß Covey ein netter Kerl ist.« Adam erhob sich. »Bring mich eben zur Tür.«

Vorne am Empfang legte er Elaine den Arm um die Schultern. »Meinst du, daß John sauer wird, wenn ich dann mit einem Problem zu dir gerannt komme, nachdem ihr fest verbandelt seid?«

»Natürlich nicht.«

An der Tür umarmte er sie und gab ihr einen Kuß auf die Wange. »Früher hast du's besser gemacht«, sagte sie lachend. Ganz unvermutet drehte sie seinen Kopf herum und drückte ihm fest ihre Lippen auf den Mund.

Adam wich zurück und schüttelte den Kopf. »So was nennt man Langzeitgedächtnis, 'Laine.«

32

Der Frühstücksandrang war praktisch vorbei. Nur ein paar vereinzelte Gäste saßen noch bei ihrem Kaffee. Der Geschäftsführer hatte Tina angewiesen, sich an einen der Tische hinten im Lokal zu setzen und mit dem Kriminalbeamten zu sprechen. Sie brachte zwei Tassen Kaffee. Dann zündete sie sich eine Zigarette an.

»Ich versuch damit aufzuhören«, erzählte sie Nat nach dem ersten Zug. »Und ich hab nur noch selten einen Rückfall.«

»Etwa, wenn Sie nervös sind?« schlug Nat vor.

Tina kniff die Augen zusammen. »Ich bin nicht nervös«, entgegnete sie scharf. »Weshalb sollte ich auch?«

»Das sagen Sie mir«, köderte sie Nat. »Ein Grund, den ich aufführen könnte, wäre zum Beispiel, wenn Sie sich etwa mit einem frischverheirateten Mann, dessen Frau plötzlich gestorben ist, abgeben. Und falls dieser Tod sich als Mord herausstellen sollte, könnten sich doch eine Menge Leute Gedanken machen, wieviel Sie von den Plänen des beklagenswerten Witwers gewußt haben. Ganz hypothetisch gesehen, natürlich.«

»Hören Sie, Mr. Coogan«, erklärte Tina, »ich bin letztes Jahr mit Scott ausgegangen. Er hat immer gesagt, daß er wieder abhaut, sobald der Sommer vorbei ist. Sie haben doch sicher schon was von Sommerromanzen gehört.«

»Und ich hab von welchen gehört, die eben nicht zu Ende waren, nachdem der Sommer vorbei war«, erwiderte Nat.

»Die aber schon. Erst, als ich ihn dann mit seiner Frau gesehn hab, hier direkt in diesem Lokal, und herumgefragt und rausgefunden hab, daß er sich letzten August mit ihr getroffen hat, bin ich wütend geworden. Ich hatte einen Typen, der verrückt nach mir war und mich sogar heiraten wollte, und ich hab ihm wegen Scott den Laufpaß gegeben.«

»Und deshalb also haben Sie sich mit Scott vor einem Monat in dem Pub getroffen?«

»Wie ich grade Mr. Nichols erzählt –«

»Mr. Nichols?«

»Das ist Scotts Anwalt. Er war heute früh mit Scott hier. Ich hab ihm erklärt, daß ich es war, die Scott angerufen hat, nicht umgekehrt. Er wollte mich nicht sehen. Aber ich hab darauf bestanden. Dann, als ich zum Pub kam, hat irgendein Mann mit Scott geredet, und ich hab gemerkt, daß Scott nicht wollte, daß es so aussieht, als wären wir verabredet, also bin ich nicht geblieben.«

»Aber Sie haben ihn doch noch mal getroffen?«

»Ich hab ihn angerufen. Er sagte, ich sollte das, was ich zu sagen hätte, am Telefon sagen. Da hab ich ihm die Meinung gegeigt.«

»Die Meinung gegeigt?«

»Ich hab ihm gesagt, daß ich wünschte, er wäre nie aufgetaucht, und wenn er mich bloß in Ruhe gelassen hätte, dann wär ich jetzt mit Fred verheiratet und es ginge mir blendend. Fred war wie verrückt hinter mir her, und er hatte Geld.«

»Aber Sie sagten doch, Sie hätten von Anfang an gewußt, daß Scott vorhatte, abzuhauen, sobald die Spielzeit am Playhouse vorbei ist.«

Tina nahm einen langen Zug an ihrer Zigarette und seufzte. »Hören Sie, Mr. Coogan, wenn ein Typ wie Scott hinter einem her ist und behauptet, wie verrückt er nach einem ist, dann denkt man sich doch, vielleicht schaffe ich es ja, ihn herumzukriegen. 'ne Menge Mädchen haben sich schon Kerle gekapert, die geschworen haben, daß sie bestimmt nie heiraten.«

»Das stimmt wahrscheinlich. Was Sie also Scott angekreidet haben, war, daß er vermutlich zur selben Zeit Vivian genau dasselbe verzapft hat.«

»Das hat er aber nicht. Sie hat ihn in der letzten Woche, die er hier war, kennengelernt. Sie hat ihm geschrieben. Sie hat ihn besucht, als er einen Job beim Theater in Boca Raton gekriegt hat. Sie war hinter ihm her. Wenigstens ging's mir daraufhin ein bißchen besser.«

»Das hat Ihnen Scott erzählt?«

»Klar.«

»Und dann haben Sie ihm einen Beileidsbesuch abgestattet, nachdem seine Frau verschwunden war. Vielleicht hatten Sie die Hoffnung, daß er sich Ihnen in seiner Not zuwendet?«

»So war's aber nicht.« Tina schob ihren Stuhl zurück. »Und es hätte ihm auch nicht das geringste genützt. Ich bin wieder mit Fred zusammen, also, wie Sie sehen, haben Sie keinen Grund, mich zu belästigen. Es war nett, Sie kennenzulernen, Mr. Coogan. Meine Kaffeepause ist vorbei.«

Auf seinem Weg hinaus ging Nat noch ins Geschäftsbüro des *Wayside Inn* und ließ sich die Papiere zeigen, die Tina eingereicht hatte, als sie sich um den Servierjob bewarb. Aus den Unterlagen ging hervor, daß sie aus New Bedford stammte, seit fünf Jahren auf dem Cape war und zuletzt im *Daniel Webster Inn* in Sandwich gearbeitet hatte.

Bei den Empfehlungsschreiben, die sie beigefügt hatte,

fand er den Namen, nach dem er gesucht hatte. Fred Hendin, ein Tischler in Barnstable. Barnstable war der nächste Ort von Sandwich aus. Er hätte alles darauf gesetzt, daß Fred Hendin der spendable Mann war, dem Tina im Jahr zuvor den Laufpaß gegeben und den sie dann wieder in Gnaden aufgenommen hatte. Nat hatte es vermieden, Tina zuviel über ihn auszuhorchen. Er wollte verhindern, daß sie Fred vor einer möglichen Befragung warnte.

Es würde sicher interessant sein, mit Tinas geduldigem Verehrer und ihren ehemaligen Kollegen im *Daniel Webster Inn* zu reden.

Eine forsche junge Dame, dachte Nat, als er Tinas Bewerbungsunterlagen zurückgab. Und ganz schön überheblich. Sie glaubt, daß sie mich ganz geschickt abgefertigt hat. Nun, mal sehen.

33

Anne und Graham Carpenter hatten über das Wochenende Gäste im Haus; ihre Töchter Emily und Barbara waren mit ihren Familien gekommen. Sie gingen alle segeln, danach spielten die Erwachsenen Golf, während die drei halbwüchsigen Enkelkinder mit Freunden am Strand waren. Samstag abend aßen sie im Klub. Daß Mißstimmung und Kontroversen ausblieben, die stets mit Vivian bei solchen Familientreffen eingekehrt waren, diente auf paradoxe Weise dazu, ihre Abwesenheit für Anne um so spürbarer zu machen.

Keiner von uns hat sie so geliebt, wie sie es gebraucht hätte, sagte sie sich. Dieser Gedanke und die Frage mit dem Smaragdring ließen sie nie ganz zur Ruhe kommen. Der Ring war das einzige Objekt, das Vivian wahrhaft ans Herz gewachsen war. Hatte ihn ihr der einzige Mensch, der ihr das Gefühl gab, geliebt zu werden, vom Finger gerissen? Diese Vorstellung plagte Anne Carpenter das ganze Wochenende über.

Am Montag morgen beim Frühstück brachte sie das

Thema des Rings zur Sprache. »Graham, ich glaube, Emily hatte einen guten Einfall zu dem Ring.«

»Was denn, meine Liebe?«

»Sie hat darauf hingewiesen, daß er doch noch mit unsern andern Sachen mitversichert ist. Sie findet, wir sollten melden, daß er fehlt. Wären wir denn in so einer Situation nicht zu Leistungen berechtigt?«

»Vielleicht schon. Aber wir würden dann das Geld Scott als Vivians Erbe geben.«

»Ich weiß. Aber dem Ring wurde ein Wert von zweihundertfünfzigtausend Dollar zugeschrieben. Glaubst du nicht, wenn wir der Versicherungsgesellschaft gegenüber andeuten, daß wir Scotts Version, wie der Ring verlorenging, anzweifeln, daß sie dann die Sache untersuchen?«

»Detective Coogan untersucht schon die Angelegenheit. Das weißt du doch, Anne.«

»Würde es denn schaden, wenn die Versicherungsleute auch aktiv werden?«

»Ich denke nicht.«

Anne nickte, als die Haushälterin mit der Kaffeekanne zum Tisch kam. »Ich nehme gern noch ein bißchen, Mrs. Dillon, danke.«

Sie nippte schweigend ein paar Minuten lang an ihrer Tasse und sagte dann: »Emily hat mich daran erinnert, daß Vivy sich beklagt hatte, daß der Ring schwer vom Finger ging, wenn sie ihn abmachte, um ihn zu reinigen. Weißt du noch? Sie hat sich doch den Finger gebrochen, als sie klein war, und der Knöchel war dicker als normal. Aber der Ring saß gut, sobald er an Ort und Stelle war, deshalb ergibt Scotts Geschichte, sie hätte ihn an die andere Hand gesteckt, keinen Sinn.«

Ihre Augen glänzten vor Tränen, als sie sagte: »Ich kann mich noch an die Geschichten erinnern, die mir meine Großmutter über Smaragde erzählt hat. Nach der einen hieß es, daß es großes Unglück bringt, einen Smaragd zu verlieren. Nach der anderen sollen Smaragde dafür bekannt sein, daß sie ihren Weg wieder heimfinden.«

34

Jan Paley hatte einen ruhigen Sonntag verbracht. Für sie war es der schwierigste Tag der Woche. Es gab zu viele Erinnerungen an wohltuende Sonntage, wenn sie und ihr Mann Tom Zeitung lasen, gemeinsam ein Kreuzworträtsel lösten oder am Strand spazierengingen.

Sie wohnte an der Lower Road in Brewster, in demselben Haus, das sie dreißig Jahre zuvor gekauft hatten. Ihre Absicht war es gewesen, nach Vollendung der Renovierungsarbeiten das alte Haus zu verkaufen. Nun aber war sie zutiefst dankbar dafür, daß sie noch nicht umgezogen waren, als sie Tom verlor.

Jan war jedesmal erleichtert, wenn der Montag da war und ihre Werktagsaktivitäten wieder in Gang kamen. Neuerdings hatte sie begonnen, ehrenamtlich jeden Montagnachmittag in der Brewster Ladies Library zu arbeiten. Es war eine angenehme und nützliche Tätigkeit, und sie hatte Freude an der Gesellschaft der anderen Frauen.

Als sie heute zu der Bücherei fuhr, dachte sie über Menley Nichols nach. Sie hatte die junge Frau sofort ins Herz geschlossen, was sie befriedigte, da sie auch ihre Bücher außerordentlich bewunderte. Sie war auch froh darüber, daß der nächste Band mit David, dem Haupthelden, Cape Cod als Schauplatz haben würde. Als sie sich am Samstag abend mit Menley über das Remember House unterhalten hatte, sprach Menley davon, sie werde vielleicht Kapitän Andrew Freeman zum Modell für eine Geschichte darüber nehmen, wie ein kleiner Junge heranwächst und zur See geht.

Jan fragte sich, ob Menley wohl ihren Vorschlag aufgegriffen hatte, Henry Sprague nach Phoebes Forschungsunterlagen zu fragen, doch während sie die von Bäumen gesäumte Schnellstraße entlangfuhr, fiel ihr etwas anderes ein. Zu Anfang des achtzehnten Jahrhunderts war es allgemein üblich, daß ein Kapitän seine Frau und sogar seine Kinder auf eine lange Fahrt mitnahm. Einige dieser Ehefrauen hatten Tagebücher verfaßt, die jetzt zu der Sammlung der

Brewster Ladies Library gehörten. Sie hatte selbst noch keine Gelegenheit gehabt, sie zu lesen, doch es müßte Spaß machen, jetzt darin zu schmökern und herauszufinden, ob nicht vielleicht Kapitän Freemans Frau ebenfalls eine der Autorinnen war.

Es war ein herrlicher Tag, und wie nicht anders zu erwarten, gehörte das einzige Auto auf dem Parkplatz Alana Martin, der anderen ehrenamtlichen Mitarbeiterin, die immer montags kam. Heute nachmittag habe ich bestimmt reichlich Zeit zum Lesen, dachte Jan.

»Diese Frauen sind damals ganz schön rumgekommen«, murmelte sie zu Alana eine Stunde später, als sie an einem der langen Tische saß, mit einem Dutzend handgeschriebener Tagebücher ringsum verteilt. »Eine hier hat geschrieben, daß sie ›zwei Jahre an Bord‹ war. Sie ist nach China und Indien gekommen, bekam ein Kind während eines Sturms auf dem Atlantik und fühlte sich ›erfrischt und ruhigen Gemüts trotz manch harter Zeiten unterwegs‹. Jetzt haben wir das Jet-Zeitalter, aber ich war noch nie in China.«

Die Tagebücher waren eine faszinierende Lektüre, aber sie konnte keinen Hinweis auf Kapitän Freemans Frau finden. Schließlich gab sie es auf. »Wahrscheinlich hat Kapitän Freemans Frau nicht zur Feder gegriffen, oder falls doch, haben wir ihre Memoiren nicht hier.«

Alana überprüfte die Regale nach fehlenden Büchern. Sie hielt inne und nahm die Brille ab, eine Angewohnheit, die dafür sprach, daß sie gerade versuchte, sich an etwas zu erinnern. »Kapitän Freeman«, sann sie laut nach. »Ich weiß noch, daß ich vor Jahren einiges Zeug über ihn für Phoebe Sprague aufgetrieben habe. Ich meine doch, daß wir sogar eine Skizze von ihm irgendwo haben. Er ist in Brewster aufgewachsen.«

»Das wußte ich nicht«, sagte Jan. »Ich dachte, er stammte aus Chatham.«

Alana setzte sich wieder die Brille auf. »Lassen Sie mich mal nachschauen.«

Ein paar Minuten später war Jan in die historischen Jahrbücher von Brewster vertieft und machte sich Notizen. Sie entnahm dem Band die Tatsache, daß Andrews Mutter Elizabeth Nickerson war, Tochter von William Nickerson aus Yarmouth, die 1653 Samuel Freeman heiratete, einen Farmer. Als Hochzeitsgeschenk übertrug ihr Vater ihr vierzig Morgen Hochland und zehn Morgen in Monomoit, wie Chatham damals hieß.

Ich frage mich, ob der Grundbesitz in Chatham das Land war, worauf später das Remember House gebaut wurde, dachte Jan.

Samuel und Elizabeth Freeman hatten drei Söhne, Caleb, Samuel und Andrew. Nur Andrew überlebte das Säuglingsalter, und im Alter von zehn Jahren ging er auf der *Mary Lou*, einer Schaluppe unter dem Befehl von Kapitän Nathaniel Baker, zur See.

1702 vermählte sich Andrew, achtunddreißig Jahre alt, inzwischen Kapitän seines eigenen Schiffes, der *Godspeed*, mit Mehitabel Winslow, sechzehn Jahre alt, Tochter des Geistlichen Jonathan Winslow aus Boston.

Ich kann's gar nicht abwarten, Menley Nichols zu erzählen, daß ich das alles gefunden habe, dachte Jan ganz aufgeregt. Kann natürlich sein, daß sie Phoebes Unterlagen hat und das alles schon herausgefunden hat.

»Wollen Sie mal einen Blick auf Kapitän Andrew Freeman werfen?«

Jan blickte auf. Alana stand mit einem triumphierenden Lächeln neben ihr. »Ich wußte doch, daß ich eine Skizze von ihm gesehen hab. Das muß wohl jemand auf seinem Schiff gezeichnet haben. Sieht er nicht beeindruckend aus?«

Die Federzeichnung stellte Kapitän Andrew Freeman am Steuer seines Schiffes dar. Ein stattlicher Mann, breitschultrig und groß, mit einem kurzen dunklen Bart, markanten Gesichtszügen, einem energischen Mund und Augen, die zusammengekniffen waren, als blicke er in die Sonne. Er strahlte Selbstsicherheit und Souveränität aus.

»Er stand in dem Ruf, völlig furchtlos zu sein, und genauso schaut er aus, finden Sie nicht?« sagte Alana. »Also wirklich, ich wäre nicht gern die Ehefrau, die ihn betrogen hat und dabei erwischt wurde.«

»Glauben Sie, ich kann mir eine Kopie davon machen?« fragte Jan. »Ich passe auch gut auf.«

»Selbstverständlich.«

Als sie später am Nachmittag nach Hause kam, rief Jan Menley an und berichtete ihr, sie habe einiges an interessantem Material für sie. »*Ein* Fund ist wirklich was Besonderes«, sagte sie verheißungsvoll. »Ich bring Ihnen morgen alles vorbei. Sind Sie dann so um vier Uhr zu Hause?«

»Das würde mir passen«, bestätigte Menley. »Ich habe heute einige Skizzen für die Illustrationen gemacht, und Mrs. Spragues Unterlagen sind natürlich fantastisch. Vielen Dank, daß Sie mich darauf hingewiesen haben.« Sie zögerte und fragte dann: »Halten Sie es denn für möglich, daß es irgendwo ein Bild von Mehitabel gibt?«

»Das weiß ich nicht«, erwiderte Jan. »Aber ich werde ganz bestimmt danach suchen.«

Als sie auflegte, war Jan in Gedanken versunken. Menley Nichols schien sich wirklich zu freuen, von ihr zu hören, aber in ihrer Stimme lag etwas, was Jan ein ungutes Gefühl gab. Was war es nur? Und dann ging ihr wieder einmal die Frage, auf die es keine Antwort gab, durch den Kopf.

Tom hatte den Herzinfarkt im Remember House erlitten. Er war von der Arbeit draußen hereingekommen, die Hände krampfhaft gegen den Brustkorb gedrückt. Sie bat ihn, sich sofort hinzulegen, und rannte dann, den Arzt anzurufen. Als sie zurückkam, packte er sie an der Hand und deutete auf den offenen Kamin. »Jan, ich hab grad gesehen ...«

Was hatte Tom gesehen? Er lebte nicht mehr lange genug, um den Satz zu vollenden.

35

Menley hatte Amy um zwei Uhr nach Hause geschickt, nachdem Hannah fertig für ihren Nachmittagsschlaf im Bettchen lag. Mehrere Male hatte sie mitbekommen, wie das junge Mädchen sie musterte, und diese prüfenden Blicke brachten sie etwas aus der Fassung. Es war der gleiche Ausdruck, wie sie ihn häufig in Adams Miene sah, und sie fühlte sich nicht wohl dabei. Sie war erleichtert, als sie Amys Wagen losfahren hörte.

Adam kam, wie sie wußte, erst in einer Stunde oder so nach Hause. Nach seinem Treffen mit Scott Covey war er mit dreien der Freunde, die auf Elaines Party gewesen waren, zum Golf verabredet. Nun ja, vielleicht reden sie sich ja all ihre »Weißt-du-nochs« von der Seele, dachte sie, bekam dann aber leichte Gewissensbisse. Adam liebt das Golfspielen und hat so selten Gelegenheit dazu, und es ist gut, daß er Freunde hier hat.

Es liegt bloß daran, daß ich so durcheinander bin, grübelte sie. Da ist dieser Zug, den ich gehört habe; ich kann mich nicht erinnern, daß ich Hannah in die Wiege getan hätte; ich bin mir nicht völlig sicher, ob ich nicht doch auf dem Witwensteg war, als Amy meinte, mich gesehen zu haben. Aber ich drehe durch, falls Adam darauf besteht, daß ich die ganze Zeit über jemanden hier haben soll. Sie konnte es kaum ertragen, an den ersten Monat nach Hannahs Geburt zurückzudenken, diese Zeit, als sie die häufigen Angstanfälle hatte und eine Säuglingsschwester Tag und Nacht da war. Sie konnte noch genau die wohlmeinend besänftigende, aber entsetzlich irritierende Stimme hören, die sie ständig vom Baby wegdrängte: »Aber, Mrs. Nichols, warum legen Sie sich denn nicht richtig schön hin? Ich kümmer mich schon um Hannah.«

Sie würde nicht zulassen, daß das noch einmal passierte. Sie ging zum Waschbecken und spritzte sich kaltes Wasser ins Gesicht. Ich muß diese Flashbacks und Ausfälle überwinden, sagte sie sich.

Menley setzte sich an den langen Eßtisch und widmete sich wieder Phoebe Spragues Unterlagen. Die eine mit dem

Titel *Schiffsunglücke* war besonders interessant. Schaluppen und Postschiffe und Schoner und Walfangschiffe – während des siebzehnten und achtzehnten Jahrhunderts sanken so viele von ihnen in verheerenden Stürmen hier in der Gegend, ja sogar direkt unterhalb dieses Hauses. Die Sandbank hier, den Monomoy Strip, nannten die Leute damals den Weißen Friedhof des Atlantiks.

Da war ein Verweis auf die *Godspeed*, die in einem erbitterten Kampf das »Pack von rohen gesellen auf einem piraten schiff« überwunden hatte und deren Kapitän Andrew Freeman höchstpersönlich die »blutige fahne« herunterholte, die die Piraten am Masttopp gehißt hatten.

Die harte Seite des Kapitäns, dachte Menley. Er muß ein beachtlicher Kerl gewesen sein. Ein Bild seiner Erscheinung begann sich in ihrer Vorstellung herauszukristallisieren. Hageres Gesicht. Eine von Sonne und Wind gezeichnete und gegerbte Haut. Ein kurzgetrimmter Bart. Markante, unregelmäßige Gesichtszüge, dominiert von durchdringenden Augen. Sie griff nach ihrem Skizzenblock und brachte mit raschen, sicheren Strichen ihre Vorstellung zu Papier.

Es war Viertel nach drei, als sie wieder aufblickte. Adam mußte bald dasein, und Hannah konnte jederzeit aufwachen. Sie hatte gerade noch Zeit, sich einen weiteren Ordner anzusehen. Sie wählte den, auf dem *Versammlungsräume* stand. Früher auf dem Cape waren die Kirchen der Ort, wo man sich versammelte.

Phoebe Sprague hatte alte Aufzeichnungen kopiert, die ihr offenbar interessant erschienen. Darunter waren Geschichten über feurige Prediger, die auf der Kanzel standen und von der »Begierde auf Gott« und der »prompten Verwirrung des Satans« kündeten; oder von schüchternen jungen Geistlichen, die dankbar das Gehalt von fünfzig Pfund per annum und »ein Haus und Land und guten Vorrat an Feuerholz, fertig zerkleinert und an die Tür gebracht«, annahmen. Es war offenbar allgemein üblich, Gemeindemitglieder wegen kleiner Zuwiderhandlungen gegen die Sonntagsruhe mit Geldstrafen zu belegen. Da war eine lange Liste unbedeutender Vergehen aufgeführt, wie etwa zu pfeifen oder ein Schwein am Tag des Herrn frei herumlaufen zu lassen.

Dann, als sie den Aktendeckel gerade zuklappen wollte, stieß Menley auf den Namen Mehitabel Freeman.

Bei der Versammlung am 10. Dezember 1704 erhoben sich mehrere ehrbare Bürgerinnen, um zu bezeugen, sie hätten im Monat zuvor, als Kapitän Andrew Freeman auf See war, beobachtet, wie Tobias Knight »zu unziemlichen stunden« Mehitabel Freeman besucht habe.

Dem Bericht zufolge war Mehitabel, zu dem Zeitpunkt im dritten Monat schwanger, aufgesprungen und hatte den Vorwurf bestritten, Tobias Knight jedoch »gestand thatsächlich demütig und bußfertig seinen ehbruch und hieß die gelegenheit willkommen, seine seele von der sünde zu reinigen«.

Das Urteil der Diakone lautete dahingehend, Tobias Knight wegen des frommen Eingeständnisses seiner Sünde zu belobigen und »es abzulehnen, ihn der öffentlichen straf auszusetzen, ihn dagegen für besagtes vergehen zu einer zahlung von fünf pfund zugunsten der armen der gemeinde zu verurteilen«. Mehitabel gab man Gelegenheit, sich reumütig zu ihrer Unzucht zu bekennen. Ihre wütende Weigerung und scharfe Brandmarkung von Tobias Knight und ihren Anklägerinnen besiegelte ihr Schicksal.

Man ordnete an, daß an dem ersten Gemeindetreffen sechs Wochen nach ihrer Niederkunft »die ehbrecherin Mehitabel Freeman vorgeführt werde, um vierzig hiebe weniger einen zu empfangen«.

Mein Gott, dachte Menley. Wie grauenhaft. Sie konnte damals nicht älter als achtzehn gewesen sein und war, um ihren Mann zu zitieren, »von zartter gestalt und krafft«.

In Phoebe Spragues Handschrift war ein Vermerk eingetragen: »Die *Godspeed* kehrte am 1. März von einer Seereise nach England zurück und segelte am 15. März wieder los. War der Kapitän bei der Geburt des Babys zugegen? Da die Geburt am 30. Juni registriert ist, als Kind von Mehitabel und

Andrew Freeman, scheint man nicht in Frage gestellt zu haben, daß er der Vater war. Er kam Mitte August zurück, um die Zeit herum, als man wohl die Strafe an ihr vollzog. Stach umgehend wieder in See und nahm den Säugling mit, war fast zwei Jahre weg. Der nächste Eintrag über die Rückkehr der *Godspeed* ist August 1707.«

Und die ganze Zeit wußte sie nicht, wo ihr Baby war oder ob es überhaupt am Leben war, dachte Menley.

»He, du, du steckst ja wirklich in deinen Sachen da.«

Menley blickte überrascht auf. »Adam!«

»So heiße ich.«

Er war ganz offenbar guter Dinge und lächelte. Der Schirm seiner Mütze überschattete die Augen, aber sein blaues Sporthemd stand am Kragen offen und legte einen Anflug frischen Sonnenbrands bloß, wie er auch an Armen und Beinen zu sehen war. Er beugte sich über Menley und legte die Arme um sie. »Wenn du bis zur Nase in deinen Recherchen steckst, ist es sinnlos zu fragen, ob ich dir gefehlt habe.«

In dem Bemühen, sich wieder in der Gegenwart zurechtzufinden, lehnte Menley ihren Kopf an seinen Arm. »Ich hab jede Minute gezählt, die du weg warst.«

»Also, das klingt nicht schlecht. Wie geht's dem Spatz?«

»Schläft fest.«

Menley schaute auf und bemerkte, wie er auf das Babyphon blickte. Er vergewissert sich, ob der Apparat auch angestellt ist, dachte sie. Ein Aufschrei, leidenschaftlich und herzzerreißend, lief ihr blitzschnell durch den Kopf: »Oh, Liebster, warum kannst du mir nicht vertrauen?«

36

Als Fred Hendin mit seinem Wagen auf die Einfahrt seines bescheidenen Cape-Hauses einbog, erfuhr er schnell, daß der Mann in dem Auto, das gegenüber an der Straße geparkt war, auf ihn wartete.

Mit dem Polizeiabzeichen in der Hand fing ihn Nat Coogan am Eingang ab. »Mr. Hendin?«

Fred warf einen Blick auf den Ausweis. »Ich hab schon was im Büro gespendet.« Sein flüchtiges Lächeln lag im Widerstreit mit der Andeutung von Sarkasmus.

»Ich verkaufe keine Eintrittskarten für den Polizeiball«, sagte Nat geduldig und machte sich ein schnelles Bild des Mannes vor ihm. Ende Dreißig, dachte er. Norwegische oder schwedische Abstammung. Der Mann erreichte kaum Durchschnittsgröße, hatte muskulöse Arme, einen starken Hals und angegrautes blondes Haar, das einen Haarschnitt nötig hatte. Er trug eine Latzhose aus grober Baumwolle und ein verschwitztes T-Shirt.

Hendin steckte seinen Schlüssel in das Türschloß. »Kommen Sie herein.« Seine Bewegungen und Sprache waren bedächtig, so als durchdenke er stets alles, bevor er sprach oder handelte.

Der Raum, den sie nun betraten, erinnerte Nat an das erste Haus, das er zur Zeit der Eheschließung mit Deb gekauft hatte. Es bestand aus im wesentlichen kleinen Zimmern, aber der Grundriß hatte eine solide Gemütlichkeit an sich, die ihm schon immer gefiel.

Fred Hendins Wohnzimmer hätte gut aus einem Katalog bestückt sein können. Kunstledersofa und dazu passender verstellbarer Sessel, Beistelltische aus Nußholz mit entsprechendem Couchtisch, ein Arrangement aus künstlichen Blumen, abgenutzter beigefarbener Teppich und steife Vorhänge in derselben Farbe, die nicht ganz bis zu den Fenstersimsen reichten.

Das offenbar teure elektronische Unterhaltungsset im extra dafür eingerichteten noblen Regalmittelteil aus Kirschholz schien nicht zur übrigen Einrichtung zu passen. Es bestand aus einem Fernsehapparat mit 1-Meter-Bildschirm, einem Videorecorder und einem CD-Player. Es gab Regale voller Videokassetten. Nat musterte sie mit offener Neugier und pfiff dann. »Sie haben ja eine großartige Sammlung klassischer Filme«, sagte er. Dann schaute er sich die Tonkassetten und CDs an.

»Sie mögen wohl die Musik aus den vierziger und fünfziger Jahren. Meine Frau und ich sind auch ganz verrückt drauf.«

»Automatenmusik«, sagte Hendin. »Die sammle ich schon seit Jahren.«

Auf den obersten Regalfächern waren fünf, sechs Modelle aus Holz geschnitzter Segelschiffe. »Wenn ich zu aufdringlich bin, sagen Sie's einfach«, sagte Nat, als er nach oben griff und vorsichtig einen meisterhaft geschnitzten Schoner herunterholte. »Haben Sie das gemacht?«

»A-hmm. Ich schnitze, wenn ich mir die Musik anhöre. Ein gutes Hobby. Und entspannend. Was machen Sie denn, wenn Sie die Musik anhaben?«

Nat stellte das Werk zurück und wandte sich Hendin zu. »Manchmal repariere ich irgendwas im Haus oder bastle am Auto herum. Wenn die Kinder weg sind und wir in Stimmung sind, tanzen meine Frau und ich.«

»Da kann ich nicht mithalten. Ich habe zwei linke Füße. Ich hol mir eben ein Bier. Auch eins? Oder Soda?«

»Nein, danke.«

Nat schaute hinter Hendin her, als er durch die Tür verschwand. Interessanter Kerl, dachte er. Er blickte erneut auf das oberste Fach und bewunderte die geschnitzten Schiffe. Er ist handwerklich ein Könner, dachte er. Irgendwie konnte er sich diesen Mann nicht mit Tina zusammen vorstellen.

Als Hendin zurückkehrte, brachte er Bier und Soda in Dosen mit. »Hier, falls Sie Ihre Meinung ändern«, sagte er, während er das Soda vor Nat auf den Tisch stellte. »Also gut, was wollen Sie?«

»Eine reine Routineangelegenheit. Sie haben doch vielleicht etwas von Vivian Carpenter Coveys Tod gehört oder gelesen?«

Hendins Augen verengten sich. »Und letztes Jahr ist Scott Covey mit meiner Freundin rumgezogen, und Sie wollen wissen, ob da noch was läuft.«

Nat zuckte mit den Achseln. »Sie vergeuden ja keine Zeit, Mr. Hendin.«

»Fred.«

»Okay, Fred.«

»Tina und ich werden heiraten. Wir fingen letztes Jahr im Frühsommer an, miteinander auszugehen, und dann kam Covey daher. Wenn das mal kein Lackaffe ist. Ich hab Tina gewarnt, daß sie ihre Zeit verschwendet, aber hör'n Sie, Sie haben ja den Typ gesehen. Der hat ihr vielleicht was vorgemacht, es ist kaum zu glauben. Leider hat sie's ihm aber geglaubt.«

»Wie war Ihnen da zumute?«

»Ich war sauer. Und komischerweise tat mir Tina auch irgendwie leid. Sie ist nicht so zäh, wie sie aussieht oder redet.«

O doch, dachte Nat.

»Es war genau, wie ich's mir schon gedacht hatte. Covey hat sich aus dem Staub gemacht, als der Sommer vorbei war.«

»Und Tina kam wieder zu Ihnen gerannt.«

Hendin lächelte. »Das war's ja, was mir irgendwie gefallen hat. Sie hat Mumm. Ich hab sie da, wo sie als Serviererin gearbeitet hat, besucht und ihr gesagt, daß ich weiß, daß Covey weg ist, und finde, daß er ein mieser Typ ist. Sie hat gesagt, ich soll mir mein Mitleid schenken.«

»Was heißt, daß sie noch in Verbindung mit ihm stand?« fragte Nat schnell.

»Nie und nimmer. Was heißt, daß sie mir nicht etwa dankbar sein würde. Wir sind im Winter nur von Zeit zu Zeit miteinander ausgegangen. Sie hat sich mit 'ner Menge anderer Männer getroffen. Dann im Frühling hat sie schließlich begriffen, daß ich gar nicht so schlecht bin.«

»Hat sie Ihnen gesagt, daß sie Kontakt mit Covey aufgenommen hat, als er wieder hierher zog?«

Hendins Stirn überzog sich mit Runzeln. »Nicht sofort. Sie hat mir's vor ein paar Wochen gesagt. Sie müssen verstehn, Tina ist kein Mensch, der so leicht aufgibt. Sie war verflucht sauer und mußte das erst mal loswerden.« Er machte eine Geste. »Sehen Sie das Zimmer hier, das Haus? Es gehörte meiner Mutter. Ich bin vor ein paar Jahren eingezogen, nachdem sie starb.« Er nahm einen großen Schluck Bier.

»Als Tina und ich übers Heiraten zu reden anfingen, hat

sie mir gesagt, daß sie auf keinen Fall mit all diesem Kram ringsum wohnen würde. Sie hat recht. Ich hab mir einfach nicht die Mühe gemacht, irgendwas zu ändern, außer daß ich das Regal gebaut hab für meine ganzen Filme und Kassetten. Tina will ein größeres Haus. Wir schauen uns jetzt nach einem günstigen um, das man gut renovieren kann. Was ich aber meine, ist, daß Tina sagt, was sie denkt.«

Nat überprüfte seine Notizen. »Tina wohnt zur Miete in einem Haus mit Eigentumswohnungen in Yarmouth.«

»A-hmm. Direkt außerhalb des Orts, ein paar Kilometer von hier. Ist ganz praktisch für uns beide.«

»Weshalb hat sie ihre Stelle beim *Daniel Webster Inn* aufgegeben und einen Job in Chatham angenommen? Das sind im Sommerverkehr gut vierzig Minuten Fahrzeit von hier.«

»Sie mag das *Wayside Inn*. Die Arbeitszeit ist besser. Das Trinkgeld ist gut. Hör'n Sie, Coogan. Lassen Sie Tina aus der Sache raus.«

Hendin stellte sein Bier ab und erhob sich. Es war unmißverständlich, daß er nicht bereit war, mehr über Tina zu erörtern.

Nat lehnte sich tiefer in den Sessel zurück und spürte dabei die scharfen Kanten von gebrochenem Plastik rings um die abgewetzten Stellen hinter seinem Kopf. »Dann waren Sie damals natürlich auch völlig einverstanden mit Tinas Besuch bei Scott Covey, als seine Frau noch vermißt war.«

Volltreffer, dachte Nat, als er sah, wie sich Hendins Miene verdüsterte. Eine leise Röte überzog sein Gesicht, wodurch die ausgeprägten Wangenknochen noch mehr hervortraten. »Ich finde, wir haben genug geredet«, sagte er lapidar.

37

Es war ein bemerkenswert angenehmer Tag gewesen. Wie es gelegentlich vorkam, hatte Phoebe aus unerfindlichen Gründen kurze Momente von klarem Bewußtsein gezeigt.

Einmal hatte sie sich nach den Kindern erkundigt, und Henry veranlaßte daraufhin rasch ein Konferenzgespräch. Als er auf der einen Leitung mithörte, bekam er die Freude in Richards und Joans Stimme mit, als sie mit ihrer Mutter sprachen. Ein paar Minuten lang hatte ein echter Gedankenaustausch stattgefunden.

Dann fragte sie: »Und wie geht's ...«

Henry verstand die Pause. Phoebe suchte nach den Namen der Enkelkinder. Er beeilte sich, sie beizusteuern.

»Ich weiß.« Jetzt klang Phoebes Stimme ärgerlich. »Wenigstens hast du nicht wieder mit den Worten angefangen: ›Weißt du noch ...‹« Ihr Seufzer war ein zorniger Vorwurf.

»Dad«, sagte Joan, den Tränen nahe.

»Ist alles okay«, warnte er sie.

Ein Klicken sagte ihm, daß Phoebe aufgelegt hatte. Die wunderbaren Augenblicke der Gnadenfrist waren offenbar vorüber. Henry blieb noch lange genug am Telefon, um seinen Kindern mitzuteilen, das Pflegeheim habe ab Anfang September einen Platz zur Verfügung.

»Nimm ihn für sie«, sagte Richard entschieden. »Wir kommen runter und bleiben über das verlängerte Wochenende an Labor Day.«

»Wir auch«, schloß sich Joan an.

»Ihr seid gute Kinder«, erwiderte Henry und bemühte sich, die Heiserkeit, die sich in seiner Kehle bemerkbar machte, zu unterdrücken.

»Ich will mit jemand zusammensein, der in mir noch das Kind sieht«, sagte seine Tochter mit belegter Stimme zu ihm.

»Also dann bis in ein paar Wochen, Dad«, sagte Richard tröstend. »Laß dich nicht unterkriegen.«

Henry war an dem Nebenapparat im Schlafzimmer gewesen, Phoebe bei dem in ihrem alten Arbeitszimmer. Nun hastete Henry, den die Sorge nie losließ, Phoebe könne innerhalb eines Bruchteils von Sekunden wieder weglaufen, in die Eingangshalle. Aber sie war nicht vom Fleck gewichen; er fand sie an ihrem Schreibtisch vor, dort, wo sie so viele produktive Stunden verbracht hatte.

Die unterste Schublade, die so viele Unterlagen enthalten hatte, war herausgezogen und leer. Phoebe starrte hinein. Ihre Haare, die sie früher immer in einem glatten Chignon getragen hatte, lösten sich von den Haarklammern, mit denen Henry versucht hatte, einen Knoten festzustecken.

Sie drehte sich um, als sie ihn hereinkommen hörte. »Meine Notizen.« Sie deutete auf die leere Schublade. »Wo sind sie?«

Selbst jetzt noch enthielt er ihr nicht die Wahrheit vor. »Ich hab sie Adams Frau geliehen. Sie wollte sie für ein Buch einsehen, das sie schreiben will. Sie wird deinen Namen angeben, Phoebe.«

»Adams Frau.« Der irritierte Ausdruck in ihrem Gesicht verwandelte sich zu einem rätselnden Stirnrunzeln.

»Sie war gestern hier. Sie wohnt mit Adam im Remember House. Sie schreibt ein Buch über die Zeit, als das Haus gebaut wurde, und will die Geschichte von Kapitän Freeman benützen.«

Phoebe Spragues Blick bekam etwas Träumerisches. »Jemand sollte Mehitabels Ruf wiederherstellen«, sagte sie. »Das ist es, was ich machen wollte. Jemand sollte sich Tobias Knight genauer ansehen.«

Sie knallte die Schublade zu. »Ich hab Hunger. Ich hab ständig Hunger.«

Als dann Henry auf sie zuging, schaute sie ihm direkt ins Gesicht. »Ich liebe dich, Henry. Bitte, hilf mir.«

38

Als Hannah am Spätnachmittag aufwachte, gingen Menley und Adam kurz schwimmen. Zum Grundbesitz des Remember House gehörten Strandprivilegien, was bedeutete, daß zwar jedermann dort am Strand entlanglaufen, sich aber niemand dort niederlassen durfte.

Die Wärme des Tages war nun schon von Anzeichen des Frühherbstes durchzogen. Der Wind war kühl, und es kamen keine Spaziergänger mehr vorbei.

Adam saß neben Hannah, die bequem abgestützt in dem zusammenklappbaren Kinderwagen saß, während Menley schwamm. »Deine Mama hat das Wasser wirklich gern, Häschen«, sagte er, den Blick auf Menley gerichtet, die in die zunehmend stärkeren Wellen tauchte. Bestürzt stand er auf, als er merkte, daß sie sich noch weiter hinauswagte. Schließlich ging er zum Rand des Wassers und winkte ihr zu, sie möge doch zurückkommen.

Hatte sie ihn nicht gesehen oder nur so getan, als sähe sie ihn nicht? fragte er sich, als sie noch weiter hinausschwamm. Ein enorme Welle bildete sich, schäumte auf und krachte nieder. Sie ließ sich davon tragen und tauchte spuckend und lächelnd, die salzigen Haare im Gesicht, aus der Brandung auf.

»Fantastisch!« jubelte sie.

»Und gefährlich. Menley, das hier ist der Atlantik.«

»Ach nee: Ich dachte schon, das ist ein Planschbecken.«

Zusammen liefen sie dorthin, wo Hannah noch dasaß und friedlich einer Möwe zuschaute, die am Strand entlanghüpfte.

»Men, ich mache keine Witze. Wenn ich nicht da bin, will ich nicht, daß du so weit rausschwimmst.«

Sie blieb stehen. »Und vergiß ja nicht, das Babyphon anzulassen, wenn deine Tochter schläft. Richtig? Und fändest du's denn nicht nett, wenn Amy über Nacht bleibt? Um auf *mich*, nicht auf Hannah aufzupassen, auf *mich*? Richtig? Und ist deine kleine Waffe etwa nicht die stille Drohung, daß wir rund um die Uhr 'ne Haushaltshilfe brauchen, weil ja vielleicht dieses posttraumatische Streßzeugs Ärger macht? Schließlich hab ja ich den Wagen vor die Eisenbahn gefahren, als dein Sohn ums Leben kam.«

Adam packte sie am Arm. »Menley, laß das. Verdammt. Du wirfst mir ständig vor, daß ich dir Bobbys Tod nicht verzeihe, aber hier geht's überhaupt nicht um Schuldzuweisung. Das einzige Problem ist, daß du dir selber nicht verzeihen kannst.«

Erstarrt gingen sie in dem Bewußtsein zum Haus zurück, daß jeder den anderen tief verletzt hatte und sie sich eigentlich aussprechen sollten. Doch als sie die Haustür aufmachten, klingelte gerade das Telefon, und Adam lief hin. Eine Aussprache mußte später stattfinden. Menley warf sich ein Handtuch über den feuchten Badeanzug, hob Hannah aus dem Wagen und lauschte.

»Elaine! Grüß dich.«

Menley beobachtete, wie seine Miene besorgt wurde. Was sagte wohl Elaine zu ihm? überlegte sie. Und dann einen Moment später: Was meinte er damit, als er sagte, »Danke, daß du mir das erzählt hast«?

Dann änderte sich sein Tonfall und wurde wieder unbeschwert. »Morgen abend? Tut mir leid, aber ich muß wieder nach New York. Aber hör mal, vielleicht will ja Menley ...«

Nein, dachte Menley.

Adam deckte die Sprechmuschel mit einer Hand ab. »Men, Elaine und John gehen morgen abend zum *Captain's Table* in Hyannis essen. Sie wollen gern, daß du mitkommst.«

»Vielen Dank, aber ich will einfach daheimbleiben und arbeiten. Ein andermal.« Menley liebkoste Hannah. »Du bist ein tolles Kind«, murmelte sie.

»Men, Elaine möchte wirklich gern, daß du kommst. Ich mag die Vorstellung einfach nicht, daß du hier alleine bist. Warum willst du denn nicht? Du kannst dir doch Amy für ein paar Stunden herholen.«

Die stille Drohung, dachte sie. Geh und zeig, wie gern du unter Menschen gehst, sonst will Adam, daß ständig jemand bei dir ist. Sie zwang sich ein Lächeln ab. »Das klingt wunderbar.«

Adam sprach wieder ins Telefon. »'Laine, Menley würde sehr gern kommen. Sieben Uhr wär in Ordnung.« Er deckte wieder die Sprechmuschel ab und sagte: »Men, sie fänden es eine gute Idee, wenn Amy hier übernachtet. Sie wollen nicht, daß sie noch spät heimfährt.«

Menley musterte Adam. Ihr war bewußt, daß selbst Hannah spürte, wie angespannt sie war. Das Baby hörte auf zu lächeln und begann zu wimmern. »Sag *'Laine*«, erklärte Menley und betonte dabei den Namen und ebenso Adams persönliche Abkürzung, »daß ich bestens in der Lage bin, hier im Haus oder sonstwo allein zu sein, und wenn Amy nicht an einem Sommerabend um zehn Uhr nach Hause fahren kann, dann ist sie zu unreif, um auf mein Kind aufzupassen.«

Beim Abendessen begann die eisige Stimmung aufzutauen. Während Menley Hannah fütterte und badete, fuhr Adam rasch zum Markt und kam mit frischem Hummer, Brunnenkresse, grünen Bohnen und einem knusprigen Laib italienischen Brots zurück.

Sie bereiteten gemeinsam das Essen vor, tranken, solange die Hummer auf dem Herd standen, etwas kalten Chardonnay und nahmen danach ihre Espressotassen mit, schlenderten zur Grenze des Grundstücks und beobachteten, wie die mächtigen Wellen gegen die Küste prallten.

Das Gefühl des salzigen Windes auf ihren Lippen beruhigte Menley. Wenn es Adam wäre, der diese Anfälle von Angst und Niedergeschlagenheit durchmacht, dann würde ich mir genauso Sorgen machen, hielt sie sich vor Augen.

Später dann, als sie schlafen gingen, schauten sie noch ein letztesmal für die Nacht nach Hannah. Sie hatte sich in dem Bettchen herumgeschoben, so daß sie jetzt quer dalag. Adam legte sie richtig hin, deckte sie zu und ließ eine Weile seine Hand auf ihrem Rücken ruhen.

Noch etwas anderes, das Menley den Unterlagen entnommen hatte, fiel ihr plötzlich wieder ein. In den alten Cape-Zeiten hatte man die besondere Liebe zwischen einem Vater und seiner Säuglingstochter erkannt und sogar eigens benannt. Die Tochter war ihres Vaters »*tortience*«.

Als sie dann allmählich einschliefen, stellte Adam die Frage, die er nicht länger unterdrücken konnte. »Men«, flüsterte er, »warum wolltest du nicht, daß Amy erfährt, daß du auf dem Witwensteg warst?«

39

Als Nat Coogan am Dienstag morgen zur Arbeit kam, fand er eine Nachricht auf seinem Schreibtisch vor. »Muß Sie sprechen.« Die Unterschrift stammte von seinem Boß Frank Shea, dem Polizeichef.

Was gibt's? fragte er sich auf dem Weg zum Chefbüro. Als er eintrat, sprach Frank am Telefon mit dem Bezirksstaatsanwalt. Shea trommelte mit den Fingern auf den Schreibtisch. Sein sonst so verbindlicher Gesichtsausdruck war verschwunden.

Nat setzte sich hin und folgte dem Rest der Unterhaltung, soweit er sie mitbekam; das übrige reimte er sich zusammen.

Die Kiste wurde allmählich heiß. Graham Carpenters Versicherungsgesellschaft hatte sich eingeschaltet. Die Leute dort schlossen sich nur allzugern Carpenters Theorie an, daß seine Tochter einem Mord zum Opfer gefallen war, daß Scott Covey ihr den Smaragdring mit Gewalt vom Finger gerissen und ihn nun im Besitz hatte.

Nat hob erstaunt die Augenbrauen, als ihm klar wurde, daß es als nächstes in dem Gespräch um die Erforschung von Meeresströmungen ging. Er entnahm den Worten, daß die Experten der Küstenwache zu der Aussage bereit seien, daß, falls Vivian Carpenter Covey tatsächlich dort tauchen gegangen war, wo sie laut Aussage ihres Mannes angeblich waren, als er sie aus den Augen verlor, ihre Leiche nicht in Stage Harbor hätte an Land treiben können, sondern nach Martha's Vineyard hinausgeschwemmt worden wäre.

Als Shea den Hörer auflegte, sagte er: »Nat, ich bin froh, daß Sie Ihrem Instinkt nachgegangen sind. Der Bezirksstaatsanwalt war sehr zufrieden, als er erfuhr, daß wir schon aktiv dabei sind, den Fall zu untersuchen. Es ist gut, daß wir einen Vorsprung haben, denn wenn die Medien erst mal Lunte gerochen haben, wird ein Riesenremmidemmi entstehen. Sie wissen ja, was die damals aus dem Fall von Bülow gemacht haben.«

»Ja, sicher. Und wir haben teilweise dieselben Probleme wie die Anklage damals. Ob unschuldig oder schuldig, von Bülow kam frei, weil er einen guten Anwalt hatte. Ich bin überzeugt, daß Covey Dreck am Stecken hat, aber das zu beweisen ist ganz was anderes. Er hat ebenfalls einen verdammt guten Anwalt. Es ist lausiges Pech für uns, daß Adam Nichols den Fall Covey übernommen hat.«

»Wir kriegen vielleicht sehr bald Gelegenheit herauszufinden, wie gut Nichols ist. Ach, übrigens, wir sind dabei, mehr Beweismaterial aufzutreiben. Auf der Basis des fehlenden Smaragdrings und all der anderen Dinge, die wir wissen, besorgt der Bezirksstaatsanwalt einen Haussuchungsbefehl für Coveys Haus und Boot. Ich möchte, daß Sie dabei sind, wenn seine Leute reingehen.«

Nat stand auf. »Ich kann's kaum erwarten.«

Als er wieder an seinem Schreibtisch saß, machte Nat wenigstens teilweise seiner Verärgerung Luft. Jetzt, da es unumgänglich war, daß die Medien die Spur des Falles aufnahmen und jeder Neuigkeit hinterherhechelten, würde der Bezirksstaatsanwalt die Ermittlungen der Staatspolizei übergeben. Es ist ja nicht bloß, daß ich den Fall gern selber knacken will, dachte Nat. Ich halte das auch für ein idiotisches Theater, die Sache so überstürzt vor ein großes Geschworenengericht zu bringen, bevor wir absolut solide Beweise an der Hand haben.

Er zog das Jackett aus, rollte seine Hemdsärmel auf und lockerte die Krawatte. Jetzt fühlte er sich wohler. Deb bedrängte ihn ständig, den Knoten nicht zu lösen, wenn sie abends zum Essen ausgingen. Sie sagte dann: »Nat, du siehst so nett aus, aber wenn du die Krawatte runterziehst und den obersten Hemdknopf aufmachst, verdirbst du alles. Ich könnte schwören, daß du in einem früheren Leben gehenkt worden bist. Das ist ja angeblich der Grund, weshalb manche Leute nichts irgendwie Enges um den Hals herum ausstehen können.«

Nat saß noch eine Weile an seinem Schreibtisch und dachte über Deb nach, darüber, was für ein Glück er doch hatte, sie zu haben, dachte an ihre Verbundenheit miteinander, ihre Liebe und ihr Vertrauen zueinander.

Er griff nach dem Kaffeebecher, ging zum Automaten im Gang, ließ geistesabwesend Kaffee hineinlaufen und kehrte damit ins Büro zurück.

Vertrauen. Ein gutes Wort. Inwieweit hatte Vivian Carpenter ihrem Mann vertraut? Wollte man Scott Covey Glauben schenken, dann vertraute sie ihm jedenfalls nicht genügend, um ihm das ganze Ausmaß ihres Erbes zu offenbaren.

Nat lehnte sich in seinen Stuhl am Schreibtisch zurück und trank schluckweise Kaffee, während er an die Zimmerdecke starrte. Falls Vivian wirklich so unsicher war, wie alle es darzustellen schienen, hätte sie dann nicht auf Anzeichen dafür geachtet, daß mit Covey etwas nicht ganz stimmte?

Anrufe. Hat Tina wohl je Covey zu Hause angerufen, und, falls ja, bekam Vivian es mit? Vivians Telefonrechnung. Ganz bestimmt hat ja sie die Rechnungen bezahlt. Ob Covey je so blöd war, Tina von daheim aus anzurufen? Das mußte er noch überprüfen, nahm Nat sich vor.

Noch etwas. Vivians Anwalt, derselbe, der das neue Testament nach der Heirat ausstellte. Es lohnte sich bestimmt, mal bei ihm vorbeizuschauen.

Das Telefon klingelte. Deb war dran. »Ich hab grade die Nachrichten gehört«, sagte sie. »Sie haben einen ausführlichen Bericht über Ermittlungen zu Vivian Carpenters Tod gebracht. Hast du das erwartet?«

»Ich hab's gerade erfahren.« In Kürze informierte Nat seine Frau über sein Gespräch mit Frank Shea und das, was er jetzt zu tun gedachte. Er hatte schon vor langer Zeit begriffen, daß Deb ein hervorragender Resonanzboden für ihn war.

»Die Telefonrechnungen sind eine gute Idee«, sagte jetzt Debbie. »Ich wette alles drauf, daß er nicht so dumm war, von zu Hause aus in der Wohnung einer Freundin anzurufen, aber du sagst doch, daß diese Tina im *Wayside Inn* als Kellnerin arbeitet. Anrufe von ihm daheim zu dem Gasthaus wären zwar als Ortsgespräche nicht eigens aufgeführt, aber du kannst ja fragen, ob Tina dort viele Privatanrufe bekommt und ob irgendwer weiß, von wem die stammen.«

»Sehr schlau«, sagte Nat voller Bewunderung. »Ich hab dich ja wirklich dazu erzogen, daß du wie ein Cop denkst.«

»Geschenkt. Aber was anderes. Geh zu Vivians Friseur. Das sind doch die reinen Gerüchteküchen. Oder, besser noch, vielleicht sollte ich anfangen dort hinzugehen. Vielleicht erfahre ich ja was. Du hast mir doch erzählt, daß sie zu Tresses ging, oder?«

»Ja.«

»Dann mach ich einen Termin für heute nachmittag.«

»Bist du dir sicher, daß es dabei nur um Geschäftliches geht?« fragte Nat.

»Nein, gebe ich zu. Ich will mir schon die ganze Zeit schrecklich gern Strähnen machen lassen. Die versteh'n was davon, sind aber teuer. Jetzt brauche ich kein schlechtes Gewissen zu haben. Tschüß, mein Schatz.«

40

Nachdem Adam Menley gefragt hatte, weshalb sie Amy nicht wissen lassen wollte, daß sie auf dem Witwensteg gewesen war, hatten sie nicht mehr miteinander geredet, sondern lagen unglücklich nebeneinander, ohne sich zu berühren, und jeder in dem Bewußtsein, daß der andere noch wach war. Kurz vor Morgengrauen war Menley aufgestanden, um nach dem Baby zu sehen. Sie fand eine Hannah vor, die friedlich und sicher in die Decken eingekuschelt schlief.

In dem schwachen Schein des Nachtlämpchens stand Menley über das Bett gebeugt da, vertieft in die erlesenen kleinen Gesichtszüge, die winzige Nase, den weichen Mund, die Wimpern, die auf die runden Wangen Schatten warfen, den goldenen Haarflaum, der sich nun schon um das Gesicht lockte.

Ich kann nicht *beschwören*, daß ich nicht doch auf dem Witwensteg war, als Amy mich zu sehen meinte, aber ganz bestimmt weiß ich, daß ich Hannah niemals vernachlässigen oder vergessen oder zu Schaden kommen lassen würde, dachte sie. Ich muß Adams Besorgnis verstehen, aber er muß seinerseits begreifen, daß es *nicht* in Frage kommt, daß eine Babysitterin seiner alten Jugendfreundin Elaine über mich Bericht abstattet.

Mit diesem festen Entschluß fiel es ihr leichter, wieder ins Bett zu kriechen, und als Adams Arm sie langsam umfaßte, entzog sie sich nicht.

Um acht Uhr zog Adam los, frische Bagels – ringförmige Brötchen – und die Zeitungen zu besorgen. Als sie aßen und ihren Kaffee tranken, bemerkte Menley, daß sie beide versuchten, die letzten Überreste der Anspannung zwischen ihnen aus dem Weg zu räumen. Sie wollten beide nicht, daß der Nachklang des Streits noch zwischen ihnen stand, wenn Adam am Nachmittag nach New York aufbrach.

Er bot ihr an, sich auszusuchen, welche Zeitung sie zuerst lesen wollte.

Sie lächelte. »Du willst ja doch mit der *New York Times* anfangen.«

»Na ja, vielleicht.«

»Ist gut so.« Sie schlug den ersten Teil der *Cape Cod Times* auf und rief wenig später aus: »Mensch, schau dir das an!« Sie schob die Zeitung über den Tisch.

Adam überflog den Bericht, auf den sie deutete, und sprang auf. »Verdammt! Jetzt sind sie wirklich hinter Scott her. Die Staatsanwaltschaft steht jetzt garantiert unter einem wahnsinnigen Druck, die Sache vor ein großes Geschworenengericht zu bringen.«

»Armer Scott. Hältst du's denn für möglich, daß sie ihn tatsächlich anklagen?«

»Ich glaube, daß die Carpenter-Familie auf Blut aus ist, und die können jede Menge Fäden ziehen. Ich muß mit ihm reden.«

Hannah war jetzt des Ställchens überdrüssig. Menley hob sie heraus, setzte sie sich auf den Schoß und gab ihr ein Stückchen Bagel zu beißen. »Tut gut, was?« sagte sie. »Ich glaube, daß du bald ein paar Zähne kriegst.«

Adam hielt den Telefonhörer in der Hand. »Covey ist nicht daheim und hat den Anrufbeantworter nicht an. Er sollte eigentlich wissen, daß er in Kontakt mit mir bleiben muß. Er hat doch bestimmt den Artikel gesehen.«

»Außer wenn er schon früh angeln gegangen ist«, wandte Menley ein.

»Falls ja, dann kann ich nur hoffen, daß nichts bei ihm im Haus ist, das der Polizei interessant vorkommen könnte. Du kannst Gift drauf nehmen, daß irgendein Richter noch heute einen Haussuchungsbefehl abzeichnet.« Er knallte den Hörer auf. »Verdammt!«

Dann schüttelte er den Kopf und ging zu ihr hinüber. »Hör mal, schlimm genug, daß ich nach New York muß. Ich kann sowieso nichts unternehmen, bis Covey mich anruft, also laß uns keine Zeit verschwenden. Seid ihr beiden Mädchen für den Strand zu haben?«

»Klar. Wir machen uns fertig.«

Menley trug einen geblümten Bademantel. Adam lächelte auf sie herunter. »Du siehst ungefähr wie achtzehn aus«, fand er. Er strich ihr über die Haare und legte dann die Hand auf ihre Wange. »Du bist eine unglaublich hübsche junge Dame, Menley McCarthy Nichols.«

Menley hatte das Gefühl, dahinzuschmelzen. Einer der guten Augenblicke, dachte sie – früher fand ich sie ganz selbstverständlich. Ich liebe ihn so sehr.

Doch dann fragte Adam: »Wann, hast du gesagt, kommt noch mal Amy?«

Sie hatte eigentlich vorgehabt, ihm noch heute morgen mitzuteilen, das dies Amys letzter Tag sein würde, aber sie wollte keinen Streit entfachen. Nicht gerade jetzt. »Ich hab sie gebeten, gegen zwei dazusein«, erwiderte sie so beiläufig wie möglich. »Ich will heute nachmittag an dem Buch arbeiten, nachdem ich vom Flugplatz zurück bin. Ach, das hab ich noch vergessen, dir zu erzählen. Jan Paley hat ein paar interessante Fakten über Kapitän Andrew Freeman rausgefunden. Sie will ungefähr um vier vorbeischaun.«

»Das ist ja großartig«, meinte er und streichelte ihr über den Kopf. Ihr war klar, daß seine begeisterte Reaktion eine Folge seines Wunsches war, sie von Menschen umgeben zu wissen.

Schlag bloß nicht vor, daß ich Jan bitte, hier zu übernachten, dachte sie voller Bitterkeit und zog das Baby krampfhaft an sich, während sie seine Hand wegschob und aufstand.

41

Scott Covey wurde sich erst bewußt, wie sehr ihn das Gespräch mit Adam am Tag zuvor verstört hatte, als er frühmorgens am Dienstag mit dem Boot hinausfuhr. Es hieß, die blauen Fische seien vor der Küste von Sandy Point gesichtet worden. Als um sechs Uhr die Sonne aufging, lag er dort vor Anker, wo man sie angeblich gesehen hatte.

Als er geduldig dasaß, die Angel in der Hand, zwang Scott sich, Adam Nichols' Ermahnungen zu durchdenken. Und Adam hatte auch gesagt, er werde selbst einen Ermittler auf ihn ansetzen, um irgendwelche »dunklen Flecken«, soweit vorhanden, in seiner Vergangenheit aufzuspüren.

Ihm fiel ein, daß er seit fünf Jahren nicht mehr mit seinem Vater und seiner Stiefmutter geredet hatte. Da kann ich nichts dafür, dachte er. Sie sind nach San Mateo umgezogen; sie hat ihre ganze Familie dort bei sich, und wenn ich hinfahre, habe ich keinen Platz zum Übernachten. Aber es könnte zu Fragen kommen, weshalb seine Verwandten weder zu dem Hochzeitsempfang noch zu der Beerdigung gekommen waren.

Es war wieder einmal ein wunderschöner Augusttag in einer ununterbrochenen Folge sonniger Tage mit geringer Luftfeuchtigkeit. Der Horizont war übersät mit Booten jeder Größe von Dingis bis zu Jachten.

Vivian hatte sich ein Segelboot gewünscht. »Ich hab das hier bloß gekauft, damit ich lerne, selbst mit einem Boot umzugehen«, hatte sie erklärt. »Deshalb hab ich's auch *Viv's Toy* getauft.«

Jetzt, da er auf dem Boot schaukelte, das mit diesem Namen an der Seite bemalt war, fühlte er sich bedrückt. Als er in der Früh am Dock entlanggegangen war, hatte Scott mehrere Männer gesehen, die sich das Boot anschauten und miteinander redeten. Zweifellos ging es dabei um den Unfall.

Sobald diese Sache ausgestanden war, würde er den Namen ändern. Nein. Besser noch: Er würde das Boot verkaufen.

Ein starker Ruck an seiner Angel brachte ihn in die Gegenwart zurück. Er hatte einen dicken Fang am Haken.

Zwanzig Minuten später schlug ein Streifenbarrel von fast dreißig Pfund wie wild auf Deck um sich.

Während ihm der Schweiß über die Stirn rann, beobachtete Scott den Todeskampf des Tiers. Dann stieg Ekel in ihm auf. Er durchschnitt die Angelschnur, schaffte es, den zappelnden Fisch in den Griff zu bekommen, und warf ihn ins Meer zurück. Heute war ihm das Angeln zuwider, stellte er fest und machte sich auf den Heimweg.

Spontan kehrte Scott bei *Clancy's* in Dennisport zum Lunch ein. Das Lokal war immer gut besucht, das Publikum gemischt und lebhaft, und er hatte das Bedürfnis nach der Gesellschaft vieler Menschen. Er setzte sich an die Bar und bestellte ein Bier und einen Hamburger. Mehrmals fiel ihm auf, wie Leute in seine Richtung schauten.

Als die Barhocker neben ihm nicht mehr besetzt waren, griffen zwei attraktive junge Frauen danach. Sie verwickelten ihn schnell in eine Unterhaltung, indem sie ihm erzählten, sie seien zum erstenmal auf Cape Cod zu Besuch, und ihn fragten, ob er Lokale kenne, wo man sich gut amüsieren würde.

Scott aß den Rest seines Hamburgers auf. »Das hier ist schon eines der besten«, entgegnete er freundlich und machte ein Zeichen für die Rechnung. Das fehlt mir gerade noch, dachte er. Bei meinem Glück kommt bestimmt Sprague vorbei und sieht, wie ich mit den Mädchen rede.

Heute abend konnte er sich wenigstens entspannen. Elaine Atkins und ihr Freund hatten ihn zum Abendessen im *Captain's Table* in Hyannis eingeladen. Sie brachten auch Menley Nichols mit; sie war wirklich entgegenkommend zu ihm gewesen.

Auf dem Heimweg hielt er noch an, um eine Zeitung zu besorgen. Er warf sie auf den Nebensitz und schlug sie erst auf, als er wieder zu Hause war. Zu diesem Zeitpunkt also sah er die Schlagzeile auf der ersten Seite: FAMILIE CARPENTER VERLANGT AUFKLÄRUNG.

»O Himmel noch mal«, murmelte er und stürzte zum Telefon. Er versuchte Adam Nichols zu erreichen, erhielt aber keine Antwort.

Eine Stunde später läutete es an der Haustür. Er ging zur Tür und machte auf. Ein halbes Dutzend Männer mit grimmigen Mienen standen ihm gegenüber. Scott erkannte nur einen von ihnen, den Kriminalbeamten aus Chatham, der ihn schon einmal vernommen hatte.

Wie betäubt sah er, daß ihm jemand ein Stück Papier vor die Nase hielt, und hörte dann die erschreckenden Worte: »Wir haben einen Haussuchungsbefehl für dieses Anwesen.«

42

Um Viertel vor zwei kam Menley vom Flughafen zurück, wo sie Adam abgesetzt hatte. Das Telefon läutete, als sie gerade die Tür aufmachte, und noch mit Hannah in einem Arm rannte sie zum Apparat.

Es war ihre Mutter, die aus Irland anrief. Nach der fröhlichen Begrüßung merkte Menley, wie sie ihre Mutter davon zu überzeugen versuchte, daß alles in Ordnung sei. »Was meinst du damit, du hast ein Gefühl, irgendwas stimmt nicht, Mom? Das ist doch verrückt. Dem Baby geht's blendend ... Wir haben eine wunderschöne Zeit ... Das Haus, das wir gemietet haben, ist fantastisch ... Wir überlegen uns sogar, ob wir's kaufen sollen ... Das Wetter ist herrlich ... Erzähl mir doch was über Irland. Wie bewährt sich der Reiseplan, den ich dir gemacht habe?«

Sie war schon fünf- oder sechsmal als Journalistin in Irland gewesen und hatte ihrer Mutter bei der Planung der Reise geholfen. Sie freute sich zu hören, daß sich die Vorbereitungen als höchst zufriedenstellend erwiesen. »Und wie gefällt es Phyllis und Jack?«

»Sie haben eine wunderbare Zeit«, antwortete ihre Mutter. Dann sprach sie leiser weiter: »Selbstverständlich ist Phyl völlig versessen darauf, ihren Stammbaum auszugraben. Wir sind zwei Tage lang in Boyle geblieben, während sie alte Aufzeichnungen der Grafschaft dort durchforscht hat. Aber eins muß man ihr lassen: Sie hat tatsächlich die Farm ihres Urgroßvaters in Ballymote ausfindig gemacht.«

»Ich hab auch nie bezweifelt, daß sie das schafft«, sagte Menley lachend und versuchte dann, Hannah dazu zu bewegen, für ihre Grandma zu girren und zu gurgeln.

Bevor das Gespräch zu Ende war, versicherte Menley ihrer Mutter erneut, es gehe ihr gut und es habe sich kaum eine Spur des posttraumatischen Streßsyndroms bei ihr gezeigt.

»Und wäre es nicht schön, wenn das auch stimmen würde?« sagte sie traurig zu Hannah, als sie den Hörer auflegte.

Wenige Minuten später kam Amy. Menley begrüßte sie kühl, und ihr war klar, daß Amy feinfühlig genug war, die Veränderung in ihrer Haltung zu spüren.

Während Amy Hannah in den Kinderwagen setzte und mit ihr nach draußen ging, setzte Menley sich wieder an die Sprague-Unterlagen. Ihre Aufmerksamkeit fiel auf eine Notiz von Phoebe Sprague über das Versammlungshaus, das 1700 erbaut wurde. Nach den Bauangaben – »6m mal 10 und 4m in den

Wänden«, dann die Namen der Männer, die dazu bestimmt wurden, »das Bauholz zu holen und das Haus zusammenzufügen«, »Dielen und Bohlen zu bringen« und »mehr Schlußzierat zu kaufen« – hatte Mrs. Sprague notiert: »Nickquenum (Remember House) war viel größer als das Versammlungshaus, was vermutlich zu erheblicher Unzufriedenheit im Ort führte. Die Leute waren zweifellos bereit, das Schlimmste über Mehitabel Freeman anzunehmen.«

Sicherlich zu einem späteren Zeitpunkt hatte sie mit Bleistift den Namen »Tobias Knight« eingetragen, gefolgt von einem Fragezeichen. Der Baumeister. Was war wohl die Frage im Zusammenhang mit ihm? überlegte Menley.

Kurz vor drei rief ein aufgeregter Scott Covey auf der Suche nach Adam an. Die Polizei sei mit einem Haussuchungsbefehl aufgetaucht. Er wollte wissen, ob es irgend etwas gebe, was er tun könne, um sie aufzuhalten.

»Adam hat heute morgen versucht, Sie zu erreichen«, sagte Menley und gab ihm Adams New Yorker Büronummer. »Eines allerdings weiß ich«, fuhr sie fort, »wenn ein Richter erst mal solch ein Papier ausgestellt hat, kann es kein Anwalt außer Kraft setzen, aber später vor Gericht kann man Einspruch dagegen erheben.« Dann fügte sie leise hinzu: »Es tut mir so leid, Scott.«

Jan Paley traf pünktlich um vier ein. Menley hatte das Gefühl, festen Boden unter den Füßen zu haben, als sie die gutaussehende ältere Frau begrüßte. »Es ist wirklich lieb von Ihnen, für mich nachzuforschen.«

»Überhaupt nicht. Als Tom und ich anfingen, uns für dieses Haus zu interessieren, haben wir oft mit Phoebe Sprague darüber gesprochen. Die Geschichte der armen Mehitabel hatte es ihr wirklich angetan. Ich bin froh, daß Henry Ihnen Phoebes Papiere geliehen hat.« Sie warf einen Blick auf den Tisch. »Ich sehe ja, daß Sie sich schon eingehend damit beschäftigen«, sagte sie mit einem Lächeln angesichts der Stapel von Unterlagen.

Menley schaute nach Amy und dem Baby, stellte Wasser

für Tee auf und richtete dann Tassen, Zucker und Milch am Ende des Tisches her.

»Ob Sie's glauben oder nicht, ich hab im Bibliothekszimmer einen Computer mit Drucker und allem, was dazugehört, aber die Küche hier, oder ich sollte es lieber Familienzimmer nennen, hat so was Anheimelndes, daß ich mich am wohlsten fühle, wenn ich hier arbeite.«

Jan Paley nickte voller Verständnis. Sie strich mit der Hand über einen aus der Oberfläche des massiven offenen Kamins herausragenden Mauerstein. »Ich merke, daß Sie schon ein starkes Gespür für das Haus haben. Ganz früher war der *keeping room* der einzige Raum, in dem die Leute wirklich gewohnt haben. Im Winter war es so bitter kalt. Die Familie hat in den Schlafzimmern unter einem Haufen Steppdecken geschlafen, und dann sind alle hier runtergerannt. Und denken Sie mal dran: Wenn man zu Hause eine Party macht, arbeiten sich die Gäste früher oder später zur Küche vor, egal, wieviel Platz man hat. Dasselbe Prinzip. Wärme und Essen und Leben.«

Sie wies auf die Speisekammertür gegenüber vom Kamin. »Das war früher der *borning room*, der Gebärraum«, sagte sie. »Dort haben die Frauen ihre Kinder zur Welt gebracht, oder man hat Kranke dorthin gelegt, um sie wieder aufzupäppeln oder sterben zu lassen. Ganz offenbar war das vernünftig so. Das Feuer hat auch diesen Raum warm gehalten.«

Für eine Weile bekamen ihre Augen einen hellen Glanz, und sie versuchte, Tränen zu unterdrücken. »Ich hoffe wirklich, daß Sie das Anwesen hier kaufen«, sagte sie. »Es würde ein wunderbares Heim abgeben, und Sie haben das richtige Gefühl dafür.«

»Ja, das glaub ich auch«, stimmte Menley zu. Es lag ihr schon auf der Zunge, dieser intelligenten, einfühlsamen Frau von der unerklärlichen Angelegenheit mit der Gestalt auf dem Witwensteg zu erzählen, davon, daß Hannah nachts in die Wiege gesteckt worden war, und von dem Geräusch eines durch das Haus rasenden Zuges, aber sie brachte es nicht fertig. Sie wollte nicht, daß sie noch jemand mit diesem an ihrem Geisteszustand zweifelnden Ausdruck anschaute.

Also machte sie sich lieber am Herd zu schaffen, wo der Wasserkessel gerade zu pfeifen anfing. Sie goß kochendes Wasser in die Teekanne, um sie vorzuwärmen, und griff nach der Teedose.

»Sie wissen, wie man eine Tasse Tee zubereitet«, bemerkte Jan Paley.

»Das hoffe ich. Meine Großmutter bekam einen Herzanfall, wenn jemand Teebeutel verwendet hat. Sie fand, daß die Iren und die Engländer schon immer was davon verstanden, wie man anständigen Tee macht.«

»Viele der Kapitäne damals hatten auch Tee als Teil ihrer Ladung dabei«, äußerte Jan Paley. Während sie ihren Tee tranken und sich ein paar Kekse zu Gemüte führten, langte sie nach ihrer ausladenden Hängetasche. »Ich sagte Ihnen doch, daß ich einiges Interessante über Kapitän Freeman gefunden habe.« Sie holte einen beigefarbenen Umschlag hervor und reichte ihn Menley. »Was mir übrigens eingefallen ist: Kapitän Freemans Mutter war eine Nickerson. Von Anfang an haben die verschiedenen Zweige der Familie ihren Namen unterschiedlich geschrieben – Nickerson, Nicholson, Nichols. Stammt Ihr Mann von dem ersten William Nickerson ab?«

»Ich hab keine Ahnung. Ich weiß nur, daß sein Vorfahr im frühen siebzehnten Jahrhundert hierherkam«, sagte Menley. »Adam war nie besonders interessiert daran, seine Abstammung zurückzuverfolgen.«

»Nun, wenn Sie dieses Haus tatsächlich kaufen, bekommt er vielleicht Interesse. Kapitän Freeman könnte sich doch als Urgroßonkel fünfunddreißigsten Grades herausstellen.«

Jan beobachtete Menley, wie sie rasch die verschiedenen Unterlagen aus der Brewster Library überflog. »Der versprochene Knüller ist auf der letzten Seite.«

»Wunderbar.« Menley griff nach einem Ordner. »Das sind einige der Fakten, die ich bisher herausgefiltert habe. Ich hätte gern, daß Sie einen Blick drauf werfen.«

Als sie zur letzten Seite der Brewster-Papiere kam, hörte Menley, wie Jan Paley enttäuscht ausrief: »Ach, so was, Sie haben ja schon das Bild vom Kapitän, und ich dachte schon, ich würde Ihnen eine Überraschung damit machen, daß ich es aufgetrieben habe.«

Menley spürte, wie ihre Lippen trocken wurden.

Jan betrachtete die Skizze, die Menley gezeichnet hatte, als sie sich ausmalte, wie sie Kapitän Andrew Freeman als erwachsenen Mann in dem neuen Band über David porträtieren würde.

Sie starrte auf die Kopie hinab, die Jan von der alten Skizze von Kapitän Andrew Freeman am Steuer seines Schoners gemacht hatte.

Die Gesichter glichen sich aufs Haar.

43

Scott Covey nahm ein Bier mit auf die Veranda, während die Polizei- und Ermittlungsbeamten sein Haus durchsuchten. Mit dem Rücken zum Haus der Spragues saß er da und machte ein grimmiges Gesicht. Am allerwenigsten konnte er jetzt den Anblick von Henry Sprague ertragen, wie er beobachtete, was er selbst mit veranlaßt hatte. *Wäre Tinas Name nicht ins Spiel gebracht worden, wären jetzt nicht die Cops da* – diesen Gedanken konnte er nicht loswerden.

Dann versuchte er sich zu beruhigen. Es gab nichts, weshalb er sich Sorgen machen mußte. Was erwarteten sie denn zu finden? Wie lange sie auch suchen mochten: Im Haus gab es nichts, was gegen ihn verwendet werden konnte.

Adam Nichols hatte ihn ermahnt, alles beim alten zu lassen, bis sämtliche Dinge im Zusammenhang mit Vivs Tod und ihrem Testament geregelt waren, aber Scott war klar, daß er das Haus allmählich haßte und ebenso Cape Cod. Er wußte, daß es für ihn stets bedeuten würde, wie in einem Goldfischglas zu leben.

Im vergangenen Winter hatte er im Büro eines um seine Existenz kämpfenden Theaters in Boca Raton, Florida, gearbeitet. Dort hatte es ihm gefallen, weshalb er sich auch dort ein Haus kaufen wollte, wenn das hier alles vorbei war. Vielleicht würde er sich sogar finanziell an dem Theater beteiligen, anstatt hier ein neues zu gründen, wie er es eigentlich mit Viv vorgehabt hatte.

Denk voraus, trieb er sich an. Sie haben nichts in der Hand, was sie mir anhängen können, nichts Stichhaltiges außer Argwohn und Eifersucht und schmutziger Fantasie. Da gibt es nichts, was vor Gericht standhalten würde.

»Die Bude hier ist sauber«, wandte sich ein Ermittlungsbeamter vom Büro des Bezirksstaatsanwalts an Nat Coogan.

»Sie ist zu sauber«, erwiderte Nat barsch, während er fortfuhr, den Schreibtisch zu durchsuchen. Soweit sie überhaupt Privatpost gefunden hatten, so war sie an Vivian adressiert – Briefe von Freunden mit Glückwünschen zur Hochzeit; Postkarten von Verwandten auf Europareise.

Ein kleiner, ordentlicher Stapel Rechnungen war vorhanden, sämtlich mit dem Vermerk »bezahlt« versehen. Keine Hypothek; keine Ratenzahlungen an Kreditkartengesellschaften; keine Automobilfinanzierung: Das vereinfacht die Dinge wahrlich, überlegte Nat. Außerdem bleibt man beweglich, ohne Klotz am Bein.

Die Telefonrechnung war nicht sehr hoch. Er hatte Tinas Telefonnummer im Kopf, aber es gab in den drei Monaten der Ehe keinen einzigen Anruf dorthin.

Er hatte auch die Telefonnummer von Vivians Anwalt. Auch sie war in den letzten drei Monaten nicht auf den Ferngesprächsabrechnungen aufgeführt.

Die Bankbelege waren nicht ganz uninteressant. Vivian unterhielt ein einziges Konto in der Bank am Ort, und zwar nur unter ihrem Namen. Falls Covey über eigenes Geld verfügte, ließ er es nicht in der hiesigen Gegend verwalten. Falls er, was Bargeld anging, von ihr abhängig gewesen war, so hatte sie ihm nur kleine Mengen zugeteilt. Selbstredend konnte ein guter Anwalt geltend machen, daß der Mangel an Bankunterlagen im Haus Coveys Geschichte erhärtete, daß seine Frau ihm nicht die wahre Höhe ihres Vermögens offenbart hatte.

Die Carpenters hatten Nat mitgeteilt, im Haus seien keinerlei Bilder von Vivian zu finden. Nat entdeckte sie im Gästezimmer. Covey hatte auch eine Schachtel hergerichtet, die an die Familie zurückgehen sollte. Er hatte keine Fotos beigefügt, auf denen er selbst mit Vivian zu sehen war. Nat gestand sich widerwillig ein, daß dies immerhin für eine gewisse Sensibilität sprach.

Andererseits waren die Bilder mit Covey und Vivian zusammen auf dem Boden eines Vorratsschranks aufgehäuft. Nicht gerade der Platz, wo man etwas, was einem lieb und teuer ist, aufhebt, dachte er.

Vivians Kleider waren ordentlich in ihre teuren Reisetaschen und Koffer gepackt. Wer war wohl als Empfänger ausersehen? fragte er sich. Nicht Tina. Sie war dafür zu kräftig gebaut. Nat vermutete stark, daß Kleidung wie Reiseutensilien für einen Secondhandladen bestimmt waren.

Er hatte nicht ernsthaft erwartet, daß sie auf den Smaragdring stoßen würden. Falls Covey ihn hatte, wäre er nicht so dumm, ihn dort aufzubewahren, wo man ihn finden konnte. Vivian war anscheinend nicht besonders auf Schmuck aus. Sie hatten ihren Verlobungsring, ein paar Halsketten und Armreife und Ohrringe gefunden, alles in einer kleinen Schmuckschatulle im großen Schlafzimmer. Nichts davon, inklusive des Verlobungsrings, war von speziellem Wert.

Nat beschloß, sich selbst die Garage genauer anzusehen. An das Haus angebaut, war es ein Gebäude von beträchtlicher Größe, das zwei Wagen Platz bot. Auf Regalbrettern hinten waren Tauchausrüstung und Angelzeug, eine Kühlbox, einige Werkzeuge ordentlich verstaut – das übliche Drum und Dran. Die Tauchausrüstung, die Vivian trug, als ihre Leiche an Land geschwemmt wurde, war noch zur Untersuchung im Labor.

Covey und Vivian besaßen nur ein Auto, einen BMW neueren Datums. Nat wußte, daß er Vivian gehörte. Je mehr er an diesem Nachmittag zu sehen bekam, um so mehr mußte er an das Entsetzen seiner Mutter denken, als ihre ältere Schwester vor vielen Jahren heiratete. »Jane hat die ganzen Jahre lang für alles, was sie besitzt, gearbeitet«, hatte seine Mutter geschäumt. »Was hat sie nur in diesem widerlichen Schnorrer gesehen? Er ist mit einem Paar Unterhosen in diese Ehe gegangen.«

Es erschien Nat, als habe Covey etwa genausoviel an weltlicher Habe zu seiner Vereinigung mit Vivian beigesteuert.

Dann leuchteten seine Augen auf. Der BMW stand auf der linken Seite der Garage. Der Boden rechts daneben war mit Öl verschmiert.

Nat ging auf die Knie. Es gab kein Anzeichen dafür, daß der BMW Öl verlor, und er wußte, daß auch auf der Einfahrt keine Ölflecken waren.

Wer hatte hier geparkt, und zwar nicht nur einmal, sondern des öfteren, überlegte er, und weshalb würde man den Wagen eines Besuchers in die Garage fahren? Ein Grund natürlich wäre es, sicherzugehen, daß niemand etwas von der Existenz des Wagens mitbekam.

Nat war sich klar, daß er als nächstes nachsehen würde, ob Tinas Wagen Öl verlor.

44

Deb Coogan hatte ein paar wunderbare Stunden. Normalerweise wusch sie sich selbst ihre kurzen, lockigen Haare, trocknete sie mit einem Handtuch und ging etwa alle sechs Wochen zu dem kleinen Friseur am anderen Ende des Orts, um sich die Haare schneiden zu lassen. Nun war sie zum erstenmal bei Tresses, dem besten Schönheitssalon von Chatham.

Sie war entspannt, genoß die rosagrüne Luxusausstattung des schicken Salons und ließ mit großem Vergnügen die gründliche Haarwäsche inklusive einer Nackenmassage, das Einarbeiten der Strähnchen, die ihrem mittelbraunen Haar Glanzlichter verliehen, die Maniküre mit warmem Öl und die Pediküre, ihre allererste, über sich ergehen. Da es schließlich ihre Bürgerpflicht war, mit möglichst vielen der Angestellten hier ins Gespräch zu kommen, hatte sie sich für all diese Behandlungen entschieden.

Jede Befürchtung ihrerseits, die Mitarbeiter des Salons könnten sich scheuen zu reden, schwand schnell. Alle Anwesenden tuschelten über die große Neuigkeit, daß Scott Covey möglicherweise ein Verdächtiger im Todesfall seiner Frau war.

Deb fiel es leicht, Beth, die ihr die Haare wusch, zum Reden über die verstorbene Vivian Carpenter Covey zu bringen, doch letzten Endes erfuhr sie nur, daß Beth fast in Ohnmacht gefallen sei, als sie las, daß Vivian dermaßen viel Geld hatte. »Nie ein Trinkgeld für mich und gerade mal ein paar Krümel für die Friseuse. Und das können Sie mir glauben: Ein einziger Tropfen Wasser, der auch nur in die Nähe von ihrem Ohr kam, und schon hat sie sich wegen ihrem empfindlichen Trommelfell beschwert. Da frag ich Sie, wie empfindlich konnte die denn sein? Sie hat doch immer damit angegeben, daß sie tauchen lernt.«

Die Friseuse war etwas wohlmeinender. »Oh, wir haben sie alle mal als Kundin gehabt. Sie hat sich ständig Sorgen gemacht, daß sie nicht ganz perfekt aussieht. Und natürlich war immer schuld, wer sie gerade bedient hat, wenn sie nicht zufrieden war. Es ist wirklich ein Jammer. Sie war eine hübsche Frau, schwankte aber ständig hin und her – mal war sie so hochnäsig wie ihre Carpenter-Verwandten, dann wieder hat sie sich über alles und jedes aufgeregt. Die hätte einen Heiligen um den Verstand bringen können.«

Auch die Frau, die ihr die Maniküre machte, tratschte gern, war aber leider nicht besonders hilfreich: »Sie war total auf diesen ihren Ehemann versessen. Ist *der* nicht ein toller Hecht? Einmal ist er über die Straße gekommen, um sie abzuholen, und eins unsrer Mädchen sah ihn durch die Fensterscheibe. Sie sagte: ›Entschuldigung, aber ich renn jetzt raus und werf mich diesem Prachtstück da zu Füßen.‹ Sie hat natürlich nur einen Witz gemacht, aber können Sie sich vorstellen, daß sie dabei grade Vivians Nägel fertigpoliert hat? Die ist vielleicht an die Decke gegangen. Vivian hat sie angeplärrt. ›Warum will jedes Flittchen auf der ganzen Welt meinen Mann anmachen?‹«

Will ihn anmachen, dachte Deb. Das bedeutet wohl, daß er nicht darauf einging. »Wann ist das passiert?« erkundigte sie sich.

»Ach, ungefähr zwei oder drei Wochen, bevor sie ertrank.«

Als sie dann aber ihre Pediküre bekam, wußte Debbie, daß ihr Nachmittag nicht bloß eine extravagante Verschwendung war. Die Fußpflege erhielt man in einem separaten, durch einen Wandschirm abgetrennten Bereich, wo zwei erhöhte Stühle nebeneinander über Fußbädern standen.

»Versuchen Sie bitte, Ihre Zehen stillzuhalten, Mrs. Coogan«, sagte Marie. »Ich will Sie nicht aus Versehen schneiden.«

»Ich kann nichts dafür«, gestand Debbie. »Ich hab schrecklich kitzlige Zehen.«

Marie lachte. »Das geht einer anderen Kundin von mir genauso. Sie läßt sich fast nie eine Pediküre machen, aber als sie heiraten wollte, haben wir ihr alle gesagt, daß sie unbedingt hübsche Füße dafür haben muß.«

Da die Gelegenheit günstig war, brachte Debbie Vivians Namen ins Gespräch. »Wenn man bedenkt, daß Vivian Carpenter nach ihrer Hochzeit nur noch drei Monate gelebt hat …« Sie seufzte und ließ ihre Stimme verebben.

»Ich weiß. Das war doch grauenhaft! Wissen Sie, Sandra, die Kundin, von der ich Ihnen grad erzählt hab, die Frau, die nie 'ne Pediküre will?«

»Ja.«

»Also, an dem Tag, als sie doch eine hatte, für ihre Hochzeit, da saß sie genau in dem Stuhl hier, und Vivian war daneben. Sie fingen an, miteinander zu reden. Sandra ist so eine, die einem alles von sich erzählt.«

»Worüber hat sie denn damals gesprochen?«

»Sie hat Vivian erzählt, daß sie anschließend zur Kanzlei von ihrem Anwalt gehen wollte, um ihren Verlobten zu treffen und einen hieb- und stichfesten Ehevertrag zu unterzeichnen.«

Debbie setzte sich etwas gerader hin. »Was meinte Vivian dazu?«

»Na ja, sie hat so ungefähr gesagt: ›Ich finde, wenn man eine Ehe nicht damit anfangen kann, daß man sich liebt und vertraut, dann sollte man es gleich bleiben lassen.‹«

Marie verteilte Körpermilch auf Debbies Füße und begann sie zu massieren. »Sandra hatte sich so was nicht einfach gefallen lassen. Sie hat Vivian erklärt, daß sie schon mal verheiratet war und die Ehe nach drei Jahren in die Brüche ging. Sandra hat ein paar Boutiquen. Ihr Ex-Mann hat behauptet, er hätte ihr enorm geholfen, weil sie – ist das zu fassen? – abends eine Menge über ihre Expandierungspläne mit ihm geredet hätte. Er bekam eine Riesenabfindung. Sandra sagte, er hätte, als sie ihn geheiratet hat, nicht mal gewußt, was das Wort Boutique bedeutet, und er hätte es noch immer nicht gewußt, als sie sich getrennt haben. Sie sagte zu Vivian, wenn der eine Ehepartner Geld hat und der andere nicht, dann zahlt der mit Geld bei einer Scheidung unglaublich drauf.«

»Was hat Vivian dazu gemeint?«

»Vivian sah irgendwie verstört aus. Sie sagte, das sei ja sehr interessant und nicht von der Hand zu weisen. Sie hat gesagt: ›Vielleicht ruf ich lieber meinen Anwalt an.‹«

»Hat sie das ironisch gemeint?«

»Das weiß ich nicht. Bei ihr hab ich mich nie ausgekannt.« Marie deutete auf das Tablett mit Nagellack. »Dieselbe Farbe wie Ihre Finger, Erdbeer-Sorbet?«

»Bitte.«

Marie schüttelte die Flasche, schraubte den Deckel ab und

begann mit sorgfältigen Strichen Debbies Zehennägel zu lakkieren. »Ein echter Jammer«, äußerte sie. »Im Grunde war Vivian wirklich ein netter Mensch, nur so schrecklich unsicher. Der Tag, als sie sich damals mit Sandra unterhalten hat, war das letztemal, daß ich sie je gesehen hab. Drei Tage später war sie tot.«

45

Das Restaurant *The Captain's Table*, das zum Hyannis Yacht Club gehört, lag über dem Hafen.

Als langjähriges Klubmitglied und häufiger Gast in dem Restaurant hatte John einen begehrten Tisch in dem Glasanbau beim Speisesaal ergattert. Er bestand darauf, daß Menley am Fenster gegenüber saß, damit sie den Blick auf den Nantucket Sound genießen konnte, auf die anmutigen Segelboote, die eleganten Yachten und die majestätischen Dampfschiffe, die nach Martha's Vineyard und Nantucket Touristen beförderten und wieder zurück.

Als Menley um Viertel vor sieben vom Remember House weggefahren war, lag Hannah bereits für die Nacht versorgt im Bettchen. Als sie jetzt an ihrem Sekt nippte, ließ sie ein Gedanke nicht los. War irgendwo in den Spragueschen Unterlagen eine Abbildung von Kapitän Andrew Freeman, die ihr flüchtig unter die Augen gekommen war, sie aber unbewußt doch beeindruckt hatte, als sie durch den Riesenberg von Papieren ging? In diesem Glauben hatte sie Jan Paley gelassen. Und dann fragte sie sich, wie oft sie wohl in den letzten Tagen die Begriffe »unbewußt« und »im Unterbewußtsein« verwendet hatte. Sie rief sich ins Gedächtnis zurück, daß selbst die nur gelegentlichen Beruhigungspillen, die sie einnahm, sie benommen machen konnten.

Sie schüttelte den Kopf, um ihn wieder freizubekommen. Jetzt, da sie hier im Restaurant saß, war sie froh, daß sie gekommen war. Vielleicht war das ja der Grund, weshalb Adam so darauf aus war, sie in Gesellschaft anderer Menschen zu wissen. Früher hatte sie wirklich viel unternommen, doch seit Bobbys Tod fiel es ihr ausgesprochen schwer, ein fröhliches Gesicht aufzusetzen und sich für irgend jemanden oder irgend etwas zu interessieren.

Während ihrer Schwangerschaft mit Hannah hatte sie das letzte Buch über David geschrieben und war damals froh, völlig in der Arbeit daran aufzugehen. Ihr war aufgefallen, daß sie, sobald sie nicht beschäftigt war, sich Sorgen zu machen begann, irgend etwas könne schiefgehen, sie könne vielleicht eine Fehlgeburt erleiden oder das Baby werde tot geboren.

Und seit Hannahs Geburt kämpfte sie nun mit den quälenden Anfällen des Streßsyndroms – Flashbacks, Angstattacken, Depressionen.

Eine ganz schön trübselige Leier von Beschwerden für einen Mann wie Adam, der mit einem überaus anstrengenden Job leben mußte, überlegte sie. Sie war ja zunächst so aufgebracht gewesen über Adams augenscheinliche Bemühungen, sie zum Ausgehen zu bewegen und Amy im Remember House übernachten zu lassen. Jetzt aber wünschte sie sich verzweifelt, er säße hier bei ihr am Tisch.

Menley war sich bewußt, daß sie endlich wieder wie früher aussah. Ihre Taille war wieder ganz wie sonst, und heute abend hatte sie einen hellgrauen Seidenhosenanzug mit einem Bolerojäckchen und weiten langen Hosen ausgesucht. Dunkelgraue Ärmelaufschläge betonten das ebenfalls dunkelgraue Oberteil. Ihr von der Sonne aufgehelltes Haar hatte sie im Nacken zu einem einfachen Knoten zusammengesteckt. Die schmale Silberhalskette mit den Diamanten und dazu passende Ohrringe – beides ein Verlobungsgeschenk von Adam – ergänzten ihr Erscheinungsbild. Sie erkannte, wie gut es ihr tat, sich wieder nett herzurichten.

Die Entdeckung, daß John und Elaine auch Scott Covey eingeladen hatten, war eine nicht unangenehme Überraschung gewesen. Menley bemerkte seinen anerkennenden Blick, als der Empfangschef sie zum Tisch geleitete. Zu Scotts

Charme gehörte auch, wie sie feststellte, daß er sein eigenes blendendes Aussehen überhaupt nicht zu beachten schien. Sein Verhalten war eher ein wenig scheu, und er hatte die Gabe, jedem, der gerade sprach, genau zuzuhören.

Er erwähnte kurz die Hausdurchsuchung. »Ihre Auskunft war richtig, Menley. Als ich Adam erreicht habe, sagte er mir, daß er in dieser Sache nichts unternehmen kann, und meinte allerdings auch, ich solle besser in Kontakt mit ihm bleiben und immer meinen Anrufbeantworter anlassen.«

»Adam ist ein sehr entschiedener Mensch«, sagte Elaine mit einem Lächeln.

»Ich bin verdammt froh, daß er auf meiner Seite ist«, erwiderte Covey und fügte dann hinzu: »Aber laßt uns nicht den Abend mit dieser Geschichte verderben. Ein Trost ist immerhin, wenn man nichts zu verbergen hat – es ist ein schreckliches Gefühl, wenn einem die Polizei das Haus auseinandernimmt, weil sie beweisen will, daß man ein Verbrecher ist, aber immerhin ist es ein großer Unterschied, ob man aufgebracht ist oder Angst hat.«

Erregt hakte Elaine ein: »Wenn ich bloß daran denke! Die Carpenters hätten sich bloß halb soviel um Vivian kümmern sollen, als sie noch am Leben war, wie sie sich jetzt wohl zu kümmern glauben, wo sie tot ist. Ich kann euch sagen, als die Arme vor drei Jahren ihr Haus gekauft hat, da kam sie mir so einsam vor. Ich hab später eine Flasche Champagner rübergebracht, und es war zum Erbarmen, wie dankbar sie dafür war. Sie hockte einfach völlig alleine da.«

»Elaine«, warnte sie John.

Als sie Tränen in Scotts Augen aufsteigen sah, biß sich Elaine auf die Lippen. »O Gott, Scott, es tut mir so leid. Du hast recht. Wechseln wir besser das Thema.«

»Das tu ich«, ergriff John strahlend das Wort. »Wir machen hier unseren Hochzeitsempfang, und ihr beide seid die ersten, die hiermit offiziell in Kenntnis gesetzt werden, daß er um genau vier Uhr am Samstag, den sechsundzwanzigsten November, stattfindet. Wir haben sogar schon das

Essen ausgesucht: geschmorter Truthahn.« Sein Auflachen klang wie *hä-hä-hä.* »Vergeßt nicht, das ist zwei Tage nach Thanksgiving.« Er drückte Elaines Hand.

Elaine sah wie eine Braut aus, dachte Menley. Eine Halskette aus Gold und Perlen unterstrich ihr weißes Kleid mit dem Kapuzenkragen. Ihr sanft gebürstetes blondes Haar schmeichelte ihrem schmalen, etwas kantigen Gesicht. Der große birnenförmige Diamant an ihrer linken Hand war ein deutlich ins Auge fallendes Zeichen von Johns Großzügigkeit.

Und die andere Seite der Medaille ist, sagte sich Menley beim Nachtisch, daß John in der Tat schrecklich gern über das Versicherungsgeschäft redet und keine Witze erzählen sollte. Sie war an Adams schnellen, scharfen Geist gewöhnt, und es war qualvoll, John wieder einmal damit anfangen zu hören: »Das erinnert mich an eine Geschichte über ...«

Einmal, während einer langwierigen Litanei, blickte Scott Covey mit erhobener Augenbraue zu ihr herüber, und sie spürte, wie ihr die Lippen zuckten. Mitverschwörer, dachte sie.

Aber John war ein verläßlicher, guter Mensch, und eine Menge Frauen würden Elaine sicher beneiden.

Nichtsdestotrotz war Menley, als sie dann vom Tisch aufstanden, mehr als bereit, ja erpicht, wieder heimzukommen. John schlug vor, ihr mit Elaine bis zur Tür zu folgen, um sicherzugehen, daß sie gut nach Hause kam.

»O nein, bitte, ich komm zurecht.« Sie bemühte sich, ihre Gereiztheit zu verbergen. Ich entwickle ja einen regelrechten Reflex gegen jede Andeutung von Beschützerhaltung, dachte sie.

Hannah schlief friedlich, als Menley nach Hause kam. »Sie war großartig«, sagte Amy. »Wollen Sie, daß ich morgen etwa um dieselbe Zeit komme, Mrs. Nichols?«

»Nein, das ist nicht nötig«, entgegnete Menley sachlich. »Ich melde mich dann wieder.« Es tat ihr leid, die Bestürzung in Amys niedergeschlagenem Gesicht wahrzunehmen, aber sie wußte zugleich, daß sie sich darauf freute, mit Hannah allein zu sein, bis Adam am nächsten Tag von New York zurückkam.

Es fiel ihr heute schwerer, einzuschlafen. Nicht, daß sie nervös gewesen wäre. Sie konnte einfach nicht aufhören, in ihrer Vorstellung durch all die Bilder und Skizzen in dem Material von Phoebe Sprague zu gehen. Soweit sie wußte, hatte sie sie doch kaum angeschaut. Es waren zumeist Skizzen von frühen Siedlern, darunter manche ohne Namen, und von historischen Gebäuden, dazu Grundstückspläne, Segelschiffe – eigentlich ein beliebiger Mischmasch.

Konnte es denn sein, daß sie auf eine Zeichnung ohne Namen gestoßen war und sie im Unterbewußtsein kopiert hatte, als sie versuchte, sich Kapitän Andrew Freeman vorzustellen? Er sah ja nicht so ungewöhnlich aus. Viele der Seeleute Anfang des achtzehnten Jahrhunderts hatten kurze dunkle Bärte.

Und dann hab ich wohl rein zufällig genau sein Gesicht gezeichnet? machte sie sich über sich selbst lustig. *Unterbewußt, unbewußt* – schon wieder diese Wörter, dachte sie. Guter Gott, was ist bloß mit mir los?

Dreimal stand sie vor zwei Uhr morgens auf und schaute nach Hannah, doch jedesmal schlief die Kleine fest. In der guten Woche, die wir jetzt hier sind, ist sie schon wieder ein Stück gewachsen, überlegte Menley, während sie die kleine ausgestreckte Hand sacht berührte.

Endlich spürte sie, wie ihr die Augenlider schwer wurden, und wußte, daß sie bald einschlafen konnte. Sie machte es sich wieder im Bett bequem und berührte das Kissen von Adam, nach dem sie sich plötzlich intensiv sehnte. Ob er wohl heute abend angerufen hatte? Wahrscheinlich nicht – Amy hätte ihr Bescheid gegeben. Doch weshalb hatte er es nicht gegen halb elf versucht? Er wußte doch, daß sie bis dahin wieder daheim sein würde.

Oder ich hätte ihn ja auch anrufen können, dachte Menley. Ich hätte ihm sagen sollen, daß mir der Abend Spaß gemacht hat. Vielleicht hatte er Bedenken, mich anzurufen, weil er befürchtete, ich würde mich über die Essenseinladung beklagen.

O Gott, ich möchte einfach wieder ich selbst sein, ich will einfach ganz normal sein.

Um vier Uhr brauste der Lärm eines auf sie zurasenden Zuges durch das Haus.

Sie war an dem Bahnübergang, versuchte ihn rechtzeitig zu überqueren. Der Zug kam näher.

Sie fuhr hoch, stopfte sich die Finger in die Ohren, um das Geräusch abzuwürgen, und stolperte wie wild ins Kinderzimmer. Sie mußte unbedingt Bobby retten.

Hannah schrie lauthals, zappelte mit den Armen und strampelte mit den Füßen die Decken weg.

Der Zug wird sie auch noch töten, dachte Menley und versuchte fieberhaft, in all der Verwirrung einen klaren Gedanken zu fassen und zur Wirklichkeit zurückzufinden.

Doch dann war es vorbei. Die Eisenbahn verschwand, und das Klicketiklack der Räder verlor sich in der Nacht.

Hannah schrie.

»Hör auf«, brüllte Menley das Baby an. »Hör auf! Hör auf!«

Hannah schrie noch gellender.

Menley sank zitternd auf das Bett gegenüber vom Kinderbettchen nieder, schlang die Arme um sich, voller Angst, ob sie es wagen könne, Hannah herauszunehmen.

Und dann hörte sie, wie er sie von unten rief, wie er sie aufgeregt und voller Freude zu sich rief: »Mommy, Mommy.«

Mit ausgestreckten Armen, seinen Namen schluchzend, rannte sie los, Bobby zu finden.

46

Der Bezirksstaatsanwalt berief für Mittwoch nachmittag eine Zusammenkunft in sein Amtszimmer im Gericht von Barnstable. Vorgesehen war die Anwesenheit der drei Beamten seiner Abteilung, die an der Durchsuchung des Covey-Hauses teilgenommen hatten, dann des Gerichtsmediziners, der die Autopsie durchgeführt hatte, zweier Sachverständiger von der Küstenwache in Woods Hole – einer, um sich zu den Meeresströmungen an dem Tag, als Vivian Carpenter ertrank, zu äußern, der andere, um den Zustand der Tauchausrüstung, die sie getragen hatte, zu erörtern – und von Nat Coogan.

»Das bedeutet, daß ich heute früh weg muß«, sagte Nat zu Debbie am Mittwoch morgen. »Ich möchte mir noch Tinas Auto anschauen und sehen, ob es Öl verliert, und ich will mit Vivians Anwalt reden, um herauszufinden, ob sie ihn kontaktiert hat.«

Deb legte ihrem Mann einen frischen Schub Waffeln auf den Teller. Ihre beiden Söhne hatten schon ihr Frühstück beendet und waren zu ihren Sommerjobs losgezogen.

»Ich sollte dich nicht mit so was füttern«, seufzte sie. »Du mußt doch eigentlich an die neun Kilo loswerden.«

»Heute brauch ich die Energie, Mäuschen.«

»Ja, natürlich.« Debbie schüttelte den Kopf.

Vom Frühstückstisch aus blickte Nat voller Bewunderung auf die schimmernden Stellen in ihrem Haar. »Du siehst wirklich fantastisch aus«, bemerkte er. »Ich geh heute abend mit dir essen, damit ich mit dir angeben kann. Du hast mir übrigens noch gar nicht gesagt, wieviel das alles gekostet hat.«

»Iß deine Waffeln«, erklärte Debbie und reichte ihm den Sirup. »Das willst du lieber gar nicht wissen.«

Nat fuhr als erstes zum *Wayside Inn.* Er steckte den Kopf in den Speiseraum. Wie erhofft, hatte Tina Dienst. Dann ging er zum Büro, wo nur die Sekretärin anwesend war.

»Nur eben eine Frage«, sagte er, »zu Tina.«

Die Sekretärin zuckte mit den Achseln. »Das wird schon in Ordnung sein. Die haben Sie ja neulich auch ihre Unterlagen anschauen lassen.«

»Wer wüßte wohl, ob sie viele private Anrufe hierher bekommen hat?« fragte Nat.

»Die hätte sie gar nicht direkt erhalten. Außer in einem echten Notfall nehmen wir hier die Anrufe entgegen, und die Bedienung ruft dann in der Arbeitspause zurück.«

Vermutlich ist das eine Sackgasse, dachte er. »Wüßten Sie vielleicht, was für einen Wagen Tina fährt?«

Sie zeigte aus dem Fenster zu dem Parkplatz hinter dem Gebäude. »Der grüne Toyota gehört ihr.«

Der Wagen war mindestens zehn Jahre alt. Rostflecken an den Kotflügeln fraßen sich bereits in den Stahl. Mit einem Grunzen hockte Nat sich hin und warf einen Blick auf den Unterboden. Glänzende Ölflecken waren klar zu erkennen. Auch auf den Schotter darunter war Öl getropft.

Genau, wie ich es mir gedacht habe, jubelte er innerlich. Er mühte sich wieder auf die Füße und sah durch die Windschutzscheibe ins Wageninnere. In Tinas Auto herrschte Chaos. Tonkassetten waren auf dem Beifahrersitz verstreut. Leere Sodadosen häuften sich auf dem Boden. Er schaute durch das Hinterfenster. Zeitungen und Zeitschriften lagen auf dem Sitz herum. Und dann entdeckte er, halb von Tüten bedeckt, zwei leere Motoröldosen von je einem halben Liter.

Er eilte zum Büro zurück. »Noch eine letzte Frage – übernimmt Tina zufällig auch mal die Empfangszentrale?«

»Nun, ja, sicher«, erwiderte die Sekretärin. »Sie springt von elf bis halb zwölf ein, wenn Karen Pause macht.«

»Dann hätte sie da persönliche Anrufe erhalten können?«

»Vermutlich.«

»Vielen herzlichen Dank.« Nat schritt beschwingt auf dem Weg zu seinem nächsten Unternehmen dahin, einem kleinen Schwätzchen mit Vivians Anwalt.

Leonard Wells, Esquire, hatte eine Straße von der Main

Street entfernt in Hyannis eine ansehnliche Bürosuite. Er war ein reservierter Herr in den Fünfzigern mit einer randlosen Brille, die seine nachdenklichen braunen Augen vergrößerte, und gab in seinem beigefarbenen leichten Anzug eine gepflegte Erscheinung ab. Nat hatte sofort den Eindruck, daß Wells einer dieser Männer war, die niemals in der Öffentlichkeit ihren Kragen aufmachten oder die Krawatte lockerten.

»Ihnen ist doch klar, daß mich bereits Beamte von der Staatsanwaltschaft, der Anwalt der Familie Carpenter und ein Vertreter der Gesellschaft, die den Smaragdring versichert hat, aufgesucht haben. Mir geht das Verständnis dafür ab, wieviel mehr ich noch zu den Ermittlungen beitragen kann.«

»Vielleicht haben Sie recht, Sir«, sagte Nat freundlich. »Aber es besteht immer die Möglichkeit, daß man etwas übersehen hat. Ich kenne natürlich bereits die Bedingungen des Testaments.«

»Jeden Groschen, den Vivian besaß, ebenso wie ihr Haus, ihr Boot, ihren Wagen und Schmuck hat ihr Ehemann geerbt.« Frostiges Mißfallen durchdrang Wells' Stimme.

»Wer war der Begünstigte in ihrem vorherigen Testament?«

»Es gab zuvor kein Testament. Vivian kam vor drei Jahren zu mir, damals, als sie das Kapital ihres Treuhandfonds erbte, fünf Millionen Dollar.«

»Weshalb ist sie zu Ihnen gekommen? Ich meine, ihre Familie hat doch bestimmt schon Rechtsanwälte.«

»Ich hatte einiges für eine Freundin von ihr bearbeitet, die anscheinend recht zufrieden mit mir war. Und Vivian sagte damals, daß sie sich nicht von den Rechtsberatern ihrer Familie vertreten lassen wollte. Sie holte meinen Rat ein, welche Bank ich vorschlagen würde, damit sie dort ein Depot anlegt. Sie wollte den Namen von einem umsichtigen Anlageberater, um mit ihm ihr beträchtliches Aktienportefeuille zu überprüfen. Sie ließ sich von mir über ihre potentiellen Erben beraten.«

»Sie wollte ein Testament machen?«

»Nein, sie wollte entschieden *keines* machen. Sie wollte wissen, wer im Falle ihres Todes erben würde. Ich sagte ihr, es würde ihre Familie sein.«

»Und damit war sie zufrieden?« erkundigte sich Nat.

»Sie sagte mir, daß sie es ihnen nicht gern zum Geschenk machen würde, weil sie es nicht verdienten, aber weil es niemand auf der ganzen Welt gebe, der sie im geringsten interessiere, könnten sie es auch genausogut de facto haben. Selbstverständlich hat sich das alles geändert, als sie Covey kennenlernte.«

»Haben Sie ihr ans Herz gelegt, einen Ehevertrag aufzusetzen?«

»Es war zu spät. Sie war bereits verheiratet. Ich habe ihr allerdings dringend geraten, ein detaillierteres Testament zu unterzeichnen. Ich wies sie darauf hin, daß so, wie das Testament angelegt war, ihr Mann alles erben würde, und daß sie für noch ungeborene Kinder Vorsorge treffen sollte. Sie erklärte, diese Angelegenheit werde sie in Angriff nehmen, wenn sie schwanger würde. Ich habe ihr auch dringend geraten, die Tatsache zu bedenken, daß es, sollte die Ehe doch scheitern, Schritte gäbe, die zum Schutz ihres Vermögens erwägenswert seien.«

Nat sah sich im Zimmer um. Getäfelte Wände mit einer feinen Patina; juristische Fachliteratur, sauber angeordnet in Regalen, die hinter dem Mahagonischreibtisch vom Boden bis zur Decke reichten. Geschmackvoll gerahmte englische Jagdszenen; ein orientalischer Teppich. Der Gesamteindruck sprach für guten Geschmack und bildete ein angemessenes Ambiente für Leonard Wells. Nat fand, daß er den Mann mochte.

»Mr. Wells, hat Vivian sich oft von Ihnen beraten lassen?«

»Nein. Ich gehe allerdings davon aus, daß sie meinen Rat befolgte und nur ein relativ bescheidenes Girokonto bei der hiesigen Bank unterhielt. Sie war mit dem Finanzberater zufrieden, den ich ihr empfohlen habe, und traf sich vierteljährlich mit ihm in Boston. Den Schlüssel zu ihrem Safe hinterlegte sie bei mir hier im Büro. Wenn sie gelegentlich kam, um ihn abzuholen, haben wir uns ein wenig unterhalten.«

»Weshalb hat sie ihren Schlüssel zum Safe hier gelassen?« fragte Nat.

»Vivian war generell etwas achtlos. Letztes Jahr verlor sie den Schlüssel zweimal und mußte eine hohe Gebühr für einen neuen zahlen. Da die Bank gleich nebenan ist, beschloß sie, ihn bei uns in Verwahrung zu geben. Als sie noch am Leben war, hatte nur sie allein Zugang. Nach ihrem Tod wurde natürlich der Inhalt aus dem Safe genommen und aufgelistet, wie Sie ja sicher schon wissen.«

»Hat Vivian Sie drei Tage vor ihrem Tod angerufen?«

»Ja. Der Anruf kam, als ich im Urlaub war.«

»Wissen Sie, weshalb sie mit Ihnen sprechen wollte?«

»Nein, leider nicht. Sie wollte nicht ihren Safeschlüssel abholen und auch partout nicht mit meinem Kollegen reden. Sie hinterließ die Nachricht, ich solle sie sofort nach meiner Rückkehr anrufen. Unglücklicherweise war sie dann aber schon zwei Tage vermißt.«

»Wie verhielt sie sich, als sie mit Ihrer Sekretärin sprach? Schien sie aufgeregt zu sein?«

»Vivian regte sich immer auf, wenn jemand, den sie sehen wollte, nicht gleich zur Stelle war.«

Das bringt mich nicht gerade weiter, dachte Nat. Dann fragte er: »Sind Sie je Scott Covey begegnet, Mr. Wells?«

»Nur einmal. Bei der Testamentseröffnung.«

»Was für einen Eindruck hatten Sie von ihm?«

»Meine Meinung ist selbstverständlich nicht mehr als das. Bevor ich ihn traf, war ich bereits zu der persönlichen Ansicht gekommen, daß er ein Glücksritter ist, der eine verletzliche, höchst gefühlsbetonte junge Frau mit seinem Charme eingewickelt hat. Ich halte es nach wie vor für eine Schande, daß ein Fremder in den Genuß des gesamten Carpenter-Vermögens kommt. Es gibt genug entferntere Verwandte bei den Carpenters, die einen unerwarteten Geldsegen gebrauchen könnten. Ich muß zugeben, daß ich danach ein anderes Gefühl hatte. Ich war höchst positiv von Scott Covey beeindruckt. Er wirkte aufrichtig betrübt über den Tod seiner Frau. Und falls er nicht ein großartiger Schauspieler ist, war er völlig vor den Kopf gestoßen, als er begriff, wie groß das Vermögen ist.«

47

Henry Sprague hatte einen unangenehmen Geschmack im Mund. Dienstag nachmittag hatte er die Streifenwagen gesehen, als sie in Scott Coveys Einfahrt einbogen. Mit dem Gefühl eines Voyeurs hatte er vom Seitenfenster aus beobachtet, wie man Covey ein Stück Papier übergab, vermutlich einen Haussuchungsbefehl. Später dann, als er mit Phoebe auf der Veranda saß, mußte er voller Unbehagen mitansehen, wie Covey auf seiner eigenen Veranda in einer Haltung von Niedergeschlagenheit und Verzweiflung dasaß.

Hätte ich nicht diese Tina da im *Cheshire Pub* mitgekriegt, dann hätte ich keinen einzigen Grund, Scott Covey zu verdächtigen, hatte er sich während einer schlaflosen Nacht vorgeworfen.

Ihm fiel wieder die erste Begegnung mit Phoebe ein. Sie war damals dabei, ihren Doktor an der Yale University zu machen. Er hatte einen Magister in Betriebswirtschaft von der Universität Amos Tuck und arbeitete im Export-Import-Familienunternehmen. Von dem Moment an, als er sie zum erstenmal sah, wurden die anderen Mädchen, mit denen er ausgegangen war, unwichtig. Eine unter ihnen – sie hieß Kay – war wirklich gekränkt und rief noch ständig an.

Wenn ich mich nun bereit erklärt hätte, Kay zu treffen, nachdem ich schon verheiratet war, nur um einer Aussprache willen, und irgend jemand hätte das Treffen fehlinterpretiert? dachte Henry. Könnte das etwa hier auch der Fall sein?

Am Mittwoch morgen wußte er, was er zu tun hatte. Betty, ihre altbewährte Reinemachefrau, war da, und er wußte, daß er sich auf sie verlassen konnte, Phoebe im Auge zu behalten.

Aus dem Gefühl heraus, doch nur einen Korb zu bekommen, rief er Scott nicht vorher an. Statt dessen ging er um zehn Uhr über den Rasen und klingelte am Hintereingang. Durch das Fliegengitter konnte er Scott sehen, wie er am Küchentisch saß, Kaffee trank und Zeitung las.

Henry war klar, daß Covey keinen Grund hatte, erfreut zu sein, als er sah, wer da Einlaß begehrte.

Er kam zur Tür, öffnete sie jedoch nicht. »Was wollen Sie, Mr. Sprague?«

Henry nahm kein Blatt vor den Mund. »Ich finde, ich muß mich bei Ihnen entschuldigen.«

Covey trug ein Sporthemd, khakifarbene Shorts und Riemensandalen. Sein dunkelblondes Haar war feucht, als habe er sich soeben geduscht. Seine Miene hellte sich auf. »Warum kommen Sie nicht rein?«

Ohne zu fragen, holte er einen weiteren Becher aus dem Küchenschrank und schenkte Kaffee ein. »Vivian hat mir erzählt, daß Sie ein Kaffeeholiker sind.«

Es war guter, ja exzellenter Kaffee, bemerkte Henry mit Vergnügen. Er setzte sich auf den Stuhl gegenüber von Covey an den kleinen Tisch und trank eine Weile schweigend. Dann versuchte er mit sorgsam erwogenen Worten Scott sein Bedauern darüber auszudrücken, daß er dem Kriminalbeamten von der Begegnung mit Tina damals an dem Nachmittag im Pub erzählt hatte.

Ihm gefiel die Tatsache, daß Covey keine Einwände machte. »Schauen Sie, Mr. Sprague, ich verstehe, daß Sie getan haben, was Sie für richtig hielten. Ich verstehe genauso, was für eine Einstellung die Polizei hat und was Vivs Verwandte und Freunde denken. Ich muß allerdings darauf hinweisen, daß Viv kaum Freunde hatte, die sie wirklich geschätzt haben. Ich bin nur froh, daß Sie vielleicht allmählich begreifen, daß es einfach die reine Hölle für mich ist, meine Frau so sehr zu vermissen und gleichzeitig von den Leuten wie ein Mörder behandelt zu werden.«

»Ja, ich glaube, ich verstehe das langsam.«

»Wissen Sie, was wirklich erschreckend ist?« fragte Scott. »Die Art und Weise nämlich, wie die Carpenters alle aufhetzen; die Chancen stehen verflucht gut, daß ich wegen Mordes angeklagt werde.«

Henry erhob sich. »Ich muß wieder rüber. Wenn es irgendwas gibt, womit ich Ihnen helfen kann, dann können Sie sich auf mich verlassen. Ich hätte mich nicht dazu überreden lassen dürfen, ins Klatschen zu geraten. Soviel kann ich Ihnen versprechen: Falls ich als Zeuge erscheinen soll, werde ich laut und deutlich aussagen, daß ich von dem Tag an, als Sie und Vivian geheiratet haben, die glückliche Verwandlung einer sehr unglücklichen jungen Frau miterlebt habe.«

»Das ist alles, worum ich Sie bitte«, erwiderte Scott Covey. »Wenn nur alle die bloße Wahrheit sagen würden, dann hätte ich nichts zu befürchten.«

»Henry.«

Beide Männer drehten sich um, als Phoebe die Gittertür aufmachte und hereintrat. Sie blickte mit verschleierten Augen um sich. »Hab ich dir schon von Tobias Knight erzählt?« fragte sie vage.

»Phoebe ... Phoebe ...« Jan Paley war wenige Schritte hinter ihr. »O Henry, es tut mir so leid. Ich kam gerade kurz vorbei und hab Betty gesagt, sie kann ruhig weiterarbeiten, ich kümmer mich schon um Phoebe. Ich hab mich nur umgedreht, und ...«

»Ich verstehe schon«, sagte Henry. »Komm mit, mein Liebes.« Er schüttelte Scott aufmunternd die Hand, legte dann den Arm um seine Frau und führte sie geduldig nach Hause.

48

Menleys hektische Suche in den Räumen des Erdgeschosses hatte nicht enthüllt, woher Bobbys Stimme kam. Endlich aber war Hannahs Wehgeschrei zu ihrem Bewußtsein durchgedrungen, und sie war wieder zum Kinderzimmer zurückgekehrt. Hannahs Schluchzer hatten sich mittlerweile in einen schlimmen Schluckauf verwandelt.

»Oh, meine Süße«, hatte Menley gemurmelt, ganz geschockt bei der Erkenntnis, daß Hannah schon geraume Zeit geschrien hatte. Sie hob ihre Tochter dann hoch, wickelte sie in ihre Bettdecken ein und ließ sich mit ihr auf das Bett gegenüber sinken.

Sie kroch unter die Steppdecke, schob den BH-Träger von der Schulter und legte sich den Säugling an die Brust. Sie hatte ja nicht stillen dürfen, doch jetzt pulsierte es in ihrer Brust, als die winzigen Lippen an der Brustwarze saugten. Endlich hatte der Schluckauf daraufhin nachgelassen, und Hannah war zufrieden in ihren Armen eingeschlafen.

Sie wollte die Kleine bei sich behalten, aber die Erschöpfung umfing Menley wie eine Nebelwolke und versetzte sie in einen Zustand fast völliger Erstarrung. Wie sie es schon neulich gemacht hatte, legte sie ein Kissen in die Wiege, bettete Hannah darauf, steckte die Decken um sie herum fest und versank selbst in einen todesähnlichen Schlaf, während ihre Hand noch auf der Wiege lag und eine winzige Hand ihren Daumen umklammert hielt.

Das Klingeln des Telefons weckte sie um acht Uhr. Hannah schlief noch, stellte sie fest, als sie ins große Schlafzimmer eilte, um den Hörer abzunehmen.

Es war Adam.

»Erzähl mir bloß nicht, daß du und Hannah noch im Bett seid? Wieso schläft sie eigentlich nie für mich so lange?«

Er meinte es nicht ernst. Das wußte Menley. Sein Tonfall klang belustigt und zärtlich. Warum war sie dann so schnell bereit, bei allem, was er sagte, einen Hintersinn zu vermuten?

»Du hast doch immer mit der frischen Seeluft geprahlt«, erwiderte sie. »Sieht ganz so aus, als hätte Hannah angefangen, dir zu glauben.« Das Essen am Vorabend fiel ihr wieder ein. »Adam, ich hatte gestern einen wirklich schönen Abend.«

»Ach, das freut mich. Ich hab mich nicht getraut, danach zu fragen.«

Genau, wie ich annahm, dachte Menley.

»War sonst noch jemand da, außer dir, Elaine und John?«

»Scott Covey.«

»Das ist ja nett. Ich hab ihn nicht im unklaren darüber gelassen, daß er für mich erreichbar sein muß. Hat er von der Haussuchung gesprochen?«

»Nur, daß es unangenehm, aber nicht furchtbar war.«

»Gut. Und wie geht's dir, Schatz?«

Mir geht's ganz wunderbar, dachte Menley. Ich hab mir eingebildet, eine Eisenbahn durchs Haus rasen zu hören. Ich hab mir eingebildet, mein totes Kind nach mir rufen zu hören. Und ich hab Hannah eine halbe Stunde lang schreien lassen, während ich nach ihm gesucht habe.

»Gut«, sagte sie.

»Wieso hab ich nur das Gefühl, daß du mir nicht die ganze Wahrheit sagst?«

»Weil du als guter Anwalt darauf getrimmt bist, auf versteckte Untertöne zu achten.« Sie zwang sich zu einem Lachen.

»Keine Anfälle?«

»Ich sagte doch, mir geht's gut.« Sie bemühte sich, nicht gereizt oder hektisch zu klingen. Adam durchschaute sie einfach immer. Sie versuchte das Thema zu wechseln. »Das Abendessen war wirklich nett, aber Adam, wenn John je mit den Worten beginnt: ›Das erinnert mich an eine Geschichte ...‹, dann bring dich bloß in Sicherheit. Er findet wirklich kein Ende.«

Adam schmunzelte. »'Laine muß verliebt sein. Sonst würde sie das nicht hinnehmen. Am Flugplatz um fünf?«

»Ich werde dasein.«

Als Hannah gebadet und gefüttert worden war und inzwischen zufrieden im Ställchen in der Küche saß, rief Menley die Psychiaterin in New York an, die sie wegen des Streßsyndroms behandelte. »Ich stecke etwas in Schwierigkeiten«, sagte sie mit möglichst sachlicher Stimme.

»Erzählen Sie mir davon.«

Mit wohlerwogenen Worten berichtete sie Dr. Kaufman davon, wie sie aufgewacht war und sich eingebildet hatte, zunächst das Geräusch einer Eisenbahn und dann Bobby rufen zu hören.

»Und Sie beschlossen, Hannah nicht hochzuheben, als sie schrie?«

Sie versucht herauszufinden, ob ich Angst habe, ich könnte dem Baby was tun, dachte Menley. »Ich hab so stark gezittert, daß ich Angst hatte, ich lasse sie vielleicht fallen, wenn ich sie hochhebe.«

»Hat sie geschrien?«

»Gebrüllt.«

»Hat Sie das sehr aus der Fassung gebracht, Menley?«

Nach einem Zögern flüsterte sie: »Ja, schon. Ich wollte, daß sie aufhört.«

»Ich verstehe. Ich glaube, wir erhöhen lieber die Dosis Ihres Mittels. Letzte Woche habe ich's runtergesetzt, und möglicherweise war das zu früh. Ich muß es Ihnen mit Eilpost schicken. Telefonisch kann ich kein Rezept über die Staatsgrenze weg verschreiben.«

Ich könnte sie bitten, die Verschreibung zu Adams Kanzlei zu schicken, dachte Menley. Er könnte sie dann mitbringen. Aber ich will nicht, daß Adam etwas von meinem Gespräch mit der Ärztin erfährt. »Ich weiß nicht, ob ich Ihnen die Adresse hier schon gegeben habe«, sagte sie ruhig.

Als sie aufgelegt hatte, ging sie zu dem langen Tisch hinüber. Am Tag zuvor hatte sie, nachdem Jan Paley wieder weg war, rasch Phoebe Spragues Ordner mit den Bildern nach einer Darstellung von Kapitän Andrew Freeman durchgeschaut. Jetzt verbrachte sie mehrere Stunden damit, noch einmal alle Ordner durchzugehen, ob ein Bild zu finden war. Aber sie entdeckte keines.

Sie verglich ihre eigene Zeichnung mit der, die Jan Paley mitgebracht hatte. Zug um Zug stimmten beide überein. Der einzige Unterschied war, daß die Skizze aus der Brewster Library den Kapitän am Steuer seines Schiffes zeigte. Woher wußte ich nur, wie er aussah? fragte sie sich abermals.

Sie griff nach ihrem Skizzenblock. Ein inneres Bild von Mehitabel stieg in ihrem Bewußtsein auf und wollte festgehalten sein. Vom Wind verwehtes, schulterlanges Haar; ein zartes, herzförmiges Gesicht; große, dunkle Augen; kleine Hände und Füße; lächelnde Lippen; ein blaues Leinengewand mit langen Ärmeln, hohem Kragen und Spitzeneinsatz und mit einem seitlich sich blähenden Rock.

Mit behenden, sicheren Strichen ihrer geübten Hände übertrug sie die Eingebung geschickt auf Papier. Als sie damit fertig war, hielt sie ihre Skizze gegen die Zeichnung, die Jan gebracht hatte, und begriff, was sie getan hatte.

In der Zeichnung aus der Brewster Library bauschte sich eine Spur von Mehitabels wehendem Rock hinter der Gestalt des Kapitäns hervor.

Menley packte ihr Vergrößerungsglas. Die kleinen Striche auf Andrew Freemans Ärmel auf der alten Zeichnung aus der Bücherei waren Fingerspitzen – Mehitabels Finger. Hatte sie hinter ihrem Mann an Bord gestanden, als der unbekannte Künstler ihn vor fast dreihundert Jahren porträtierte? Hat sie auch nur annähernd so ausgesehen, wie ich sie konzipiert habe? überlegte Menley.

Plötzlich verängstigt, versteckte sie die drei Zeichnungen ganz unten in einem der Ordner, nahm Hannah auf den Arm und ging nach draußen in die Sonne.

Hannah machte fröhliche Laute und zog ihre Mutter an den Haaren, und als Menley sanft die kleinen Finger löste, fiel ihr etwas ein: Gestern nacht, als ich von dem dröhnenden Eisenbahnlärm aufgewacht bin, schrie Hannah doch.

»Hat der Zug dich auch aufgeweckt?« rief sie aus. »Hast du deshalb solche Angst gehabt? O Hannah, was passiert nur mit uns? Was für Wahnideen gabelst du da von mir auf?«

49

Bezirksstaatsanwalt Robert Shore leitete die Sitzung in dem Konferenzsaal, der zu seinen Amtsräumen im Bezirksgericht von Barnstable gehörte. Er saß am Kopfende des Tisches, der Gerichtsmediziner, die Ermittlungsbeamten und Sachverständigen waren an den Seiten plaziert. Nat Coogan hatte er das gegenüberliegende Tischende zugewiesen, eine Würdigung der gründlichen Vorarbeit, die der Polizist in dem Fall geleistet hatte.

»Was haben wir vorliegen?« fragte Shore und forderte Nat mit einem Nicken dazu auf, die Fakten darzulegen.

Schritt für Schritt präsentierte Nat, was er bislang an Tatsachen eruiert hatte.

Der Gerichtsmediziner kam als nächster dran. »Die Leiche war von Aasfressern verstümmelt. Bestimmt sind Sie besonders am Zustand ihrer Hände interessiert. Die Fingerspitzen beider Hände fehlten, was zu erwarten steht. Wenn jemand ertrinkt, ist das die erste Stelle, an die sich Krabben heranmachen. Im übrigen sind die Finger der linken Hand intakt. Ein schmaler Goldring, ihr Ehering, steckte am Ringfinger.«

Er hielt ein Foto hoch, das zur Zeit der Autopsie entstanden war. »Die rechte Hand verrät uns ganz was anderes. Außer den fehlenden Fingerspitzen war der gesamte Ringfinger bis auf den Knochen abgefressen. Das legt nahe, daß er vorher ein Trauma erlitten hatte, wodurch das Blut an die Oberfläche kam und die Aasfresser anzog.«

»Der Ehemann hat behauptet, daß Vivian am Morgen das Tages, als sie starb, an dem Smaragdring gedreht und gezerrt hat, um ihn abzukriegen«, erklärte Nat. »Hätte das die Verletzung verursachen können?«

»Ja, aber dann muß sie schon mächtig dran gezogen haben.«

Staatsanwalt Shore nahm das Bild aus der Hand des Gerichtsmediziners. »Der Ehemann gibt zu, daß sie den Smaragd auf dem Boot trug, behauptet aber, sie hätte ihn an den

Ringfinger der Linken gesteckt. Falls der Ring lose saß, hätte er dann ins Wasser rutschen können?«

»Sicherlich. Aber er wäre niemals über den Fingerknöchel ihrer rechten Hand hinweg abgerutscht. Doch da ist noch was anderes.« Der Gerichtsmediziner hielt ein weiteres Obduktionsfoto hoch. »Von ihrem rechten Fußknöchel ist nicht mehr viel übrig, aber da gibt es einige Reibungsspuren, die von einem Seil herrühren könnten. Es ist möglich, daß sie irgendwann gefesselt und sogar ziemlich weit abgeschleppt wurde.«

Shore beugte sich vor. »Absichtlich?«

»Das ist unmöglich festzustellen.«

»Dann sollten wir jetzt über den Alkoholanteil in ihrem Körper reden.«

»Basierend auf dem Kammerwasser des Auges, oder, wie der Laie sagen würde, der Augenflüssigkeit, und dem Blut haben wir erhärtet, daß sie den Vergleichswert von drei Glas Wein getrunken hat. Hätte sie ein Auto gesteuert, so wäre ihr Fahrvermögen beeinträchtigt gewesen.«

»Anders ausgedrückt«, sagte Shore, »hatte sie in diesem Zustand nichts unter Wasser zu suchen, aber es gibt kein Gesetz gegen Tiefseetauchen unter Alkoholeinfluß.«

Die beiden Sachverständigen von der Küstenwachabteilung in Woods Hole waren nun an der Reihe. Einer hatte Seekarten dabei, die er auf einem Ständer zur Schau stellte. Mittels eines Zeigestabs legte er seine Erkenntnisse dar. »Wenn sie hier verschwunden ist« – er wies auf eine Stelle, die eine Meile von Monomoy entfernt lag –, »hätte ihre Leiche zum Vineyard treiben müssen und wäre etwa hier aufgetaucht.« Er richtete den Stab auf eine neue Stelle. »Die andere Alternative ist, wenn man die heftigen, vom Unwetter verursachten Strömungen berücksichtigt, daß sie an die Küste von Monomoy geschwemmt worden wäre. Der eine Platz, wo sie nicht hätte sein können, ist die Stelle, wo sie gefunden wurde, in Stage Harbor. Außer«, schloß er, »außer sie verfing sich in einem Fischnetz und wurde dorthin mitgeschleppt, was ebenfalls möglich ist.«

Der Tauchausrüstungsexperte legte die Utensilien auf den Tisch, die Vivian am Tag ihres Todes getragen hatte. »Dieses Zeug war ziemlich abgenutzt«, sagte er dazu. »Soll sie denn nicht reich gewesen sein?«

»Dazu kann ich, glaub ich, was beisteuern«, warf Nat ein. »Vivian schenkte ihrem Mann zur Hochzeit eine neue Ausrüstung. Seine Version ist, daß sie sein altes Gerät benützen wollte, um auszuprobieren, ob ihr das Tauchen Spaß macht. Falls ja, wollte sie sich dann ebenfalls eine erstklassige Ausrüstung anschaffen.«

»Klingt vernünftig.«

Tinas mögliche Verbindung mit Scott wurde erörtert, wobei der Staatsanwalt den Advocatus Diaboli spielte. »Tina ist jetzt verlobt?« fragte er.

»Ja, mit ihrem alten Freund«, erwiderte Nat und berichtete dann, welchen Eindruck Fred Hendin auf ihn gemacht hatte. Als nächstes erzählte er von dem Ölfleck auf dem Boden von Scott Coveys Garage.

»Wohl ziemlich ungenau als Beweismittel«, räumte er ein. »Ein guter Verteidiger – und Adam Nichols ist spitze – könnte das vom Tisch fegen.«

Die aus Coveys Haus sichergestellten Unterlagen wurden ausgebreitet. »Covey hat wahrhaftig seine Hausaufgaben gemacht«, brummte Shore. »Da ist nichts zu finden. Aber was ist mit Vivian? Wo hat sie all ihre privaten Papiere aufbewahrt?«

»In ihrem Banksafe«, antwortete Nat.

»Und der Ehemann hatte keine Zugangsberechtigung?«

»Nein.«

Zum Abschluß der Sitzung kam man, wenn auch widerwillig, überein, daß es auf Grund der vorliegenden Fakten nahezu unmöglich sein würde, ein großes Geschworenengericht dazu zu bringen, gegen Scott Covey Anklage zu erheben.

»Ich werde Richter Marron in Orleans anrufen und bitten, eine Zeugenvernehmung vor Gericht anzusetzen«, beschloß Shore. »Auf diese Weise gelangen alle Tatsachen an die Öffentlichkeit. Wenn wir seiner Meinung nach genug aufzuweisen haben, wird er den Beschluß fassen, daß das Belastungsmaterial den Verdacht auf fahrlässige Tötung oder Mord rechtfertigt, und dann berufen wir das Geschworenengericht ein.«

Er streckte sich. »Meine Herren, inoffizielle Meinungsumfrage. Vergessen Sie, was vor einer Jury als Beweis zulässig oder nicht zulässig ist. Wenn Sie unschuldig oder schuldig stimmen würden, wie lautet Ihr Verdikt?«

Er ging um den Konferenztisch herum. Einer nach dem anderen antwortete ruhig. »Schuldig ... Schuldig ... Schuldig ... Schuldig ... Schuldig ... Schuldig ... Schuldig.«

»Schuldig«, schloß sich Shore energisch an. »Es ist einstimmig. Wir können es vielleicht noch nicht beweisen, aber wir sind alle überzeugt, daß Scott Covey ein Mörder ist.«

50

In Adams Büro bei der Anwaltskanzlei Nichols, Strand & Miller an der Park Avenue saß seine Klientin Susan Potter ihm gegenüber und weinte leise vor sich hin. Mit ihren achtundzwanzig Jahren, der etwas rundlichen Figur, dem kastanienroten Haar und den blaugrünen Augen wäre sie sehr attraktiv gewesen, hätten nicht Angst und Streß ihrem Gesicht zugesetzt.

Sie war des Totschlags an ihrem Mann schuldig gesprochen worden, und dank Adams Revisionsantrag hatte man ihr nun ein neues Verfahren bewilligt. Der Anfang des Prozesses war für September angesetzt.

»Ich hab einfach nicht das Gefühl, daß ich das noch mal durchstehe«, sagte sie. »Ich bin so froh, aus dem Gefängnis raus zu sein, aber die Vorstellung, daß ich womöglich wieder rein muß ...«

»Müssen Sie nicht«, beschwichtigte sie Adam. »Aber, Susan, sind Sie sich über eins klar – Sie dürfen keinerlei Kontakt mit Kurts Familie haben. Knallen Sie den Hörer auf, wenn seine Eltern Sie anrufen. Die bezwecken nur, Sie dazu zu bringen, daß Sie etwas Provokatives sagen, irgend etwas, was sie auch nur im entferntesten als Drohung auslegen können.«

»Ich weiß.« Sie stand auf, um zu gehen. »Sie haben Urlaub, und das ist schon das zweitemal, daß Sie wegen meines Falles hergekommen sind. Sie wissen hoffentlich, wie sehr ich das zu schätzen weiß.«

»Wenn Sie endgültig freigesprochen sind, nehme ich Ihre Dankesworte entgegen.« Adam kam um den Schreibtisch herum und begleitete sie zur Tür.

Als er aufmachte, blickte sie zu ihm hoch. »Ich danke Gott jeden Tag in meinem Leben, daß Sie meine Verteidigung übernommen haben.«

Adam sah die Heldenverehrung in ihren Augen. »Halten Sie die Ohren steif«, sagte er sachlich.

Seine fünfzigjährige Sekretärin Rhoda war im Vorzimmer. Sie folgte ihm in sein eigenes Büro zurück. »Wirklich und wahrhaftig, Adam, Sie wirken ja magnetisch auf all die Damen. All Ihre weiblichen Klienten verlieben sich irgendwann in Sie.«

»Ach was, Rhoda. Ein Anwalt ist doch wie ein Psychotherapeut. Die meisten Patienten verknallen sich zeitweise in ihren Seelenklempner. Es ist das Schulter-zum-Anlehnen-Syndrom.«

Seine eigenen Worte hallten noch in seinem Kopf wider, als ihm Menley einfiel. Sie hatte wieder eine Angstattacke gehabt – er war sich dessen sicher. Er konnte die Anspannung so deutlich aus ihrer Stimme heraushören, wie jemand mit perfektem Gehör einen falschen Ton entdeckt. Das gehörte zu seiner professionellen Erfahrung und war teilweise der Grund für seinen Erfolg als Rechtsanwalt. Doch weshalb wollte sie einfach nicht darüber reden? Wie schlimm war der Anfall – oder waren die Anfälle – wohl gewesen? fragte er sich.

Der Witwensteg. Der einzige Zugang zu dem gefährlich hohen Podest war eine schmale Leiter. Was, wenn sie versuchte, Hannah mit hinaufzunehmen, und ihr dabei schwindlig wurde? *Was, wenn sie das Baby fallen ließ?*

Adam spürte, wie sich ihm die Kehle zuschnürte. Die Erinnerung an Menleys Gesicht, wie sie auf Bobby im Sarg hinabblickte, ließ ihn nicht los. Menley würde es niemals überleben, ohne den Verstand zu verlieren, wenn sie auch noch Hannah verlor.

Er wußte, was er tun mußte. Widerstrebend rief er die Psychiaterin seiner Frau an. Sein Mut sank, als Dr. Kaufman sagte: »Ach, Adam, ich hab mir schon überlegt, ob ich Sie anrufen soll. Ich wußte nicht, daß Sie hier in der Stadt sind. Wann fahren Sie zum Cape zurück?«

»Heute nachmittag.«

»Dann schicke ich Ihnen Menleys neues Rezept rüber, damit Sie es für sie mitnehmen können.«

»Wann haben Sie mit Menley gesprochen?«

»Heute.« Dr. Kaufmans Tonfall änderte sich. »Wußten Sie das nicht? Adam, warum rufen Sie eigentlich an?«

Er erzählte ihr, er befürchte, Menley habe wieder Anfälle von posttraumatischem Streß, die sie ihm gegenüber verschweige. Die Ärztin sagte nichts dazu.

Dann berichtete Adam ihr davon, wie die Babysitterin Menley auf dem Witwensteg gesehen hatte, Menley aber abstritt, oben gewesen zu sein.

»Hatte sie Hannah mit dabei?«

»Nein. Die Kleine war mit dem Mädchen zusammen.«

Es blieb eine Weile still. Dann sagte die Therapeutin vorsichtig: »Adam, ich halte es nicht für gut, wenn Menley mit Hannah alleine ist, und ich glaube wirklich, Sie sollten Menley wieder nach New York zurückbringen. Ich möchte sie für kurze Zeit stationär einweisen. Es ist besser, nichts zu riskieren. Wir brauchen nicht noch mehr Tragödien in Ihrer Familie.«

51

Amy hatte den Tag mit ihren Freunden am Nauset Beach verbracht. Einerseits hatte es Spaß gemacht, mit ihnen am Strand zu sein. Andererseits aber sparte sie ihr Babysitting-Geld auf die Anschaffung eines neuen Autos fürs College hin, und sie hatte noch nicht die ganze Summe, die nötig war, beieinander. Ihr Vater hatte ihr versprochen, sich mit der Hälfte zu beteiligen, aber sie mußte für den Rest aufkommen.

»Natürlich könnte ich dir das Geld einfach geben«, hatte ihr Vater wiederholt zu ihr gesagt, »aber du weißt ja, was Mutter immer sagte: ›Was man selber erarbeitet, schätzt man auch.‹«

Amy war das nur allzu bewußt. Sie konnte sich noch an alles erinnern, was ihre Mutter einst gesagt hatte. Mom war überhaupt nicht wie Elaine, dachte Amy. Sie war, was die meisten Leute wohl als unansehnlich bezeichnen würden: kein Make-up, keine modischen Kleider, kein Getue. Aber sie war echt gewesen. Amy mußte daran denken, wie sie immer, wenn Dad eine dieser umständlichen Geschichten erzählte, liebevoll erklärte: »John, mein Lieber, komm zur Sache.« Sie lachte nicht so komisch wie Elaine, die unbeherrscht drauflos kicherte und so tat, als sei er Robin Williams oder sonst so ein Komiker.

Am Tag zuvor hatte Amy mitbekommen, daß Mrs. Nichols ihr böse war. Jetzt war ihr klar, daß sie ihrem Vater nicht hätte erzählen dürfen, daß sie Mrs. Nichols auf dem Witwensteg gesehen hatte und Mrs. Nichols dann abgestritten hatte, dort oben gewesen zu sein. Natürlich hatte es ihr Vater Elaine weitererzählt, und die wiederum Mr. Nichols; sie war ja gerade im Zimmer, als Elaine ihn anrief.

Eines aber machte Amy zu schaffen. Als sie am Vortag dort bei ihr im Haus gewesen war, trug Mrs. Nichols kurze Hosen und ein weißes Baumwollhemd. Aber auf dem Witwensteg hatte sie irgendeine Art langes Kleid angehabt.

Es hatte Amy verblüfft und plötzlich zu der Überlegung veranlaßt, ob Mrs. Nichols womöglich ein bißchen verrückt war. Sie hatte Elaine zu ihrem Vater sagen hören, Mrs. Nichols stecke wahrscheinlich mitten in einem Nervenzusammenbruch.

Was aber, wenn Mrs. Nichols doch recht hatte und das Ganze bloß eine optische Illusion wegen des Metallstreifens auf dem Schornstein war? Als sie darüber nachdachte, fiel Amy wieder ein, daß Mrs. Nichols nur wenige Minuten, nachdem Amy sie meinte gesehen zu haben, in Shorts und T-Shirt aus dem Haus kam.

Die ganze Sache war irgendwie unheimlich und gespenstisch, dachte Amy. Oder vielleicht habe ich einfach zu viele Geschichten über das Remember House gehört und fange schon wie Carrie Bell an, mir Sachen einzubilden.

Sie wollte versuchen, Mrs. Nichols das Ganze zu erklären. Sie schaute auf ihre Uhr. Es war vier. Ja, sie würde jetzt anrufen.

Mrs. Nichols war beim ersten Klingelzeichen am Apparat. Sie schien etwas atemlos zu sein. »Amy, tut mir leid, aber im Moment kann ich nicht reden. Ich will gerade zum Flugplatz, und Hannah ist schon im Auto.«

»Es ist bloß – es tut mir so leid, wenn Sie denken, daß ich über Sie rede«, stammelte Amy. »Ich wollte das ehrlich nicht. Ich meine, verstehn Sie ...« Sie versuchte die Sache mit dem Kleid zu erläutern und daß sie sicher sei, sich getäuscht zu haben. »Sie sind sofort danach aus dem Haus gekommen.«

Dann wartete sie ab. Es dauerte eine Weile, bis Mrs. Nichols sagte: »Amy, ich bin froh, daß Sie angerufen haben. Danke.«

»Ich finde es schade, daß ich nicht mehr für Sie arbeite. Es tut mir so leid.«

»Ist schon gut, Amy. Haben Sie morgen Zeit rüberzukommen? Ich muß mir wirklich das Material, das ich von Mrs. Sprague habe, vorknöpfen, und ich brauche Sie, um auf Hannah aufzupassen.«

52

Henry Sprague nahm seine Frau auf einen Spaziergang an ihrer beider Lieblingsstrand mit, den Uferstreifen, der unten beim Remember House vorbeiführte. Es war Viertel nach sechs, als sie Adam und Menley mit ihrem Baby am Wasser entdeckten. Sie blieben zu einem kurzen Plausch stehen.

»Ich bin gerade von New York zurückgekommen«, erklärte Adam, »und ich mußte gleich etwas Sand in die Schuhe kriegen. Kommt doch mit und trinkt ein Glas Wein mit uns.«

Der Tag war bisher schlecht für Phoebe gelaufen. Nach der Rückkehr von Scott Coveys Haus mit Henry und mit Jan Paley war sie schrecklich erregt gewesen. Sie war in ihr Arbeitszimmer gegangen, hatte nach ihren Unterlagen gesucht und Henry und Jan vorgeworfen, sie hätten sie ihr gestohlen. Henry hielt es für eine gute Idee, wenn sie die Papiere zu Gesicht bekam, und er erläuterte wieder einmal, weshalb Menley sie hatte. Außerdem wollte er Adam von seinem Gespräch mit Scott berichten.

Er nahm die Aufforderung an, und sie folgten den Nichols' vom Strand hinauf ins Haus. Als sie den Rasen überquerten, erklärte er Menley seine Absicht.

Menley hörte enttäuscht zu und hoffte inständig, Phoebe werde nicht darauf bestehen, ihre Papiere wieder mitzunehmen.

Doch dann in der Küche schien sich Phoebe Sprague nur über den Anblick der sauberen Stapel von Ordnern und Papieren und Büchern zu freuen. Liebevoll strich sie mit den Fingern darüber, und vor den Augen ihres Mannes, Menleys und Adams hellte sich ihre Miene auf. Der verlorene Ausdruck in ihrem Blick schwand. »Ich wollte ihre Geschichte erzählen«, murmelte sie, während sie den Aktendeckel mit den Zeichnungen aufschlug.

Menley sah, daß Phoebe vorhatte, sich alle Bilder anzuschauen. Als Phoebe auf Menleys Skizzen stieß, hielt sie sie hoch und rief aus: »Oh, Sie haben sie von dem Gemälde abgezeichnet, das ich von Mehitabel und Andrew zusammen auf dem Schiff habe. Ich konnte das Ding einfach nicht mehr finden. Ich dachte schon, ich hätt's verloren.«

Gott sei Dank, dachte Menley. Es *gibt* also ein Bild, das ich womöglich kopiert habe. Mit dieser verdammten Arznei habe ich einfach nicht meine fünf Sinne beieinander.

Phoebe stand eine Weile da und musterte Mehitabels Antlitz. Sie spürte, wie sie innerlich zurückwich, wieder in den Strudel dunkler Verwirrung gezogen wurde, sich wieder verirrte. Sie zwang ihr Gehirn dazu, weiterzumachen. Ihr Mann liebte sie, dachte sie, aber er glaubte ihr nicht. Deshalb mußte sie sterben. Ich muß Adams Frau warnen. Genau dasselbe hat man mit *ihr* vor.

Hat man vor! Hat man vor! Sie mühte sich, an dem Gedanken festzuhalten, aber er ergab keinen Sinn mehr.

Mehitabel. Andrew. Wer noch? Bevor ihr Bewußtsein sich wieder bewölkte, grau und leer wurde, schaffte sie es noch, Menley zuzuflüstern: »Mehitabel unschuldig. Tobias Knight. Antwort im Mooncussers-Ordner.«

53

Graham und Anne Carpenter erhielten den Anruf vom Bezirksstaatsanwalt am Mittwoch spätnachmittags. Sie hatten angefangen Golf zu spielen, dann aber nach dem neunten Loch aufgehört, weil Anne sich nicht wohl fühlte.

Graham erkannte, daß es möglicherweise ein Fehler gewesen war, auf die Behörden Druck auszuüben, damit sie Scott Covey die Verantwortung für Vivians Tod öffentlich anlasteten. Die Medien ergötzten sich nun an dem gefundenen Fressen und verhackstückten jede Einzelheit aus Vivians Leben, deren sie habhaft wurden.

Die Schmonzetten bezeichneten sie mittlerweile als »das arme kleine reiche Mädchen«, »die Verstoßene« oder »die grasrauchende Rebellin«. Details aus dem Privatleben der Familie wurden verzerrt und zum Vergnügen der Öffentlichkeit lächerlich gemacht.

Anne war am Boden zerstört, fühlte sich gedemütigt und erbittert. »Vielleicht hätten wir die Sache ruhen lassen sollen, Graham. Wir können sie ja nicht ins Leben zurückrufen, und jetzt zerstört man auch noch die Erinnerung an sie.«

Wenigstens würde die Zeugenvernehmung vor Gericht Klarheit schaffen, überlegte Graham, während er ihre 5-Uhr-Martinis herrichtete und das Tablett auf die Sonnenveranda hinaustrug, wo Anne sich ausruhte.

»Noch ein bißchen früh dafür, findest du nicht?« fragte sie.

»Ja, ein wenig«, stimmte er zu. »Das war eben der Bezirksstaatsanwalt am Telefon. Der Richter von Orleans beruft für Montag nachmittag eine Anhörung vor Gericht ein.«

Auf ihren bestürzten Gesichtsausdruck hin sagte er: »Wenigstens kommen dann die genaueren Umstände ans Licht. Es ist eine öffentliche Vernehmung, und nach der Darlegung aller Tatsachen hoffen wir vom Richter eine der drei Entscheidungen zu hören: keine ausreichenden Beweise für ein Verbrechen; keine Beweise für Fahrlässigkeit; keine Beweise für fahrlässige Tötung.«

»Ja, aber was ist, wenn der Richter beschließt, daß keine Beweise für Fahrlässigkeit oder ein Verbrechen vorliegen?« meinte Anne. »Dann haben wir uns diesen ekligen Medienrummel umsonst angetan.«

»Nicht umsonst, meine Liebe. Das weißt du doch.«

Vom Hausinneren her hörten sie es leise läuten. Einen Moment später kam die Haushälterin mit dem drahtlosen Telefon an die Tür. »Mr. Stevens ist dran, Sir. Er hat gesagt, es ist wichtig.«

»Das ist der Ermittler, den die Versicherung auf Covey angesetzt hat«, erklärte Graham. »Ich habe verlangt, daß ich umgehend informiert werde, falls er irgend etwas herausfindet.«

Anne Carpenter beobachtete ihren Mann, wie er aufmerksam zuhörte und dann ein Trommelfeuer von Fragen losließ. Als er das Gespräch beendete, wirkte seine Miene belebt.

»Stevens ist in Florida, in Boca Raton. Das ist der Ort, wo Scott letzten Winter war. Offenbar hat ihn dort mehrere Male eine auffallend herausgeputzte Brünette besucht, die Tina heißt. Das letzte Mal eine Woche, bevor er hierhergekommen ist und Vivian geheiratet hat!«

54

Gleich nachdem sie Adam am Flughafen abgeholt hatte, bekam Menley das Gefühl, daß ihn irgend etwas aus der Fassung brachte. Sie begriff die Ursache, als sie sich fürs Bett fertigmachten und er ihr die von Dr. Kaufman verschriebene Medizin gab.

»Wer von euch beiden hat wen angerufen?« fragte sie ruhig.

»Ich habe die Ärztin angerufen, die sich nicht schlüssig war, ob sie mich anrufen sollte oder nicht.«

»Ich glaub, ich rede lieber morgen früh darüber.«

»Wenn dir das lieber ist.«

Es war so, wie sie in dem Jahr nach Bobbys Tod und vor ihrer Schwangerschaft mit Hannah zumeist schlafen gegangen waren, dachte Menley. Ein unpersönlicher Kuß; beide voneinander abgerückt; unvereinbare Gefühle, die sie so effektiv trennten wie das *bundling board* der Neuengländer früher.

Menley drehte sich zu ihrer Seite hin und bettete ihr Gesicht auf die Hand. Ein *bundling board*. Komisch, daß sie diesen Vergleich zog. Sie war gerade auf diese Einrichtung aus der Kolonialzeit gestoßen: Im Winter war es häufig so kalt im Haus gewesen, daß ein junger Mann und eine junge Frau, die sich den Hof machten, gemeinsam im selben Bett liegen durften, aber nur voll bekleidet, in Decken gewickelt und mit einer langen, fest verankerten Holzbohle dazwischen.

Wieviel hat Dr. Kaufman Adam erzählt? fragte sich Menley. Empfand sie es wohl als ihre Pflicht, ihn über diese Flashbacks in Kenntnis zu setzen, als ich dachte, ich hätte den Zug und dann Bobby rufen gehört?

Dann erstarrte Menley. Hat die Therapeutin womöglich Adam weitererzählt, daß Hannahs Geschrei mich zutiefst verstört hat und ich mir nicht zugetraut habe, sie hochzunehmen? Und hat Adam der Ärztin vom Witwensteg erzählt? Von der Sache hatte ich ihr nichts gesagt.

Dr. Kaufman und Adam befürchten vielleicht, daß ich Hannah was antue. Wozu haben sie sich entschlossen? Ob sie jetzt darauf bestehen, daß rund um die Uhr jemand zum Babysitten oder eine Kinderschwester kommt, wenn Adam nicht da ist?

Nein, dachte sie, es gab noch eine andere, viel schlimmere Möglichkeit. Entmutigt hatte Menley das sichere Gefühl, auf die richtige Antwort gestoßen zu sein. Adam wird mich nach New York mitnehmen, und Dr. Kaufman weist mich dann in eine psychiatrische Abteilung ein. Das darf ich nicht zulassen. Ich kann mich nicht von Hannah trennen. Das würde mich umbringen.

Mir geht's allmählich besser, sagte sie sich. Ich habe es doch geschafft, über das Bahngleis zu fahren, als ich diese Woche Adam zum Flugplatz brachte. Und sogar neulich nacht, als ich dachte, daß Bobby ruft, habe ich mich allein wieder zurechtgefunden. Ich bin wieder zu Hannah hin. Ich habe ihr nichts angetan, und ich habe sie getröstet. Und ich will dableiben.

Vorsichtig, damit sie Adam nicht störte, zog Menley sich die Decke enger um den Hals. Zu besseren Zeiten wäre sie einfach in die Wärme von Adams Armen geflüchtet, wenn sie aufwachte und fror. Nicht jetzt. Nicht so, wie die Dinge standen.

Ich darf es einfach nicht zulassen, daß Adam irgendein Anzeichen meiner Ängste mitbekommt, nahm sie sich vor. Ich muß ihm am Morgen zuvorkommen und erklären, daß ich Amy gern den ganzen Tag da hätte, damit sie mir mit Hannah hilft. In ein oder zwei Tagen muß ich ihm dann sagen, wieviel besser ich mich schon fühle, daß die Ärztin vielleicht recht hatte und man die Dosis des Mittels nicht so schnell hätte reduzieren sollen.

Ich mag es nicht, wenn ich unehrlich zu ihm bin, aber er ist auch nicht ehrlich mit mir, überlegte sie. Elaines Anruf wegen des Abendessens neulich war schon vorher abgesprochen worden.

Es wird soviel einfacher sein, hier im Haus den ganzen Tag jemanden für Hannah zu haben. Da habe ich bestimmt nicht so wie in der Wohnung das Gefühl, daß mir jemand ständig auf die Pelle rückt. Und Hannah entwickelt sich hier prächtig.

Das neue Buch ist ein wirklich anregendes Projekt. Die Arbeit hilft mir immer, daß ich mich ausgeglichen fühle. Ein David-Band mit Andrew als dem Jungen, der heranwächst, um Kapitän seines eigenen Schiffs zu werden, könnte mein bester werden. Das spüre ich.

Ich glaube nicht an Geister, aber was Jan Paley über Leute erzählt hat, die behaupten, in ihrem alten Haus gehe ein Wesen um, fasziniert mich und würde auch die Leser faszinieren. Es gäbe bestimmt einen großartigen historischen Artikel für die *Travel Times* ab.

Und ich will Mehitabels Geschichte erzählen. Phoebe besteht darauf, daß sie unschuldig ist und der Beweis dafür in dem Ordner über die Mooncussers zu finden ist. Dieses arme Mädchen wurde als Ehebrecherin verurteilt, öffentlich ausgepeitscht, von ihrem Mann verabscheut und ihres Säuglings beraubt. Schon schlimm genug, falls sie schuldig war, aber unvorstellbar, falls sie unschuldig war. Ich will den Beweis für ihre Unschuld auftreiben, wenn er existiert.

Empfinde ich deshalb eine Seelenverwandtschaft mit ihr, weil mein Mann vielleicht mit meiner Therapeutin hinter meinem Rücken plant, mich von meinem Baby zu trennen, und weil ihr Verdacht ungerechtfertigt ist, daß ich nämlich nicht fähig sei, für die Kleine zu sorgen?

So muß es auch für Scott Covey sein, sagte sie sich. Lauter vielsagende Blicke, Getuschel und Leute, die es darauf abgesehen haben, einen hinter Gitter zu bringen. Ein Lächeln zuckte ihr über die Lippen, als ihr Scotts erhobene Augenbraue wieder einfiel, sein kaum merkliches Zwinkern, als sie beide sich gestern beim Abendessen eine von Johns endlosen Geschichten anhören mußten.

Endlich spürte Menley, wie sie sich entspannte und langsam eindöste. Mit einem Ruck wachte sie wieder auf, ohne zu wissen, wie lange sie geschlafen hatte. Sie hatte sich doch vergewissert, daß Hannah zugedeckt war. Während sie aus dem Bett schlüpfte, sprang Adam auf und fragte scharf: »Menley, wo gehst du hin?«

Sie unterdrückte eine wütende Reaktion und versuchte, beiläufig zu antworten. »Ach, ich bin nur aufgewacht, weil mir kalt war, und ich dachte, ich schau gleich mal nach dem Baby. Warst du denn schon wach, mein Schatz? Hast du vielleicht schon nachgeschaut, ob sie zugedeckt ist?«

»Nein, ich hab geschlafen.«

»Bin gleich wieder da.«

Ein muffiger Geruch war in dem Zimmer bemerkbar. Hannah hatte sich auf den Bauch gedreht und schlief jetzt mit erhobenem Po und angezogenen Beinchen. Ihre Decken waren über den Boden verstreut. Die Plüschtiere, die zuvor auf der Kommode plaziert waren, hatte jemand um Hannah herum in dem Bettchen arrangiert. Die antike Puppe steckte in sitzender Haltung in der Wiege.

Hektisch warf Menley die Spieltiere auf die Kommode zurück, hob die Bettdecken auf und schüttelte sie aus.

»Das hab ich nicht getan, Hannah«, flüsterte sie, während sie ihre Tochter zudeckte. »Das hab ich nicht getan.«

»Was hast du nicht getan, Menley?« fragte Adam von der Zimmertür her.

55

Am Donnerstag morgen war der Himmel verhangen, und eine schneidend kalte Brise veranlaßte die Bewohner von Chatham, schleunigst in ihren Schränken nach langärmligen Hemden und Jacken zu suchen. Es war ein Tag von der Art, wie er Marge, Elaines Assistentin, »in Fahrt« brachte.

Die Atkins Real Estate Agency hatte eine Reihe neuer Immobilien zu bieten, und Elaine war persönlich herumgefahren, um schmeichelhafte Schnappschüsse von den verschiedenen Häusern zu machen. Sie hatte die Fotos entwickelt und vergrößert und dann am Vortag die Bilder mit ins Büro gebracht.

Als Marge beim Aufwachen die Frische in der Luft bemerkte, hatte sie beschlossen, früh zur Arbeit zu gehen und eine ungestörte Stunde dafür auszunützen, das Schaufenster neu zu dekorieren. Sie traf um halb acht ein und machte sich daran, die bisherigen Fotos zu entfernen.

Um zehn vor neun war sie fertig und betrachtete draußen vom Gehsteig aus ihr Werk. Sehr hübsch, dachte sie, von der Wirkung höchst angetan.

Die Abbildungen waren ungewöhnlich gut und zeigten die Häuser von ihrer allerbesten Seite. Da war ein reizendes altes Cape-Haus oben an der Bucht von Cockle Cove Ridge, dann ein entzückendes *saltbox* mit seinem Steildach am Hang der Deep Water Lane, schließlich ein modernes Haus an der Sandy Shoes Lane und ein Dutzend weiterer nicht ganz so attraktiver Anwesen.

Das wichtigste Angebot war ein Herrensitz mit Seeblick am Wychmere Harbor. Elaine hatte den Spezialisten für Luftaufnahmen, der immer für sie arbeitete, beauftragt, ein Panoramabild davon zu machen. Marge hatte nun das Poster in die Mitte des Schaufensters plaziert, an Stelle der gerahmten Luftaufnahme vom Remember House.

Hinter ihrem Rücken hörte Marge jemanden klatschen. Sie drehte sich schnell um.

»Ich kauf sie alle«, sagte Elaine, während sie aus ihrem Wagen stieg.

»Abgemacht!« Marge wartete, bis Elaine herangekommen war und neben ihr stand. »Ehrlich, was halten Sie davon?«

Elaine betrachtete das Arrangement. »Ich finde, das sieht großartig aus. Wahrscheinlich war es an der Zeit, mein Lieblingsbild, das vom Remember House, rauszunehmen.«

»Ja, das finde ich wirklich, besonders, da Sie doch überzeugt sind, daß es die Nichols' kaufen werden.«

Elaine ging ihr voran in die Agentur hinein. »Ich fürchte, das müssen wir noch abwarten«, sagte sie nüchtern. »Ich hab den Eindruck, daß Menley Nichols überhaupt nicht gut beieinander ist.«

»Ich kenn sie nicht«, sagte Marge, »aber Adam Nichols ist ein wunderbarer Mann. Ich weiß noch, wie traurig er aussah, als er letztes Jahr hierherkam und Sie mit ihm auf Besichtigungstour gefahren sind. Er hat dann doch das Sparksche Landhaus bei Ihnen in der Nähe gemietet, oder?«

»Richtig.« Elaines Blick fiel auf die Aufnahme vom Remember House, die an einen Stuhl gelehnt war. »Ich hab eine Idee«, sagte sie. »Das schicken wir zu Scott Covey rüber. Sobald sich seine Situation wieder beruhigt hat, würde es mich überhaupt nicht wundern, wenn er nicht doch beschließt, hier auf dem Cape zu bleiben, und er und Vivian waren ja ganz vernarrt in dieses Haus. Wenigstens behält er es auf diese Weise im Gedächtnis. Nur für den Fall, daß die Nichols' es doch nicht nehmen.«

»Ja, aber wenn er gar kein Interesse dran hat? Falls das Objekt wieder auf den Markt kommt, wird's Ihnen leid tun, daß Sie ihm das Bild gegeben haben, Elaine.«

»Ich hab das Negativ. Ich kann noch Abzüge machen.«

Sie ging in ihr Büro. Marge begann die Fotos, die sie aus dem Schaufenster entfernt hatte, in das übergroße Album einzuordnen, das auf dem Tisch im Empfangsbereich lag. Die Glocke am Eingang kündigte ihren ersten Besuch an.

Es war der Botenjunge vom Blumengeschäft. Er brachte eine Vase mit langstieligen Rosen.

»Für Miss Atkins«, erklärte er.

»Es würde mir nicht im Traum einfallen, die könnten für mich sein«, erwiderte Marge. »Bringen Sie sie ihr doch. Sie kennen ja den Weg.«

Als er weg war, ging Marge hinüber, die Blumen zu bewundern. »Absolut herrlich. Das wird ja allmählich zur Gewohnheit. Aber was zum Teufel soll das da sein?«

In dem Strauß steckte ein Fähnchen, worauf die Zahl 106 geklebt war. »Ich weiß doch, daß Sie nicht so alt sind, Elaine.«

»John ist einfach nur lieb. So viele Tage dauert's noch, bis wir verheiratet sind.«

»Er ist ein Mann mit romantischen Gefühlen, und von der Sorte gibt's weiß Gott kaum mehr welche. Elaine, glauben Sie denn, daß Sie beide auch ein Kind bekommen wollen?«

»Er hat schon eins, und ich nehme doch an, daß Amy und ich uns allmählich näherkommen.«

»Aber Amy ist siebzehn. Sie geht zum College weg. Es wär was anderes, wenn sie noch ein Baby wäre.«

Elaine lachte. »Wenn sie noch ein Baby wäre, würde ich ihn nicht heiraten. So häuslich bin ich einfach nicht.«

Das Telefon klingelte. »Ich geh dran.« Elaine griff nach dem Hörer. »Atkins Immobilien, Elaine Atkins am Apparat.« Sie lauschte. »Adam! ... Ist das schlimm? Ich meine, eine öffentliche Anhörung, das klingt so erschreckend. Natürlich bereite ich meine Zeugenaussage vor. Lunch mit dir wäre okay. Ein Uhr? Bis dann.«

Als sie aufgelegt hatte, sagte sie zu Marge: »Es sieht nach guten Neuigkeiten aus. Sie beraumen eine Anhörung vor Gericht zu Vivian Coveys Tod ein, was bedeutet, daß auch die Presseleute Zugang haben. Das gibt uns allen doch Gelegenheit, uns für Scott ins Zeug zu legen.« Sie erhob sich. »Wo ist das Bild vom Remember House?«

»Neben meinem Schreibtisch«, erwiderte Marge.

»Schicken wir's ihm doch mit ein paar Zeilen rüber.«

Auf ihrem persönlichen Briefpapier schrieb sie rasch ein paar Sätze in ihrer sauberen, energischen Handschrift nieder.

Lieber Scott,

ich habe gerade von dem Gerichtstermin erfahren und bin froh über die Chance, die ganze Welt wissen zu lassen, wie glücklich Du und Vivian damals an dem herrlichen Nachmittag wart, als Ihr Euch das Remember House angeschaut habt. Dir hat der Ausblick dort so gut gefallen, daß ich Dir gern diese Aufnahme zur Erinnerung daran vermachen möchte.

Herzlich, Elaine

56

Um zehn Uhr vormittags am Donnerstag, als der Frühstücksbetrieb allmählich nachließ, benützte Tina Aroldi ihre Viertelstunde Pause dazu, ins Büro des *Wayside Inn* zu eilen. Die Sekretärin war alleine dort.

»Jean, was hat dieser Polizist gestern gewollt, als er unter mein Auto geschaut hat?« verlangte Tina zu wissen.

»Ich weiß nicht, was Sie meinen«, protestierte die Sekretärin.

»Sie wissen sehr genau, was ich meine. Probieren Sie gar nicht erst zu lügen. Ein paar von den Aushilfsjungen haben ihn durchs Fenster gesehen.«

»Es gibt gar nichts, weshalb ich lügen sollte«, stammelte Jean. »Der Polizist hat mich gebeten, ich soll ihm Ihr Auto zeigen, dann kam er wieder rein und wollte wissen, ob Sie je das Telefon für Reservierungen bedient haben.«

Geistesabwesend ging Tina zu ihrem Revier im Restaurant zurück. Ein paar Minuten nach eins war sie gar nicht erfreut, Scotts Anwalt, Adam Nichols, mit Elaine Atkins, der Immobilienmaklerin, die häufig Kunden mit ins Restaurant brachte, hereinkommen zu sehen.

Sie sah, daß Nichols in ihre Richtung wies. Wunderbar. Er

wollte sichergehen, daß sie die beiden bediente. Die Empfangsdame wies ihnen einen von Tinas Tischen zu, und widerwillig ging Tina, den Bestellblock in der Hand, hinüber, ihre Gäste zu begrüßen.

Sie war überrascht, wie freundlich Nichols sie anlächelte. Er sieht wirklich attraktiv aus, dachte Tina, nicht umwerfend gut, aber irgendwas hat er an sich. Man bekam das Gefühl, daß er ein ganz schön aufregender Typ als Freund sein könnte. Und man konnte sehen, daß er was auf dem Kasten hatte.

Nun ja, heute lächelte er ja vielleicht, aber neulich, als er mit Scott reinkam, da war von Lächeln keine Rede, ging es Tina durch den Kopf. Er war wahrscheinlich einer von diesen Kerlen, die nur nett waren, wenn sie einen brauchten.

Sie reagierte kühl auf seine Begrüßung und fragte: »Kann ich Ihnen etwas von der Bar bringen?«

Sie bestellten beide ein Glas Chardonnay. Als Tina sich entfernt hatte, sagte Elaine: »Ich frage mich, was mit Tina heute los ist.«

»Ich kann mir vorstellen, daß es sie nervös macht, zu der Zeugenaussage vor Gericht gezerrt zu werden«, antwortete Adam. »Nun ja, da muß sie einfach durch. Der Staatsanwalt wird sie garantiert vorladen, und ich will sichergehen, daß sie einen günstigen Eindruck erweckt.«

Sie bestellten jeder einen Hamburger und teilten sich eine Extraportion Zwiebelringe. »Es ist gut, daß ich nicht oft mit dir zu Mittag esse«, äußerte Elaine. »Ich würde glatt zehn Kilo zulegen. Normalerweise esse ich Salat.«

»Das ist doch wie in den guten alten Zeiten«, stellte Adam fest. »Weißt du noch, wie wir damals nach unsern Sommerjobs einen Haufen von diesem Zeug zum Essen geholt haben und uns alle in dieses Wrack von Boot mit dem Außenbordmotor gezwängt haben, das ich damals hatte, und es unsern Sonnenuntergang-Törn genannt haben?«

»Hab ich nicht vergessen.«

»Neulich abends bei dir zu Hause mit der alten Bande

hatte ich das Gefühl, als wären fünfzehn oder zwanzig Jahre wie weggewischt«, sagte Adam. »Das Cape hat immer diese Wirkung auf mich. Du übrigens auch, 'Laine. Es macht Spaß, sich manchmal wieder wie ein Teenager zu fühlen.«

»Nun, du hattest ja auch eine Menge Sorgen. Wie geht's Menley denn?«

Er zögerte. »Sie kommt schon zurecht.«

»Du kommst mir aber nicht so vor, als ob du's ehrlich meinst. He, du redest doch mit deiner alten Freundin, Adam. Weißt du nicht?«

Er nickte. »Mit dir hab ich immer reden können. Die Ärztin findet, daß es ratsam wäre, Menley wieder nach New York zu bringen und stationär einzuweisen.«

»Du meinst doch hoffentlich nicht, in eine psychiatrische Anstalt.«

»Doch, ich fürchte schon.«

»Adam, überstürz die Sache nicht. Auf der Party neulich und dann bei dem Abendessen schien sie doch bestens in Form zu sein. Außerdem hat John mir gesagt, daß Amy von jetzt ab den ganzen Tag bei euch ist.«

»Das ist der einzige Grund, weshalb ich überhaupt jetzt hiersein kann. Menley hat mir heute morgen gesagt, daß sie an ihrem Buch arbeiten will, und sie weiß, daß ich mich für die Anhörung gründlich vorbereiten muß, deshalb wollte sie Amy für eine Weile ganztägig anheuern.«

»Findest du dann nicht, daß du es damit bewenden lassen solltest? Abends bist du doch zu Hause.«

»Ja, vermutlich. Ich meine, heute früh war Menley ganz die alte. Entspannt, witzig, von ihrem Buch begeistert. Man käme nie auf die Idee, daß sie wieder unter diesem Streßsyndrom gelitten hat – genaugenommen unter Halluzinationen. Gestern hat sie der Ärztin erzählt, daß sie dachte, sie hätte Bobby rufen hören. Sie ließ Hannah einfach schreien, während sie im ganzen Haus herumgesucht hat.«

»O Adam.«

»Also muß sie zu ihrem eigenen Besten und um Hannahs

Sicherheit willen ins Krankenhaus. Solange aber Amy dasein kann und ich mich für den Gerichtstermin vorbereiten muß, warte ich noch ab. Danach allerdings werde ich Menley mit nach New York nehmen.«

»Willst du auch selber dortbleiben?«

»Ich weiß es einfach noch nicht. Soweit ich informiert bin, wäre Dr. Kaufman für etwa eine Woche lang dagegen, daß ich Menley besuche. In New York ist es verdammt heiß, und das Mädchen, das normalerweise auf Hannah aufpaßt, ist weg. Falls Amy aushilft und tagsüber Hannah übernimmt, kann ich sie ohne Probleme am Abend versorgen, also komme ich vielleicht wenigstens für die eine Woche wieder her.«

Er aß seinen Hamburger fertig auf. »Weißt du, wenn wir es wirklich wie früher hätten halten wollen, dann müßten wir jetzt aus Bierdosen trinken anstatt aus Weingläsern. Aber was soll's, ich glaub, ich bestell mir jetzt einen Kaffee.«

Er wechselte das Thema. »Da die Gerichtsvernehmung eine öffentliche Anhörung ist, kann ich eine Liste der Leute einreichen, von denen ich will, daß sie als Zeugen aufgerufen werden. Das heißt allerdings nicht, daß der Staatsanwalt seine Fragen nicht so formuliert, daß Scott in einem schlechten Licht erscheint. Laß uns eben die Sachen durchgehen, die man dich wahrscheinlich fragen wird.«

Sie tranken ihren Kaffee aus und ließen sich noch nachschenken, bis Adam zufrieden nickte. »Du bist eine gute Zeugin, Elaine. Wenn du im Zeugenstand bist, dann betone, wie einsam Vivian wirkte, als sie das Haus kaufte, wie glücklich sie auf ihrem Hochzeitsempfang war; und erzähl von damals, als sie mit Covey auf Haussuche war und von all ihren Plänen für ein Kind. Es ist okay, die Leute wissen zu lassen, daß Vivian selbst für eine Neuengländerin ungewöhnlich sparsam war. Das würde mit erklären helfen, weshalb sie sich nicht gleich eine neue Tauchausrüstung zugelegt hat.«

Als er die Rechnung bezahlte, blickte er zu der Kellnerin hoch. »Tina, Sie sind doch um halb drei mit der Arbeit fertig.

Ich möchte danach gern etwa eine Viertelstunde mit Ihnen reden.«

»Ich hab eine Verabredung.«

»Tina, Sie werden eine Vorladung erhalten, um nächste Woche vor Gericht zu erscheinen. Ich schlage vor, daß Sie Ihre Zeugenaussage mit mir besprechen. Ich kann Ihnen versichern, falls der Richter unvorteilhaft entscheidet, dann wird es daran liegen, daß er in Ihnen das Motiv für Vivians Ermordung sieht, und vielleicht wird er Sie sogar im Verdacht haben, beteiligt gewesen zu sein. Beihilfe zum Mord ist eine ziemlich ernste Angelegenheit.«

Tina wurde blaß. »Ich treff Sie dann bei der Trinkhalle neben dem Buchladen dort, dem Yellow Umbrella Bookshop.«

Adam nickte.

Er ging mit Elaine zusammen die Straße hinunter zu dem Maklerbüro. »Hör mal«, sagte er bei einem Blick in das Schaufenster, »wo ist denn das Bild von meinem Haus?«

»Von deinem Haus?«

»Na gut, vielleicht. Denk bloß dran, daß ich ein Vorkaufsrecht habe und mich möglicherweise entscheide, es wahrzunehmen.«

»Entschuldige. Ich hab das Bild zu Scott rübergeschickt. Ich muß meinen Einsatz absichern. Wenn du's nicht kaufst, dann stehen die Chancen gut, daß er vielleicht zugreift. Und Jan Paley könnte den Verkaufserlös gut gebrauchen. Sie und Tom haben eine Menge Geld in die Renovierung gesteckt. Ich laß dir einen neuen Abzug machen. Ich geb dir sogar noch einen wirklich hübschen Rahmen dazu.«

»Gut, ich verlasse mich drauf.«

Tina war sichtlich in Verteidigungsstellung, als sie mit Adam sprach. »Hör'n Sie, Mr. Nichols, ich hab einen netten Freund. Fred wird es gar nicht gefallen, wenn ich in dieser Sache aussage.«

»Fred hat dabei nichts zu melden. Aber er könnte Ihnen helfen.«

»Was meinen Sie damit?«

»Er könnte bestätigen, daß Sie beide letzten Sommer eine Weile miteinander ausgegangen sind und sich dann wegen Scott getrennt haben; daß Sie inzwischen wieder zusammen sind und jetzt heiraten werden.«

»Wir haben uns nicht sofort wieder zusammengetan. Ich bin letzten Winter mit anderen Typen ausgegangen.«

»Das macht nichts. Wichtig ist, daß ich gern mit Fred reden würde, um festzustellen, ob er einen guten Zeugen abgeben würde.«

»Ich weiß nicht ...«

»Tina, bitte lassen Sie sich das gesagt sein: Je schneller Scotts Ruf wiederhergestellt ist, um so besser ist es auch für Sie.«

Sie saßen an einem der kleinen Tische außerhalb des Getränkeladens. Tina spielte mit dem Strohhalm in ihrem Sprudelgetränk. »Dieser Polizeityp macht mich total nervös«, brach es aus hier hervor. »Gestern hat er unter mein Auto geschaut.«

»Das ist genau so etwas, was ich wissen muß«, erwiderte Adam rasch. »Wonach hat er denn geschaut?«

Tina zuckte mit den Achseln. »Weiß ich nicht. Ich schaff den Wagen bald ab. Die verdammte Karre ist leck wie ein Sieb.«

Als sie sich verabschiedeten, ließ sich Adam Freds Telefonnummer geben, versprach aber, mit dem Anruf bis zum Abend zu warten, damit Tina vorher die Möglichkeit hatte, zu erklären, worum es ging.

Er stieg in seinen Kombiwagen und saß ein paar Minuten nachdenklich da. Dann griff er nach dem Autotelefon und wählte Scott Coveys Nummer.

Als Covey am Apparat war, sagte Adam ohne Umschweife: »Ich bin auf dem Weg zu Ihnen.«

57

Phoebe hatte eine unruhige Nacht gehabt. Wiederholt ließ ein Alptraum sie im Schlaf aufschreien. Einmal hatte sie laut geschrien: »Ich will nicht da rein«, ein andermal hatte sie flehentlich gejammert: »Tut mir das nicht an.«

Gegen Morgengrauen schließlich war es Henry gelungen, sie dazu zu überreden, ein starkes Schlafmittel zu nehmen, und sie war benommen eingeschlummert.

Bei seinem einsamen Frühstück versuchte Henry dahinterzukommen, was sie so erregt haben mochte. Am Tag zuvor hatte sie einen entspannten Eindruck gemacht, als sie am Strand entlangwanderten. Sie genoß offenbar auch den Besuch bei Adam und Menley im Remember House. Sie freute sich eindeutig, ihre Unterlagen dort zu sehen, und schien dann bei absolut klarem Verstand zu sein, als sie Menley sagte, die Antwort sei in dem Mooncussers-Ordner zu finden.

Welche Antwort? Was meinte sie damit? Zweifellos war ihr ein Aspekt ihrer Forschungen zu Bewußtsein gekommen, und sie hatte sich bemüht, ihn mitzuteilen. Aber sie war auch bei wachem Verstand gewesen, als sie über die Zeichnung sprach, die Menley von Kapitän Freeman und Mehitabel gemacht hatte.

Henry nahm seinen Kaffee mit in Phoebes Arbeitszimmer. Der Direktor des Pflegeheims hatte ihm geschrieben und vorgeschlagen, er möge einige Erinnerungsstücke für Phoebe zusammensuchen, damit sie sie dann bei sich im Zimmer hatte, wenn sie dort einzog. Der Direktor schrieb, daß vertraute Objekte, besonders solche, die mit dem Langzeitgedächtnis verbunden seien, eine Hilfe zur Belebung des Bewußtseins bei Alzheimer-Patienten wären. Ich sollte allmählich entscheiden, was ich für sie einpacke, dachte er. Hier ist der richtige Ort, um damit anzufangen.

Wie stets, wenn er an Phoebes Schreibtisch saß, kam ihm wieder der unglaubliche Unterschied zwischen ihrer jetzigen

Lebenslage im Vergleich zu der Wirklichkeit vor wenigen Jahren messerscharf zu Bewußtsein. Nach Phoebes Emeritierung hatte sie jeden Vormittag hier in diesem Raum verbracht, glücklich in ihre Forschungen versunken und ähnlich auf ihre Arbeit konzentriert, wie er sich auch Menley Nichols bei der Arbeit vorstellte.

Warte mal, sagte sich Henry. Das Bild des Kapitäns und seiner Frau, von dem Phoebe gestern sprach, war in dem extragroßen Ordner. Der war aber nicht bei den Sachen, die ich Menley gegeben habe. Ich wußte gar nicht, daß es noch ein Bild von den beiden gibt. Mir scheint, daß in dem großen Ordner noch eine Menge anderer Dinge über die Freemans und das Remember House waren. Wo könnte Phoebe den nur hingetan haben? fragte er sich.

Er schaute sich im Zimmer um, musterte die Regale, die vom Boden bis zur Decke reichten, und den Sofatisch. Dann fiel ihm ein: natürlich – die Anrichte in der Ecke.

Er ging hinüber. Die offenen Fächer des feinen antiken Möbelstücks enthielten seltene Exemplare alter Sandwich-Glaswaren. Er dachte daran, wie liebevoll Phoebe jedes einzelne Stück zusammengetragen hatte, und er beschloß, daß einige davon zu den Gegenständen gehören sollten, die sie mit ins Pflegeheim nahm.

Unterhalb der Fächer war die Anrichte bis oben hin mit Büchern und Papieren und Aktendeckeln vollgestopft. Ich wußte gar nicht, daß sie all das Zeug hier drin hatte, dachte Henry erstaunt.

In dem verwirrenden Durcheinander gelang es ihm tatsächlich, den Ordner aufzutreiben, nach dem er suchte, und darin fand er auch die Darstellung von Kapitän Freeman und Mehitabel. Das Wehen ihres Rocks und die geblähten Segel deuteten auf einen starken, kühlen Wind hin. Sie stand eher etwas hinter als neben ihm, so als biete er ihr Schutz. Sein Gesicht war kräftig und entschlossen, ihres dagegen sanft und freundlich; ihre Hand ruhte leicht auf seinem Arm. Der unbekannte Künstler hatte die Anziehungskraft zwischen den beiden eingefangen. Man konnte sehen, daß sie ein Liebespaar waren, dachte Henry.

Er blätterte durch den Ordner. Wiederholt stach ihm das Wort »Mooncusser« ins Auge. Das war vielleicht das Material, von dem Phoebe wollte, daß Menley es las, dachte er sich.

»Oh, hab ich hier vielleicht die Puppe gelassen?«

Phoebe stand mit zerzausten Haaren und fleckigem Nachthemd in der Tür. Henry fiel wieder ein, daß er die Flasche mit den Beruhigungstropfen auf dem Nachttisch stehengelassen hatte. »Phoebe, hast du noch mehr Medizin eingenommen?« fragte er angstvoll.

»Medizin?« Sie klang überrascht. »Ich glaube nicht.«

Sie kam zu der Anrichte getaumelt und hockte sich neben ihm hin. »Da hab ich doch die Puppe vom Remember House hingetan«, erklärte sie voller Aufregung und Freude.

Sie zog lauter Papiere aus dem tiefen untersten Fach heraus und ließ sie auf den Boden fallen. Dann langte sie ganz nach hinten und zog eine antike Puppe hervor, die ein langes vergilbtes Baumwollgewand trug. Eine spitzenbesetzte Haube mit Satinbändern rahmte das wunderschön zarte Porzellangesicht ein.

Phoebe starrte sie mit gerunzelter Stirn an. Dann reichte sie Henry die Puppe. »Die gehört ins Remember House«, sagte sie undeutlich. »Ich wollte sie zurückbringen, hab's aber vergessen.«

58

Nach dem Mittagessen saß Amy vor der Babyschaukel und spielte mit Hannah. »Händeklatschen, Händeklatschen, bis der Daddy kommt nach Haus. Daddy hat Moneten, Mommy lebt in Saus und Braus«, rezitierte sie im Singsang und ließ dabei Hannahs Händchen aneinanderklatschen.

Hannah gurgelte vor Vergnügen, und Menley lächelte. »Das ist ein ganz schön sexistischer Kindervers«, sagte sie.

»Ich weiß«, gab Amy zu. »Aber der geht mir nicht aus dem Kopf. Meine Mutter hat ihn mir immer vorgesungen, als ich klein war.«

Sie muß ständig an ihre Mutter denken, die Arme, dachte Menley. Amy war pünktlich um neun in der Früh gekommen, so glücklich, wieder dazusein, daß es Menley geradezu rührte. Sie wußte, daß Amys Haltung nicht nur dem Wunsch entsprach, sich Geld zu verdienen. Sie wirkte wahrhaft froh darüber, hierzusein.

»Meine Mutter behauptet, daß sie uns möglichst nichts vorgesungen hat«, sagte Menley, während sie das Spülbecken putzte. »Sie singt immer falsch und wollte meinen Bruder und mich nicht damit anstecken. Hat sie aber.« Sie spritzte Wasser über das Becken.

»Ehrlich gesagt, Hildy ist keine große Hilfe«, klagte sie. »Diese Putzfrau, die damals gerade wegfuhr, als wir hier ankamen, hat alles blitzsauber hinterlassen. Ich wünschte, sie käme wieder.«

»Elaine war sauer auf sie.«

Menley drehte sich um und schaute Amy an. »Wieso war sie sauer auf sie?«

»Ach, ich weiß nicht«, beeilte sich Amy zu antworten.

»Amy, ich glaube, das wissen Sie sehr wohl«, erwiderte Menley, da sie spürte, daß dies wichtig sein konnte.

»Also, es lag bloß daran, daß Carrie Bell damals am Vormittag, als Sie ankamen, verschreckt war. Sie hat gesagt, daß sie oben Schritte gehört hat, aber niemand da war. Dann, als sie ins Kinderzimmer ist, hat die Wiege von selber geschaukelt, oder das hat sie wenigstens behauptet. Elaine fand das einfach lächerlich, und außerdem wollte sie nicht, daß solche Märchen über das Haus verbreitet werden, weil es zum Verkauf steht.«

»Ah ja.« Menley versuchte ihre Erregung herunterzuspielen. Jetzt sind wir drei, dachte sie. Amy, Carrie Bell und ich. »Wissen Sie, wie ich Carrie erreichen kann?« fragte sie.

»O sicher. Sie macht schon seit Jahren unser Haus sauber.«

Menley griff nach einem Zettel und notierte sich die Nummer, die Amy herunterratterte. »Ich will sehen, ob sie wieder herkommen kann, und ich werde Elaine bitten, Hildy abzubestellen.«

Da es noch sehr kühl war, kamen sie überein, daß Amy Hannah warm einpacken und für eine Weile in dem Kinderwagen spazierenfahren würde. »Hannah kriegt gern mit, was alles los ist«, sagte Amy mit einem Lächeln.

Und geht es denn nicht uns allen so, dachte Menley, als sie sich an den Tisch setzte und nach dem Ordner mit der Überschrift *Mooncussers* langte. Eine Weile lang starrte sie nachdenklich in die Ferne. Heute morgen hatte Adam gar nicht erst um den heißen Brei herumgeredet. »Menley«, hatte er erklärt, »ich bin überzeugt, wenn du Dr. Kaufman anrufst, wirst du hören, daß sie meiner Meinung ist. Solange du solche niederschmetternden Angstattacken und Flashbacks hast, muß ich darauf bestehen, daß Amy hier bei dir und Hannah bleibt, wenn ich nicht da bin.«

Menley mußte an die Anstrengung denken, die es sie gekostet hatte, nicht wütend zu reagieren. Statt dessen hatte sie schlicht darauf hingewiesen, daß es ihre eigene Idee gewesen war, Amy herzuholen, also brauche er sich nicht so aufzuplustern. Trotzdem hatte Adam abgewartet, bis Amys Wagen auf der Einfahrt erschien, und war dann hingeeilt, um ein paar Worte mit ihr zu wechseln. Danach hatte er sich zur Vorbereitung für die Anhörung in die Bibliothek zurückgezogen. Um halb eins verließ er dann das Haus mit den Worten, er werde am Spätnachmittag zurück sein.

Er hat unter vier Augen mit Amy geredet, weil er mir nicht einmal zutraut, mein Wort zu halten, dachte Menley. Dann verdrängte sie diese Überlegungen aus ihrem Bewußtsein und machte sich entschlossen an die Arbeit.

Vor dem Lunch hatte sie versucht, sich ein Bild von dem Material im Mooncusser-Ordner zu machen, indem sie das, was sie aus Phoebe Spragues Datensammlung herausgefiltert hatte, in eigenen Notizen festhielt.

Jetzt las sie diese Notizen nochmals durch:

Die fünfundzwanzig Kilometer heimtückischer Strömungen, verborgener Fahrrinnen und wandernder Untiefen, die sich an der Küste von Chatham entlangzogen, waren das Verderben unzähliger Schiffe. Sie gingen in Schneestürmen und Orkanen unter und brachen auseinander oder liefen auf Sandbänken auf, so daß der Schiffsrumpf zerschellte und das Gefährt in der heftigen Brandung sank.

»Mooncussers« nannte man damals die Plünderer, die zu den Wracks zu eilen pflegten, um über die Ladung herzufallen und sich ihre Beute zu schnappen. Sie segelten mit ihren kleinen Booten zu dem sterbenden Schiff, brachten Hebeeisen, Sägen und Äxte mit und demontierten alles, was verwertbar war: Fracht und Bauteile und Inventar. Fässer und Truhen und Haushaltsgegenstände wurden über Bord auf die wartenden Fahrzeuge gehievt.

Sogar Geistliche betätigten sich als Plünderer. Menley war auf eine Niederschrift von Phoebe über einen Pfarrer gestoßen, der mitten in einer Predigt aus dem Fenster schaute, ein Schiff in Seenot entdeckte und umgehend seine Gemeinde über das »glückliche« Ereignis informierte. »Alle Mann los«, kreischte er und rannte schleunigst aus dem Versammlungsraum, dicht gefolgt von seinen Raubkumpanen.

Eine andere Geschichte, die Phoebe festgehalten hatte, handelte von dem Geistlichen, der, nachdem man ihm einen Zettel mit der Nachricht über ein sinkendes Schiff gereicht hatte, seine Pfarrkinder anwies, still mit gesenktem Kopf zu beten, indes er selbst sich auf der Suche nach Beute davonstahl. Als er fünf Stunden später zurückkehrte – sein Diebesgut sicher verstaut –, fand er seine folgsame Gemeinde erschöpft und mit steifem Nacken noch immer vor.

Wunderbare Geschichten, dachte Menley, doch was sollen die mit Tobias Knight zu tun haben? Sie las weiter; eine Stunde später entdeckte sie endlich einen Hinweis auf ihn. Es hieß von ihm, er verurteile »diese Gaunerbanden, die die gesamte Ladung Mehl und Rum aus dem gestrandeten Schoner *Red Jacket* geplündert und damit die Krone um ihr Bergungsgut gebracht« hätten.

Tobias wurde mit der Leitung jener Ermittlungen betraut. Über den Erfolg oder Fehlschlag seiner Mission war nichts erwähnt.

Aber wo ist der Zusammenhang mit Mehitabel? fragte sich Menley. Kapitän Freeman war doch ganz gewiß kein Plünderer.

Und dann stieß sie auf eine weitere Erwähnung von Tobias Knight. Im Jahr 1707 fand eine Wahl zu dem Zweck statt, ihn als Magistratsmann und Beisitzer zu ersetzen und Samuel Tucker dazu zu ernennen, das Gebäude der Schafhürde zu vollenden, das Knight begonnen hatte. Die Begründung: »Da Tobias Knight nicht mehr in unserer mitten erscheinet, zu dem großen nachtheil der gemeinde.«

Phoebe Sprague hatte angemerkt: »Der ›große nachtheil‹ war vermutlich, daß sie ihn schon für die Errichtung des Gebäudes bezahlt hatten. Aber was ist aus ihm geworden? Kein Eintrag zu seinem Tod. Ging er weg, um nicht zum Kriegsdienst eingezogen zu werden? Der ›Krieg von Königin Anna Stuart‹, der Krieg mit den Franzosen und Indianern, wurde damals ausgefochten. Oder hatte sein Verschwinden mit der königlichen Untersuchungskommission zu tun, die zwei Jahre vorher ihre Arbeit aufnahm?«

Die königliche Untersuchungskommission! dachte Menley. Das gibt der Sache eine neue Wendung. Tobias Knight muß vielleicht ein sonderbarer Kerl gewesen sein. Er überließ Mehitabel ihrem Schicksal. Er führte die Suche nach der entwendeten Ladung der *Red Jacket* an, was nichts anderes hieß, als daß er seine eigenen Mitbürger unter die Lupe nahm, und dann verduftete er und ließ den unfertigen Pferch zurück.

Sie richtete sich auf und blickte auf die Uhr. Es war halb drei. Amy war schon seit knapp zwei Stunden allein mit der Kleinen unterwegs. Besorgt sprang sie auf, lief zur Küchentür und war erleichtert festzustellen, daß der Kinderwagen soeben auf den Pfad gerollt kam, der den Anfang des Grundbesitzes markierte.

Ob ich wohl je so weit komme, daß ich mir nicht mehr übertriebene Sorgen um Hannah mache? fragte sie sich.

Hör auf, so zu denken, schärfte sie sich ein. Du hast noch nicht mal einen einzigen Blick aufs Meer geworfen, seit du heute früh aufgestanden bist, kam ihr in den Sinn. Schau es dir doch an. Das tut dir noch jedesmal gut.

Sie ging von der Küche, dem *keeping room*, zum großen Wohnzimmer, öffnete die Frontfenster und genoß in vollen Zügen die salzige Luft, die ihr entgegenschlug. Von dem schneidenden Wind aufgepeitscht, war das Wasser von Schaumkronen übersät. So kühl es jetzt auch sicher am Strand sein mußte, überkam sie doch eine große Sehnsucht, dort entlangzuwandern und das Wasser an ihren Fußknöcheln zu spüren. Was hatte wohl Mehitabel über dieses Haus empfunden? Sie sah jetzt vor sich, wie sie die Erzählung schreiben würde.

Sie kehrten von der Chinareise zurück und fanden das Haus fertig vor. Sie sahen es sich an, ein Zimmer nach dem anderen, gaben ihrer Freude über die Pfosten und Balken und die Täfelung Ausdruck, über die schöne Anordnung der Mauersteine an den offenen Kaminen – Steine, die Andrew in West Barnstable bestellt hatte –, über die Pilaster und das Schnitzwerk, womit der großartige Vordereingang mit seiner kreuzartigen Täfelung umgeben war. Sie ergötzten sich an der Lünette, dem fächerförmigen Fenster, das sie in London bewundert hatten, an der Art, wie es reizvolle Schattenmuster auf die Eingangsdiele warf. Dann liefen sie den steilen Abhang hinunter, um ihr Haus so zu betrachten, wie man es vom Strand aus sehen würde.

»Tobias Knight ist ein guter Baumeister«, stellte Andrew fest, als sie beide dastanden und hinaufschauten. Das Wasser plätscherte gegen Mehitabels Rocksaum. Sie raffte den

Rock hoch und trat auf trockenen Sand mit der Bemerkung: »Ich würde liebend gern das Wasser an meinen Fußknöcheln spüren.«
Andrew lachte. »Ein kaltes Wasser ist das, und du schwanger. Ich erachte das nicht für ratsam.«

»Mrs. Nichols, geht's Ihnen gut?«

Menley wirbelte herum. Amy stand im Türrahmen, mit Hannah auf dem Arm. »Ach ja, natürlich geht's mir gut. Amy, Sie müssen mir das nachsehen. Wenn ich schreibe oder zeichne, bin ich in einer anderen Welt.«

Amy lächelte. »Genauso hat Professor Sprague immer beschrieben, wie sie sich beim Schreiben fühlt, wenn sie meine Mutter besucht hat.«

»Ihre Mutter und Professor Sprague waren befreundet? Das wußte ich gar nicht.«

»Meine Mutter und mein Vater gehörten zu einem Fotoklub. Sie waren gute Hobbyfotografen. Mein Vater ist es natürlich noch. Sie haben Professor Sprague durch den Klub kennengelernt, und sie und meine Mutter haben sich wirklich gut verstanden.« Amys Stimme nahm einen anderen Ton an. »Da hat mein Vater auch Elaine kennengelernt. Sie ist auch Mitglied dort.«

Menley spürte, wie ihr die Kehle trocken wurde. Hannah patschte Amy ins Gesicht. Doch mit einemmal sah sie Amy ganz anders vor sich. Schmaler. Nicht so groß. Die blonden Haare dunkler, ihr Gesicht klein und herzförmig. Ihr Lächeln zärtlich und traurig, während sie das Baby oben auf den Kopf küßte und es in ihren Armen wiegte. So würde sie Mehitabel in den Wochen zwischen der Geburt des Säuglings und dem Tag, als sie ihr Kind verlor, darstellen.

Dann durchlief Amy ein Schauer. »Hier drin ist es wirklich eiskalt, finden Sie nicht? Ist es Ihnen recht, wenn ich etwas Tee mache?«

59

Als Adam bei Scotts Haus ankam, war Scott gerade damit beschäftigt, die Garage mit dem Wasserschlauch zu reinigen. Adam machte ein bedenkliches Gesicht, als er sah, daß Covey sein Augenmerk besonders auf eine ölverschmierte Stelle richtete. »Sie sind ja sehr fleißig«, bemerkte er.

»Eigentlich nicht. Ich wollte das schon lange machen. Viv hat vor ein paar Jahren einen Kurs über Autopflege mitgemacht und eine Zeitlang Spaß gehabt, den Mechaniker zu spielen. Sie hatte einen alten Caddy, und sie hat gern selbst getankt und das Öl gewechselt.«

»Verlor der Cadillac denn Öl?« fragte Adam umgehend.

»Ich weiß nicht, ob er Öl verlor oder Viv welches verschüttet hat. Sie hat den Wagen immer auf dieser Seite geparkt. Den BMW hat sie nach unsrer Hochzeit gekauft.«

»Ich verstehe. Wissen Sie zufällig, ob die Polizei auch Fotos von dem Garagenboden gemacht hat, als sie hier war?«

Scott sah erstaunt aus. »Wieso, was soll das bedeuten?«

»Detective Coogan hat gestern unter Tinas Auto geschaut. Es verliert offenbar Öl.«

Abrupt stellte Scott das Wasser ab und schmiß den Schlauch zu Boden. »Adam, können Sie sich überhaupt vorstellen, wie mir bei alldem zumute ist? Ich dreh noch durch. Ich muß Ihnen sagen, sobald die Gerichtssache vorbei ist, hau ich ab von hier. Sollen sie doch denken, was sie wollen. Das tun sie sowieso.«

Dann schüttelte er den Kopf, als versuche er dadurch seine Gedanken zu ordnen. »Entschuldigung. Ich sollte es nicht an Ihnen auslassen. Kommen Sie rein. Es ist kühl hier draußen. Ich dachte, der August soll auf dem Cape der beste Monat im ganzen Jahr sein.«

»Außer daß es heute kühl ist, fand ich bisher nichts am Wetter auszusetzen«, erwiderte Adam freundlich.

»Nochmals Entschuldigung. Adam, ich muß mit Ihnen reden.« Er drehte sich abrupt um und ging ins Haus voran.

Adam lehnte das Bier ab, das Scott ihm anbot, und während Covey ging, um sich selbst eins zu holen, nützte er die Zeit aus und schaute sich gründlich im Wohnzimmer um. Es sah so aus, als könne es durchaus vertragen, auf Vordermann gebracht zu werden, aber das mochte auch das Ergebnis der Haussuchung sein. Die Polizei war nicht berühmt dafür, die ursprüngliche Ordnung der Räume, die sie durchsucht hatte, wiederherzustellen.

Doch etwas anderes fiel Adam auf, eine gewisse Leere, die das Zimmer ausstrahlte. Nirgendwo war etwas Persönliches zu finden, es gab weder Fotos noch Bücher oder Zeitschriften. Die Möbel waren nicht schäbig, aber auch nicht attraktiv. Adam erinnerte sich, daß Elaine ihm berichtet hatte, Vivian habe das Haus möbliert gekauft. Es machte nicht den Eindruck, als habe sie irgend etwas unternommen, ihrem Heim einen persönlichen Stempel aufzudrücken, und soweit Scott Coveys Persönlichkeit sich in dem Raum widerspiegelte, konnte Adam es bestimmt nicht entdecken.

Er dachte an die Küche im Remember House. In den zwei Wochen, seit sie da waren, hatte Menley dem *keeping room* eine einladende Atmosphäre verliehen, und dies ohne jede Mühe. Geranien säumten die Fenstersimse. Die riesige Salatschüssel aus Holz war bis oben hin mit Obst gefüllt. Menley hatte einen abgenutzten alten Schaukelstuhl aus dem kleinen Salon rübergeschleift und neben dem offenen Kamin hingestellt. Ein Weidenkorb, der ehemals vermutlich der Beförderung von Holzscheiten gedient hatte, fand jetzt als Behälter für Zeitungen und Magazine Verwendung.

Menley hatte eine natürliche Begabung, ein Heim angenehm zu gestalten. Adam dachte mit Unbehagen daran, wie er am Morgen zu Amy hinausgelaufen war, um ihr einzuschärfen, bei Menley zu bleiben, bis er zurückkam. Menley hätte Amy nicht heimgeschickt, sagte er sich jetzt. Sie ist über diese Angstanfälle genauso beunruhigt wie ich. Sie hat ja gestern Dr. Kaufman selbst angerufen. Sie hatte sogar vorgeschlagen, Amy den ganzen Tag dazubehalten.

Was hielt nur Covey auf? Wie lange konnte es dauern, ein Bier einzuschenken? Und was zum Teufel treibe ich eigentlich hier? fragte sich Adam. Das ist mein Urlaub. Meine Frau braucht mich, und ich lasse mich dazu überreden, diesen Fall zu übernehmen.

Er ging in die Küche. »Gibt's Probleme?«

Scott saß mit verschränkten Armen am Tisch, das Bier vor ihm unberührt. »Adam«, sagte er ausdruckslos, »ich hab Ihnen keinen reinen Wein eingeschenkt.«

60

Nat Coogan hielt es für eine gute Idee, wenn er Fred Hendin ein zweitesmal aufsuchte. Mit den Auskünften gewappnet, die ihm der Versicherungsexperte gegeben hatte, fuhr er um halb fünf bei Hendins Haus vor.

Hendins Wagen stand auf der Einfahrt. Nat war nicht erfreut zu entdecken, daß auch Tinas grüner Toyota dahinter geparkt war. Andererseits stellte es sich vielleicht als interessant heraus, die beiden gemeinsam zu beobachten, dachte er.

Er schlenderte den Pfad hinauf und klingelte. Als Hendin an der Haustür erschien, war er unverkennbar ablehnend. »Habe ich vielleicht vergessen, daß wir einen Termin haben?« fragte er.

»Nein, wir haben keinen«, erwiderte Nat liebenswürdig, »Ist es okay, wenn ich reinkomme?«

Hendin trat zur Seite. »Es ist nicht okay, wenn Sie ständig meiner Freundin auf die Nerven gehen.«

Tina saß auf der Couch und tupfte sich die Augen mit einem Taschentuch ab. »Wieso belästigen Sie mich dauernd?« brauste sie auf.

»Ich habe nicht die Absicht, Sie zu belästigen, Tina«, sagte Nat gelassen. »Wir führen Ermittlungen in einem möglichen Mordfall durch. Wenn wir Fragen stellen, dient es dazu, Antworten zu erhalten, und nicht, um Leute zu quälen.«

»Sie reden mit Leuten über mich. Sie schauen sich mein Auto an.« Erneut stürzten ihr die Tränen aus den Augen.

Du bist eine lausige Schauspielerin, dachte Nat. Das ist doch nur Theaterdonner Fred zuliebe. Er warf einen Blick auf Hendin und sah Erregtheit und Mitgefühl in seiner Miene. Und die Show funktioniert, dachte er.

Hendin setzte sich neben Tina, und seine abgearbeitete Hand umschloß die ihre. »Was soll die Sache mit dem Auto?«

»Haben Sie nicht bemerkt, daß Tinas Auto ziemlich viel Öl verliert?«

»Ich hab's bemerkt. Ich schenke Tina ein neues Auto zum Geburtstag. Das ist in drei Wochen. Lohnt sich nicht, noch Geld in das andere reinzustecken.«

»Auf dem Boden in der Garage von Scott Covey ist ein ziemlich großer Ölfleck«, erklärte Nat. »Der stammt nicht von dem neuen BMW.«

»Und der stammt auch nicht von meinem Auto«, sagte Tina brüsk – ihre Tränen waren plötzlich versiegt.

Hendin erhob sich. »Mr. Coogan, Tina hat mir gesagt, daß die Sache vor Gericht geht. Coveys Anwalt kommt, um mit mir zu reden, und ich werde ihm genau dasselbe sagen, was ich jetzt zu Ihnen sage, also hören Sie gut zu. Tina und ich haben uns letzten Sommer getrennt, weil sie sich mit Covey traf. Sie ist den Winter über mit allen möglichen Typen ausgegangen, und das geht mich nichts an. Wir sind seit letztem April wieder zusammen, und es gab keinen einzigen Abend, an dem ich sie nicht gesehen habe, also versuchen Sie nicht, eine große Liebesaffäre draus zu machen, daß sie Covey in dieser Bar da über den Weg gelaufen ist oder bei ihm vorbeigeschaut hat, um ihm ihr Mitgefühl auszudrücken, als seine Frau vermißt war.«

Er schlang einen Arm um Tinas Schultern, und sie lächelte ihn an. »Es ist verflucht schade, daß Sie mir all meine Überraschungen verderben, aber ich hab nämlich noch eine für diese kleine Dame. Außer dem Auto hab ich ihr auch einen Verlobungsring gekauft, den ich ihr zum Geburtstag schenken wollte, aber so, wie die Dinge liegen, wird sie ihn an ihrem Finger haben, wenn wir nächste Woche vor Gericht auftauchen. Und jetzt raus mit Ihnen, Coogan. Sie und Ihre Fragen machen mich krank.«

61

Hier also bricht die Verteidigung auseinander, dachte Adam. In Vivian Carpenters Küche. »Was heißt das, Sie haben mir keinen reinen Wein eingeschenkt?« fragte er scharf.

Scott Covey musterte sein unberührtes Glas Bier. Er schaute Adam nicht in die Augen, als er sagte: »Ich hab Ihnen doch erzählt, daß ich von dem Zeitpunkt an, als Vivian und ich geheiratet haben, Tina nicht mehr gesehen habe außer damals in dem Pub und als sie zu dem Beileidsbesuch herkam. Das ist wahr. Was nicht der Wahrheit entspricht, ist der Eindruck, den ich Ihnen vermittelt habe, wir hätten letzten Sommer unsere Beziehung völlig abgeblasen.«

»Sie trafen sich weiterhin, nachdem Sie im August vor einem Jahr vom Cape weg sind?«

»Sie kam fünf- oder sechsmal nach Boca runter. Ich wollte Ihnen das eigentlich sagen; bestimmt findet's Ihr Detektiv sowieso noch raus.«

»Der Ermittler, den ich haben will, ist bis nächste Woche im Urlaub. Aber Sie haben recht. Er wäre dahintergekommen. Und die Staatsanwaltschaft wird's genauso rausfinden, falls die es nicht schon weiß.«

Scott schob seinen Stuhl zurück und stand auf. »Adam, ich komme mir lausig vor, wenn ich das sage, aber es stimmt wirklich. Ich hab mit Tina damals im August tatsächlich Schluß gemacht. Nicht bloß, weil ich inzwischen mit Viv zusammen war. Es lag auch daran, daß Tina eine feste Bindung wollte, ich aber nicht. Als ich dann nach Boca kam, merkte ich, wie sehr mir Viv fehlte. Normalerweise verlaufen diese

Sommerliebeleien ja im Sand. Das wissen Sie. Ich rief Viv an und merkte, daß sie genau dieselben Gefühle mir gegenüber hatte. Sie kam nach Boca runter, wir trafen uns ein paarmal in New York, und bis zum Frühjahr waren wir uns beide sicher, daß wir heiraten wollten.«

»Wenn Sie jetzt die Wahrheit sagen, warum haben Sie es dann nicht von Anfang an getan?« fuhr ihn Adam vorwurfsvoll an.

»Weil Fred nicht weiß, daß Tina mich noch im Winter besucht hat. Es hat ihm nichts ausgemacht, daß sie sich mit anderen Männern getroffen hat, aber mich kann er nicht ausstehen, weil sie ihn letzten Sommer wegen mir in die Wüste geschickt hat. Das war der eigentliche Grund, weshalb sie sich mit mir treffen wollte. Sie wollte mich persönlich sehen, damit ich ihr hoch und heilig verspreche, nie jemand zu erzählen, daß sie in Florida gewesen war.«

»Haben Sie sie noch mal gesehen, nachdem sie damals aus dem Pub weg ist?«

Scott zuckte mit den Achseln. »Ich hab sie angerufen und ihr erklärt, sie muß mir das, was sie zu sagen hat, schon am Telefon sagen. Als ich dann erfuhr, worum es ging, mußte ich lachen. Ich fragte sie, wem ich eigentlich ihrer Meinung nach davon erzählen sollte, daß sie in Boca war. Und für was für einen Miesling sie mich eigentlich hält.«

»Ich glaube, wir brauchen ein paar Zeugen, die vor Gericht aussagen, daß Tina hinter Ihnen hergelaufen ist, und nicht umgekehrt. Gibt es irgendwen, den Sie vorschlagen können?«

Scotts Miene hellte sich auf. »Zwei der anderen Kellnerinnen im *Daniel Webster Inn*. Tina verstand sich ursprünglich gut mit ihnen, doch dann haben sie sich über sie aufgeregt. Tina sagt, daß sie sauer waren, weil einige der Stammgäste, die mit Trinkgeld spendabel sind, darum baten, an einem ihrer Tische plaziert zu werden.«

»Tina scheint ja mit allen Wassern gewaschen zu sein«, sagte Adam. »Ich hoffe bloß, daß es ihrem Freund Fred nichts ausmacht, wenn öffentlich breitgetreten wird, daß sie ihn angelogen hat.« Warum habe ich mich nur in diese Sache reinziehen lassen? fragte er sich erneut. Er glaubte zwar weiterhin, daß Scott Coveys Frau bei einem tragischen Unfall ums Leben kam, aber er war auch der Meinung, daß Covey Tina ausgenutzt hatte, bis Vivian beschloß, ihn zu heiraten. Dieser Kerl mag zwar keinen Mord auf dem Gewissen haben, aber das bewahrt ihn noch nicht davor, ein Schleimscheißer zu sein, dachte er.

Mit einemmal schien diese eher kleine Küche Adam zu beengen. Er wollte wieder zu Menley und Hannah zurück. Sie hatten nur noch ein paar gemeinsame Tage vor sich, bis er Menley nach New York ins Krankenhaus bringen mußte. Er mußte sie jetzt allmählich darauf vorbereiten. »Geben Sie mir die Namen von diesen Kellnerinnen«, forderte er unvermittelt.

»Liz Murphy und Alice Regan.«

»Notieren Sie's mir. Hoffentlich arbeiten die noch dort.« Adam machte kehrt und verließ die Küche.

Als er am Eßzimmer vorbeikam, warf er einen Blick hinein. Ein großes gerahmtes Bild lag auf dem Tisch; es war die Luftaufnahme vom Remember House, die Elaine im Schaufenster gehabt hatte. Er ging hin, sich das Bild genauer anzusehen.

Wunderbares Foto, dachte er. Das Haus wirkte majestätisch in seiner Abgeschiedenheit. Die Farben waren spektakulär – die üppigen, grün belaubten Zweige der Bäume um das Haus herum, die lilablauen Hortensien an den Hausmauern, der heitere blaugrüne Ozean mit seiner trägen Brandung. Man konnte sogar ein paar Spaziergänger am Strand erkennen und ein kleines Boot, das knapp unterhalb des Horizonts vor Anker lag.

»Das hätte ich wirklich gern«, sagte er.

»Es ist ein Geschenk von Elaine«, erwiderte Scott rasch. »Sonst würde ich es Ihnen geben. Sie scheint zu glauben, daß ich vielleicht interessiert bin, falls Sie das Remember House nicht kaufen.«

»Wären Sie denn interessiert?«

»Wenn Viv noch am Leben wäre, ja. So, wie die Lage ist, nein.« Er zögerte. »Was ich sagen will: So, wie ich mich zur Zeit fühle, nein. Vielleicht ginge es mir ja anders, wenn mich ein Richter von allem Verdacht freispricht.«

»Dieses Bild vor Augen zu haben könnte einen wahrlich dazu motivieren, das Haus zu kaufen. Mir geht's jedenfalls so«, sagte Adam. Dann drehte er sich um. »Ich muß jetzt los. Wir sprechen uns wieder.«

Er stieg gerade in seinen Wagen, als Henry Sprague ihn zu sich herwinkte. »Ich habe noch mehr Material gefunden, von dem ich denke, daß es Menley interessiert«, erklärte er. »Komm rein, dann kann ich's dir eben geben.«

Der Ordner lag auf dem Foyertisch. »Außerdem besteht Phoebe absolut darauf, daß diese Puppe ins Remember House gehört. Ich weiß nicht, warum sie das glaubt, aber würde es dir was ausmachen, sie mitzunehmen?«

»Menley freut sich wahrscheinlich, wenn sie die sieht«, erwiderte Adam. »Das ist ja eindeutig eine echt antike Puppe. Du mußt dich nicht wundern, wenn eine Skizze davon in Menleys neuem Buch auftaucht. Danke, Henry. Wie geht's Phoebe heute?«

»Im Moment hat sie sich hingelegt. Sie hatte keine gute Nacht. Ich weiß nicht, ob ich dir das schon gesagt hab – ich bringe sie zum Monatsersten in ein Pflegeheim.«

»Das hast du mir noch nicht erzählt. Tut mir wirklich leid.«

Als Adam den Ordner unter den Arm klemmte und die Puppe nahm, ließ ihn ein Schrei zusammenfahren. »Sie hat schon wieder einen Alptraum«, sagte Henry und hastete in Richtung Schlafzimmer. »Ist schon gut, mein Liebes«, tröstete er sie.

Sie schlug die Augen auf, blickte zu ihm hoch, wandte dann den Kopf und sah Adam mit der Puppe in der Hand. »Oh, sie haben sie wirklich ertränkt«, seufzte sie. »Aber ich bin froh, daß sie wenigstens das Baby am Leben gelassen haben.«

62

Menley rief Carrie Bell um vier Uhr an. Carries zunächst vorsichtige Reaktion, als Menley ihren Namen nannte, wich dem Ausdruck echter Wärme, als sie den Grund für den Anruf erfuhr.

»Ach, das ist wunderbar«, sagte sie. »Ich kann das Geld wirklich gebrauchen. Ich hab in den letzten beiden Wochen eine Menge Arbeit verloren.«

»Eine Menge Arbeit?« hakte Menley nach. »Wieso denn?«

»Oh, das hätte ich nicht sagen sollen. Ich bin morgen früh pünktlich zur Stelle. Vielen Dank, Mrs. Nichols.«

Menley erzählte Amy von dem Gespräch. »Wissen Sie, was sie wohl damit meinte, sie hätte eine Menge Arbeit verloren?«

Amy sah verlegen aus. »Es ist bloß, daß Elaine sie an Leute weiterempfiehlt, die ihre Häuser verkaufen oder vermieten. Carrie kniet sich ein paar Tage rein und versteht wirklich was davon, ein Haus in Schuß zu bringen. Aber Elaine sagt, daß sie ihr keine neuen Jobs vermittelt, weil sie soviel herumtratscht. Elaine hat sogar versucht, meinen Vater dazu zu bringen, sie rauszuschmeißen.«

Beim Abendessen berichtete Menley Adam von dem Gespräch. »Findest du nicht, daß das boshaft war?« fragte sie, als sie ihm eine zweite Portion Chili auf den Teller austeilte. »Nach dem, was ich von Amy weiß, ist Carrie Bell eine hart arbeitende alleinerziehende Mutter, die ein dreijähriges Kind großzieht.«

»Das ist das beste Chili, das du je gemacht hast«, sagte Adam. »Und zu deiner Frage: Ich weiß, daß Carrie tüchtig ist. Sie hat das Landhaus saubergemacht, wo ich letztes Jahr war, als ich alleine herkam. Aber ich weiß auch, daß Elaine selbst hart arbeitet. Sie ist nicht einfach so zu dem Erfolg gekommen, den sie tatsächlich hat, sondern weil sie nichts dem Zufall überläßt. Wenn sie findet, daß Carrie Bells Getratsche ihre Chance, Häuser zu verkaufen, beeinträchtigt, dann ist

Carrie ihren Job los. Ach, hab ich schon erwähnt, daß ich außer dem Essen auch die Atmosphäre hier mag?«

Menley hatte das Deckenlicht ausgemacht und die Wandleuchten auf Schummerlicht gestellt. Sie saßen sich an dem großen Eßtisch gegenüber. Alle Forschungsunterlagen und Bücher von Phoebe Sprague wie auch Menleys eigene Notizen und Zeichnungen waren jetzt im Bibliothekszimmer.

»Ich fand, da wir immer hier essen, ist es schade, wenn soviel rumliegt«, erklärte sie.

Das war nur ein Teil der Wahrheit, gestand sie sich ein. Der andere Grund war, daß sie, als Adam am Spätnachmittag heimgekommen war und ihr den schweren Ordner von Henry Sprague überreicht hatte, rasch durch das neue Material geblättert hatte und völlig vor den Kopf gestoßen war, die Zeichnung von Mehitabel und Andrew auf dem Schiff zu sehen. Das Bild war ganz genauso, wie sie sich die beiden vorgestellt hatte. Es muß doch einfach eine weitere Abbildung von ihnen in all dem Zeug geben, dachte sie, und ich muß sie gesehen haben. Aber es war ein weiteres Beispiel dafür, daß sie etwas Wichtiges vergessen hatte.

Und da beschloß sie also, die Recherchen zum Remember House für ein paar Tage beiseite zu legen und erst einmal den Artikel für die *Travel Times* hinter sich zu bringen. Sie hatte Jan Paley angerufen, die ihr auch versprach, einige historische Häuser aufzulisten, damit sie sie besuchen konnte.

»Die Geschichten, die Sie mir von den Häusern erzählt haben, wo die Leute so eine Art Präsenz spüren, wären genau richtig«, hatte sie zu Jan gesagt. »Ich weiß, daß die Redakteurin davon begeistert wäre.« Und ich will wissen, was diese Menschen zu erzählen haben, hatte sie gedacht.

»Hast du heute schon viel geschrieben, oder arbeitest du dich noch durch Phoebes Material durch?« fragte Adam.

»Keines von beidem; ich hab an etwas anderem gearbeitet.« Sie erzählte ihm von ihrem Telefonat mit Jan und von dem, was sie vorhatte.

War ich übereifrig mit dieser Erklärung? fragte sich Menley. Es klang so eingeübt.

»Gespenstergeschichten?« fragte Adam lächelnd. »Du glaubst doch nicht an diesen Quatsch.«

»Ich glaube an Legenden.« Sie sah, daß sein Teller wieder leer war. »Du warst aber hungrig. Was hast du denn zum Lunch gegessen?«

»Einen Hamburger, aber das ist schon lange her. 'Laine war mit mir zusammen. Wir sind ihre Zeugenaussage für die Anhörung durchgegangen.«

Adams Tonfall hatte immer etwas Liebevolles, ja, sogar Intimes an sich, wenn er von Elaine sprach. Sie mußte das jetzt wissen. »Adam, hast du je ein Verhältnis mit Elaine gehabt, ich meine natürlich, außer daß du so was wie eine Art Ersatzbruder für sie warst?«

Er schien sich nicht wohl in seiner Haut zu fühlen. »Ach, wir sind als Teenager von Zeit zu Zeit miteinander ausgegangen, und manchmal haben wir uns getroffen, wenn ich auf dem Cape war, damals, als ich Jura studiert hab.«

»Und seither nie mehr?«

»Ach, zum Teufel, Men, du erwartest doch wohl nicht, daß ich eine Seelenbeichte ablege. Bevor ich dich traf, hab ich immer das Mädchen, mit dem ich gerade zusammen war, mit hierhergebracht, solange meine Mutter noch das große Haus hatte. Zu anderen Zeiten bin ich allein hergekommen. Wenn wir beide grade nichts zu tun hatten, haben 'Laine und ich was zusammen unternommen. Aber das ist schon Jahre her. Keine große Sache.«

»Ah ja.« Laß das sein, sagte sich Menley. Das letzte, was du brauchen kannst, ist eine Diskussion über Elaine.

Adam streckte seine Hand über den Tisch aus. »Ich bin mit dem einzigen Mädchen zusammen, das ich je wirklich geliebt habe und mit dem ich auch zusammensein wollte«, erklärte er. Er schwieg eine Weile. »Wir haben in fünf Jahren mehr Höhen und Tiefen erlebt als die meisten Menschen in ihrem ganzen Leben. Als einziges liegt mir wirklich am Herzen, daß wir gut über die Runden kommen und wieder festen Boden unter die Füße kriegen.«

Menley berührte seine Finger mit ihren Fingerspitzen. Dann zog sie die Hand zurück. »Adam, du versuchst mir doch was zu sagen, hab ich recht?«

Mit wachsendem Entsetzen lauschte sie der Darlegung seiner Absichten.

»Men, als ich mit Dr. Kaufman sprach, meinte sie, du würdest bestimmt von aggressiver Therapie profitieren. Einen Flashback zu haben, so daß dich der Unfall wieder total fertigmacht, ist eine Sache. Aber wenn du glaubst, du hättest Bobby rufen hören, und ihn dann im ganzen Haus suchst, das ist ganz was anderes. Sie will, daß du nur ganz kurz stationär behandelt wirst.«

Es war genau, was sie befürchtet hatte.

»Ich mache Fortschritte, Adam.«

»Ich weiß, wie sehr du darum kämpfst. Aber es wäre besser, wenn wir nach der Anhörung ihrem Rat folgen. Du weißt doch, daß du ihr vertrauen kannst.«

In diesem Augenblick haßte sie ihn regelrecht und wußte auch, daß es ihrem Gesicht anzumerken war. Sie wandte sich ab und sah, daß er die antike Puppe in Hannahs hohen Kinderstuhl gesetzt hatte. Sie blickte sie nun mit ihren starren kobaltblauen Augen unverwandt an, eine Parodie des Wunders, das Hannah war.

»Wir reden nicht von Vertrauen zu Dr. Kaufman, wir reden von Vertrauen zu *mir*.«

63

Jan Paley war erfreut und überrascht über den Anruf von Menley Nichols am Nachmittag gewesen. Menley hatte sich nach historischen Häusern erkundigt, über die Gerüchte und Legenden umliefen. »Mit historisch meine ich gute Beispiele alter Architektur, und mit Legenden meine ich die Geschichten von einem unerklärlichen Wesen dort, einem Geist«, hatte Menley ihr erklärt.

Jan hatte sich gern bereit erklärt, sie herumzuführen. Sie war sofort darangegangen, eine Liste der Häuser aufzustellen, die sie mit ihr besichtigen wollte.

Das alte Haus Dillingham in Brewster war zum Beispiel gut geeignet. Es war das zweitälteste Haus auf Cape Cod. Im Lauf der Jahre hatten eine Reihe von Leuten, die dort zur Miete wohnten, behauptet, sie hätten das Gefühl gehabt, eine Frau sei an der Tür eines der Schlafzimmer vorbeigegangen.

Das Dennis Inn war ein weiteres Haus, das sie Menley zeigen wollte. Die Eigentümer hatten sogar einen Kosenamen für das verspielte Geistwesen, das fortwährend die Küche verwüstete. Sie nannten es Lillian.

Sie konnten auch Sarah Nye besuchen, die Freundin, die sie Menley gegenüber erwähnt hatte, als sie auf Elaines Party miteinander sprachen. Sarah war überzeugt, daß sie das Haus gemeinsam mit der Dame bewohnte, für die es 1720 erbaut worden war.

Und wie stand es mit dem *saltbox* in Harwich, in dem jetzt im Erdgeschoß ein Innenarchitekturbüro einquartiert war? Die Besitzer vertraten die Überzeugung, daß sie einen hauseigenen Geist beherbergten und daß es sich dabei um eine Sechzehnjährige handelte, die dort im neunzehnten Jahrhundert gestorben war.

Jan machte ein paar Anrufe, verabredete Termine und rief Menley zurück. »Es kann losgehen. Ich hol Sie morgen früh ungefähr um zehn ab.«

»Das ist prima, und, Jan, wissen Sie irgendwas von einer antiken Puppe, die Phoebe Sprague bei sich zu Hause hatte? Henry hat Adam erzählt, daß sie darauf besteht, die Puppe gehöre ins Remember House.«

»Ach, sie hat sie wiedergefunden?« rief Jan aus. »Das freut mich ja so. Tom hatte sie unter der Dachtraufe auf dem Speicher entdeckt. Niemand außer Gott weiß, wie lange die da schon lag. Phoebe wollte sie einem Experten für Antiquitäten zeigen. Einige ihrer Recherchen deuten darauf hin, daß sie möglicherweise sogar Mehitabel gehörte. Mir war damals nicht bewußt, daß Phoebes Gedächtnis schon nachzulassen begann. Sie hat die Puppe irgendwohin gesteckt und konnte sie dann nicht mehr finden.«

»Wieso dachte sie, daß die Puppe Mehitabel gehört hat?« fragte Menley Jan.

»Phoebe hat mir erzählt, daß sie in einem Memoirenband erwähnt fand, man hätte Mehitabel damals, nachdem ihr Mann ihr den Säugling wegnahm, dabei beobachtet, wie sie mit einer Puppe auf dem Witwensteg stand.«

12. August

64

Scott Covey verbrachte fast den ganzen Freitag auf dem Boot. Er machte sich ein Lunchpaket zum Mitnehmen, packte seine Angelruten ein und genoß den friedlichsten Tag, den er seit Wochen erlebt hatte. Die goldene Augustwärme war mit voller Kraft zurückgekehrt und hatte die Kühle verdrängt, die den Vortag beherrscht hatte. Die Brise vom Meer her wehte wieder lind. Scotts Hummerfallen waren voll.

Nach dem Mittagessen streckte er sich auf Deck aus, verschränkte die Hände unter dem Kopf und ging in Gedanken die Aussage durch, die er vor Gericht abgeben wollte. Er versuchte sich all die negativen Dinge zu vergegenwärtigen, die ihm Adam Nichols warnend vor Augen gehalten hatte, und sich zu erinnern, wie er jeden einzelnen Punkt widerlegen konnte.

Sein Verhältnis mit Tina letzten Winter würde sein größtes Problem sein. Wie konnte er, ohne den Eindruck eines miesen und ungehobelten Kerls zu vermitteln, dem Richter begreiflich machen, daß sie diejenige war, die hinter ihm her gewesen war?

Und dann fiel ihm wieder etwas ein, was Vivian zu ihm gesagt hatte. Ende Juni, als er sie mit gutem Zureden durch einen ihrer immer wiederkehrenden Anfälle tränenreicher Verunsicherung gelotst hatte, hatte sie geseufzt: »Scott, du bist einer von diesen fantastisch aussehenden Typen, auf die Frauen von Natur aus fliegen. Ich versuche das ja zu verstehen. Ich weiß, daß auch andere Leute das instinktiv kapieren. Es ist nicht deine Schuld; du kannst nichts dran ändern.«

»Vivy«, sagte er laut, »ich werde dir noch dafür danken müssen, daß du mich heil durch diese Anhörung gebracht hast.«

Mit einem Blick zum Himmel legte er die Finger an die Lippen und warf ihr eine Kußhand zu.

65

Alle kleinen Entchen in einer Reihe, dachte Nat Coogan, als er die Liste der Zeugen durchging, an die sie eine Vorladung für die Anhörung geschickt hatten. Nat war gerade im Büro des Staatsanwalts in Barnstable.

Der Bezirksstaatsanwalt Robert Shore saß hinter seinem Schreibtisch und überprüfte seine eigenen Notizen. Er hatte für zwölf Uhr ein Treffen anberaumt, um die letzten Vorbereitungen zu koordinieren. »Also gut. Wir werden uns etwas Ärger einhandeln, weil wir die Leute, die wir vorgeladen haben, nur so kurzfristig benachrichtigt haben, aber so läuft das nun mal. Das hier ist ein aufsehenerregender Fall, und wir können ihn nicht schleifen lassen. Noch irgendwelche Probleme?«

Die Besprechung dauerte anderthalb Stunden. Gegen Ende stimmten die beiden Männer darin überein, daß sie den Fall gut für den Richter präpariert hatten. Nat sah sich jedoch veranlaßt, ein paar Worte der Warnung auszusprechen: »Hören Sie, ich hab gesehen, wie dieser Kerl agiert. Er kann auf Anhieb heulen. Er mag es ja nicht als Schauspieler auf der

Bühne geschafft haben, aber glauben Sie mir – der bringt es noch fertig, sich einen Oscar im Bezirksgericht zu holen.«

66

Am Freitag morgen verließ Adam Remember House, sobald Amy eintraf. »Ich muß die Serviererinnen befragen, die vielleicht irgendwelche Aussagen darüber kompensieren können, daß Tina Scott in Florida besucht hat«, erklärte er Menley.

»Jan holt mich um zehn ab«, sagte sie mechanisch. »Ich dürfte um zwei oder halb drei wieder zurück sein. Carrie Bell kommt heute zum Saubermachen, also sind dann sie und Amy beide mit Hannah im Haus. Ist das zufriedenstellend?«

»Menley!« Er schickte sich an, sie zu umarmen, aber sie kehrte ihm den Rücken zu und ging davon.

»Wollen Sie mir sagen, was Sie bedrückt?« fragte Jan Menley, als sie über die Brücke von Morris Island zu der Straße fuhren, die zum Leuchtturm und der Route 28 führte.

»Was mich bedrückt, ist, daß mein Mann und meine Therapeutin sich einig zu sein scheinen, daß ich in eine Gummizelle gehöre.«

»Das ist ja lächerlich.«

»Ja, ist es auch. Und ich werde nicht zulassen, daß das passiert. Doch reden wir nicht mehr darüber. Aber, Jan, ich habe das Gefühl, daß Phoebe mir etwas zu vermitteln versucht. Als sie neulich bei uns im Haus war und ihre Unterlagen sah, hat sie sich einiges angeschaut und, glaube ich, wirklich verstanden, was es war.«

»Das kann schon sein«, meinte Jan. »Es kommt manchmal vor, daß Phoebes Gedächtnis wieder zu funktionieren scheint.«

»Ihre Stimme hatte so was Dringliches. Sie sagte, daß Mehitabel unschuldig war. Und dann sagte sie so was wie: ›Tobias Knight. Antwort im Mooncusser-Ordner.‹ Sehen Sie irgendeinen Sinn darin?«

»Eigentlich nicht. Wir wissen, daß Tobias Knight das Remember House gebaut hat, und das ist so ungefähr alles. Doch als ich mir heute überlegt habe, wo ich überall mit Ihnen hingehen kann, fand ich raus, daß er auch eines der ältesten Häuser von Eastham errichtet hat. Falls Sie Zeit hätten, könnten wir einen Schlenker machen und es uns anschauen. Die Eastham Historical Society führt das Haus, und sie haben dort vielleicht ein paar Informationen über ihn in ihrer historischen Sammlung.«

67

»Tina hat Scott Covey hier kennengelernt«, erzählte Liz Murphy Adam. »Er kam mit ein paar seiner Kollegen vom Theater zum Essen hierher, und sie ist ihm wie verrückt um den Bart gegangen. Und niemand versteht sich besser drauf, einen Kerl zu umgarnen, als Tina.«

Adam befragte die junge Kellnerin im Büro des *Daniel Webster Inn* in Sandwich. »Das war im Juli letzten Jahres?«

»Anfang Juli. Tina ist damals mit Fred gegangen. Was das doch für ein netter Kerl ist. Aber, Junge, sie hat ihm den Laufpaß gegeben, sobald Scott aufgetaucht ist.«

»Hatten Sie den Eindruck, daß Scott es ernst mit Tina meinte?«

»Ach, Quatsch. Wir waren alle der Meinung, daß Scott große Dinge vorhatte. Der würde sich doch nie mit 'ner Frau begnügen, die sich ihre Brötchen verdienen muß. Wir haben ihr gesagt, daß sie verrückt sei, Fred wegen ihm in die Wüste zu schicken.«

»Hat Tina sich mit Scott den Winter über getroffen, soweit Sie im Bilde sind?«

»Sie wußte, daß er in Boca Raton war, und sie wollte sich

dort eine Stelle suchen. Aber er hat ihr wohl erzählt, daß er wieder zum Cape kommt, wenn alles klappt.«

»Und sie wußte, daß er mit Vivian Carpenter angebändelt hatte?«

»Sie hat's gewußt, und es war ihr egal.«

Genau, was Scott mir erzählt hat, dachte Adam. »Hat Vivian von Tina gewußt?«

»Wenn Scott ihr's nicht gesagt hat, wüßte ich nicht, woher sie's hätte wissen sollen.«

»Wissen Sie, weshalb Tina ihren Job hier aufgegeben hat?«

»Sie hat mir gesagt, daß Scott geheiratet hat und sie jetzt wieder mit Fred ausgeht und am Abend frei haben will, um mit ihm zusammenzusein. Sie sagte, Fred steht so früh zur Arbeit auf, daß er um zehn Uhr abends ins Bett geht. Sie wollte einen Job, wo sie zum Frühstück und mittags Dienst hat, aber das war hier nicht zu haben.«

»Liz, Sie erhalten eine Vorladung als Zeugin vor Gericht. Machen Sie sich keine Sorgen deswegen. Der Staatsanwalt wird Ihnen so ziemlich dieselben Fragen stellen, wie ich's eben getan habe.«

Die andere Kellnerin, Alice Regan, kam um elf Uhr dran, und so wartete Adam auf sie. Ihre Version erhärtete, was Liz Murphy ihm berichtet hatte. Er wußte, daß der Staatsanwalt Tina hart angehen würde, weshalb sie ihre Arbeit nach Chatham verlegt hätte, in ein Restaurant, wo ein ehemaliger Liebhaber regelmäßig hinging, aber das würde Tina und nicht Scott in ein schlechtes Licht setzen.

Adam fuhr die Route 6A hinunter und hielt am Gerichtshof an. Im Amtsbüro des Bezirksstaatsanwalts reichte er die Namen von Liz Murphy und Alice Regan zur Ergänzung der Liste von Zeugen ein, für die er eine Vorladung wünschte. »Ich habe dann vielleicht noch ein oder zwei«, ließ er einen der Beamten der Staatsanwaltschaft dort wissen.

Als nächstes fuhr er nach Orleans zu einem Gespräch mit einem Fischer, dessen Boot in demselben Unwetter gekentert war, bei dem Vivian Carpenter ums Leben kam.

68

Carrie Bell hantierte eifrig im Familienzimmer herum und wischte die Küchenschränke innen aus, während sie sich mit Amy unterhielt. »Das ist ein Baby zum Verlieben«, sagte sie. »Und so brav.«

Amy fütterte Hannah gerade zu Mittag.

Als hätte sie das Kompliment verstanden, lächelte Hannah Carrie strahlend an und steckte ihre kleine Faust in das Pfirsichglas.

»Hannah!« protestierte Amy lachend.

»Und sie wird ganz ähnlich wie ihr Bruder aussehen«, stellte Carrie fest.

»Das glaube ich auch«, fand Amy. »Das Bild auf der Frisierkommode von Mrs. Nichols hat wirklich große Ähnlichkeit mit ihr.«

»Man merkt das sogar noch mehr auf dem Video von Bobby, das Mr. Nichols letztes Jahr hier dabeihatte.« Carries Stimme wurde leiser. »Weißt du, ich hab doch immer in dem kleinen Landhaus saubergemacht, das er in der Nähe von Elaines Haus gemietet hatte. Also, einmal bin ich reingekommen, und da schaute Mr. Nichols grade ein Video von Bobby an, wie er zu seiner Mutter gerannt kommt. Ich schwör dir, der Ausdruck auf seinem Gesicht hat mir fast das Herz gebrochen.«

Sie griff nach der antiken Puppe. »Du willst die doch bestimmt nicht ständig in das Kinderstühlchen rein und wieder raustun, Amy. Wie wär's, wenn ich sie einfach in die alte Wiege da oben im Kinderzimmer tu? Sie kommt mir so vor, als ob sie da hingehört.«

69

Bis ein Uhr waren zehn, zwölf Seiten von Menleys Notizbuch beschrieben, und sie hatte zwei Stunden an Interviews auf ihrem Aufnahmegerät.

Als Jan die Route 6 in Richtung Eastham entlangfuhr, dachte Menley laut über die Ähnlichkeit der Erfahrungen nach, von denen sie gehört hatte. »Jeder der Leute, mit denen wir geredet haben, scheint das Gefühl zu haben, daß, falls es etwas Unerklärliches in ihrem Haus gibt, es eine wohlwollende Erscheinung ist«, sagte sie. »Aber Ihre Freundin in Brewster, Sarah, hat außer bei dem erstenmal damals nie mehr erlebt, daß es sich manifestiert hat.«

Jan blickte sie an. »Was heißen soll?«

»Sarah hat uns doch erzählt, daß sie eines Morgens, als sie und ihr Mann noch im Bett waren und schliefen, durch das Geräusch von jemand, der die Treppe hochkommt, geweckt wurde. Dann ging die Tür auf, und sie sah den Abdruck von Tritten auf dem Teppich.«

»Ja, genau.«

Menley blätterte durch ihr Notizbuch. »Sarah sagte, sie hätte ein Gefühl von Geborgenheit gehabt. Hier steht, wie sie es ausdrückte: ›Es war, wie wenn man noch ein kleines Kind ist und die Mutter reinkommt und einen zudeckt.‹«

»Ja, genauso hat sie es formuliert.«

»Und dann, sagte sie, habe sie gefühlt, wie jemand sie an der Schulter anfaßt, und es sei so gewesen, als würde jemand sprechen, aber sie hörte es in ihrer Vorstellung, nicht mit den Ohren. Sie wußte, daß es Abigail Harding war, die Dame, für die man das Haus gebaut hatte, und daß Abigail ihr mitteilte, wie froh sie darüber sei, daß das Haus in seiner ursprünglichen Schönheit wiederhergestellt sei.«

»Genauso hat Sarah immer über diese Erfahrung berichtet.«

»Worauf's mir ankommt«, fuhr Menley fort, »ist, daß es einen Grund dafür gab, weshalb Abigail sich an Sarah wandte. Sie wollte ihr etwas Bestimmtes mitteilen. Sarah sagt doch, daß sie nie mehr etwas derart Spezifisches gespürt hat und daß sie, wenn sie jetzt das Gefühl von der Nähe eines freundlichen Wesens hat, vielleicht einfach nur eine ruhige Atmosphäre im Haus wahrnimmt. Ich will damit, glaub ich, wohl sagen, daß vielleicht irgend etwas, was noch nicht ganz erledigt ist, solch ein Wesen weiterhin hier festhält.«

»Das könnte sein«, stimmte Jan zu.

Sie machten für einen raschen Lunch bei einem kleinen Restaurant am Strand in Eastham Rast und gingen sich dann das Haus anschauen, das Tobias Knight dort gebaut hatte. Es lag an der Straße, Route 6, zwischen lauter Restaurants und Läden.

»Die Lage kann man ja nicht mit der vom Remember House vergleichen«, stellte Menley fest.

»Die meisten Kapitänshäuser lagen etwas landeinwärts. Die frühen Siedler hatten Respekt vor diesen Nordoststürmen. Aber das Haus hat Ähnlichkeit mit dem Remember House, wenn es auch nicht ganz so prächtig ist. Das hier geht auf das Jahr 1699 zurück. Wie Sie sehen, gibt es kein solches fächerförmiges Fenster über dem Eingang.«

»Der Kapitän und Mehitabel haben die Lünette aus England mitgebracht«, sagte Menley.

»Das wußte ich nicht. Diese Information müssen Sie in Phoebes Unterlagen gefunden haben.«

Menley antwortete nicht. Sie gingen hinein, hielten an dem Empfangstisch an, nahmen sich die Broschüren zu dem Haus mit und schlenderten dann durch die Räume. Das wunderschön restaurierte Herrenhaus hatte einen ähnlichen Grundriß wie das Remember House. »Die Zimmer hier sind größer«, bemerkte Jan, »aber das Remember House hat schönere Details.«

Auf der Rückfahrt nach Chatham war Menley schweigsam. Irgend etwas setzte ihr zu, aber sie wußte nicht, was es war. Sie wollte jetzt nur möglichst schnell heimkommen und die Gelegenheit zu einem Gespräch mit Carrie Bell, bevor sie das Haus verließ, wahrnehmen.

70

Fred Hendin arbeitete in einer Schreinerkolonne für einen kleinen Bauunternehmer in Dennis, der auf Renovierungen spezialisiert war. Fred hatte die Arbeit gerne und genoß besonders das Gefühl von Holz in seinen Händen. Holz hatte sowohl eine Art Eigensinn wie eine naturgegebene Würde. Er hatte von sich selbst ein weitgehend ähnliches Bild.

Jetzt, da Ufergrundstücke ein Vermögen wert waren, zahlte es sich aus, die bescheidenen Häuser zu renovieren, die auf solchen Grundstücken gelegen waren. Das Haus am Strand, an dem sie gerade arbeiteten, gehörte dazu. Es war etwa vierzig Jahre alt, und sie bauten es praktisch von Grund auf um. Ein Teil des Projekts war es, die Küche auseinanderzunehmen und diese für Billigbauweise typischen Preßspanschränke durch eine eigens angefertigte Einrichtung aus Kirschholz zu ersetzen.

Fred hatte eigentlich ein Haus gegenüber von dem, in dem er gerade arbeitete, im Auge, ein wahres Schnäppchen für einen Bastler wie ihn, mit Strandprivilegien und einem großartigen Blick. Er hatte beobachtet, wie verschiedene Makler mit Kaufinteressenten zur Besichtigung kamen, aber keiner davon war lange geblieben. Die Leute blickten nicht über die Tatsache hinaus, daß das Haus in katastrophalem Zustand war. Wenn er es kaufte und sechs Monate harter Arbeit hineinsteckte, sagte sich Fred, dann würde er letzten Endes eines der schönsten Häuser, das sich irgend jemand wünschen konnte, sein eigen nennen und hätte dazu noch eine gute Investition gemacht.

Nur noch zwei Wochen bis Ende August, dachte er. Dann würde der Preis fallen. Der Immobilienmarkt kam während des Winters auf dem Cape so ziemlich zum Erliegen.

Fred saß mit seinen Arbeitskollegen zusammen und machte Mittagspause. Sie arbeiteten gut miteinander, und wenn sie eine Pause einlegten, gab es öfter was zum Lachen.

Sie fingen an, über die Anhörung zu Vivian Carpenter Coveys Tod zu sprechen. Matt, der Elektriker, hatte im Mai einige Arbeiten für Vivian verrichtet, kurz nach ihrer Hochzeit. »Keine einfache Dame«, erzählte er. »An dem Tag, als ich dort war, ging ihr Mann was besorgen und blieb eine Weile weg. Sie hat ihn total runtergeputzt, als er wiederkam, und erklärt, daß sie sich nicht von ihm zum Narren machen läßt. Hat ihm gesagt, er soll seine Koffer packen. Dann fing sie an zu heulen und hat sich an ihn rangeschmissen, als er sie daran erinnerte, daß sie doch wollte, daß er noch zur Reinigung geht, und er deswegen aufgehalten wurde. Glaubt mir, die Frau war ein schwieriger Fall.«

Sam, der erst seit kurzem zum Arbeitstrupp gehörte, fragte: »Heißt es denn nicht, daß Covey eine Freundin hat, eine Kellnerin von hier aus der Gegend, die eine wirklich scharfe Braut ist?«

»Vergiß es.« Matt machte ein finsteres Gesicht, während er von der Seite auf Fred blickte.

Fred stopfte die Serviette in seinen Lunchbehälter. »Richtig. Vergiß es«, sagte er scharf; seine ursprünglich gute Laune war im Nu verflogen. Er schubste seinen Stuhl aus dem Weg und verließ den Tisch.

Als er sich wieder an die Arbeit machte, dauerte es eine Weile, bis er sich wieder gefangen hatte. Eine Menge Dinge lagen ihm auf dem Magen. Tina hatte am Abend zuvor, nachdem der Kriminalbeamte gegangen war, zugegeben, daß sie Covey noch den ganzen Winter über gesehen hatte und mehrmals nach Florida gereist war.

Spielt es denn eine Rolle? fragte sich Fred, während er die Küchenschränke aufhängte. Wie Tina hervorgehoben hatte, war sie damals ja nicht mit Fred ausgegangen. Doch warum mußte sie mich deshalb anlügen? fragte er sich. Dann begann er zu mutmaßen, ob sie wohl auch log, was ihre Kontakte mit Covey nach seiner Heirat anging. Und wie stand es im vergangenen Monat, seit seine Frau tot war?

Am Ende des Tages, als er heimkam und Adam Nichols zu dem verabredeten Termin erwartete, quälte er sich noch immer mit der Frage ab, ob er jemals wieder dazu fähig sein würde, Tina zu vertrauen.

Coveys Anwalt würde er nichts davon sagen. Vorläufig wollte er sich hinter Tina stellen und ihr den Verlobungsring überreichen, damit sie ihn vor Gericht tragen konnte. So wie dieser Kriminaler daherredete, hätte die Polizei wohl nichts dagegen, Tina in ein Mordkomplott mit hineinzuziehen. Sie schien gar nicht zu begreifen, wie ernst das alles geworden war.

Nein, vorläufig würde er zu ihr halten, aber wenn dieses ungute Gefühl weiter zunahm, dann konnte er Tina nicht heiraten, auch wenn er noch so verrückt nach ihr war, das wußte er. Ein Mann hatte schließlich seine Würde zu wahren.

Brütend grübelte er über all die hübschen Geschenke nach, die er ihr in diesem Sommer gemacht hatte, wie zum Beispiel die goldene Uhr, die Perlen und die Anstecknadel von seiner Mutter. Tina bewahrte sie in diesem ausgehöhlten Buch auf, das eigentlich ein Schmuckkasten war, auf einem Regalbord in ihrem Wohnzimmer.

Wenn diese Anhörung vorbei war und er sich dazu durchringen sollte, Schluß mit Tina zu machen, würde er den Verlobungsring und auch diese Sachen wieder einsammeln.

71

Es war ein betriebsamer Nachmittag in der Immobilienagentur. Elaine erhielt zwei neue Angebote von Kunden, die von der Straße hereinkamen, und fuhr los, die Anwesen zu überprüfen. Das eine der beiden fotografierte sie sofort, eine ansehnliche Nachahmung eines Rahseglers am Ryders Pond. »Das sollte schnell weggehen«, versicherte sie den Eigentümern.

Das andere Haus war stets vermietet worden und bedurfte einer Überholung. Taktvoll legte sie nahe, daß sich der Gesamteindruck doch erheblich verbessern ließe, wenn man den Rasen mähte und die Hecken stutzte. Das Haus hatte auch eine gründliche Reinigung nötig. Widerstrebend schlug sie vor, Carrie Bell hinzuschicken – sie hatte ihre Schwächen, aber niemand arbeitete besser als sie.

Sie rief Marge von ihrem Mobiltelefon aus an. »Ich fahre direkt nach Hause. John und Amy kommen heute zum Abendessen, und ich möchte noch die neuen Fotos entwickeln, bevor ich mit dem Kochen anfange.«

»Sie entwickeln ja häusliche Eigenschaften«, frotzelte Marge.

»Wenn schon, denn schon.«

Als sie heimkam, erledigte Elaine noch einen weiteren Anruf, der diesmal Scott Covey galt. »Warum kommst du nicht auch zum Essen rüber?«

»Wenn ich was mitbringen kann. Ich bin gerade mit einem Eimer voll Hummer vom Boot zurückgekommen.«

»Ich wußte doch, daß es einen Grund gibt, dich anzurufen. Hast du das Bild bekommen?«

»Ja, hab ich.«

»Du hast dich nicht mal bedankt«, zog sie ihn auf. »Aber du weißt ja, weshalb ich's geschickt hab.«

»Zur Erinnerung, ich weiß schon.«

»Bis später, Scott.«

72

Carrie Bell staubsaugte gerade im Obergeschoß, als Jan Menley absetzte. Menley ging zu ihr hinauf. »Amy ist mit der Kleinen im Wagen rausgegangen, Mrs. Nichols«, erklärte sie. »Lieb wie ein Goldschatz is' die, das sag ich Ihnen.«

»Sie war nicht immer so gut zu haben.« Menley lächelte. Sie blickte sich um. »Alles glänzt ja. Danke, Carrie.«

»Nun ja, ich hab's gern, daß alles genau richtig ist, wenn ich geh. Ich bin jetzt so gut wie fertig. Wollen Sie, daß ich nächste Woche komme?«

»Ja, unbedingt.« Menley öffnete ihre Tasche, nahm die

Geldbörse heraus und begann mit einem stillen Gebet das Gespräch dorthin zu steuern, wo sie es haben wollte. »Carrie, ganz im Vertrauen, was hat Ihnen damals Angst eingejagt, als sie letztesmal hier waren?«

Carrie sah bestürzt aus. »Mrs. Nichols, ich weiß, daß ich mir das nur einbilde, und wie Miss Atkins sagt, hab ich so einen schweren Gang, daß ich wahrscheinlich auf eine lose Bohle getreten bin und dadurch die Wiege zu schaukeln anfing.«

»Vielleicht. Aber Sie dachten doch auch, Sie hätten gehört, daß oben jemand herumgeistert. Jedenfalls hat das Amy gesagt.«

Carrie beugte sich vor und dämpfte ihre Stimme: »Mrs. Nichols, Sie versprechen mir, daß Sie Miss Atkins kein Wort davon sagen?«

»Ich versprech's.«

»Mrs. Nichols, ich hab damals wirklich was gehört, und heute hab ich extra mit den Füßen aufgestampft, als ich ins Kinderzimmer bin, und die Wiege hat sich nicht vom Fleck gerührt.«

»Dann ist Ihnen heute nichts Ungewöhnliches aufgefallen?«

»Nein, nichts Komisches. Aber ich mache mir etwas Sorgen wegen Amy.«

»Wieso? Was ist passiert?«

»Ach, passiert ist eigentlich nichts. Ich meine, direkt, bevor Hannah vor 'ner kleinen Weile von ihrem Schläfchen aufgewacht ist, hat Amy in dem kleinen Salon gesessen und gelesen. Die Tür war zu. Ich dachte, ich hätte sie weinen gehört. Ich wollte nicht aufdringlich erscheinen, also bin ich nicht zu ihr reingegangen. Ich weiß, daß es sie beunruhigt, daß ihr Vater Miss Atkins heiratet. Später hab ich sie dann gefragt, ob ihr irgendwas auf der Seele liegt, und sie hat's abgestritten. Sie wissen ja, wie das junge Volk ist. Manchmal schütten sie einem ihr ganzes Herz aus. Und dann sind sie wieder verschwiegen wie die Austern.«

»Ja, wohl wahr.« Menley reichte Carrie die gefalteten Geldscheine. »Vielen Dank.«

»Ich danke Ihnen. Sie sind eine nette Lady. Und ich muß Ihnen sagen, ich hab ein dreijähriges Kind, und ich kann verstehen, wie entsetzlich es für Sie gewesen sein muß, diesen wunderbaren kleinen Jungen zu verlieren. Mir sind die Tränen gekommen, als ich letztes Jahr das Video von ihm gesehen hab.«

»Sie haben ein Video von Bobby gesehen?«

»Mr. Nichols hatte es dabei, als er das Häuschen gemietet hat. Wie ich schon zu Amy gesagt hab, er sah so schrecklich traurig aus, als er sich den Film anschaute. Er war mit Bobby zusammen im Schwimmbecken zu sehen, und dann hat er ihn rausgehoben, und Sie haben ihn gerufen, und er lief zu Ihnen hin.«

Menley spürte einen Kloß im Hals und schluckte mühsam. »Das Video ist erst zwei Wochen vor dem Unglück entstanden«, sagte sie so beherrscht wie möglich. »Ich konnte es nie über mich bringen, es anzuschauen. Es war ein so glücklicher Tag damals.«

Ich will es jetzt sehen, dachte sie. Jetzt bin ich soweit.

Carrie steckte das Geld in ihre Handtasche. »Miss Atkins war damals bei Mr. Nichols, und er hat ihr alles über Bobby erzählt und was für Schuldgefühle er hatte, weil er an dem Tag, als der Unfall passiert ist, mit Ihnen beiden hätte zusammensein sollen und statt dessen Golf gespielt hat.«

73

Es war schon ein gutes Tagespensum, was hinter ihm lag, dachte Adam, als er in die Privatstraße einbog, die zum Remember House führte. Dummerweise war die Arbeit noch nicht vorbei. Es war jetzt fast drei Uhr, und um fünf mußte er zu seiner Verabredung mit Fred Hendin wieder weg.

Aber wenigstens hatte er die zwei Stunden zu Hause, und

es war ein perfekter Tag für den Strand. Das hieß, wenn Menley bereit war, mit ihm zum Strand zu gehen.

Amys Wagen stand in der Einfahrt. Er war zugleich erleichtert und irritiert. Sie war ja ein nettes, verantwortungsbewußtes Mädchen, aber er wäre jetzt so gern allein mit seiner Familie zusammengewesen, ohne daß einem jemand anders auf den Leib rückte.

Wenn ich so reagiere, wie muß sich dann erst Menley fühlen, wenn fortwährend jemand um sie herum ist? fragte er sich. Ihm wurde ganz elend bei der Erkenntnis zumute, daß sie rasch wieder in den Zustand zurückfielen, wie es vor Menleys Schwangerschaft mit Hannah gewesen war. Einander entfremdet. Beide gleichermaßen reizbar.

Es war niemand im Haus. Ob Menley schon zurück war, und falls ja, ob sie wohl alle am Strand waren? Er ging zum Rand des Steilufers und blickte hinunter.

Menley saß im Schneidersitz auf der Decke, mit Hannah an sie geschmiegt. Das ideale Bild, dachte Adam. Menleys Haare wirbelten ihr um den Hinterkopf. Ihr schlanker Körper war sonnengebräunt und reizvoll. Sie und Amy schienen tief in ein Gespräch versunken zu sein.

Amy lag mit aufgestützten Ellenbogen und dem Kinn auf den Handflächen Menley gegenüber im Sand. Sie hat es bestimmt nicht leicht, dachte er. Zum College wegzugehen ist immer ein wenig beängstigend, und laut Elaine macht es ihr noch immer zu schaffen, daß ihr Vater wieder heiratet. Aber Elaine hatte ebenfalls gesagt: »Sie weiß gar nicht, was für ein Glück sie hat, daß John es sich leisten kann, sie zur Uni von Chapel Hill zu schicken.«

Elaine hatte nicht studiert. Am Sommerende vor einundzwanzig Jahren, als all die anderen aus der Gruppe zu Elitehochschulen loszogen, hatte ihre Mutter wieder einmal eine Stelle eingebüßt, woraufhin Elaine sich einen Tipp-Job in einem Maklerbüro besorgt hatte. Zweifellos hatte sie es wirklich weit gebracht, überlegte Adam. Jetzt gehörte ihr diese Agentur.

In diesem Augenblick schaute Menley hoch. Adam kletterte den steilen Pfad hinunter. Als er bei ihnen ankam, hatte er das Gefühl, ein Eindringling zu sein. »Hallo«, sagte er lahm.

Menley antwortete nicht.

Amy sprang auf. »Hallo, Mr. Nichols. Bleiben Sie jetzt daheim?«

»Ja, Adam, bleibst du jetzt daheim?« fragte Menley. »Wenn ja, dann hätte Amy bestimmt gern ein paar Stunden für sich alleine.«

Er beschloß, ihren unpersönlichen Tonfall zu ignorieren. »Gehen Sie nur, Amy. Danke.« Er ging auf der Decke in die Hocke und wartete, bis Amy sich von Hannah und Menley verabschiedet hatte.

Als sie außer Hörweite war, erklärte er: »Ich warte eben ab, damit sie sich umziehen kann, dann geh ich rauf und zieh meine Badehose an.«

»Wir gehen mit dir rauf. Wir haben schon genug vom Strand für heute.«

»Verdammt, Menley, hör auf damit.«

»Hör auf womit?«

»Men, laß das nicht wieder mit uns passieren«, flehte er sie an.

Hannah blickte ihn verunsichert an.

»Ist schon gut, mein Schätzchen«, sagte er, »ich versuche bloß deine Mommy dazu zu bringen, daß sie nicht mehr sauer auf mich ist.«

»Adam, wir können das nicht zu einer kleinen Reiberei herunterspielen. Ich habe mit Dr. Kaufman geredet. Sie wird um halb fünf zurückrufen. Ich weigere mich unter allen Umständen, eingewiesen zu werden. Ich erwarte auch einen Anruf von meiner Mutter aus Irland. Ich werde sie bitten, ihre Reise abzukürzen. Falls es eine Möglichkeit gibt, daß du und Dr. Kaufman mich gegen meinen Willen in eine Anstalt stecken könnt, dann wird sich meine Mutter, die eine ausgebildete Krankenschwester ist, um mein Baby kümmern und nicht deine Freundin 'Laine.«

»Was, verflucht noch mal, soll das wieder heißen?«

»Adam, als du letztes Jahr hier warst, wie oft hast du dich da mit Elaine getroffen?«

»Sie ist eine alte Freundin. Natürlich hab ich sie getroffen. Und das hatte nichts zu bedeuten.«

»Wie du gestern abend erklärt hast, bist du nicht jemand, der eine Seelenbeichte ablegt. Aber was gab ihr das Recht, mit dir zusammen Videos von meinem kleinen Jungen anzuschauen?«

»Mein Gott, Menley, sie kam zufällig gerade vorbei, als ich das Band laufen ließ. Ich hab mir nicht bloß Bobby in dem Film angeschaut. Ich hab mir dich angesehen.«

»Mit deiner Freundin.«

»Nein, mit einer alten Kameradin.«

»Die ihrer zukünftigen Stieftochter erzählt hat, daß du, nachdem du mich in eine psychiatrische Anstalt in New York abgeschoben hast, mit Hannah hier sein wirst?«

Adam stand auf. »Ich zieh mich jetzt um und geh schwimmen.«

»Du hast doch gewiß nicht etwa vor, Hannah hier bei mir alleine zu lassen?«

Er antwortete nicht, sondern drehte sich um und schritt davon.

Menleys Blick folgte Adam, wie er den steilen Weg erklomm. Er beugte sich mit den Händen in den Taschen nach vorn. Sie dachte an das, was Carrie Bell ihn zu Elaine hatte sagen hören, daß er sich schuldig fühlte, weil er an dem Tag des Unglücks nicht bei ihr gewesen war.

Adam hatte ihr das direkt nach Bobbys Tod gesagt, und sie hatte ihn furchtbar angefahren. »Versuch bloß nicht, mich zu trösten. Du hattest schon lange eine Golf-Verabredung. Ich wollte schließlich nicht, daß du deine Pläne wegen einer plötzlichen Einladung änderst.«

Er hatte es nie mehr ihr gegenüber erwähnt.

Als Adam zehn Minuten später zurückkam, sagte sie: »Adam, ich kenne mich. Ich werde Dr. Kaufman erklären, daß ich mit diesen Angstanfällen schon zu Rande komme. Ich werde ihr ebenfalls mitteilen, daß, wenn du diese Tatsache nicht akzeptieren kannst und willst, unsere Ehe keine Chance mehr hat. In der Vorgeschichte zu diesem Haus geht es um einen Ehemann, der seiner Frau nicht vertraut hat. Mach nicht denselben Fehler.«

74

Auf der Heimfahrt zerbrach sich Amy den Kopf darüber, ob sie ihren Vater vorwarnen sollte oder lieber nicht, daß Carrie Bell ihm womöglich berichten würde, sie hätte sie weinen hören. Mrs. Nichols hatte sie danach gefragt. »Ich hab nicht geweint«, hatte sie protestiert. »Ehrlich. Carrie bildet sich das ein.«

Sie hatte das Gefühl, daß Mrs. Nichols ihr Glauben schenkte, ihr Vater dagegen würde vermutlich Carrie glauben. Ihr Vater machte sich zur Zeit ständig Sorgen um sie. Wenn er bloß aufhören würde, ihr weismachen zu wollen, wie wunderbar es sein würde, eine neue Mutter zu haben.

Nächsten Monat werde ich achtzehn, dachte Amy. Ich wünschte, Dad würde es sein lassen, mir Elaine anzupreisen. Ich bin froh, daß er wieder heiratet. Aber ich wünschte, er würde nicht gerade sie heiraten.

Heute abend wollte sie eigentlich mit ihren Freunden nach Hyannis fahren. Aber Elaine hatte den Entschluß gefaßt, selbst zu kochen, weshalb Amys Vater halb befohlen, halb gefleht hatte, sie möge doch mitkommen.

»Kränk bitte Elaine nicht«, hatte er sie bekniet.

Ich kann's gar nicht abwarten, bis ich aufs College komm, dachte Amy, während sie im Verkehrsstrom der Main Street auf den Kreisverkehr zusteuerte. Dann seufzte sie. Ach, Mom, warum hast du uns denn auch wegsterben müssen?

Vielleicht war das ja der Grund, weshalb sie sich Mrs. Nichols so nahe fühlte. Ganz genauso, wie ihr Mom fehlte,

fehlte Mrs. Nichols bestimmt auch ihr kleiner Junge. Aber jetzt hatte Mrs. Nichols ja Hannah.

Und ich habe Elaine, dachte sie bitter, während sie zu ihrem Haus einbog.

Doch später war sie froh, daß ihr Vater sie dazu gebracht hatte, ihn zu Elaine zu begleiten. Scott Covey war da, und sie half ihm dabei, die Hummer, die er mitgebracht hatte, zu kochen. Er war so nett, und obwohl er so viele Schwierigkeiten hatte, ließ er sie gewißlich an niemand anderem aus. Er sprach über Chapel Hill.

»Eines der Theaterstücke, mit dem ich auf Tour war, wurde auch ein paar Wochen lang dort am College aufgeführt«, erzählte er ihr. »Ist 'ne tolle Stadt. Sie werden eine Menge Spaß haben.«

Beim Abendessen fiel Amy auf, daß das Thema der Anhörung allgemein gemieden wurde. Elaine erkundigte sich allerdings, ob Carrie Bell denn wieder irgendwelche Schritte beim Putzen heute gehört hätte.

Amy ergriff die Gelegenheit beim Schopf, etwas von der Sache mit dem Weinen unterzubringen. »Nein, aber falls sie euch erzählt, sie hätte mich weinen gehört, dann hat sie sich getäuscht.«

»Sie hat jemand weinen gehört?« fragte Elaine. »War's vielleicht Menley?«

»Mrs. Nichols war lange mit Mrs. Paley unterwegs, und als sie wiederkam, ging's ihr gut.« Amy hatte keine Lust, mit Elaine über Mrs. Nichols zu sprechen. Sie wußte, daß Elaine der Ansicht war, Mrs. Nichols stehe wieder kurz vor einem Nervenzusammenbruch. Hätte ich doch bloß mein eigenes Auto genommen, anstatt mit Dad mitzufahren, dachte sie. Ich will nicht den ganzen Abend hier herumsitzen.

Als Scott Covey anfing von Aufbruch zu sprechen, erblickte sie ihre Chance, wegzukommen. »Scott, würde es Ihnen was ausmachen, mich abzusetzen?« fragte sie und versuchte dann, müde zu klingen, als sie sich an ihren Vater wandte. »Dad, ich hatte wirklich einen langen Tag und möchte gern heim. Außer du willst noch, daß ich dir beim Abwasch helfe, Elaine.«

»Nein, mach nur. Einen ganzen Tag lang ein Baby zu versorgen ist echte Arbeit.«

Jetzt, da sie behauptet hatte, müde zu sein, begriff Amy, daß ihr nichts für den Rest des Abends zu tun blieb. Sie konnte nicht verkünden, sie wolle sich noch mit ihren Freunden treffen. Im Fernsehen lief gerade nichts Gutes, und sie wollte Scott nicht darum bitten, sie zu einem Videoladen zu fahren, damit sie sich was ausleihen konnte. Aber, warte einen Moment, überlegte sie. Elaine hat doch eine tolle Sammlung von alten Filmen. Sie leiht doch Dad ständig welche.

»Elaine«, fragte sie, »könnte ich mir eins von deinen Videos ausleihen?«

»Was immer du willst«, erwiderte Elaine. »Nimm gleich ein paar. Vergiß nur nicht, sie wiederzubringen.«

Als ob ich das nicht wüßte, dachte Amy verärgert. Ihr Vater ließ sich gerade wieder auf eine seiner langen, witzlosen Geschichten ein, während sie ins Wohnzimmer ging.

An der längsten Wand dort reihte sich ein Bücherregal ans andere. Glatt die Hälfte davon enthielt Videotapes, mit den Titeln nach außen in alphabetischer Ordnung. Amy überflog sie und entschied sich für *The Country Girl* mit Grace Kelly und *Horse Feathers*, die Komödie von den Marx Brothers.

Sie wollte gerade gehen, als ihr ein anderer Oldie einfiel, den sie schon immer gern sehen wollte: *Birth of a Nation*. Ob der alte Film da war?

Sie ging durch die Titel mit *B* am Anfang und fand das Video. Als sie es herauszog, fielen mehrere Kassetten daneben auf den Boden. Sie ordnete sie wieder ein, und da begriff sie, weshalb sie weiter herausgestanden hatten. Es steckte ein Video dahinter, das gegen die Wand gelehnt war.

Es trug die Inschrift BOBBY – EAST HAMPTON – LETZTES TAPE. Konnte das die Kassette von dem Kleinen der Nichols' sein, die Carrie Bell letztes Jahr gesehen hatte?

Das würde ich mir wirklich gern anschauen, dachte Amy. Elaine ist sich vielleicht gar nicht bewußt, daß das Video hier ist. Ich bring's dann mit den übrigen zurück und sag einfach nichts. Sie ließ die Kassetten in ihre Hängetasche plumpsen und kehrte ins Eßzimmer zurück.

Ihr Vater beendete gerade seine Geschichte.

Scott Covey lächelte höflich. Elaine schien sich geradezu auszuschütten vor Lachen. Jedesmal, wenn sie dieses manierierte Lachen hörte, hätte Amy Elaine am liebsten erwürgt. Mom dagegen, dachte sie, hätte jetzt gesagt: »John, versprichst du mir hoch und heilig, daß du mindestens eine Woche lang keiner Menschenseele mehr diesen umständlichen Monolog zumutest?«

Und dann hätte sie *mit* Dad gelacht, nicht *über* ihn.

75

»Nein, ich habe die Dosis des Mittels nicht erhöht«, sagte Menley zu Dr. Kaufman. »Ich fand nicht, daß es nötig war.«

Sie war am Telefon in der Bibliothek und hatte Hannah auf dem Schoß. Adam war am anderen Apparat in der Küche.

»Menley, ich habe das Gefühl, als ob Sie Adam und mich als feindliches Lager ansehen«, sagte Dr. Kaufman.

»Nein, das stimmt nicht. Ich habe Ihnen einfach deswegen nichts davon erzählt, daß die Babysitterin meinte, mich auf dem Witwensteg gesehen zu haben, weil ich dachte, daß sie sich getäuscht hat. Und inzwischen ist sie zu demselben Schluß gekommen.«

»Wen hat Amy dann gesehen?«

»Meiner Vermutung nach hat sie niemanden gesehen. An dem Schornstein ist ein Metallstreifen. Wenn die Sonne drauf fällt, entsteht der Eindruck, als ob sich jemand bewegt.«

»Was ist mit diesem Flashback, als Sie meinten, den Zug und dann Bobby rufen zu hören? Sie haben mir doch gesagt, daß Sie Angst hatten, Hannah hochzuheben.«

»Ich wollte, daß sie nicht mehr schreit, aber ich hatte Angst, sie hochzunehmen, weil ich so schrecklich gezittert hab. Es tut mir leid, daß ich in dem Moment bei ihr versagt habe. Aber selbst ohne eine Mutter, die gerade eine Angstattacke hat, bleiben Babys manchmal ihrem Geschrei überlassen.«

Hannah zupfte an ihren Haaren, während sie sprach. Menley senkte den Kopf. »Au.«

»Menley!« Adams Stimme klang erschreckt.

»Die Kleine zieht mich an den Haaren, und ich habe ›Au‹ gesagt, und Dr. Kaufman, hören Sie mir jetzt bitte zu, was ich Ihnen begreiflich machen möchte. Adam ist bei dem kleinsten bißchen bereit, das Telefon fallen zu lassen und hier rüberzustürzen. Ich muß sagen, daß ich glaube, Sie behandeln den falschen Patienten.«

Sie hielt inne und biß sich auf die Lippe. »Ich geh jetzt aus der Leitung und lasse euch beide reden. Dr. Kaufman, falls Sie und Adam in der Lage sind, mich gegen meinen Willen in eine psychiatrische Abteilung einzuweisen, dann werden Sie so lange warten, bis meine Mutter von Irland zurückkommt und sich um mein Baby kümmern kann. Mittlerweile werde ich hier in diesem schönen Haus bleiben und mein Buch schreiben. Als ich zum erstenmal diese Angstanfälle bekam, haben Sie mit uns beiden darüber geredet, wie wichtig seine Unterstützung ist. Nun, ich habe nicht das Gefühl, daß Adam sie mir geboten hat, und ich brauche sie. Es wird allerdings die Zeit kommen, wo ich sie nicht mehr brauche, und zu dem Zeitpunkt werde ich auch ihn weder brauchen noch wollen.«

Sie legte leise den Hörer auf. »Siehst du, Hannah«, sagte sie, »denen hab ich's gezeigt.«

Es war genau vier Uhr vierzig. Um vier Uhr dreiundvierzig kam Adam zur Tür. »Ich habe immer gesagt, daß ich nie wollte, daß du wütend über mich wirst.« Er zögerte. »Ich muß jetzt zu dem Termin mit Fred Hendin. Ich will nicht gehen. Es tut mir leid, daß ich mich auf diesen Covey-Fall eingelassen habe. Aber da wir schon so grundehrlich sind, möchte ich dich doch daran erinnern, daß du mich schließlich dazu gedrängt hast, dem Kerl aus der Patsche zu helfen.«

»Zugegeben«, sagte Menley.

»Aber wenn ich zurückkomme, möchte ich gern mit dir zum Abendessen gehen. Du fütterst Ihre Hoheit, während ich weg bin, und dann nehmen wir sie mit. Wir haben das auch immer mit Bobby so gemacht.«

»Ja, das stimmt.«

»Und noch eins. Du erwartest doch einen Anruf von deiner Mutter. Wenn sie sich meldet, bitte Sie nicht darum, ihre Ferien zu unterbrechen. Dr. Kaufman findet, daß du gut zurechtkommst, und ich bin derselben Meinung. Laß jemand babysitten oder nicht. Das ist deine Entscheidung.«

Er war weg. Menley wartete, bis sie das Geräusch der Küchentür hörte, die hinter ihm ins Schloß fiel, und sagte dann: »Hannah, manchmal muß man den Leuten einfach die Meinung sagen. Wir kriegen das schon hin.«

Um halb sieben, als sie gerade aus der Dusche kam, rief ihre Mutter aus Wexford an.

»Menley, es hat geheißen, daß ich dich dringend anrufen soll. Was ist denn passiert?«

Menley gab sich alle Mühe, ihre Stimme fröhlich klingen zu lassen. »Nichts ist passiert, Mom. Ich wollte einfach nur hören, wie's dir geht. Hannah erzählt sich selbst Witze. Sie liegt auf meinem Bett und kichert .... Nein, ich hatte keinen speziellen Grund anzurufen ... Jack und Phyllis okay?«

Sie war noch am Apparat, als Adam ins Schlafzimmer kam. Sie winkte ihn herbei. »Mom, laß mich schnell Adam auf den neuesten Stand bringen. Das wird ihm gefallen.« Rasch erläuterte sie: »Phyl spürt jetzt die Vorfahren meines Vaters auf. Sie ist fünf Generationen zurück beim Jahr achtzehnhundertsechzig angelangt. Sie hat Adrian McCarthy, einen Gelehrten vom Trinity College, entdeckt. Die McCarthys sind in ihrer Achtung gestiegen. Die Jagd geht weiter.«

Sie reichte ihm den Hörer. »Sag doch eben deiner Schwiegermutter hallo.«

Sie musterte Adam, während er sich mit ihrer Mutter unterhielt, und sah, wie müde er aussah. Das ist bisher kaum ein erholsamer Urlaub für ihn, dachte sie.

Als er auflegte, sagte sie: »Wir müssen nicht essen gehen. Der Fischladen hat noch nicht zu. Warum gehst du nicht und besorgst was?«

»Wenn ich ehrlich bin, fände ich das schön. Danke, Menley.«

Er kam mit frischen Muscheln aus der Bucht zurück, mit frisch gepflückten kleinkörnigen Maiskolben, mit Fleischtomaten und französischem Brot.

Hannah schaute sich mit ihnen zusammen den Sonnenuntergang an. Nachdem sie die Kleine in ihrem Bettchen verstaut hatten, richteten sie gemeinsam das Essen her. In stillschweigender Übereinkunft kamen sie nicht auf das Telefonat mit Dr. Kaufman zu sprechen.

Statt dessen erzählte Adam ihr von den verschiedenen Gesprächen, die er tagsüber geführt hatte. »Diese Kellnerinnen werden gute Zeugen abgeben«, erklärte er, »und dasselbe gilt für Tinas Freund. Aber, Men, ich muß dir sagen, daß Scott Covey immer stärker als Opportunist rüberkommt.«

»Aber er ist doch bestimmt kein Mörder.«

»Nein, das nicht.«

Nach dem Essen lasen sie beide eine Weile. Sie waren noch dünnhäutig auf Grund der Dinge, die vorher gesagt worden waren, und so sprachen sie kaum.

Sie gingen um halb elf ins Bett und empfanden beide, daß sie noch etwas Distanz voneinander brauchten. Menley fühlte sich ungewöhnlich müde und schlief fast sofort ein.

»Mommy, Mommy.« Es war der Nachmittag in East Hampton zwei Wochen vor Bobbys Tod. Sie verbrachten das Wochenende mit Louis Miller, einem der Partner aus Adams Kanzlei. Lou ließ seine Videokamera laufen. Adam war mit

Bobby im Schwimmbecken. Er hatte ihn hinausgehoben. »Geh, lauf zu Mommy«, hatte er ihn aufgefordert.

Bobby lief mit ausgestreckten Armen und einem strahlenden Lächeln auf sie zu. »Mommy, Mommy.«

Sie hob ihn schwungvoll hoch und wandte sich der Kamera zu. »Sag uns, wie du heißt«, ermunterte sie ihn.

»Wobert Adam Nikko«, hatte er stolz erklärt.

»Und wie rufen dich die Leute?«

»Bobby.«

»Und gehst du schon zur Schule?«

»Kinda Garn.«

»Kinda Garn«, hatte sie wiederholt, und mit fröhlichem Gelächter endete das Tape.

»Bobby. Bobby.«

Sie schluchzte. Adam beugte sich über sie. »Ist doch gut, Menley.«

Sie schlug die Augen auf. »Diesmal war es bloß ein Traum.«

Als Adam die Arme um sie schlang, hörten sie, daß Hannah unruhig zu werden begann. Menley rappelte sich hoch.

»Ich geh nach ihr schauen«, sagte Adam und verließ rasch das Bett.

Er brachte sie mit ins Zimmer zurück. »Hier ist sie, die Mama.«

Menley legte die Arme um die Kleine. Ein Gefühl des Friedens und der Heilung überkam sie, während Hannah sich an sie schmiegte.

»Schlaf ein, mein Schatz«, sagte Adam sanft. »Ich bring Ihre Hoheit in ein paar Minuten wieder zurück.«

Sie döste mit der Erinnerung an Bobbys glückliche, sonnige Stimme ein. »Mommy, Mommy.« Nächsten Sommer war Hannah auch soweit, daß sie nach ihr rufen konnte.

Nach einer Weile spürte sie, wie ihr Hannah aus den Armen genommen wurde. Kurz darauf zog Adam sie an sich und flüsterte: »Liebste, das eine, was du wirklich nicht tun darfst, ist zu leugnen, wenn du Flashbacks hast.«

13. August

76

Am Samstag vormittag begleitete Nat Coogan pflichtschuldig seine Frau in die Stadt. Ihr Hochzeitstag war in Sicht, und Debbie hatte in einer der Galerien ein Gemälde gesehen, das sich, wie sie fand, ideal über ihrem offenen Kamin ausnehmen würde.

»Es ist ein Panorama von der See und der Küste«, berichtete sie ihm. »Ich glaube, wenn ich es mir jeden Tag anschauen würde, dann hätte ich das Gefühl, direkt am Wasser zu wohnen.«

»Wenn du's magst, dann kauf es dir, Mäuschen.«

»Nein, du mußt es zuerst sehen.«

Nat war kein Kunstkenner, aber als er das Aquarell erblickte, fand er, daß es ein ziemlich laienhaftes Werk war und bestimmt nicht die zweihundert Dollar wert, die das Preisschild forderte.

»Es gefällt dir nicht. Das merke ich«, sagte Debbie.

»Es ist okay.«

Der Händler schaltete sich ein. »Der Künstler ist erst einundzwanzig Jahre alt und ein vielversprechendes Talent. Dieses Bild ist eines Tages vielleicht eine Menge wert.«

Darauf würde ich mich kaum verlassen, dachte Nat.

»Wir überlegen's uns noch«, erklärte Debbie. Als sie draußen waren, seufzte sie. »Heute hat's nicht so toll ausgesehen. Ach, na ja.«

Der Kunstladen lag an einem Seitenweg von der Main Street. »Wie wär's mit Lunch?« fragte Nat, als sie den Bürgersteig erreichten.

»Du willst doch wahrscheinlich mit dem Boot rausfahren.«

»Nein, das ist schon gut so. Wir gehen zum *Wayside Inn.* Tina hat heute Dienst, und ich möchte, daß sie mich dort herumhängen sieht. Eine der wenigen echten Chancen, um Covey festzunageln, ist es, sie aus der Fassung zu bringen, wenn sie dann ihre Aussage macht.«

Sie kamen an der Atkins Real Estate Agency vorbei. Debbie blieb stehen und blickte ins Schaufenster. »Ich schau immer nach, was für eine Residenz am Meer sie diese Woche ausstellen«, erklärte sie Nat. »Immerhin könnten wir ja eines Tages das große Los ziehen. Ich fand es so schade, als sie die Luftaufnahme vom Remember House rausgenommen haben. Das war mein Lieblingsbild. Ich glaube, daß ich dadurch Lust auf das Aquarell bekam.«

»Sieht ganz so aus, als ob Marge das mit dem Remember House grade wieder reinstellt«, bemerkte Nat.

In der Agentur öffnete Marge soeben das Fenster zu der Auslage und stellte vor Nats und Debbies Augen das geschmackvoll gerahmte Bild an einen freien Platz der Schaufläche. Als sie die Coogans entdeckte, winkte Marge und kam heraus, um mit ihnen zu reden. »Hallo, Detective Coogan«, sagte sie. »Gibt es irgend etwas, womit ich Ihnen helfen kann? Wir haben einige ausgesprochen attraktive Angebote.«

»Nichts Geschäftliches«, antwortete Nat. »Meine Frau hat sich in das Bild da verliebt.« Er zeigte auf die Luftaufnahme vom Remember House. »Leider liegt dieses Objekt etwas außerhalb unserer finanziellen Möglichkeiten.«

»Diese Aufnahme hat mehr Interessenten angezogen«, sagte Marge. »Genaugenommen ist das eine Kopie von der, die Sie gesehen haben. Elaine hat sie für Adam Nichols gemacht, und ich tu sie nur ins Fenster, bis er sie abholt. Das Original hat sie Scott Covey gegeben.«

»Scott Covey!« rief Nat aus. »Was könnte der denn damit wollen?«

»Elaine sagt, daß er Interesse für das Remember House gezeigt hat.«

»Ich hätte eher angenommen, daß er gar nicht schnell

genug vom Cape wegkommen kann«, sagte Nat. »Vorausgesetzt, er darf es auch.«

Marge wurde auf einmal peinlich bewußt, daß sie sich womöglich auf gefährliches Gelände begab. Sie hatte gehört, daß Nat Coogan gegen Scott Covey ermittelte. Andererseits war das sein Job, und er und seine Frau waren nette Leute und mochten zukünftig vielleicht Kunden werden. Seine Frau bewunderte noch immer das Bild vom Remember House. Marge erinnerte sich an Elaines Aussage, sie habe das Negativ und könne jederzeit Abzüge davon machen.

»Hätten Sie gern eine Kopie von dieser Aufnahme?« fragte sie.

Debbie erwiderte: »Schrecklich gerne. Ich hab genau die richtige Stelle dafür.«

»Ich weiß, daß Elaine Ihnen eine machen würde«, schlug Marge vor.

»Dann ist das geregelt«, entschied Nat.

Im *Wayside Inn* fanden sie heraus, daß Tina sich krank gemeldet hatte. »Ich geh ihr auf die Nerven«, sagte Nat. »Das ist gut.«

Gerade, als sie ihre Hummerbrötchen aufaßen, bemerkte Debbie mit einemmal: »Das ist nicht dasselbe Bild, Nat.«

»Was meinst du damit?«

»Da war irgendwas anders an dem Bild vom Remember House, das wir heute vormittag gesehen haben, und ich bin eben drauf gekommen. Das eine, das vorher im Schaufenster gewesen war, hatte ein Boot darauf. Das aber, das Marge uns gerade gezeigt hat, hatte keins. Ist das nicht seltsam?«

77

Am Samstag morgen erinnerte Adam Menley daran, Amy Bescheid zu geben, daß sie heute nicht zu kommen brauchte. Er hatte einen Termin mit dem Schiffahrtsexperten, den ihm der Hafenmeister von Chatham empfohlen hatte. »Ich brauche jemand zum Ausgleich für die Leute von Woods Hole, die die Stelle, wo die Leiche angeschwemmt wurde, als fragwürdig hinstellen werden, aber das dürfte nicht lange dauern. Ich bin bis zwölf oder eins wieder zurück.«

Schon ein halber Fortschritt, dachte Menley. Er mag mir nicht geglaubt haben, daß ich keinen Flashback hatte, als ich von Bobby träumte, aber wenigstens ist er bereit, mich mit dem Baby allein zu lassen.

»Ich will heute vormittag arbeiten«, sagte sie. »Ich lasse Amy bis zum Mittagessen kommen.«

»Deine Entscheidung, Schatz.«

Amy traf gerade ein, als er wegfuhr. Sie war entsetzt, als sie Menley fragen hörte: »Adam, wo ist denn das Videoband von Bobby in East Hampton? Ich bin jetzt soweit, daß ich's mir anschauen will.«

»Es ist in der Wohnung.«

»Wenn du nächstesmal wieder hinfährst, bringst du's dann mit?«

»Ja, klar. Wir schauen's dann zusammen an.«

Sollte ich ihnen sagen, daß ich es habe? fragte sich Amy. Es gefällt ihnen vielleicht nicht, daß ich es mir angeschaut habe. Nein, es war bestimmt besser, die Videokassette so schnell wie möglich wieder in Elaines Haus zurückzuschaffen. Vielleicht fiel es Mr. Nichols wieder ein, daß er sie auf dem Cape vergessen hatte, und er fragte dann Elaine danach.

Als Menley ins Bibliothekszimmer ging und die Tür schloß, bemerkte sie sofort, daß die Atmosphäre irgendwie anders war als sonst. Es war so frostig hier. Das mußte es sein. Der Raum hier bekam keine Morgensonne ab. Sie entschied sich trotzdem dafür, die Arbeitsmaterialien nicht wieder in die Küche hinüberzutragen. Sie vergeudete zuviel Zeit damit, die einzelnen Stapel durchzugehen. Sie würde sie auf dem Boden ausbreiten, so wie sie auch zu Hause in ihrem Arbeitszimmer immer vorging, und jeden Stapel mit einem Zettel versehen, auf dem sie in großen, deutlichen Buchstaben den Inhalt bezeichnet hatte. Auf diese Weise konnte sie das, was sie suchte, leicht finden, und wenn sie fertig war, brauchte sie einfach nur die Tür hinter dem ganzen Salat zu schließen, anstatt extra aufzuräumen.

Sie verbrachte die erste Stunde damit, die Unterlagen zu ihrer Zufriedenheit auszubreiten, schlug dann den neuen Ordner von Phoebe Sprague auf und begann den Inhalt zu sondieren.

Die Zeichnungen lagen obenauf. Erneut musterte sie die Skizze vom Kapitän und Mehitabel auf dem Schiff und klebte sie dann mit Klebstreifen an die Wand neben ihrem Schreibtisch. Daneben hängte sie ihre eigenen Zeichnungen der beiden und das Bild, das Jan aus der Brewster-Bücherei mitgebracht hatte. Beinahe austauschbar, dachte sie. Ich muß bei all den Papieren auf so etwas Ähnliches gestoßen sein.

Sie hatte schon ein Konzept parat, wie sie vorgehen würde. Als erstes durchsuchte sie sorgfältig die neuen Unterlagen nach jedem nur möglichen Hinweis auf Tobias Knight.

Das erste Mal, daß sie auf seinen Namen stieß, stand in Verbindung mit dem Vollzug von Mehitabels Züchtigung. »Bei der gemeindeversammlung in Monomoit an dem dritten mittwoch im august des jahres unseres HErrn eintausendsiebenhundertfünf ward Mehitabel, eheweib von Kapitän Andrew Freeman, vorgeführt und das urtheil des gerichts vollzogen in gegenwart ihres gemahls, ihrer ankläger, ihres reumüthigen theilhabers am ehebruch, sowie der stadtbewohner, die sich aus ihren häusern und von ihren pflichten herbeibegaben, als zeugen der sühne ihrer unzucht beizuwohnen und sich davor warnen zu lassen.«

Der dritte Mittwoch im August, dachte Menley. Das wäre um diese Zeit herum. Und Andrew hatte zugesehen, wie sie gefoltert wurde. Wie brachte er das fertig?

Da war eine Notiz von Phoebes Hand: »Kapitän Freeman setzte noch am selben Abend Segel und nahm den sechs Wochen alten Säugling und eine Indianersklavin als Amme mit.«

Er ließ sie in diesem Zustand zurück und nahm ihr das Baby weg. Menley blickte zu ihrer Zeichnung von Andrew Freeman hoch. Du hast an jenem Tag hoffentlich nicht stark und souverän ausgesehen, dachte sie. Sie riß die Skizze von der Wand, griff nach einem Kohlestift, und mit raschen, gewandten Strichen änderte sie den selbstsicheren Gesichtsausdruck.

Sie hatte vorgehabt, Grausamkeit darzustellen, aber wie sehr sie sich auch bemühte: Als sie fertig war, war das Gesicht von Andrew Freeman das eines von Gram gebrochenen Mannes.

Vielleicht hattest du ja den Anstand zu bereuen, was du ihr angetan hast, dachte sie.

Amy hatte Hannah hereingebracht, damit sie ein Fläschchen Saft trinken konnte. Mit dem Baby auf dem Arm stand sie unentschlossen im *keeping room* herum. Von der Vorderseite des Hauses her meinte sie ein Geräusch zu hören, das wie ein leises Schluchzen klang. Das also hat Carrie gestern gehört, dachte sie. Vielleicht kam Mrs. Nichols ja früher zurück, als wir meinten.

Mrs. Nichols machte einen derart gefaßten Eindruck, wenn Leute in der Nähe waren, aber in Wirklichkeit hatte sie Depressionen, überlegte Amy, und flüchtig erwog sie, ob es ihre Pflicht war, mit Mr. Nichols darüber zu sprechen.

Dann lauschte sie erneut. Nein, das war nicht Mrs. Nichols, die weinte. Der Wind hatte sich wieder genauso wie am Vortag erhoben und rief jetzt das schluchzende Geräusch hervor, das im Schornstein einen Resonanzboden fand. Wieder ein Irrtum, Carrie, dachte Amy.

78

Am Sonntag morgen bestand Adam darauf, nach der Kirche zum Brunch auszugehen. »Wir haben beide gestern abend doch noch gearbeitet, wie's eigentlich nicht geplant war, und ich muß heute nachmittag mindestens eine Stunde mit Scott Covey verbringen.«

Menley konnte nicht ablehnen, obwohl sie lieber an ihrem Schreibtisch geblieben wäre. Aus Gemeindeaufzeichnungen in Phoebe Spragues letztem Ordner hatte sie die Umstände vom Tod Mehitabels erfahren.

Kapitän Andrew Freeman war zwei Jahre lang weggeblieben, nachdem er losgesegelt war und seine Tochter im Säuglingsalter mitgenommen hatte. Mehitabel hatte auf dem Witwensteg des Hauses Nickquenum, wie man es damals nannte, nach ihm Ausschau gehalten.

Als sie die Segel sichtete, war sie zum Hafen gegangen, ihn zu erwarten. »Ein erbarmenswerther anblick«, laut eines Briefes des Magistratsmitglieds Jonathan Weekes.

> Deutlich qualen leidend, kniete sie demüthig vor ihm nieder und flehte um ihr kindlein. Er sagte zu ihr, seine kleine tochter werde niemals eine unzüchtige mutter zu gesicht bekommen. Er befahl Mehitabel, sein haus zu verlassen. Aber ihre hinfälligkeit und ihre erschöpfung waren für alle anwesenden zu sehen, und sie ward dorthin getragen, wo sie noch in selbiger nacht vor ihren himmlischen schöpfer gerufen ward. Es wird berichtet, dass Kapitän Freeman ihrem tod beigewohnt habe, und ihre letzten worte waren: »Andrew, hier warte ich auf mein kind, und hier sterbe ich frei von sünde, ich, der grausam unrecht widerfuhr.«

Menley besprach mit Adam, was sie herausgefunden hatte, während sie im Restaurant *Red Pheasant* in Dennis Eggs Benedict aßen.

»Mein Vater hatte dieses Lokal hier immer besonders gern«, sagte Adam, während er sich umblickte. »Es ist so schade, daß er nicht mehr lebt. Er wäre eine großartige Hilfe für dich gewesen. Er kannte sich in der Geschichte von Cape Cod so gut aus, daß er sie rückwärts wie vorwärts erzählen konnte.«

»Auch Phoebe Sprague kannte sich darin aus, bei Gott«, erwiderte Menley. »Adam, meinst du, es wäre okay, wenn wir die Spragues anrufen und fragen, ob Hannah und ich sie besuchen können, solange du bei Scott bist?«

Adam zögerte. »Phoebe sagt manchmal verrückte Sachen.«

»Nicht immer.«

Er machte den Anruf und kehrte dann mit einem Lächeln zum Tisch zurück. »Phoebe hat heute einen ziemlich guten Tag. Henry sagt, du sollst gleich rüberkommen.«

Noch achtzehn Tage, dachte Henry und schaute Phoebe zu, wie sie mit Hannah, die auf Menleys Schoß saß, »backe, backe Kuchen« spielte. Ihm grauste vor dem Morgen, wenn er ohne Phoebe an seiner Seite aufwachen würde.

Heute konnte sie besser gehen. Ihr Gang hatte weniger von dem gewohnten unsicheren Schlurfen an sich. Doch er wußte, daß es nicht von Dauer war. Es gab immer seltener Augenblicke geistiger Klarheit, doch wenigstens hatte sie, dem Himmel sei Dank, keine Alpträume mehr. Die letzten Nächte hatte sie recht gut geschlafen. »Meine Enkelin mag ›backe, backe Kuchen‹ auch so gern«, erzählte Phoebe Hannah. »Sie ist ungefähr so alt wie du.«

Laura war jetzt fünfzehn. Es war so, wie der Arzt es gesagt hatte. Das Langzeitgedächtnis ging als letztes verloren. Henry war für das Verständnis dankbar, das Adams Frau ihm mit einem Blick vermittelte. Was für ein hübsches Mädchen Menley doch ist, dachte er. In den letzten paar Wochen hatte ihr die Sonne helle Strähnen ins Haar gezaubert und die Haut leicht gebräunt. Die Verfärbung hob das intensive Blau ihrer Augen noch hervor. Sie hatte ein wunderschönes Lächeln, doch heute bemerkte er einen Unterschied an ihr, eine undefinierbare Aura von Traurigkeit, die zuvor nicht dagewesen war.

Als er sie dann mit Phoebe reden hörte, fragte er sich, ob sie sich vielleicht die Nachforschungen über das Remember House zu sehr unter die Haut gehen ließ. Es war ja wahrhaftig eine tragische Geschichte.

»Ich bin auf den Bericht über Mehitabels Tod gestoßen«, erzählte sie Phoebe gerade. »Ich kann mir vorstellen, daß sie einfach aufgab, als sie wußte, daß Andrew ihr das Baby nicht geben würde.«

Da war etwas, was Phoebe sagen wollte. Es hatte mit Mehitabel zu tun und mit dem, was Adams Frau zustoßen würde. Man würde sie an diesen düsteren Ort schleppen, wo Andrew Freeman den Baumeister Tobias Knight der Verwesung überlassen hatte, und dann würde man sie ertränken. Wenn Phoebe es nur erklären könnte. Wenn bloß die Mienen und Stimmen der Leute, die Adams Frau töten würden, nicht so schattenhaft wären. Wie konnte sie sie nur warnen?

»Geht weg!« schrie sie und versuchte gleichzeitig Menley und das Baby wegzuschubsen. »Geht weg!«

»Vivians Mutter und Vater werden starke, emotionale Zeugen abgeben«, warnte Adam Scott. »Die stellen Sie bestimmt als einen Mitgiftjäger hin, der eine aufgedonnerte Freundin hatte, die ihn noch in der Woche vor seiner Hochzeit besucht hat, und der ihrer Tochter, nachdem er sie umgebracht hat, auch noch als letzten Akt der Habgier einen Ring vom Finger gerissen hat.«

Scott Covey war der Streß der bevorstehenden Vernehmung vor Gericht anzusehen. Die beiden Männer saßen sich am Eßzimmertisch gegenüber, und Adams Notizen lagen zwischen ihnen ausgebreitet.

»Ich kann bloß die Wahrheit sagen«, erwiderte er ruhig.

»*Wie* Sie die Wahrheit sagen, darauf kommt es an. Sie müssen diesen Richter unbedingt davon überzeugen, daß Sie ganz genauso ein Opfer des Unwetters damals sind, wie Vivian es war. Ich habe allerdings einen guten Zeugen auf unsrer Seite, einen Mann, der beinahe seinen Enkel verlor, als das Boot, in dem sie saßen, kenterte. Er hätte ihn verloren, wenn er den Jungen nicht noch am Fuß gepackt hätte, als er über Bord ging.«

»Hätten sie ihn wohl als Mörder des Kindes verklagt, wenn es ihm nicht gelungen wäre, den Jungen zu packen?« fragte Covey bitter.

»Das ist genau die Frage, die wir dem Richter nahelegen wollen.«

Als er eine Stunde später ging, sagte Adam noch: »Niemand kann das Ergebnis solcher Zeugenverhöre vorhersagen. Aber unsre Chancen stehen gut. Bloß nicht vergessen: Verlieren Sie nicht die Beherrschung, und kritisieren Sie nicht Vivians Eltern. Bringen Sie rüber: Ja, die beiden sind trauernde Eltern, und Sie sind ein trauernder Ehemann. Denken Sie an ›Ehemann‹, wenn die versuchen, Sie als Opportunisten und Mörder hinzustellen.«

Adam entdeckte zu seiner Überraschung, daß Menley und Hannah im Wagen auf ihn warteten. »Ich fürchte, ich habe Phoebe aufgeregt«, erzählte ihm Menley. »Ich hätte Mehitabel niemals ihr gegenüber erwähnen sollen. Aus irgendeinem Grund wurde sie schrecklich erregt.«

»Man kann einfach nicht erklären, was zu solchen Anfällen führt«, sagte Adam.

»Ich weiß nicht recht. Meine werden durch einen bestimmten Reiz ausgelöst, meinst du nicht?«

»Es ist nicht dasselbe.« Adam steckte den Schlüssel ins Zündschloß.

Mommy. Mommy. Solch ein jubelnder Klang. Neulich nachts, als sie meinte, Bobby nach ihr rufen zu hören. Hatte sie davon geträumt, wie seine Stimme damals an dem Tag in East Hampton geklungen hatte? Hatte sie eine glückliche Erinnerung mit einem Flashback assoziiert? »Wann mußt du wieder nach New York?« erkundigte sie sich.

»Wir dürften die Entscheidung des Richters entweder morgen gegen Ende des Tages oder am Dienstag erfahren. Ich fahre Dienstag zum Übernachten rüber und bleibe bis Donnerstag früh. Aber ich schwöre, damit hat's sich dann auch mit Arbeit für diesen Monat, Menley.«

»Ich möchte, daß du das Video von Bobby in East Hampton mitbringst.«

»Ich hab doch gesagt, daß ich's bringe, mein Schatz.« Als Adam den Wagen vom Bordstein wegsteuerte, fragte er sich: Was hat es denn nun damit auf sich?

79

Fred Hendin ging mit Tina am Sonntag abend zum Essen aus. Als er sie in der Früh anrief, hatte sie erklärt, sie habe Kopfweh, stimmte dann aber zu, daß Fisch und Pommes frites mit ein paar Drinks am Abend im *Clancey's* sie sicher wieder auf Trab bringen würden.

Sie tranken Gin Tonic an der Bar, und Fred war überrascht, wie lebhaft und aufgedreht Tina war. Sie kannte den Barmixer und einige der Stammgäste, und sie zogen sich gegenseitig auf.

Fred fand, daß sie in ihrem roten Minirock mit dem rotweißen Oberteil phantastisch aussah, und ihm entging nicht, daß eine Reihe anderer Kerle an der Bar die Augen nicht von ihr lassen konnten. Es bestand überhaupt kein Zweifel. Tina zog Männer magnetisch an. Sie gehörte zu dieser Art Frauen, die einem Mann den Verstand rauben konnten.

Als sie letztes Jahr miteinander ausgingen, erzählte sie ihm ständig, er sei ein wahrer Kavalier. Manchmal fragte er sich, ob das ein Kompliment war. Dann ließ sie ihn wie eine heiße Kartoffel fallen, als Covey auf der Bildfläche erschien. Letzten Winter, als er versuchte wieder mit ihr zusammenzukommen, hatte sie ihm nicht gerade das Leben verschönert. Dann aber im April rief sie ihn plötzlich an. »Fred, warum kommst du nicht mal vorbei?« hatte sie erklärt, als wäre nichts geschehen.

War sie erst bereit, sich mit mir zufriedenzugeben, nachdem sie Covey nicht bekommen konnte? überlegte er, als Tina gerade in Gelächter über einen Witz ausbrach, den der Mann an der Bar erzählt hatte.

Er hatte sie schon lange nicht mehr so lachen gehört. Sie schien heute abend wirklich bester Laune zu sein.

Ja, das war es, erkannte er plötzlich. Obwohl sie nervös darüber war, daß sie vor Gericht aussagen mußte, war sie offenbar gut gelaunt.

Beim Essen fragte sie ihn nach dem Ring. »Fred, ich möchte gern den Verlobungsring tragen, wenn ich als Zeugin aussage. Hast du ihn mitgebracht?«

»Jetzt versuchst du mir noch den Rest der Überraschung zu verderben. Ich geb ihn dir, wenn wir bei dir zu Hause sind.«

Tina wohnte in einem möblierten Apartment über einer Autowerkstatt in Yarmouth. Sie war nicht sehr am Haushalt interessiert und hatte wenig getan, um die Wohnung persönlicher zu gestalten, doch sie waren kaum eingetreten, als Fred auffiel, daß mit dem kleinen Wohnzimmer irgend etwas nicht stimmte. Einige Dinge fehlten. Tina hatte eine ansehnliche Sammlung Rockmusik, aber fast alle Kassetten und CDs waren nicht mehr da. Und dasselbe traf für das Foto von ihr mit der Familie ihres Bruders beim Skifahren in Colorado zu.

Plante sie etwa eine Reise und erzählte ihm nichts davon? fragte sich Fred. Und falls ja, fuhr sie dann alleine?

15. August

80

Menley wachte im Morgengrauen von dem Geräusch eines leisen Schluchzens auf. Sie richtete sich auf einen Ellenbogen auf und lauschte angestrengt. Nein, das muß eine Seemöwe sein, dachte sie. Die Vorhänge bewegten sich flatternd, und der Wohlgeruch der frischen Meerluft erfüllte den Raum.

Sie ließ sich wieder auf ihr Kopfkissen sinken. Adam schlief ganz fest und schnarchte ein wenig. Menley fiel etwas ein, was ihre Mutter vor Jahren gesagt hatte. Sie hatte gerade eine Ratgeberspalte von irgendeiner Seelentante in der Zeitung gelesen, und eine Frau hatte sich in ihrem Leserbrief darüber beschwert, sie könne nachts nicht schlafen, weil ihr Mann schnarche. Die Antwort darauf war, daß für manche Frauen das Schnarchen eines Ehemanns das willkommenste Geräusch auf der Welt wäre. Man bräuchte nur irgendeine Witwe zu fragen.

Ihre Mutter hatte dazu bemerkt: »Ist das nicht wirklich wahr?«

Mom hat uns alleine großgezogen, dachte Menley. Ich habe nie aus eigener Erfahrung miterlebt, wie Menschen, die glücklich verheiratet sind, miteinander umgehen. Ich habe nie erlebt, wie es ist, wenn Eheleute Schwierigkeiten angehen und sie gemeinsam meistern.

Warum denke ich gerade jetzt daran? fragte sie sich. Kommt es daher, daß ich allmählich eine Verletzlichkeit in Adam erkenne, von der ich vorher gar nichts wußte? In gewisser Weise habe ich ihn immer mit Glacéhandschuhen angefaßt. Er ist der attraktive, erfolgreiche, gerngesehene Mann, der jede beliebige Frau hätte haben können, aber ich war es, die er dann bat, seine Frau zu werden.

Sie begriff, daß es sinnlos war, wenn sie versuchte, wieder einzuschlafen. Sie schlüpfte aus dem Bett, griff nach ihrem Morgenrock und den Hausschuhen und schlich auf Zehenspitzen aus dem Zimmer.

Hannah machte nicht den Eindruck, als ob sie bald aufwachen würde, und so ging Menley geräuschlos die Treppe hinunter und ins Bibliothekszimmer. Mit etwas Glück hatte sie vielleicht zwei Stunden, bevor Adam und Hannah den Tag begannen. Sie schlug einen neuen Ordner auf.

Als sie halbwegs durch war, stieß sie auf ein Bündel aneinandergehefteter Papiere, die mit Schiffsunglücken zu tun hatten. Über einige davon hatte sie schon gelesen, wie zum Beispiel den Untergang des Piratenschiffs *Whidaw* im Jahr 1717. Die Mooncussers hatten die gesamte Ladung geraubt.

Und dann entdeckte sie einen Hinweis auf Tobias Knight: »Die umfassendste Durchsuchung aller Häuser nach Diebesgut vor der *Whidaw* passierte, als die *Thankful* 1704 vor der Küste von Monomoy zu Bruch ging.« Phoebe hielt fest: »Tobias Knight wurde zum Verhör nach Boston gebracht. Sein Ansehen geriet immer mehr ins Zwielicht, und er stand im Verdacht, ein Mooncusser zu sein.«

Die nächste Seite enthielt einen Bericht über den Untergang von Kapitän Andrew Freemans *Godspeed*. Es war die Kopie eines Briefs an Gouverneur Shute aus der Hand von Jonathan Weekes, Mitglied des Magistrats. Der Brief informierte Seine Exzellenz, »am einunddreissigsten August im jahre des HErrn eintausendsiebenhundertsieben«, habe Kapitän Andrew Freeman wider alle Vernunft die Segel gehißt, obwohl »ein nordostwind blies, sonder zweifel vorbote eines näher kommenden sturms«. Der einzige Überlebende, Ezekiel Snow, ein Schiffsjunge, »berichtet uns, der Kapitän habe wild erregt und wie von sinnen geschrieen, dass er seine kleine tochter wieder in die arme ihrer mutter zurückbringen muss. Alle wussten, dass die mutter des kindleins tot war, und wurden von grösster sorge erfüllt. Die *Godspeed* ward auf die untiefen getrieben und zerschellte daselbst mit einer betrüblichen zahl an opfern.

Kapitän Freemans leiche ward bei Monomoit an land gespült, und er ward zu seiten seiner frau Mehitabel bestattet, da er nach dem zeugnisse des schiffsjungen seine liebe zu ihr herausgeschrieen, als er zu seinem schöpfer heimging.«

Irgend etwas war damals geschehen, weshalb er seine Meinung änderte, dachte Menley. Doch was nur? Er versuchte die Kleine ihrer Mutter zurückzubringen, die bereits tot war. Er schrie seine Liebe zu ihr heraus, als er zu seinem Schöpfer heimging.

81

Obwohl der Tag zweifellos heiß zu werden versprach, beschloß Scott Covey, zu der Anhörung vor Gericht einen marineblauen Sommeranzug zu tragen, dazu ein langärmliges weißes Hemd und eine gedämpft blaugraue Krawatte. Er hatte überlegt, ob er nicht sein grünes Jackett, die Khakihosen und ein Sporthemd anziehen sollte, machte sich dann aber klar, daß er damit nicht den erwünschten Eindruck auf den Richter gemacht hätte.

Er war sich unschlüssig, ob er den Ehering tragen sollte. Würde das zu sehr nach Effekthascherei aussehen? Vermutlich nicht. Er steckte sich den Ring an.

Als er fertig zum Weggehen war, betrachtete er sich im Spiegel. Vivian hatte ihm erzählt, sie beneide ihn darum, daß er so leicht braun wurde. »Ich bekomm Sonnenbrand, und die Haut schält sich, und wieder Sonnenbrand, und die Haut schält sich wieder«, hatte sie geseufzt. »Du kriegst einfach diese tolle Bräune, und deine Augen sehen noch grüner aus und deine Haare blonder, und es drehen sich noch mehr Mädchen nach dir um.«

»Und ich dreh mich nach dir um«, hatte er geflachst.

Er überprüfte sein Spiegelbild vom Scheitel bis zur Sohle und verzog das Gesicht. Er hatte neue bequeme Halbschuhe von Gucci an. Irgendwie sah er damit zu sehr wie aus dem Ei gepellt aus. Er ging zum Wandschrank und holte sein altes, blankgeputztes Paar Schuhe heraus. Schon besser, dachte er, als er wieder in den Spiegel blickte. Sein Mund fühlte sich trocken an, als er laut sagte: »Jetzt geht's zur Sache.«

Jan Paley kam, um bei Phoebe zu bleiben, während Henry zu der Anhörung aufbrach. »Gestern nachmittag war sie ziemlich aufgeregt«, warnte Henry. »Etwas, was Menley über das Remember House sagte, brachte sie durcheinander. Ich hab so ein Gefühl, daß sie versucht, uns etwas mitzuteilen, aber nicht die Worte dafür findet.«

»Vielleicht kommt es ja zum Vorschein, wenn ich einfach mit ihr über das Haus rede«, schlug Jan vor.

Amy kam um acht Uhr beim Remember House an. Es war das erstemal, daß sie Mr. Nichols in einem formellen Anzug sah, und sie warf ihm einen bewundernden Blick zu. Er hat so etwas Elegantes an sich, dachte sie. Er gibt einem das Gefühl, daß er alles, was er anpackt, auch gut zu Ende bringt. Er überprüfte gerade die Unterlagen in seiner Aktentasche und wirkte geistesabwesend, doch da schaute er zu ihr hoch und lächelte. »Hallo, Amy. Menley macht sich noch fertig, und die Kleine ist bei ihr. Warum gehen Sie nicht rauf und übernehmen Hannah? Wir sind allmählich spät dran.«

Er war so ein netter Mann, dachte Amy. Sie fühlte sich scheußlich bei dem Gedanken, daß er seine Zeit damit verschwenden würde, in New York nach dem Video von dem kleinen Bobby zu suchen, während es doch nur wenige Minuten von hier in Elaines Haus war. In einem Anfall von Vertrauensseligkeit platzte sie heraus: »Mr. Nichols, darf ich Ihnen was sagen, aber bitte nicht verraten, daß Sie's von mir wissen?«

Sie hatte den Eindruck, als sei er beunruhigt, doch dann sagte er: »Ja, natürlich.«

Sie erklärte ihm die Sache mit dem Videofilm, wie sie ihn entdeckt und mitgenommen, dann wieder zurückgestellt hatte. »Ich hab's Elaine nicht gesagt, daß ich mir das Video ausgeliehen hab, also wär sie vielleicht sauer, wenn sie's rausfindet. Ich wollte einfach nur sehen, wie Ihr kleiner Junge war«, erklärte sie beinahe zerknirscht.

»Amy, Sie haben mir eine Menge Ärger erspart. Wir besitzen keine anderen Kopien, und meine Frau hätte es wirklich aufgeregt, wenn dieses Band verschwunden wäre. Ich bin letztes Jahr überstürzt vom Cape aufgebrochen, und Elaine mußte mir ein paar Sachen nachschicken. Es ist bestimmt kein Problem, sie zu bitten, danach zu suchen, ohne Sie mit hineinzuziehen.«

Er schaute auf seine Uhr. »Ich muß unbedingt los. Ah, da kommen sie ja.«

Amy hörte Schritte auf der Treppe, dann kam Mrs. Nichols hereingeeilt, mit Hannah auf dem Arm. »Ich bin soweit, Adam, oder ich glaub's wenigstens. Diese Kleine hat sich ständig zum Bettrand vorgearbeitet. Jetzt gehört sie ganz Ihnen, Amy.«

Amy streckte die Hände nach Hannah aus, als Mrs. Nichols mit einem Lächeln hinzufügte: »Nur vorübergehend, natürlich.«

82

Um neun Uhr morgens war der Gerichtssaal in Orleans bis zum letzten Platz gefüllt. Die Medien waren in voller Stärke vertreten. Der ausgedehnte Presserummel im Zusammenhang mit Vivian Carpenter Coveys Tod hatte die Sensationslüsternen angezogen, die mit Freunden und Leuten aus der Gegend um die beschränkte Anzahl Sitzplätze wetteiferten.

»Das ist ja wie ein Tennisturnier«, hörte Nat einen Reporter zu einem Kollegen kurz vor der Mittagspause flüstern.

Es ist Mord und kein Sport, dachte Nat, aber wir haben für heute nicht genug Material, um es auch zu beweisen. Der Bezirksstaatsanwalt hatte die Beweislage geschickt präsentiert. Punkt für Punkt hatte er seinen Fall aufgebaut: Coveys Verhältnis mit Tina bis zu einer Woche vor seiner Hochzeit; der verletzte Finger und der fehlende Ring; der Verzicht auf eine Überprüfung des Wetterberichts im Radio; die Tatsache, daß Vivians Leiche dort, wo sie gefunden wurde, normalerweise nicht hätte angeschwemmt werden können.

Der Richter hatte häufig seine eigenen Fragen an die Zeugen gerichtet. Mit uneingeschränkter Aufmerksamkeit studierte er die Seekarten und Obduktionsbefunde.

Tina erwies sich als entmutigend gute Zeugin zugunsten

Coveys. Sie bekannte sich freimütig dazu, daß er sie über seine Beziehung zu Vivian aufgeklärt hatte und daß sie ihn in der Hoffnung, er werde sich wieder für sie interessieren, in Boca Raton besucht hatte. »Ich war verknallt in ihn«, sagte sie, »aber ich wußte, daß es vorbei war, als er dann Vivian geheiratet hat. Er war wirklich in sie verliebt. Ich bin jetzt mit jemand anders verlobt.« Vom Zeugenstand aus lächelte sie Fred strahlend an.

Während der Pause beobachtete Nat, wie die Blicke der Zuschauer von einem zum anderen wanderten: hier Scott Covey, der in Erscheinung und Haltung an einen Filmstar gemahnte, dort der untersetzte, schwerfällige Fred Hendin mit seinem Haarschwund und dem ihm deutlich ins Gesicht geschriebenen tiefen Unbehagen. Die Gedanken der Leute waren unschwer zu erraten. Sie hatte sich mit Fred Hendin begnügt, nachdem sie Covey Vivian nicht wegschnappen konnte.

Die Zeugenaussage von Conner Marcus, dem fünfundsechzig Jahre alten Mann aus Eastham, der in dem Unwetter beinahe seinen Enkel verloren hätte, wäre vielleicht auch schon ohne Coveys Aussage zum Zünglein an der Waage geworden. »Keiner, der nicht da draußen war, kann sich auch nur eine Vorstellung davon machen, wie plötzlich der Wetterumschwung war«, sagte er mit bewegter Stimme. »Eben noch haben Terry, mein kleiner Enkel, und ich miteinander geangelt. Dann wurde die See stürmisch. Nicht mal zehn Minuten später stürzten die Wellen übers Boot, und Terry wurde fast ins Wasser gerissen. Ich falle jeden Abend auf die Knie und danke Gott, daß ich nicht in den Schuhen dieses jungen Burschen hier stecke.« Mit Tränen in den Augen deutete er auf Covey.

Ruhig und mit Nachdruck beschrieb Elaine Atkins die Wandlung, die mit Vivian Carpenter vor sich gegangen war, nachdem sie Scott Covey kennengelernt hatte, und das Eheglück der beiden, so wie sie es mitbekommen hatte. »An dem Tag, als sie sich das Remember House anschauten, sagten sie, sie wären an einem Kauf interessiert. Sie wollten eine große Familie. Aber Vivian sagte, sie müßte erst das andere Haus verkaufen.«

Davon hatte Nat noch nie etwas gehört. Und es machte Coveys Geschichte glaubwürdig, daß er über das wahre Ausmaß von Vivians Erbe im dunkeln gelassen worden sei.

Das Gericht zog sich zur Mittagspause zurück. Am Nachmittag wurde Vivians Anwalt aus Hyannis in den Zeugenstand gerufen, und er erwies sich in seiner trockenen Art als glaubhafter Zeuge für Covey. Henry Sprague vermittelte auf zuverlässige Weise den Eindruck eines direkten Nachbarn, der die tiefe Liebe der frischgebackenen Eheleute füreinander bezeugte. Der Versicherungsermittler konnte nur bestätigen, was Tina bereits zugegeben hatte: Sie hatte Covey in Boca Raton besucht.

Beide Carpenters sagten aus. Sie bekannten, ihre Tochter habe schon immer emotionale Probleme gehabt und es sei ihr sehr schwergefallen, Freundschaften aufrechtzuerhalten. Die beiden führten aus, Vivian habe schon auf eine eingebildete Kränkung hin eine Beziehung abgebrochen, und sie brachten die Möglichkeit ins Spiel, daß etwas vorgefallen sei, was Vivian gegen Scott aufbrachte und zu der Drohung veranlaßte, sie werde ihn enterben.

Anne Carpenter sprach über den Smaragdring. »Er war nie zu eng«, sagte sie entschieden. »Außerdem war Vivy abergläubisch, was den Ring anging. Sie hatte ihrer Großmutter geschworen, ihn niemals abzunehmen. Sie hielt ihn gern ans Licht und bewunderte den Stein.« Auf die Aufforderung hin, den Ring zu beschreiben, erklärte sie: »Es war ein wunderschöner kolumbianischer Stein von fünfeinhalb Karat mit einem großen Diamanten auf jeder Seite, und er war in Platin gefaßt.«

Und dann kam Covey in den Zeugenstand. Seine Stimme klang gefaßt, als er auszusagen begann. Er lächelte, als er über seine ersten Verabredungen mit Vivian sprach. »*Getting to Know You* war unser Lieblingssong«, sagte er.

Er sprach über den Smaragdring. »Sie hatte Ärger damit.

Damals am letzten Morgen hat sie immer dran gezogen. Aber ich bin mir absolut sicher, daß sie ihn auf dem Boot anhatte. Sie muß ihn sich an die linke Hand gesteckt haben.«

Und schließlich folgte die Beschreibung, wie er sie in dem Unwetter verlor. Tränen stiegen ihm in die Augen, und seine Stimme versagte, und als er den Kopf schüttelte und erklärte: »Ich kann die Vorstellung einfach nicht ertragen, was für schreckliche Angst sie gehabt haben muß«, da gab es viele feuchte Augen im Gerichtssaal.

»Ich habe Alpträume, wo ich im Wasser nach ihr suche und sie nicht finden kann«, sagte er. »Ich wache auf und merke, daß ich nach ihr rufe.« Dann begann er zu schluchzen.

Das Urteil des Richters, es gebe keine Beweise für fahrlässige Tötung und keine Beweise für ein Verbrechen, war kaum noch eine Sensation.

Verschiedene Reporter baten Adam um einen Kommentar.

»Diese Angelegenheit war eine fürchterliche Zerreißprobe für Scott Covey«, stellte einer von ihnen fest. »Nicht allein, daß er seine junge Frau verloren hat, er war obendrein verleumderischen Gerüchten und Vorwürfen ausgesetzt. Ich hoffe, daß diese Darlegung in der Öffentlichkeit nicht nur dazu gedient hat, die wahren Umstände im Kontext dieser Tragödie ans Licht zu bringen, sondern daß sie diesem jungen Mann auch endlich den Frieden und die Privatsphäre wiedergibt, die er verzweifelt braucht.«

Scott wurde zu seinen Plänen befragt. »Meinem Vater geht es nicht gut, weshalb er und meine Stiefmutter auch heute nicht kommen konnten. Ich habe vor, quer durchs Land nach Kalifornien zu fahren und sie zu besuchen. Unterwegs will ich in einigen der Städte haltmachen, wo ich auf Schauspieltournee war und Freunde habe, aber vor allem brauche ich einfach Zeit für mich selbst, um zu entscheiden, was ich mit dem Rest meines Lebens anfange.«

»Werden Sie auf dem Cape bleiben?« fragte eine Reporterin.

»Ich weiß nicht«, antwortete er schlicht. »Die Gegend hier hat viele schmerzliche Erinnerungen für mich.«

Menley stand auf der Seite und hörte zu. Du hast es wieder einmal geschafft, Adam, dachte sie voller Stolz. Du bist wunderbar.

Sie spürte eine leichte Berührung an ihrem Arm. Eine Frau von Ende Sechzig sagte: »Ich wollte mich Ihnen vorstellen. Ich bin Norma Chambers. Meine Enkelkinder lieben Ihre Bücher und waren so enttäuscht, als Sie mein Haus dann doch nicht für den August gemietet haben.«

»Ihr Haus gemietet? Ach so, natürlich, Sie meinen das erste Haus, das Elaine uns besorgt hatte. Aber als es dann Schwierigkeiten mit der Installation gab, hat sie uns für das Remember House eingeplant«, sagte Menley.

Mrs. Chambers machte ein erstauntes Gesicht. »Es gab gar keine Schwierigkeiten. Ich hab das Haus gleich nach Ihrer Absage am Tag drauf vermietet. Wer hat Ihnen denn den Bären aufgebunden?«

83

Nach seiner Zeugenaussage rief Henry Sprague zu Hause an, um sich nach Phoebes Befinden zu erkundigen. Jan redete ihm gut zu, doch bis zum Ende des Verfahrens zu bleiben. »Wir kommen gut zurecht hier«, sagte sie nachdrücklich.

Es war jedoch kein einfacher Tag gewesen. Phoebe geriet aus dem Gleichgewicht, als sie die zwei Stufen am Hintereingang zum Garten hinunterging, und Jan gelang es nur mit knapper Mühe, sie vor einem Sturz zu bewahren. Beim Lunch griff Phoebe nach einem Messer und versuchte damit die Suppe zu essen.

Jan legte ihr den Löffel in die Hand und dachte dabei traurig an die vielen Gelegenheiten früher, als sie und Tom hier mit den Spragues zusammen gegessen hatten. Damals war

Phoebe eine anmutige, geistreiche Gastgeberin gewesen, die einer heiter geschmückten Tafel vorstand, mit Sets und dazu passenden Kerzen und mit einem Gesteck in der Mitte, das sie aus Blumen aus ihrem Garten geformt hatte.

Es brach einem das Herz, wenn man sich klarmachte, daß dies ein und dieselbe Person war: diese Frau, die ihr jetzt einen rührend überschwenglichen Blick zuwarf, so dankbar war sie Jan für ihr Verständnis, daß sie sich mit dem Besteck vertan hatte.

Phoebe legte sich nach dem Essen hin, und als sie Stunden später erwachte, wirkte ihr Geist reger. Jan beschloß es nun zu versuchen, ob sie herausfinden konnte, was Phoebe möglicherweise über das Remember House mitteilen wollte.

»Neulich habe ich mit Adams Frau verschiedene Leute besucht, die alte Häuser haben«, sagte sie zum Auftakt. »Adams Frau schreibt einen Artikel über Häuser, mit denen Legenden verbunden sind. Ich finde, das Remember House ist von allen am interessantesten. Danach sind wir nach Eastham gefahren und haben uns noch ein Haus angeschaut, das Tobias Knight erbaut hat. Es ist dem Remember House sehr ähnlich, aber nicht so prächtig, und die Räume sind größer.«

Die Räume. Remember House. Ein Modergeruch füllte Phoebes Nasenflügel. Es roch wie in einer Gruft. Es war eine Gruft. Sie stand oben auf einer schmalen Leiter. Überall lagen Haufen von Plunder herum. Sie fing an die Sachen zu durchstöbern, und ihre Hand berührte den Schädel. Und von unten kamen die Stimmen, die über Adams Frau redeten.

»Im Haus drinnen«, vermochte sie zu sagen.

»Ist irgendwas im Remember House drinnen, Liebe?«

»Tobias Knight«, nuschelte sie.

84

Scott Covey bat Elaine, Adam und Menley sowie Henry inständig, doch zu ihm nach Hause auf ein Glas Wein zu kommen. »Ich halte euch nicht lange auf, aber ich möchte wirklich die Gelegenheit haben, euch allen zu danken.«

Adam schaute Menley an, und sie nickte. »Gut, ganz kurz«, stimmte er zu.

Henry lehnte es ab, auch nur für ein paar Minuten bei Covey hereinzuschauen. »Jan ist schon den ganzen Tag bei Phoebe«, erklärte er.

Menley hatte das Bedürfnis, möglichst rasch zu Hannah heimzukehren, wollte aber eine Chance haben, Elaine nach dem Grund zu fragen, weshalb sie ihr ursprüngliches Mietangebot, das Haus von Mrs. Chambers, wieder rückgängig gemacht hatte. Der kurze Besuch in Scott Coveys Haus würde ihr diese Gelegenheit geben.

Auf dem Weg dorthin unterhielt sie sich mit Adam über die Anhörung vor Gericht. »Ich möchte nicht Fred Hendin sein, mit all den Leuten, die meine Verlobte erzählen hören, wie sie sich an einen andern Mann rangeschmissen hat«, bemerkte sie, »aber er hat wahrlich zu ihr gestanden, als er seine Aussage machte.«

»Wenn er Grips hat, schickt er sie in die Wüste«, sagte Adam, »aber ich hoffe, daß er's nicht tut. Scott hat Glück, daß sie seine Geschichte untermauert hat, aber die Vernehmung heute schließt nicht aus, daß man doch noch das Geschworenengericht einberuft, sollten neue Beweise auftauchen. Scott muß auf der Hut sein.«

Scott entkorkte eine Flasche erlesenen Bordeaux. »Ich hatte schon gehofft, daß ich ihn zu diesem Anlaß aufmache«, erklärte er. Als er eingeschenkt hatte, hielt er sein Glas hoch. »Dies ist keine festliche Feier«, sagte er. »Das könnte es nur sein, wenn Vivian jetzt unter uns wäre. Aber ich möchte wirklich auf euch, meine Freunde, mein Glas erheben, als

Dank für alles, was ihr für mich getan habt. Adam, Sie sind der Beste. Menley, ich weiß, daß Sie Adam dazu gedrängt haben, mir zu helfen. Elaine, was kann ich sagen außer: danke.«

Er nahm einen Schluck und fuhr dann fort: »Und jetzt will ich euch in meine Zukunftspläne einweihen, und zwar nur euch. Ich gehe gleich morgen früh von hier weg, und ich komme nicht wieder. Ihr könnt das sicher verstehen. Ich könnte hier bestimmt nie mehr über eine Straße gehen, ohne daß die Leute auf mich zeigen und über mich tuscheln. Ich glaube, daß es den Carpenters besser gelingt, mit ihrem Leben weiterzumachen, wenn sie nicht dem Risiko ausgesetzt sind, mir über den Weg zu laufen. Also, Elaine, ich möchte gern, daß dieses Haus sofort auf den Markt kommt.«

»Mir soll's recht sein«, murmelte Elaine.

»Ich kann Ihrer Logik nicht widersprechen«, war Adams Reaktion.

»Adam, ich werde eine Weile unterwegs sein. Nächste Woche rufe ich bei Ihnen in der Kanzlei an, und wenn Sie die Rechnung fertig haben, schicke ich Ihnen dann einen Scheck.« Er lächelte. »Wieviel es auch ist, Sie waren jeden Pfennig wert.«

Kurz darauf sagte Adam: »Scott, wenn Sie morgen früh aufbrechen, möchten Sie jetzt sicher packen.«

Menley und Adam verabschiedeten sich, und Elaine blieb zurück, um noch die Einzelheiten für die Vermietung des Hauses zu erörtern.

Als sie den Weg hinunter zu ihrem Wagen gingen, fragte sich Adam, warum er kein stärkeres Triumphgefühl empfand. Weshalb sagte ihm sein Instinkt, daß er reingelegt worden war?

85

Nat Coogan feierte nach dem Gerichtsverfahren nicht mit einem Glas Wein. Er saß vielmehr im Wohnzimmer, gönnte sich ein Glas kaltes Bier und ließ den Tag in Gedanken noch einmal an sich vorüberziehen. »So läuft das Spiel eben«, sagte er zu Debbie. »Mörder kommen ungestraft davon. Ich könnte die nächsten zwei Tage damit verbringen, dir lauter Fälle aufzuzählen, bei denen alle wissen, daß der Ehemann oder der Nachbar oder der Geschäftspartner das Verbrechen begangen hat, aber einfach nicht genügend Beweismaterial vorliegt, um den Täter zu überführen.«

»Wirst du an dem Fall weiterarbeiten?« fragte Debbie.

Nat zuckte mit den Achseln. »Das Problem ist bloß, daß es keine heiße Spur gibt.«

»Wenn das so ist, dann laß uns doch unsern Hochzeitstag planen. Sollen wir eine Party machen?«

Nat sah bestürzt aus. »Ich hab gedacht, ich lade dich allein zu einem schicken Abendessen ein, und dann gehen wir vielleicht in ein Motel.« Er zwinkerte ihr zu.

»Ins No-Tell Motel?« Das war ein alter Witz zwischen ihnen: ihr »Sag's-keinem-weiter-Motel«.

Nat trank sein Bier aus. »Verdammt, Deb«, sagte er. »Es *gibt* eine heiße Spur. Und sie liegt direkt vor meiner Nase. Ich weiß es. Ich kann sie bloß nicht finden!«

86

Als er Tina vom Gerichtshof nach Hause fuhr, hatte Fred Hendin das widerwärtige Gefühl, er könne vielleicht nie mehr mit erhobenem Kopf auftreten. Ihm war die Tatsache nicht entgangen, daß die Zuschauer ihn mit diesem Gigolo da, Scott Covey, verglichen. Fred wußte, daß Covey ein Wolf im Schafspelz war, der zudem noch Kreide gefressen hatte, aber das machte es auch nicht erträglicher, daß Tina offen bekundet hatte, sie sei ihm den ganzen Winter über nachgelaufen.

Als Fred im Zeugenstand war, hatte er alles darangesetzt, sie zu decken, und die Entscheidung des Richters sprach dafür, daß er nicht das Gefühl hatte, Tinas Affäre mit Covey habe irgend etwas mit Vivian Carpenters Tod zu tun.

Fred kannte Tina besser, als sie sich selbst kannte. Während der Pause hatte sie einige Male im Korridor einen Blick auf Covey geworfen. Da war ein Ausdruck in ihren Augen gewesen, der alles besagte. Selbst ein Blinder konnte sehen, daß sie noch immer verrückt nach dem Kerl war.

»Du bist sehr still, Freddie«, sagte Tina und schlang einen Arm um seinen.

»Wohl wahr.«

»Ich bin so froh, daß es vorbei ist.«

»Ich auch.«

»Ich will mal sehen, ob ich mir ein bißchen freinehmen und meinen Bruder besuchen kann. Ich hab's satt, daß die Leute ständig über mich tuscheln.«

»Kann ich dir nicht verdenken, aber Colorado ist ganz schön weit, nur um wegzukommen.«

»So weit auch wieder nicht. Ungefähr fünf Stunden vom Flugplatz Logan aus.«

Sie legte den Kopf auf seine Schulter. »Freddie, ich will jetzt einfach nur heim und alle viere von mir strecken. Macht's dir was aus?«

»Nein.«

»Aber morgen abend essen wir schön zusammen. Ich koch dann sogar.«

Fred war sich schmerzlich bewußt, wie groß sein Verlangen war, ihr über das glänzende dunkle Haar zu streichen, das auf seinen Ärmel fiel. Ich bin verrückt nach dir, Tina, dachte er. Das wird sich nicht ändern. »Mach dir keine Mühe mit der Kocherei. Aber du kannst einen Drink für mich bereitstellen. Bis sechs bin ich da.«

87

»Wieso hast du eigentlich 'Laine über das Haus in Eastham ausgefragt?« erkundigte sich Adam, als sie von ihrem Besuch bei Scott Covey nach Hause fuhren.

»Weil sie über den Grund gelogen hat, weshalb sie uns statt dessen ans Remember House verwiesen hat. Es gab überhaupt keine Installationsprobleme bei dem andern Haus.«

»Nach dem, was sie gesagt hat, gibt diese Chambers, die Besitzerin, nie zu, daß sie ständig Ärger mit den Abflußrohren hat.«

»Warum hat Elaine dann das Haus an jemand anders vermietet?«

Adam schmunzelte. »Ich kann's mir, glaub ich, vorstellen. 'Laine hat wahrscheinlich kapiert, daß wir gute Kandidaten als Käufer für das Remember House sein könnten. Ich wette, daß sie uns deshalb umquartiert hat. Sie hat schon immer ein Händchen dafür, das Beste aus einer Sache zu machen.«

»Einschließlich lügen? Adam, du bist ein grandioser Anwalt, aber manchmal geben mir deine blinden Flecke zu denken.«

»Du wirst allmählich bissig mit dem Alter, Men.«

»Nein, ich werde ehrlich.«

Sie fuhren auf Morris Island hinüber und die Quitnesset Lane entlang. Jetzt am Spätnachmittag wurde es kühler. Die Blätter an den Robinien raschelten, und einige waren schon abgefallen. »Hier muß es auch zu anderen Jahreszeiten schön sein«, stellte Menley fest.

»Nun, in zwei Wochen müssen wir uns entscheiden, ob wir das selbst herausfinden wollen.«

Amy war gerade fertig damit, Hannah zu füttern. Die Kleine hob freudestrahlend die Arme, als Menley sich über sie beugte.

»Sie ist klebrig«, warnte Amy, als Menley sie aus dem Babystuhl herausnahm.

»Das ist mir nur recht. Du hast mir gefehlt«, sagte sie zu Hannah.

»Mir hat sie auch gefehlt«, erklärte Adam, »aber deine Bluse kann man waschen, diesen Anzug dagegen nicht. Hallo, Spatz.« Er warf Hannah eine Kußhand zu, hielt sich aber außer Reichweite.

Menley sagte: »Ich nehme sie mit rauf. Danke, Amy. Ist morgen nachmittag gegen zwei in Ordnung für Sie? Ich möchte ungefähr vier Stunden Arbeit schaffen, nachdem ich unsern Brötchenverdiener am Flugplatz abgeliefert hab.«

Amy nickte und fragte dann, als Menley ein gutes Stück entfernt war: »Haben Sie mit Elaine wegen der Videokassette geredet, Mr. Nichols?«

»Ja. Sie war überzeugt davon, daß sie mir das Video zurückgegeben hat. Sind Sie absolut sicher, daß Sie das richtige gesehen haben?«

»Sie waren alle drauf. Sie haben Bobby aus dem Schwimmbecken gehoben und ihm gesagt, er soll zu seiner Mutter laufen. Er rief ›Mommy, Mommy‹, und Mrs. Nichols hat ihn dann gefragt, wie er heißt und wo er zur Schule geht.«

»Kinda Garn«, sagte Adam.

Amy sah Tränen in seinen Augen glitzern. »Ich bin so froh, daß Sie Hannah haben«, sagte sie leise. »Aber das ist doch der Film, nach dem Sie suchen, oder?«

»Ja, das stimmt. Amy, Elaine gibt nicht gerne zu, wenn sie einen Fehler gemacht hat. Vielleicht sollten Sie das Video einfach für mich holen, wenn Sie das nächstemal wieder bei ihr im Haus sind. Es klingt nach einem Tatbestand von Kleindiebstahl, aber es gehört uns, und ich kann nicht darauf bestehen, daß sie es hat, ohne Ihnen möglicherweise Ärger zu verursachen.«

»Ich würd's lieber so machen. Danke, Mr. Nichols.«

16. August

88

Scott Covey lud am Dienstag um sechs Uhr morgens den Rest seines Reisegepäcks in den BMW und machte einen letzten Rundgang durchs Haus. Elaine würde jemanden für eine gründliche Reinigung herschicken, also brauchte er sich darum nicht zu kümmern. Er überprüfte noch einmal die Schubladen im Schlafzimmer und die Wandschränke, ob er irgend etwas übersehen hatte.

Einen Moment mal, dachte er. Er hatte die acht oder zehn Flaschen guten Wein vergessen, die noch in ihrer Verpackung im Keller standen. Wäre ja unsinnig, sie der Putzfrau dazulassen.

Eines allerdings machte ihm zu schaffen – die Bilder von Vivy. Er wollte sich zwar von allem, was im Sommer geschehen war, befreien, aber es wirkte sicher gefühllos, wenn er sie einfach zurückließ. Er brachte sie ebenfalls zum Wagen.

Er hatte den Müll und den wiederverwertbaren Abfall hinausbefördert. Er überlegte, ob er die Aufnahme vom Remember House aus dem Rahmen nehmen und in Stücke reißen sollte. Dann zuckte er mit den Achseln. Vergiß es. Die Müllabfuhr war in einer Stunde fällig.

Im Gericht gestern hatte er Vivians Anwalt Leonard Wells aufgefordert, ihr Vermögen zu verwalten und das Testament rechtswirksam zu machen. Jetzt, da der Richter seinen Ruf wiederhergestellt hatte, konnte die Familie die Überschreibung der Vermögenswerte nicht länger hinauszögern. Wells teilte ihm mit, er werde ein Bündel Wertpapiere für die Steuern verkaufen müssen. Der Staat verlangte wahrhaftig einen großen Happen von dem Geld anderer Leute.

Wahrscheinlich kommt einem das immer so vor, egal wieviel man erbt, dachte Scott.

Er fuhr den Wagen aus der Garage hinaus und um das Haus herum. Er hielt einen Moment an; dann trat er auf das Gaspedal.

»Leb wohl, Vivy«, sagte er laut.

89

Sie verbrachten den Dienstag vormittag am Strand, nur sie drei. Sie hatten das Ställchen für Hannah mitgenommen und im Schatten des Sonnenschirms aufgestellt. Adam lag in der Sonne und las Zeitung. Menley hatte Zeitschriften in ihrer Badetasche dabei, aber sie hatte sich auch einen Stapel von Phoebes Unterlagen mitgebracht.

Die Papiere waren mit einem Gummiband zusammengefaßt und schienen nicht nach irgendeinem Prinzip geordnet zu sein. Menley hatte den Eindruck, daß Phoebes Recherchen mit der fortschreitenden Invasion der Alzheimerschen Krankheit zunehmend unsystematischer wurden. Es wirkte so, als habe sie immer mehr Material gesammelt und einfach in ihre Ordner gesteckt. Da waren sogar Kochrezepte darunter, die sie ein paar Jahre zuvor aus der *Cape Cod Times* ausgeschnitten und an Berichte über die frühen Siedler geheftet hatte.

»Ganz schön mühsam«, murmelte sie.

Adam blickte auf. »Was denn?«

»Die letzten Notizen von Phoebe. Sie sind etwa vor vier Jahren entstanden, glaub ich. Es ist offensichtlich, daß sie sich da schon ernsthaft schwertat. Wirklich traurig ist, daß sie offenbar die Einbuße ihrer Fähigkeiten bemerkt hat. Viele von den Anhaltspunkten, die sie zur eigenen Erinnerung notiert hat, sind so furchtbar verschwommen.«

»Zeig mal her.« Adam überflog die Seiten. »Das ist ja interessant.«

»Was denn?«

»Da ist ein Hinweis auf das Haus hier. 'Laine hat mir erzählt, daß es bestimmt deswegen Remember House heißt, weil das Haus bei einem Sturm wie ein Blasebalg funktioniert. Wenn der Wind so dagegen anbraust, dann entsteht ein Geräusch, als würde jemand ›Remmmmbaaa‹ rufen.«

»Dasselbe hat mir Jan Paley erzählt.«

»Dann haben sich beide getäuscht nach dem, was hier steht. Hier ist die Kopie einer Aufzeichnung aus dem Stadtregister von siebzehnhundertfünf. Sie bestätigt die Geburt eines Kindes von Kapitän Andrew Freeman und seiner Frau Mehitabel, einer Tochter namens Remember.«

»Das Baby hieß Remember?«

»Und schau mal da – das ist eine Urkunde aus dem Stadtarchiv von siebzehnhundertzwölf: ›Besagtes eigenthum, Nickquenum geheissen, ein wohnhaus mit hab und gut und gehöfft, gen osten begrenzt von der sandbank oder klippe zum salzwasser hin, gen süden vom lande des Leutnants zur See William Sears, gen südwesten vom lande des Jonathan Crowell und gen norden vom lande des Amos Nickerson, ward nach dem willen von Kapitän Andrew Freeman an sein eheweib und im falle ihres hinscheidens an seine nachkommen vermacht. Sintemal sein weib Mehitabel schon vor ihm verschied, ist die einzige erbin eine tochter Remember, wie verzeichnet auf der geburtsurkunde im jahre des Herrn eintausendsiebenhundertfünf. Sintemal der verbleib besagten kindes unbekannt, soll der wohnsitz, welchselbiger als Remember House bekannt geworden, für steuern veräußert werden.‹«

Menley durchlief ein Schauer.

»Men, was ist los?« fragte Adam scharf.

»Es ist nur, daß es da eine Geschichte aus der Kolonialzeit Ende des siebzehnten Jahrhunderts gibt, von einer Frau, die bei der Geburt ihres Babys wußte, daß sie sterben mußte, und deshalb verfügte, daß das Neugeborene Remember heißen soll, damit es immer an sie denkt. Ich frage mich, ob Mehitabel davon wußte. Vielleicht hat sie schon geahnt, daß sie ihr Kind verlieren würde.«

»Dann sollten wir das Haus, falls wir es tatsächlich kaufen, wieder umbenennen, wie es ursprünglich hieß. Hast du eine Ahnung, was Nickquenum bedeutet?«

»Es ist ein indianisches Wort, das ›Ich bin auf dem Heimweg‹ bedeutet. Zur Zeit der ersten Siedler brauchte ein Reisender, wenn er durch feindliches Gebiet kam, nur dieses Wort auszusprechen, und niemand legte ihm einen Stein in den Weg.«

»Das hast du sicher bei deinen Recherchen rausgefunden.«

Hab ich das? fragte sich Menley.

»Ich geh eben kurz schwimmen«, sagte sie. »Und ich versprech dir, daß ich nicht zu weit rausschwimme.«

»Wenn du's tust, rette ich dich.«

»Hoffentlich.«

Um halb zwei setzte sie Adam am Flughafen von Barnstable ab. »Das alte Lied«, sagte er. »Aber wenn ich am Donnerstag zurück bin, fangen wir wirklich an, Urlaub zu machen. Keine Arbeit mehr für mich. Und wenn ich mich vormittags um Ihre Hoheit kümmere, bist du dann bereit, nachmittags am Strand rumzulungern oder irgendwas anzustellen?«

»Da kannst du drauf zählen.«

»Und wir heben uns Amy für ein paar Abende zum Essengehen auf.«

»Alleine hoffentlich.«

Auf dem Rückweg vom Flugplatz beschloß Menley, rasch einen Umweg über Eastham zu machen und sich dort erneut das Haus von Tobias Knight anzusehen. »So, Hannah«, wies sie die Kleine an, »versprich mir, bestimmt brav zu sein. Ich muß mir dieses Haus noch mal anschauen. Da gibt es was, was ich nicht verstehe.«

Diesmal saß eine andere ehrenamtliche Helferin, Letitia Raleigh, am Empfang des alten Hauses. Der Nachmittag sei bisher ruhig, erzählte sie Menley, und sie habe Zeit, sich etwas zu unterhalten.

Menley bot Hannah einen Keks an. »Das Ding ist so hart wie ein Hundekuchen«, erklärte sie, »aber das tut ihr gut, weil sie Zähne bekommt. Ich achte bestimmt darauf, daß sie keine Brösel fallen läßt.«

Hannah gab sich zufrieden, und Menley kam auf das Thema Tobias Knight zu sprechen. »Ich kann kaum etwas über ihn finden«, erläuterte sie.

»Er war ein ziemlich mysteriöser Geselle«, bestätigte Raleigh. »Zweifellos ein wunderbarer Baumeister und seiner Zeit voraus. Das Haus hier ist hübsch, aber soweit ich weiß, war das, das er in Chatham gebaut hat, eine exemplarische Sehenswürdigkeit für die Zeit damals.«

»Ich wohne dort zur Zeit«, sagte Menley. »Es ist wunderschön, aber die Zimmer sind kleiner als die hier im Haus.«

»Das versteh ich nicht. Die Maße sollen doch dieselben sein.« Raleigh wühlte in ihrem Schreibtisch. »Hier ist irgendwo eine Vita, die wir normalerweise nicht rausgeben. Sie schmeichelt ihm nicht gerade. Da ist sein Bild. Ansehnlich, wenn auch großspurig, finden Sie nicht? Und eine Art Dandy für die damalige Zeit.«

Die Zeichnung zeigte einen Mann von etwa Dreißig mit ebenmäßigen Gesichtszügen, einem Vollbart und längerem Haar. Er trug Reithosen, dazu ein Wams, ein Cape und ein Rüschenhemd mit hohem Kragen, und seine Schuhe hatten Silberschnallen.

Sie dämpfte jetzt ihre Stimme. »Laut dieser Biographie ging Tobias in Ungnaden aus Eastham weg. Er bekam Ärger, als er sich mit einigen der Bürgersfrauen einließ, und eine Menge Leute waren überzeugt davon, daß er Schiffswracks plünderte und mit der Beute Handel trieb … also ein Mooncusser war, wissen Sie.«

Sie überflog die Broschüre und reichte sie dann Menley. »Anscheinend wurde Tobias siebzehnhundertvier, ein paar Jahre, nachdem er sich in Chatham niedergelassen hatte, von Vertretern der Krone verhört, als die gesamte Ladung der *Thankful* fehlte. Alle wußten, daß er schuldig war, aber er muß irgendein gutes Versteck für seine Beute gehabt haben. Zwei Jahre darauf ist er dann verschwunden. Man nimmt an, daß es ihm in der Gegend von Chatham zu riskant wurde und er abgehauen ist, um woanders neu anzufangen.«

»Was für eine Ladung war das?« fragte Menley.

»Kleidung, Decken, Haushaltswaren, Kaffee, Rum – der Grund, weshalb das Ganze solch einen Wirbel verursachte, war, daß es alles für den Gouverneurssitz in Boston bestimmt war.«

»Wo haben denn die Leute normalerweise all die Beute versteckt?«

»In Schuppen, am Ufer vergraben, und einige von ihnen hatten sogar Geheimräume in ihren Häusern. Diese Räume lagen meistens hinter dem Kamin.«

90

Am Dienstag morgen ging Nat Coogan früher als gewöhnlich zur Arbeit. Aus reiner Neugier fuhr er an Scott Coveys Haus vorbei, um nachzusehen, ob es irgendwelche Anzeichen dafür gab, daß Covey drauf und dran war, sich aus dem Staub zu machen. Denn daß er jetzt, da die Anhörung vorüber und die Entscheidung zu seinen Gunsten ausgefallen war, dem Cape endgültig den Rücken zudrehen würde, daran zweifelte Nat nicht.

Doch obwohl er so früh dran war, mußte er feststellen, daß Covey schon weg war. Die Rollos waren heruntergelassen, und seitlich vom Haus standen ein paar Müllsäcke zur Abfuhr bereit. Man braucht keinen Haussuchungsbefehl, um Zeug zu durchstöbern, das für die Müllabfuhr bestimmt ist, dachte Nat, während er seinen Wagen parkte.

Ein Müllbehälter enthielt neben Dosen und Flaschen zur Wiederverwertung einige spitze Glasscherben. In dem anderen Müllsack steckte normaler Abfall verschiedenster Art, darunter auch ein Rahmen, in dem noch Reste des zerbrochenen Glases und ein Bild, das kreuz und quer zerkratzt war, steckten. Na, sieh mal einer an, dachte Nat. Da war also die Originalluftaufnahme vom Remember House, die Version, die ursprünglich in der Auslage der Immobilienagentur gewesen war. Selbst noch in ihrem verstümmelten Zustand war die Aufnahme schärfer als die Kopie, die Marge ihm dort im Büro gezeigt hatte. Aber der Abschnitt mit dem Boot war herausgerissen worden. Warum nur? rätselte Nat. Warum hat er versucht, das Bild zu zerstören? Warum nicht einfach dalassen, wenn er keine Lust hatte, sich weiter damit zu belasten? Und weshalb hat er das Boot rausgerissen? Und warum hat es auch in der anderen Kopie der Aufnahme gefehlt?

Er legte das entstellte Bild in den Kofferraum seines Wagens und fuhr zur Main Street. Elaine Atkins schloß gerade die Tür zu ihrer Agentur auf. Sie begrüßte ihn freundlich. »Ich hab das Bild, das Sie wollten. Ich kann es rahmen lassen, wenn Sie möchten.«

»Nein, das ist nicht nötig«, erwiderte Nat rasch. »Ich nehm's gleich mit. Deb möchte sich gern selbst um den Rahmen kümmern.« Er griff nach der Aufnahme. Er betrachtete sie. »Großartig! Das nenne ich eine hervorragende Fotografie!«

»Finde ich auch. Ein Foto aus der Vogelperspektive kann ein echtes Verkaufsargument sein, aber das hier ist schon für sich genommen wunderbar.«

»In unserer Behörde benötigen wir manchmal Luftaufnahmen. Haben Sie jemand aus der Gegend hier dafür?«

»Ja, Walter Orr aus Orleans.«

Nat musterte weiterhin die Aufnahme. Es war die gleiche Version wie die, welche Marge drei Tage zuvor in das Schaufenster gestellt hatte. Nat sagte: »Täusche ich mich, oder war auf dem Bild nicht, als es in der Auslage war, auch ein Boot drauf?«

»Das Negativ wurde beschädigt«, erwiderte Elaine rasch. »Ich mußte es ein bißchen retuschieren.«

Er bemerkte, daß sie ein wenig rot wurde. Und warum bist du so nervös? überlegte er.

»Was schulde ich Ihnen?« erkundigte er sich.

»Nichts. Ich entwickle meine Bilder selbst.«

»Das ist sehr liebenswürdig von Ihnen, Miss Atkins.«

91

Der Dienstag war kein leichter Tag für Fred Hendin. Die Erkenntnis, daß er im Begriff war, Tina für immer aufzugeben, brachte ihn völlig aus der Fassung. Er war jetzt achtunddreißig Jahre alt und hatte im Lauf der Zeit eine ganze Reihe junger Frauen ausgeführt. Mindestens die Hälfte davon hätte ihn wahrscheinlich geheiratet.

Fred wußte, daß er in verschiedener Hinsicht eine gute Partie war. Er arbeitete tüchtig und verdiente genug für ein angenehmes Leben. Er war ein treuer Sohn gewesen, und er würde auch ein treu ergebener Ehemann und Vater sein. Die Leute wären sicher verblüfft gewesen, hätten sie genau gewußt, wie gut gepolstert sein Bankkonto war, obwohl er schon immer das Gefühl hatte, daß Tina es riechen konnte.

Würde er jetzt auf der Stelle Jean oder Lillian oder Marcia anrufen, so hätte er mit Sicherheit heute abend eine Verabredung zum Essen.

Das Dumme war nur, daß er sich ernsthaft in Tina verliebt hatte. Ihm war von Anfang an klar gewesen, daß sie launisch und anspruchsvoll sein konnte, doch wenn er mit ihr am Arm ausging, fühlte er sich wie ein König. Und es war oft so amüsant mit ihr.

Er mußte sie sich aus dem Kopf schlagen. Den ganzen Tag schon war er ganz zerstreut, weil er ständig an sie und die Notwendigkeit, sie aufzugeben, denken mußte. Der Boß hatte ihn sogar ein paarmal deswegen angeraunzt. »He, Fred, hör auf rumzuträumen. Wir haben einen Job, der erledigt werden muß.«

Er blickte wieder einmal auf das Haus gegenüber; irgendwie war es heute nicht so reizvoll wie sonst. Ach, sicher, er würde es wohl schon kaufen, aber das war dann nicht dasselbe. Er hatte sich Tina darin zusammen mit ihm vorgestellt.

Aber ein Mann hatte schließlich seine Würde, seinen Stolz. Er mußte der Sache mit Tina ein Ende machen. Die Tageszeitungen heute walzten die Anhörung vor Gericht in allen Einzelheiten aus. Nichts war übersehen worden: der Zustand von Vivians rechter Hand; der fehlende Smaragdring; Tinas Besuche bei Scott Covey in Florida. Fred war bei der Erwähnung seines eigenen Namens als fallengelassener und wiedererwählter Freund und nun Verlobter zusammengezuckt. Der Bericht stellte ihn als Idioten hin.

Ja, er mußte ein Ende machen. Morgen, wenn er sie zum Flugplatz fuhr, würde er ihr Bescheid sagen. Eines allerdings beschäftigte ihn noch. Es würde Tina nur zu ähnlich sehen, wenn sie sich weigerte, ihm den Schmuck seiner Mutter zurückzugeben.

Als er um sechs Uhr bei Tina ankam und feststellte, daß sie wie gewöhnlich noch nicht fertig war, hatte er den Fernsehapparat angestellt und dann den Schmuckkasten aufgemacht.

Die Perlenkette, Uhr und Anstecknadel seiner Mutter waren da, ebenso wie der Verlobungsring, den er Tina gerade erst überreicht hatte. Er hatte seinen Zweck für sie erfüllt, und sie konnte es vermutlich kaum erwarten, ihn vom Finger zu streifen, dachte er. Er steckte die Schmuckstücke in die Hosentasche.

Und dann riß er die Augen auf. Unter Tinas billigen Ketten und Armbändern begraben, blitzte ein Ring hervor. Es war ein großer grüner Edelstein mit rechts und links einem Diamanten in einer Platinfassung.

Er griff nach dem Schmuckstück und betrachtete es genau. Selbst ein Einfaltspinsel hätte die Reinheit und Tiefe dieses Smaragds wahrgenommen. Fred begriff, daß er das Familienkleinod in der Hand hielt, das man Vivian Carpenter vom Finger gerissen hatte.

Als Menley von dem Besuch im Haus des Baumeisters Tobias Knight heimkehrte, saß Amy auf den Eingangsstufen. »Sie haben bestimmt schon gedacht, ich hätte Sie ganz vergessen«, entschuldigte sich Menley.

»Nein, ich weiß, daß Sie das nicht tun.« Amy befreite Hannah aus dem Kindersitz im Wagen.

»Amy, ich hab gestern mitgekriegt, daß Sie mit meinem Mann über das Video von Bobby geredet haben. Erzählen Sie mir davon.«

Widerstrebend berichtete Amy, wie es dazu gekommen war, daß es in ihre Hände geriet.

»Wo ist es jetzt?«

»Daheim. Ich hab's gestern abend aus Elaines Haus mitgenommen, als ich mir noch mehr Filme ausgeliehen hab. Ich wollte es Mr. Nichols geben, wenn er am Donnerstag zurückkommt.«

»Geben Sie's mir morgen früh.«

»Selbstverständlich.«

92

Am Tag nach der Anhörung beschlossen Graham und Anne Carpenter, auf eine Kreuzfahrt zu gehen. »Wir brauchen eine Ortsveränderung«, bestimmte Graham.

Die jüngsten Ereignisse hatte eine tiefe Depression in Anne ausgelöst, und sie gab teilnahmslos ihr Einverständnis. Ihre anderen beiden Töchter waren zu dem Gerichtsverfahren angereist, und Emily, die ältere, erklärte jetzt unumwunden: »Mutter, du mußt aufhören, dir Vorwürfe zu machen. Auf ihre Weise hat die arme Vivy dich und Dad sehr geliebt, und ich glaube nicht, daß sie dich gern so sehen würde. Mach eine Reise. Geh weg von alldem. Mach dir eine tolle Zeit mit Daddy, und kümmert ihr beiden euch umeinander.«

Nachdem Emily und Barbara mit ihren Ehemännern abgereist waren, saßen Anne und Graham am Dienstag abend auf der überdachten Veranda vorne und schmiedeten Reisepläne. Annes Stimme klang frischer, und sie lachte, als sie sich einige der anderen Kreuzfahrten wieder ins Gedächtnis riefen, die sie schon mitgemacht hatten.

Graham mußte es in Worte fassen, wie er sich fühlte: »Es war für keinen von uns beiden angenehm, in den Boulevardblättern als Rabeneltern dargestellt zu werden, und die stürzen sich auch bestimmt mit größter Freude auf die Anhörung. Aber wir haben getan, was wir tun mußten, und irgendwo, glaube ich, weiß Vivian auch, daß wir versucht haben, dafür zu sorgen, daß ihr Gerechtigkeit widerfährt.«

»Und ich hoffe inständig, daß sie genauso weiß, daß wir darüber hinaus nichts tun können.«

»Ach, sieh mal, da ist Pres Crenshaw mit Brutus.«

Sie schauten zu, wie ihr hochbetagter Nachbar mit seinem Schäferhund an der Leine langsam an ihrem Tor vorbei die Straße hinunterging.

»Kannst deine Uhr danach stellen«, sagte Graham. »Punkt zehn.«

Einen Augenblick später fuhr ein Wagen an ihrem Tor vorbei. »Pres sollte sich in acht nehmen, diese Straße ist dunkel«, sagte Anne.

Sie drehten sich um und gingen ins Haus.

93

Menley lud Amy ein, zum Abendessen dazubleiben. Sie spürte, daß das junge Mädchen sich irgendwie verloren vorkam. »Ich mach bloß einen Salat und Linguine mit Muschelsoße«, erklärte sie, »aber Sie können gerne mitessen.«

»Würd ich liebend gern.«

Sie ist wirklich ein nettes Kind, dachte Menley, und genaugenommen ist sie kaum mehr ein Kind. Sie ist fast achtzehn und hat eine ruhige Art, sich zu geben, die ausgesprochen attraktiv ist. Obendrein hat sie mehr Verantwortungsbewußtsein als die meisten Erwachsenen. Aber die Vorstellung, daß ihr Vater Elaine heiratet, schätzt sie offenbar überhaupt nicht.

Das war jedoch ein Thema, das Menley nicht anschneiden wollte. Sie sprach vielmehr die Frage an, wie sich Amy auf das College vorbereitete.

Bei der Erörterung ihrer Pläne wurde Amy lebhaft. »Ich hab am Telefon mit meiner Zimmerkameradin geredet. Sie klingt nett. Wir haben uns entschieden, was für Bettüberdecken und Vorhänge wir nehmen. Ihre Mutter will ihr beim Besorgen helfen, und ich zahl dann meinen Anteil.«

»Was haben Sie in Sachen Kleidung unternommen?«

»Elaine sagt, daß sie mich irgendwann nach Boston mitnehmen will und wir uns dann einen – Moment, wie hat sie's noch genannt? – ›vergnügten Tag, nur wir Mädchen unter uns‹ machen. Ist das nicht gräßlich?«

»Amy, kämpfen Sie nicht gegen sie an«, sagte Menley. »Sie heiratet nun mal Ihren Vater.«

»Warum? Sie liebt ihn überhaupt nicht.«

»Natürlich tut sie das.«

»Menley, ich meine, Mrs. Nichols, mein Vater ist ein schrecklich langweiliger Mann.«

»Amy!« protestierte Menley.

»Nein, ich mein's ernst. Er ist nett und lieb und gut und erfolgreich, aber davon reden wir nicht. Elaine liebt ihn nicht. Er macht ihr sentimentale Geschenke, zumindest gibt er sie ihr auf eine sentimentale Art, und sie zieht die große Show ab. Sie wird ihn total unglücklich machen, und sie weiß, daß ich das weiß, und deshalb kann sie mich nicht leiden.«

»Amy, ich hoffe, daß Hannah nicht eines Tages so über ihren Vater redet«, erwiderte Menley mit einem Kopfschütteln, obwohl sie sich gleichzeitig eingestand, daß Amy ins Schwarze getroffen hatte.

»Machen Sie Witze? Mr. Nichols ist die Art Mann, wie ihn Frauen wollen. Und wenn Sie's genau wissen wollen, die Liste fängt mit Elaine an.«

Als Amy weg war, ging Menley durchs Haus und sperrte zu. Sie hörte sich den Lokalsender mit dem Wetterbericht an und erfuhr, daß ein Sturm im Anzug war, der am nächsten Tag spätnachmittags oder am frühen Abend das Cape heimsuchen würde. Ich vergewissere mich mal lieber, daß wir eine Taschenlampe und Kerzen vorrätig haben, im Falle eines Falles, dachte sie.

Das Telefon läutete, als sie sich gerade an ihren Schreibtisch in der Bibliothek setzte. Es war Jan Paley.

»Ich hab Sie gestern verpaßt, als Sie bei Scott Covey waren«, sagte Jan. »Ich wollte Sie wissen lassen, daß Phoebe wieder über Tobias Knight geredet hat. Menley, ich glaube, Sie haben recht. Sie versucht wirklich, uns etwas über ihn mitzuteilen.«

»Ich hab heute bei dem Haus von ihm in Eastham vorbeigeschaut, nachdem ich Adam am Flugplatz abgesetzt habe«, berichtete Menley. »Die Dame am Empfang hat mir sein Porträt gezeigt. Jan, Tobias sah wie ein Kriecher und Dandy aus. Ich kann mir nicht vorstellen, was Mehitabel sich je aus ihm hätte machen sollen. Ein weiterer interessanter Gesichtspunkt ist die Tatsache, daß sie nach den vorliegenden Informationen schon mindestens drei Monate mit dem Kind von Andrew Freeman schwanger war, als man sie denunzierte.«

Sie schwieg eine Weile. »Wahrscheinlich denke ich jetzt laut. Ich war zweimal schwanger, und das allerletzte, was mir beide Male in den ersten drei Monaten eingefallen wäre, waren irgendwelche Gelüste auf eine Liebesaffäre.«

»Und was glauben Sie also?« fragte Jan.

»Tobias Knight war ein Mooncusser. Er wurde wegen der Fracht der *Thankful* durch den Kronanwalt verhört, und zwar um die Zeit herum, als er Mehitabel zu unziemlichen Stunden besuchte. Nehmen wir mal an, sie wußte überhaupt nicht, daß er bei ihr herumlungerte? Hätte er nicht sein angebliches Verhältnis mit Mehitabel gestanden, dann hätte man nach einem anderen Grund gesucht, weshalb er dort war. Und was ist, wenn er einen Teil der *Thankful*-Ladung hier auf diesem Grundstück oder vielleicht sogar hier im Haus versteckt hat?«

»Aber doch wohl nicht im Haus«, begehrte Jan auf.

»Die inneren Maße der Zimmer im Erdgeschoß hier sind kleiner als in dem Haus von Eastham. Aber von außen hat das Haus dieselbe Größe. Ich werd mal ein bißchen herumschnüffeln.«

»Ich glaube nicht, daß das viel bringt. Falls dort je ein Lagerraum war, dann ist er vermutlich schon seit zweihundert Jahren zugemauert. Aber es ist schon möglich, daß irgendwann mal einer existiert hat.«

»Hat schon mal jemand die Vermutung angestellt, daß dieses Haus ein Geheimzimmer haben könnte?«

»Nicht, daß ich wüßte. Und der letzte Bauunternehmer hat wirklich eine Menge dran renoviert. Es ist Nick Bean aus Orleans.«

»Macht es Ihnen was aus, wenn ich morgen mit ihm spreche?«

»Durchaus nicht. Und schnüffeln Sie unbesorgt herum. Gute Nacht, Menley.«

Nachdem sie den Hörer aufgelegt hatte, lehnte sich Menley in ihren Stuhl zurück und musterte die Zeichnungen von Mehitabel und Andrew. Auf dem Schiff hatten sie so glücklich miteinander ausgesehen.

Mehitabel hatte auf dem Sterbebett ihre Unschuld beteuert, und eine Woche später war Andrew, wie wild darauf bedacht, sein kleines Kind zurückzuholen, in einen aufkommenden Sturm hineingesegelt und hatte seine Liebe zu seiner Frau herausgeschrien. War es möglich, daß er sich von Mehitabels Unschuld überzeugt hatte und vor Kummer den Verstand verlor?

Instinktiv war sich Menley sicher, daß sie auf der richtigen Spur war.

Sie beugte sich wieder über den Schreibtisch, hatte jetzt aber nichts dafür übrig, die Unterlagen zu sondieren. Etwas, was Amy beim Abendessen gesagt hatte, drängte sich ihr ins

Bewußtsein. Elaine mochte wohl mit einem anderen Mann verlobt sein, aber sie war in Adam verliebt. Ich habe es doch neulich abends bei dem Essen gespürt, dachte Menley. Elaine hatte nicht vergessen, daß sie das Video hatte. Sie hielt es absichtlich zurück, obwohl sie wußte, daß es unersetzlich für uns war. Was hatte sie davon, außer daß sie sich Adam darauf anschauen konnte?

Oder hat sie eine andere Verwendung dafür gefunden?

Um zehn Uhr ging Menley nach oben, schlüpfte in ihr Nachthemd und den Morgenrock und rief dann Adam in der New Yorker Wohnung an.

»Ich wollte dich gerade anrufen, um dir gute Nacht zu sagen«, erklärte er. »Wie geht's meinen Mädchen?«

»Uns geht's gut.« Menley zögerte, wußte aber, daß sie die Frage aussprechen mußte, die sie beschäftigte. »Amy blieb zum Abendessen da, und sie hat eine interessante Bemerkung gemacht. Sie glaubt, daß Elaine in dich verliebt ist, und ich muß sagen, daß ich ihr recht gebe.«

»Das ist doch lächerlich.«

»Findest du? Adam, versteh doch bitte, nach Bobbys Tod war ich ein Jahr lang als Frau nicht viel wert für dich. Letzten Sommer bat ich dich dann um eine Trennung, und wir wären inzwischen wahrscheinlich geschieden, wenn ich nicht erfahren hätte, daß Hannah unterwegs war. Du bist doch Elaine in der Zeit, als wir auseinander waren, ziemlich nahegekommen, stimmt's?«

»Das kommt drauf an, was du damit meinst. Wir sind schon immer füreinander da, seit wir halbe Kinder waren.«

»Adam, vergiß mal diese Masche mit eurer alten Vertrautheit. Hast du ihr das nicht schon mal vorher zugemutet? Du hast doch gesagt, daß sie toll zu dir gehalten hat, als dein Vater starb. Und im Lauf der Jahre hast du sie immer angerufen, wenn du gerade keine andere enge Freundin hattest. War das nicht das Muster, das ablief?«

»Menley, du glaubst doch wohl nicht, daß ich letztes Jahr ein Verhältnis mit Elaine hatte.«

»Hast du jetzt eins mit ihr?«

»Mein Gott, Menley, nein!«

»Ich mußte einfach fragen. Gute Nacht, Adam.«

Adam hörte es nur noch klicken. Als er in der Wohnung angekommen war, war ihm klargeworden, was an ihm genagt hatte. Letzten Winter hatte er eines Tages, als Menley nicht da war, den Film mit Bobby angeschaut. Das Video war dort, wo er es gelassen hatte, in seinem Schreibtisch. Er hatte es also *doch* letzten Sommer mit nach Hause genommen. Warum nur hatte sich Elaine eine Kopie davon machen lassen und ihm nichts davon erzählt?

17. August

94

Am Mittwoch morgen nahm Nat seine zweite Tasse Kaffee ins Wohnzimmer mit und verglich die beiden Aufnahmen vom Remember House. Er hatte die verstümmelte Version mit größter Sorgfalt aus dem Rahmen gelöst, und jetzt stand sie neben der Kopie, die Elaine ihm gegeben hatte, auf dem Kaminsims.

Wie schlimm das Foto zugerichtet war, das er aus Scott Coveys Müll gefischt hatte, kam jetzt ohne den Rahmen noch deutlicher zum Vorschein. Es sah so aus, als rührten die langen diagonalen Kratzer von einem scharfen Messer oder sogar von einer Glasscherbe her. Und wo das Boot gewesen war, klaffte jetzt ein gähnendes Loch.

Die andere Vergrößerung war an der Stelle, wo das Boot gewesen war, leicht verschmiert, so, als habe Elaine sich um eine Retusche des Negativs bemüht, die Sache aber nicht ganz durchgezogen.

»Tschüß, Dad.«

Seine beiden Söhne, Kevin und Danny, sechzehn und achtzehn Jahre alt, standen in der Tür und grinsten ihn an.

»Falls du dich zu entscheiden versuchst, welches von den beiden du kaufen willst, Dad, dann würde ich für das auf der rechten Seite stimmen«, erklärte Kevin.

»Das andere hat einer wohl überhaupt nicht ausstehen können«, bemerkte Danny.

»Finde ich auch«, sagte Nat. »Die Frage ist bloß, *weshalb* konnte er's nicht ausstehen? Bis heute abend dann, Jungs.«

Debbie kam kurz darauf ins Zimmer. »Immer noch nicht dahintergekommen?« fragte sie.

»Nichts ergibt einen Sinn. Zuallererst kann ich nicht glauben, daß Elaine Atkins ernsthaft annahm, Scott Covey könnte an diesem Haus interessiert sein. Dann, als er abgehauen ist, warum hat er's nicht einfach im Haus gelassen? Warum sich die ganze Mühe machen, das Ding zu ruinieren und das Boot rauszuschneiden? Und warum hat Elaine das Boot in der anderen Kopie entfernt? Es muß doch einen Grund dafür geben.«

Debbie nahm die beschädigte Aufnahme in die Hand und drehte sie um. »Vielleicht solltest du mal mit dem Fotografen reden, wer immer das ist. Schau mal, sein Name ist hinten draufgestempelt. Walter Orr. Seine Telefonnummer und Adresse sind auch angegeben.«

»Ich weiß, wie er heißt«, sagte Nat. »Elaine hat's mir gesagt.«

Debbie drehte das Bild erneut um und glättete den verbogenen Rand. »Sieh mal. Da unten stehen Datum und Uhrzeit, wann es entstanden ist.« Sie überprüfte das andere Bild. »Auf der Kopie von Elaine steht nichts.«

Nat schaute sich das Datum an. »Fünfzehnter Juli, fünfzehn Uhr dreißig!« rief er aus.

»Hat es mit dem Datum irgendwas Besonderes auf sich?«

»Und wie!« erwiderte Nat. »Der fünfzehnte Juli war der Tag, an dem Vivian Carpenter ertränkt wurde. Covey rief um sechzehn Uhr dreißig am selben Nachmittag bei der Küstenwache an.« In zwei Sätzen war er am Telefonapparat.

Enttäuschung machte sich auf seinem Gesicht breit, während er einem Anrufbeantworter lauschte. Dann nannte er seinen Namen und die Telefonnummer beim Polizeirevier und schloß mit den Worten: »Mr. Orr, es ist äußerst wichtig, daß ich sofort mit Ihnen spreche.«

Als er auflegte, sagte er: »Orr ist zu einem Auftrag unterwegs und kommt um vier Uhr wieder. Die Sache muß also bis dahin warten. Aber, Deb, mir ist gerade eingefallen, daß Marge doch sagte, als sie uns diese Kopie anbot, Elaine hätte das Negativ. Und das hat sie ja offenbar schon verändert. Wenn also etwas an dieser Sache dran ist, finden wir vielleicht nie heraus, was es ist. Verflucht!«

95

Ein Gefühl von Ruhelosigkeit lag in der Atmosphäre, als Menley am Mittwoch früh um sieben Uhr aufwachte. Die Luft war feucht, und der Raum noch dämmrig. Das Licht, das am Rand der Rollos eindrang, war gedämpft, und auf den Fenstersimsen tanzten keine Sonnenstrahlen.

Sie hatte gut geschlafen. Obwohl Hannahs Zimmer gleich nebenan lag und sie beide Türen offen gelassen hatte, hatte sie auch das Babyphon neben sich auf den Nachttisch gelegt. Um zwei hatte sie dann gehört, daß die Kleine sich regte, und nach ihr geschaut, aber Hannah wachte nicht auf.

Und Gott sei Dank keine Träume, keine Flashbacks, dachte Menley, als sie nach ihrem Morgenrock griff. Sie ging hinüber zu den Fenstern, die zum Meer hin gelegen waren, und zog die Rollos hoch. Die See war grau, und noch plätscherten die Wellen ganz sanft gegen das Ufer. Eine blasse Sonne spähte hinter den schweren Wolken hervor, die über das Wasser dahintrieben.

Meer und Himmel, Sand und Weite, dachte sie. Dieses wunderschöne Haus, dieser außerordentliche Blick. Sie gewöhnte sich allmählich voller Freude daran, so viel Platz zu haben. Nach dem Tod ihres Vaters hatte ihre Mutter das kleinere Schlafzimmer ihrem Bruder gegeben und Menleys Bett in ihr eigenes Zimmer verlegt. Als Jack dann zum College ging, kam Menley an die Reihe und erhielt ihr eigenes Zimmer, und danach schlief Jack dann, wenn er nach Hause kam, auf der Ausziehcouch im Wohnzimmer.

Ich weiß noch, wie ich damals, als ich klein war, lauter hübsche Häuser mit hübschen Zimmern gezeichnet habe, dachte Menley, während sie auf das Meer hinausschaute. Aber ein Heim wie das hier, eine Lage wie die hier habe ich mir niemals ausgemalt. Vielleicht ist mir ja deshalb das Haus in Rye, das Adam und ich hatten, nie so ans Herz gewachsen wie das hier.

Das Remember House wäre wirklich ein Zuhause nach Wunsch, dachte sie. Ich kann mir vorstellen, wie wir zu Thanksgiving und zu Weihnachten hierherkommen und für solche Sommerferien, wie Adam sie damals, als er heranwuchs, erlebte, und für lange Wochenenden zu anderen Jahreszeiten. Das ist eine ideale Ergänzung zu all den Vorteilen von Manhattan als Wohnort, wo Adams Kanzlei nur Minuten entfernt liegt.

Was waren wohl Mehitabels Pläne für ihr Leben gewesen? fragte sich Menley. Viele Kapitänsfrauen fuhren mit ihren Männern überall in der Welt hin und nahmen ihre kleinen Kinder mit. Mehitabel hatte Andrew nach ihrer Hochzeit zur See begleitet. Freute sie sich wohl auf weitere Seereisen, bevor alles diese schlimme Wendung nahm?

Es wäre logisch, wenn Tobias Knight tatsächlich irgendeine Art Vorratsraum auf dem Grundstück oder im Haus angelegt hat und die Leute ihn deshalb hier auf dem Gelände gesehen haben. So werde ich die Geschichte für das Buch schreiben, beschloß sie.

Wieso muß ich eigentlich heute morgen so intensiv an sie denken? fragte sie sich. Und dann wurde ihr der Grund klar. Am dritten Mittwoch im August vor all diesen vielen Jahren war Mehitabel als Ehebrecherin an den Pranger gestellt und ausgepeitscht worden und dann hierher zurückgekehrt, nur um festzustellen, daß ihr Mann ihr den Säugling weggenommen hatte. Heute war der dritte Mittwoch im August.

Einen Augenblick später benötigte Menley nicht erst das Babyphon, um zu wissen, daß Hannah wach und hungrig war. »Ich komm schon, Quengelchen«, rief sie, während sie ins Kinderzimmer eilte.

Amy traf um neun Uhr ein. Es bestand kein Zweifel, daß sie verstört war. Es dauerte auch nicht lange, bis die Ursache erkennbar wurde. »Elaine war bei uns zu Hause, als ich gestern abend heimkam«, sagte sie. »Mr. Nichols hatte sie nach dem Video von Bobby gefragt, und ich nehme an, daß sie erraten hat, daß ich es mir ausgeliehen hab. Sie wollte, daß ich's ihr gebe. Ich hab mich aber geweigert, es rauszurücken. Ich hab gesagt, daß es Ihnen gehört und daß ich versprochen habe, es Ihnen zurückzugeben. Sie hat gesagt, es wär eine Reservekopie, die sie machen ließ, weil Mr. Nichols letztes Jahr so schlimm beieinander war, daß sie Angst hatte, er könnte das Video verlieren, und sie wußte, daß Sie das Video noch nicht gesehen haben.« Tränen glänzten in Amys Augen. »Mein Dad hat Elaines Partei ergriffen. Er ist auch sauer auf mich.«

»Amy, es tut mir leid, daß Sie wegen dieser Sache Ärger gekriegt haben. Aber ich glaube nicht, daß Elaine aus Rücksicht auf mich eine Kopie anfertigen ließ. Und ich bin froh, daß Sie's ihr nicht gegeben haben. Wo ist es jetzt?«

Amy langte in ihre Tasche. »Hier ist es.«

Menley hielt die Kassette eine Weile in der Hand und legte sie dann auf den großen Eßtisch im *keeping room*. »Ich schau's mir später an. Ich glaube, es wäre eine gute Idee, wenn Sie jetzt Hannah in den Kinderwagen setzen und ein bißchen spazierengehen. Wenn der Sturm losgeht, soll er angeblich bis irgendwann morgen nachmittag anhalten.«

Adam rief eine Stunde später an. »Wie geht's denn so, mein Schatz?«

»Gut«, antwortete sie, »aber das Wetter schlägt um. Die Wettervorhersage hat einen Sturm angekündigt.«

»Hat Amy das Video von Bobby mitgebracht?«

»Ja.«

»Hast du's schon angeschaut?«

»Nein. Adam, vertrau mir. Ich schau's mir heute nachmittag an, während Amy bei Hannah ist, aber ich weiß, daß ich das packen kann.«

Als sie auflegte, blickte sie auf den Computerbildschirm. Der letzte Satz, den sie geschrieben hatte, bevor das Telefon zu klingeln begann, lautete: »Man sollte glauben, daß Mehitabel ihren Mann anflehte, ihr zu vertrauen.«

Um elf Uhr erreichte sie den Bauunternehmer Nick Bean, der das Haus renoviert hatte. Er erwies sich als leutseliger, offener Mensch, der ihr bereitwillig Auskunft über das Remember House erteilte. »Unschätzbare Qualitätsarbeit«, sagte er. »Kein einziger Nagel im gesamten ursprünglichen Bau. Alles Nut-und-Zapfen-Verbindungen.«

Sie fragte ihn, was er über Geheimkammern in den Häusern der frühen Siedler wisse.

»Bei einigen dieser alten Gebäude bin ich auf welche gestoßen«, erklärte er. »Die Leute machen 'ne große Sache draus. Ursprünglich nannte man sie die ›Indianerzimmer‹, was heißen soll, daß sich dort die Familien bei einem Überfall vor den Indianern versteckten.«

Menley hörte die Belustigung aus seiner Stimme heraus, als er fortfuhr: »Die Sache hat nur einen Haken. Die Indianer auf dem Cape waren nicht feindselig. Diese Räume dienten dazu, das geklaute Schiffsgut zu verbergen, oder die Leute haben dort, wenn sie verreisten, ihre Wertsachen versteckt. Ihre Art von Banksafe könnte man's wohl nennen.«

»Halten Sie's für möglich, daß es im Remember House einen geheimen Lagerraum gibt?« fragte Menley.

»Ist schon möglich«, bestätigte Bean. »Ich meine mich zu erinnern, daß mein letzter Mann, der dort gearbeitet hat, so was Ähnliches erwähnt hat. Da ist ziemlich viel Platz zwischen den Zimmern und der Hausmitte, wo man damals immer den Kamin hingebaut hat. Aber das heißt noch nicht, daß wir je auf ein Versteck stoßen, falls es existiert. Es könnte so gut verschalt sein, daß es höchstens ein Genie finden könnte. Eine Stelle, um mit der Suche anzufangen, ist das Pfarrersschränkchen in der guten Stube. Manchmal führte eine bewegliche Wand dahinter zu einem Vorratsraum.«

Eine bewegliche Wand. Sobald Menley das Gespräch beendet hatte, beeilte sie sich, das Pfarrersschränkchen im größeren der beiden Empfangszimmer zu überprüfen. Die eingebaute Vitrine lag links vom offenen Kamin. Menley öffnete sie, und ein modriger Mief attackierte ihre Nasenlöcher. Ich sollte die Tür offen lassen, damit es auslüftet, dachte sie. Aber die Rückwand des Einbauschränkchens wies keinerlei Fugen oder Spuren auf, die einen Zugang zu einem Vorratsraum dahinter vermuten ließen.

Vielleicht können wir das gründlicher auskundschaften, wenn uns das Haus einmal gehört, überlegte sie. Ich kann ja schlecht herumlaufen und Wände einreißen. Sie ging zu ihrem Schreibtisch zurück, war sich aber bewußt, daß sie zunehmend zerstreuter wurde. Sie wollte den Film von Bobby sehen.

Sie wartete bis nach dem Mittagessen, als Amy Hannah für ihr Mittagsschläfchen nach oben brachte. Dann griff Menley nach der Videokassette und nahm sie mit ins Bibliothekszimmer. Schon als sie das Tape in den Videorecorder steckte und auf den Startknopf drückte, spürte sie einen Kloß im Hals.

Sie hatten damals an dem Wochenende einen der Partner von Adam in East Hampton besucht. Lou Miller besaß eine Videokamera und hatte sie nach dem Brunch am Sonntag mit nach draußen gebracht. Adam war mit Bobby im Schwimmbecken. Sie selbst hatte an dem Tisch mit dem Sonnenschirm gesessen und sich mit Lous Frau Sherry unterhalten.

Lou filmte Adam, wie er Bobby Schwimmunterricht gab. Bobby sah Adam so ausgesprochen ähnlich, dachte Menley. Sie hatten soviel Spaß miteinander. Dann hob Adam Bobby auf den Beckenrand. Sie wußte noch, wie Lou damals die Kamera abstellte und sagte: »Okay, genug mit dem Wasserspektakel. Laßt mich jetzt mal Bobby mit Menley aufnehmen. Adam, stell ihn doch raus. Menley, du rufst ihn.«

Als nächstes hörte sie ihre eigene Stimme. »Bobby, komm mal hierher. Ich will dich.«

Ich will dich, Bobby.

Menley betupfte sich die Augen, während sie zuschaute, wie ihr Zweijähriger mit ausgestreckten Armen auf sie zugelaufen kam, und sie ihn rufen hörte: *»Mommy, Mommy.«* Sie zog frappiert die Luft ein. Es war dieselbe jubelnde Stimme, die sie gehört hatte, als sie letzte Woche dachte, daß Bobby sie rief. Er hatte so sprühend, so lebendig geklungen. Was ihr jetzt besonders auffiel, war die Art, wie er gerade angefangen hatte, »Mommy« zu sagen. Sie und Adam hatten sich darüber amüsiert. Adam hatte gesagt: »Klingt eher wie *Mom-me*, mit der Betonung auf *me*.« Ja, *»Mom-me«* hatte er gerufen – es klang wie »Mam-*mi*« –, als wollte er sagen: *Mom, you come to me!* – Mom, komm du zu *mir*!

Und ganz genauso hatte er auch neulich nachts nach ihr gerufen, als sie im ganzen Haus nach ihm gesucht hatte. War das einfach ein intensiver Wachtraum gewesen und gar kein Flashback? Dr. Kaufman hatte ihr gesagt, daß allmählich glückliche Erinnerungen die traumatischen ersetzen würden. Aber das Pfeifen des Zuges war ganz bestimmt ein Flashback gewesen.

Der Film lief weiter: Bobby, wie er sich ihr in die Arme warf; die Wendung zur Kamera hin. »Sag uns, wie du heißt.«

Sie begann zu schluchzen, als er stolz erklärte: »Wobert Adam Nikko.«

Sie würgte vor Tränen, und als das Video zu Ende war, saß sie einige Minuten lang da und vergrub das Gesicht in den Händen. Doch dann linderte ein tröstlicher Gedanke den Schmerz: In zwei Jahren würde Hannah auf die gleiche Aufforderung hin antworten. Wie sie dann wohl Menley Hannah Nichols aussprach?

Sie hörte Amy die Treppe herunterkommen und rief nach ihr. Amy kam herein und machte ein besorgtes Gesicht. »Sind Sie okay, Mrs. Nichols?«

Menley begriff, daß ihr noch immer die Tränen kamen. »Ja, ganz bestimmt«, erwiderte sie, »aber ich hätte gern, daß Sie das mit mir anschauen.«

Amy stand neben ihr, während sie das Band zurückspulte und dann wieder laufen ließ. Als es zu Ende war, fragte Menley: »Amy, haben Sie bei der Stelle, wo Bobby nach mir ruft, irgendwas Besonderes an seiner Stimme bemerkt?«

Amy lächelte. »Sie meinen ›Mammi‹? Es klang so, als hätte er gesagt: ›He, Mom, komm du zu mir!‹«

»Genauso kam's mir vor. Ich wollte mich einfach nur vergewissern, daß ich mir das nicht bloß eingebildet habe.«

»Mrs. Nichols, kommt man überhaupt je darüber weg, wenn man jemand verloren hat, den man liebt?« fragte Amy.

Menley war klar, daß Amy an ihre eigene Mutter dachte. »Nein«, sagte sie, »aber man lernt es, dankbar dafür zu sein, daß man den Menschen überhaupt hatte, auch wenn es nicht lang genug war. Und um meine eigene Mutter zu zitieren – sie hat immer zu meinem Bruder und mir gesagt, daß ihr die zwölf Jahre mit meinem Vater allemal lieber gewesen wären als siebzig mit irgendwem sonst.«

Sie legte einen Arm um Amy. »Sie werden Ihre Mutter bestimmt immer vermissen, so wie ich Bobby immer vermissen werde, aber wir müssen beide einfach diesen Gedanken im Gedächtnis behalten. Ich will es zumindest versuchen.«

Noch während sie von Amys dankbarem Lächeln belohnt wurde, fiel Menley plötzlich wieder der Umstand ein, daß beide Male, als sie von dem pfeifenden Zug aufgewacht war, auch Hannah das Geräusch gehört hatte.

Das Rufen, der Zug. Was, wenn sie sich das gar nicht eingebildet hatte?

96

Graham und Anne Carpenter waren fast den ganzen Mittwoch mit Packen beschäftigt. Um zwei Uhr sah Graham das Postauto vorbeifahren, und er ging zum Briefkasten am Straßenrand vor.

Als er die Post herausholte, warf er noch einen prüfenden Blick in den Kasten und entdeckte zu seiner Überraschung ganz hinten in der Ecke ein kleines Päckchen. Es war in braunes Papier eingewickelt und mit Garn verschnürt, woraus er schloß, daß es keine dieser Seifenproben war, die regelmäßig im Briefkasten auftauchten.

Das Päckchen war an Anne adressiert, war aber nicht abgestempelt und enthielt keinen Absender. Graham nahm es mit ins Haus hinein und brachte es in die Küche, wo Anne gerade mit der Haushälterin sprach. Als er ihnen von dem Fund berichtete, sah er einen Ausdruck von Betroffenheit über die Miene seiner Frau huschen.

»Willst du, daß ich es für dich aufmache?« fragte er.

Anne nickte.

Er bemerkte ihren gespannten Gesichtsausdruck, als er die Schnur durchtrennte. Er fragte sich, ob sie wohl das gleiche dachte wie er selbst. Das sauber beschriftete, sorgsam verschlossene Päckchen hatte etwas ausgesprochen Merkwürdiges an sich.

Als er es öffnete, riß er schockiert die Augen auf. Das edle tiefe Grün des altererbten Smaragdrings leuchtete durch einen Frühstücksbeutel aus Plastik hindurch.

Die Haushälterin rang nach Luft: »Ist das nicht ...?«

Anne packte den Beutel, zog den Ring heraus und schloß ihre Hand darüber. Ihre Stimme wurde schrill und überschlug sich vor lauter Aufregung, als sie rief: »Graham, wo kommt das her? Wer hat das hierhergebracht? Weißt du noch, wie ich dir erzählt hab, daß ein Smaragd immer wieder den Weg nach Hause findet?«

97

Nat Coogan war in seinem Wagen nach Orleans unterwegs, als er um drei Uhr fünfzehn einen Anruf vom Büro des Bezirksstaatsanwalts erhielt. Einer der Beamten dort teilte ihm mit, am Vorabend habe jemand den Smaragdring zum Haus der Carpenters zurückgebracht, und um genau zehn Uhr abends habe ein älterer Herr aus der Nachbarschaft, Preston Crenshaw, beobachtet, wie ein fremder Wagen beim Briefkasten der Carpenters seine Fahrt verlangsamt habe.

»Wir können nicht mit Sicherheit davon ausgehen, daß der Fahrer des Wagens auch den Ring deponiert hat, aber es gibt uns einen Anhaltspunkt«, erklärte der Beamte. »Mr. Crenshaws Beschreibung des Fahrzeugs ist ziemlich genau. Ein dunkelgrüner oder schwarzer Plymouth, in Massachusetts zugelassen, mit einer Sieben und einer Drei oder Acht unter den Ziffern. Wir überprüfen das.«

Plymouth, überlegte Nat. Dunkelgrün oder schwarz. Wo hatte er neulich einen gesehen? Dann fiel es ihm wieder ein. Auf der Einfahrt zu Fred Hendins Haus war einer gestanden, und dann hatte er nach der Gerichtsverhandlung Fred und Tina darin gesehen. »Tina Arcolis Freund, Fred Hendin, hat einen dunkelgrünen Plymouth«, erklärte er. »Überprüfen Sie doch sein Nummernschild.«

Er wartete. Der Beamte kam wieder an den Apparat, Triumph in der Stimme. »Hendins Nummernschild hat sowohl eine Sieben wie eine Drei. Der Chef sagt, er möchte, daß Sie mitgehen, wenn wir ihn zum Verhör abholen.«

»Gut, treffen wir uns doch um fünf bei Hendins Haus. Ich bin gerade zu einer Sache unterwegs, die uns vielleicht weitere Hinweise gibt.«

Der Fotograf Walter Orr hatte seine Anrufe abgehört und Nat zurückgerufen. Nat solle ihn um vier Uhr in seinem Studio aufsuchen.

Das Rätsel beginnt sich zu lösen, dachte Nat frohlockend, als er das Mobiltelefon aufs Armaturenbrett zurücksteckte.

Zehn Minuten später bog er von der Route 6 in die Ausfahrt nach Orleans ein. Weitere fünf Minuten später war er im zentral gelegenen Studio von Orr.

Orr war etwa dreißig, ein muskulöser Mann, der eher einem Hafenarbeiter als einem Fotografen glich. Er machte gerade Kaffee. »Langer Tag«, sagte er zu Nat. »Ich hab in New London Aufnahmen gemacht. Glauben Sie mir, ich bin froh, daß ich wieder da bin. Dieser Sturm ist in ein paar Stunden fällig, und ich hätte keine Lust, da noch zu fliegen.«

Er bot einen Becher an. »Kaffee?«

Nat schüttelte den Kopf. »Nein, danke.« Er zog die lädierte Luftaufnahme hervor. »Das haben Sie gemacht?«

Orr betrachtete kurz das Bild. »Ja, stimmt. Wer hat es zerkratzt?«

»Das gehört zu den Dingen, die wir herauszukriegen versuchen. Nach meinen Informationen hat Elaine Atkins Ihnen den Auftrag zu diesem Bild gegeben, und sie hat auch das Negativ.«

»Das ist richtig. Sie legte besonderen Wert auf das Negativ und bezahlte extra dafür.«

»Gut, nun schauen Sie mal diese Kopie an.« Nat rollte das Foto auf, das Elaine ihm gegeben hatte. »Sie sehen den Unterschied?«

»Klar doch. Das Boot hat jemand weggemacht. Wer war das? Elaine?«

»Ja, soviel ich weiß.«

»Nun, ist wohl ihr gutes Recht, daran herumzupfuschen.«

»Am Telefon sagten Sie mir, wenn Sie Luftbilder machen, werden die genaue Zeit und das Datum auf dem Film festgehalten.«

»Richtig.«

Nat deutete auf die Ecke unten rechts auf dem Originalfoto. »Hier steht Freitag, fünfzehnter Juli, fünfzehn Uhr dreißig.«

»Und das Jahr ist darüber.«

»Das sehe ich. Entscheidend ist, daß dies exakt der genaue Zeitpunkt ist, als das Foto entstand. Ist das richtig?«

»Ganz genau.«

»Ich brauche eine Vergrößerung von diesem fehlenden Boot. Wie viele Aufnahmen haben Sie gemacht, und gibt es noch eine, die der hier ähnlich ist?«

Orr zögerte. »Hören Sie mal, ist das wichtig für Sie? Glauben Sie, daß das Boot Drogen an Bord hat oder so was?«

»Es könnte für eine Menge Leute wichtig sein«, erwiderte Nat.

Orr kniff die Lippen zusammen. »Ich weiß, daß Sie nicht hier sind, um meine Fotoarbeiten zu bewundern. Ganz im Vertrauen gesagt – ich hab Elaine zwar die ganze Filmrolle verkauft, hab mir aber ein zweites Negativ von dieser Aufnahme für mich selbst gemacht. Ich hätte es niemand anders verkauft, aber das ist ein verdammt gutes Bild. Ich wollte es als Muster für meine Mappe haben.«

»Das ist eine wirklich gute Nachricht«, erklärte Nat. »Können Sie ganz schnell einen neuen Abzug machen?«

»Aber klar. Genauso wie das hier?«

»Ja, genauso wie das Original, aber im Grunde genommen bin ich an dem Boot interessiert.«

»Was wollen Sie denn darüber wissen?«

»Alles, was Sie mit Ihren Fähigkeiten für mich rauskriegen können.« Er kritzelte die Nummer seines Mobiltelefons auf die Rückseite seiner Visitenkarte und gab sie Orr. »So bald wie möglich. Ich warte auf Ihren Anruf.«

98

Kurz nach fünf Uhr wurde Fred Hendin abgeholt und zum Amt des Bezirksstaatsanwalts im Gerichtsgebäude gebracht. Ruhig und höflich beantwortete er die Fragen, die auf ihn einprasselten. Nein, Vivian Carpenter habe er nie getroffen. Nein, Scott Covey habe er ebenfalls nicht kennengelernt, wohl habe er ihn aber letztes Jahr im *Daniel Webster Inn* herumhängen sehen. Ja, er sei mit Tina Arcoli verlobt.

Den Ring? Er habe keine Ahnung, worüber sie da redeten. Nein, gestern abend sei er nicht in Osterville gewesen. Er sei vielmehr mit Tina ausgegangen und dann direkt nach Hause und zu Bett gegangen.

Ja, bei der Verhandlung habe er eine Menge über den fehlenden Ring gehört. Die *Cape Cod Times* habe ja gestern eine Beschreibung veröffentlicht. Fast eine Viertelmillion Dollar sei eine Menge Ring. Wer immer ihn zurückgegeben habe, sei auf jeden Fall ehrlich.

»Ich muß unbedingt jetzt gleich weg«, informierte Fred die Ermittler. »Ich bringe meine Verlobte zum Logan Airport. Sie muß um neun Uhr eine Maschine nach Denver kriegen.«

»Ich fürchte, Tina wird ihren Flug verpassen, Fred«, erklärte Nat. »Wir bringen sie jetzt hierher.«

Er sah, wie auf Freds Hals eine verräterische Röte auftauchte und sich dann bis in sein Gesicht hinauf vorarbeitete. Sie rückten ihm also auf die Pelle.

»Tina will ihren Bruder und seine Familie besuchen«, sagte Fred wütend. »Diese ganze Geschichte hat ihr zugesetzt.«

»Sie hat einer Menge Leuten zugesetzt«, erwiderte Nat mit milder Stimme. »Wenn Sie für irgendwen Mitleid empfinden, dann würde ich vorschlagen, sollten Sie mit den Carpenters beginnen. Verschwenden sie es nicht an Tina.«

Nat fuhr mit Bill Walsh, einem Ermittler von der Staatsanwaltschaft, zu Tinas Wohnung. Zunächst weigerte sie sich, die beiden hereinzulassen, doch schließlich öffnete sie die Tür.

Sie fanden sie von Reisegepäck umgeben vor. Aus dem Wohnzimmer waren offensichtlich alle persönlichen Dinge entfernt worden. Sie hatte nicht die Absicht, zurückzukommen, dachte Nat.

»Ich habe keine Zeit für Sie«, erklärte Tina scharf. »Ich muß meine Maschine kriegen. Ich warte nur auf Fred.«

»Fred ist im Büro des Staatsanwalts, Tina«, teilte Nat ihr

mit. »Wir müssen mit ihm reden, und es ist äußerst wichtig, daß wir auch mit Ihnen reden. Wenn sich alles rasch aufklärt, können Sie Ihre Maschine noch erwischen.«

Tina sah verblüfft aus. »Ich habe keine Ahnung, wieso Sie mit Fred oder mir reden wollen. Dann erledigen wir das eben schleunigst.«

99

Menley brachte Amy zur Tür. »Dad und ich gehen heute abend zu Elaine zum Essen«, erzählte sie. »Wir sollen uns über mein Verhältnis zu ihr aussprechen.«

»Sie meinen, Sie wollen versuchen, daß Sie sich besser miteinander vertragen?« fragte Menley.

»Gestern abend hat sie was davon gesagt, daß sie sich nicht auf so eine feindselige Atmosphäre einlassen will.« Amy zuckte mit den Achseln. »Ich werde ihr erklären, daß ich in ein paar Wochen eh im College bin, und falls sie Probleme damit hat, wenn ich in den Semesterferien komme, dann bleib ich eben weg. Meine Großmutter lebt noch in Pennsylvania; die freut sich, wenn ich komme. Wenigstens muß ich dann nicht mit ansehen, wie Elaine einen Hanswurst aus Dad macht.«

»Manchmal wird's erst schlimmer, bevor es besser wird«, sagte Menley, als sie die Tür aufmachte. Ein Windstoß fegte durch den Raum. »Ich bin froh, daß Adam heute nicht fliegt«, bemerkte sie.

Als Amy weg war, fütterte Menley Hannah, badete sie und schaute sich dann mit der Kleinen auf dem Schoß die Sechs-Uhr-Nachrichten aus Boston an. Um Viertel nach sechs lief eine Mitteilung unten über den Bildschirm. Der Sturm werde gegen sieben ausbrechen, und eine besondere Vorwarnung wurde an die Bewohner von Cape Cod und den umliegenden Inseln gerichtet.

»Wir legen mal lieber die Kerzen und die Taschenlampe

bereit«, sagte Menley zu Hannah. Der Himmel hatte sich ganz bezogen. Das Wasser war jetzt dunkelgrau und turbulent und krachte ans Ufer. Die ersten Regentropfen begannen ans Fenster zu schlagen. Sie ging von Zimmer zu Zimmer und machte die Lichter an.

Hannah fing an, quengelig zu werden, und Menley brachte sie in ihr Bettchen und ging dann wieder nach unten. Draußen nahm der Wind an Geschwindigkeit zu, und Menley hörte den leisen Ruf, den er erzeugte, als er um das Haus herumbrauste: *Remmmmbaaa ...*

Adam rief um Viertel vor sieben an.

»Men, das Abendessen, für das ich noch bleiben wollte, ist in letzter Minute abgesagt worden. Ich hab ein Taxi zum Flugplatz genommen, damit ich den Direktflug noch schaffe. Wir waren schon auf der Startbahn, als bekanntgegeben wurde, daß der Fluplatz von Barnstable dicht ist. Ich nehm den Pendelflug nach Boston und miete mir dort ein Auto. Mit ein bißchen Glück bin ich zwischen halb zehn und zehn zu Hause.«

Adam kam heute noch heim! »Das ist ja toll«, sagte Menley. »Dann trotzen wir gemeinsam dem Sturm.«

»Immer.«

»Du hast doch noch keine Gelegenheit zum Essen gehabt, oder?« fragte sie.

»Nein.«

»Ich hab das Essen fertig, wenn du kommst. Es wird wahrscheinlich bei Kerzenschein stattfinden, und nicht bloß wegen der Wirkung.«

»Men ... « Er zögerte.

»Hab keine Angst, mich zu fragen, wie's mir geht. Ja, mir geht's gut.«

»Hast du das Video mit Bobby angeschaut?«

»Zweimal. Amy hat es das zweitemal mit mir angesehen. Adam, weißt du noch, wie Bobby gerade anfing, Mam-mi zu sagen?«

»Ja, sicher. Warum, Men?«

»Ich weiß es selber nicht genau.«

»Men, die rufen die Passagiere auf. Ich muß gehen. Also bis bald dann.«

Adam legte auf und rannte zum Abflugschalter. Er hatte sich das Video angeschaut, das er im Bibliothekszimmer in der Wohnung gefunden hatte. »Mam-*mi*.« Es klang fast so, als würde Bobby Menley zu sich rufen. Ach, Herrgott noch mal, dachte Adam, warum bin ich nicht zum Cape zurück, bevor sie den Flugplatz gesperrt haben.

100

Nat und Bill Walsh, der Ermittler, beförderten Tinas Reisegepäck in einen der Verhandlungsräume. Sie setzte sich ihnen gegenüber an den Tisch und blickte demonstrativ auf ihre Uhr. »Wenn ich nicht in einer halben Stunde hier raus bin, verpasse ich meinen Flug«, sagte sie. »Wo ist Fred?«

»Er ist ein Stück weiter den Gang runter«, sagte Nat.

»Was hat er denn angestellt?«

»Vielleicht nichts, außer daß er etwas abgeliefert hat. Tina, wir sollten jetzt mal über den fehlenden Smaragdring von Vivian Carpenter reden.«

Ihre Augen wurden schmal. »Wieso, was ist damit?«

»Dann wissen Sie also was davon?«

»Jeder, der Zeitung liest, weiß Bescheid darüber, ganz zu schweigen von all dem Gerede bei der Anhörung.«

»Dann wissen Sie ja, daß das kein Ring ist, den man so leicht mit einem anderen verwechseln würde. Hier, lassen Sie mich vorlesen, wie die Versicherungsgesellschaft den Ring beschreibt.« Nat griff nach einem Zettel. »Kolumbianischer Smaragd, fünfeinhalb Karat, edles Dunkelgrün ohne sichtbare Einschlüsse, zu beiden Seiten zwei edle Diamanten mit Smaragd-Schliff zu je eineinhalb Karat, Platinfassung, Wert eine Viertelmillion Dollar.«

Er legte das Papier hin und schüttelte den Kopf. »Sie verstehen sicher, weshalb die Carpenters ihn zurückhaben wollen, oder nicht?«

»Ich weiß nicht, wovon Sie reden.«

»Eine Menge Leute scheinen der Ansicht zu sein, daß jemand den Ring Vivian vom Finger gezerrt hat, als sie schon tot war, Tina. Falls das zutrifft, so würde es denjenigen, der ihn jetzt hat, in riesengroße Schwierigkeiten bringen. Warum denken Sie nicht darüber nach? Mr. Walsh wird bei Ihnen bleiben. Ich gehe jetzt zu Fred rein, um mit ihm zu reden.«

Er tauschte einen Blick mit dem Ermittler aus. Walsh konnte es nun auf die väterliche Tour mit Tina versuchen, vornehmlich aber würde er Tina nicht aus den Augen lassen, damit sie etwa ihr Gepäck durchsuchen konnte. Nat waren die flüchtigen, nervösen Seitenblicke Tinas nicht entgangen, als er den Ring erwähnte. Sie denkt, daß er in ihrem Koffer ist, dachte er.

Fred Hendin schaute auf, als Nat ins Zimmer kam. »Ist Tina da?« fragte er leise.

»Ja«, informierte ihn Nat.

Sie hatten Fred absichtlich fast eine Stunde lang allein gelassen. »Kaffee?« fragte Nat.

»Ja.«

»Ich auch. Ganz schön langer Tag.«

Der Anflug eines Lächelns kam über Fred Hendins Lippen. »Ja, das kann man wohl sagen.«

Nat wartete ab, bis der Kaffee gebracht wurde, und beugte sich dann zu einem Gespräch von Mann zu Mann nach vorne. »Fred, Sie gehören nicht zu den Menschen, die sich um Fingerabdrücke kümmern. Ich vermute mal, daß einige Ihrer Abdrücke auf diesem Päckchen sind, das jemand – und ich betone *jemand* – in einem dunkelgrünen Plymouth mit den Ziffern Sieben und Drei oder Acht auf seinem Massachusetts-Nummernschild gestern abend in den Briefkasten der Carpenters gesteckt hat.«

Hendins Gesichtsausdruck blieb unverändert.

»So, wie ich die Sache sehe«, sagte Nat, »hat wahrscheinlich eine Person, die Sie kennen, den Ring gehabt. Und Ihnen ist wieder eingefallen, daß Sie gesehen haben, wie sie ihn getragen hat, oder vielleicht haben Sie ihn auf ihrer Frisierkommode oder in ihrem Schmuckkasten gesehen, und nach der Anhörung und nachdem Sie all die Zeitungsartikel gelesen hatten, fingen Sie an, sich Sorgen zu machen. Vielleicht wollten Sie nicht, daß diese Person mit etwas in Verbindung gebracht wird, was sich als Verbrechen herausstellen könnte, also haben Sie ihr damit geholfen, daß Sie *den Ring aus ihrem Besitz entfernt haben*. Helfen Sie mir mal auf die Sprünge, Fred. Ist es denn nicht auf diese Weise vor sich gegangen?«

Als Hendin schwieg, erklärte Nat: »Fred, wenn Tina den Ring hatte, hat sie bei der Anhörung einen Meineid geleistet. Das bedeutet, daß sie ins Gefängnis muß, es sei denn, sie läßt sich auf einen Handel ein, was genau sie auch tun sollte. Falls sie nicht in ein Komplott verwickelt war, Vivian Carpenter umzubringen, ist sie nur ein kleiner Fisch. Wenn Sie ihr helfen wollen, dann kooperieren Sie jetzt mit uns, denn wenn Sie das tun, bleibt Tina nichts anderes übrig, als Ihrem wirklich guten Beispiel zu folgen.«

Fred Hendin hatte seine Hände gefaltet. Er schien sie aufmerksam zu mustern. Nat wußte, was er jetzt bestimmt dachte. Fred ist ein ehrlicher Mensch. Und stolz. Jeder Dollar, den er verdient, ist ehrlich verdient. Nat folgerte auch, daß Fred genügend über die Rechtslage informiert war, um sich klar darüber zu sein, daß Tina womöglich böse in der Klemme steckte, da sie unter Eid behauptet hatte, nichts von einem Smaragdring zu wissen. Deshalb hatte Nat ja auch darauf hingewiesen, sie könne sich aus der Klemme befreien, wenn sie kooperierte.

Nat war ebenfalls der Meinung, daß er eine ziemlich gute Vorstellung von Tinas Denkweise hatte. Sie würde jede Finte ausprobieren, bis sie endgültig in der Falle saß. Hoffentlich kriegten sie das noch heute abend hin. Zwar würden sie Covey über kurz oder lang bestimmt aufspüren, aber er wollte nicht zu lange abwarten.

»Ich will nicht, daß Tina Ärger kriegt«, sagte Fred, als er endlich sein Schweigen brach. »Auf so eine Schlange wie Covey hereinzufallen, sollte niemand in Schwierigkeiten bringen.«

Es hatte Vivian Carpenter aber verflucht noch mal in Schwierigkeiten gebracht, dachte Nat.

Dann stellte Fred Hendin fest: »Ich hab den Smaragdring gestern abend aus Tinas Schmuckkasten genommen.«

Der Ermittler Bill Walsh behielt seine teilnahmsvolle Miene bei, als Tina aufbrauste: »Das ist ja, als lebten wir in Nazi-Deutschland.«

»Manchmal müssen wir unschuldige Leute bei unseren Ermittlungen um Hilfe bitten«, erklärte Walsh besänftigend. »Tina, Sie schauen ständig zu Ihrem Gepäck rüber. Gibt es da etwas, was ich Ihnen holen kann?«

»Nein. Hören Sie, wenn Fred mich nicht nach Logan fahren kann, dann muß ich mir ein Taxi bestellen, und das kostet mich ein Vermögen.«

»Bei diesem lausigen Wetter hat Ihr Flug ganz bestimmt Verspätung. Soll ich mal nachfragen?« Walsh griff nach dem Telefon. »Welche Luftlinie, und wann ist der Abflug?« Tina hörte ihn die Buchung bestätigen. Als er auflegte, lächelte er gewinnend. »Mindestens eine Stunde Verspätung, Tina. Wir haben reichlich Zeit.«

Wenige Minuten später kam Nat wieder zu ihnen zurück. »Tina«, sagte er, »ich verlese Ihnen jetzt Ihre Rechte.«

Tina war sichtlich wie vor den Kopf geschlagen und verwirrt, als sie ungläubig zuhörte, dann das Dokument, das Nat ihr reichte, las und unterschrieb und auf ihr Recht verzichtete, einen Anwalt hinzuzuziehen. »Ich brauche keinen. Ich hab nichts getan. Ich rede selbst mit Ihnen.«

»Tina, ist Ihnen das Strafmaß für Beihilfe zum Mord in diesem Staat ein Begriff?«

»Wieso sollte mich das was angehn?«

»Sie haben zumindest einen wertvollen Ring angenommen, der vermutlich einem Opfer vom Finger gerissenwurde.«

»Das ist eine Lüge.«

»Sie hatten den Ring. Fred hat ihn gesehen und den Carpenters zurückgegeben.«

»*Was* hat er?« Sie stürzte zu dem Haufen Gepäck in der Ecke hinüber und griff nach der Tasche, die sie als Handgepäck mitnehmen wollte. In einer einzigen schnellen Bewegung öffnete sie den Reißverschluß und zog ein Buch hervor.

Einer von diesen Pseudo-Schmuckkästen, dachte Nat, während er zuschaute, wie Tina die Buchattrappe aufschlug, so daß der Inhalt zum Vorschein kam. Er sah, wie ihr die Farbe aus dem Gesicht wich. »Der elende Hund«, murmelte sie.

»Wer, Tina?«

»Fred weiß, wo ich meinen Schmuck aufhebe«, erwiderte sie aufgebracht. »Er muß einfach ...« Sie stockte.

»Muß einfach was, Tina?«

Nach einer langen Pause erklärte sie: »Er muß einfach die Perlenkette und die Anstecknadel, die Uhr und den Verlobungsring rausgenommen haben, die er mir geschenkt hat.«

»Ist das alles? Tina, wenn Sie nicht mit uns zusammenarbeiten, kriegen wir Sie wegen Meineids dran.«

Sie starrte Nat schier endlos lange an. Dann setzte sie sich hin und schlug die Hände vors Gesicht.

Der Gerichtsschreiber nahm Tinas Geschichte zu Protokoll. Nach dem tragischen Tod seiner Frau habe Scott Covey bei ihr Trost gesucht und sie hätten sich wieder ineinander verliebt. Den Smaragdring habe er im Schmuckkasten seiner Frau gefunden und Tina zum Zeichen ihrer gemeinsamen Zukunft gegeben. Als dann aber diese häßlichen Gerüchte aufkamen, erzählte sie weiter, hätten sie beide gefunden, es würde gar nicht gut aussehen, wenn er zugab, daß er den Ring hatte. Sie hätten sich auch darauf geeinigt, daß sie weiterhin mit Fred ausgehen sollte, bis alles ausgestanden war.

»Haben Sie die Absicht, sich mit Scott zu treffen?« fragte Nat.

Sie nickte. »Wir lieben uns wirklich ganz ungeheuer. Und als er Trost brauchte ...«

»Ich weiß«, warf Nat ein. »Da hat er sich an Sie gewandt.« Er schwieg eine Weile. »Nur so aus Neugierde: Sie haben ihn doch gelegentlich spät abends in seinem Haus besucht und Ihren Wagen in seiner Garage geparkt, richtig?«

»Fred ist immer früh am Abend gegangen. Manchmal hab ich dann bei Scott vorbeigeschaut.«

Tina weinte jetzt. Nat war sich nicht sicher, ob es daran lag, daß sie allmählich die mit dieser Befragung verknüpften ernsten Folgen begriff, oder daran, daß sie nicht entwischt war.

»Wo ist Scott jetzt?«

»Auf dem Weg nach Colorado. Er trifft mich dann dort bei meinem Bruder zu Hause.«

»Erwarten Sie, daß er sich noch vorher meldet?«

»Nein. Er fand es besser abzuwarten. Er hat gesagt, die Carpenters könnten so viele Drähte ziehen, daß sie vielleicht sein Autotelefon abhören lassen.«

Nat erörterte mit einigen Beamten der Staatsanwaltschaft sachlich Tinas Aussage. »Sicher, für ein großes Geschworenengericht haben wir genug an der Hand, aber wenn sie bei dieser Version bleibt, wie Covey ihr angeblich den Ring gab, nachdem er ihn fand – und vielleicht glaubt sie ja wirklich, daß es stimmt –, dann haben wir nichts Konkretes, nichts, was schwerer wiegen würde, als daß er gelogen hat mit seiner Behauptung, der Ring sei verloren«, sagte einer der Staatsanwälte. »Nach dem Tod seiner Frau war es Coveys gutes Recht, den Ring zu verschenken.«

Das Mobiltelefon in Nats Brusttasche fing an zu klingeln. Walter Orr war am Apparat. »Was wollen Sie also alles über das Boot wissen?« Seine Stimme klang triumphierend.

Bloß keine Spielchen jetzt, dachte Nat. Er gab sich Mühe,

seine Verärgerung aus seiner Stimme herauszuhalten, als er fragte: »Was können Sie mir sagen?«

»Innen- und Außenbordmotor, ungefähr sechs, sieben Meter lang. Auf Deck ist ein Kerl, der sich sonnt.«

»Allein?« erkundigte sich Nat.

»Ja. Sieht wie Überbleibsel vom Lunch neben ihm aus.«

»Steht auf dem Boot ein Name?«

Die Antwort entsprach genau dem, was Nat zu hören gehofft hatte.

»Viv's Toy«, teilte Orr ihm mit.

101

Das Flugzeug kreiste zehn Minuten lang über dem Flughafen Logan, bis es endlich zur Landung aufsetzte. Adam stürzte aus dem Flugzeug hinaus und raste den Gang zum Terminal hinunter. Eine lange Schlange wartete bereits am Schalter für Autoverleih. Es dauerte weitere zehn Minuten, bis er die nötigen Unterlagen beieinander hatte und einen Zubringerkleinbus zur Abholstelle für Mietwagen heranwinken konnte. Er rief Menley nochmals an, um ihr zu sagen, daß er jetzt losfuhr.

Sie war nicht ganz bei der Sache. »Ich hab eine Taschenlampe in der Hand und versuche Kerzen anzuzünden«, erklärte sie ihm. »Hier ist grade der Strom ausgefallen. Nein, ist schon gut. Ist grade wieder angegangen.«

Endlich schob er sich im Schrittempo in dem dichten Verkehrsstrom voran, der auf den Sumner Tunnel zusteuerte. Es war Viertel vor neun, als er schließlich auf der Route 3 war, der Straße, die direkt nach Cape Cod führte.

Menley wirkte völlig gelassen am Telefon, dachte Adam und versuchte sich zu beruhigen. Aber sollte ich nicht Elaine anrufen und sie und John bitten, rüberzuschauen und bei Menley zu bleiben, bis ich nach Hause komme?

Nein. Er wußte, Menley würde es ihm niemals verzeihen, wenn er das täte.

Aber weshalb nur habe ich dieses deutliche Gefühl im Bauch, daß etwas nicht stimmt? fragte er sich.

Es war das gleiche üble Gefühl, wie er es am Tag des Unfalls gehabt hatte. Damals hatte er am Nachmittag Golf gespielt und war gerade rechtzeitig zu Hause angekommen, um den Hörer abzunehmen, als die Polizei anrief.

Er hatte immer noch die beherrschte, anteilnehmende Stimme im Ohr: »Mr. Nichols, ich fürchte, ich muß Ihnen etwas Unangenehmes mitteilen.«

102

Nach Adams Anruf vom Flughafen ging Menley die Treppe hinauf und schaute nach Hannah. Das Baby war unruhig, wachte jedoch nicht auf. Die ersten Zähnchen oder bloß der Lärm, den der Wind macht? überlegte Menley, während sie die Bettdecken glattstrich und um ihre Tochter herum feststeckte. Sie hörte das laute klagende Pfeifen des Sturms, wie er sich um das Haus wand und jetzt immer stärker einer Stimme glich, die ausrief: *»Rememmmmmmberrrr …«* Aber das war natürlich bloß ihre Phantasie, die Kraft der Suggestion, redete sie sich entschieden ins Gewissen.

Unten im Erdgeschoß hörte sie einen Fensterladen klappern. Sie gab der Kleinen noch einen letzten sanften Klaps auf den Rücken und hastete dann hinunter, um den losen Laden zu verriegeln. Es war eines der Fenster in der Bibliothek. Sie machte das Fenster auf, und ein Regenschwall ergoß sich über sie, als sie hinauslangte und beide Läden hinter den Scheiben heranzog und miteinander verriegelte.

Jetzt Auto zu fahren muß ja schrecklich sein. Adam, sei bloß vorsichtig. Hatte sie das zu ihm gesagt? Ihr wurde plötzlich bewußt, daß sie so damit beschäftigt gewesen war, sich über seine Besorgnis ihr gegenüber aufzuregen, daß sie ganz vergessen hatte, sich um ihn Sorgen zu machen.

Sie versuchte zur Ruhe zu kommen, war aber zu rastlos, um fernzusehen. Adam würde frühestens um halb zehn dasein, also erst in anderthalb Stunden. Sie beschloß, den Versuch zu machen, die Bücher in der Bibliothek in irgendeiner Weise zu ordnen.

Carrie Bell hatte sie offenbar abgestaubt, seit Menley sie ein paar Wochen zuvor durchgesehen hatte. Aber bei vielen der ältesten Bände waren die Seiten aufgequollen und beschädigt. Einer unter den ehemaligen Besitzern des Hauses hatte sich offenbar gerne antiquarische Bücher angeschafft. Die mit Bleistift innen auf dem Buchdeckel verzeichneten Preise betrugen in vielen Fällen nur zehn Cents.

Sie blätterte durch einige der Bücher, während sie sie ordnete. Die sporadische Lektüre half ihr, dem Wetter keine Beachtung zu schenken. Endlich war es neun Uhr und damit Zeit, das Abendessen vorzubereiten. Das Buch, das sie gerade in der Hand hielt, war 1911 veröffentlicht worden und stellte eine trockene Abhandlung über Segelschiffe mit Zeichnungen als Illustrationen dar. Ihr war bewußt, daß sie ein paar Tage nach ihrer Ankunft hier im Haus einen Blick darauf geworfen hatte. Und dann, just als sie den Band zuklappen wollte, sah sie die vertraute Zeichnung von Andrew und Mehitabel auf dem Schiff. Die Bildlegende lautete: »Ein Schiffskapitän mit Frau zu Anfang des achtzehnten Jahrhunderts, von einem unbekannten Künstler.«

Menley spürte, wie ihr eine große Last von der Seele fiel. Ich habe also doch das Bild gesehen und unbewußt abgezeichnet, dachte sie. Sie legte den aufgeschlagenen Band auf ihren Schreibtisch unter die Abbildungen, die sie an der Wand befestigt hatte. Die Lichter flackerten erneut und wurden für eine Weile ganz schwach. In der schattigen Düsternis des Raums hatte sie das bestürzende Gefühl, daß die Zeichnung, die sie von Andrew mit seiner gramzerfurchten, von

Trauer übermannten Miene gemacht hatte, in dieser Beleuchtung irgendwie Adam ähnelte.

So wie Adam sehr bald aussehen wird, zuckte es ihr durch den Sinn.

Lächerlich, sagte sich Menley und ging in die Küche. Dort zündete sie als Vorsichtsmaßnahme alle Kerzen an, falls der Strom auf Dauer ausfallen sollte.

103

Adam bog von der Route 6 auf die Route 137 ab. Noch elf Kilometer, sagte er sich. Höchstens zwanzig Minuten. Vorausgesetzt, du gibst mal Gas, erregte er sich über den Fahrer einige Wagen weiter vorn, der im Schneckentempo dahinkroch. Er wagte es jedoch nicht zu überholen. Aus der Gegenrichtung kam ebenfalls starker Verkehr, und die Straßen waren so naß, daß er höchstwahrscheinlich einen Frontalzusammenstoß verursacht hätte.

Nur noch knapp zehn Kilometer, beschwichtigte er sich wenige Minuten später, doch sein Gefühl von Dringlichkeit nahm fortwährend zu. Inzwischen fuhr er streckenweise durch Gebiete, die vollkommen im Dunkeln lagen.

104

Menley machte das Radio an, suchte einen Sender und fand die Station von Chatham, die gerade Musik aus den vierziger Jahren brachte. Sie hob erstaunt eine Augenbraue, als das Benny Goodman Orchester den Auftakt von *Remember* zu spielen begann. Ein besonders passender Song, dachte sie. Sie griff nach einem gezackten Messer und fing an, Tomaten für einen Salat in Scheiben zu schneiden. »*But you forgot to remember* – Du hast vergessen, dran zu denken«, trällerte der Sänger.

Das rauschende Singen des Windes nahm wieder an Kraft zu. *»Reeememmmmmberrrrr«*.

Menley durchlief ein Schauer, als sie nach dem Staudensellerie griff. Adam wird bald hier sein, hielt sie sich vor Augen.

Plötzlich war ein Geräusch zu hören. Was war das? War eine Tür aufgeschlagen? Oder ein Fenster? Da stimmte etwas nicht.

Sie stellte energisch das Radio aus. Das Baby! Schrie die Kleine? War das ein Aufschrei oder ein unterdrücktes, würgendes Geräusch? Menley rannte zur Anrichte, packte das Babyphon und hielt es sich ans Ohr. Wieder ein gedrosseltes Luftholen – und dann nichts. Das Baby war im Begriff zu ersticken!

Sie hastete aus der Küche in die Eingangshalle und auf die Treppe zu. Ihre Füße berührten kaum die Stufen, als sie nach oben in den ersten Stock raste, und unmittelbar darauf war sie an der Tür zum Kinderzimmer angelangt. Vom Babybett her war kein Ton zu hören. »Hannah, Hannah«, rief sie.

Hannah lag mit ausgestreckten Armen auf dem Bauch und rührte sich nicht. Voller Panik beugte sich Menley hinunter, hob das Baby auf und drehte es gleichzeitig herum. Vor Entsetzen weiteten sich ihre Augen.

Der Porzellankopf der antiken Puppe lag an ihre Hand gelehnt da. Ein aufgemaltes Gesicht starrte ihr entgegen.

Menley versuchte zu schreien, aber sie brachte keinen Ton heraus. Und dann hörte sie hinter ihrem Rücken eine Stimme flüstern: »Tut mir leid, Menley. Es ist alles vorbei.«

Sie wirbelte herum. Scott Covey stand neben der Wiege, eine Pistole in der Hand.

Die Wiege. Hannah lag darin. Da regte sich Hannah und begann zu wimmern. Eine Flut der Erleichterung durchströmte Menley, sofort gefolgt von einem Ansturm des Entsetzens. Sie fühlte sich plötzlich ganz benommen, überwältigt von einem Gefühl von Unwirklichkeit. Scott Covey? Warum? »Was machen Sie hier?« vermochte sie zu fragen, obwohl ihre Lippen so trocken waren, daß sie beinahe nicht die Worte herausbekam. »Das versteh ich nicht. Wie sind Sie reingekommen?«

Coveys Gesichtsausdruck war genauso wie sonst auch immer: höflich, aufmerksam. Er trug einen Trainingsanzug und Sportschuhe. Aber sie waren trocken. Wieso war er nicht vollkommen durchnäßt? fragte sich Menley.

»Es spielt keine Rolle, wie ich reingekommen bin, Menley«, stellte er in freundlichem Tonfall fest. »Das Problem ist, daß ich länger, als ich dachte, gebraucht habe, um herzukommen, aber da Adam ja in New York ist, macht es nichts aus.«

Adam? Hatte er mit Adam gesprochen?

Es war, als könnte er ihre Gedanken lesen. »Elaine hat's mir gesagt, Menley.«

»Elaine? Das versteh ich nicht.« Ihre Gedanken überschlugen sich. Was geht hier vor sich? Das kann doch nicht wahr sein. Das ist ein Alptraum! Scott Covey? Warum? Sie und Adam hatten sich mit ihm mehr oder weniger angefreundet. Sie hatte Adam bedrängt, ihn zu verteidigen. Adam hatte ihn vor einer Mordanklage bewahrt. Und Elaine? Was hatte Scott mit Elaine zu tun? Es erschien alles so unwirklich.

Aber die Pistole in seiner Hand war Wirklichkeit.

Hannah wimmerte lauter und fing an aufzuwachen. Menley sah den verärgerten Ausdruck in Coveys Miene. Er warf einen Blick auf das Baby hinunter, und die Hand mit der Pistole bewegte sich.

»Nein!« schrie sie auf. Sie beugte sich rasch zu der Wiege vor und packte Hannah. Gerade als sie die Kleine an sich drückte, gingen die Lichter aus, und sie rannte aus dem Zimmer.

Im Dunkeln stürzte sie zur Treppe. Sie mußte sich konzentrieren. Sie kannte jeden Winkel des Hauses. Scott dagegen nicht. Wenn es ihr doch nur gelang, den Küchenausgang zu erreichen, bevor er sie fand. Der Zündschlüssel hing an dem Haken daneben. Der Kombiwagen stand gleich draußen. Sie brauchte nur eine Minute dazu. Sie rannte seitlich die

Stufen hinunter und betete im stillen darum, daß sie nicht knarren würden.

Er war ihr nicht auf den Fersen. Er mußte in die andere Richtung gelaufen sein; vielleicht schaute er in den anderen Schlafzimmern nach ihr. Bitte, Gott, bitte, Gott, schenk mir bloß diese eine Minute, betete sie.

Ein Donnerschlag entlud sich über dem Haus, und Hannah begann laut zu schreien.

Der heranrasende Zug, Bobbys Aufschrei, ihre eigene gellende Stimme. Menley verdrängte die Erinnerung. Sie hörte über sich eilige Schritte. Er kam hinter ihr her. Während sie Hannah ganz fest an sich schmiegte, stürzte sie durch die Eingangshalle und zur Küche. Sie raste durch den Raum, von dem verzweifelten Wunsch beseelt, sie hätte nicht die Kerzen angezündet. Sie brannten jetzt nur allzu hell. Bei einem Blick über die Schulter sah sie Covey im Eingang vom Foyer stehen. Sein Gesichtsausdruck hatte sich gewandelt. Jetzt waren seine Augen schmale Schlitze, seine Lippen ein messerscharfer Strich.

Ihre Hand umfaßte gerade den Autoschlüssel, als Covey sie abfing und grob an sich riß. »Menley, entweder du – oder du und das Baby. Du hast die Wahl. Tu das Baby in die Wiege zurück, und komm mit. Denn wenn du's nicht zurücktust, verliert Adam euch beide.«

Seine Stimme war ruhig und ausgeglichen, beinahe nüchtern. Es wäre einfacher gewesen, wenn er wenigstens nervös gewesen wäre, wenn sich ein Zögern bemerkbar gemacht hätte. Dann hätte sie vielleicht die Chance gehabt, vernünftig mit ihm zu reden. Warum machte er das nur? Sie versuchte wieder und wieder, der Sache einen Sinn abzugewinnen. Doch er meinte es ganz eindeutig ernst. Sie mußte ihn von Hannah wegsteuern.

»Ich leg sie schon zurück«, versprach sie verzweifelt. »Ich geh mit Ihnen mit.«

Er griff nach einer der Kerzen. Menley spürte den Druck der Pistolenmündung in ihrem Rücken, während sie zum

Kinderzimmer vorausging und das verängstigte, schreiende Baby in sein Bettchen legte.

»In die Wiege«, forderte er. »Tu's in die Wiege. Und tu die Puppe ins Kinderbett zurück.«

»Weshalb?« Mach langsam, dachte sie. Versuch Zeit rauszuschinden. Bring ihn dazu, weiterzureden. Adam kann nicht mehr weit weg sein. *Adam, beeil dich. Bitte mach schnell.*

»Weil du verrückt bist, Menley, deshalb. Verrückt und deprimiert, und weil du Halluzinationen hast. Alle werden so dankbar sein, sogar Adam, daß du das Baby nicht mitgenommen hast, als du Selbstmord begangen hast.«

»Nein. Nein. Das tu ich nicht.«

»Entweder du tust das Baby in die Wiege, oder du nimmst es mit. Du hast die Wahl, Menley. So oder so gehen wir jetzt.«

Sie mußte ihn von Hannah wegbekommen. Solange sie alleine war, konnte sie, falls er sie in einem Auto mitnahm, vielleicht rausspringen, konnte sie vielleicht um ihr Leben rennen. Irgendwie gelang es ihr vielleicht doch, sich zu retten, nur nicht hier – nicht, solange Hannah in Gefahr war. Sie mußte Hannah dalassen.

Menley legte die Kleine hin, was zu erneutem Wehgeschrei des erschreckten Säuglings führte. »Schhhh ...« Sie gab der Wiege einen leichten Schubs, damit sie hin und her schwang, und blickte dann auf. »Ich komme jetzt mit«, sagte sie und zwang sich zur Ruhe. Dann mußte sie plötzlich einen Aufschrei unterdrücken.

Ein Abschnitt der Wand hinter Scott Covey öffnete sich. Ein modriger, schaler Geruch strömte aus dem Raum dahinter ins Zimmer. Covey gab ihr ein Zeichen, näher zu kommen. »Hier entlang, Menley.«

105

Der Regen stob gegen die Windschutzscheibe, als Adam die jetzt finsteren Straßen von Chatham entlangfuhr. Er konnte kaum einen Meter vor sich ausmachen und zwang sich, nicht zu rasen. Die Straße machte eine Rechtskurve. Jetzt führte sie am Meer entlang.

Er kam am Leuchtturm vorbei. In fünf Minuten würde er zu Hause sein. Morris Island lag direkt vor ihm. Und dann erreichte er die Senke, wo die beiden Straßen von Little Beach und Morris Island ineinander mündeten. Die Stelle war überflutet, und die Straße war gesperrt.

Ohne zu zögern, fuhr Adam durch die Sperre. Er spürte deutlich, ganz so, als säße Menley neben ihm im Wagen, daß sie nach ihm rief.

106

Die Öffnung in der Wand des Kinderzimmers war höchstens einen knappen halben Meter breit, bemerkte Menley, als Scott Covey sie hindurchdirigierte.

»Geh vor, Menley«, sagte er.

Sie hörte einen leisen Schlag, als die Tür sich hinter ihr schloß und Hannahs Schreien praktisch verschluckte. Das flackernde Kerzenlicht warf bizarre Schatten über den engen Raum. Scott blies die Kerze aus und griff nach einer Taschenlampe, die er auf einem Haufen Schutt deponiert hatte; ihr Lichtkegel durchdrang die dunklen Winkel einer kleinen Kammer, die mit vermodernden Kleidungsstücken und zerbrochenen Möbeln vollgestopft war.

Der muffige Gestank war unerträglich. Es war derselbe Geruch, den sie mehrere Male in Hannahs Zimmer und in dem Pfarrersschränkchen unten bemerkt hatte. »Sie sind schon vorher hiergewesen«, rief sie aus. »Sie waren schon früher im Kinderzimmer.«

»Ich war so wenig wie möglich hier, Menley«, erklärte Covey. »Da ist eine Leiter in der Ecke. Ich steig hinter dir nach unten. Mach keine Sperenzchen.«

»Mach ich nicht«, sagte sie rasch, verzweifelt bemüht, einen klaren Gedanken zu fassen und dieses Gefühl von Unwirklichkeit zu überwinden. Er weiß nicht, daß Adam kommt. Vielleicht kann ich ihn in ein längeres Gespräch verwickeln. Ihn irgendwie ablenken. Zum Stolpern bringen. Ich bin stärker, als er denkt, dachte sie. Ich schaffe es vielleicht, ihn zu überrumpeln, ihm die Pistole zu entreißen.

Aber konnte sie auch damit schießen? Ja. Ich will nicht sterben, dachte sie. Ich will leben und mit Adam und Hannah zusammensein. Ich will mein weiteres Leben haben. Sie spürte, wie Zorn in ihr aufstieg.

Sie blickte um sich und musterte alles, was sie in diesem Dämmerlicht erkennen konnte. Dieser Platz. Er war genau das, was sie vermutet hatte. Da *war* also ein Geheimraum hier im Haus. Ja, mehr als nur ein Raum. Der gesamte Kern des Hauses zwischen den Kaminen war ein einziger Lagerraum. Gehörten diese Haufen vermodernder Fetzen zu der Ladung der *Thankful*? fragte sie sich.

Gewinn irgendwie Zeit, gebot sie sich. Obwohl sie wußte, daß Hannah bestimmt noch schrie, konnte sie das Baby nicht hören. Diese Wände waren so dick, daß sie nie ein Mensch finden würde, wenn sie hier drin starb.

Wenn sie hier drin starb.

War es das, was Covey vorhatte? fragte sie sich.

»Ich komme hier nicht lebend raus, oder?« sagte sie.

»Ach nein?« Er lächelte. »Wie kommst du denn auf die Idee?«

Menley empfand eine Aufwallung von blankem Haß. Jetzt spielte er auch noch mit ihr.

Doch dann sagte er: »Menley, diese Sache tut mir ehrlich leid. Ich tu nur, was ich tun muß.« Seine Stimme klang völlig aufrichtig.

»Warum? Ich möchte wenigstens wissen, *warum*?«

»Ob du's glaubst oder nicht«, erklärte er, »ich wollte Vivian wirklich nicht umbringen. Sie war verrückt nach mir und hat mir immer Geschenke mitgebracht, wenn sie nach Florida kam, aber dann nach der Hochzeit keinen einzigen Heller mehr gegeben. Kein gemeinsames Konto, kein Guthaben auf meinen Namen, kein Bargeld. Zwar hat sie mir alles, was ich wollte, gekauft, aber ist das etwa zu fassen, daß ich um jeden Pfennig betteln mußte, den ich ausgegeben hab?« Er schüttelte verständnislos den Kopf. »Und dann wollte sie, daß ich meine Unterschrift unter einen Schrieb setze, mit dem ich auf jeden Anteil an ihrem Vermögen verzichten sollte, falls die Ehe nicht mindestens zehn Jahre halten würde. Sie hat behauptet, das wäre ein Beweis, daß ich sie liebe, und sie hätte Leute im Schönheitssalon munkeln hören, ich hätte sie bloß wegen ihres Geldes geheiratet.«

»Und da haben Sie sie getötet?«

»Ja. Wenn auch ungern. Ich meine, sie war kein schlechter Mensch, aber sie hat mich zum Narren gemacht.«

»Aber was hat das mit *mir* zu tun? Ich habe Ihnen geholfen. Sie haben mir leid getan. Ich hab Adam gedrängt, er soll Sie verteidigen.«

»Dafür kannst du Adam danken, daß du jetzt hier bist.«

»Adam! Weiß Adam etwa, daß Sie hier sind?« Noch während sie die Frage aussprach, wußte sie schon, daß das unmöglich war.

»Wir müssen uns auf den Weg machen. Menley, ich werd's kurz machen. Elaine war schon immer verrückt auf Adam. Ein paarmal im Lauf der Jahre dachte sie schon, daß er sich in sie verknallt, aber es ist nie was draus geworden. Letztes Jahr dann, als sie dachte, daß ihr beide euch trennt, war sie sich sicher, daß er zu ihr gelaufen kommt. Aber dann ist er zu dir zurückgerannt, und da hat sie aufgegeben. Sie fand danach, daß es einfach zwecklos war. Als Adam sie dann aber anrief, wegen dieses Hauses in Eastham, das er mieten wollte, und sie erfuhr, wie seelisch durcheinander du bist, da hat sie diese Idee gekriegt.«

»Wollen Sie damit sagen, daß Sie das für Elaine machen? Warum, Scott? Ich kapier das nicht.«

»Nein, ich mach das für mich selber. Elaine hat mein Boot auf diesem Luftbild von dem Haus hier erkannt. Sie ist dahintergekommen, daß ich um halb vier allein auf Deck war, und das hätte meine Geschichte über das, was mit Vivian passiert ist, auffliegen lassen. Sie war bereit, dieses Wissen zu benützen. Also haben wir einen Pakt geschlossen: Sie wird meine Hauptentlastungszeugin. Und ich helf ihr dabei, dich zum Wahnsinn zu treiben. Adam hatte ihr von deinen Flashbacks und Depressionen erzählt, und ihre Kalkulation war, daß dieses alte Haus mit seinen Geschichten und Geheimräumen – das hatte sie von irgendwelchen Bauarbeitern erfahren –, also, daß das Haus hier ideal dazu geeignet ist, dafür zu sorgen, daß du endgültig ausrastest. Sie hat sich alles ausgedacht; ich hab ihr bloß bei der Durchführung geholfen.

Sie hat mich hierhergebracht und rumgeführt und hat mir erklärt, was ich für sie tun soll. Das war an dem Tag neulich, als diese Frau, bei der's nicht richtig tickt, angewandert kam und uns nachgelaufen ist. Sie kann von Glück reden, daß ihr Mann daherkam, als ich sie gerade zu einem Spaziergang ins Meer mitgenommen hab.«

Menley durchlief es kalt. Es war, als hätte er von einem simplen Strandspaziergang geredet. Das war's also, woran Phoebe sich zu erinnern versucht hatte, um mich zu warnen, dachte sie.

Mach, daß er weiterredet. Mach, daß er weiterredet. »Der Ring. Was ist mit dem Smaragdring? Wo steckt der?«

Er lächelte. »Tina. Die ist vielleicht ein Früchtchen. Und es war ein genialer Einfall, ihr den Ring zu geben. Falls die es doch irgendwann versuchen, mich zu verklagen, dann ist sie wegen Beihilfe dran. Sie muß also die Klappe halten. Elaine und ich hätten wirklich ein gutes Team abgegeben. Wir haben dieselbe Art zu denken. Sie hat hier nachts ihre Stippvisiten gemacht. Sie hat wohl einige Dinger abgezogen, die dir ordentlich unter die Haut gegangen sind, wie zum Beispiel das mit der Stimme von deinem Sohn, die sie von der Kassette kopiert und dann mit dem Zuggeräusch für dich in der Nacht abgespielt hat. Es hat ja wirklich funktioniert. In Chatham heißt es überall, daß du kurz vor einem Nervenzusammenbruch stehst.«

Wo blieb nur Adam? dachte Menley voller Panik. Würde sie ihn überhaupt hören, wenn er kam? Hier drin bestimmt nicht. Sie sah, daß Covey zur Leiter hinüberblickte. »Komm schon, Menley. Jetzt weißt du ja alles.«

Er gestikulierte mit der Pistole. Sie versuchte dem Lichtstrahl der Taschenlampe zu folgen und suchte sich über den groben, unebenen Boden hinweg einen Weg. Sie stolperte, als sie zu dem gähnenden Loch kam, wo sie die oberste Querleiste der Leiter erkennen konnte. Covey fing sie auf, bevor sie stürzte.

»Wir wollen doch nicht, daß du irgendwelche Prellungen abkriegst«, erklärte er. »War schon schwierig genug, die Verletzung an Vivians Finger zu erklären.«

Das Holz der Leiter war rauh, und ein Splitter bohrte sich in Menleys Hand. Sie fühlte mit den Füßen nach den Leitersprossen, während sie vorsichtig hinabkletterte. Konnte sie sich einen Stock tiefer fallen lassen und ihm irgendwie entkommen? Nein. Wenn sie sich einen Knöchel verrenkte, dann war sie wirklich hilflos. Warte, mahnte sie sich zur Vorsicht, warte lieber.

Schließlich kam sie im Erdgeschoß an. Der Raum war hier größer als die Geheimkammer oben; doch überall lag Gerümpel herum. Covey war direkt hinter ihr. Er trat von der letzten Sprosse herunter. »Schau dir das mal an«, sagte er und richtete die Taschenlampe auf etwas, was wie ein Haufen Lumpen aussah. Dann versetzte er dem Haufen einen Fußtritt. »Da stecken Knochen drunter. Elaine hat sie damals entdeckt, als sie mich hier im Haus herumgeführt hat. Hier drin liegt einer schon lange begraben. Wir haben drüber geredet, was für ein guter Plan das wäre, Menley, dich einfach hier zu lassen. Doch Elaine meinte, wenn du dann verschwunden wärst, dann würde Adam für den Rest seines Lebens drauf hoffen, daß du irgendwann wiederkommst.«

Sie schöpfte kurz frische Hoffnung. Hier drin also würde er sie nicht töten. Draußen hatte sie vielleicht eine Chance. Während er sie vor sich her stieß, blickte sie auf die Knochen zurück. Phoebe hatte gesagt, Tobias Knight sei hier im Haus. War es das, was sie gemeint hatte?

»Hier rüber.« Mit der Taschenlampe winkte Covey in Richtung einer Öffnung im Fußboden. Sie konnte riechen, daß feuchte Luft von weiter unten heraufströmte.

»Laß dich langsam runter. Da ist keine Leiter.« Er wartete, bis sie unten ankam. Dann ließ er sich vorsichtig neben ihr hinunter, zog die schwere Falltür hinter sich zu und verschloß damit wieder die Öffnung. »Stell dich da hin.«

Menley begriff, daß sie jetzt in einem schmalen Vorratsraum im Keller waren. Covey wedelte mit der Taschenlampe hin und her. Ein weiter gelber Regenmantel lag dort, wo sie durch das Loch heruntergekommen waren, auf dem Boden ausgebreitet, und daneben stand ein Paar Stiefel. Deshalb also war seine Kleidung nicht naß, wurde ihr klar. Hier war er hereingekommen.

Mit einer behenden Bewegung griff Covey nach dem Regenmantel, rollte die Stiefel hinein und steckte sich das Bündel unter den Arm.

Menley spürte, daß eine Veränderung in ihm vor sich ging. Jetzt wollte er es nur noch hinter sich bringen. Er trieb sie mit Stößen auf die breite Kellertür zu und stieß die Tür auf. »Die denken dann, daß du hier raus bist«, erklärte er. »Dadurch wirkst du noch ein bißchen verrückter.«

Die würden dann annehmen, sie hätte das Baby im Stich gelassen und wäre allein in das Unwetter hinausgelaufen. Wo wohl Coveys Auto war? Vielleicht fuhr er sie irgendwohin. Im Wagen hatte sie vielleicht die Chance, rauszuspringen oder ihn zu zwingen, einen Unfall zu bauen. Sie wandte sich in Richtung der Auffahrt, aber er packte sie am Arm. »Hier entlang, Menley.«

Sie steuerten auf den Strand zu. Er wollte sie ertränken, wurde ihr mit einemmal klar.

»Wart mal, Menley«, sagte er. »Gib mir deinen Pullover. Falls deine Leiche nie auftaucht, wissen sie dann wenigstens, was passiert ist.«

Der Regen prasselte herab, und der Wind zerrte an ihren Kleidern. Ihr Haar war klatschnaß und fiel ihr ins Gesicht und vor die Augen. Sie versuchte es zurückzuschütteln. Scott blieb stehen und ließ ihre rechte Hand los. »Halt deine Arme hoch, Menley.«

Benommen gehorchte sie. Mit einer schnellen Bewegung riß er ihr den Pullover über den Kopf hoch und zog ihn erst über ihre linke, dann über ihre rechte Hand. Er warf den Pulli auf den Boden, packte sie sofort wieder am Arm und zwang sie, den Pfad entlangzugehen, der zur Klippe und dann hinunter zum Meer führte. Bei diesem strömenden Regen würde morgen keine Spur von seinen Fußabdrücken mehr zu sehen sein.

Die werden meinen Pullover finden, dachte Menley, und glauben, daß ich mich umgebracht habe. Ob ihre Leiche an Land treiben würde? Vivians war angeschwemmt worden. Vielleicht rechneten sie damit. Adam. Adam, ich brauche dich.

Die Wellen schlugen heftig gegen das Ufer. Der Rücksog würde sie hinunterziehen und in die offene See hinaustragen, und sie hatte garantiert keine Chance, dagegen anzukommen. Sie strauchelte, als er sie den steilen Weg hinuntertrieb. Sosehr sie sich auch bemühte, gelang es ihr nicht, sich seinem Zugriff zu entziehen; er hielt sie wie in einem Schraubstock fest.

Der Sturm traf sie mit seiner vollen Wucht, als sie zu der Stelle kamen, wo sie erst gestern mit Adam und Hannah entspannt auf der Decke gelegen hatte. Jetzt gab es keinen Strand mehr, nur noch Wellen, die sich über das Land ergossen und es abtrugen, voller Begierde, es sich wieder einzuverleiben.

»Tut mir wirklich leid, Menley«, sagte Scott Covey. »Aber Ertrinken ist gar nicht so schlimm. Viv hat bloß eine Minute oder so dazu gebraucht. Einfach entspannen. Wird gleich vorbei sein.«

Er schubste sie in das Wasser hinein, kauerte sich hin und hielt sie unter die tosende Brandung gedrückt.

107

Adam sah das flackernde Kerzenlicht in der Küche, als er ins Haus gestürzt kam. Da er niemanden vorfand, packte er eine Taschenlampe und raste die Treppe hinauf.

»Menley«, brüllte er auf dem Weg ins Kinderzimmer. »Menley!«

Er richtete den Lichtstrahl in alle Winkel des Raums.

»O mein Gott«, schrie Adam, als der Strahl auf das Porzellangesicht der antiken Puppe fiel.

Und dann ertönte ein Wimmern hinter ihm. Er drehte sich um und suchte wieder mit der Taschenlampe den Raum ab, bis er die sanft schwingende Wiege entdeckte. Hannah war da! Gott sei Dank! dachte er. Hannah ging es gut!

Aber Menley –

Adam machte kehrt und rannte in das große Schlafzimmer. Es war leer. Er raste die Stufen hinunter und lief gehetzt durch alle Zimmer.

Menley war weg!

Es sah Menley einfach nicht ähnlich, die Kleine alleine zu lassen. Das würde sie nie und nimmer tun – aber sie war nicht im Haus!

Was war passiert? Hatte sie wieder Bobbys Stimme gehört? Er hätte es eben doch nicht zulassen dürfen, daß sie sich das Video mit Bobby anschaute. Er hätte sie nicht allein lassen dürfen.

Draußen! Sie muß rausgegangen sein! Voller Panik eilte Adam zur vorderen Haustür und machte sie auf. Der Regen durchnäßte ihn sofort, als er hinaustrat und anfing, nach ihr zu rufen. »Menley!« schrie er. »Menley, wo bist du?«

Er lief über den Rasen vor dem Haus, dann auf den Pfad zu, der zum Strand führte. Da rutschte er in dem schweren, nassen Gras aus und fiel hin. Die Taschenlampe flog ihm aus der Hand und verschwand hinter der Klippe.

Der Strand! Da konnte sie doch nicht runtergegangen sein, überlegte er hektisch. Aber er mußte trotzdem nachschauen. Irgendwo mußte sie doch sein.

»Menley«, schrie er von neuem. »Menley, wo bist du?«

Er erreichte den Pfad und kletterte und rutschte hinunter. Unter ihm tobte die Brandung, während ringsum Finsternis herrschte. Und dann erhellte ein gleißender Blitz die aufgewühlte See.

Plötzlich sah er sie, sah, wie ihr Körper auf dem Kamm einer riesigen Woge auftauchte.

108

Menley mußte sich mit all ihrer Willenskraft dazu bringen, nicht in Panik zu geraten. Sie hielt die ganze Zeit die Luft an, bis ihr fast die Lunge barst, zwang ihre Glieder, schlaff nachzugeben, obwohl sie sich wie wild zur Wehr setzen wollte. Sie spürte, wie das Wasser um sie und Covey herumwogte, wie seine kräftigen Hände sie festhielten und nach unten drückten. Und dann ließ er sie los. Schnell drehte sie den Kopf nach oben und schnappte nach Luft. Weshalb hatte er sie losgelassen? Dachte er, sie sei tot? War er noch da?

Dann ging ihr ein Licht auf. Adam! Sie hörte Adam nach ihr rufen. Er rief ihren Namen!

Sie fing gerade an zu schwimmen, als eine Welle sie überrollte. Noch bevor sie recht zu sich kam, spürte sie die mächtige Unterströmung, die sie ins Meer hinauszog.

O Gott, dachte sie, laß mich nicht ertrinken. Sie spuckte,

rang keuchend nach Luft, versuchte Wasser zu treten. Die berghohen Wellen waren überall, rissen sie mit, saugten sie nach unten und warfen sie vor sich her. Sie zwang sich, die Luft anzuhalten, wenn das Wasser über ihr zusammenschlug, und dann sich wieder zur Oberfläche zu kämpfen. Ihre einzige Hoffnung war es, auf einen Wellenkamm zu gelangen, der sie wieder an Land zurücktrug.

Erneut schluckte sie Wasser, schlug dann mit Armen und Beinen um sich. Bloß keine Panik, dachte sie. Reit auf einer Welle!

Sie spürte, wie das Wasser hinter ihr Schubkraft entwickelte und ihren Körper an die Wasseroberfläche beförderte.

Jetzt! dachte sie. Jetzt! Schwimm! Kämpfe! Laß nicht zu, daß es dich zurückzieht.

Plötzlich beleuchtete ein kurzer Blitz alles um sie herum – das Meer, die Klippe. Adam! Da war Adam und rutschte den steilen Pfad hinunter auf sie zu.

Als der Donner um sie herum krachte, warf sie ihren Körper in die Woge hinein und trieb auf ihrem Kamm zum Ufer, auf Adam zu.

Er war nur noch ein, zwei Meter von ihr entfernt, als sie spürte, wie der starke Rücksog der Brandung sie wieder erfaßte und mit sich zog.

Dann war er bei ihr, legte fest den Arm um sie und zog sie ans Ufer zurück.

109

Um elf Uhr sagten Amy und ihr Vater Elaine gute Nacht. Der Abend war nicht gerade erfolgreich verlaufen. Elaine hatte Amy wieder einmal ins Gebet genommen, wie wichtig es doch sei, nie etwas ohne Erlaubnis zu nehmen und erst recht nicht diesen Gegenstand einer anderen Person zu geben. Amys Vater hatte Elaine beigepflichtet, aber sie wollte nicht davon ablassen, bis sogar er fand: »Ich glaube, dieses Thema haben wir nun wirklich totgeredet, Elaine.«

Sie waren erst spät zum Essen gekommen, weil der Strom über eine Stunde lang ausfiel und der Braten noch nicht gar war. Als sie endlich mit dem Nachtisch fertig waren, fing Elaine wieder an, von Menley Nichols zu reden.

»Ihr müßt verstehen, daß Adam sich große Sorgen um Menley macht. Sie ist in einem Zustand ernsthafter Depression, und wenn sie sich den Film von ihrem kleinen Jungen anschaut, regt sie das vielleicht fürchterlich auf, außerdem ist sie auch noch zwei Nächte lang allein. Das ist eine große Sorge für Adam.«

»Ich glaube nicht, daß sie Depressionen hat«, sagte Amy. »Sie war traurig, als sie sich das Video angeschaut hat, aber wir haben darüber gesprochen, und Mrs. Nichols hat gesagt, daß man dankbar dafür sein sollte, wenn man die Chance hatte, einen wunderbaren Menschen zu lieben, auch wenn man ihn nicht lange gehabt hat. Sie hat mir erzählt, daß ihre Mutter immer gesagt hat, es wäre ihr lieber, daß sie mit ihrem Vater zwölf Jahre verheiratet war, als wenn sie mit irgendwem sonst siebzig Jahre gehabt hätte.«

Dann schaute Amy ihren Vater an und fügte hinzu: »Ich finde, sie hat absolut recht.« Mit einiger Befriedigung sah sie, daß er deutlich rot wurde. Sie war gekränkt und verärgert darüber, daß er wegen der Videokassette so heftig Elaines Partei ergriffen hatte. Aber, was soll's, überlegte sie, so wird es wohl von jetzt an immer sein.

Die Unterhaltung war während des gesamten Essens angespannt gewesen. Darüber hinaus wirkte Elaine schrecklich nervös. Sogar Amys Vater hatte es bemerkt. Schließlich fragte er sie, ob irgend etwas nicht in Ordnung sei.

Und da ließ Elaine die Bombe platzen. »John, ich hab nachgedacht«, erklärte sie. »Ich finde, wir sollten die Hochzeit für eine Weile aufschieben. Ich will, daß alles perfekt für uns läuft, und das ist ganz einfach nicht möglich, solange Amy so eindeutig unglücklich ist.«

Das ist dir doch total egal, ob ich unglücklich bin oder nicht, dachte Amy. Ich wette, daß es um was ganz anderes geht. »Elaine, wie du schon den ganzen Sommer über gesagt hast, geh ich in ein paar Wochen zum College weg und fange mein eigenes Leben an. Du heiratest meinen Vater, nicht mich. Wirklich wichtig ist mir nur, daß mein Vater glücklich wird, und das sollte dir genauso wichtig sein.«

Elaines Bombe detonierte, als sie gerade aufbrechen wollten. Amy gefiel die würdevolle Art, wie ihr Vater sagte: »Ich finde, das ist etwas, was du und ich zu einem anderen Zeitpunkt besprechen sollten, Elaine. Ich rufe dich morgen an.«

Als Elaine die Haustür aufmachte, sahen sie einen Streifenwagen mit rotierendem Blaulicht in der Einfahrt vorfahren. »Was ist denn da los?« wunderte sich Elaine.

Amy spürte etwas Seltsames aus Elaines Stimme heraus. Sie klang angespannt, so, als habe sie Angst.

Nat Coogan stieg aus dem Polizeiauto und hielt eine Weile inne, den Blick auf Elaine Atkins gerichtet, die dort im Türrahmen stand. Er war gerade nach Hause gekommen, als die Meldung vom Revier kam. Scott Covey sei auf Morris Island aufgetaucht und habe versucht, die Frau von Adam Nichols zu ermorden. Er war dann weggerannt, hieß es, als Nichols erschien, und bei einer Straßensperre auf der Route 6 hatte man ihn geschnappt.

Nun aber hatte Nat Coogan das außerordentliche Vergnügen, höchstpersönlich Elaine Atkins festnehmen zu dürfen. Ohne auf den niederprasselnden Regen zu achten, ging er den Weg entlang und betrat die überdachte Vorhalle. »Miss Atkins«, erklärte er. »Ich habe einen Haftbefehl für Sie. Ich verlese Ihnen jetzt Ihre Rechte, und dann muß ich Sie bitten, mitzukommen.«

Amy und ihr Vater blickten Elaine fassungslos an, während sie leichenblaß wurde. »Das ist ja lächerlich«, sagte sie, außer sich vor Schock und Empörung.

Nat zeigte auf die Einfahrt. »Scott Covey ist dort im

Wagen. Wir bringen ihn gerade zur Wache. Er war sich seiner Sache so sicher, daß er Menley Nichols die ganze Geschichte von Ihrer interessanten Abmachung mit ihm erzählt hat und alles darüber, daß Sie sie aus dem Weg räumen wollten, damit Sie Adam Nichols für sich alleine haben. Sie haben noch Glück gehabt, daß Covey es nicht geschafft hat, sie zu ertränken. Auf diese Weise müssen Sie bloß mit einer Anklage wegen Mordversuchs rechnen. Aber Sie werden einen guten Anwalt brauchen, und Sie sollten wohl lieber nicht darauf bauen, daß Adam Nichols Sie verteidigt.«

John Nelson stockte der Atem. »Elaine, was soll denn das? Wovon redet er eigentlich? Nat, Sie glauben doch nicht –«

»Ach, halt's Maul!« brauste Elaine auf. Sie blickte ihn voller Verachtung an.

Es blieb lange still, während sich die beiden anstierten. Dann merkte Amy, wie ihr Vater sie beim Arm nahm. »Komm mit, mein Engel«, sagte er, »wir waren schon lange genug hier. Laß uns heimgehen.«

110

Als Menley am Donnerstag morgen aufwachte, tanzten Sonnenstrahlen auf der Fensterbank und flitzten über den Boden mit seinen breiten Dielen. All die Erinnerungen an den vergangenen Abend bestürmten Menleys Bewußtsein, doch rasch hatte sie wieder den Augenblick vor sich, als sie wußte, daß sie in Sicherheit war, den Moment, als sie das Haus erreichten und Adam die Polizei anrief, während sie zu Hannah hinaufrannte.

Nachdem die Polizei endlich wieder gegangen war und sie unter sich waren, hielten sie abwechselnd einander und dann wieder Hannah im Arm. Da sie viel zu erschöpft waren, auch nur an Essen zu denken, holten sie dann die Wiege zu sich ins

Zimmer, denn der Gedanke wäre ihnen unerträglich gewesen, Hannah allein im Kinderzimmer zu lassen, solange die geheimen Lagerräume nicht gereinigt und auf Dauer versiegelt waren.

Menley schaute sich um. Adam und Hannah schliefen noch. Ihr Blick wanderte von ihm zu ihr, und sie staunte über das Wunder, wieder mit ihnen zusammenzusein und zu wissen, daß sie stark und unversehrt war.

Ich kann mit meinem Leben weitermachen, dachte sie. Mehitabel und Andrew bekamen nie die Chance dazu.

Die Polizei hatte am Abend zuvor den Lagerbereich besichtigt und erklärt, sie würden wiederkommen, um Fotos zu Beweiszwecken für die bevorstehenden Prozesse zu machen. Sie hatten auch das Skelett untersucht. Die Silberschnallen, die bei den Fußknochen lagen, trugen die Initialen T.K. – Tobias Knight.

Der Schädel war an der Seite eingedrückt, so wie von einem schweren Schlag. Ich vermute ja, daß Kapitän Freeman dort Tobias ertappt hat, überlegte Menley, und als er dann den wahren Grund für seine nächtlichen Besuche im Haus erfuhr – oder erriet –, hat er ihn niedergeschlagen, weil Knight die Lüge genährt hatte, die Mehitabel vernichtete. Dann ließ er die Leiche hier mit dem gestohlenen Frachtgut zurück. Er muß erkannt haben, daß seine Frau in Wahrheit unschuldig war. Wir wissen, daß er vor Gram außer sich war, als er direkt in den Sturm segelte.

Phoebe und ich hatten recht. Mehitabel war unschuldig. Sie starb mit Unschuldsbeteuerungen auf den Lippen und voller Sehnsucht nach ihrem Kind. Wenn ich ihre Geschichte schreibe, werde ich Phoebes Namen ebenfalls darübersetzen. Es war die Geschichte, die sie unbedingt erzählen wollte.

Sie spürte, wie Adams Arm sich um sie legte.

Er drehte sie zu sich herum. »Hab ich gestern abend überhaupt erwähnt, daß du phantastisch schwimmen kannst?« fragte er. Dann schwand der lockere Ton aus seiner Stimme. »Men, wenn ich daran denke, wie blind und blauäugig ich in dieser ganzen Angelegenheit war und daß du beinahe wegen mir gestorben bist, könnte ich mich umbringen.«

Sie legte ihm einen Finger auf die Lippen. »Sag das bloß nie. Als du mir gesagt hast, daß in dem Video mit Bobby kein pfeifender Zug vorkommt, hatte ich zum erstenmal den Verdacht, daß irgendwas nicht stimmt. Aber du hast ja nicht gewußt, was ich gehört hab, also mache ich dir auch keinen Vorwurf, daß du gedacht hast, ich bin verrückt.«

Hannah begann sich zu regen. Menley beugte sich hinunter und hob sie hoch und legte sie zu sich und Adam ins Bett. »Das war vielleicht 'ne Nacht, was, mein Spatz?«

Nat Coogan rief an, als sie gerade mit dem Frühstück fertig waren. »Ich störe Sie beide äußerst ungern, aber wir können uns kaum die Presse vom Leib halten. Wären Sie vielleicht bereit, mit den Reportern zu reden, nachdem unsre Leute mit ihren Ermittlungen fertig sind?«

»Sollten wir wohl«, antwortete Adam. »Sagen Sie ihnen, wir brauchen noch ein bißchen Zeit für uns alleine, aber um zwei Uhr können sie dann kommen.«

Doch schon Minuten später klingelte das Telefon erneut – ein Fernsehsender wollte einen Termin für ein Interview. Weitere Anrufe folgten, so viele, daß sie schließlich das Telefon ausstöpselten und nur lange genug wieder in Betrieb nahmen, damit Menley Jan Paley, die Spragues und Amy anrufen konnte.

Als sie ihr letztes Telefonat beendet hatte, lächelte sie. »Amy scheint wie verwandelt zu sein«, berichtete sie. »Ihr Dad erzählt ihr ständig, er wünschte, er hätte nur halb soviel gesunden Menschenverstand wie sie. Ich hab ihr gesagt, daß es mir genauso geht. Sie hat schon immer gewußt, daß Elaine eine falsche Nuß ist.«

»Eine sehr gefährliche falsche Nuß«, sagte Adam verhalten.

»Amy will morgen abend Hannah für uns übernehmen – gratis! Ihr Dad bezahlt ihr das ganze Auto.«

»Den Vorschlag greifen wir auf. Wie geht's denn Phoebe?«

»Henry hat ihr erzählt, daß wir in Sicherheit sind und daß er stolz auf sie ist, weil sie uns zu warnen versucht hat. Er ist überzeugt, daß sie wenigstens ein bißchen von dem, was er gesagt hat, verstanden hat.« Menley schwieg eine Weile. »Es tut mir so leid um die beiden.«

»Ich weiß.« Adam legte den Arm um sie.

»Und Jan kommt später rüber. Sie hat gesagt, sie will was zum Lunch mitbringen, und bot an, die Post mit raufzubringen, also bin ich drauf eingegangen.«

Als die Polizei eintraf, um das Versteck zu fotografieren, nahmen Adam und Menley Stühle und Hannahs Wagen mit zur Klippe hinüber. Das Wasser war jetzt ruhig und einladend; sanft brachen sich die Wellen an einem Ufer, das erstaunlich wenig Schaden genommen hatte, wenn man die Wucht des Sturms am Vorabend bedachte. Menley wußte, wenn sie in Zukunft von dieser Nacht träumen würde, dann würde der Traum stets damit enden, daß Adams Hand sich um ihre schloß.

Sie blickte auf das Haus zurück und nach oben auf den Witwensteg. Das Metall auf dem Schornstein glänzte, als die Sonnenstrahlen sich durch die treibenden Schatten der zerstreuten Wolken hindurch darauf brachen. Hat das wirklich eine optische Täuschung hervorgerufen an dem Tag neulich, als Amy mich zu sehen meinte? fragte sie sich.

»Woran denkst du gerade?« erkundigte sich Adam.

»Ich denke an Mehitabels Geschichte und daß ich darin schreiben will, daß ihr Geist in dem Haus verweilte und auf den Beweis ihrer Unschuld und die Rückkehr ihres Kindes wartete.«

»Und wenn sie noch immer hier im Geist verweilte, würdest du dann in diesem Haus leben wollen?« fragte Adam sie leicht spöttisch.

»Ich wünschte mir fast, sie wäre noch da«, sagte Menley. »Wir kaufen es doch, oder? Hannah findet es bestimmt herrlich, im Sommer so wie du auf dem Cape aufzuwachsen. Und ich liebe dieses Haus. Es ist der erste Ort, wo ich mich je wirklich daheim gefühlt habe.«

»Natürlich kaufen wir's.«

Am Mittag, kurz nachdem die Fotografen von der Kriminalabteilung wieder abgezogen waren, erschien Jan. Ihre stille Umarmung sprach Bände. »Die einzige Post für Sie war ein Brief aus Irland.« Menley riß ihn sofort auf. »Er ist von Phyllis«, erklärte sie. »Ach, schau mal her, sie hat ja wirklich allerhand über die McCarthys zutage gefördert.«

Da war ein Bündel Papiere mit Stammbäumen, Geburts- und Todesurkunden, Kopien von Zeitungsausschnitten und ein paar verblichenen Fotos.

»Ihr Brief ist dir runtergefallen«, sagte Adam. Er hob ihn auf und reichte ihn ihr.

Er lautete:

Liebe Menley,

ich bin ganz aufgeregt. Ich wollte, daß Du das unbedingt gleich zu sehen kriegst. Ich habe Deine Familie bis zur ersten Menley zurückverfolgt, und es ist eine wunderbare Geschichte. Sie wurde fast von Geburt an in Connemara von Verwandten ihres Vaters, den Longfords, aufgezogen. Es gibt keine Unterlagen über ihren Geburtsort, aber als Datum ist 1705 festgehalten. Mit siebzehn heiratete sie den Landjunker Adrian McCarthy von Galway, und sie hatten vier Kinder. Ein Teil des Fundaments von ihrem Herrensitz ist noch zu sehen. Es liegt hoch über dem Meer.

Sie muß eine beachtliche Schönheit gewesen sein (siehe den beiliegenden Schnappschuß von ihrem Porträt), und ich sehe eine deutliche Familienähnlichkeit zwischen Dir und ihr.

Aber, Menley, das ist das Allerbeste, und es ist etwas, woran Hannah vielleicht denken sollte, wenn sie findet, daß sie Deinen Namen lieber als ihren mag, aber nicht »die junge Menley« oder »die kleine Menley« genannt werden will.

Der Grund für Deinen ungewöhnlichen Namen ist nämlich, daß Deine Vorfahrin, als sie klein war, ihren eigentlichen Namen nicht richtig aussprechen konnte und sich deshalb Menley nannte.

Der Name, den sie bei der Geburt erhielt, lautete Remember …

DANKSAGUNG

Vor zwanzig Jahren fiel mir ein Buch von Elizabeth Reynard in die Hände: *The Narrow Land.* Die Mythen, Legenden und Überlieferungen, die ich dort fand, sind der Grund, daß dieses Buch existiert. Meine Dankbarkeit für Quellenmaterial gilt auch folgenden Schriftstellern aus der Vergangenheit: Henry C. Kittredge für sein *Cape Codders: People and Their History* und *Mooncussers of Cape Cod*; Doris Doane für *A Book of Cape Cod Houses* mit Zeichnungen von Howard L. Rich; Frederick Freeman für *The History of Cape Cod*; und William C. Smith für seine *History of Chatham.*

Zutiefst und von ganzem Herzen danke ich Michael V. Korda, meinem langjährigen Lektor, und seinem Kollegen, Cheflektor Chuck Adams. Wie immer, Freunde: Sine qua non.

Blumen an Frank und Eve Metz für den wie stets großartigen Entwurf von Schutzumschlag und Layout. Heiligsprechung an Gypsy da Silva für ihre hervorragende Satzbearbeitung.

Meinen Segensspruch an Eugene H. Winick, meinen Agenten, und Lisl Cade, meine Pressereferentin, geschätzte Gefährten auf dieser Reise, die man »ein Buch schreiben« nennt.

Lobpreis an Ina Winick für ihre professionelle Beratung zum Verständnis des posttraumatischen Streßsyndroms. Meinen besonderen Dank an die Eldredge Library, Sam Pinkus, Dr. Marina Stajic, die Coast Guard Group in Woods Hole, das Chatham Police Department, das Barnstable County District Attorney's Office, Ron Aires von Aires Jewelers. Falls ich einige der technischen Details nicht ganz korrekt getroffen habe, lag es bestimmt nicht an ihnen.

Einen Dankesgruß an meine Tochter Carol Higgins Clark für ihre Anteilnahme und Vorschläge.

Und jetzt, meine lieben Verwandten und Freunde: *Remember* – denkt daran, ich bin wieder für ein gemeinsames Essen zu haben.

Quellennachweis

Aus dem Amerikanischen von Regina Hilbertz
(Der Titel erschien bereits in der Allgemeinen Reihe mit der Band-Nr. 01/10297.)

Aus dem Amerikanischen von Regina Hilbertz
(Der Titel erschien bereits in der Allgemeinen Reihe mit der Band-Nr. 01/9946.)